O Novo Reino

Série

AS CRUZADAS

Livro 1 – A Caminho de Jerusalém

Livro 2 – O Cavaleiro Templário

Livro 3 – O Novo Reino

JAN GUILLOU

O Novo Reino

LIVRO 3

4ª EDIÇÃO

Tradução do original sueco
JAIME BERNARDES

BERTRAND BRASIL

Título original: *Riket vid vägens slut*

Capa: Raul Fernandes

Editoração: DFL

2011
Impresso no Brasil
Printed in Brazil

CIP-Brasil. Catalogação na fonte
Sindicato Nacional dos Editores de Livros, RJ.

G975n
4ª ed.

Guillou, Jan, 1944-
O novo reino / Jan Guillou; tradução do original sueco Jaime Bernardes. – 4ª ed. – Rio de Janeiro: Bertrand Brasil, 2011.
520p.: – (As Cruzadas; v. 3)

Tradução de: Riket vid vägens slut
Sequência de: O cavaleiro templário
ISBN 978-85-286-0939-4

1. Romance sueco. I. Bernardes, Jaime. II. Título. III. Série.

CDD – 839.73
CDU – 821.113.6-3

06-0321

EDITORA BERTRAND BRASIL LTDA.
Rua Argentina, 171 – 2º andar – São Cristóvão
20921-380 – Rio de Janeiro – RJ
Tel.: (0XX21) 2585-2070 – Fax: (0XX21) 2585-2087

Atendimento e venda direta ao leitor:
mdireto@record.com.br ou (21) 2585-2002

"Nós que somos fortes estamos obrigados a ajudar
os fracos a suportar seus fardos e não devemos pensar em nós.
Cada um de nós deve pensar no próximo,
no que é bom e que constrói."

Carta aos Romanos, 15:1-2

Götaland Ocidental 1150-1250

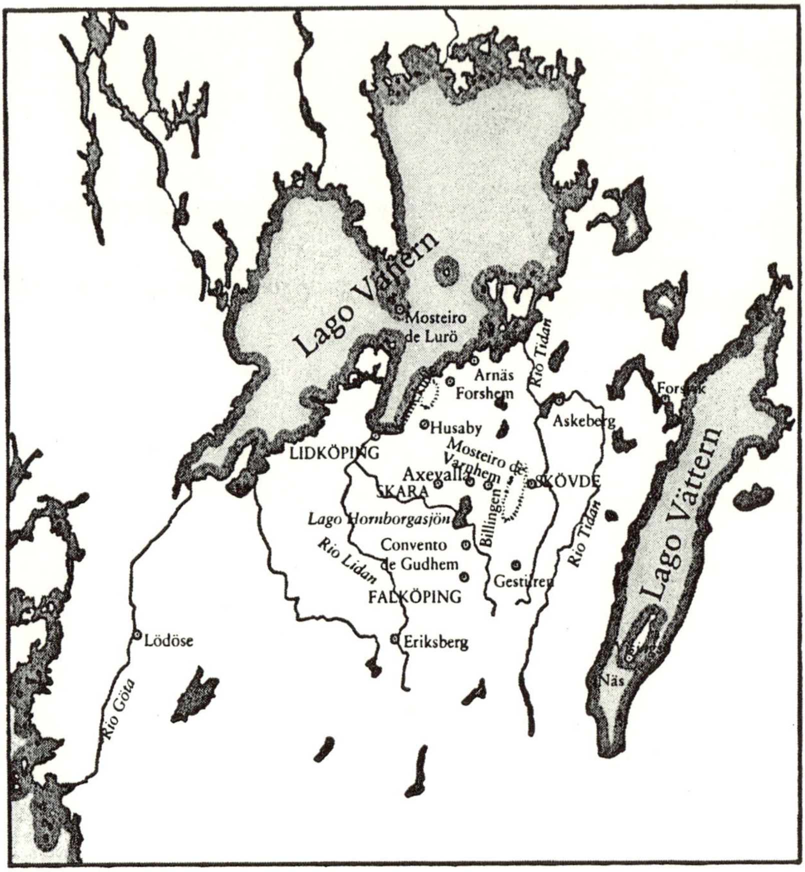

I

No ano da graça de 1192, pouco antes de as noites começarem a ficar brancas de neve, já no final do outono, e em que o trabalho contra os lobos salteadores devia começar, abateu-se sobre a Götaland Ocidental um mau tempo muito estranho. A tempestade durou três dias e três noites, e transformou essa época do ano, rica em promessas de brancura luminosa, em outono chuvoso e escuro.

Na terceira noite, depois da missa da meia-noite, a maioria dos irmãos no mosteiro de Varnhem já estava dormindo na certeza de que as suas preces iriam derrubar as forças da escuridão e que a tempestade iria logo abrandar. Foi então que o irmão Pietro, já no *receptorium*, acordou do seu sono com um ruído estranho. Sentou-se na cama sem entender o que tinha ouvido. Do lado de fora dos muros, no portão em carvalho pesado do *receptorium*, havia apenas o uivo da tempestade, a batida da chuva nas telhas e o barulho da folhagem das árvores.

Mas aí ele ouviu de novo. Era como se um punho de ferro batesse no portão.

Cheio de medo, saltou da cama e pegou seu rosário, começando a murmurar uma prece de que não se lembrava muito bem, mas que o devia defender das forças do mal. E então, já junto do portão, ficou na escuta, no meio da escuridão. E logo em seguida se ouviram mais três batidas igualmente pesadíssimas. O irmão Pietro não podia fazer outra coisa a não ser tentar gritar através do portão para que o estranho se desse a conhecer. Gritou em latim, já que essa língua tinha mais potência contra as forças da escuridão e já que estava acordado demais para exprimir fosse o que fosse naquela língua estranha, muito musical, que o povo falava lá fora, do outro lado dos muros.

— Quem é que está chegando pelos caminhos de Deus nesta noite? — gritou ele, a boca colada na fechadura.

— Um servidor de Deus, com intenções puras e em missão de boa vontade — respondeu o desconhecido num latim absolutamente sem erros.

Isso tranqüilizou o irmão Pietro, que teve bastante trabalho para abrir a tranca do portão, bem pesada e feita de ferro fundido. Só depois conseguiu entreabrir o portão.

Lá fora estava um estranho de capa de couro até os pés, com capuz, para se defender da chuva. Esse estranho imediatamente empurrou o portão com uma força impossível de enfrentar pelo irmão Pietro, ao mesmo tempo que se colocava sob o teto da entrada, ainda que para isso tivesse até que dar uns encontrões no irmão à sua frente.

— Meu Deus, uma viagem muito longa acaba de chegar ao fim. Mas é melhor não ficarmos aqui falando no escuro. Traga a lamparina do *receptorium,* meu desconhecido irmão — disse o estranho.

O irmão Pietro fez como lhe pediram, já tranqüilo pelo estranho falar a linguagem da Igreja e pelo fato de ele saber que existia uma lamparina no *receptorium.* Lá dentro, desajeitadamente, ficou mexendo numa brasa ainda bem acesa no braseiro para acender o pavio que logo botou dentro do óleo da lamparina. Quando voltou de novo ao átrio da entrada, conseguiu iluminar o estranho e a si próprio, mais pelo reflexo da luz nas paredes brancas. O estranho despiu a capa que lhe servia de proteção contra a chuva e a sacudiu. O irmão Pietro, inconscientemente, susteve a respiração ao ver a veste branca com a cruz vermelha. Do seu tempo em Roma, ele sabia muito bem o que estava vendo. Um templário acabava de chegar a Varnhem.

— Meu nome é Arn de Gothia e você não tem nada a recear de mim, irmão. Foi aqui em Varnhem que fui educado e foi daqui que um dia parti para a Terra Santa. Mas você não conheço. Qual é o seu nome, irmão?

— Eu sou o irmão Pietro de Siena e estou aqui só há dois anos.

— Então é novo por aqui. Por isso, tem de ficar na portaria, coisa que ninguém quer. Mas, me diga logo, o padre Henri ainda vive?

— Não, ele morreu há quatro anos.

— Então, rezemos pela sua alma — disse o templário, fazendo o sinal-da-cruz e baixando a cabeça por momentos.

— E o irmão Guilbert ainda vive? — perguntou o templário, ao levantar a cabeça de novo.

— Sim, irmão, ele já está velho, mas ainda tem muita força.

— Isso não me espanta. Como se chama o novo abade?

— Seu nome é padre Guillaume de Bourges. E veio para cá há três anos.

— Faltam quase duas horas para as matinas, mas mesmo assim faça o favor de acordá-lo e dizer a ele que Arn de Gothia chegou a Varnhem — pediu o templário, com algo que pareceu ser uma fisgada de irritação nos olhos.

— Não gostaria de fazer isso, irmão. O padre Guillaume costuma chamar a atenção para o fato de o sono ser um presente de Deus que temos a obrigação de administrar muito bem — respondeu o irmão Pietro, encolhendo-se diante do pensamento desagradável de ter de acordar o padre Guillaume por uma coisa que talvez não fosse suficientemente importante.

— Entendo, mas então vá acordar o irmão Guilbert e diga a ele que o seu aluno Arn de Gothia o está esperando no *receptorium* — disse o templário num tom de voz amistoso, mas ainda assim como se fosse uma ordem de comando.

— O irmão Guilbert também pode ficar... Não posso deixar o meu posto aqui no *receptorium* no meio desta noite horrível — tentou esquivar-se o irmão Pietro.

— Ah, não! — reagiu o templário, com um pequeno sorriso nos lábios. — Para começo de conversa, você pode, sim, deixar o seu posto de sentinela, com toda a confiança, deixando em seu lugar um templário do Senhor. Substituto mais competente e capaz, você jamais poderia encontrar. Em segundo lugar, juro que você vai acordar o velho urso Guilbert com uma boa notícia. Portanto, vá. Eu o espero aqui e prometo que tomo conta da portaria da melhor maneira possível.

O templário falou com voz de comando, de maneira que não havia como contrariá-lo. O irmão Pietro acenou com a cabeça, afirmativamente, em silêncio, e desapareceu pela arcada em direção ao pequeno jardim que era a última ala antes de passar pelo portão de carvalho que dava para a própria clausura.

Não demorou muito e logo o portão entre a clausura e a recepção se abriu com um estampido e uma voz bem conhecida ecoou na arcada branca. O irmão Guilbert chegou em passos largos e com um archote na mão. Não parecia tão enorme como antes, nem tão alto quanto um gigante. Ao descobrir o forasteiro perto do portão de entrada, suspendeu mais alto o archote para ver melhor. Depois, entregou o archote para o irmão Pietro e avançou e abraçou o forasteiro, sem que qualquer deles dissesse uma palavra por um longo momento.

— Pensei que tivesse morrido em Tiberíades, meu caro Arn — disse o irmão Guilbert, finalmente, na linguagem dos francos. — Era o que pensava, também, o padre Henri e, por isso, rezamos juntos muitas preces desnecessárias pela sua alma.

— Não, senhor, as preces não foram tão desnecessárias, visto eu poder agora agradecer pessoalmente por elas, irmão — respondeu Arn de Gothia.

Depois foi como se nenhum dos dois quisesse dizer nada e como se os dois tivessem que se conter para não parecerem inadequadamente sensíveis. Para o irmão Pietro, ficou claro que os dois tinham vivido uma amizade muito profunda.

— Você veio para rezar por sua mãe, a senhora Sigrid, junto da sua sepultura? — perguntou o irmão Guilbert, finalmente, num tom de voz como se estivesse falando com um viajante qualquer.

— Sim, claro, é isso que eu quero fazer — respondeu o templário, no mesmo tom de voz. — Mas também é claro que eu tenho de tratar de vários assuntos aqui em Varnhem. Entretanto, preciso da sua ajuda para resolver algumas pequenas coisas que é melhor resolver de imediato, antes de tomar pé nos grandes problemas.

— É evidente que o ajudarei no que for preciso. Basta você dizer o que quer.

— Estou com vinte homens e dez carroças lá fora na chuva. Muitos dos homens são do tipo que não podem entrar na área por dentro dos muros do mosteiro. As dez carroças estão bem carregadas, e três delas era melhor que ficassem aqui dentro — respondeu o templário rápido como se falasse de coisas normais, embora as carroças que deviam ficar guardadas dentro dos muros certamente contivessem coisas de grande valor.

Sem responder, o enorme irmão Guilbert pegou o archote da mão do seu irmão jovem e saiu pelo portão do *receptorium* e para a chuva. Lá fora estavam alinhadas dez carroças muito enlameadas, nada de admirar depois de uma viagem difícil. Junto das rédeas dos bois encontravam-se alguns homens aborrecidos, de cócoras, que não pareciam estar dispostos a viajar por mais tempo.

O irmão Guilbert soltou uma gargalhada quando os viu, abanou, sorridente, a cabeça e gritou para o jovem irmão diversas ordens como se ele não fosse um templário mas apenas um monge cisterciense.

Levou menos de uma hora para resolver tudo o que tinha de ser resolvido para os visitantes. Uma das muitas regras em Varnhem dizia que todo viajante que chegasse de noite deveria ser recebido com a mesma hospitalidade como se ele fosse o próprio Senhor. Uma regra que o irmão Guilbert repetia de vez em quando para si mesmo, primeiro, meio na gozação, mas cada vez mais divertido quando ele ouviu do templário que talvez um bom pedaço de presunto cru defumado não fosse a melhor maneira de dar as boas-vindas. Mas a piada a respeito da inconveniência do presunto defumado nas boas-vindas passou em brancas nuvens pelo irmão Pietro.

Entretanto, toda a hospedaria de Varnhem estava deserta e sem luz fora dos muros do mosteiro, visto terem sido poucos os viajantes chegados durante os últimos dias de tempestade. Por isso, logo todos os convidados estavam alojados e ungidos.

Depois, o irmão Guilbert e Arn de Gothia abriram os grandes e pesados portões do mosteiro e fizeram entrar as carroças que precisavam de proteção e as colocaram junto das oficinas, assim como retiraram os arreios dos bois e os colocaram aconchegados e a coberto.

Assim que o trabalho ficou pronto a chuva começou a diminuir e já se podiam ver alguns rasgões no céu de nuvens negras. O tempo estava dando uma virada. E ainda restava mais ou menos uma hora para as matinas.

O irmão Guilbert seguiu na frente até a igreja, abriu as portas e os dois entraram sem dizer palavra.

E ainda em silêncio Arn parou diante da bacia batismal logo à entrada. Tirou das costas a sua capa de couro bem larga e deixou-a cair no chão, apontou para a bacia e para a água benta com um olhar interrogador, sendo que a bacia nem sequer estava fechada, e recebeu de volta um aceno de consentimento do seu irmão mais velho. Então puxou pela espada, molhou três dedos na água benta e os passou pela folha larga da arma antes de a embainhar de novo. Molhou novamente os dedos na água e os levou à testa, cruzando nos ombros e ao coração. Depois disso, os dois avançaram lado a lado pela arcada do altar até o lugar que o irmão Guilbert indicou e onde ambos se ajoelharam e ficaram rezando em silêncio até que ouviram os outros irmãos chegando para a matina. Nenhum deles disse nada. Arn conhecia as regras do mosteiro a respeito das horas do silêncio tão bem quanto qualquer um dos outros irmãos.

Quando todos se juntaram para os cânticos, a tempestade já tinha amainado e já se escutava o pipilar dos pássaros anunciando a primeira luz do dia.

O padre Guillaume de Bourges era o primeiro da fila de irmãos que vieram pela arcada lateral da igreja. Os dois, que ainda estavam rezando, levantaram-se e fizeram uma vênia em silêncio e o padre cumprimentou-os de volta. Mas na hora descobriu a espada do cavaleiro e arregalou os olhos. O irmão Guilbert apontou, então, para a cruz vermelha dos templários e depois para a bacia batismal à entrada e o padre Guillaume acenou então com um sorriso de quem estava tranqüilizado e tinha compreendido.

Ao começarem os cânticos, o irmão Guilbert explicou para seu amigo recém-chegado, através dos sinais secretos do mosteiro, que o abade era muito estrito a respeito da regra do silêncio.

Arn participou dos cânticos, assim como todos os outros, porque conhecia bem os salmos, e ficou olhando de esguelha de irmão para irmão. A luminosidade começava a entrar cada vez mais forte e já se podia ver o rosto de cada um. Um terço dos homens ali reunidos já conhecia o templário e cautelosamente, quase sem se notar, eles puderam corresponder ao aceno de saudação com outro aceno. Mas a maioria era formada por desconhecidos.

Ao terminarem os cânticos e já os irmãos seguiam em procissão, a caminho do claustro, o abade Guillaume fez um sinal para o irmão Guilbert, de que queria falar com os dois no *parlatorium* logo depois do desjejum e ambos fizeram uma vênia confirmando o encontro.

Arn e o irmão Guilbert continuaram em silêncio e saíram da igreja, passando depois pelo jardim e pelas oficinas na direção das cocheiras. O sol da manhã já tinha despontado e subia vermelho, luzente e brilhante no horizonte, e ouvia-se o pipilar dos pássaros, vindo de todos os lados. Estava despontando de novo um bonito dia de verão.

Ao chegar ao destino, foram logo para o cercado onde estavam os garanhões. O templário apoiou-se no madeirame superior da cerca e pulou para dentro do cercado de uma vez e fez um sinal algo exageradamente respeitoso para o irmão Guilbert fazer o mesmo, mas este abanou sorridente a cabeça e preferiu subir lentamente pela cerca como normalmente todo mundo fazia. No outro lado do cercado estavam dez garanhões juntos na espera como se ainda não tivessem decidido o que deviam achar do homem de branco.

— Muito bem, meu querido Arn — disse o irmão Guilbert, rompendo com a regra do silêncio em vigor depois do desjejum —, enfim, já aprendeu a linguagem dos cavalos?

Arn olhou para ele, com um olhar de quem aceitava o desafio. Depois, deu um assobio que fez os garanhões levantarem as orelhas e prestarem atenção. E então Arn chamou-os, na linguagem dos cavalos:

— Em nome do Clemente e Misericordioso, vocês que são os filhos do vento, venham até seus irmãos e protetores!

Os cavalos prestaram ainda mais atenção, levantaram ainda mais as suas orelhas. E então um dos mais fortes iniciou suas primeiras passadas em direção aos dois. Logo os outros seguiram seu exemplo. E quando o primeiro garanhão levantou a cauda e transformou as passadas em trote, os outros vieram também no seu encalço e dali a pouco todos estavam a galope, de tal maneira que o chão tremia debaixo de suas patas.

— Pelo Profeta, que a paz esteja com Ele, você aprendeu mesmo a linguagem dos cavalos lá no sul, no Ultramar — murmurou o irmão Guilbert em árabe.

— É verdade — reagiu Arn na mesma língua, ao mesmo tempo que jogava o seu manto branco na frente dos cavalos para os fazer frear —, e ainda me lembro dessa linguagem que eu julgava ser a dos cavalos e não a língua dos infiéis.

Cada um pegou o seu garanhão, embora o irmão Guilbert fosse obrigado a buscar apoio na cerca para subir no lombo do animal. Daí cavalgaram à volta do cercado sem selas, sentados apenas no dorso dos cavalos e com a mão esquerda segurando ligeiramente a crina deles.

Arn perguntou se ainda existia a mesma dificuldade, de os götas ocidentais serem os últimos homens no mundo a não entenderem o valor desses cavalos árabes, e o irmão Guilbert confirmou com um suspiro que assim era. Na maioria dos casos no mundo cisterciense, os cavalos eram o melhor dos negócios. Mas não na Escandinávia. Aqui a arte da guerra a cavalo ainda não tinha chegado. Por isso, esses cavalos não valiam mais, antes, valiam menos do que os cavalos pesados usados pelos götas.

Arn se espantou e perguntou se os seus parentes ainda continuavam a acreditar que não era possível utilizar a cavalaria na guerra. O irmão Guilbert confirmou novamente que assim era e mais uma vez suspirou de desalento. Os nórdicos iam *para* a guerra a cavalo, desciam do cavalo, prendiam-no e depois corriam para o prado mais próximo e se enfrentavam aos golpes e empurrões.

Mas agora o irmão Guilbert não podia conter por mais tempo todas aquelas perguntas que ele tanto gostaria de fazer, desde o momento que aquele que ele considerava como seu filho perdido apareceu na sua frente, no *receptorium,* pingando chuva e lama, depois da sua longa viagem. Arn começou, então, a contar uma história muito longa.

❧

O jovem puro e inocente, Arn Magnusson, que um dia deixara Varnhem para servir na Terra Santa até a morte ou até que passassem vinte anos, o que normalmente seria o mesmo, não existia mais. Não era mais nenhum cavaleiro Persival, puro e inocente, que estava voltando da guerra.

Foi isso que o irmão Guilbert entendeu quase de imediato no claustro, logo que a conversa com o padre Guillaume começou. A manhã tinha ficado maravilhosa, o céu sem nuvens e sem vento e, por isso, o padre Guillaume levou o seu convidado, tão extraordinário, e o irmão Guilbert para um recanto do claustro, com bancos de pedra, considerado um lugar muito bom para conversar, em vez de os levar para o *parlatorium*. Dessa forma, eles estavam falando praticamente com os pés em cima da sepultura do padre Henri. Tanto ele quanto o seu sigilo quebrado estavam ali justamente no lugar em que ele desejara ficar. E assim eles começaram por fazer uma prece pela alma do padre Henri.

O irmão Guilbert observou atentamente Arn quando ele começou a apresentar os seus assuntos ao padre Guillaume. Este escutava com toda a atenção, bondosamente, e, como normalmente, um pouco com sentimentos de proteção como se fosse alguém que soubesse menos. Que o padre Guillaume era um teólogo competente, isso era inquestionável, mas funcionava mal como conhecedor de templários, achava o irmão Guilbert, que logo viu aonde Arn queria chegar.

Estava claro pelas marcas no seu rosto que Arn não era um irmão que tivesse atingido o poder máximo através de escrevinhações e contas. Devia ter passado a maior parte do seu tempo na Terra Santa, montado, com a espada e a lança nas mãos. Só agora o irmão Guilbert havia notado a faixa preta bem embaixo no manto, mostrando que o seu posto era do nível de comandante de fortaleza entre os templários e, portanto, com mando sobre a guerra e o comércio. O que quer que quisesse, logo ele convenceria o mais jovem e menos experiente padre Guillaume a aceitar o que fosse, sem que este sequer percebesse o que estava fazendo.

Como primeira resposta à questão que lhe foi feita do que ele desejava de Varnhem, Arn respondeu dizendo que desejava fazer uma doação de nada menos que dez marcos em ouro. Varnhem fora o lugar onde os irmãos, com a ajuda de Deus, o educaram, e dez marcos em ouro, certamente, era um valor muito pequeno para expressar toda a sua gratidão. Além disso, desejaria garantir a sua sepultura ao lado da de sua mãe junto ao altar na igreja.

Diante dessa proposta, boa e cristã, o jovem padre Guillaume tornou-se, evidentemente, muito cooperativo, tal como o padre Guilbert tinha previsto e Arn, acreditado. E muito melhor ainda ficou quando Arn, pedindo desculpas, se dirigiu às carroças estacionadas dentro dos muros e de lá voltou com uma sacola pesada, de couro, tilintando, que ele, com cuidado extremo, e com uma profunda vênia, entregou nas mãos do padre Guillaume.

O padre Guillaume teve dificuldade em evitar abrir logo a sacola de couro para começar a contar o ouro.

Arn fez então a sua jogada seguinte. Durante alguns momentos, falou dos bonitos cavalos de Varnhem, da lamentável situação de os seus confrades nessa região nórdica desconhecerem o valor correto desses animais, e do grande e elogiável trabalho que seu velho amigo e irmão Guilbert, sem recompensa, dedicou durante muitos anos na criação desses cavalos e na melhoria da sua raça. Acrescentou que muitos persistentes servidores nas videiras do Senhor receberam o seu salário mais tarde em relação ao trabalho que realizaram, enquanto outros, que só começaram a trabalhar mais tarde, receberam seu salário só ocasionalmente. Enquanto o padre Guillaume examinava seriamente este exemplo bem conhecido da maneira como o ponto de vista das pessoas a respeito de justiça muitas vezes se diferencia do ideal de Deus, Arn propôs a compra de todos os cavalos de Varnhem por um preço muito bom. Dessa forma, acrescentou rápido antes que o padre

Guillaume se recuperasse da surpresa, Varnhem, finalmente, recuperaria todos os gastos com o trabalho realizado. E, além disso, seria bem melhor abandonar essa criação que não dava lucro na Escandinávia. Tudo em uma única decisão.

Arn observou então um momento de silêncio, esperando as conseqüências da sua proposta, até o momento em que o padre Guillaume pareceu ter se recuperado e estar a ponto de explodir em agradecimentos.

Mas havia um pequeno problema no negócio, interveio rápido Arn. Na realidade, para criar os cavalos, o comprador precisava de uma mão experiente, e essa mão existia em Varnhem e era o irmão Guilbert. Por outro lado, o papel mais importante do irmão Guilbert em Varnhem iria desaparecer com a saída dos cavalos, certo?

O padre Guillaume propôs imediatamente que o irmão Guilbert seguisse incluído na compra pelo menos por algum tempo, não, por quanto tempo fosse preciso, para ajudar o comprador. Arn acenou agradecido por esse ponto de vista muito sensato, mas o irmão Guilbert, que agora voltava a observar intensamente o rosto dele, não podia descortinar nem sequer um pequeno desvio na sua expressão que confirmasse ser essa a intenção do templário. Parecia apenas que só depois de alguma reflexão ele tivesse encontrado a sensatez na proposta do padre Guillaume. Depois, a proposta dele foi a de querer que a papelada da doação ficasse registrada, de sigilo aposto, naquele mesmo dia, visto que ambas as partes se encontravam juntas.

Assim que o padre Guillaume concordou até mesmo com essa proposta, Arn elevou as mãos num gesto de agradecimento e de alívio, pedindo aos dois que lhe dessem notícias que só poderiam saber os homens da Igreja, ou seja, qual era a situação real no país.

Tal como ele logo esclareceu, já sabia, sim, quem era o rei, o conde ministerial e a rainha, essas notícias ele já tinha recebido em Lödöse. Que já havia paz no país, há bastante tempo, também ele já sabia. Mas a resposta para a questão de saber se essa paz entre as duas províncias de götas e sveas iria continuar no futuro, isso só era possível saber entre os clérigos, só entre estes era possível encontrar as verdades mais profundas.

O padre Guillaume ficou feliz diante da idéia de que as verdades mais profundas só se encontravam entre os homens da Igreja. E acenava, concordando e gostando, mas parecia ao mesmo tempo um pouco inseguro a respeito das notícias de que Arn queria saber. Arn o ajudou com uma pergunta curta, mas muito dura, que formulou em voz grave, sem mudar no mínimo a sua expressão.

— Se, apesar de tudo, vai haver guerra de novo no nosso país, por que e quando?

Os dois monges franziram as suas testas, refletiram um pouco e foi o irmão Guilbert quem respondeu primeiro, com a aquiescência do padre Guillaume, dizendo que enquanto o rei Knut Eriksson e seu conde Birger Brosa detivessem o poder não haveria perigo de guerra. A questão era saber o que aconteceria depois que o rei Knut deixasse o trono.

— E então o risco de uma nova guerra será grande — disse, suspirando, o padre Guillaume.

Contou que na última reunião anual dos homens da Igreja em Linköping, o novo arcebispo, Petrus, mostrara claramente para todos onde estava. Disse ser a favor da família sverkeriana e que tinha recebido o seu *palium* do arcebispo dinamarquês, Absalon, de Lund, e que o mesmo Absalon fazia intrigas contra a família erikiana e queria ver de volta os sverkerianos com a coroa dos götas e dos sveas. Havia também uma maneira de conseguir esse fim, de que o rei Knut Eriksson sabia tão pouco quanto mostrou saber que o seu novo arcebispo era um homem dos dinamarqueses e dos sverkerianos. Nas mãos do arcebispo Absalon em Lund estava uma carta da abençoada abadessa Rikissa, que ela fez escrever no leito de morte e na qual informou que a rainha Cecília Blanka, esposa do rei Knut, durante o seu tempo entre as *familiares* no convento de Gudhem tinha feito os votos de castidade e de ser eterna servidora de Deus. Como o rei Knut, mais tarde, foi buscar Cecília Blanka de Gudhem e fez dela uma rainha e dela recebeu quatro filhos e duas filhas...

Assim, podia-se dizer que as crianças do rei eram ilegítimas e, portanto, não tinham nenhum direito ao trono, resumiu Arn, rapidamente. Teria o Santo Padre em Roma informado qual a sua sentença sobre o assunto?

Não, visto que tinha assumido um novo papa, que escolheu o nome de Celestino III. Por isso, não se sabia qual era a sentença do papado a respeito da legitimidade ou ilegitimidade dos filhos dos soberanos das Götalandes. Certamente haveria outras questões mais importantes a discutir primeiro pelo papa recém-eleito.

E se nenhum dos filhos do rei Knut pudesse suceder ao pai, constatou Arn, mais do que perguntou, o arcebispo Petrus e, possivelmente, outros bispos iriam, sem surpresa, propor que fosse um sverkeriano a assumir a coroa, certo?

Os dois monges acenaram, tristes, confirmando o raciocínio. Arn ficou em silêncio, repensando a questão, antes de se levantar com a expressão de quem não estava para se preocupar com coisas pequenas. Agradeceu pelas informações importantes que lhe deram e propôs que seguissem logo para o *scriptorium* a fim de pesar com exatidão o ouro e ter os documentos escritos da doação, carimbados com o sigilo.

O padre Guillaume, que um pouco antes estava achando que a conversa tinha enveredado por um caminho demasiado baixo e desinteressante, aceitou de imediato a proposta feita.

Quando o estranho comboio de carroças puxadas por bois, cercadas de cavalos árabes, leves e rápidos, deixou o mosteiro de Varnhem no dia seguinte, a caminho de Skara, o irmão Guilbert encontrava-se entre todas as mercadorias compradas. Era assim que ele próprio, ironicamente, considerava a mudança repentina na sua vida. Arn o tinha comprado com a mesma facilidade com que garantiu a sua sepultura, todos os cavalos, assim como todos os arreios e correias, feitos em Varnhem. Nem mesmo protestando, o irmão Guilbert poderia ter mudado as coisas, visto que o padre Guillaume parecia cego perante o ouro que Arn apresentou em pagamento. Em vez de ficar esperando o fim da vida na tranqüilidade de Varnhem, estava agora cavalgando junto com homens estranhos, a caminho de um futuro incerto, mas achava que isso era muito bom. Quais eram as intenções de Arn, ele não tinha a menor idéia, mas acreditava que todos esses cavalos comprados não iriam servir apenas para alegria dos olhos.

Os cavaleiros sarracenos rodando à volta do comboio de carroças — já que se tratava de sarracenos, disso o irmão Guilbert não tinha dúvida nenhuma — pareciam infantilmente satisfeitos com o fato de poderem continuar a sua longa viagem a cavalo e isso era fácil de entender, em especial, por se tratarem de cavalos muito bem criados e treinados. Para o irmão Guilbert, dava para acreditar que o que aconteceu era brincadeira do abençoado São Bernardo para com o seu monge, já que uma vez, desesperado por ninguém querer comprar os cavalos de Varnhem, ele gritou na sua impotência que era melhor que chegassem compradores sarracenos. Agora, esses inesperados sarracenos estavam cavalgando à sua volta, conversando e soltando piadas por todos os lados. Nas carroças puxadas por bois estavam outros homens que falavam uma língua diferente. O irmão Guilbert ainda não tinha chegado a uma conclusão a seu respeito, quem eles eram e de onde vinham.

No entanto, havia uma grande preocupação. Aquilo que Arn tinha feito era uma espécie de trapaça que o jovem e inexperiente padre Guillaume não soube como entrever, cego como ficou por causa do ouro. Um templário não podia possuir mais do que um monge em Varnhem. O templário que fosse encontrado na posse de uma única moeda devia abandonar imediatamente o seu manto e, em desgraça, deixar a Ordem dos Templários.

O irmão Guilbert decidiu, então, que era melhor enfrentar a situação desagradável antes cedo do que tarde, tal como todos os templários sempre haviam aprendido. E comandou o seu animal para avançar para a frente do comboio, colocando-se ao lado de Arn. E logo fez a pergunta que queria, sem rodeios.

No entanto, Arn pareceu não levar a mal a dura pergunta, antes sorriu e deu uma virada no seu garanhão especial, vindo com ele do Ultramar e de uma raça que o irmão Guilbert ainda desconhecia. E foi até a última carroça onde começou procurando por alguma coisa nas arcas.

Pouco depois voltou com um rolo de couro impermeável e o entregou, sem dizer uma palavra, ao irmão Guilbert, que o abriu tão curioso quanto preocupado.

Era um texto escrito em três línguas, assinado pelo grão-mestre dos templários, Gérard de Ridefort. E nele estava dito que Arn de Gothia, depois de vinte anos de serviço como irmão *temporário*, estava deixando o seu posto na Ordem dos Templários e com isso liberado pelo próprio grão-mestre, mas que ele, por motivo de todos os serviços prestados à ordem, em todas as ocasiões que lhe aprouvesse, por livre e espontânea vontade, tinha direito a portar o manto branco no mesmo grau e posto em que ele deixara a ordem.

— Portanto, como você vê, meu caro irmão Guilbert — exclamou Arn, pegando no pergaminho e o enrolando. Cuidadosamente, recolheu-o no invólucro de couro, acrescentando: — Eu sou ainda templário, e também não sou. E, para falar francamente, não vejo nada de mais no fato de, após tanto tempo ao serviço da cruz vermelha dos templários de Cristo, eu não poder procurar, de vez em quando, a sua proteção.

O que Arn queria dizer com isso, em princípio, não estava claro para o irmão Guilbert. Mas, depois de cavalgar por algum tempo, Arn começou a contar a história da viagem de volta para casa e, por isso, começou a ficar mais compreensível o valor da veste de templário como proteção contra assaltos e criminosos.

Os homens que agora viajavam com eles no comboio, Arn os tinha comprado, prendido ou alugado e colocado ao seu serviço pelos caminhos do Ultramar, onde todos eram inimigos de todos e o sarraceno que servia os cristãos vivia tão perigosamente quanto o cristão que servia os sarracenos. Reunir uma tripulação e um grupo de homens que pudessem ser de utilidade durante todo o caminho até a Götaland Ocidental não foi o mais difícil.

Pior foi encontrar um navio em boas condições, ainda que ele tivesse no norueguês Harald Øysteinsson um marinheiro que, sem dúvida, podia contornar a maioria das situações. E foi no porto de São João do Acre que encontrou vários navios templários, a que faltavam tripulações e carga, depois de todas as grandes derrotas dos cristãos. E foi assim que a idéia se concretizou. Afinal, com uma carga valiosa e poucos homens dispostos a lutar, a viagem pelo Mediterrâneo constituía um pesadelo. Mas não se a viagem fosse feita com as velas e as cores dos templários. Por isso, ele não era o único a bordo a usar o manto branco dos templários. Sempre que algum navio estranho se aproximava para verificar se os eventuais despojos da abordagem valiam a pena, todos a bordo colocavam o manto branco. Apenas uma vez encontraram pela frente uns piratas que tiveram a má idéia de atacar. Foi no estreito para atravessar do Mediterrâneo para o Grande Mar. Graças à proteção de Deus e ao trabalho muito competente do homem do leme, o norueguês Harald Øysteinsson, conseguiram safar-se do ataque sãos e salvos.

E ao longo da costa de Portugal e da França, a cruz dos templários era tão conhecida que nenhum perigo existia, antes de passar pela Inglaterra e se aproximarem dos países nórdicos. Em Lödöse, poucos foram os homens que conheciam a estranha vela que estava subindo o rio Göta.

E assim terminou a história da longa viagem por mar, talvez porque o irmão Guilbert, ao final, já demonstrava uma certa impaciência. E continuaram em frente e em silêncio por algum tempo, enquanto Arn esperava pela pergunta seguinte.

O irmão Guilbert estudava o rosto do seu amigo de vez em quando, pensando que este não notava. À superfície, na personalidade de Arn, o irmão Guilbert não encontrava nada de surpreendente. Se lhe tivesse pedido para imaginar como Arn seria, externamente, depois de, realmente, contra todas as expectativas, conseguir sobreviver a vinte anos como templário no Ultramar, ele teria dito que Arn era aquele que ali estava na sua frente. De barba loura que ainda não tinha começado a embranquecer, mas que já havia perdido o seu brilho. Naturalmente, todos os templários usavam barba. Cabelo curto, isso também era normal. Cicatrizes brancas nas mãos e por todo o lado no rosto, marcas deixadas por flechas e por espadas e talvez por algum machado de guerra, por cima da sobrancelha, o que fazia com que o olhar desse olho ficasse um pouco paralisado. Mais ou menos assim, era o que ele teria imaginado. A guerra no Ultramar não era brincadeira nem exatamente uma festa.

Mas havia uma preocupação no interior de Arn que não se deixava perceber tão facilmente com o olhar. Que já tinha terminado o seu serviço na Terra Santa, isso ele já tinha deixado claro um dia antes e eram razões muito válidas as que ele havia indicado. Mas montado no seu cavalo, a um dia de marcha de casa e carregado de dinheiro, o que, sem dúvida, era uma maneira pouco habitual de voltar para casa para um templário, ele devia estar muito mais feliz, mais alegre e cheio de planos ardentes. Em vez disso, havia nele uma grande insegurança, quase que medo, se é que esta palavra poderia ser usada por um templário. Ainda havia muito para entender e para perguntar.

— De onde você recebeu toda essa enorme quantidade de ouro? — perguntou o irmão Guilbert, decidido, assim que passaram por Skara sem entrar na cidade e ele sentiu que estava na hora de recomeçar a conversa.

— Se eu respondesse a essa pergunta neste momento, o mais certo seria você não acreditar em mim, meu caro Guilbert — respondeu Arn, ao mesmo tempo que abaixava a cabeça e olhava para o chão. — Ou, pior ainda, talvez acreditasse que eu teria cometido uma traição. E esse sentimento da sua parte, mesmo que por um curto período de tempo, iria castigar a você e a mim. Acredite na minha palavra. Essa riqueza não foi conseguida de maneira ilegítima. E um dia contarei toda a história para você, quando tivermos bastante tempo, já que a história não é nada fácil de entender.

— Eu acredito em você, claro, mas não me peça novamente para acreditar em você — respondeu o irmão Guilbert, azedamente. — Você e eu nunca mentimos um para o outro por dentro dos muros. E fora dos muros espero eu que continuaremos a falar um para o outro como templários que fomos um dia.

— É dessa maneira mesmo que quero que continue a ser. Nunca mais vou repetir esse pedido de que acredite em mim — observou Arn, quase que murmurando e ainda com o olhar fixado no chão do caminho.

— Muito bem. Então vou perguntar uma coisa mais simples — disse o irmão Guilbert em voz alta e num tom mais alegre. — Estamos caminhando em direção a Arnäs, o burgo do seu pai, não é verdade? Muito bem. Você está chegando com uma bagagem nada ruim, entre outras coisas, com cavalos do Ultramar e um monge que você acabou de comprar em Varnhem. Não, não diga nada não! Eu estou, sim, incluído na sua compra. Confesso que não estou habituado a uma situação dessas, mas a situação é essa mesmo. E os outros homens você também comprou, possivelmente em negociações mais difíceis do que aquela realizada com o padre Guillaume, mas eles irão ser usados para alguma coisa, tal como eu. Você gostaria de me contar alguma coisa a esse respeito? Aliás, quem são todos esses outros aqui no comboio?

— Dois homens, que estão cavalgando cada um uma égua lá à esquerda, são médicos de Damasco — respondeu Arn sem hesitar. — Os dois sentados nas carroças lá mais atrás são desertores do exército do rei Ricardo Coração de Leão. Um é arqueiro de longo alcance e o outro, arqueiro simples, normal. O norueguês Harald Øysteinsson, montado a cavalo e vestido com o manto de sargento dos templários, era meu subordinado, justo como sargento, e dele já falei antes. Os dois sentados nas carroças logo atrás de nós são armênios, negociantes de armas e artesãos de Damasco. E o resto é formado por mestres-de-obras e sapadores de ambos os lados da guerra. Com exceção de Harald, todos eles estão ao meu serviço, porque eu, no momento de sua maior fraqueza, lhes fiz uma oferta que dificilmente podiam recusar. É esta a resposta que você, na realidade, queria ter?

— Sim, e não foi nada pouca a resposta — reagiu o irmão Guilbert, pensativo. — Ao que parece, você pretende construir algo muito grande. Não se importaria de me dizer o que é que todos nós vamos construir?

— A paz — respondeu Arn, decidido.

O irmão Guilbert ficou tão surpreso com a resposta que levou tempo para se recuperar e perguntar de novo qualquer outra coisa.

No segundo dia de viagem, quando o comboio se aproximava de Forshem, o verão chegou com toda a sua força. Era difícil imaginar que toda a região tinha estado abatida por uma tempestade e mau tempo apenas alguns dias antes. As árvores, os galhos e as folhas que haviam caído sobre os caminhos já haviam sido retirados. Nos campos, as colheitas estavam sendo feitas a toda a velocidade.

Por haver paz no país há bastante tempo, não se viam escudeiros armados acompanhando as carroças nas suas idas e vindas. E ninguém perturbava os viajantes, apesar de, mesmo a distância, ser possível imaginar que muitos deles eram forasteiros. Aqueles que estavam trabalhando nos campos endireitavam as costas e observavam, curiosos, as carroças e os cavaleiros com seus cavalos ligeiros, mas voltavam logo para o trabalho.

Ao chegar à igreja de Forshem, Arn dirigiu a sua caravana para uma colina atrás da igreja e fez sinal de parada e descanso. Quando todos se acomodaram, Arn foi até a gente do Profeta, que normalmente ficava junto, e disse que ainda faltava muito tempo para a hora das preces da tarde, mas que para a gente da Bíblia estava na hora de fazer as orações. Em seguida, convidou os dois irmãos armênios, Harald e o irmão Guilbert, para entrarem na igreja. Ao se aproximarem, porém, do portão da igreja, o seu pastor veio correndo dos fundos, gritando que estavam impedidos de entrar na casa de Deus em desordem. Colocou-se diante dos portões de madeira, ornamentados à moda antiga, impedindo o avanço do grupo, agitando os braços na sua frente.

Arn informou tranqüilo quem ele era: filho do senhor Magnus de Arnäs e que todos na sua companhia eram bons cristãos e que eles, depois de uma longa viagem, queriam agradecer a Deus diante do altar e, ao mesmo tempo, oferecer algo em troca. Logo foram admitidos pelo padre, que só naquele momento notou o capuz branco dos cistercienses, e que dois deles estavam usando a cruz vermelha no escudo. Gaguejando suas desculpas, o padre acabou abrindo as portas da igreja.

No entanto, Arn ainda não tinha avançado muito pelo corredor central que levava ao altar e já o padre corria no seu encalço e apontava para a espada, dizendo qualquer coisa, numa estranha mistura de latim e a língua do povo, que a espada era um instrumento abominável na casa de Deus. O irmão Guilbert afastou o padre com um gesto da mão, como se afastasse uma mosca, explicando que a espada de Arn era abençoada, era uma espada de templário, talvez a única jamais vista na igreja de Forshem.

Junto do altar, os cristãos se ajoelharam, acenderam e ofereceram várias velas e fizeram as suas preces. Deixaram também moedas de prata no altar, o que logo tranqüilizou o agitado padre atrás deles.

Após alguns momentos, Arn pediu para ser deixado a sós com o seu Deus e todos lhe obedeceram sem comentários, saíram e fecharam as portas da igreja.

Arn rezou por bastante tempo, pedindo apoio e conselho. Isso já havia feito muitas vezes. Mas nunca antes ele tinha sentido algo dentro de si ou visto qualquer sinal de que Nossa Senhora lhe estava respondendo.

Apesar desta permanente falta de resposta, ele jamais se sentiu assaltado pela dúvida. As pessoas enchiam a terra, tal como Deus havia prescrito. A cada momento, Deus e os santos deviam receber milhares de apelos e, se fossem responder a todos, isso só poderia conduzir a uma confusão total. Quantos seriam os apelos loucos apresentados pelas pessoas a cada momento, pedindo sorte nas caçadas, sorte nos negócios, a felicidade de ter um filho ou de continuar na vida terrena?

E quantos milhares de vezes Arn não tinha rezado para Nossa Senhora, pedindo proteção para Cecília e para o filho de ambos? Quantas vezes ele não havia pedido por sorte na guerra? A cada enfrentamento na Guerra Santa onde todos com os mantos brancos, sentados nos seus cavalos, joelhos contra joelhos, esperando o momento de avançar para a morte ou para a vitória, Nossa Senhora não teve de ouvir esses apelos, acompanhados de orações. Quase todas as orações tinham algum tipo de caráter egoísta.

Mas desta vez Arn pedia a Nossa Senhora para guiá-lo e aconselhá-lo sobre o que podia e devia fazer com todo o poder que trazia para casa. Também Lhe pedia para o salvar de cair e desmoronar e se tornar ganancioso, e para evitar nele a tentação de se julgar um combatente mais poderoso que os seus companheiros, e que não deixasse que todo o ouro e os conhecimentos que no momento ele detinha nas suas mãos fossem por água abaixo.

E, então, pela primeira vez desde sempre, Nossa Senhora respondeu aos apelos de Arn, de modo que ele conseguiu ouvir dentro de si a voz clara Dela e ver a Sua figura através da luz que, justo naquele momento, atingiu o seu rosto, fascinante, vinda de uma das pequenas janelas de madeira, bem altas, da igreja. Não se tratava de nenhum milagre. Muitas eram as pessoas que testemunhavam ter recebido resposta às suas orações. Para Arn, no entanto, era a primeira vez que isso acontecia. E ele sabia, agora, com toda a certeza, o que devia fazer, visto que Nossa Senhora lhe tinha dito o que devia ser feito.

Restavam apenas duas paradas no caminho para o norte, de Forshem para o castelo de Arnäs. A meio caminho, pararam para um curto descanso e porque era a hora das orações ao Profeta. Os cristãos deitaram-se para dormir um pouco.

Mas Arn andou até uma clareira na floresta e deixou que a luz de Deus filtrada através das folhas das faias atingisse as cicatrizes do seu rosto. Pela primeira vez durante a longa viagem, ele sentiu a paz dentro de si. Isto porque, finalmente, tinha entendido a intenção de Deus em poupar por tanto tempo a sua vida.

Isso era o mais importante, o mais decisivo. E, nesse momento, ele não se deixou perturbar por aquilo que vinha a seguir, em segundo lugar.

Há algum tempo corria um estranho rumor na Götaland Ocidental. Um estranho navio forasteiro tinha sido avistado primeiro em Lödöse, no rio Göta, e depois em direção ao norte, até a cascata de Trollen. Alguns forasteiros tinham tentado puxar o navio para cima da queda-d'água com muitos bois e puxadores contratados. Mas acabaram sendo obrigados a desistir e a voltar a descer pelo rio até a feira comercial de Lödöse.

Ninguém tinha entendido a intenção de tentar puxar um navio daqueles para o lago Vänern. Alguns dos escudeiros noruegueses no forte de Arnäs acharam que o navio certamente estava em alguma missão no lado norueguês do lago Vänern, que o rei Sverre, da Noruega, mais uma vez, conseguira realizar a mais estranha das campanhas de guerra chegando de navio onde ninguém o esperava. Mas naquele momento não havia muita guerra na Noruega, ainda que também não houvesse exatamente uma paz bem estabelecida.

Ninguém também podia dizer, com certeza absoluta, que se tratava de um navio de guerra. O rumor dizia, sim, que a grande vela do navio trazia uma cruz vermelha tão grande que até mesmo a longa distância era possível ver essa cruz antes de qualquer outra coisa. Essa marca era desconhecida totalmente na Escandinávia, em nenhum outro navio tinha sido vista.

Durante alguns dias, a partir da torre de Arnäs, o pessoal ficou especialmente atento sobre as águas tranqüilas do lago Vänern, até que chegaram os três dias de tempestade. Mas aí nenhum navio podia estar navegando na área, e como era tempo de paz na Götaland Ocidental, todo mundo voltou para os seus trabalhos normais e, em especial, os já atrasados trabalhos com a colheita do feno.

Um homem, no entanto, não se cansou de ficar sentado lá em cima na torre, sofrendo com o lacrimejar dos seus olhos de velho, o olhar fixo na superfície brilhante das águas sob o sol forte. Era o senhor de Arnäs, pois era isso que ele era, até que a morte o levasse. Magnus Folkesson. Há três invernos, sofrera um derrame e desde então não falava direito e estava paralisado do lado esquerdo, desde o rosto até os dedos dos pés. Foi deixado sozinho, vivendo na torre, com duas escravas, como se tivessem vergonha da sua presença entre as gentes. Ou como se o seu filho mais velho, Eskil, achasse ruim ver o seu pai objeto de piadas pelas costas. Mas o velhote continuava lá em cima, todos os dias, de modo que todos em Arnäs podiam vê-lo. O vento revolvia o seu cabelo branco já sem viço, mas a sua paciência parecia não ter fim. Entre os homens, havia gracejos, a respeito do que o velhote acreditava poder ver lá de cima.

Esse escárnio podia custar caro a eles. O senhor Magnus tinha tido uma premonição. Estava esperando por um milagre, um milagre de Nossa Senhora. E foi ele que, lá de cima, com a ampla visão que tinha, viu primeiro entre todos o que estava para acontecer.

Três filhos de escravos vinham correndo pela estrada ainda molhada e lamacenta que unia Forshem a Arnäs. Gritavam alto e agitavam os braços e todos os três estavam dispostos a chegar primeiro por saber que o pobre que primeiro trouxesse notícias importantes ganhava uma moeda de prata.

Quando chegaram à longa ponte levadiça de madeira, que levava sobre o brejo até a torre, o garoto mais alto e mais forte passou uma rasteira, primeiro em um e depois no outro dos companheiros, e chegou afogueado e de rosto vermelho em primeiro lugar, enquanto os outros dois vinham longe e andando.

Os garotos já tinham sido vistos a distância, antes de chegarem à ponte, e Svein, o chefe dos escudeiros, já tinha sido chamado para ir ao encontro do primeiro garoto a chegar, apanhado logo no portão para a torre, pelo pescoço, quando tentava entrar. Svein obrigou o garoto escravo a se ajoelhar numa poça de água, manteve-o na posição com mão de ferro e só então mandou-o falar. Mas a informação não foi fácil de conseguir, talvez porque o aperto doesse demais no garoto e este se encolhesse, talvez porque os outros dois tivessem chegado nesse momento e se jogado de joelhos no chão, falando um em cima do outro, ao mesmo tempo, tentando contar o que haviam visto.

O escudeiro Svein deu uma bofetada em cada um dos outros dois, disse para todos ficarem em silêncio e fez a mesma pergunta a cada um deles. Assim foi possível, finalmente, conseguir uma informação concreta do que eles tinham visto. Um comboio constituído por muitos guerreiros e por carroças pesadas puxadas por bois estava se aproximando de Arnäs, vindo de Forshem. Não eram sverkerianos e também ninguém com ligações com os sverkerianos, mas também não eram folkeanos nem erikianos. Eram de um país estrangeiro.

Houve alarme geral de cornetas e escudeiros correndo na direção das cocheiras, e os cocheiros já começavam a encilhar os cavalos. Alguém mandou acordar o senhor Eskil, que nessa hora do dia costumava fazer a sua sesta, e outros foram mandados para a ponte levadiça para que ela fosse levantada, para que os forasteiros não pudessem entrar em Arnäs, antes de se saber se eram amigos ou inimigos.

Logo o senhor Eskil estava montado no seu cavalo, junto com dez escudeiros, perto da ponte levadiça já levantada, observando atentamente o outro lado do brejo onde em breve os forasteiros iriam aparecer. Já se estava no fim da tarde e, por isso, os homens do lado de Arnäs estavam recebendo o sol nos olhos, o poente ficava no sul. Quando os forasteiros chegaram ao outro lado, ficou difícil ver quem eram na contraluz. Alguém falou ter visto monges; outros, guerreiros estranhos.

Os forasteiros lá longe pareciam desorientados ao descobrir que a ponte estava levantada e que havia homens armados do outro lado. Mas aí um dos cavaleiros de manto branco e de veste branca com a cruz vermelha avançou sozinho e lentamente na direção da ponte no momento ainda levantada.

O senhor Eskil e seus homens esperavam em silêncio completo, tensos, enquanto o cavaleiro barbudo e de cabeça descoberta se aproximou. Alguém comentou que o forasteiro estava montado, estranhamente, num cavalo muito magro. Dois dos escudeiros desceram dos cavalos para armar os seus arcos.

Então, aconteceu aquilo que alguns consideraram posteriormente como um milagre. O velho senhor Magnus gritou qualquer coisa lá do alto da torre e, mais tarde, eles podiam jurar ter ouvido o senhor Magnus exclamando nitidamente palavras de que o senhor devia ser louvado, que o filho pródigo, enfim, tinha voltado da Terra Santa.

Para Eskil, a história era outra. Tal como explicou mais tarde, ele compreendeu no momento em que ouviu dizer por um dos escudeiros que o forasteiro estava montado num cavalo magro, de quem se tratava. Relembrou, então, as boas e dolorosas lembranças da sua juventude, em que havia cavalos chamados de magros e que só serviam para mulheres e quais eram os homens que montavam esses cavalos.

Com uma voz onde alguém achou perceber tremores e fraquezas, o senhor Eskil mandou abaixar a ponte levadiça para deixar entrar o forasteiro. Precisou dar a ordem duas vezes antes de ser obedecido.

Depois, o senhor Eskil desceu do cavalo e se ajoelhou na terra, numa prece diante da ponte sendo abaixada, gemendo, e deixando que o sol poente logo atingisse a todos nos olhos.

O cavalo do cavaleiro de branco pareceu que dançava em cima da ponte, muito antes de chegar com as patas no chão. O cavaleiro se jogou de cima do cavalo com um movimento que ninguém tinha visto antes e logo, rapidamente, também de joelhos, já estava diante do senhor Eskil. E os dois se abraçaram e era possível ver as lágrimas escorrendo pelo rosto de Eskil.

Se era um milagre simples ou duplo, era possível hesitar. A incerteza era saber se foi nesse momento que o velho senhor Magnus voltou a falar de maneira sensata. Mas com certeza se sabia que Arn Magnusson, o guerreiro de que apenas as lendas haviam contado durante tanto tempo, estava agora de volta da Terra Santa, depois de tantos anos ausente.

Foi um dia de muita confusão em Arnäs. Quando a dona da casa, Erika Joarsdotter, correu para dar as boas-vindas aos convidados como era tradição e viu Arn e Eskil andando pela praça abraçados, de mãos nos ombros, ela deixou cair tudo o que tinha nas mãos e correu de braços abertos. Arn, então, largou Eskil e se ajoelhou para respeitosamente saudar a sua madrasta, mas quase que foi derrubado, porque ela se jogou no seu pescoço, abraçando-o e beijando-o sem reservas como só uma mãe podia fazer. Todos puderam ver que o guerreiro recém-chegado estava desabituado dessas tradições.

As carroças foram puxadas para dentro do burgo, gemendo e estalando, as arcas pesadíssimas e uma grande quantidade de armas foram descarregadas e levadas para as salas da torre. Do lado de fora dos muros, rapidamente, levantou-se um acampamento de várias barracas, uma vela de barco e muitos tapetes importados. Muitas mãos voluntárias ajudaram a montar uma cerca para todos os cavalos do Senhor Arn. Pequenos animais foram trazidos para o matadouro e os cozinheiros começaram logo a acender os braseiros. À volta de Arnäs logo se espalhou aquele cheiro gostoso cheio de promessas de uma noite bem festejada.

Ao cumprimentar todos os escudeiros, entre os quais alguns se recusaram a dobrar o joelho diante dele, Arn, de repente, perguntou pelo seu pai, com o rosto contraído, como se se preparasse para uma lamentável notícia. Eskil respondeu, então, que o pai deles há muito tempo que tinha perdido o sentido das coisas e que vivia lá em cima, isolado, no topo da torre. Arn seguiu logo para a torre, a passos largos e com o manto branco com a cruz vermelha envolvendo o seu corpo e todos aqueles que estavam no seu caminho se afastavam rápido para o deixar passar.

Lá em cima, no espaço mais elevado da torre, Arn foi encontrar o seu pai num estado lastimável, mas de semblante feliz. Ele estava encostado ao parapeito do terraço, com uma serva ao lado do seu corpo ainda paralisado. E ainda com uma bengala na mão saudável. Arn abaixou a cabeça em sinal de respeito e beijou a mão saudável do pai para, em seguida, abraçá-lo carinhosamente. O pai estava magro como uma criança, o seu braço saudável estava tão fino quanto o seu braço paralisado e cheirava mal. Arn ficou, então, sem saber o que dizer, quando o pai, se esforçando muito, se inclinou na direção do filho e murmurou:

— Os anjos do Senhor... devem estar felizes... e a boa vitela, será servida à mesa.

Arn ouviu nitidamente as palavras ditas pelo pai e, sem dúvida, elas faziam sentido, visto que diziam respeito, claramente, às Sagradas Escrituras e ao texto sobre a volta do filho pródigo. Toda a conversa de seu pai ter perdido o juízo era, portanto, infundada. Aliviado, Arn levantou-o nos braços e começou dando uma volta pelo terraço para saber em que condições seu pai estava vivendo. Ao ver o quarto escuro da torre, a situação lhe pareceu pior do que receava. Franziu a testa ao cheiro azedo de urina e restos de comida, virando-se e seguindo pela escada enquanto falava para o seu pai como um homem no seu juízo perfeito como qualquer outro, de um jeito que há muitos anos ninguém falava com ele. E disse ainda que, num chiqueiro assim, o senhor de Arnäs não iria sobreviver por muito tempo.

Na escada estreita em caracol em que Arn descia, ele encontrou pela frente o seu irmão Eskil, que subia devagar, já que esse tipo de escada não era apropriada para homens grandes e bastantes. Eskil teve de se virar e seguir descendo, com Arn atrás, levando o seu pai como um saco no ombro, enquanto usava palavras duras a respeito do que devia ser feito.

Lá fora, na praça, Arn passou o pai para os braços. Seria desrespeitoso continuar levando o pai como se fosse um amarrado de feno no ombro. Eskil mandou as escravas da casa trazerem mesa e cadeira entalhada, com almofada de penas, para uma das salas menores da casa de refeições perto do muro sul, junto da sala de banquetes. Arn gritou, então, que o quarto da torre onde o pai estava precisava ser lavado de alto a baixo. E foram muitos os olhos que seguiam, espantados, os três homens atravessando o pátio do castelo.

A cadeira ornamentada chegou logo à sala indicada e foi nessa cadeira que Arn, carinhosamente, pousou o seu pai, ficando diante dele, as pernas dobradas, de joelhos no chão. Arn pegou, então, o rosto do pai nas suas mãos, fixou o seu olhar nos olhos dele e lhe disse que sabia muito bem que o pai entendia tudo como antigamente. Eskil ficou em silêncio, atrás de Arn, sem dizer uma palavra.

Mas o velho senhor Magnus parecia tão excitado e ofegante que era até de recear que tivesse mais um novo derrame. Arn retirou as mãos do rosto do pai, levantou-se e dirigiu-se a passos largos, passando pelo seu irmão indeciso, para o pátio do burgo e deu uma ordem numa língua que ninguém entendia.

Em seguida, chegaram dois homens entre os muitos estrangeiros que vieram no séquito de Arn. Ambos estavam vestidos com túnicas escuras e usavam turbantes azuis na cabeça. Um deles ainda era jovem e o outro, já idoso. E seus olhos eram negros como carvões.

— Esses dois homens — disse Arn, lentamente, para seu irmão, mas também para seu pai — chamam-se Abraham e Josef. São meus amigos da Terra Santa. E são ambos mestres em medicina.

Explicou, depois, qualquer coisa numa linguagem estranha para os dois homens de olhos negros que acenaram ter entendido e, cautelosamente, mas sem exagerado respeito começaram fazendo uma avaliação das condições do senhor Magnus. Examinaram o branco dos olhos, auscultaram a sua respiração e o seu coração, bateram com um pequeno bastão no seu joelho direito, de modo que o seu pé teve uma reação expressiva para a frente, mas depois fizeram o mesmo no joelho esquerdo e aí apenas conseguiram uma ligeira reação, na qual eles pareceram especialmente interessados. A seguir, passaram a levantar e a deixar cair o braço esquerdo, mais fraco, do senhor Magnus. E o tempo todo ficaram falando entre si.

Eskil, que estava atrás de Arn, sentiu-se deslocado e indeciso, vendo os dois forasteiros examinarem o senhor Magnus como se se tratasse de qualquer escravo. Mas Arn fez sinal de que tudo estava sendo feito como devia ser e, depois, trocou algumas palavras naquela língua estranha que ninguém entendia com os dois médicos que, em seguida, se retiraram fazendo várias vênias na direção de Eskil.

— Abraham e Josef deram boas notícias — disse Arn quando ele e Eskil ficaram a sós. — O nosso pai já está muito cansado hoje, mas amanhã os tratamentos médicos vão começar. E com a ajuda de Deus o nosso pai vai poder andar e falar.

Eskil não respondeu. Era como se a primeira grande alegria do reencontro com Arn já tivesse se toldado e como se ele tivesse que se envergonhar por não ter tratado bem o pai. Arn olhou indagador para o seu irmão e pareceu ter percebido seus sentimentos escondidos. De repente, abriu os braços e logo, mais uma vez, eles dois se abraçaram. Ficaram assim durante um tempo sem dizer palavra. Eskil, porém, que parecia se incomodar mais que Arn com o silêncio, resolveu, finalmente, rompê-lo dizendo que era um irmãozinho bem magro que tinha chegado para o banquete.

Arn respondeu, rindo, que, pelo que ele podia ver, Eskil tinha conseguido manter a fome bem longe dos portões de Arnäs e revelado ser parente do avô deles, o chamado conde Folke, o Gordo. Eskil explodiu numa gargalhada, simulando estar indignado com seu irmão mais jovem e sacudindo-o de um lado para o outro. E Arn se deixou sacudir, rindo também da brincadeira.

Quando a brincadeira terminou, Arn puxou pelo irmão, e os dois ficaram em frente do pai, que se mantinha quieto com o braço esquerdo pendente, mas sentado na sua cadeira preferida, com entalhes *vikings.* Arn se ajoelhou e puxou Eskil para o seu lado, de modo que as cabeças dos dois se juntaram diante do pai. E, então, Arn falou, num tom de voz absolutamente normal e não como se fosse para um homem que tivesse perdido o juízo.

— Eu sei que o senhor ouve e entende tudo como antes, querido pai. Não precisa me responder agora, porque se o senhor se esforçar demais vai ficar pior. Mas amanhã o tratamento médico vai começar e a partir de então ficarei aqui sentado na sua frente, contando tudo o que aconteceu na Terra Santa. Mas agora eu e Eskil vamos embora, para que ele me conte tudo o que aconteceu aqui em casa. É muito aquilo que, impacientemente, quero saber.

E com isso os dois irmãos fizeram uma vênia diante do pai como antigamente e ambos pareceram ver um pequeno sorriso no seu rosto deformado, mas ainda iluminado por um fogo que estava longe de se apagar.

Ao sair da sala, Eskil chamou uma das escravas da casa que passava por perto e disse para ela que o senhor Magnus precisava de cama, água e urinol na sua sala e que devia ser decorada com folhas de bétula.

No pátio do castelo as pessoas e os escravos andavam numa roda-viva, com muita pressa, realizando todos os trabalhos para a inesperada festa de boas-vindas que tinha de ser preparada rapidamente e melhor do que qualquer outra festa em Arnäs. Mas aqueles que passavam perto dos dois irmãos folkeanos, que agora, abraçados, se aproximavam do portão principal, evitavam qualquer intromissão, sentindo medo. Dizia-se que o senhor Eskil era o homem mais rico de toda a Götaland Ocidental. E todos aprendiam a recear o poder que havia na prata e no ouro, se bem que o próprio senhor Eskil atraía muita gente, mais pelo ridículo do que pelo terror. Mas a seu lado estava agora o irmão, o desaparecido guerreiro Arn que as lendas tinham feito muito mais alto e muito mais forte do que ele era na realidade. Todos olhavam, no entanto, para a sua maneira de caminhar, suas cicatrizes no rosto, sua maneira de portar a espada e de vestir a malha de aço como se fosse um vestuário habitual. E viam que um segundo poder tinha chegado a Arnäs, o poder da espada que a grande maioria das pessoas sensatas receava mais do que o poder do dinheiro.

Eskil e Arn saíram pelo portão e caminharam na direção do acampamento que estava ficando quase pronto pelo trabalho dos estrangeiros que vieram na companhia de Arn. E foi Arn que explicou que eles precisavam apenas cumprimentar todos os seus acompanhantes, que eram homens livres e não seus escravos. Primeiro, convidou Harald Øysteinsson para se aproximar e contar para Eskil como os dois tinham combatido juntos por quase quinze anos. Assim que Eskil ouviu o nome norueguês, franziu a testa como se procurasse se lembrar de alguma coisa na sua mente. Perguntou depois se Harald, eventualmente, tinha parentes na Noruega com o mesmo nome, e Harald confirmou, dizendo que o homem era seu avô e que se chamava Øystein Møyla. Eskil continuou pensativo, mas se apressou a convidar Harald para a festa de boas-vindas à noite na casa grande e salientou que não iria faltar cerveja nórdica em quantidades bastantes, uma coisa que ele esperava que fosse alegrar um amigo que veio de longe. Harald se iluminou, exclamando palavras tão calorosas, quase como bênçãos, que até ele rápido deixou cair o tema dos seus ancestrais.

Em seguida, foram cumprimentar o velho monge, o irmão Guilbert, cuja coroa de cabelos era totalmente branca e cuja careca reluzente mostrava que ele não precisava mais raspar a sua tonsura. Arn contou resumidamente que o padre Guillaume de Varnhem tinha dado ao irmão Guilbert permissão para ele trabalhar em Arnäs o tempo que fosse preciso. Eskil se espantou ao tomar a mão do monge, sentindo um punho forte, o punho de um ferreiro, com a resistência do aço.

Mais homens que falassem a língua dos nórdicos não havia no séquito de Arn. E Eskil logo ficou em dificuldades para entender os nomes que Arn citava diante de homens que faziam as suas vênias, mas falavam linguagens que os ouvidos de Eskil umas vezes entendiam como sendo o francês e às vezes outra língua qualquer.

Arn gostaria de apresentar, em especial, para o seu irmão dois homens de pele morena. Os dois eram irmãos e tinham cruzes de ouro ao pescoço. E se chamavam Marcus e Jacob, explicou Arn, acrescentando que ambos seriam de grande ajuda quando fosse preciso construir o que quer que fosse como nos negócios.

O pensamento de fazer bons negócios estimulou Eskil, mas, na realidade, ele já estava começando a sentir um certo desagrado entre aqueles forasteiros cuja língua ele não podia entender, mas cujas expressões desconfiava que podia ler muito bem. Chegou à conclusão de que eles falavam coisas nada respeitáveis sobre a sua avantajada barriga.

Arn pareceu entender também o desconforto de Eskil, de modo que resolveu dispensar todo mundo e levar o seu irmão de volta, na direção do pátio do castelo. Ao entrar pelo portão, novamente, Arn, de repente, ficou sério e pediu que os dois se encontrassem a sós na sala de contas da torre para uma conversa que só aos ouvidos dos dois interessaria. Mas primeiro tinha que resolver uma pequena coisa que seria muito desagradável esquecer antes do banquete. Eskil acenou aceitando, mas, um pouco perplexo, encaminhou-se para a torre.

Arn caminhou, então, em passos largos para a cozinha maior, feita de tijolos, que estavam como antes, quando ele próprio ajudara na construção. Ficou satisfeito em notar que aqui e ali tinham sido feitos reparos e em certos lugares foi fortalecida a construção que, de forma alguma, podia ser considerada decadente.

Lá dentro ele foi encontrar, como esperado, Erika Joarsdotter, usando um longo avental de couro sobre uma camisa de mulher, de linho, mas totalmente entregue ao desempenho de suas tarefas como uma comandante montada dando ordens para as suas servas da casa e criadas. Ao descobrir Arn, ela pousou logo uma grande bandeja com frutas vermelhas que tinha nas mãos e o abraçou, laçando-o pelo pescoço pela segunda vez. E desta vez ele deixou que isso acontecesse, sem corar. Só havia mulheres por perto.

— Você sabe, meu querido Arn — disse Erika, com a sua fala meio difícil de entender, por falar metade pelo nariz e metade pela boca, e que Arn há muito tempo não ouvia —, quando você uma vez chegou aqui, agradeci a Nossa Senhora por ela ter mandado um anjo para Arnäs. E agora você está de volta, de manto branco e malha de aço, com o sinal de Nosso Senhor. Na realidade, é como se fosse um anjo da guerra e de Deus!

— Aquilo que as pessoas vêem e aquilo que Deus vê nem sempre são a mesma coisa — murmurou Arn, constrangido. — Temos muito o que conversar. E isso é o que vamos fazer, pode estar certa, mas no momento meu irmão espera por mim. Só queria lhe pedir um pequeno favor para esta noite.

Erika abriu os braços, alegre e satisfeita, dizendo qualquer coisa a respeito de algum favor a fazer à noite. E o disse, com um certo atrevimento, que Arn achou não entender muito bem, mas que fez as outras mulheres, no meio da pressa em realizar as suas tarefas, soltarem umas risadinhas mal disfarçadas. Arn fingiu não notar nada, ainda que tivesse compreendido a intenção ao menos pela metade, mas pediu rápido para que da comida servida no acampamento fora dos muros fizesse parte as carnes de cordeiro, vitela e veado, mas nada de porco, nem do selvagem, nem da espécie mais gorda e mais tenra. Como se o seu pedido fosse difícil de entender, Arn se apressou a acrescentar que na Terra Santa não existia a carne de porco e que todos de lá apreciavam muito mais o carneiro. E Arn pediu também que junto com a cerveja fosse servida, também, uma boa quantidade de água fresca como bebida para a refeição.

Aparentemente, Erika Joarsdotter achou esse pedido meio estranho. Ficou parada e pensativa por um curto momento, as faces rosadas pelo calor da cozinha, e ofegante na seqüência de tanta pressa, o peito dela subindo e descendo. Mas logo prometeu cumprir à risca os pedidos de Arn e saiu correndo para comandar novos abates e mais cozinheiros.

Arn também saiu correndo em direção à torre cujo portão estava sendo guardado por dois escudeiros que olharam, paralisados, para o seu manto branco e veste de malha, quando ele se aproximou. Mas esse olhar nos homens, vendo chegar um templário na sua direção, já Arn conhecia e contava com ele.

Foi encontrar o seu irmão um pouco impaciente na sala de contas e, sem explicações, retirou o seu manto branco e a malha de aço, dobrando-os conforme a ordem recomendada pelo Santo Regulamento. Colocou tudo, cautelosamente, sobre um banco, sentou-se e pediu a Eskil, com um gesto, para se sentar também.

— Você tornou-se um homem habituado a comandar — murmurou Eskil, entre divertido e irritado.

— Tudo bem. Eu estive no comando na guerra durante muitos anos e vai levar tempo para me habituar de novo com a paz — respondeu Arn, fazendo o sinal-da-cruz e parecendo até que estava fazendo uma prece curta para si mesmo, antes de continuar. — Você é o meu querido irmão mais velho. E eu sou o seu amado irmão mais novo. A nossa amizade jamais se rompeu, e sentimos a falta um do outro, uma falta muito grande. Não voltei para casa para comandar, mas para servir.

— Você continua soando como se fosse um deão quando fala ou talvez melhor como um clérigo dinamarquês. Acho que não devemos exagerar com essa questão de servir. Afinal, você é meu irmão — respondeu Eskil, com um gesto exagerado de boas-vindas, por cima da mesa e na brincadeira.

— Agora chegou o momento que eu mais receava ao pensar por longo tempo na minha volta para casa — continuou Arn, muito sério e mostiando que não era mais hora para brincadeiras. Eskil entendeu e ficou compenetrado.

-- Já sei que o nosso amigo de infância, Knut, é o rei, sei que o nosso tio, Birger Brosa, é conde com as funções de primeiro-ministro, e já sei que durante muitos anos tem havido paz neste nosso reino. Portanto, vamos agora falar do que não sei...

— Você já sabe do mais importante, mas como é que pôde saber de tudo isso, durante essa sua longa viagem? — interrompeu Eskil, que pareceu realmente curioso.

— Eu passei por Varnhem — respondeu Arn, resoluto. — Tínhamos pensado primeiro em velejar o tempo todo até aqui, mas não pudemos passar pelas quedas de Trollen. O barco era grande demais...

— Quer dizer que foi você que chegou de barco com a cruz nas velas!

— É verdade. Trata-se de um barco dos templários com grande capacidade de carga. Sem dúvida, será de grande utilidade. Mas falaremos disso mais tarde. Agora, continuando, fomos obrigados a vir por terra de Lödöse e aí achei que seria bom pararmos em Varnhem. Foi lá que obtive as informações e de onde trouxe o irmão Guilbert e os cavalos que você viu no cercado. Mas agora eis a minha pergunta: Cecília Algotsdotter ainda vive?

Eskil olhou fixamente para o seu irmão mais novo que, realmente, parecia sofrer diante da esperada resposta, ao mesmo tempo que com as suas mãos cheias de cicatrizes segurava firmemente o tampo da mesa, tenso como se estivesse esperando por chicotadas. Assim que Eskil deixou passar a sua perplexidade diante dessa pergunta, num momento em que havia tantas outras coisas mais importantes para falar, ele, primeiro, rompeu numa longa gargalhada. Mas o olhar de fogo de Arn fez com que escondesse logo a boca com uma das mãos, se compusesse e rápido ficasse atento e sério.

— Você pergunta antes de mais nada sobre Cecília Algotsdotter?

— Tenho outras perguntas a fazer que são tão importantes para mim quanto essa. Mas, primeiro, essa!

— Está bem, está bem — suspirou Eskil, demorando um pouco com a resposta e sorrindo de uma maneira que fez lembrar a Arn os tempos da juventude de Birger Brosa. — Muito bem... Cecília Algotsdotter vive.

— Ainda está solteira, fez os seus votos no convento?

— Ela ainda continua solteira e é *yconoma* no convento de Riseberga.

— Quer dizer então que também não fez os seus votos. É ela que trata dos negócios do convento. E onde é que fica Riseberga?

— A três dias de viagem a cavalo, mas você não deve ir até lá — disse Eskil, irritantemente.

— E por que não? Há inimigos por lá?

— Não, é evidente que não. Mas a rainha Blanka esteve lá por algum tempo e está agora a caminho de Näs, que é o castelo real...

— Me lembro que estive lá!

— Sim, sim, é verdade. Foi quando Knut matou Karl Sverkersson, uma coisa que a gente não devia esquecer, mas esquece com facilidade. Mas agora, de qualquer forma, a rainha Blanka está a caminho de Näs e, tenho certeza, Cecília está junto com ela. Essas duas são muito difíceis de se verem separadas. Pior do que separar o trigo do joio. Não, fique calmo e não me olhe assim desse jeito!

— Eu estou calmo! Absolutamente calmo!

— Sim, sim, estou vendo, claramente. Então, continue escutando, calmamente. Daqui a dois dias vou viajar para uma reunião do conselho em Näs e para me encontrar com o rei, o conde e um monte de bispos. Acho que todos em Näs ficariam muito satisfeitos se você viesse comigo.

Ao ouvir o que disse o irmão, Arn caiu de joelhos e juntou suas mãos numa prece, e Eskil achou que não havia razão para o interromper, ainda que sentisse uma estranha sensação diante desse hábito de se ajoelhar sob qualquer pretexto. Em vez disso, ele se levantou, pensativo, como se estivesse considerando uma idéia, abanou a cabeça e desapareceu silenciosamente pela escada que dava para a sala de armas. Aquilo que ele pensava pegar, poderia fazê-lo agora ou mais tarde. Mas já tinha tomado a sua decisão.

Quando voltou, descendo a escada cautelosamente para que Arn não fosse incomodado, Eskil se sentou de novo, esperando até achar que o murmúrio das preces já tinha demorado o suficiente. Aí se manifestou.

Logo Arn se levantou, com os olhos iluminados pela felicidade, o que pareceu a Eskil mais uma manifestação de infantilidade. Além disso, ele achava que aquela expressão do rosto, animalesca, não tinha nada a ver com um homem vestido com uma caríssima malha de aço, da cabeça aos pés, com estes defendidos por botas de aço com esporas de ouro.

— Olhe aqui! — disse Eskil, jogando uma túnica para Arn. — Se é necessário que você continue a usar essas vestes de guerreiro, então, que essas vestes sejam as das cores que, a partir de agora, você deve honrar.

Sem uma palavra, Arn despiu a sua veste e, depois de examinar a posição correta do leão folkeano sobre as três coroas, acenou que sim como se fosse para si próprio, vestindo em seguida a nova peça. Eskil levantou-se, então, com um manto azul nas mãos e deu uma volta na mesa. Por momentos, olhou Arn bem nos olhos. E, em seguida, colocou o manto folkeano em cima dos ombros dele.

— Seja bem-vindo pela segunda vez. Não apenas a Arnäs, mas também para as nossas cores — disse.

Quando Eskil, para tudo confirmar, quis dar um abraço no seu irmão que ele, de maneira tão simples, quis recuperar para a família e para o direito à herança, Arn voltou a se ajoelhar e a rezar. Eskil suspirou, mas viu como Arn com um gesto habitual levantou o manto do lado esquerdo, de modo a deixar a espada bem à disposição. Era como se ele, a qualquer momento, quisesse estar preparado para puxar pela espada.

Desta vez, porém, Arn não ficou tanto tempo na sua reza, e assim que terminou, foi ele que quis dar um longo abraço em Eskil.

— Eu me lembro da lei sobre peregrinos e penitentes, entendo o que você fez. Juro, e isso é um juramento de templário, de que honrarei sempre essas cores — disse Arn.

— Para mim, basta que você jure como folkeano. Aliás, de preferência como folkeano — respondeu Eskil.

— Muito bem, demos isso por feito! — riu Arn, abrindo ambos os braços e o manto folkeano como se quisesse imitar uma ave de rapina e disso ambos riram muito.

— E agora, diacho, está na hora do primeiro gole de cerveja, pela primeira vez, depois de tantos anos, na cor azul! — gritou Eskil, em alto e bom som, mas logo se arrependeu ao ver como Arn estremeceu diante daquela linguagem menos religiosa. Mas para afastar o quanto antes o embaraço da situação, Eskil levantou-se e foi até uma das brechas da torre e rugiu uma ordem que Arn não ouviu direito, mas que entendeu tratar-se de mandar trazer cerveja.

— E agora vamos para a minha segunda pergunta. Desculpe o meu egoísmo, já que outra coisa poderia ser mais importante para o nosso país e para Arnäs, mas ainda assim essa é a minha segunda pergunta — disse Arn. — Quando viajei para cumprir a minha penitência, Cecília Algotsdotter estava esperando uma criança...

Era como se Arn não se atrevesse a completar a pergunta. Eskil, que sabia ter uma boa notícia para lhe dar, demorou um pouco a sua resposta, dizendo estar com a garganta muito seca para falar desse assunto, antes de a molhar com cerveja. E, por isso, levantou-se de novo e foi até a abertura de tiro na torre gritando palavras que agora Arn entendeu nitidamente serem as do pedido de cerveja para ser servida. Não precisava repetir o pedido. Afinal, já se ouviam passos de pés descalços subindo pela escada em caracol da torre. E logo já estavam em frente deles, espumando, dois canecos de madeira, enquanto a gentil escrava que os trouxe desaparecia como se fosse apenas um espírito.

Os dois irmãos levantaram os respectivos canecos. Eskil bebeu por muito mais tempo, à maneira masculina, do que Arn, o que não espantou nem um nem outro.

— Muito bem, agora sim vou dizer para você como está a situação a respeito do assunto — afirmou Eskil, aproximando-se da mesa e puxando uma das pernas para cima da outra, colocando o caneco da cerveja em cima do joelho levantado. — Ah, sim, a respeito do seu filho...

— Meu *filho*! — interveio Arn.

— Sim, seu filho. O nome dele é Magnus. Cresceu em casa do irmão do avô dele, Birger Brosa. Não adotou o seu nome nem o nome de Birgersson. Ele chama-se Magnus Måneskööld e traz uma lua no escudo, junto do nosso leão. Ficou ligado à família por intervenção judicial. E com isso é um folkeano puro. Ele sabe que é seu filho e treina bastante para se tornar o melhor arqueiro de toda a Götaland Oriental, já que ouviu dizer muitas vezes que você é excepcional. Que é que você quer saber mais sobre ele?

— De quem ele soube a respeito da minha habilidade como arqueiro? E ele também sabe quem é a sua mãe? — perguntou Arn, tão constrangido quanto excitado.

— Cantam-se cantigas a seu respeito, meu querido irmão, e contam-se lendas também. Isso acontece em todas as assembléias dos götas como daquela vez em que você duelou contra... Como é que ele se chamava?

— Emund Ulvbane.

— Isso mesmo. Era esse o nome dele. E dos monges, também se conta uma coisa ou outra. Como no caso de quando você liderou vinte mil templários para uma vitória perto da Montanha dos Porcos, onde cem mil infiéis caíram pela espada, para não falar...

— Montanha dos Porcos! Na Terra Santa?

De repente, Arn explodiu numa grande gargalhada, impossível de conter. Repetiu para si mesmo as palavras *Montanha dos Porcos*, na língua dos götas, *Grisarnas Berg*. E voltou a rir ainda mais, levantando mais uma vez o seu caneco de cerveja na direção de Eskil e tentando beber como um homem normal, mas parou logo na garganta. Depois de enxugar a boca, pensou um pouco e, então, seu rosto resplandeceu.

— *Monte Gisar* — disse ele. — A batalha foi em Monte Gisar, não *Grisar.* E nós éramos quatrocentos templários contra cinco mil sarracenos.

— Muito bem, de qualquer forma não foi nada mal — sorriu Eskil. — O que se conta foi verdade e que a verdade sempre recebe mais adornos de cada vez que é cantada ou contada ninguém vê nenhum mal nisso. Mas, afinal, onde é que estávamos? Ah, sim! Magnus sabe, através das lendas, quem é você e fica treinando intensamente o seu arco e flecha. Isso por um lado. Pelo outro, ele conhece a sua mãe, Cecília, e os dois convivem muito bem.

— Onde é que ele mora?

— Em Bjälbo, com Birger Brosa. Ele cresceu em casa de Birger e Brigida. Ah, é verdade, você não conhece Brigida. Ela é a filha do rei Harald Gille e fala ainda como uma norueguesa, tal como você fala como um dinamarquês. Ah, bom, durante muitos anos ele viveu em Bjälbo como filho deles e não acreditava em outra coisa. Atualmente é considerado como sobrinho adotivo de Birger. Daí essa questão de ter uma lua no escudo, em vez da flor-de-lis de Birger. Do que você quer saber mais?

— Suponho que você acha que eu devia começar perguntando por uma outra ponta. Mas espero que me perdoe. Eu te vi primeiro, depois o nosso pai, Magnus, e não precisei perguntar nada a respeito do que estava mais próximo e mais claro. Mas, durante a guerra, antes de todas as batalhas, pedi a Deus por Cecília e pelo filho que eu não conhecia. Durante a longa viagem pelo mar, para mim, quase que não existia mais nada em que pensar. Mas agora, por favor, fale de você, do pai e de Erika Joarsdotter.

— Bem falado, meu querido irmão — disse Eskil, lambendo os lábios, bem-humorado, ao retirar da boca o seu caneco como se fosse o melhor dos vinhos. — Você sabe colocar as suas palavras muito bem e, possivelmente, esse talento vai ser muito bem utilizado na hora de persuadir aquele monte de bispos no conselho do rei. Mas nunca se esqueça de que eu sou seu irmão e de que sempre vivemos gostando um do outro. E com a ajuda de Deus, assim sempre será. A mim você nunca precisará persuadir ou lisonjear. Basta falar para quem eu sou, seu irmão!

Arn levantou o seu caneco em sinal de que concordava com tudo.

Eskil fez, então, um resumo do que havia para contar, esclarecendo que havia muito mais a falar depois de tantos anos afastados, mas para isso tomariam a noite inteira. Mas falta de tempo não haveria, só que depois de a festa ter terminado.

A seu respeito, contou que tinha apenas um filho, Torgils, que estava agora com dezessete anos de idade e servia como aprendiz na guarda do rei. Também tinha duas filhas, Beata e Sigrid, sendo ambas bem casadas na Svealand com gente da família da rainha Blanka, mas ainda não tinham dado à luz nenhum menino. Ele próprio nada tinha a reclamar. Deus o tinha ajudado. Estava no conselho do rei e respondia por todo o comércio com o exterior. Atualmente sabia falar a língua dos lubeckianos e por duas vezes já tinha viajado para Lübeck para assinar acordos com Henrik Lejonet de Sachsen. Das terras dos sveas e dos götas, mandava-se ferro, lã, peles e manteiga, mas, acima de tudo, peixe seco, pescado e preparado na Noruega. De Lübeck, os navios traziam aço, especiarias e tecidos, fios de ouro e de prata e as moedas de prata, tilintantes, do peixe seco e salgado. Não era pouca a riqueza que se introduzia no país através desse comércio. E a parte que cabia a Eskil também não era pouca, visto que era ele sozinho que comerciava o peixe seco entre a Noruega, ambas as Götalands, a Svealand e Lübeck. Agora, Arnäs era duas vezes mais rica do que quando Arn partiu.

Eskil se excitava sempre ao falar dos seus negócios. Estava habituado a ver seus ouvintes ficarem cansados e querendo mudar para qualquer outro assunto. Mas depois de jactar-se por muito mais tempo do que o normal, sem ser interrompido, ele ficou alegre e satisfeito pelo fato de seu irmão se mostrar tão interessado. Era como se seu irmão entendesse tudo sobre os negócios. E quase desconfiou da atenção de

Arn e resolveu fazer algumas perguntas para ver se ele, realmente, acompanhava a conversa ou se apenas estava ali sentado e sonhando com outras coisas, mas cheio de talento em se mostrar atencioso.

Mas Arn se lembrou de como uma vez, justo quando ambos viajavam para a assembléia dos götas que terminou lamentavelmente para os sverkerianos e de maneira tão feliz para os folkeanos, terem falado a respeito dessa idéia de trazer o peixe salgado, o bacalhau, de Lofoten, na Noruega, em grandes quantidades. Isso, portanto, se tornou uma realidade.

Segundo Arn, essa era uma notícia muito boa. Além disso, achou muito inteligente receber o pagamento pelo peixe seco em prata pura e não em coisas que apenas tinham valor para os vaidosos. Entretanto, ele se perguntou se era bom o negócio de transportar ferro para Lübeck e aço de volta, em vez de produzir o aço a partir do ferro deles.

Eskil ficou muito satisfeito com o seu irmão por seu entendimento inesperado dos negócios, um entendimento que ele não mostrara quando viajou para a Terra Santa, embora os dois tivessem herdado a rapidez do raciocínio de sua mãe, Sigrid. Mas agora a cerveja de Eskil tinha terminado e ele se levantou de novo para pedir mais pela brecha na torre. E deu então as suas ordens, enquanto Arn, por trás, jogava metade da sua cerveja no caneco do sedento irmão.

Desta vez, já havia uma serva esperando no portão da torre com mais cerveja. Dois novos canecos chegaram, rápidos como o vento.

Ao voltar a beber, o caneco de Eskil, meio cheio, tinha sido retirado sem que ele notasse, e Arn sentiu-se satisfeito como se fosse um adolescente, por não ter sido descoberto. Ambos haviam estado de acordo em tudo o que precisava ser contado e, vendo a situação um do outro, tentaram começar a usar da palavra antes.

— O nosso pai e Erika Joarsdotter... — disse Eskil.

— Você entende, certamente, que eu pretenda me casar com Cecília! — comentou Arn, ao mesmo tempo.

— Isso não é você que decide! — disse Eskil, impetuosamente. Mas logo se arrependeu, abanando a mão como se quisesse apagar as suas palavras.

— E por quê? — perguntou Arn, em voz baixa.

Eskil suspirou. Não havia hipótese de escapar à pergunta do irmão por muito que ele quisesse adiar para o dia seguinte, não só esse assunto como muitos outros.

— Ao voltar para casa, e queira Deus abençoar essa volta que é para nós uma alegria incomensurável, o jogo mudou por completo — respondeu Eskil, rápido, e em tom baixo, como se se tratasse ainda de negócios com peixe seco. É a assembléia da família que decide, mas se conheço bem o nosso Birger Brosa, ele vai dizer que você deve casar-se com Ingrid Ylva. Ela é filha de Sune Sik e tem, portanto, Karl Sverkersson como avô, isto é, o rei Karl.

— Quer dizer que devo casar-me com a mulher cujo tio ajudei a matar! — exclamou Arn.

— É justamente aí que reside a boa razão. As feridas e as desavenças devem ser curadas pelo bem da paz e acontece de preferência através da cama do que através da espada. Assim pensamos nós. O órgão do homem é mais forte na paz do que a espada do homem. Daí, Ingrid Ylva.

— E se eu, nesse caso, preferir a espada do homem?

— Creio que ninguém vai querer trocar golpes de espada com você nem você também. O seu filho, Magnus, também já está na idade de casar, assim como ela. Um dos dois será suficiente, mas vai depender da quantidade de prata exigida. Não, não se preocupe com isso, irmão meu, o presente do noivo virá de Arnäs, será por nossa conta.

— Não, o presente do noivo será por minha conta. Nunca pensei em nada de imoderado, além de Forsvik, como foi acordado na festa de noivado, minha e de Cecília. E o acordo deve ser mantido — reagiu Arn, num tom de voz baixo, mas rápido, sem demonstrar qualquer reação no rosto, embora o seu irmão, certamente, devesse perceber.

— Se você me pedir Forsvik, dificilmente vou dizer que não. Numa primeira noite como esta, não posso dizer não a nada que você me peça — continuou Eskil, no mesmo tom de voz, como se fossem dois homens de negócios falando entre si. — Mas eu gostaria de solicitar a você para esperar com um tal pedido para depois deste primeiro dia, desta primeira noite, após tantos anos de ausência.

Arn não respondeu, antes pareceu avaliar o negócio. Depois, levantou-se, de repente, e puxou por três chaves que ele retinha numa faixa de couro à volta do pescoço e avançou na direção de três arcas muito pesadas que, antes de mais nada, tinham sido retiradas das carroças e trazidas para a torre. Quando ele, rapidamente, abriu as três arcas, uma após a outra, espalhou-se pela sala uma luz dourada, reflexo do sol que já tinha baixado no horizonte e entrava pela seteira do lado ocidental da torre.

Eskil levantou-se e deu a volta pela mesa com o caneco na mão. Para alegria e surpresa de Arn, ele não viu ganância na hora de o irmão contemplar o ouro.

— Você sabe quanto é que tem aí? — perguntou Eskil, como se ainda estivesse falando de bacalhau.

— Não, segundo a nossa maneira de contar — respondeu Arn. — Deve ser, mais ou menos, trinta mil besantes ou dinares em ouro, segundo a maneira de contar dos francos. Talvez sejam três mil marcos pelas nossas contas.

— E isso não está mal calculado?

— Não, não está mal calculado.

— Então, você poderá comprar a Dinamarca.

— Não é essa a minha intenção. Tenho uma idéia melhor.

Arn fechou lentamente as arcas, passou as chaves e, depois, as atirou para cima da mesa, passando pela frente do irmão, mas indo parar no lugar em que Eskil se sentava. Depois, Arn voltou para o seu banco e fez sinal para o irmão voltar a se sentar. E Eskil fez isso em silêncio, pensativo.

— Eu tenho três arcas e três pensamentos — disse Arn, depois de fazer um brinde com o seu irmão e beber um pouco mais de cerveja. — Os meus três pensamentos são simples. Falarei depois, como a respeito de todo o resto, contando muito mais quando tivermos mais tempo. Mas, entretanto, devo dizer que, primeiro, quero construir uma igreja de pedra em Forshem e com as melhores e mais bonitas imagens que possam ser feitas em pedra em toda a Götaland Ocidental. Depois ou, melhor dizendo, ao mesmo tempo, já que toda a pedra necessária virá do mesmo lugar, quero reconstruir Arnäs tão forte que ninguém na Escandinávia possa conquistá-la. Como é que se constrói um castelo assim eu já sei e os homens que viajaram comigo também sabem. E muita coisa nós sabemos que ainda por aqui não se faz nem idéia. E a terceira arca restante, faço tenção de dividir com meu irmão... depois de comprar Forsvik, evidentemente.

— Para um homem tão rico, os familiares de Cecília Algotsdotter vão ter que trabalhar muito para arranjar um bom presente de noiva. Aliás, o pai dela já morreu, paralisado e cego, no Natal passado.

— Paz à sua alma. Mas Cecília precisa apresentar um presente apenas tão grande quanto o valor de Forsvik.

— Nem isso ela terá condições de apresentar — comentou Eskil, mas agora com um pequeno sorriso, mostrando que não fazia contas nesse negócio.

— Isso ela tem com certeza. Por Forsvik ela não precisa pagar mais do que quatro ou cinco marcos em ouro e eu sei, tão certo quanto você, de onde ela poderá conseguir uma soma tão pequena quanto essa — reagiu Arn, rápido.

Nesse momento, Eskil não conseguiu segurar mais o riso e soltou, então, uma gargalhada ressonante, de tal maneira que a cerveja até respingou do seu caneco.

— Meu irmão! Meu irmão, na verdade, meu irmão! — disse ele, ainda rindo, mas sorvendo logo mais um pouco de cerveja antes de continuar. — Eu pensava que era um guerreiro que tinha chegado a Arnäs, mas você é um homem de negócios, nada menos do que meu igual. Temos de fazer mais um brinde a isso!

— Sou igual a você porque sou seu irmão — disse Arn ao abaixar o seu caneco, depois de fingir que bebia. — Mas eu também sou um templário. Nós, templários, fazemos muitos negócios, em que se trocam as coisas mais estranhas, e podemos fazer negócios até com o próprio diabo e até mesmo com os noruegueses!

Eskil, rindo, concordou com tudo e pareceu que ia precisar de mais cerveja, mas conteve-se logo ao ver pela brecha de tiro no poente que a luz do dia estava caindo.

— Não vai ser nenhuma festa boa sem nós dois — murmurou ele.

Arn concordou com um aceno, dizendo que gostaria de ter tempo de ir ao banheiro e que também iria buscar um dos seus homens que melhor soubesse usar uma navalha. Dentro de um manto folkeano não era possível cheirar mal como dentro de um manto dos templários. Havia começado uma nova vida e, na verdade, não tinha começado nada mal.

Para os irmãos Marcus e Jacob Wachtian, a sua chegada a Arnäs foi uma decepção. Um castelo pior eles jamais tinham visto. E Marcus, que era o mais divertido, disse que um homem como o Conde Raymond, de Trípoli, tomaria um castelo como esse em menos tempo do que levaria para descansar os soldados e os cavalos durante uma dura marcha. Jacob objetou sem sorrir que um homem como Saladino iria passar em frente do castelo sem se deter, por sequer descobrir que se tratava de uma fortaleza. A respeito do grande e importante trabalho de que *Sir* Arn falara, consistindo na construção de uma boa fortaleza, a partir desse ninho de corvos, seria na verdade um trabalho difícil, mais para o corpo do que para a cabeça.

Na verdade, eles também não tinham muito para escolher, quando *Sir* Arn os salvou de apertos depois da queda de Jerusalém. A onda de euforia da vitória que se espalhou por Damasco fez com que a cidade se tornasse insuportável para os cristãos, por muito bons artesãos e por muito bons homens de negócios que eles fossem. E na fuga para São João do Acre, encontraram muitas vezes, vezes demais, outros cristãos que sabiam terem estado ao serviço dos infiéis. Foram também assaltados e roubados de todos os seus pertences que traziam consigo e mesmo que tivessem tido a sorte de chegar até a última cidade cristã, depois da queda de Jerusalém, não demoraria muito para que fossem reconhecidos. Na pior das hipóteses, eles teriam terminado na forca ou na fogueira. E nessa época a Armênia, seu país de origem, estava devastada pelos turcos; portanto, a viagem para lá seria muito mais incerta do que a viagem para São João do Acre.

Houve um momento em que eles, resignadamente, pararam ao lado na estrada e rezaram suas últimas preces para Nossa Senhora e São Sebastião, para que chegasse uma salvação maravilhosa em que, no fundo, não mais acreditavam.

Nesse momento de desespero, *Sir* Arn os encontrou. Estava vindo de Damasco com um pequeno séquito e viajava milagrosamente sem medo, embora a região estivesse cheia de assaltantes sarracenos. Era como se o manto branco dos templários pudesse defendê-los de todo o mal e mais alguma coisa. Arn os reconheceu logo, de seus negócios e oficinas em Damasco. Dali a pouco já lhes oferecia proteção em troca de entrarem para o seu serviço por um tempo nunca inferior a cinco anos e, além disso, o seguissem para a sua pátria no norte da Europa.

A escolha para os irmãos não era grande. E *Sir* Arn, de forma alguma, tinha apresentado para eles outra idéia que não fosse a de uma viagem dura e perigosa e um trabalho duro e de início até sujo, à chegada. No entanto, pelo que já puderam ver, a miséria neste país no norte esquecido por Deus era pior do que eles poderiam ter imaginado nos seus momentos de maior desespero e de agonia por causa do enjôo.

Nesse momento, tal como a situação se apresentava, não tinham nenhuma possibilidade de quebrar o acordo. Pela frente, tinham quatro anos duros, tristes e sujos a esperar, se desse para excluir aquele tempo de um ano que a viagem tomou. Sobre esse assunto, o contrato nada esclarecia.

Tinham conseguido botar um pouco de ordem no seu acampamento, do lado de fora dos muros baixos e frágeis. Para simplificar, dividiram o acampamento em duas partes, tendo os muçulmanos um departamento para si próprios e os cristãos, outro. Sem dúvida, tinham vivido todos, juntos e apertados num barco, por mais de um ano, mas, como os horários das orações eram diferentes, havia muitos tropeços à noite, quando os muçulmanos se levantavam para rezar e os cristãos dormiam. E vice-versa.

Do burgo vieram mulheres jovens com grandes quantidades de peles de carneiro que os convidados estrangeiros aceitaram de bom grado, por já saberem que na Escandinávia as noites eram bastante frias. No entanto, alguém descobriu logo em seguida que as peles recebidas estavam cheias de piolhos. E rindo das palavras ímpias e das piadas mal agradecidas de ambos os lados, tanto os crentes como os infiéis ficaram durante muito tempo, lado a lado, catando os piolhos das peles.

Estranho, no entanto, foi ver as jovens mulheres, algumas delas muito bonitas, chegarem sem timidez e sem véus nos cabelos e de braços nus até os forasteiros. Um dos arqueiros ingleses fez a brincadeira de dar uma palmada no traseiro de uma das jovens de cabelo ruivo e ela não se assustou nem um pouco. Apenas se virou e ágil como uma gazela pulou fora e para longe das mãos grosseiras que se estendiam na sua direção.

Em seguida, os dois médicos sarracenos repreenderam o arqueiro numa língua que ele, na realidade, não entendeu. Os irmãos Wachtian fizeram a tradução com todo o prazer e concordaram com a reprimenda. E todos no acampamento acabaram concordando, também, que num país tão estranho e de costumes tão singulares, era melhor ir com toda a cautela de início, em especial com as mulheres, até aprenderem o que era bom e ruim ou legal e ilegal. Se é que havia leis entre essa gente selvagem.

No fim da tarde, pouco antes da hora das orações, *Sir* Arn chegou sozinho ao acampamento. Primeiro, ninguém o reconheceu. Parecia muito menor. Tinha abandonado o seu manto de templário e a sua veste de malha de aço e vestia agora uma roupa azulada, meio descolorida, mais justa ao corpo. Além disso, tinha cortado o cabelo e raspado a barba, de modo que o seu rosto era moreno, da cor do couro, no centro, e pálido à volta. E parecia ainda, ao mesmo tempo, que era tanto um homem quanto um garoto, embora as marcas da guerra no rosto tivessem ficado mais visíveis do que quando usava barba.

Sir Arn, entretanto, reuniu todos os homens com a mesma decisão como o fez durante toda a viagem e todos vieram se reunir à sua volta, mantendo o silêncio. Arn falou primeiro, como normalmente, na linguagem dos sarracenos, que a maioria dos cristãos não entendia muito bem.

— Em nome do Misericordioso, queridos irmãos — começou Arn —, vocês são todos meus convidados, crentes e infiéis, e todos viajaram até aqui, nesse longo caminho, e na minha companhia para construir aqui a paz e a felicidade, ou seja, para construir aquilo que não existia no Ultramar. Vocês estão agora num país estranho com muitas tradições que podem violar a sua honra. Por isso, esta noite, depois das orações, vamos ter duas festas de boas-vindas, uma aqui no acampamento entre as tendas e outra lá em cima na casa grande. Lá em cima, o banquete irá conter muita coisa contra o que o Profeta, que esteja em paz, teria pronunciado Sua condenação. Aqui, nas tendas, e nisso vocês têm a minha palavra de emir, nada vai ser servido que seja impuro. Sempre que a comida for trazida, vocês devem abençoá-la em Seu nome, Daquele que tudo vê e tudo escuta. E devem apreciar a comida com toda a confiança.

Como de costume, *Sir* Arn repetiu tudo, mais ou menos do mesmo jeito, na língua dos francos, mas com as palavras certas relativas ao Deus dos cristãos e sem falar no Profeta. Marcus e Jacob, que falavam o árabe e também mais quatro ou cinco outras línguas, sorriram entre si quando, como de costume, notaram as diferenças na apresentação em francês.

Em seguida, *Sir* Arn mandou servir um barril de vinho, chamou os cristãos e fizeram os habituais brindes e vênias entre si, antes de se separarem e cada um seguir para a festa correta.

Os convidados cristãos seguiram em procissão para a casa grande e, a meio caminho, encontraram-se com um grupo de seis escudeiros armados que serviam como escolta de honra à sua volta.

Na porta da casa escura e apavorante, com grama no telhado, estava esperando uma mulher de vestido vermelho, esplendoroso, que poderia muito bem ter vindo do Ultramar. Nos ombros, tinha um xale dourado com pedras azuis e um manto azul do mesmo tipo que Arn tinha posto também sobre os seus ombros. Na cabeça, usava um pequeno chapéu que, de forma alguma, escondia os seus cabelos compridos. Antes pelo contrário. Eles pendiam numa bela e grossa trança, ao longo das suas costas.

À chegada, ela levantou um pão com as mãos e chamou uma serva para trazer um *skål*, com a forma de um belo chifre, mas cujo conteúdo ninguém podia ver. E proferiu uma bênção.

Sir Arn virou-se e traduziu tudo, dizendo que todos eram bem-vindos em nome de Deus, e que aquele que entrasse devia tocar primeiro com a mão direita no pão e depois mergulhar o indicador direito no *skål* com sal.

Para Harald Øysteinsson, que estava à frente dos convidados cristãos, ainda com a veste negra de templário e o respectivo manto negro, essa tradição não era estranha. Marcus e Jacob, que seguiam o amigo "Aral d'Austin" — era assim que eles, por vezes, de brincadeira, pronunciavam o seu nome na língua dos francos, sem que ele levasse a mal —, fizeram o mesmo, mas na fila, em segredo, disseram com fingida seriedade que o sal estava ardendo como fogo e talvez estivesse enfeitiçado. Os que lhes seguiam passaram a mergulhar o dedo muito rápido e com todo o cuidado no sal.

Mas quando entraram na longa sala era como se os dois irmãos Wachtian tivessem sido atacados por uma sensação de feitiçaria. Não havia praticamente janelas e toda a sala estaria totalmente no escuro se não houvesse a grande lareira numa das pontas, se não houvesse as tochas de piche que ardiam em conchas de ferro ao longo das paredes e velas de cera na mesa comprida ao longo de uma das paredes. Os seus narizes ficaram cheios de fumaça, de piche e cheiro de frituras.

Sir Arn colocou os seus convidados cristãos num dos lados da mesa comprida e seguiu depois para o lado oposto da mesa, mas sentou-se longe, à direita, numa cadeira que parecia uma espécie de trono pagão, com uma cabeça de dragão e ornamentos de estranhas cobras enroladas. Ao seu lado estava agora a mulher do sal de boas-vindas e do outro lado dela, o homem que parecia uma barrica e que era o irmão mais velho de *Sir* Arn e, conseqüentemente, um homem com quem não se devia fazer graça nem fazer dele um inimigo.

Quando os convidados cristãos e seus anfitriões já estavam sentados, entraram doze homens com a mesma veste azul, igual às de *Sir* Arn e seu irmão e se sentaram de ambos os lados da mesa, abaixo do lugar de honra e dos convidados. A outra metade da mesa ficou vazia e nela podia se sentar, com certeza, o dobro dos convivas presentes.

Sir Arn fez uma prece em latim, de modo que apenas o monge pôde acompanhar, enquanto todos os outros, virtuosamente, abaixaram a cabeça e juntaram as mãos. Depois, *Sir* Arn e o monge cantaram em duas vozes uma bênção dos salmos e, então, a mulher levantou-se entre os dois irmãos e ergueu bem alto as mãos por três vezes.

Abriram-se, então, as portas duplas do outro lado da sala e entrou, depois, uma estranha procissão, primeiro uma fila de mulheres jovens de cabelos soltos e de vestes brancas de linho que mais mostravam do que escondiam os seus encantos, todas com pequenas tochas acesas nas mãos. Depois, vinham homens e mulheres, misturados, também de vestes brancas, com grandes quantidades de cerveja e grandes travessas fumegantes de carnes, peixes, legumes e raízes de muitas espécies, das quais algumas os convidados reconheciam, mas também algumas que eles não conheciam.

Sir Arn distribuiu grandes copos de vidro, menos regulares na forma do que os copos no Ultramar. Ele já sabia de há muito tempo quem é que devia receber o quê. O irmão Guilbert recebeu um copo, assim como os irmãos Wachtian e o marinheiro Tanguy. *Sir* Arn ficou também com um copo que, com um movimento nitidamente exagerado, colocou diante do seu próprio lugar, brincando e dizendo em francês que isso era uma defesa contra os encantos da cerveja nórdica. Então o norueguês protestou em alto e bom som, simulando raiva e pegando gananciosamente o caneco que estava, espumante, na sua frente, mas foi interrompido por um gesto de *Sir* Arn. Notava-se que ninguém devia começar a comer ou a beber, embora se lesse e se cantasse sobre a comida.

E, então, chegou aquilo que se esperava e a gritaria foi muita da parte de todos os guerreiros que estavam na parte mais afastada da mesa. Trouxeram então um repulsivo corno de vaca, com ornamentos prateados, e até mesmo essa coisa veio cheia de cerveja. O corno de vaca foi levado, então, até o irmão gordo de *Sir* Arn, que o levantou bem alto na sala, enquanto dizia qualquer coisa que levou os guerreiros a dar murros na mesa, de tal modo que até os canecos começaram a saltar.

Depois disso ele entregou o corno de vaca com um gesto lento e solene para *Sir* Arn, que, constrangido como parecia, recebeu o corno e disse qualquer coisa que levou todos na sala que entendiam a língua nórdica às gargalhadas. Em seguida, ele tentou esvaziar toda a cerveja que estava dentro do corno, mas deve ter trapaceado, visto que a maior parte da cerveja caiu pelo peito dele. Ao retirar o corno da boca, fingiu que vacilava e se apoiou na mesa, enquanto que, com as mãos tremendo, devolveu o corno para seu irmão. E por essa peça de palhaçada recebeu ressonante salva de novas gargalhadas por parte dos guerreiros nórdicos presentes.

Mas ainda a cerimônia não tinha terminado, visto que ninguém fazia menção de começar a comer. Mais uma vez o corno de vaca foi enchido de cerveja, sendo entregue ao irmão de *Sir* Arn, que o levantou acima da cabeça, disse algo que certamente foi muito nobre e rico de conteúdo, visto que foi recebido com um murmúrio de aprovação, enquanto ele bebia toda a cerveja, sem deixar cair sequer uma gota e com toda a facilidade com que alguém consegue beber um pequeno copo de vinho. Os aplausos na sala voltaram a crescer e todos os homens com canecos de cerveja na sua frente os levantaram, os abençoaram e começaram a beber. O primeiro a bater o caneco vazio na mesa foi o norueguês Harald Øysteinsson, que se levantou e falou de uma maneira rítmica, cantada, rápida, que recebeu muitos aplausos.

Sir Arn fez questão de oferecer vinho para aqueles que ele quis salvar dos exageros da cerveja. Como disse, meio de brincadeira e traduziu para os apreciadores de vinho aquilo que o amigo Harald falou nos seus versos. *Sir* Arn traduziu em francês, mas aqui vai a versão em português:

"Raramente soube tão bem a cerveja espumante para aquele guerreiro que por tanto tempo lhe sentiu a falta. Longa foi a viagem. Mais longa ainda foi a espera. Agora, entre amigos, há que beber, nunca menos do que Tor."

Sir Arn explicou que Tor era um deus que, segundo a lenda, quis beber o mar inteiro para impressionar os gigantes. Infelizmente, isso foi apenas o início de uma série de leituras de versos a vir em seqüência e *Sir* Arn achou que seria praticamente impossível traduzir todos, já que isso se tornaria cada vez mais difícil de ouvir e entender.

Novas quantidades de cerveja foram trazidas por mulheres jovens que corriam rápidas de pés descalços, trazendo também mais carne, peixe, pão e verduras que se apresentavam como um exército inimigo em cima da mesa comprida. Os irmãos Vachtian se atiraram de imediato cada um para o seu leitão. O monge corpulento, assim como o marinheiro inglês atiraram-se a um salmão, trazido, ainda fumegante, sobre uma prancha de madeira. Os arqueiros ingleses se apossaram de grandes pedaços de pernas de vitela, enquanto *Sir* Arn escolheu um pedaço apenas razoável de salmão e com seu longo punhal bem afiado cortou um pedaço da bochecha de uma das cabeças de porco que, de repente, caíram diante dos olhos dos irmãos Wachtian.

Primeiro, os dois ficaram olhando fixamente para a cabeça do porco que ficou com o focinho virado para os irmãos. Jacob, involuntariamente, inclinou-se para trás. Mas Marcus, em contrapartida, inclinou-se para a frente e, apoiado nos cotovelos, começou a conversar com o porco e todos os que entendiam francês dos que estavam próximos logo ficaram se revirando e explodindo em gargalhadas.

Disse supor que o Senhor Porco, certamente, era alguém aqui neste país, mas não valia nada no Ultramar. Que era melhor aparecer entre os irmãos armênios do que entre aqueles que ficaram no acampamento onde o risco seria grande de o Senhor Porco não ser recebido com o grande respeito que merecia.

Pensando no que aconteceria se essa cabeça de porco aparecesse entre os muçulmanos, fez rir os irmãos Jacob e Marcus Wachtian e mais ainda os de fala dos francos, que começaram a ouvir no mesmo momento as orações do Islã no acampamento, visto que o sol se punha muito tarde neste país do norte da Europa. Até mesmo *Sir* Arn sorriu um pouco diante da idéia de a cabeça de porco ser servida justo no meio das orações muçulmanas do fim da tarde, mas ele apenas fez sinal despreocupado com a mão, quando o seu irmão lhe perguntou do que se tratava.

— Alá é grande... — exclamou Marcus, em árabe, meio na gozação, ao mesmo tempo que levantava o seu copo de vinho na direção de *Sir* Arn, mas logo se sentou, engasgado pela bebida e o riso, de modo que o vinho respingou em seu anfitrião. *Sir* Arn, porém, não se zangou e até encheu de novo o copo de Marcus.

Não demorou muito para que *Sir* Arn e a dona da casa junto dele, cautelosamente, afastassem de si os pratos, limpando os seus punhais, colocando-os de novo na cintura. O irmão de *Sir* Arn ainda comeu mais alguns pedaços enormes de carne antes de fazer o mesmo. Depois disso, os que estavam no lugar de honra apenas se dedicaram a beber, dois, de forma tranqüila, razoável, enquanto o terceiro continuou bebendo como os guerreiros, os noruegueses e os dois arqueiros ingleses, John Strongbow e Athelsten Crossbow, estes dois mostrando beber cerveja no mesmo ritmo dos bárbaros.

A gritaria aumentava cada vez mais. Os ingleses e os noruegueses mudaram de lugar sem a menor cerimônia, indo se juntar aos guerreiros nórdicos e aí explodiu uma enorme competição de honra para saber qual aquele que mais rapidamente conseguiria despejar pela garganta um caneco inteiro de cerveja, sem o retirar da boca. Parecia que os ingleses e os noruegueses conseguiam se portar bem nesta competição nórdica. Arn se inclinou para os seus quatro convidados restantes que falavam francês e explicou ser bom para a reputação que, pelo menos, alguns dos homens do Ultramar conseguissem se comportar bem nesta estranha competição. Como explicou ainda, os homens nórdicos apreciavam a capacidade de rapidamente ficarem bêbados, quase tanto quanto a capacidade de lutar com a espada e o escudo. Por que tinha de ser assim, ele não sabia explicar. E apenas encolheu os ombros como diante de uma coisa que não dava para entender.

Quando o primeiro homem, vomitando, caiu no chão, a dona da casa levantou-se e despediu-se com uma expressão boa e sem pressa exagerada de *Sir* Arn, que a beijou na testa para seu embaraço, do irmão de *Sir* Arn e dos convidados que falavam francês que a esta altura eram os únicos em condições de reagir ao chamado pelos seus nomes, além dos próprios anfitriões.

Sir Arn encheu, depois, novamente, os copos de vinho dos que falavam em francês, explicando que precisavam esperar um pouco mais, para que não se dissesse por todos que beberam cerveja, que todos os que tomaram vinho tinham ficado bêbados por baixo da mesa. No entanto, depois de olhar para o resto da mesa, achou que tudo estaria terminado dentro de uma hora, mais ou menos, ao surgirem os primeiros raios de luz da manhã.

Quando o sol começou a subir sobre Arnäs e os bebedores de vinho foram descansar, Arn ficou sozinho lá em cima, na torre, sonhando acordado com a paisagem da sua infância. Lembrava-se de quando ia caçar veados e porcos selvagens para os lados de Kinnekulle com escravos de quem ele se esforçava por lembrar os nomes. Pensou também de quando chegou a cavalo num bonito garanhão do Ultramar que se chamava Chimal, mas não chegou nunca a ficar tão próximo dele quanto de Chamsiin. E se lembrou de como o seu pai e seu irmão ficaram com vergonha de o ver montado num cavalo tão ruim, um animal que, na opinião deles, não servia para nada.

Mas, acima de tudo, sonhava com Cecília. Via diante de si como ela e ele subiam Kinnekulle a cavalo. Era primavera e ela vestia um manto verde, bem largo. E, dessa vez, ele estava disposto a falar para ela sobre o seu grande amor, mas nada conseguia dizer até que Nossa Senhora lhe ofereceu as palavras certas do Cântico dos Cânticos, as palavras que ele conservou na memória durante todos os anos de guerra na Terra Santa.

Nossa Senhora, sem dúvida, tinha ouvido as suas preces e sentiu piedade diante da sua fidelidade e por nunca ter perdido a esperança.

Restava menos de uma semana para matar essa saudade. Dentro de dois dias estaria iniciando a viagem para Näs, onde Cecília talvez já se encontrasse, sem fazer a menor idéia de que ele estava tão perto.

Estremeceu de medo, só perante a idéia de voltar a vê-la. Era como se o seu sonho acordado se tornasse grande demais, como se ele não pudesse mais controlá-lo.

Lá embaixo, a praça estava quase vazia e em silêncio. Uma ou outra escrava passava, retirando os vômitos e os ramos de árvores cheios de sujeira e de urina, junto ao portão da casa grande. Alguns homens apareceram gemendo, xingando e arrastando um escudeiro que teria sido dado como morto se não se soubesse que tinha estado na festa de Arnäs.

Quando o sol surgiu acima do horizonte no leste, ouviu-se, como não podia deixar de ser, a chamada para as orações no acampamento.

Primeiro, Arn não reagiu, habituado como ainda estava a ouvir aquele chamamento todos os dias nos seus ouvidos, de tal maneira que nem notava nada. Mas ao olhar para Kinnekulle e para a igreja de Husaby notou que aquele devia ser o primeiro nascer do sol sobre Arnäs saudado daquela maneira. Tentou recordar o texto no Sagrado Alcorão em que se permitia a exceção ao cântico do chamamento ser feito. Talvez no caso de se estar em território inimigo? Ou no caso de se estar em guerra e o inimigo reconhecer a posição adversária pelo chamamento?

Alguma coisa assim devia ser. Quando todos chegassem a Forsvik, os chamados para orações poderiam ser feitos em qualquer altura, mas se isso continuasse a ser feito durante muito tempo em Arnäs seria difícil evitar as perguntas e explicar com evasivas como na Terra Santa o amor por Deus assumia características injustificadas nos sentimentos das pessoas. Talvez também não fosse suficiente a explicação de que esses homens eram escravos e, portanto, não podiam ser considerados como inimigos, mas mais como cavalos ou cabritos.

Logo as orações iriam terminar lá embaixo. Estava na hora de começarem os trabalhos do dia. Arn sentia como se martelassem alguma coisa na sua cabeça, ao descer a estreita escada em caracol da torre.

No acampamento, acontecia, sem surpresa para Arn, que todos os que tinham descansado durante a noite na tenda dos muçulmanos já estavam de pé e que todos ainda dormiam na tenda dos cristãos e, além disso, ressonavam de tal maneira que era surpreendente ter sido possível aos seus camaradas terem agüentado o barulho.

Do lado dos sarracenos, todos os tapetes das orações já estavam enrolados e já tinha sido colocada água no fogo para fazer o tal de café moca da manhã. Os dois médicos foram os primeiros a notar a sua chegada. Levantaram-se e foram lhe desejar a paz de Deus.

— A paz de Deus esteja com vocês também, Ibrahim Abd al-Malik e Ibn Ibrahim Yussuf. Vocês que agora estão na terra dos infiéis, devem se chamar de Abraham e Josef — saudou Arn de volta, fazendo uma vênia. — Espero que tenham gostado da comida servida ontem de minha casa.

— O cordeiro estava bem gordo e bem condimentado, gostoso. E a água muito fria e fresca — respondeu o mais velho dos dois.

— É bom ouvir isso. Estou satisfeito — disse Arn. — Está na hora de começar o trabalho. Mande reunir os irmãos!

Dali a pouco já havia uma procissão de estranhos andando à volta dos muros de Arnäs, apontando, gesticulando e argumentando. Mas logo se chegou a um acordo. Era preciso pesquisar mais antes de ter um entendimento certo. Era necessário saber com exatidão como construir um castelo novo, impossível de ser tomado de assalto por inimigos. O terreno junto dos muros tinha de ser pesquisado através da escavação de buracos de ensaio. Muito seria preciso em termos de medidas e de contas. E os muitos braços de mar à volta de Arnäs também teriam de ser pesquisados para se poder decidir como as novas valas de defesa deveriam ser abertas. O terreno de areia que separava o castelo, construído no istmo, do interior da terra, era uma grande vantagem. Não seria preciso drenar ou construir uma vala. Tal como o terreno se apresentava, seria impossível fazer aproximar as torres de sítio ou de jogar pedras contra o castelo. Todas essas máquinas pesadas iriam afundar pela superfície aquosa, arenosa e instável. Uma parte importante da defesa do castelo estava, portanto, na própria natureza do lugar, como se Ele que tudo vê e que tudo ouve, tivesse criado essa defesa.

Assim que Arn achou que já tinha esclarecido suficientemente seus pensamentos e desejos, deixando que os mestres-de-obras fizessem seus estudos e suas contas, ele pegou os dois médicos e seguiu com eles para a sala pequena onde estava seu pai. Mais uma vez repetiu que eles agora se chamavam Abraham e Josef, aqui, na Escandinávia e nada mais. Eram os mesmos nomes, tanto na Bíblia quanto no Sagrado Alcorão. A diferença estava apenas na pronúncia. Ambos os médicos acenaram com a cabeça, aceitando em silêncio a solução ou obedecendo ao combinado.

Como ele esperava, o pai já estava acordado quando entraram no adaptado dormitório. O senhor Magnus tentou se levantar com a ajuda do cotovelo sadio, mas estava difícil e Arn se aproximou logo para ajudar.

— Mande esses estranhos embora por momentos, preciso urinar — foram as primeiras palavras do senhor Magnus para Arn, que sentiu mais alegria ao ouvir seu pai falando com mais desenvoltura do que se espantou com a maneira brusca e estranha de receber os bons dias. Arn pediu aos médicos para saírem por alguns momentos e procurou depois pelo urinol, seguindo as ordens do pai, e o ajudando então a verter as suas águas estocadas.

Tudo isso feito, Arn levantou seu pai e o colocou numa cadeira e pediu aos médicos para entrarem de novo. Estes voltaram a realizar os mesmos testes do dia anterior e informavam a Arn, de vez em quando, o que ele traduzia, embora retirando a maioria das palavras elegantes e de cortesia de que a língua árabe, por vezes, fica cheia.

O que atingiu o senhor Magnus foi conseqüência de um glóbulo de sangue muito grosso ter ficado preso no cérebro. Que essa enfermidade não tivesse resultado em morte imediata, o que podia ter acontecido, já era um bom sinal. Em alguns casos, a cura era total; em outros, quase total; e em outros, ainda, tão boa que, praticamente, não se notava nada. Mas, com a compreensão, isso nada tinha a ver. Apenas as pessoas ignorantes podiam pensar isso.

Aquilo que era preciso fazer, além do uso de certas ervas fortalecedoras que primeiro precisavam ser preparadas e fervidas em conjunto e de certas orações bem fortes, era praticar alguns exercícios. Era preciso colocar certos músculos paralisados novamente em movimento, um a um, e ter muita paciência. E no que dizia respeito à fala, havia apenas um exercício a fazer, o de falar. E esse era o mais fácil.

Em compensação, o que não devia ser feito era esconder-se por vergonha, ficar no escuro, deixar de falar e de se movimentar. Isso seria muito pior.

Yussuf, o mais novo dos médicos, saiu por momentos e voltou com um pedra redonda na mão, do tamanho de meio punho, que ele deu para Arn. E, então, explicou que dentro de uma semana, o honrado pai do senhor Al Ghouti devia aprender a levantar a pedra com a sua mão fraca, a da esquerda, por cima do joelho, e levá-la para a mão direita, a boa. De cada vez que ele não conseguisse, devia apanhar a pedra com a mão direita, colocá-la novamente na mão esquerda e recomeçar tudo outra vez. Era preciso não desistir. Com boa vontade e preces, muito podia ser conseguido. As coisas mais importantes eram os exercícios e a força de vontade, as ervas fortalecedoras vinham em segundo lugar.

Era tudo. Os dois médicos fizeram uma vênia primeiro na direção de Arn e, depois, na direção do seu pai. E saíram sem dizer mais nada.

Arn colocou a pedra na mão esquerda do seu pai e explicou-lhe como devia ser feito o exercício. O senhor Magnus fez a primeira tentativa, mas deixou a pedra cair. Arn voltou a colocar a pedra na mão esquerda do pai. E este a perdeu de novo e resmungou qualquer coisa de que Arn apenas entendeu a palavra "estrangeiros".

— Não fale assim para mim, pai. Diga tudo de novo, mas com palavras claras. Sei que o senhor pode fazer isso, assim como sei que o senhor entendeu tudo o que eu disse — disse Arn, olhando seriamente nos olhos de seu pai.

— Não serve de nada... ouvir... homens estrangeiros — conseguiu dizer seu pai num esforço o que fez abanar um pouco a sua cabeça.

— A esse respeito, o pai está enganado — disse Arn. — O senhor provou isso justamente agora. Eles disseram que o senhor poderá voltar a falar. E o senhor falou; portanto, sabemos que eles tinham razão. Em matéria de curas, esses homens estão entre os melhores que encontrei na Terra Santa. Eles estiveram a serviço dos templários. É por isso que estão agora comigo.

Desta vez, o senhor Magnus não respondeu, mas acenou com a cabeça, concordando que tinha caído em contradição pela primeira vez em três anos.

Arn colocou de volta a pedra na mão esquerda do pai e disse quase num tom de comando que agora era preciso que ele fizesse o exercício como os médicos haviam dito. O senhor Magnus fez uma nova tentativa, ainda a meia força, mas apanhou a pedra com a mão direita, levantou-a do chão, mas a deixou cair novamente. Arn sorriu do esforço, mas apanhou-a de novo e a deixou em cima do joelho do pai.

— Pai, diga o que o senhor quer saber da Terra Santa e tudo lhe contarei — disse Arn e se abaixou, ficando de joelhos, diante do senhor Magnus, de modo que seus rostos ficaram no mesmo nível.

— Bom... assim não pode... ficar muito tempo — disse o senhor Magnus, com esforço, mas com um sorriso que ficou meio de lado, caído para o lado atingido.

— Os meus joelhos estão mais habituados por causa das rezas do que o senhor pode imaginar, pai — respondeu Arn. — Rezar também era uma coisa que os guerreiros de Deus tinham de fazer na Terra Santa. Mas me diga, pai, o que o senhor quer que eu lhe conte sobre a Terra Santa?

— Por que nós perdemos... Jerusalém? — perguntou o senhor Magnus, enquanto, no mesmo momento, conseguia avançar com a pedra meio caminho para a mão direita, antes de deixá-la cair novamente.

Arn voltou a colocar cautelosamente a pedra na mão doente do pai e disse que ia lhe contar como Jerusalém foi perdida, mas apenas sob a condição de o pai continuar o exercício com a pedra enquanto o escutava.

Não foi difícil para Arn começar a sua história. Não existia nada em que ele mais tivesse pensado do que nos caminhos inescrutáveis de Deus sobre a questão e por que razão os cristãos foram punidos com a perda de Jerusalém e do Santo Sepulcro.

Fora por culpa dos nossos pecados. Essa resposta estava agora clara para ele. E então contou detalhadamente sobre os pecados, os do patriarca da Cidade Santa de Jerusalém, que envenenou dois bispos, os de uma rainha-mãe, prostituta, disposta a colocar no comando dos exércitos cristãos o primeiro amante que chegasse de Paris, os de homens gananciosos que se diziam combatentes de Deus e apenas estavam interessados em roubar, seqüestrar, matar e incendiar em proveito próprio. E assim que as sacolas estavam cheias voltavam para casa, convencidos de estarem perdoados, com o perdão dos pecadores.

De vez em quando, durante várias partes da história contada com os piores exemplos dos pecados cometidos por cristãos, ele pegou a pedra e recolocou-a na mão afetada do pai.

Mas quando a lista de pecados parecia estar se repetindo, seu pai fez um sinal, impaciente, com a mão saudável, para dar por terminado o flagelo. Depois, respirou fundo e se concentrou em uma nova pergunta.

— Onde você estava... meu filho... quando Jerusalém caiu?

Arn caiu em si ao ouvir a pergunta. Já tinha começado a se esquentar, pensando naqueles homens malditos como o patriarca Heraclius, homens que assassinaram outros, por seu livre-arbítrio ou por causa de sua vaidade, como no caso do grão-mestre dos templários, Gérard de Ridefort, ou por trapaças de comandantes de exércitos como ainda no caso de um homem, Guy de Lusignan, um verdadeiro prostituto.

Depois respondeu que, na verdade, estava em Damasco, como prisioneiro do inimigo. Jerusalém ficou perdida, não através de uma luta corajosa, nos muros da cidade. Jerusalém foi perdida através de uma batalha mal conduzida em Tiberíades, onde todo o exército cristão foi dizimado, conduzido até a morte por palhaços e prostitutos que nada sabiam de guerra. Poucos foram os prisioneiros que sobreviveram. Dos templários, só dois.

— Você... voltou, afinal, para casa... rico? — objetou o senhor Magnus.

— Sim, é verdade, pai. Voltei para casa e sou rico, mais rico do que Eskil. Mas isso aconteceu porque eu era amigo do rei dos sarracenos — respondeu Arn, conforme a verdade, mas se arrependeu logo, ao ver a raiva aflorar nos olhos do pai.

Foi então que o senhor Magnus levantou a pedra num movimento rápido da mão esquerda para a direita. E logo voltou a colocar a pedra na mão esquerda, a fim de poder levantar a mão direita saudável em sinal de condenação de um filho que foi traidor e por isso voltou rico.

— Não, não, não foi assim não — mentiu Arn, rápido, mas tranqüilamente. — Eu queria apenas ver se o pai podia mesmo levantar a pedra pelo caminho todo entre as duas mãos. A raiva lhe deu forças inesperadas. Perdoe-me por esta pequena trapaça!

O senhor Magnus se acalmou logo. Depois, olhou surpreso para a pedra que já estava de novo na mão doente. Então, ele sorriu e acenou com a cabeça.

— Está certo...

II

ESKIL NÃO ESTAVA ESPECIALMENTE DE BOM HUMOR e isso se notava muito, ainda que ele fizesse tudo para não demonstrar. Não se tratava apenas de precisar viajar a cavalo até a pedreira e voltar, o que iria exigir o dia inteiro, de um verão bem quente, e uma boa parte da noite. Além disso, estava com a sensação de que não era mais o senhor dentro da sua própria casa, tal como estava habituado a ser já há vários anos.

Havia andaimes montados e levantados ao longo dos muros de Arnäs e havia gente chamada para trabalhar e trazer mais caibros de madeira da floresta sem que fosse consultado. Era como se Arn em muitas coisas se tivesse tornado um estranho. Parecia não entender mais que um irmão mais novo não poderia ocupar o lugar do irmão mais velho. E também parecia não entender a razão por que um folkeano, membro do conselho do rei, devia viajar com uma força armada bastante, apesar de haver paz no reino.

Atrás deles vinham dez homens a cavalo, completamente armados, e, tal como Arn, envergando suas vestes de malha de aço sob os mantos. Ele próprio, Eskil, vestia como se estivesse indo para a caça ou para um banquete, com manto curto e chapéu com penas. O velho monge cavalgava com o seu hábito de lã branca, bem grossa, e com capuz, o que devia fazer a viagem difícil de agüentar, embora a esse respeito não se visse nenhum sinal no seu rosto. Estava, no entanto, meio engraçado, visto ter sido obrigado a enrolar o hábito para cima, até os joelhos, de maneira que podia-se ver, nuas, as suas barrigas das pernas. Tal como Arn, ele cavalgava um desses cavalos estrangeiros, menor e agitado.

Na primeira encosta de Kinnekulle, surgiu uma sombra agradável, ao cavalgar sob frondosas faias, muito altas. Eskil se sentiu, de imediato, com a disposição melhorada e pensou logo que estava na hora de falar em bom senso, ou na sua falta, quanto à reconstrução de Arnäs. Durante muitos anos nos negócios, ele aprendeu não ser inteligente iniciar disputas, nem mesmo sobre pequenos casos, quando se está quente demais ou sedento demais ou de mau humor. Mas com a temperatura amena, debaixo das árvores, tudo iria ficar melhor.

E acelerou seu cavalo, de forma a ficar ao lado de Arn, que parecia cavalgar com os pensamentos muito longe dali, certamente muito mais longe do que qualquer pedreira.

— Você deve ter montado em dias de verão mais quentes do que este, certo? — começou Eskil, inocentemente.

— Sim — respondeu Arn, parecendo ter sido acordado de outros pensamentos —, na Terra Santa, o calor no verão, às vezes, era tão grande que ninguém conseguia andar de pés descalços no chão sem se queimar. Agora, cavalgar nesta temperatura amena, em comparação, é como estar nos prados do Paraíso.

— Mas você insiste em vestir essa malha de aço, como se ainda devesse estar pronto para combater. Como pode?

— É questão de hábito, há mais de vinte anos. Talvez eu sentisse frio se cavalgasse, montado e vestido como você, meu irmão — reagiu Arn.

— É. Pode ser — concordou Eskil, que conseguiu assim levar a conversa para onde queria. — Você não viu nada a não ser guerra, desde que nos deixou, quando adolescente, não é?

— É verdade — respondeu Arn, pensativo. — É quase um milagre voltar a montar num país lindo como este, nesta temperatura amena, sem refugiados e casas queimadas ao longo dos caminhos, sem a todo momento ter de ficar observando as florestas ou olhando para trás, receando ser seguido por cavaleiros inimigos. Chega a ser difícil descrever apenas a situação, tal como a gente a sente ainda hoje.

— Tal como é bastante difícil para mim descrever como eu me sinto, depois de quinze anos de paz. Assim que Knut se tornou rei e

Birger Brosa, seu conde e ministro, a paz se estabeleceu no nosso reino e permaneceu desde então. Você deve considerar isso.

— Ah, sim? — questionou Arn, olhando para o seu irmão ao compreender que a conversa não era apenas sobre sol e calor.

— É um custo enorme que você está colocando sobre os nossos ombros, com essa sua mania de reconstruir — esclareceu Eskil. — Quer dizer, pode parecer uma burrice gastar com preparativos para a guerra, a um custo enorme, quando estamos em paz.

— Quanto ao custos, sou eu que estou pagando, com três arcas de ouro — reagiu Arn, rápido.

— Mas toda essa pedra que vamos comprar, em vez de vender, é um custo muito grande, um custo de guerra em tempo de paz — objetou Eskil, pacientemente.

— Vou explicar melhor — replicou Arn.

— Quer dizer... É verdade que somos proprietários de todas as pedreiras. Portanto, não vamos ter que jogar dinheiro fora pela pedra que você quer utilizar. Mas nesses anos de paz são construídas muitas igrejas de pedra em toda a província da Götaland Ocidental. E muita da pedra necessária vem das nossas pedreiras...

— E se pegarmos as pedras para utilizá-las nas nossas próprias construções, vamos perder dinheiro e o lucro na venda, é isso que você quer dizer?

— É isso sim. É assim mesmo que fazemos as contas, quando se trata de negócios.

— É verdade. Mas se não fôssemos os donos das pedreiras, eu teria pago pelas pedras, de qualquer maneira. Então, poupamos esse custo. É assim que se fazem as contas também nos negócios.

— Mas, então, resta a questão de saber se não é burrice utilizar tanta riqueza para construir para a guerra quando estamos em paz — suspirou Eskil, insatisfeito pelo fato de, pela primeira vez, não ter conseguido nada com os seus esclarecimentos. Afinal, para ele, tudo na vida podia ser avaliado em dinheiro.

— Em primeiro lugar, não vamos construir para a guerra, mas para a paz. Isto porque em tempos de guerra não temos nem tempo nem os recursos para construir.

— Mas, se *não* houver guerra — insistiu Eskil —, não seriam inúteis todos esses esforços e todos esses custos?

— Não — reagiu Arn —, visto que, em segundo lugar, ninguém sabe o que o futuro lhe reserva.

— Portanto, nem mesmo você, por muito que seja experiente em todas as questões de guerra.

— Isso é verdade. E por isso mesmo é mais inteligente se preparar para a guerra, fortemente, enquanto é tempo e há paz. Se você quer paz, prepare-se para a guerra. Quer saber qual seria a maior felicidade com esta construção? A de ver que nunca nenhum exército estranho se atreveria a montar cerco à volta de Arnäs. Então teríamos construído tudo da maneira certa.

Eskil ainda não estava convencido, antes continuava um pouco inseguro. Se era certo que, pelo que se poderia prever, o tempo das guerras havia passado, a construção de um novo castelo como uma fortaleza melhor, da espécie como Arn a tinha pensado, não valia a pena, nem toda a prata gasta.

E pelo que acontecia no reino, no momento, era como se o tempo das guerras tivesse passado. De uma paz tão longa como aquela que estava ocorrendo no reinado do rei Knut não havia memória, nem as lendas ainda cantadas se referiam a coisa semelhante.

Eskil achava que na época a guerra era desconsiderada como meio de luta pelo poder. Achava melhor que o poder viesse do casamento correto entre filhos e filhas e achava ainda que a riqueza proporcionada pelo comércio com os países estrangeiros criava um escudo contra a guerra. Quem é que estaria disposto a arrasar com seus negócios? A prata era mais forte do que a espada e os homens casados entre famílias opostas dificilmente levantavam as espadas uns contra os outros.

Era dessa maneira sensata que se estava tentando manter a ordem nos tempos do rei Knut, se bem que ninguém poderia estar absolutamente certo, já que era impossível descortinar com certeza o futuro.

— Até que ponto é possível tornar mais forte o castelo de Arnäs? — perguntou Eskil, depois de sua longa viagem paralela pelos seus pensamentos.

— Suficientemente forte para que se torne inconquistável — respondeu Arn, seguro, como se isso fosse uma verdade inquebrantável. — Podemos construir uma Arnäs tão forte, a ponto de ser possível aos folkeanos e a todos os servos viverem dentro dos seus muros por mais de um ano. Nem mesmo o mais forte dos exércitos, sem grandes perdas, poderá manter o estado de sítio por tanto tempo. É só pensar no frio do inverno, na chuva do outono e na neve mole, da mistura com a lama, na primavera.

— E o que é que iríamos comer e beber durante esse longo tempo! — exclamou Eskil, com uma expressão de tanto medo que Arn chegou a exibir um largo sorriso de compreensão.

— Receio que a cerveja iria terminar logo depois de mais ou menos um mês — disse Arn. — E para o final talvez tivéssemos que ficar a pão e água como se estivéssemos em penitência dentro de qualquer mosteiro. Mas a água existe dentro dos muros. É só preparar mais uns dois poços. E milho e trigo, assim como peixe seco e carne defumada, é só guardar com cuidado e em grandes quantidades. Mas para isso é preciso construir uma nova espécie de arcas de pedra para evitar que entre umidade. Construir essas despensas é tão importante quanto construir os muros fortes. Desde que se façam as contas certas quanto ao que se precisa ter e ao que se tem, será possível até produzir e ter mais cerveja.

Eskil se sentiu logo mais aliviado com as últimas palavras de Arn a respeito da possibilidade de produzir mais cerveja. Sua desconfiança começou a se transformar em admiração e logo passou a perguntar, cada vez mais interessado, a respeito de como ocorriam as guerras no reino dos francos, na Terra Santa e no Sachsen e em outros países, com mais gente e maiores riquezas do que as que existiam na Escandinávia. A resposta de Arn levou-o para um mundo novo, onde os exércitos eram constituídos mais por cavaleiros e onde as grandes catapultas de madeira jogavam blocos de pedra contra muros que eram duas vezes mais altos e duas vezes mais espessos do que os muros de Arnäs. Finalmente, Eskil se mostrou tão interessado em fazer novas perguntas que os dois resolveram parar para descansar. Arn limpou de folhas e ramos um lugar, perto de uma frondosa faia, e abriu uma clareira com os seus pés revestidos de aço. Pediu a Eskil para se sentar em cima de uma grossa raiz de árvore e chamou pelo monge que, em silêncio, fazendo vênias, se sentou ao lado de Eskil.

— O meu irmão é um homem de negócios que quer construir a paz com pratas. Mas agora vamos contar como se constrói a mesma paz com aço e pedra — explicou Arn, puxando pelo seu punhal, e começando com a ponta a desenhar uma fortaleza na terra marrom aplanada.

A fortaleza que ele reproduziu chamava-se Beaufort e estava situada no Líbano, ao norte de Jerusalém. Fora cercada mais de vinte vezes durante períodos de tempo maiores e menores e, por vezes, pelos mais receados comandantes sarracenos. Mas ninguém tinha conseguido tomá-la, nem mesmo o grande Nur al-Din, que uma vez avançou com dez mil guerreiros, cercando o forte por mais de um ano e meio. Tanto Arn como o monge haviam estado antes na fortaleza de Beaufort e se lembravam muito bem dela. Ambos se ajudavam a relembrar os detalhes que Arn desenhava no solo com o seu punhal.

Eles explicaram tudo, na seqüência certa, começando pelo mais importante. E o mais importante era a própria situação: ou no cimo de uma montanha, como a Beaufort, ou no meio do mar, como Arnäs. Mas por melhor que fosse a situação para as táticas de defesa era preciso ter acesso à água dentro dos muros do forte, não uma fonte fora dos muros que o inimigo pudesse descobrir e cortar.

Depois da água e da boa situação, vinha a capacidade de armazenar mantimentos em quantidades suficientes, principalmente grãos para fazer pão e forragem para cavalos. Só então se devia pensar no formato dos muros e das valas a construir para impedir o inimigo de levantar torres de assalto ou avançar com catapultas de atirar pedras e sujeira para dentro da fortaleza. E depois disso o mais importante era a colocação das torres e das ameias de tiro de modo que com o menor número de atiradores fosse possível conseguir cobrir a maior área possível, de todos os ângulos, ao longo dos muros.

Arn desenhou torres que ficavam suspensas para fora dos muros em todos os cantos do forte e explicou como, a partir dessas torres, era possível atirar ao longo dos muros pelo lado de fora e não apenas para a frente dos muros. Dessa maneira era possível reduzir os atiradores, em cima dos muros a uma quantidade pequena, o que era uma grande vantagem. Melhores ângulos de tiro e menos atiradores, isso era importante.

Aqui, Eskil resolveu interromper, embora de maneira hesitante, visto que não queria parecer idiota. Mas não tinha entendido qual era a vantagem de utilizar menos atiradores, vantagem que parecia tão clara para Arn e o monge. O que se ganharia em diminuir a força de atiradores em cima dos muros?

Resistência, perseverança, explicou Arn. O estado de sítio não era como uma festa de três dias. Era preciso agüentar, não deixar que o cansaço reduzisse a atenção das sentinelas. O sitiante de um forte quer, ao final, invadi-lo, caso não consiga ocupá-lo através de negociações. Os sitiantes podiam escolher a hora: depois de um dia, de uma semana ou de um mês, de manhã, à noite ou bem no meio da tarde. De repente, vinham todos ao mesmo tempo com escadas contra os muros, chegando de todos os ângulos, e se fossem bem competentes em disfarçar as suas intenções, os sitiados podiam ser surpreendidos.

Esse era o momento decisivo. Por isso, era preciso que apenas um terço dos sitiados estivesse nos muros e servisse apenas durante algumas horas. E que os outros dois terços ficassem em descanso, até dormindo, se fosse o caso. Se o alarme soasse, não demoraria muito para que todos os defensores, bem descansados, assumissem as suas posições de combate. Treinando bem algumas vezes, a força dos defensores podia crescer de um terço para o total, no mesmo espaço de tempo que levavam os sitiantes para correr com as suas escadas de assalto. O sono, portanto, era parte importante da defesa. Com essa ordenação, também havia uma reserva em termos de camas para dormir, visto que havia sempre um terço dos defensores de sentinela nos muros. Em contrapartida, sempre existia uma cama aquecida quando eles desciam dos seus postos.

Mas voltando ao castelo de Beaufort. Era, evidentemente, um dos mais fortes do mundo, mas estava localizado também numa região onde era preciso se defender dos exércitos mais fortes. Iria demorar dez anos para construir um castelo como esse em Arnäs, com muito trabalho extra e sem utilidade. Ou, como Arn salientou, lançando um olhar na direção de Eskil, com muitos gastos em prata. No entanto, uma guerra como aquelas da Terra Santa, com aqueles exércitos, não iria alcançar Arnäs.

Arn apagou a imagem do forte de Beaufort com o pé e começou a desenhar a de Arnäs como ficaria, com um muro que emolduraria uma área duas vezes maior do que aquela agora existente. Toda a parte externa do istmo iria ser murada, e onde o istmo se transformava em terreno arenoso iria ser construído um novo portão, embora um pouco mais elevado no muro. Mas para isso era preciso construir uma rampa de acesso de pedra e terra com um fosso entre o muro e o amparo da ponte levadiça, do outro lado. Dessa maneira, ninguém poderia avançar com as catapultas e usá-las contra o portão, que, por mais forte que fosse construído, seria mais fraco do que os muros de pedra. Um portão ao nível do terreno seria convidar o inimigo para a festa de uma vitória rápida.

Se tudo isso fosse construído em boa ordem, assegurou Arn, seria possível para ele, junto com menos de duzentos homens dentro dos muros, defender Arnäs de qualquer exército nórdico.

Eskil perguntou então a respeito do perigo de incêndio, e o monge assim como Arn acenaram com a cabeça, considerando que a pergunta era inteligente e cabível. Arn desenhou novamente e descreveu como os planos do burgo ficariam e seriam construídos de pedra, com todos os telhados de turfa sendo substituídos por telhas de argila ou ardósia. Tudo o que pudesse arder seria substituído por pedra ou defendido durante eventuais cercos por couro de gado bovino mantido permanentemente molhado.

Isso seria apenas, no entanto, o lado *defensivo* da coisa, continuou Arn, entusiasmado, agora que viu ter atraído o interesse de Eskil. Mas como Eskil não entendia o que ele queria dizer, Arn teve de interromper o que falava e discutir, por momentos, a palavra certa, com o monge. Concordaram, então, em dizer que esse era o lado da defesa que ficava parado, apenas se defendendo.

O outro lado era o ataque. Isso se fazia de preferência com a cavalaria e muito antes de o inimigo chegar para sitiar o castelo, a própria fortaleza. Na realidade, seria uma empreitada muito grande e muito demorada avançar até Arnäs com o exército sitiante do inimigo. No caminho, os suprimentos do inimigo seriam atacados a toda hora por cavaleiros mais rápidos do que os deles e isso já diminuiria a vontade de combater e a força do inimigo.

E quando o cerco tivesse durado, mais ou menos, uma semana e a atenção do inimigo tivesse diminuído, os portões do castelo seriam abertos de repente e por eles sairiam de roldão os cavaleiros bem armados e nessa ação morreriam mais sitiantes do que sitiados. E Arn continuava desenhando no chão linhas profundas com a ponta do seu punhal.

Eskil não podia deixar de ficar cada vez mais confuso com a descrição de como a guerra era diferente em outros países em relação à Escandinávia. Ele entendia o pensamento de Arn, raciocinava ele, de que aquilo que já acontecia lá fora acabaria chegando à Götaland Ocidental. O melhor, portanto, era aprender antes dos seus inimigos essas novidades e conservar essas forças. Mas como é que tudo isso seria feito, além de toda a construção?

Obter conhecimentos era uma das coisas a fazer, disse Arn. E ele próprio, assim como muitos dos seus viajantes convidados possuíam esses conhecimentos.

E prata era outra. Tal como a guerra era conduzida atualmente no grande mundo, aquele que tivesse mais prata era também o mais forte. Um exército de cavaleiros não vivia do ar ou da fé, ainda que ambas as coisas fossem necessárias. Antes, viviam de suprimentos que era preciso comprar e de armas que também precisavam ser compradas. A guerra nesses novos tempos era mais um negócio do que a vontade de grupos de defender a vida e as propriedades desses grupos. Por trás de cada homem bem armado e de veste de malha de aço estavam cem homens que plantavam, conduziam carroças de bois, produziam carvão para as forjas, forjavam armas e equipamentos de combate, os transportavam sobre o mar, construíam barcos e velejavam com eles, botavam ferraduras nos cavalos e os alimentavam. E por trás de tudo isso estava a prata, o dinheiro.

A guerra não se fazia mais entre duas famílias de camponeses por uma questão de honra ou para saber quem se chamaria de rei ou de conde. Era por negócios, e o maior deles era a guerra.

Aquele que levava em frente esse negócio com suficiente bom senso, prata e conhecimento saberia como comprar a vitória, caso houvesse guerra. Ou, melhor ainda, comprar a paz. Isto porque aquele que conseguisse se tornar suficientemente forte não seria atacado.

Eskil se sentiu, de repente, atingido, diante da compreensão de que ele próprio e seus negócios podiam ser duplamente mais importantes para a guerra ou a paz do que todos os seus escudeiros juntos. E ficou em silêncio. O monge e Arn entenderam mal, talvez, a falta de novas perguntas. Acharam que ele tinha se cansado de tanto aprender e se prepararam de imediato para se levantar.

Visitaram três pedreiras naquele dia antes de Arn e o monge encontrarem na quarta o que pretendiam. Era formada de arenitos e aquela onde há menos tempo se tinha começado a extração. Havia menos pedreiros, mas, em contrapartida, um estoque maior de pedras cortadas e ainda não vendidas.

Era onde havia muito tempo a ganhar, segundo Arn. O arenito, muitas vezes, podia ser um pouco fraco, principalmente quando os muros ficavam expostos a catapultas muito pesadas e fortes. Mas contra esse tipo de ataques não era preciso preparar Arnäs. O terreno no istmo terminava numa rampa muito íngreme perto dos muros e não havia condições para preparar essas máquinas para atirar neles. E a leste, na área do fosso e da ponte levadiça, o terreno era fraco demais, quase um brejo. Portanto, o arenito serviria muito bem.

Além disso, o arenito tinha a vantagem de ser mais fácil de cortar e de alisar do que o calcário, para não falar do granito, e ainda por cima já existia um bom estoque para que a construção começasse de imediato, sem demora. Isso era bom. Escolher a pedra certa poderia significar uma economia de mais de um ano para o início da construção. Portanto, por todas as razões, aquela era certamente a pedra ideal.

Eskil não fez objeções e pareceu aos olhos de Arn, inesperadamente, bem receptivo ao concordar com todas as decisões de como o trabalho devia ser feito na pedreira na semana seguinte e onde e como novos pedreiros deviam ser contratados.

Em compensação, Eskil reclamou de muita sede e dirigiu para o irmão Guilbert um olhar meio estranho quando este, servilmente, lhe estendeu um saco de couro com água fresca.

A viagem seguinte que eles fizeram juntos foi um pouco menos longa, apenas dois dias de Arnäs para Näs, na ilha Visingsö, no lago Vättern. Para Arn, no entanto, essa seria a viagem mais longa da sua vida.

Ou, como ele próprio achava, esse seria o final de uma viagem que durara quase toda a sua vida.

Arn tinha feito um juramento sagrado para Cecília, dizendo que enquanto pudesse respirar e enquanto seu coração batesse, ele tudo faria para voltar para casa. Esse juramento, ele o tinha feito, justo diante de sua espada abençoada de templário, um juramento que jamais poderia ser quebrado.

Evidentemente, agora, ele conseguia até rir ao tentar imaginar como ele próprio era, aos dezessete anos de idade e sem as marcas da guerra, tanto na alma quanto no corpo. Fora um idiota como apenas um ignorante pode ser. Com certeza poderia rir-se, com vários sentimentos misturados, caso se tentasse imaginar um tal jovem, um tal Persival, teria dito o irmão Guilbert, com o olhar iluminado, jurando que iria sobreviver a vinte anos de guerra no Ultramar. Além do mais, como templário. Era um sonho impossível.

Mas naquele momento não se podia rir do sonho impossível, visto que esse sonho estava a ponto de se realizar.

Durante esses vinte anos, ele rezou uma vez, em alguma hora, a cada vinte e quatro horas. Não, talvez nem todos os dias, não durante alguma campanha ou alguma batalha mais prolongada, em que a espada estava em primeiro lugar, à frente da oração, mas quase todos os dias ele pediu à Mãe de Deus para proteger a sua Cecília e seu filho desconhecido. Isso Ela fizera. E não teria feito isso, sem querer acrescentar algo.

Visto por esse lado, o que, por muito que a gente brigasse com o seu raciocínio, era a maneira certa de ver as coisas, ele podia agora deixar de recear o que quer que fosse no mundo inteiro. Fora a Sua vontade especial que resolvera os unir de novo. Era isso que estava para acontecer. Portanto, por que se preocupar?

Por muitos motivos. Assim acontecia quando ele se obrigava a pensar no que poderia acontecer. Ele amava uma jovem de dezessete anos chamada Cecília Algotsdotter e, então, como agora, amar uma pessoa eram palavras impróprias na boca de um folkeano e, mais ainda, quase uma zombaria do amor a Deus. Também ela havia amado um jovem que era outro Arn Magnusson, diferente daquele de agora.

Mas quem eram eles agora? Muito havia acontecido com ele próprio durante mais de vinte anos de guerra. Outro tanto, embora de maneira diferente, devia ter acontecido a ela durante vinte anos em penitência no convento de Gudhem, sob as ordens de uma abadessa que, como ele foi informado, era uma mulher repulsiva.

Será que eles iriam se reconhecer um ao outro?

Ele tentava se comparar com aquele jovem que fora com a idade de dezessete anos. Que a diferença era grande no corpo, isso era indiscutível. Possivelmente, tinha um rosto mais charmoso como jovem, tão certo quanto agora não ser mais tão charmoso assim. Metade da sua sobrancelha esquerda não se distinguia do resto da face e a têmpora era uma única cicatriz branca, aquela que ele recebeu na grande derrota perto do Chifre de Hattin, aquele lugar desgraçado e maldito por toda a eternidade. No resto do rosto, ele tinha nada menos do que vinte cicatrizes brancas, talvez mais, na maioria causadas por flechas. Não iria uma mulher, saída do suave e pacífico mundo do convento de Nossa Senhora, voltar as costas por repugnância diante de um rosto assim, e na certeza do que esse rosto contava a respeito do homem?

Iria ele reconhecê-la? Sim, isso ele tinha certeza de que ia acontecer. A sua madrasta, Erika Joarsdotter, era apenas alguns anos mais velha do que Cecília e ele a reconhecera de imediato, assim como ela o reconhecera a distância. Foi uma consolação raciocinar assim.

O pior de tudo era pensar no que ele deveria dizer a ela ao se encontrarem. Era como se a sua cabeça se fechasse, quando ele tentava pensar nas palavras bonitas que deveria dizer na primeira saudação. Para isso, ele precisava procurar ainda mais o consolo e os conselhos da Mãe de Deus.

Eles navegavam contra a corrente pelo rio Tidan, com oito remadores. Arn ficou sozinho lá na frente, na proa, e olhava direto para baixo, para a água escura onde podia descortinar o seu rosto dilacerado. No centro plano dessa barcaça fluvial sem quilha que vivia subindo e descendo aquele rio, estavam seus três cavalos. Arn convenceu Eskil de que não era preciso nenhum escudeiro para essa viagem, visto que ele próprio e Harald estavam bem armados e com os seus arcos e uma boa quantidade de flechas. Alguns escudeiros nórdicos não iriam significar nada, mas apenas ocupar espaço.

Eskil acordou-o de seus sonhos, de repente, ao colocar a mão sobre seus ombros. Quando Arn reagiu ao toque, Eskil riu descontraidamente diante daquele escudeiro que, com certeza, devia estar alerta, espiando atentamente a frente do barco. E foi avançando com um pedaço de pernil defumado que Arn recusou.

— É maravilhoso viajar no rio num bonito dia de verão — disse Eskil.

— Concordo — disse Arn, observando os salgueiros e os amieiros que acarinhavam com os seus ramos a embarcação subindo a fraca corrente. — Isso é uma coisa com a qual eu sonhava, mas não sabia se ia ver de novo.

— É. Mas está na hora de falar sobre o lado ruim das coisas — disse Eskil, sentando-se pesadamente ao lado de Arn. — Que lamentavelmente vou ter que lhe contar...

— É melhor contar-me logo. Você vai ter que me contar, de qualquer maneira — disse Arn, levantando-se da sua posição meio deitada, contra a borda do barco.

— Você e eu tínhamos um irmão. Temos duas irmãs, que já estão casadas, mas o nosso irmão que se chamava Knut foi morto por um dinamarquês quando tinha dezoito anos.

— Então, vamos, pela primeira vez, rezar juntos por sua alma — disse Arn, rapidamente.

Eskil suspirou mais uma vez, mas se conteve. Rezaram por muito mais tempo do que Eskil achou razoável.

— Quem o matou e por quê? — perguntou Arn, quando levantou a cabeça. No seu rosto havia menos tristeza e raiva do que Eskil havia esperado.

— O dinamarquês chama-se Ebbe Sunesson. Foi durante uma festa de despedida de solteiro no casamento de uma das nossas irmãs. E aconteceu em Arnäs.

— Quer dizer que a nossa irmã se casou com um sverkeriano ou dinamarquês? — perguntou Arn, sem mudar de expressão.

— É. Kristina é casada com Konrad Pedersson e mora perto de Roskilde.

— Mas como aconteceu? Como é que uma brincadeira de despedida de solteiro pôde terminar em morte?

— O ambiente pode esquentar, como você sabe... Muita cerveja correu fácil dessa vez, aliás, como das outras vezes também, e o jovem Ebbe Sunesson resolveu jactar-se de como era bom espadachim e achava que ninguém tinha coragem de o enfrentar. Aqueles que costumam usar esse tipo de discurso ao lado da barrica de cerveja, na maioria das vezes, estão mais blefando contra si mesmos do que contra os outros. Mas, no caso deste Ebbe, ele se mostrou realmente forte com a espada. Hoje ele faz parte da guarda especial do soberano dinamarquês.

— E aquele que se deixou enganar foi o nosso irmão Knut, certo?

— Isso mesmo. Knut não era bom de espada. Era como eu e como o nosso pai, mas não como você.

— Então diga o que aconteceu. Arranhões e manchas roxas é o que normalmente resulta dessas brincadeiras, em especial quando alguém resolve enfrentar quem é melhor de espada. Mas a morte?

— Primeiro, Ebbe cortou a orelha de Knut, e muitos riram do caso. Talvez Knut se retirasse depois do primeiro sangue corrido. Mas Ebbe fez gozação em cima dele e aí os risos foram maiores e mais altos. E foi então que Knut atacou com raiva...

— E morreu na hora. Posso imaginar o que aconteceu — disse Arn, com mais tristeza do que raiva na voz. — Se Deus quiser, Ebbe Sunesson vai um dia ter que enfrentar o irmão de Knut na espada. Mas só se Deus quiser. Não pretendo me vingar por vontade própria. Mas vocês não se vingaram do assassino, não? Deviam ter exigido uma grande penitência.

— Não, nós renunciamos à penitência — respondeu Eskil, envergonhado. — Não era um caso fácil, mas o contrário também não o seria. Ebbe Sunesson pertence à família Hvide, para a qual a nossa irmã Kristina ia entrar pelo casamento no dia seguinte. A família Hvide é a mais poderosa na Dinamarca depois da família do rei. O arcebispo Absalon, de Lund, é um Hvide.

— Não deve ter sido um casamento alegre — disse Arn, tranqüilamente, como se estivesse a falar do tempo.

— Não, claro que não — condescendeu Eskil. — Todos os convidados dinamarqueses viajaram no dia seguinte para o Sul, para terminarem a festa de casamento em casa. Nós sepultamos Knut em Forshem e, um dia mais tarde, nosso pai teve um derrame. Acho que o seu mal foi resultado da sua tristeza.

— Devemos ter pago caro em termos de presente de noiva nesse negócio astucioso de nos aparentarmos com essa tal família Hvide — murmurou Arn, olhando para baixo, para as águas escuras do rio. — E quantas mais tristezas você tem para me contar?

Notava-se que Eskil tinha vários males para contar. Mas continuava hesitante. Foi preciso Arn estimulá-lo mais uma vez. Era melhor contar todos os males logo do que deixar para depois.

A desgraça seguinte se relacionava com Katarina Algotsdotter, a irmã de Cecília, esposa de Eskil e mãe de duas filhas já casadas e de um filho, Torgils, que os dois talvez fossem encontrar no castelo do rei, em Näs.

Katarina não fora uma esposa ruim, nem ruim como mãe. Sem dúvida foi muito melhor do que se esperava, atendendo a que era considerada como manhosa e intriguista.

Por uma questão de honra, mais do que pelo dote e o poder, Eskil teve de se casar com Katarina. Algot Pålsson, o pai de Cecília e de Katarina, havia fechado um acordo sobre o casamento de Cecília com Arn. Mas quando o acordo se rompeu no momento em que Arn e Cecília foram atingidos pela punição da Igreja, de vinte anos de penitência, Algot exigiu uma reparação, o que, aliás, era seu direito.

A honra dos folkeanos estava em jogo e era uma das partes do negócio. A outra parte incluía uma pedreira, uma floresta e um bom pedaço de praia ao longo do lago Vänern como dote. O bom dessa parte do negócio, possivelmente, era que Eskil via melhor do que os outros. Isso porque, assim, ele passava a controlar todo o comércio por mar em toda a Götaland Ocidental.

E a pedreira valia muita prata nesses tempos em que se construíam muitas igrejas em todo o país. Muita prata, desde que não se jogassem fora as pedras em construções próprias, acrescentou ele, numa tentativa fracassada de fazer graça. Arn reagiu apenas com um leve sorriso.

Recompensar Katarina com um dote e as chaves da casa, depois do que ela fizera de mal para Arn e Cecília, ao revelar para a abadessa Rikissa o que não devia, não fora um caso fácil. Mas ainda assim fora a melhor maneira de arranjar as coisas. Ninguém iria poder dizer que os folkeanos tinham quebrado uma promessa e um acordo firmado.

Durante muitos anos, Katarina foi uma esposa gentil que cumpria com todos os deveres que lhe competiam. Mas passados quinze anos, ela cometeu o pior de todos os pecados.

Eskil ficava durante longos períodos em Näs ou em Aros Oriental ou até mais longe para o sul, em Visby e Lübeck. E durante esses períodos em que ficava sem o seu esposo, Katarina se divertia cada vez com mais freqüência de uma forma que dificilmente poderia ser perdoada através de penitências. À noite, ela recebia em seu leito um dos escudeiros.

Quando Eskil, pela primeira vez, teve conhecimento do que se passava, resolveu advertir Katarina e explicou que se falassem mais uma vez desse pecado em sua casa, o perigo era grande de acontecer uma grande infelicidade para todos. A palavra da lei para casos de prostituição era duríssima, e apenas uma parte do que podia acontecer de ruim. O pior seria se os seus filhos ficassem órfãos de mãe.

De início, Katarina pareceu se corrigir. Mas, em breve, voltou tudo ao que era. Eskil notou essa volta ao pecado, não apenas pelo que se dizia em Arnäs, mas também pelos rumores terem chegado até Näs e ter visto muitas expressões zangadas entre os conselheiros do rei. Ele fez então o que a sua honra mandava, mas a decisão não foi fácil, antes dolorosa.

O escudeiro Svein fez aquilo que lhe mandaram fazer. Uma noite em que Eskil se encontrava com o rei em Näs, se bem que no seu quarto e tendo um pesadelo, Svein e dois outros escudeiros entraram na sala em que todos em Arnäs sabiam que os pecadores se encontravam.

Não mataram Katarina, mas apenas o homem com quem ela se prostituía. Os lençóis ensangüentados foram levados ao fórum para servir de mortalha para o pecador. Katarina foi levada para o convento de Gudhem, onde fez seus votos.

No que dizia respeito à prata, neste caso, isso foi o mais fácil. Eskil ofereceu de presente a quantidade de marcos que achou necessária para Gudhem. E Katarina desistiu de suas propriedades para a família folkeana, no momento em que fez os seus votos. Esse foi o preço que ela pagou para continuar viva.

Depois dessas notícias, a viagem continuou melancólica por um longo período. Harald Øysteinsson ficou sozinho na popa do barco com o timoneiro, sentindo que não devia se meter na conversa dos dois irmãos, lá na proa. Que era uma conversa cheia de desgraças por contar podia-se ver, mesmo a longa distância.

Abaixo da antiga praça da assembléia do burgo de Askeberga, onde o rio Tidan fazia uma curva pronunciada em direção ao sul, havia um lugar para descanso dos viajantes. Havia outras barcaças iguais à deles, compridas e de fundo chato, mas boas para transportes pesados, já meio puxadas para cima da praia. E foi grande a excitação geral entre os remadores e o povo do lugar à chegada do chefe folkeano, o senhor Eskil. Rapidamente, o povo foi empurrado para fora da única casa grande do lugar, as mulheres avançaram para fazer a limpeza, enquanto o dono da taberna, um escravo libertado que se chamava Gurmund, chegava na hora com uma jarra de cerveja para o senhor Eskil.

Arn e Harald Øysteinsson apanharam os seus arcos e seus cestos de flechas, foram buscar palha e fizeram um alvo antes de se afastarem para praticar durante algum tempo. Harald brincou, dizendo que o único treino que eles puderam realizar durante o ano no mar exigia ter os inimigos bem perto, mas que, agora, com a ajuda de Deus, podiam se preparar melhor. Arn respondeu sucintamente, dizendo que o treino era uma obrigação, visto ser uma atitude pagã acreditar que Nossa Senhora estaria sempre disposta a ajudar até os preguiçosos. Apenas aquele que trabalhasse duro no tiro merecia acertar bem com a sua flecha.

Alguns dos garotos filhos de escravos se infiltraram na área para ver qual dos dois, que desconheciam, se portava melhor no tiro ao arco. Mas logo voltaram, afogueados, para a praça, contando para qualquer um que quisesse ouvir que aqueles arqueiros eram os melhores do mundo. Alguns dos libertados seguiram então para o lugar do treino para ver com os seus próprios olhos se era verdade. Tanto o folkeano quanto o escudeiro de camisa vermelha norueguesa manejavam o arco e flecha como ninguém tinha visto antes.

Quando anoiteceu e estava na hora de os senhores comerem a sua ceia, já todos sabiam que o guerreiro desconhecido de costume folkeano era o irmão do senhor Eskil, e não demorou muito para que o rumor se espalhasse rapidamente por toda a região de Askeberga. O homem das lendas tinha voltado para a Götaland Ocidental. Ele, de costume folkeano, não podia ser outra pessoa senão Arn Magnusson, o tal de quem tantas cantorias se faziam e contavam. Na cozinha da casa, havia opiniões pró e contra. E na praça do burgo também. Mas ninguém tinha certeza de nada.

Alguns dos filhos mais jovens do escravo libertado, sem pensar, foram até a casa grande, pararam na porta e gritaram para Arn, pedindo para ele dizer qual era o seu nome. Um atrevimento desses podia custar a pele das suas costas, e o liberto Gurmund, que estava sentado na mesa dos senhores lá dentro, levantou-se cheio de raiva para castigar os atrevidos, ao mesmo tempo que se desculpava perante o senhor Eskil.

Mas Arn o impediu e avançou ele próprio em direção aos garotos, pegou-os pelo cachaço, de brincadeira, e os puxou para a praça do burgo. Aí ele se ajoelhou em uma das pernas, olhou para os garotos com uma expressão feia e pediu que repetissem a pergunta. Se é que ousassem fazê-lo...

— O senhor... O senhor é o senhor Arn Magnusson? — atreveu-se a perguntar o mais ousado de todos eles, fechando os olhos em seguida, como se esperasse receber uma palmada de imediato.

— Sim, eu sou Arn Magnusson — respondeu Arn, fazendo questão de se mostrar não mais como um sujeito zangado. Os garotos, no entanto, continuaram um pouco medrosos quando os seus olhos se voltaram para as marcas da guerra no seu rosto e depois para a espada com a cruz dourada tanto na bainha quanto na lâmina, penduradas ao seu lado.

— Queremos ficar ao seu serviço! — disse o mais ousado, aquele que perguntou primeiro, quando finalmente sentiu que nada tinha a recear, nem chicote, nem repreensão da parte do guerreiro.

Arn riu e explicou que isso era uma coisa para esperar dali a alguns anos. Mas, se treinassem bastante com a espada de pau e o arco, talvez isso não fosse impossível.

O menor dos dois se encheu, finalmente, de coragem, pedindo para verem a espada do senhor Arn. E este se levantou, hesitando um pouco antes de puxar por ela e tirá-la da bainha sem um ruído, num movimento rápido e certeiro. Os dois meninos ficaram ofegantes quando viram o aço brilhando ao sol poente. Como todos os garotos, eles souberam de imediato que aquela não era uma espada qualquer, das que se viam entre os escudeiros e os senhores. Era mais comprida e mais fina, mas sem a mínima mossa ao longo da lâmina. Assustadores eram também os desenhos de dragões e os sinais secretos em ouro brilhante incrustados na parte superior da espada.

Arn tomou a mão do garoto maior e passou o dedo indicador dele pelo fio da espada como se fosse o pouso de uma borboleta. Logo surgiu uma gota de sangue na ponta do dedo.

Arn meteu o dedo do garoto na sua boca, colocou a espada mágica na bainha, deu uma palmada carinhosa na cabeça dos dois e declarou que espadas assim tão afiadas estavam esperando já por todos aqueles que viriam a ficar ao seu serviço. Mas o trabalho duro os estava esperando também. Dali a cinco anos eles poderiam procurá-lo de novo se ainda estivessem interessados.

E aí ele fez uma vênia para eles como se já fossem os seus escudeiros. Virou-se e afastou-se em passos largos e com o manto esvoaçando, de volta para a sua ceia. Os dois filhos do escravo liberto ficaram petrificados, sem sair do lugar, enfeitiçados diante do leão folkeano nas suas costas, sem ousar se mexer antes de ele fechar o portão da casa grande.

Arn estava de muito bom humor ao entrar na casa grande, tão bom que seu irmão ficou espantado, sem entender como ele poderia ficar assim, depois daquilo que ele lhe contara na barcaça. Arn ficou logo sério, sentou-se à mesa em frente de Eskil, lançou um olhar de espanto para a bandeja de madeira com papa de milho, carne de porco e gordura que estava diante dele, afastou a bandeja e colocou a sua mão sobre a mão de Eskil.

— Eskil, meu irmão — disse ele. — Você tem que entender uma coisa a respeito de mim e de Harald. Nós cavalgamos durante muitos anos com a morte como nossa perseguidora. Nas matinas, com os nossos irmãos cavaleiros, jamais sabíamos qual de nós iria falar na oração do fim da tarde. Eu vi morrerem muitos dos meus irmãos, muitos deles melhores do que eu. Algumas das cabeças dos melhores irmãos decapitadas nas pontas de lanças inimigas do lado de fora de Beaufort, a fortaleza de que falei ontem para você. As desgraças deixo para lamentar na hora de rezar. Não pense também que fico rezando muito depois de você dormir. E não pense que não levei em consideração aquilo que você me contou.

— A guerra na Terra Santa deixou você com hábitos excêntricos — murmurou Eskil, presa, de repente, de uma profunda curiosidade. — Havia muitos outros templários que eram melhores do que você, meu irmão?

— Sim — reagiu Arn, falando sério. — Harald é minha testemunha. Pergunte a ele.

— O que é que você me diz a esse respeito, Harald? — perguntou Eskil.

— Isso é verdade e, ao mesmo tempo, não é — respondeu Harald, levantando a cabeça do prato cheio de um mingau com muita gordura flutuante e carne de porco, que ele atacava com muito mais boa vontade do que Arn. — Quando cheguei à Terra Santa, achei que era um guerreiro formado, visto que desde os catorze anos de idade eu não fazia nada mais a não ser guerrear. E achava estar entre os mais fortes com a espada. Foram muitas as manchas roxas que me custaram essa falsa idéia. Os templários eram guerreiros de um jeito que eu nunca tinha visto, nem jamais podia ter imaginado. Segundo os sarracenos, um templário valia por cinco homens. E, na minha opinião, eles estão certos. Mas também é verdade que alguns dos templários estavam acima dos outros e um desses chamava-se Arn de Gothia, seu irmão. Na Escandinávia, não existe nenhum espadachim que se compare a Arn, isso eu juro por Nossa Senhora, Mãe de Deus!

— Não precisa jurar falso por Nossa Senhora! — reclamou Arn. — Lembre-se de espadachins como Guy de Carcasonne, Sérgio de Livorno e, acima de todos, Ernesto de Navarra.

— Sim, eu me lembro de todos eles — reagiu Harald, sem constrangimento. — Você também deve se lembrar de nosso acordo, de que, assim que puséssemos os pés fora do barco e em território nórdico, você não seria mais o meu comandante nem eu o seu sargento, a quem você pode dar ordens. Seria apenas o seu irmão nórdico. E para você, Eskil, posso garantir que todos os nomes que seu irmão mencionou eram dos homens mais habilidosos com a espada. Mas agora estão todos mortos e Arn está aqui conosco, vivo.

— Isso não dependeu apenas da espada, da lança e do cavalo — disse Arn, abaixando a cabeça e seu olhar. — Nossa Senhora me protegeu com as Suas mãos macias e seguras. Isso porque Ela tinha uma intenção.

— Espadachins vivos são melhores do que espadachins mortos — disse Eskil, resumindo a questão e dando o assunto por encerrado, através do tom da sua voz. — Aliás, parece que mingau de milho com toucinho também não satisfaz o nosso espadachim, certo?

Arn concordou que era uma coisa estranha para ele recusar qualquer presente de Deus oferecido na mesa, mas também era verdade que ele tinha dificuldade em comer aquela gordura de porco flutuando no prato. Ainda que tivesse de concordar também que a gordura era necessária para aquecer e ajudar a enfrentar o inverno nórdico.

Eskil achou difícil de entender a reclamação do seu irmão quanto à comida, novamente, naquele dia e do jeito que ele falou. Mas logo deu uma ordem para um dos homens entre os remadores em outra mesa para ir até a despensa da barcaça e trazer alguns presuntos de Arnäs e uma porção de salsichas defumadas de Lödöse.

Após a refeição em que cada um acabou comendo o que queria, Eskil levantou-se e foi até a lareira para pegar um pedaço de carvão. De volta à mesa, limpou os restos de comida com o braço e desenhou com o carvão, rápida e facilmente, o caminho de Lödöse até o rio

Göta, depois o lago Vänern, passando por Arnäs e a nascente do rio Tidan onde a viagem deles tinha começado. No rio Tidan estavam eles agora, a caminho de Forsvik, no lago Vättern. E da margem oposta deste lago, eles seguiriam para Boren e depois para Linköping. Daqui era possível seguir outras linhas, ligando tanto para o norte, para Svealand, como para o sul, para Visby e Lübeck. Esta era a espinha dorsal do reino dos seus negócios, explicou ele, orgulhosamente. Todas as águas, de Lödöse até Linköping, eram dominadas por ele, todos os barcos eram dele, assim como todas as barcaças e os veleiros maiores e de quilha que navegavam nos dois lagos e ainda todos os batelões perto das quedas de Trollen, no rio Göta. Mais de quinhentos homens, na maior parte escravos libertados, constituíam as tripulações dos navios que navegavam nessas linhas. Apenas nos invernos mais fortes e das maiores tempestades de neve esse comércio parava por algumas semanas.

Arn e Harald seguiram em silêncio e com toda a atenção as linhas desenhadas na mesa e as explicações de Eskil, reagindo positivamente. Era um grande marco, achavam os dois sinceramente, ter conseguido unir o mar do Norte e a Noruega com o mar Báltico e Lübeck. Dessa maneira era possível superar os dinamarqueses que estavam no poder.

Eskil ficou sombrio e a sua exultante autoconfiança foi por água abaixo. O que é que eles queriam dizer com isso e o que é que eles sabiam a respeito dos dinamarqueses?

Arn contou que quando estavam velejando ao longo da costa da Jutlândia, passaram por Limfjorden, para que Arn fizesse algumas orações e oferecesse de presente algum ouro para o mosteiro de Vitskøl, onde ficou durante quase dez anos da sua infância. Em Vitskøl, não puderam deixar de tomar conhecimento e de ver uma coisa e outra. A Dinamarca era um grande poder, unido primeiro sob o rei Valdemar e agora sob o comando do seu filho, Knut. Os guerreiros dinamarqueses pareciam-se mais com os francos e os sachsianos do que com os nórdicos. E a força que a Dinamarca possuía, bastava olhar, não podia deixar de ser utilizada. E ainda iria crescer e, certamente, à custa dos países alemães.

Da Noruega, era possível velejar até Lödöse, no rio Göta, sem perigo de serem tomados e assaltados pelos dinamarqueses. Mas enviar navios de carga de Lödöse para o sul, entre as ilhas dinamarquesas, para Sachsen e Lübeck, não era possível sem pagar altos pedágios.

E a discussão sobre os pedágios pagos era uma coisa que não interessava. Aquele que era mais forte, em breve, iria chegar à guerra para fazer valer a sua vontade. Guerra contra o poder dinamarquês era aquilo que, acima de tudo, devia ser evitado.

Eskil objetou fracamente que era possível tentar, através de um casamento, manter os dinamarqueses quietos, mas diante dessa afirmação, tanto Arn como Harald riram tanto que ele se ofendeu ficando emburrado por um longo período.

— Harald e eu já falamos sobre uma maneira de fortalecer o seu comércio. Acho que isso vai deixar você, neste momento, de melhor humor — disse Arn. — Apoiamos o seu comércio de todo o coração, estamos de acordo que você organizou tudo da melhor maneira possível. Portanto, escute o que temos a dizer. Em Lödöse está ancorado o nosso barco, que Harald, como bom timoneiro norueguês que é, pode velejar sobre qualquer mar. A nossa proposta é a de Harald viajar nesse barco contra um bom pagamento em prata, entre Lofoten e Lödöse. Lembre-se de que se trata de um barco com espaço para três cavalos e duas dúzias de homens, com todos os suprimentos e todas as rações necessárias e ainda as dez carroças de bois com mercadorias que arrastamos desde Lödöse. Faça as contas agora de tudo isso em peixe seco e salgado, em bacalhau, de Lofoten e você vai ver que em duas viagens por verão você vai duplicar as suas receitas com esse peixe.

— Você ainda se recorda do que eu pensava a respeito do bacalhau de Lofoten — disse Eskil, já meio exultante de novo.

— Eu me lembro ainda daquela viagem a cavalo que fizemos muito jovens a caminho de Axevalla, onde se realizava a assembléia de todos os götas — respondeu Arn. — Foi então que você me contou que ia tentar, com a ajuda dos nossos parentes noruegueses, buscar e vender o bacalhau de Lofoten. Me lembro de termos pensado logo nos quarenta dias de jejum antes da Páscoa e de como achei imediatamente que se tratava de um bom negócio. Como garoto criado num mosteiro, eu já tinha comido grandes quantidades de bacalhau. O peixe não ficou mais caro do que era. E isso deve ser muito bom para os seus negócios.

— Sem dúvida, nós dois somos mesmo filhos da senhora Sigrid — disse Eskil, sentimental, ao mesmo tempo que fazia sinal mais uma vez para trazerem mais cerveja. — Ela foi aquela que primeiro entendeu do que estamos agora falando. O nosso pai é um homem de honra, um fidalgo, mas sem ela ele não teria criado a grande riqueza que tem.

— A esse respeito, você tem toda a razão — respondeu Arn, empurrando a cerveja que lhe ofereceram para o lado de Harald.

— E, então, Harald, está disposto a ficar ao nosso serviço como timoneiro de um barco estranho? Ou prefere velejar à volta da Noruega pescando bacalhau? — perguntou Eskil, falando sério, enquanto bebia mais uma quantidade enorme da cerveja recém-trazida.

— É verdade. Já existe um trato entre mim e Arn — respondeu Harald.

— Estou vendo que você já está de veste nova de guerra — constatou Eskil.

— Entre os seus escudeiros em Arnäs, existem muitos noruegueses, como você sabe. Ao seu serviço, todos usam os mantos azuis e têm pouca utilização para as roupas que trouxeram. De um deles comprei esta veste birkebeinariense e com ela me sinto mais em casa do que usando as cores que sempre usei na Terra Santa — respondeu Harald, não sem um pouco de orgulho.

— Duas setas douradas em cruz sobre um fundo vermelho — murmurou Eskil, pensativo.

— Isso fica melhor em mim, já que o arco é a minha melhor arma e essas cores são minhas, me pertencem de direito — assegurou Harald. — O arco e flecha era a arma predominante dos birkebeinarienses e na Noruega não existia ninguém melhor do que eu com essa arma. E pior não fiquei na Terra Santa.

— Não, isso é certo e verdadeiro — reagiu Eskil. — Os birkebeinarienses confiavam muito na força dos arcos e daí resultou a maioria das vitórias. Você viajou para a Terra Santa no momento mais negro da história da família. Um ano mais tarde, chegou Sverre Munnsson das ilhas Faroe. Birger Brosa e o rei Knut o apoiaram com armas, homens e prata. Vocês venceram e agora Sverre é rei. Mas tudo isso você já deve saber.

— Sim, já sei. E é por isso que quero acompanhar seu irmão até Näs para agradecer ao rei Knut e ao conde Birger que nos apoiaram.

— Esse direito ninguém quer tirar de você — murmurou Eskil, preocupado. — E você é filho de Øystein Møyla, não é?

— É, é verdade. O meu pai morreu perto de Tönsberg, em Re. Eu estava lá, era muito jovem. Fugi da vingança e fui para a Terra Santa. Agora estou voltando com as nossas cores.

Eskil acenou com a cabeça afirmativamente e bebeu de novo e pensou bem antes de se decidir para onde devia dirigir agora a conversa. Os outros dois acharam que ele não queria ser interrompido e ficaram esperando.

— Se é filho de Øystein Møyla você pode exigir seu direito à coroa norueguesa — disse Eskil, com aquele tom de voz que usava quando falava de negócios. — Você é nosso amigo, tal como Sverre, e isso é bom. Mas tem de fazer uma escolha. Vai ter de escolher entre apoiar os revolucionários e ser rei ou morrer. Ou poderá viajar até o rei Sverre, com salvo-conduto do conde e do rei Knut, e jurar fidelidade a ele. É assim que estão as coisas e nada existe entre as duas situações.

— E quando é que vou me transformar em seu inimigo? — perguntou Harald, mais rápido do que teria tempo de pensar acerca do que aquela nova notícia significava.

— Em nenhuma hipótese esperamos que você se torne nosso inimigo — respondeu Eskil, com a mesma rapidez. — Ou você morre na luta contra o rei Sverre e, portanto, não haverá tempo para se tornar nosso inimigo. Ou você vence. E continuará a ser nosso amigo.

Harald levantou-se, pegou o seu caneco de cerveja com ambas as mãos, bebeu tudo até o fim e bateu com o caneco em cima da mesa, de tal maneira que o pó de carvão do mundo dos negócios de Eskil voou para todos os lados. Depois disso, levantou as palmas das mãos no ar para evitar qualquer intervenção dos irmãos folkeanos. Em seguida, apontou para a sua própria cabeça e se afastou andando meio instável nas pernas, envolvendo o manto vermelho mais justo no corpo. Ao abrir o portão, seus olhos ficaram ofuscados pela luz clara da noite de verão nórdico e nesse momento ouviu-se um rouxinol cantando.

— O que é que você plantou na cabeça do amigo Harald? — perguntou Arn, franzindo a testa.

— Isso aprendi com você durante este pouco tempo que ficamos juntos, irmão. É melhor dizer agora do que dizer mais tarde o que precisa ser dito. O que você acha de tudo isso?

— O mais sensato para Harald seria jurar fidelidade ao rei Sverre logo na primeira viagem — disse Arn. — Na certa, o rei não deve premiar mal o filho de um herói em queda, que vem para ficar do seu lado. Se Harald e Sverre se entenderem bem, isso é o melhor que pode acontecer para a Noruega, para a Götaland Ocidental e para nós, folkeanos.

— É isso que penso também — disse Eskil. — Mas homens que sentem o rastro da coroa na cabeça nem sempre agem da maneira mais inteligente e sensata. Portanto... E se Harald se juntar aos revolucionários?

— Então, Sverre vai ter que enfrentar um guerreiro muito mais duro do que qualquer outro em toda a Noruega — disse Arn, tranqüilamente. — Mas vai acontecer a mesma coisa, se for o contrário. Se ele se conciliar com Sverre, então, este vai ficar, sem dúvida, bem mais forte, tão forte que a luta pela coroa vai diminuir. Conheço Harald há muitos anos na guerra, com ele a meu lado. Se a cabeça fica rodando naquele que, sem aviso prévio, acaba de receber a notícia de que pode ser rei, isso é fácil de entender. Uma notícia dessas poderia derrubar até a você ou a mim. Mas amanhã, depois de dormir e de pensar duas vezes sobre o assunto, ele vai voltar a ser o nosso timoneiro, de preferência a caçar a coroa norueguesa entre fogos e chuva de flechas.

Arn levantou-se e fez sinal com a mão de que não queria mais cerveja, puxou para si algumas peles de carneiro, fez uma vênia de boas-noites para seu irmão e saiu na noite de verão nórdico, com o sol já se levantando no horizonte, sem realmente se ter posto. Era o habitual sol da meia-noite. De novo se ouviu o rouxinol e a luz fria da manhã entrou pela bodega, batendo nos olhos de Eskil antes de se fechar o portão e de ele pedir mais cerveja.

Arn fechou os olhos e respirou fundo antes de entrar na noite ensolarada da sua infância. Sentia-se forte o cheiro dos amieiros e das bétulas e a névoa parecia dançar lá embaixo por cima das águas do rio. Não havia vivalma por perto.

Passou o seu manto de verão sem forro pelas costas, cruzou o cinto pela cintura e entrou na cerca do pasto das vacas para se ver livre da solidão. Mas no meio do pasto, entre a névoa, surgiu de repente um touro negro. Na névoa, a pessoa pode errar fácil, tanto na distância quanto no tamanho, pensou Arn.

O touro começou a arrastar o casco de uma das patas da frente no chão e também a fungar na direção de Arn. Inseguro quanto ao que devia fazer, este resolveu desembainhar a espada, continuando lentamente o seu caminho para o outro lado do cercado. Olhou de lado, pelo ombro, e viu que o touro continuava a arrastar pedaços de grama para um lado e para o outro. Arn pensou que seria extremamente desagradável ter de explicar para o seu irmão como é que ele havia deixado a sua companhia, bebendo cerveja, para vir lutar e dar golpes nas pernas em um dos touros do cercado.

Acabou atravessando o cercado sem que o touro resolvesse atacar e logo encontrou um salgueiro bem alto, cujos ramos mais baixos tocavam nas águas do rio, e se sentou sob ele. Os rouxinóis cantavam por todos os lados. E era estranho ouvi-los aqui na Escandinávia, como se a atmosfera clara e fresca fizesse com que o seu canto ficasse ainda mais bonito.

Arn rezou pelo seu irmão Knut, morto num momento de exagerada coragem, diante da vontade de um jovem senhor dinamarquês em matar apenas para se sentir o melhor dos guerreiros. Rezou pelos pecados do jovem senhor dinamarquês que deviam ser perdoados por Deus, assim como eram perdoados pelos irmãos do morto e que ele próprio não devia ser possuído pelos sentimentos de vingança.

Rezou ainda pela saúde de seu pai e pela sua recuperação. Rezou também por Eskil e pelas filhas e o filho de Eskil e pelas suas irmãs que ele ainda não conhecia e já eram mulheres casadas.

Rezou por Katarina, a irmã traidora de Cecília, e para que ela, no seu tempo no convento de Gudhem, tentasse se conciliar e pagar pelos seus pecados, procurando o perdão por tê-los cometido.

Rezou, finalmente e por muito tempo, para que a Mãe de Deus lhe desse clareza nas palavras diante do encontro que estava para acontecer e para que nada de mal acontecesse a Cecília e ao filho Magnus dos dois. E que todos se sentissem unidos pela bênção divina.

Ao terminar as suas orações, o sol se elevou brilhante, acima das névoas. E então ele se sentiu feliz por todas as graças que lhe foram concedidas, por sua vida ter sido poupada, ainda que, pela lógica, seus ossos já devessem estar transformados em pó sob o sol ardente da Terra Santa.

A Mãe de Deus teve piedade dele, muito mais do que ele merecia. Em contrapartida, Ela lhe dera uma missão a cumprir e ele Lhe prometera não trair essa confiança. Com todas as suas capacidades, ele devia trabalhar para tornar realidade a vontade Dela, vontade que ele reconhecia como o seu grande segredo, desde o momento em que a Mãe de Deus se apresentou a ele na igreja de Forshem.

Arn puxou as peles de carneiro sobre o corpo, respirou fundo e deitou-se entre as raízes do salgueiro que se estendiam como que o abraçando. Era assim que ele tinha dormido muitas vezes em campanha, com uma sensação boa após as orações, mas com um ouvido na escuta para não ser surpreendido pelo inimigo.

Como por hábito de muitos anos, acordou de repente sem saber por que e puxou pela espada, sem ruído, levantando-se em silêncio, enquanto descontraía as mãos e olhava em volta, cautelosamente.

Era uma porca selvagem com os seus oito javalizinhos listrados atrás de si, caminhando pela beira da praia ao longo do rio. Arn ficou sentado e em silêncio, olhando para eles. E bem atento para que os reflexos solares da sua espada não os espantassem.

Continuaram a viagem na manhã seguinte, um pouco mais tarde do que estavam pensando. O mau humor de Eskil e seus olhos um pouco vermelhos demais também contribuíram para isso. Remaram direto para o sul durante algumas horas, com mais trabalho do que antes, visto que o rio ficava mais estreito e, com isso, a corrente mais forte. Ao meio-dia, mais ou menos, chegaram a Tidantäljet, onde o barco passaria a ser puxado por bois e homens até o lago Braxenbolet. O pior já tinha passado. Mas tiveram de esperar um pouco, pois os puxadores vieram de barco descendo a corrente e precisavam descansar, assim como os bois, antes de retomarem a tarefa de puxar novo barco corrente acima.

Tinham se encontrado com várias barcaças durante a viagem e duas delas estavam na frente deles, à espera de serem puxadas. Houve uma série de resmungos por parte do pessoal dessas barcaças, quando o timoneiro da barcaça de Eskil desceu em terra e deu ordens para que as duas dessem passagem. As palavras pesadas esmoreceram assim que Eskil apareceu. Afinal, eram todos pessoal dele e todas as barcaças também.

Eskil, Arn e Harald desceram para terra com seus cavalos e seguiram antes pela trilha dos bois que acompanhava o canal ladeado por troncos de madeira por onde os barcos subiam. Arn perguntou se Eskil já tinha pensado e calculado o custo de um canal por estágios em vez de pagar por bois e homens para puxar os barcos para cima. Eskil achava que o custo ia ser o mesmo, pois esse canal teria que ser cavado mais ao sul, já que a altura da queda era muito maior nesse lugar. E com o canal a ser construído mais ao sul, isso prolongaria o tempo de viagem. Portanto, haveria perdas em relação ao sistema atual de puxar os barcos. E durante uma parte do inverno, em que todos os transportes eram feitos com trenós sobre o gelo, puxar os barcos era tão simples quanto puxar os trenós por cima do rio congelado. As barcaças menores, com seus fundos chatos, recebiam esquis e podiam avançar também como se fossem trenós por todo o rio.

No início da curta cavalgada, eles encontraram um grupo de homens que estavam puxando por uma barcaça bem pesada, cheia de ferro de Nordanskog, achava Eskil. Estavam no ponto culminante da travessia e, por isso, avançou o seu cavalo e gritou para todos que ninguém deixasse de lado o que estava pegando com as mãos para saudar o seu senhor.

Eles pararam seus cavalos e retiraram-se para o lado, a fim de dar passagem para os bois e os vaqueiros que vinham em primeiro lugar na linha de puxadores. Arn notou que os puxadores entendiam bem do trabalho que estavam fazendo. Todos usavam botas de couro, bem fortes, e nenhum deles lançou aqueles olhares de escravos para os três senhores que estavam a cavalo. Pelo contrário. Muitos dos homens soltaram uma das mãos do cabo de puxar e fizeram uma saudação, pedindo a Nossa Senhora para abençoar o senhor Eskil.

— São todos escravos libertos — reagiu Eskil ao olhar interrogador de Arn. — Uma parte deles comprei para trocar a sua liberdade por trabalho. A outros dei trabalho em troca de salário. E trabalhar é o que todos fazem. O trabalho é muito, tracionando os barcos e fazendo o trato de plantações que eles arrendaram de nós. É um bom negócio.

— Para você ou para eles? — inquiriu Arn, com um pequeno traço de escárnio na voz.

— Para ambos — respondeu Eskil, fingindo não ter entendido o tom da voz do seu irmão. — É verdade que este ramo de comércio me garante muita prata. Mas também é verdade que esses homens e seus dependentes estariam vivendo muito pior se não tivessem esse trabalho. Talvez seja necessário ter nascido como escravo para entender a alegria deles nesta troca.

— Talvez sim — disse Arn. — Você tem outros lugares de puxar barcos como este aqui?

— Mais um, de outro lado do lago Vättern, depois da lagoa Boren. Mas não é nada de mais, se pensarmos que velejamos ou remamos o caminho todo entre Lödöse e Linköping — respondeu Eskil visivelmente satisfeito por ter conseguido realizar tudo aquilo.

O atraso que tiveram naquela manhã eles podiam recuperar quando chegassem à lagoa Braxenbolet e se dirigissem para o norte. Os ventos vinham de sudoeste e podia-se velejar no rio seguinte até a lagoa Viken, o barco seguia a favor da corrente, o que facilitava remar. E na Viken, de novo, seria possível velejar a uma boa velocidade.

Eles chegaram a Forsvik antes do anoitecer, apesar de toda a demora pela manhã, graças ao bom vento.

Forsvik estava situado como uma ilha entre Viken e o Bottensjö, um pequeno lago que era, na realidade, uma parte do lago Vättern. De um dos lados de Forsvik a catarata era forte, mas larga. E do outro lado, a corrente era mais estreita e profunda. E aí funcionavam dois moinhos. As casas foram construídas como um grande quadrado. E na maior parte eram baixas e pequenas, com exceção da casa grande, situada ao longo da praia que dava para o Bottensjö. Tudo estava construído com madeira envelhecida, e todos os telhados estavam revestidos de turfa e grama. Havia também uma linha de casas de escravos se estendendo para o norte ao longo da praia.

Eles atracaram a sua barcaça no cais de Viken, onde já se encontrava um barco semelhante, sendo carregado por homens com as suas carroças que tinham vindo do outro lado do lago. Eskil explicou em resumo que os barcos no Vättern eram maiores e que apenas velejavam entre Forsvik e Vadstena ou um ponto em Mo onde as embarcações fluviais de Linköping faziam a ligação. E aí havia dois barcos menores e mais rápidos que velejavam entre Forsvik e Visingsö, a ilha do rei.

Arn queria selar seu cavalo de imediato e dar uma volta, mas Eskil achava que não ia ficar bem demonstrar pouca atenção perante os libertados do burgo. De qualquer forma, eles eram também folkeanos. Arn entendeu o que tinha de ser feito e ambos dirigiram seus cavalos para a praça, prenderam os animais numa cerca e junto de um tanque de água. E já tinham motivado muitas corridas para a frente e para trás, quando descobriram que os recém-chegados não eram quaisquer hóspedes.

A dona da casa quase tropeçou de tanta animação quando chegou na frente de Eskil para lhe oferecer o tradicional pão de boas-vindas. Eskil brincou dizendo que foi bom ela trazer nas mãos o pão e não a cerveja. Isso porque ele preferia beber a tomar um banho de cerveja. Ele e Harald, aliás, logo tomaram cerveja em quantidades para homem nenhum botar defeito, enquanto Arn bebeu apenas o seu gole, só para fazer companhia e honrar o convite.

Como a dona da casa, ainda de véu na cabeça, meio de lado, e com palavras meio tímidas, tropeçando umas nas outras, tentava explicar que o dono da casa estava no lago, esvaziando as redes de pesca que tivessem peixes, que ela não estava esperando por convidados, que ainda era muito cedo na noite, que ainda estava lavando a cozinha grande e inventando ainda mais desculpas, enfim, que ainda ia demorar para ela preparar a comida da noite para ela e os convivas chegados.

Eskil resmungou logo qualquer coisa, mas Arn explicou que assim era melhor, pois os três pensavam em dar uma volta pela propriedade de Forsvik. E que dentro de uma hora, mais ou menos, estariam de volta.

A dona da casa fez uma vênia, aliviada, e nem viu o descontentamento nos olhos de Eskil. Este, meio contra a vontade, voltou até o seu cavalo, apertou a sela, resfolegando, e puxou o animal até o tanque de água para apoiar o pé e facilitar a subida na sela.

Arn e Harald já estavam prontos, de selas colocadas. E, então, Arn fez um sinal para Harald e ambos deram uma palmada nos seus cavalos, que avançaram num trote moderado, mas sem cavaleiros, passando por Eskil. Nesse momento, Arn e Harald vieram correndo por trás, saltaram no ar apoiando as mãos nas traseiras dos animais e caindo em cima das suas selas, logo aumentando a velocidade da marcha. Era assim que todos os templários faziam quando, por algum motivo, era dado o alarme.

Eskil não se divertiu nem um pouco.

Primeiro, cavalgaram em direção ao sul. Do lado de fora de um dos quatro cantos do burgo, havia uma plantação de lúpulo claro que já estava com a altura de um homem, subindo pelas estacas. Depois se viam as quedas rápidas do rio e mais adiante uma plantação de maçãs que acabava de florir, deixando o chão todo branco como se fosse de neve.

Até mesmo depois da ponte sobre as quedas rápidas, via-se uma grande extensão de terras de plantio que pertenciam a Forsvik. No campo mais próximo sem cultivo, descobriram para seu espanto que havia um grupo de quatro jovens treinando com escudos e lanças de madeira e a cavalo. Os garotos estavam tão ocupados na brincadeira que nem deram pela aproximação dos três estranhos que chegaram a passo lento e pararam a um canto, observando com grande satisfação, antes de serem descobertos, aquilo que os garotos estavam fazendo.

— Eles pertencem ao nosso clã. São folkeanos todos os quatro — explicou Eskil, enquanto chamava com a mão os quatro jovens, que logo vieram em alta velocidade, saltaram dos seus cavalos, avançaram com eles pelas rédeas e em frente de Eskil fizeram uma vênia, ajoelhando-se com respeito.

— Que história é essa de treinar à maneira dos estrangeiros? Achei que queriam entrar para a guarda real como escudeiros ou para a guarda de Birger Brosa e para a minha própria — disse Eskil, jovialmente, à maneira de saudação.

— É a nova maneira de combater. É assim que todos treinam na corte do rei Valdemar, da Dinamarca. Eu próprio vi isso — respondeu o mais velho dos garotos, de olhos bem abertos, fixos em Eskil.

— Queremos aprender a ser cavaleiros! — explicou um dos jovens, um pouco mais novo, mas talvez mais corajoso, ao ver que Eskil parecia não ter entendido bem.

— E daí? Não serve mais ser escudeiro? — perguntou Arn, inclinando-se para a frente na sela, lançando um olhar duro para o garoto que tinha acabado de falar para Eskil como se este fosse um velho folkeano que nada entendia. — Diga-me, então, o que deve fazer um cavaleiro?

— Um cavaleiro... — começou o garoto, mas logo se sentiu um pouco inseguro diante do riso gozador que o escudeiro norueguês tentava esconder atrás da mão posta sobre os olhos e a testa.

— Não se importe aqui com o norueguês, meu jovem folkeano. Ele não entende muita coisa — disse Arn, amistosamente, sem o menor tom de escárnio. — Mas, em vez de ligar para ele, diga-me o que faz um cavaleiro?

— O cavaleiro luta a cavalo com lança e escudo, salva as mulheres em dificuldades, mata as forças das trevas ou os dragões, como Santo Örjan. Ele é o primeiro na defesa do reino — respondeu o garoto, agora muito seguro do que estava dizendo, os olhos fixos em Arn. — Os melhores de todos os cavaleiros no mundo são os templários na Terra Santa — acrescentou ele, como se quisesse deixar bem patente que sabia do que estava falando.

— Eu entendo — reagiu Arn. — Que, então, Nossa Senhora conserve as Suas mãos protetoras sobre vocês, enquanto vocês treinam com uma intenção tão boa e não deixam que a gente impeça mais esse treino.

— Nossa Senhora? Nós rezamos, sim, por Santo Örjan, que é o protetor de todos os cavaleiros — replicou o garoto, arrojadamente, querendo mostrar que era ele que dominava o assunto.

— É verdade, muitos rezam para *São Jorge* — respondeu Arn, puxando as rédeas, para continuar a sua visita a Forsvik. — Mas mencionei Nossa Senhora porque Ela é justo a protetora superior de todos os templários.

Quando os três homens já tinham se afastado um bom bocado, todos dispararam às gargalhadas. Mas os garotos já não os podiam ouvir, até porque já tinham voltado a se enfrentar, com a máxima seriedade e extraordinário ardor, com as suas lanças de madeira, curtas, e de braço esticado, como se tivessem atacando com espadas sarracenas.

À noite, ao voltarem para Forsvik, já tinham visto tudo o que era preciso. Ao norte, começava Tiveden, a floresta que, se acreditava, não terminava nunca. De lá era possível obter lenha e madeira boa em quantidades inesgotáveis e, além disso, a pouca distância. Ao sul, ao longo da praia do lago Vättern, estavam localizados os prados onde crescia pasto suficiente para cinco vezes mais cabeças de gado e cavalos do que existiam agora em Forsvik. Mas os prados para a plantação de cereais e de rações suplementares eram escassos e arenosos, assim como o casario, que estava em decadência, era muito triste.

Por isso, Eskil disse logo, direto, a respeito do assunto, que queria que Arn visse Forsvik antes de tomar qualquer decisão. Um filho de Arnäs devia ser dono de uma propriedade melhor. Eskil sugeriu logo Hönsäter ou Hällekis nas encostas de Kinnekulle, em direção ao lago Vänern. E aí eles seriam vizinhos, para satisfação mútua.

No entanto, Arn quis manter teimosamente a intenção de comprar Forsvik. Concordou que havia muito mais que construir e melhorar do que havia pensado. Mas isso era apenas uma questão de tempo e de suor. O que havia de melhor em Forsvik era toda a força hidráulica que existia, que iria acionar os martelos na ferraria, os foles e os moinhos. E, além disso, havia uma questão muito importante na qual Eskil também já havia pensado. Forsvik ficava situada no coração das ligações comerciais de Eskil. Por isso, tinha colocado ao serviço escravos liberados como folkeanos e não outra gente de nível inferior. Aquele que dominasse Forsvik tinha na mão um punhal para a segurança de toda a linha da ligação. Por isso, ninguém melhor do que um irmão no lugar. Era um ponto a ter em conta.

Por outro lado, havia que contar com as permanentes idas e vindas de barcos entre Lödöse e Linköping. Se Arn conseguisse realizar suas intenções, logo haveria grandes ferrarias ribombando em Forsvik. E o minério de ferro de Nordanskog vindo de barco de Linköping viraria aço e armas forjadas para Arnäs e carrinhos de limpar neve, para Lödöse. E o calcário que vinha de Arnäs e Kinnekulle seguiria de barco para Linköping ou voltaria para Arnäs como argamassa para muros. E se as barricas chegassem com cereais por moer de Linköping continuariam como barricas de farinha na outra direção.

Muito mais poderia ser dito. Mas era melhor resumir, achava Arn. Seus pensamentos estavam nos muitos artesãos que tinha trazido consigo. Em Arnäs, não estavam apenas mestres-de-obras. Ali, em Forsvik, uma grande quantidade de coisas novas iriam ser produzidas para satisfação de todos. E iriam ser vendidas com bom lucro, com tal ênfase que Eskil quase explodiu de riso.

Na hora da ceia, como recomendava a tradição, o senhor e sua esposa sentaram-se no lugar de honra, junto com os três convivas aristocratas, Eskil, Harald e Arn. Os quatro garotos, com manchas roxas nos rostos e nos nós dos dedos, se sentaram na mesa um pouco mais longe. Eles sabiam o suficiente de tradição e de costumes para entender que o guerreiro que fizera as perguntas infantis e burras a respeito de cavaleiros e cavalaria não era de jeito nenhum um escudeiro qualquer, visto que ele estava sentado ao lado do seu pai no lugar de honra. Eles se lembravam agora de ter visto o leão folkeano no seu manto, tal como no caso do senhor Eskil. E os escudeiros não podiam usar um manto desses. Mas quem seria aquele senhor do clã deles que tratava o senhor Eskil como se fosse um amigo muito próximo?

O senhor e a senhora da casa, Erling e Ellen, que eram pai e mãe de três dos garotos com sonhos de cavalaria, chegaram a ser inconvenientes e bajuladores em relação aos seus convivas no lugar de honra. Por duas vezes, Erling já tinha levantado o seu caneco de cerveja para que todos fizessem um brinde ao senhor Eskil. Na terceira vez, ele corou e, gaguejando um pouco como costumava fazer, pediu a todos para beber à saúde do senhor Arn Magnusson.

Um sentimento ruim começou a surgir em um dos quatro garotos, Sune Folkesson, que era irmão de criação em Forsvik e também aquele que falou mais ousadamente de como era ser cavaleiro e para quem os cavaleiros dedicavam suas orações.

E então o dono da casa, Erling, continuou dizendo que agora era hora de agradecer a Nossa Senhora. Um templário do Senhor tinha voltado, depois de muitos anos na Terra Santa. E o silêncio se fez em todo o salão. O jovem Sune Folkesson desejou que o chão se abrisse debaixo de seus pés e o engolisse. O senhor Eskil viu a hesitação de todos, chamou a atenção agitando as mãos e elevou bem alto o seu caneco de cerveja na direção do seu irmão, Arn. Todos beberam em silêncio.

A conversa acabou depois daquele brinde, e todos os olhares se dirigiram para Arn, que não sabia como se comportar e baixou os olhos.

Eskil não tardou em aproveitar a oportunidade, tendo aceitado a regra de Arn que aquilo que é desagradável ou importante deve ser dito o quanto antes.

Levantou-se, fez um gesto totalmente desnecessário, pois todos estavam em silêncio, e falou em seguida, curto e grosso:

— Arn, meu irmão, é o novo senhor de Forsvik. De todas as casas, todas as águas de pescaria e todas as florestas que estão ligadas a essa propriedade, assim como todos os que trabalham nela. De qualquer forma, vocês, Erling e Ellen, meus amigos, não perderão nada com isso. Eu os convido para se mudarem para Hönsäter em Kinnekulle, que é um burgo nada pior, antes melhor do que este. O arrendamento para vocês continuará sendo o mesmo de Forsvik, ainda que as terras em Hönsäter sejam melhores e dêem mais lucro. Na presença de todas as testemunhas presentes, eu lhes ofereço esta bolsa com terra de Hönsäter.

Com isso, puxou por duas bolsas de pele, murmurou qualquer coisa enquanto escondia um dos saquinhos e colocou o outro nas mãos de Erling e Ellen, ainda que tivesse que mostrar para eles como deviam receber a oferta a quatro mãos, bem repartida entre os dois.

Erling e Ellen ficaram sentados, durante alguns momentos, ruborizados. Era como se um milagre tivesse caído sobre eles. Logo, porém, Erling retornou ao seu lugar, a pensamentos mais vivos e gritou por mais cerveja.

O jovem Sune Folkesson achou então que tinha estado tempo demais de cabeça baixa. Tendo agido mal, não podia fingir que nada tinha acontecido. Resoluto, deu a volta à mesa até chegar perto do lugar de honra e se ajoelhou, com uma das pernas, diante do senhor Arn.

Seu pai de criação, Erling, levantou-se para enxotar o inoportuno, mas ficou a meio caminho, quando Arn fez sinal de que não precisava intervir.

— E então? — disse Arn, amistosamente, dirigindo-se ao jovem ajoelhado. — O que é que você tem para me dizer desta vez, meu caro?

— Que eu nada posso a não ser lamentar minhas pretensiosas palavras para o senhor. Mas eu não sabia quem o senhor era e pensava que fosse um escud...

Nesse momento, o jovem Sune quase mordeu a própria língua, ao achar tarde demais que em vez de aplanar as coisas só as fez ficarem piores. Chamar Arn Magnusson de escudeiro!

— Você não disse nada pretensioso, amigo — reagiu Arn, falando sério. — Aquilo que disse a respeito dos cavaleiros não está errado, talvez, apenas bem resumido. Mas, pense bem, agora você é um folkeano que está falando com outro folkeano, portanto, levante-se e me olhe bem nos olhos!

Sune fez exatamente como lhe foi dito e pensou, ao ver de perto as cicatrizes no rosto do guerreiro, como era admirável que seus olhos ainda assim fossem tão doces.

— Você disse que queria ser cavaleiro. Ainda mantém o que disse? — perguntou Arn.

— Sim, senhor Arn, esse sonho é para mim mais caro do que a própria vida! — respondeu Sune Folkesson, com um sentimento tão forte que Arn teve dificuldade em manter-se sério.

— Muito bem — disse Arn, enquanto passava as costas da mão pelos olhos —, mas receio que, assim, você vá ser um cavaleiro por muito pouco tempo de vida. E isso para nós é de muito pouca utilidade.

Mas farei, sim, um convite. Fique aqui em Forsvik, e aceite-me como seu novo pai de criação e professor. E eu vou fazer de você um cavaleiro. Mas o convite vale também para seu irmão de criação, Sigfrid. Eu vou falar com o seu pai. Pensem no assunto durante a noite. Peçam conselho a Nossa Senhora ou a São Jorge e me dêem uma resposta amanhã pela manhã.

— Eu posso dar-lhe já a minha resposta, senhor Arn! — reagiu o jovem Sune Folkesson.

Mas, então, Arn fez um sinal de aviso com o indicador.

— Eu falei para você me dar uma resposta amanhã de manhã depois de uma noite de reflexão e de oração. Portanto, não diga agora mais nada. Obedecer e rezar são as primeiras coisas que deve aprender, se quiser um dia ser cavaleiro.

Arn olhou, então, com uma rudeza artificial para o garoto que logo resolveu fazer uma vênia e se retirar de costas, fazendo nova vênia antes de dar meia-volta e correr como uma flecha para junto dos seus irmãos um pouco mais adiante na mesa. Arn ficou olhando de soslaio como todos eles começaram a falar uns com os outros, numa conversa bem esquentada.

Nossa Senhora o ajudou em tudo o que Ela lhe disse que devia fazer, pensou ele. Já tinha conseguido os seus dois primeiros discípulos.

Que Nossa Senhora o ajudasse agora, no grande momento que estava para acontecer, a menos de uma noite e um dia.

No meio da ilha real, a Visingsö, bem perto da trilha de cavalos entre o castelo de Näs e o porto dos barcos, no norte, cresciam os mais bonitos de todos os lírios do campo, azuis e amarelos, tal como as cores erikianas. Apenas a rainha Cecília Blanka podia colher as flores deste presente de Deus, sendo a contrafação punida duramente com chicotadas ou, pior ainda, para aquele que ousasse se aventurar a repetir o ato de colher os lírios para seu proveito.

E por lá estavam passando agora a rainha e a sua amiga mais querida, Cecília Rosa, que era como ela era chamada no castelo, em vez de Cecília Algotsdotter. Atrás delas, a distância, vinham duas damas de companhia. E os escudeiros eram dispensados, atualmente, porque a paz reinava e ninguém conseguia se lembrar de um período de paz tão longo quanto aquele. E, além disso, em Visingsö, só existia gente do rei.

No entanto, nenhuma das duas Cecílias estava especialmente interessada naquele dia de verão em olhar os lírios do campo. Isto porque, sabendo elas mais do que a maioria dos homens no reino a respeito da luta pelo poder, tinham como discutir grandes questões. Aquilo que decidissem entre si podia definir entre a guerra e a paz no reino. Esse poder elas tinham e sabiam disso. No dia seguinte, quando o arcebispo chegasse com seu séquito de bispos para a reunião da corte, seriam tomadas sérias e definitivas decisões.

Elas desmontaram no caminho, bem perto dos lírios. Amarraram os cavalos e se sentaram em cima de algumas pedras rúnicas, lisas e cheias de escritos pagãos, que o pessoal puxou para a frente para servir de lugar de descanso para a rainha. Entretanto, as duas damas de companhia chamavam vivamente a atenção de Cecília Blanka e apontavam para os lírios.

Há muito tempo que Cecília Rosa vinha enfrentando as insistentes e cada vez mais bruscas ordens do conde. Birger Brosa exigia que ela fizesse os seus votos e entrasse para o convento de Riseberga que ele tinha mandado construir, para se tornar sua abadessa. Assim que ela fizesse os seus votos, tinha ele assegurado, assumiria logo a direção do convento de Riseberga, não apenas dos seus negócios, mas também do lado espiritual.

Os bispos concordariam com isso e, à frente de todos, o novo abade de Varnhem, o padre Guillaume, que detinha a autoridade sobre Riseberga, também concordaria rapidamente. O padre Guillaume era um homem que tinha tanta facilidade em ver a vontade de Deus quanto, ao mesmo tempo, de notar onde estava o ouro e a imagem de novas e verdes florestas.

Portanto, era essa a situação. Fizesse ela os seus votos, logo seria nomeada abadessa em Riseberga. Mas com isso as intenções do conde e ministro, realmente, não eram vagas.

Era uma questão de poder e uma questão de guerra ou paz. Nos últimos anos, Birger Brosa tinha procurado, cada vez com maior obstinação, alimentar a idéia de que o juramento de uma abadessa valia tanto quanto a sua confissão e testamento.

A maldita madre Rikissa que, durante tantos anos, impôs sofrimentos horrorosos a Cecília Blanka e a Cecília Rosa no convento de Gudhem, havia jurado falso no seu leito de morte. Na sua confissão final, assegurou que Cecília Blanka tinha feito os seus votos num dos seus últimos anos em Gudhem.

Com isso, todos os descendentes do rei Knut Eriksson, casado com Cecília Blanka, teriam nascido de uma cama impura. Seu filho mais velho, Erik, jamais poderia herdar a coroa, se essa mentira fosse tomada como verdade.

Se Cecília Rosa fizesse os seus votos e se tornasse abadessa, sua declaração sob juramento de que a rainha jamais teria feito os seus votos e era considerada apenas como outras *familiares* dentro do convento de Gudhem resolveria o problema. Esse era o pensamento de Birger Brosa.

E ao conde não faltavam boas razões para fazer esse pedido. Apesar de Cecília Rosa não ser casada com Arn Magnusson como fora prometido e acordado, mas em vez disso sofrera como ele uma penitência de vinte anos, em nenhum momento o conde lhe virara as costas. O filho dela, Magnus, nascido em Gudhem como ilegítimo, ele o recebera primeiro como se fosse seu filho e, mais tarde, como irmão mais novo. E não fora apenas educado em Bjälbo, mas alçado também à posição de membro válido da assembléia do clã folkeano. Além disso, ele fez muito para aliviar os sofrimentos de Cecília Rosa impostos por Rikissa. E a apoiou e a ajudou, tanto quanto ao seu filho, na sua admissão junto da família folkeana, embora ela fosse apenas uma pobre penitente. Estava na hora, portanto, de ela pagar a conta.

Não era fácil contrariar a justiça desses pensamentos. A esse respeito, as duas Cecílias sempre estiveram de acordo. Cecília Rosa conseguia apenas apresentar uma forte objeção diante do conde. A de que ela e Arn tinham feito um juramento recíproco de fidelidade. E que, depois do tempo de penitência, o compromisso que tinha sido interrompido por rumores e leis muito duras em partes iguais seria cumprido. Por isso, ela não podia declarar os seus votos. Seria trair a sua palavra. Seria espezinhar o juramento de Arn Magnusson.

Durante os primeiros anos depois da penitência dela ter sido cumprida, Birger Brosa, embora a contragosto, aceitou essa objeção. Ele havia assegurado muitas vezes que também ele desejava e rezava para que Arn voltasse para casa vivo e sem ferimentos. Um guerreiro como ele seria de grande utilidade para o reino. Um homem como ele devia ser nomeado marechal no conselho do rei, principalmente, por se tratar de um folkeano.

Mas já se tinham passado quatro anos desde o término da penitência e de Arn nada se sabia desde a sua grande vitória na Terra Santa, de que o abençoado padre Henri tinha falado. Agora, os cristãos já tinham perdido Jerusalém e milhares e milhares de guerreiros cristãos haviam morrido, sem que ninguém soubesse dizer os seus nomes.

Cecília Rosa jamais perdeu a esperança. Todas as tardes, ela dirigia suas orações para Nossa Senhora, pedindo por sua volta o mais breve possível.

Mas havia limites para a paciência, assim como para a esperança. No dia seguinte, como se apresentar diante do conselho, diante do rei, do conde, do marechal, do tesoureiro real, do arcebispo e dos bispos e dizer que não poderia aceitar o supremo chamamento de se tornar abadessa porque o seu amor terreno era mais forte? Não, era difícil de imaginar uma atuação como essa. Mais fácil era imaginar o alarido que essa posição iria criar. Maior do que tudo não era, certamente, o amor. Maior do que tudo era a luta pelo poder e a questão de guerra ou paz no reino.

Cecília Rosa jamais havia colocado seus pensamentos de maneira tão clara como naquele momento. Cecília Blanka segurou a mão dela, consolando-a. E ambas ficaram ali em silêncio, derrotadas.

— Para mim, tudo teria sido mais fácil — disse a rainha, finalmente. — Eu não sou como você. Nunca gostei nem amei nenhum homem, mais do que amo a mim mesma, mais do que gosto de você. Nessa questão te invejo, já que gostaria muito de saber como isso é. Mas não te invejo por teres de tomar uma decisão como essa.

— Nem mesmo amas Knut, o teu rei? — perguntou Cecília Rosa, ainda que já soubesse qual era a resposta.

— Vivemos momentos muito bons. Dei a ele uma filha e quatro filhos, vivos, e mais dois que morreram. Nem tudo sempre foram alegrias, e dois dos partos foram horríveis, como você sabe. Mas não tenho nenhum direito a reclamar. Pense bem, você mesma conseguiu viver seu amor e deu à luz um filho esplêndido. Sua vida podia ter sido muito pior.

— É... — reagiu Cecília Rosa. — Pense, se a guerra contra os sverkerianos tivesse terminado de maneira diferente e tivéssemos de ficar eternamente em Gudhem. Você tem razão. É uma ingratidão reclamar de algo que poderia ser pior ainda. E a nossa amizade nos restará para sempre, ainda que eu tenha de me preparar em breve para receber o véu e a cruz no pescoço.

— Você quer que a gente reze uma última vez, pedindo a Nossa Senhora por uma salvação milagrosa? — perguntou a rainha Cecília Blanka. Mas Cecília Rosa apenas olhou para o chão e abanou a cabeça. Era como se as suas orações, apesar de tudo, já tivessem terminado.

Três cavaleiros estavam se aproximando num trote confortável, vindo das pontes no norte, mas as duas Cecílias nem tomaram conhecimento, já que havia muitos cavaleiros chegando para a reunião do conselho da corte.

E as duas damas de companhia, justo nesse momento, voltavam do campo dos lírios com os braços cheios de bonitas flores que, rindo, estenderam para a rainha e a sua amiga. Ambas receberam mais lírios do que podiam suportar. A rainha Blanka, como às vezes era chamada, deu ordens para que fossem trazidas logo as cestas para colocar os lírios. Eles murchavam rápido, caso ficassem por muito tempo sob o calor dos braços. Era como se se sentissem mal na prisão dos abraços humanos. No momento em que ela disse isso, deu uma olhada não muito interessada na direção dos três cavaleiros que agora já estavam bem próximos. Era o tesoureiro real, senhor Eskil, mais um norueguês e um folkeano.

De repente, ela ficou paralisada por uma sensação estranha que, mais tarde, nem soube como explicar. Era como um vento ou uma premonição de Nossa Senhora. Deu um toque leve no cotovelo de Cecília Rosa, que estava voltada para o outro lado, vendo as duas damas chegarem com as cestas de flores.

Quando Cecília Rosa reagiu e se virou, viu primeiro Eskil, que já conhecia bastante. E, no momento seguinte, viu Arn Magnusson.

Este desceu do cavalo e avançou lentamente na direção dela. E ela deixou cair todos os seus lírios no chão, dando um confuso passo na lateral para não pisar neles.

E aceitou nas suas as mãos que ele lhe tinha estendido, mas não conseguia dizer nada. E também ele parecia ter perdido a voz. Tentava dizer qualquer coisa, mexia com a boca, mas nada saía dos seus lábios.

Caíram ambos de joelhos, ainda segurando as mãos um do outro.

— Eu rezei por este momento a Nossa Senhora durante todos esses anos — disse ele, finalmente, com voz insegura. — Você, também, minha amada Cecília?

Ela acenou que sim, com a cabeça, e viu seu rosto bem machucado e sentiu uma forte sensação de compaixão pelos inimagináveis sofrimentos traduzidos por todas aquelas cicatrizes.

— Então sejamos agradecidos a Nossa Senhora por Ela nunca nos ter abandonado e por nós nunca termos abandonado as nossas esperanças — murmurou Arn.

Os dois abaixaram a cabeça em mais uma oração para Nossa Senhora, que, de maneira tão clara, lhes mostrou que da esperança ninguém deve desistir e que o amor, certamente, é mais forte do que a luta pelo poder, mais forte do que tudo.

III

AQUELE DIA NO CASTELO DO REI, em Näs, seria lembrado para sempre como o Dia do Grande Alarido. Raramente se tinha visto Birger Brosa tão descontrolado. Ele, que era mais conhecido por ser sempre aquele que falava em voz baixa, mesmo nos momentos mais difíceis das discussões, agora gritava de tal maneira que a sua voz se ouvia em todo o castelo.

Evidentemente, isso não começou quando Arn Magnusson entrou em Näs, cavalgando na companhia de seu irmão Eskil, da rainha Blanka e de Cecília Rosa. Primeiro, houve só abraços e discursos emocionados. Tanto o conde como o rei saudaram Arn com lágrimas nos olhos e agradecimentos a Nossa Senhora. Vinho do Reno foi trazido para as comemorações e todos falavam ao mesmo tempo. Parecia que ia ser um verdadeiro dia de grandes alegrias.

Mas de um golpe tudo mudou, logo que Arn mencionou seu futuro casamento com Cecília Rosa Algotsdotter.

Primeiro, o conde agiu como de hábito, como todos esperavam que ele agiria. Ficou frio e em voz baixa propôs, com palavras amistosas, ainda que em tom de comando, que o rei devia se retirar para uma das salas menores do conselho para um importante assunto a tratar e que tanto ele como Arn e o tesoureiro Eskil deviam seguir o soberano.

A sala menor do conselho estava localizada no penúltimo andar da torre oriental do castelo. Na sala, havia a cadeira de madeira trabalhada do rei, com as três coroas, a cadeira do conde, com o leão folkeano, a cadeira do arcebispo, com a cruz, bancos de madeira revestidos de couro e uma mesa grande de carvalho, com sigilo, lacre, pergaminho e penas de escrever. As paredes frias eram de pedras pintadas de branco.

O rei se sentou, calmamente, na sua cadeira grande, por baixo de uma das frestas de tiro, de modo que a luz iluminava intencionalmente sua cabeça. O conde ficou andando à volta da mesa, com os sentidos alvoroçados. Arn e Eskil ficaram sentados, cada um no seu banco.

O conde vestia roupas estrangeiras, em tons de cinza e preto, e nos pés botins de couro macio, dourados com incrustações em vermelho, com o manto folkeano debruado com pele de arminho voando atrás dele, ao andar para a frente e para trás, a fim de acalmar a raiva. O rei que, como o conde, tinha deixado crescer muito a barriga desde que Arn os tinha visto pela última vez há muito tempo, estava sentado e parecia calmo, aguardando. Tinha ficado quase totalmente calvo.

— Amor! — grunhiu o conde, de repente, num tom de voz que demonstrava não ter conseguido se acalmar. — O amor é feito para preguiçosos e fracos, para grilos e lesmas, solteironas e escravas! Mas para homens o amor é o diabo, um sonho idiota que produz muito mais infelicidade do que qualquer outro tipo de sonho, um baixio traidor no mar, uma árvore da floresta que cai na trilha dos cavalos, a mãe de crimes e intrigas, o pai da traição e da mentira! E é com isso que você chega, arrastando consigo, depois de todos esses anos! Amor! Isto, quando o bem-estar do reino está em jogo. Quando a sua família e o seu rei precisam do seu apoio, você faz o quê? Você nos rejeita. E essa vergonha você explica, dizendo que como qualquer um você está sofrendo de uma doença infantil e incompreensível!

O conde parou de falar, mas continuou andando à volta da mesa, o queixo ainda remoendo. Arn permanecia sentado no banco, os braços cruzados, um pouco inclinado para trás, mas com uma expressão inalterada no rosto. Eskil estava apreciando por uma das frestas de tiro o dia claro e tranqüilo de verão que fazia lá fora e o rei Knut parecia interessado em estudar as suas mãos.

— E você nem se dispõe a me responder, meu caro! — rugiu o conde com força renovada contra Arn. — Daqui a pouco, chegará o arcebispo com o seu grupo de bispos. É um homem insidioso, um sverkeriano, e os covardes à sua volta nem se atrevem a dizer uma palavra. É um homem que quer colocar a família sverkeriana de novo no trono e pesando muito entre as suas armas estão as cartas do Santo Padre em Roma e desse intriguista Absalon, de Lund. E nós, ou nos apoiamos uns aos outros, ou seremos levados na enxurrada. Você pode nos ajudar, mas nem quer saber. Isso porque está delirando de amor! É como se fosse um escárnio contra nós todos. Quanta guerra e quantos amigos e familiares mortos, quantos incêndios vão haver sobre essa nossa terra, só porque você delira de amor? E, agora, exijo que você me responda.

O conde retirou dos ombros, com raiva, o seu manto, jogou-o para cima da cadeira, antes de se sentar. Parecia que tinha falado com ardor demais, no seu discurso. Talvez até ele tivesse achado isso e estava tentando ser o seu habitual, de novo.

— Eu fiz um juramento — disse Arn, falando com voz baixa, intencionalmente, tal como se lembrava de que Birger Brosa costumava falar. — Dei a minha palavra de honra e jurei pela minha espada, uma espada de templário abençoada por Nossa Senhora, que iria sobreviver ao meu tempo de penitência, que voltaria para a minha Cecília e que eu e ela iríamos cumprir aquela promessa que já tínhamos feito um ao outro. Um juramento como esse não pode ser quebrado, por muita raiva que o senhor sinta, meu querido tio, ou por muito inconveniente que seja para as suas maquinações. Um juramento é um juramento. Um juramento divino ainda é mais forte.

— Um juramento não é juramento nenhum! — reagiu Birger Brosa que, com a velocidade de um relâmpago, voltou de novo com toda a raiva. — Uma criança jura que vai pegar a lua. E daí? Falação de criança se divorcia da realidade. Você era uma criança. Hoje, você é um homem, além disso, guerreiro. Assim como o tempo cura as feridas, ele também nos dá mais sensatez e nos transforma em outros seres, diferentes daqueles que éramos antes como crianças. Será que qualquer de nós aqui nesta sala teria condições de cumprir todas as promessas que fizemos como jovens inexperientes? Um juramento não é nenhum juramento, se houver impedimento que a própria vida coloca no caminho. E você tem, por Deus, um impedimento forte!

— Eu não era nenhuma criança quando fiz esse juramento — respondeu Arn. — E todos os dias, durante uma guerra que o senhor não pode nem imaginar como foi, eu repetia esse juramento em minhas orações para Nossa Senhora. E Ela ouviu minhas orações. Por isso estou aqui.

— Você ainda continua com um manto folkeano sobre os ombros! — gritou o conde, rosto vermelho. — Um manto folkeano tem de ser usado com honra, respeitando a família! Aliás, pensando no caso, como pode acontecer? Com que direito você, um penitente de vinte anos que perdeu a sua herança e a sua ligação com a família, continua com o manto folkeano sobre os ombros?

— Eu mesmo lhe dei esse direito — objetou Eskil, um pouco tímido, quando lhe pareceu que Arn não ia reagir à provocação. — No estado atual do nosso pai, eu sou o cabeça da família na Götaland Ocidental. Fui eu e ninguém mais que troquei o manto de templário de Arn pelo nosso. Eu o aceitei de volta e com todos os direitos, na nossa família.

— O que foi feito não pode ser desfeito — murmurou Birger Brosa, parecendo que ia voltar ao seu habitual. Mas então ele se levantou e recomeçou a sua furiosa andança à volta da mesa. Os outros na sala trocaram olhares e o rei deu de ombros. — Melhor assim, já que você está trazendo o nosso manto nos ombros! — recomeçou Birger Brosa, de repente, apontando o indicador acusador para Arn. — Melhor assim! Isso porque esse manto não incorpora apenas o direito a defesa contra o inimigo, o direito de portar espada em qualquer lugar onde te convier e o direito de ser acompanhado por escudeiros. Esse manto incorpora também deveres, esse maldito ou abençoado dever, como você queira, de realizar o que é melhor para a sua família.

— Desde que não seja contra a vontade de Deus ou um juramento divino — respondeu Arn, tranqüilo. — Em todo o resto, farei o melhor possível para honrar as cores da nossa família.

— Então, terá que obedecer a nós. Caso contrário, pode muito bem voltar para o seu manto branco!

— Evidentemente, tenho também o direito de usar o manto dos templários — respondeu Arn, fazendo uma pequena pausa como ele se lembrava que Birger Brosa fazia, antes de continuar. — Mas isso não seria aconselhável. Como templário, não devo obediência a nenhum conde nem a nenhum rei, no mundo inteiro, a nenhum bispo ou patriarca. Apenas ao Santo Padre.

Birger Brosa parou a sua furiosa caminhada à volta da mesa, deu uma olhada indagadora para Arn como se quisesse procurar algum sinal de escárnio ou desacato, antes de se sentar de novo e respirar fundo por algumas vezes.

— Vamos recomeçar mais uma vez — disse ele, em tom baixo, como se tivesse dominado um pouco a sua fúria. — Vamos recomeçar e, tranqüilamente, considerar a situação. A filha de Sune Sik, Ingrid Ylva, está quase na idade de casar. Falei com Sune e ele acha, assim como eu, que Ingrid Ylva é mais uma argola na corrente que nós estamos costurando para conter a guerra. Você, Arn, é o homem mais velho depois do cabeça da família e, além disso, um homem de quem se cantam as proezas e se contam lendas. Você é um bom partido. E podemos evitar de duas formas que os sverkerianos e o arcebispo arranjem um motivo para uma nova guerra. Uma delas envolve Cecília Algotsdotter, que, graças a Deus, nos deve muito, pode aceitar o chamado superior e se tornar abadessa em Riseberga. Cecília sabe qual é a situação da confissão e do testamento da intriguista madre Rikissa, que declarou ter a rainha Blanka feito os seus votos durante seu pior tempo em Gudhem. Cecília se diz preparada para jurar que nada isso aconteceu e todos nós acreditamos nela. Tudo isso você entende, certo?

— Sim, tudo isso eu entendo — respondeu Arn. — Mas tenho objeções a fazer que prefiro guardar para depois de ouvir a segunda forma de ação.

— A segunda? – questionou Birger Brosa, não habituado a que alguém, tão tranqüilamente, dissesse ter objeções contra ele depois de ter apresentado as suas palavras como sendo as melhores.

— Sim — disse Arn. — De duas formas, iríamos amarrar os sverkerianos nas redes da paz com a nossa esperteza ardilosa. A primeira seria a de transformar Cecília em abadessa, o que, na realidade, é um assunto para decidir pela Igreja, mais do que por nós. E a segunda?

— Que alguém, com uma alta posição na nossa família, se case com Ingrid Ylva! — respondeu Birger Brosa, parecendo que ainda tinha dificuldades em segurar a sua raiva.

— Então, vou dizer o que penso — declarou Arn. — Você faz Cecília abadessa em Riseberga, se bem que, por direito, o problema é da Igreja e dos cistercienses. Achamos, no entanto, que você realmente tem sucesso nas suas intenções. Então, vamos em frente para ver como fica. A madre Cecília, que acaba de ser promovida a abadessa, faz juramento diante do arcebispo, sendo de notar que diante do arcebispo há que seguir as regras. O arcebispo tem, então, diante de si um nó bem duro de desatar. Ele poderá resolver o caso de duas maneiras. Exigir de Cecília, religiosamente, a prova do ferro, uma prova de Deus de que suas palavras são as verdadeiras, de que o ferro em brasa não a fere. Ou ele poderá escrever sobre o assunto para Roma. Se for o intriguista insidioso que você diz que é, ele escolhe a segunda hipótese, visto que com o ferro em brasa ninguém sabe ao certo como vai acontecer. E se escrever para Roma, ele vai colocar as suas palavras de modo que pareça que a nova abadessa jura em falso. Nesse sentido, ele não terá qualquer dificuldade. E o Santo Padre logo excomungará Cecília. Desse modo, não vamos ganhar nada e vamos perder muito.

— Você não pode prever que as coisas saiam de modo tão ruim — disse Birger Brosa no seu tom de voz normal, tranqüilo.

— Não — disse Arn. — Ninguém jamais saberá por antecipação. Acho apenas que conheço melhor do que o senhor, meu tio, os caminhos que levam ao Santo Padre e que a minha suposição, portanto, deve ser melhor do que a do senhor. Mas saber ao certo, vou dizer que não sei, mas nem o senhor.

— Não, ninguém poderá saber ao certo o que vai acontecer. E se a gente não tentar com essa manobra, também jamais vamos poder saber. Ninguém acerta se não disparar a seta.

— É verdade. Mas o perigo de tornar o ruim ainda pior é grande e notório. No que diz respeito a Ingrid Ylva, desejo que vocês tenham todo o sucesso com seus planos de casamento. Mas dei a minha palavra para casar com Cecília Algotsdotter.

— Aceite Ingrid Ylva como sua mulher e enrosque-se na cama com Cecília quantas vezes quiser — reagiu Birger Brosa. — É assim que todos nós fazemos. Aquela com quem temos de viver sob o mesmo telhado é uma coisa. Aquela com quem vamos ter os nossos filhos é a mesma coisa. Mas tudo o que a gente fizer daí para a frente é por puro prazer. Isso que você, loucamente, chama de amor, isso é outra coisa. Você acha que eu e Brigida nos *amávamos* quando o acordo foi estabelecido no dia do nosso noivado? Brigida era mais velha do que eu e feia que nem o pecado, achava eu naquela altura. Ela não era nenhuma rosa intocada. Era a viúva do rei Magnus. E, no entanto, as nossas vidas correram bem e muitos foram os filhos que tivemos e educamos, e isso que você chama de amor vem com o tempo. Você tem de fazer como todos nós! Você pode ser um grande guerreiro e podem ser muitas as músicas que se fazem em seu louvor, embora você seja apenas um dos que perderam a Terra Santa! Mas agora está de volta em nossa casa e aqui tem de fazer como os outros. Mais do que isso, tem de agir como um folkeano!

— De qualquer forma, eu iria confiar muito pouco nos conselhos do meu tio, de pecar com uma abadessa — respondeu Arn, com uma expressão de repugnância. — Por pecado carnal, Cecília e eu já fomos punidos demais, e pecar livre de penitências como fazer amor com uma abadessa na clandestinidade, acho que é um conselho verdadeiramente ultrajante.

Birger Brosa reconheceu, nesse momento, que a sua raiva lhe tinha passado a perna, que ele, pela primeira vez desde a juventude, tinha perdido tempo falando para o vento. O conselho de manter a abadessa como a *outra* foi a maior idiotice que ele disse durante negociações que estava habituado a vencer sempre.

— Você é meu rei e meu amigo de infância, Knut? — perguntou Arn, aproveitando a ocasião para deixar Birger Brosa sair da armadilha que ele próprio montara. — O que é que acha? Eu me lembro que uma vez você me prometeu Cecília desde que eu o acompanhasse naquela viagem que terminou com a morte de Karl Sverkersson. Vejo que ainda continua usando aquela cruz ao pescoço que você tomou do assassinado. Muito bem, o que é que você acha?

— Não acho que seja uma coisa para o rei se manifestar a favor ou contra — respondeu Knut, inseguro. — Aquilo de que vocês falaram, você e Birger Brosa, com tanto ardor, é uma questão de família, e mau seria se o rei se metesse num assunto que não lhe diz respeito.

— Mas você me deu a sua palavra — respondeu Arn, friamente.

— Como assim? Disso não me lembro — disse o rei, surpreso.

— Você se lembra daquela vez que me convenceu a segui-lo até Näs, velejando naquele pequeno barco negro sobre o gelo e seus buracos durante a noite?

— Sim, você era meu amigo. Estava ao meu lado na hora do perigo, isso jamais esquecerei.

— Então, você vai se lembrar também de que primeiro nós iríamos disparar a flecha e, se eu vencesse, ganharia Cecília. E eu venci. Tenho a palavra do rei.

O rei Knut suspirou e ficou cofiando a sua barba rala e grisalha, enquanto pensava a respeito do assunto.

— Isso aconteceu há muitos anos e é difícil recordar as palavras exatas do momento — começou ele, hesitante. — Mas como eu não era rei na época, nem depois por muitos anos ainda, portanto, você não pode dizer que tem a palavra de um rei...

— Mas então tenho a palavra do filho do rei Knut Eriksson, a palavra do meu amigo — objetou Arn.

— Eu era um jovem como você — continuou o rei, agora mais seguro de si. — E, então, pode-se dizer como o nosso conde que seria como se uma criança prometesse pegar a lua. Mas isso ainda não se trata da argumentação definitiva. Como eu disse, o rei deve cuidar de não se meter nos problemas de outras famílias. A questão é de vocês, folkeanos. Mas há uma coisa que você deve saber. Agora, sou o seu rei, mas na época não era. Agora, não pergunte ao seu rei o que ele pode fazer por você. Pergunte antes o que você pode fazer pelo seu rei.

— O que eu posso fazer pelo meu rei? — perguntou Arn, de imediato.

— Case com Ingrid Ylva e libere Cecília Algotsdotter do juramento e da promessa para que ela possa ser a nossa abadessa em Riseberga — reagiu o rei, com a mesma rapidez.

— É impossível. Nós temos ainda o nosso juramento diante de Nossa Senhora. O que é que posso fazer mais por você?

O rei hesitou e olhou para Birger Brosa, mas este virou os olhos para o céu. O ciclo tinha se fechado de novo e tudo tinha voltado ao princípio.

— Você pode me jurar fidelidade? — perguntou o rei como se tivesse mudado de assunto.

— Isso eu já fiz quando nós ainda éramos jovens. A minha palavra continua valendo, mesmo que a sua não valha mais — respondeu Arn.

Foi então que o rei sorriu pela primeira vez durante a discussão e acenou com a cabeça. Achava que a flecha de Arn tinha acertado no alvo mais uma vez.

— Quando eu ainda não era rei, você não poderia jurar fidelidade a mim como tal. Hoje, eu sou rei — respondeu ele, enfaticamente.

— O meu tio e o meu irmão lhe juraram fidelidade? — perguntou Arn e todos os três na sala confirmaram com a cabeça.

Arn levantou-se sem mais delongas, puxou sua espada e se ajoelhou diante do rei Knut. Colocou a ponta da sua espada no chão, apontada para a frente, e a segurou com ambas as mãos, depois de ter feito o sinal-da-cruz.

— Eu, Arn Magnusson, juro que, enquanto fores meu rei e rei dos folkeanos, serei fiel a ti, Knut Eriksson, em... *auxilium et consilium* — disse ele, sem hesitar, até o momento de falar as últimas palavras em latim. Depois, levantou-se, embainhou a espada e voltou para o seu lugar.

— O que é que você quis dizer com essas últimas palavras em língua estrangeira? — perguntou o rei.

— É o que um cavaleiro precisa jurar. Não sei dizer essas palavras na nossa língua, mas nem por isso valem menos na língua da Igreja — afirmou Arn, com um pequeno encolher de ombros. — *Auxilium* faz parte do juramento, significa *ajuda*... ou *apoio*... ou, talvez se possa dizer, *minha espada*.

— O rei, agora, não precisa da sua espada, precisa do seu pênis — murmurou Birger Brosa. — Desde que você não pense com a cabeça dele! — acrescentou, ainda bravo.

Arn fingiu que não tinha escutado e nos olhos do rei, seu amigo de infância, viu que ele também pensava que era melhor assim.

— *Consilium* é a outra palavra usada pelo cavaleiro para prometer ao seu rei — continuou Arn. — Significa que jurei lhe prestar assistência com conselhos, sempre de acordo com a verdade e na medida das minhas capacidades.

— Ótimo — disse o rei Knut. — Então me dê logo um conselho, de imediato. O arcebispo Petrus fala muito em eu ter que me penitenciar pelo pecado de ter matado Karl Sverkersson. Não sei ao certo o quanto as palavras dele significam a pura fé em Deus e o quanto significam apenas a vontade dele de provocar um vexame para mim. Agora, ele quer que eu, como reconciliação, mande uma cruzada para a Terra Santa. A esse respeito, você deve ter alguma idéia, pois andou por lá em guerra por mais de vinte anos, certo?

— Sim, é claro que tenho — disse Arn. — Construa um mosteiro, ofereça ouro ou uma floresta, construa uma igreja, compre uma relíquia de Roma para a catedral do arcebispo. Qualquer coisa dessas ou, na pior das hipóteses, tudo isso, é melhor do que mandar uma cruzada. Se mandar folkeanos e erikianos para a Terra Santa, vão ser todos abatidos como se fossem animais, sem que a sua morte signifique qualquer coisa, além de lamentações e tristeza.

— E disso você tem certeza? — refletiu o rei. — Não seria suficiente a coragem nos nossos peitos, nem a nossa fé suficientemente forte, e nem a nossa espada suficientemente capaz?

— Não! — disse Arn.

Um silêncio desanimador desceu por toda a sala.

Quando o alarido atingiu sua pior fase na câmara do conselho lá em cima na torre oriental, a rainha Cecília e Cecília Rosa resolveram subir até o plano de defesa mais alto da torre ocidental para se sentirem totalmente à vontade e longe de todos os olhares indagadores. Como a voz de Birger Brosa troava pelas frestas de tiro, ficou claro para todos em Näs que era de esperar mais discussões e discórdia do que alegrias e brincadeiras mais para a noite, embora poucos fossem aqueles que sabiam do que se tratava toda essa luta.

As duas Cecílias, porém, não tinham nenhuma dificuldade em entender. A raiva de Birger Brosa, raramente presenciada, era conseqüência do fato de Arn Magnusson o estar enfrentando. Arn achava que devia manter a sua palavra, e Birger Brosa, que ele devia esquecer a promessa feita, para que Cecília Rosa pudesse voltar para Riseberga, ser elevada a abadessa e retribuir os serviços que estava devendo.

Era assim que a situação devia estar lá dentro, na câmara do conselho. Era claro como água.

Tentaram escutar, mas conseguiam ouvir apenas, nitidamente, quando Birger Brosa falava, expondo repetidamente o seu desdém pelo amor.

Cecília Rosa estava como que paralisada, nem sequer conseguia pensar. Aquilo que havia sido, durante tantos anos, um sonho impossível era agora uma realidade, tão real quanto ela, vivendo e respirando. Arn estava lá, a curta distância, a menos de um tiro de flecha. Era verdade, mas ainda assim inacreditável. Dava voltas e voltas ao pensamento e era como se não pudesse sair dessa roda de dúvidas.

A rainha Blanka refletia com mais precisão. Achava que a decisão final estava para ser tomada.

— Vem! — disse ela, pegando Cecília Rosa pela mão. — Vem, vamos descer um andar, beber um vinho e decidir como devemos fazer. Não adianta nada ficar aqui, ouvindo o barulho que os homens estão fazendo.

— Olha! — disse Cecília Rosa, apontando da torre como se estivesse só meio acordada. — O arcebispo e seu séquito estão chegando.

Vindos da área norte do porto, a cruz do arcebispo relampejava seus reflexos de prata, trazida na frente do grupo por um cavaleiro. Atrás do cavaleiro da frente com a cruz viam-se muitas cores, de todas as capas dos bispos, mas também de todos os escudeiros que vieram na companhia dos bispos, a maioria em mantos vermelhos, já que o arcebispo era sverkeriano.

— É verdade — disse Cecília Blanka. — Eu os vi chegar e nem eu mesma consegui entender qual a maneira como devemos ordenar tudo, antes de homens entenderem o que aconteceu. Mas vem!

Ela puxou por Cecília Rosa, desceu um andar na sala do rei, pediu mais vinho e empurrou gentilmente a sua amiga para um monte de almofadas lübeckianas e francesas, além de coberturas de penas, dispostas em cima de uma das camas. Elas se acomodaram sem dizer nada. Mas Cecília Rosa parecia ainda estar sonhando e não acordada.

— Agora, é preciso que você seja forte, minha amiga. Nós duas precisamos ser fortes — disse a rainha, decidida. — Precisamos pensar, precisamos decidir e precisamos, acima de tudo, fazer qualquer coisa.

— Como é que o conde pode ser contra a vontade de Nossa Senhora? Isso não posso entender de jeito nenhum — reagiu Cecília Rosa, como se ela não tivesse ouvido nem um pouco a sua amiga mais querida, nem as suas palavras sensatas, nem a sua vontade de tomar decisões rápidas.

— Para os homens as coisas são assim! — sussurrou a rainha. — Se eles acham que os planos de Deus e dos santos de Deus estão de acordo com os seus próprios planos, tudo está bem. Se os seus próprios planos em relação ao poder se dirigem em outro sentido, acham então que os de Deus devem vir em segundo plano. É assim que eles são. Mas agora estamos com pouco tempo. Você precisa se recompor e *precisamos* pensar com clareza!

— Vou tentar — disse Cecília Rosa, fechando os olhos e respirando fundo. — Vou tentar mesmo, prometo. Mas você deve entender que não é assim tão fácil. Justo no momento em que eu, depois de todos esses anos, duvidava pela primeira vez, Nossa Senhora me trouxe de volta o meu Arn. Qual seria a intenção dela? Não é estranho?

— Sim, é mais do que estranho — concordou rápido Cecília Blanka. — Nós, sentadas ali, no campo de lírios. Você já decidida a ser infeliz para eu ser feliz. Você desistiria do seu sonho por minha causa, por causa da nossa amizade. Eu estava triste, mas não surpresa ao ver que você se conformava em ser infeliz por causa da nossa amizade.

— Você faria a mesma coisa por mim — disse Cecília Rosa, meio distraída.

— Acorda, minha querida amiga! — ordenou, decidida, a rainha. — É agora, justamente agora, que tudo vai acontecer. Agora, sou eu, precisamente como Nossa Senhora nos mostrou, que devo fazer tudo por você. Você não vai assumir o véu e a cruz. Você deve casar-se com Arn Magnusson. E quanto mais depressa melhor!

— Mas o que é que podemos fazer quando são os homens que estão discutindo aos berros o que deve ser feito? — perguntava Cecília Rosa, resignada.

— Não vacile, não é assim que você age normalmente, minha querida amiga — disse a rainha, impacientemente. — Vamos pensar e agir e não continuar sonhando. Você se lembra daquela vez em que usamos a confissão como arma?

— Sim... — confirmou Cecília Rosa, com demora. — Ah, sim! Quando mandávamos recados através de nossas confissões, lamentando amargamente nossos sentimentos de vingança e de como iríamos pressionar os folkeanos, o conde e o rei, caso não passássemos a ser tratadas mais suavemente. Essas flechas acertaram melhor do que esperávamos.

— Isso mesmo! — concordou a rainha, satisfeita ao ver que Cecília Rosa começava a reagir, a acordar. — E hoje vamos fazer a mesma coisa. Em breve, o arcebispo vai se sentar na sua tenda e vai se rebaixar, atendendo diretamente ao povo, antes da reunião do conselho. Vai demonstrar, hipocritamente, o seu amor por todos os cordeiros mais ínfimos do Senhor. Qualquer pessoa poderá vir beijar o anel do arcebispo e se confessar. Até mesmo uma rainha e uma *yconoma* de Riseberga...

— E qual será o recado que vamos mandar desta vez? — queria saber Cecília Rosa, ansiosa, já com novo brilho nos olhos e outra cor nas faces.

— Vou contar como estou sofrendo a agonia de ter de escolher entre mandar a minha melhor amiga para o convento apenas para meu proveito, para conservar o direito à coroa para os meus filhos. Além do mais, isso é verdade. Iria você ser abadessa por outras razões que não a de aceitar esse sacrifício por minha causa? Diante disso, me sinto torturada pela agonia e é isso que quero confessar. E depois será a sua vez e então...

— Não, não diga nada! Deixe que eu pense primeiro. Muito bem. Vou confessar ter entendido como um milagre de Nossa Senhora o fato de ela ter atendido às orações minhas e de Arn durante mais de vinte anos e tê-lo mandado de volta para casa, sem ferimentos graves. E de como o seu juramento sagrado estava prestes a ser cumprido... E de como Nossa Senhora, com isso, quis demonstrar como o amor pode ser grande e como a esperança jamais deve ser abandonada... E como me sinto angustiada ao ver que me pedem para aceitar compromissos terrenos e entrar para o convento em vez de receber o presente de Nossa Senhora. Tudo isto é também verdade. Tanto você quanto eu não estamos profanando a instituição da confissão dizendo isso. Você acha que essas palavras chegam?

— Chegam, claro — disse a rainha. — Acho que o nosso respeitável arcebispo vai se lembrar imediatamente das palavras de Deus a respeito do milagre do amor. Ele vai se transformar num forte combatente pelo amor entre você e Arn, amor que não pode ser profanado, porque...

— Porque, então, todos nós seríamos participantes de um grande pecado, o de não atender à vontade clara e notória de Nossa Senhora! — concluiu Cecília Rosa, rindo.

As duas estavam realmente excitadas e chegavam a falar ao mesmo tempo. Cecília Blanka falou, inclusive, de novos planos para a ceia da noite, a fim de que não houvesse nenhuma possibilidade de se abrir qualquer caminho para o convento. Cecília Rosa ficou de boca aberta e até corou, quando ouviu as medidas astuciosas que estavam planejadas. Mas aí despertaram para o fato de não ter tempo a perder. E correram de mãos dadas pela escada da torre abaixo como se fossem duas jovens, a caminho de realizar primeiro as suas confissões totalmente conforme a verdade, que iriam jogar todos os planos dos homens em cinzas e ruínas. Quando chegaram à praça, porém, se obrigaram a parar, abaixaram as cabeças e seguiram, contidas e sérias, na direção da tenda do arcebispo, montada fora dos muros do burgo.

A grande discussão da sala de reuniões do conselho na torre oriental já tinha amainado e se transformado numa longa conversa na seqüência das palavras duras de Arn a respeito da impossibilidade de mandar uma cruzada das duas Götalands e da Svealand. Tanto o rei como o conde ficaram ofendidos por sua curta maneira de dizer não na questão de saber se os homens nórdicos tinham capacidade para isso.

Arn foi obrigado a ser mais claro e o que ele contou fez os outros o escutarem com consideração e medo.

Depois da queda de Jerusalém, para retomar a Terra Santa dos sarracenos era preciso um exército de, pelo menos, sessenta mil homens, começou por dizer Arn. E um exército desses é difícil de manter com comida e água. É preciso que seja mantido sempre em movimento, pilhando para se manter e ir em frente. Portanto, era impossível sobreviver sem uma cavalaria forte, o que tornaria a participação dos combatentes nórdicos impossível. E sessenta mil homens era uma quantidade tão grande que significava a participação de todos os homens capazes de carregar armas das Götalands e da Svealand.

Sim, mas se a gente fizesse apenas o que a Igreja exige, o seu dever para com Deus, e o seu máximo na medida da sua melhor capacidade, juntando tantos homens quanto fosse possível, o que isso significaria?

Dez mil soldados, combatendo a pé, achava Arn. Se o rei Knut, depois de muito trabalho, conversando e ameaçando, conseguisse convencer todos e cada um da verdadeira vontade de Deus e reunir todos os homens nórdicos capazes de pegar numa espada ou, pelo menos, numa foice, a viajar para Jerusalém, para sua salvação, *se* todo o país se convencesse disso, *como* viajaria toda essa gente?

Velejando, naturalmente. No caminho, depois de passar pela Inglaterra e antes de chegar à costa da Jutlância no seu barco, Arn encontrou pela frente um exército dinamarquês de cruzados em cerca de cinqüenta barcos com três ou quatro mil homens, embora sem cavalos. Arn e Harald tinham concordado que todos esses homens estavam a caminho da sua própria morte e que iriam causar mais problemas do que constituir uma ajuda, se é que conseguissem chegar ao seu destino em boa ordem.

Vamos observar, continuou Arn, enquanto os outros ouviam como se ainda quisessem saber mais razões, o caso de o rei Knut poder viajar com uma força, mais ou menos semelhante. O que aconteceria ao chegarem à Terra Santa? Muito bem, o único lugar onde os novos cruzados poderiam atracar seria a cidade de São João do Acre, a última fortaleza cristã no reino de Jerusalém, atualmente superpovoada. Iriam alguns milhares de nórdicos, sem cavalaria, ser recebidos com agradecimentos? Não, seriam apenas mais bocas para alimentar. E o que seria possível fazer de bom para o exército cristão? Correr ao lado da cavalaria com seus escudos para defender, se possível, os cavalos dos homens que os montam. Mas qualquer participação efetiva nos combates por parte dos combatentes nórdicos não haveria, isto porque seriam em número muito pequeno para constituir um exército próprio. E não saberiam falar o francês, o que os tornaria verdadeiramente dispensáveis no exército cristão.

Isso não seria apenas a morte certa, seria a morte desnecessária e desonrosa. E aquele que morresse não morreria abençoado, nem na firme certeza de que a morte na Terra Santa levaria ao perdão de todos os pecados e ao Paraíso.

Birger Brosa tentou apresentar algumas objeções, mas a sua raiva de antes como que foi levada pelo vento. Já falava agora, de novo, com voz tranqüila e, às vezes, até sorridente. E o caneco de cerveja que recebeu balançava bem casualmente em cima do seu joelho, da perna cruzada na outra.

— Knut e eu não estamos habituados a pensar em nós como cordeiros indo para o matadouro — disse ele. — No início da luta pela coroa, um ano depois da sua partida, vencemos os sverkerianos em todos os recontros, menos um. Perto de Bjälbo, aconteceu a batalha final e a nossa vitória foi grande, apesar de o inimigo ter uma força quase o dobro da nossa. Desde então tem reinado a paz em nosso reino. Éramos mais de três mil folkeanos e erikianos, com nossos amigos, lado a lado, ombro a ombro. É uma força fantástica. Mas você acha que seríamos apenas como que cordeiros. É difícil imaginar uma coisa assim. O que aconteceria se essa força que estava em Bjälbo na luta dos prados de sangue lutasse na Terra Santa?

— Seríamos obrigados a lutar a pé — disse Arn. — O inimigo estaria a cavalo. Daí, não poderíamos atacar. Não poderíamos escolher, nem hora, nem lugar. O sol ceifa suas vítimas como flechas no verão. A chuva e a lama vermelha e grudenta nos abate na desesperança e na doença durante o inverno. De repente, o inimigo vem por trás, com seus cavalos rápidos. Cem homens morrem e outros tantos ficam feridos. E aí o inimigo vai embora. E ficamos esperando. No dia seguinte acontece o mesmo. Nenhum de nós conseguiria sequer acertar um só golpe com a espada antes de estarmos todos mortos.

— Mas se vierem a cavalo... — pensou Birger Brosa. — Aí nós os recebemos com flechas e lanças. Um homem a cavalo tem o dobro das coisas em que pensar. Se cair, está liquidado. Se avançar a cavalo, pode acabar se espetando na lança.

Arn respirou fundo, levantou-se e foi até a mesa de carvalho no meio da sala. Afastou o tinteiro, o sigilo e o pergaminho e desenhou com a ponta do dedo no pó.

Se o exército ficasse quieto no chão raso e com uma boa visão para todos os lados, o inimigo faria apenas pequenos ataques, visto que o sol e a sede se encarregariam do trabalho principal.

Se o exército não se mexesse, morreria. Se o exército se mexesse, teria que adotar uma formatura alongada. E aí viriam os ataques rápidos pela frente ou por trás. Os cavaleiros sarracenos se aproximariam, disparando uma, duas ou três flechas, quase todas certeiras, desaparecendo em seguida. Depois de cada um desses ataques, haveria que tomar conta dos mortos e dos feridos.

Além disso, os sarracenos tinham uma cavalaria pesada empunhando lanças longas como arma, exatamente como os cristãos. Um nórdico sem experiência, certamente, atrairia os sarracenos para a utilização também dessa arma.

Arn descreveu como o céu escurecia, de repente, por uma grande nuvem de poeira, como o chão tremia e não se conseguia ver nada com toda aquela poeira, antes de a força inimiga chegar e atacar com força total, bem no meio dos soldados a pé, atravessando o exército, sem resistência, que fica separado em duas partes. Aí, eles reassumiam a formatura de ataque e voltavam de novo. Três mil guerreiros a pé na Terra Santa morreriam em menos tempo do que eles haviam perdido, naquela sala, conversando e discutindo. E com isso Arn terminou e voltou para o seu lugar.

— Pensei em várias coisas, ao ouvi-lo, meu caro — disse Birger Brosa. — A sua honestidade é grande, disso eu sei. O que você contou considero como verdade. E com isso você nos salva da maior das loucuras.

— Essa é a minha esperança — acrescentou Arn. — Jurei perante o nosso rei que lhe prestaria auxílio e essa responsabilidade eu assumo, sem fingimentos. Não brinco.

— Claro que não — disse Birger Brosa, com um sorriso zombeteiro que todos reconheciam ser sua natureza —, suas palavras você não assume levianamente. E delas a gente não recebe apenas coisas ruins, mas também algumas coisas boas. Amanhã, no conselho, portanto, vamos alegrar o nosso arcebispo e a sua banda com a decisão de construir um novo mosteiro em... Ah, sim, o que é que você acha, Knut?

— Em Julita — disse o rei. — Deve ficar em Svealand, onde a voz de Deus é mais fraca, e com isso o grupo dos nossos bispos também deve ficar satisfeito.

— Então deve ser Julita. E com isso vamos ficar livres por alguns momentos dessa conversa sobre a cruzada — disse Birger Brosa. — Mas essa é uma decisão para o momento atual. Para o futuro existe outra questão, muito maior. Se um exército sarraceno nos derrotaria fácil, um exército franco também nos derrotaria da mesma maneira? Ou inglês? Ou saxônio?

— Ou dinamarquês — acrescentou Arn. — Se tivéssemos que enfrentar qualquer desses exércitos no campo do adversário. Mas o nosso país está situado bem longe do mundo. Não é nada fácil trazer um grande exército até aqui. Os sarracenos jamais virão. Nem os francos, nem os ingleses ou os normandos. Mas os saxônios e dinamarqueses é menos certo.

— Vamos ter que repensar a situação — disse Birger Brosa, dando uma olhada inquiridora na direção do rei Knut, que acenou concordando, após alguma reflexão. — Os tempos são outros, lá fora, no mundo, e já aprendemos isso em relação ao comércio. Desse aprendizado já tiramos vantagens e das boas. E vamos sobreviver e nos desenvolver como reino, nesses novos tempos...

— Quer dizer que temos ainda muita coisa nova a aprender! — completou o rei, seguindo os pensamentos de Birger Brosa, como seria de esperar, caso este não tivesse se contido antes de finalizar sua fala.

— Arn! Meu amigo de infância, você, que uma vez me ajudou a conquistar a coroa — continuou o rei, excitado. — Aceita tomar lugar no nosso conselho, aceita ser o nosso marechal?

Arn levantou-se e fez uma vênia diante do soberano e, depois, diante do conde-ministro como sinal de aceitação imediata, tal como tinha jurado fazer. Birger Brosa, então, avançou e lhe deu um abraço, além de um palmada bem forte nas costas.

— É uma bênção ver você de volta, aqui, Arn, meu querido sobrinho. Sou um homem que raramente se explica ou se desculpa. Não é uma coisa fácil para eu fazer. Mas no meu discurso de hoje, para você, em alguns trechos, lamento o que disse.

— Bem — reagiu Arn. — O senhor me surpreende. Não foi desse jeito que eu me lembrava do homem mais inteligente entre todos os da nossa família, aquele de quem todos nós tentávamos aprender as maneiras.

— Felizmente, houve poucas testemunhas hoje — disse, sorrindo, Birger Brosa —, e, além disso, eram os parentes mais chegados, logo a seguir aos meus filhos e apenas o rei, meu amigo. Caso contrário, teria sido muito ruim para a minha fama. Quanto a Cecília Algotsdotter...

Ele sorriu e deu uma certa ênfase às palavras, a fim de atrair Arn a contrariá-lo, mas este ficou na espera, em vez de fazer objeções.

— Quanto a Cecília, tive uma idéia que é mais sensata do que aquela que apresentei antes — continuou ele. — Vá encontrar com ela, fale com ela, comprove seu amor por ela, deixe que ela comprove o dela. Depois disso, voltaremos a falar de novo sobre o caso, mas não daqui a muito tempo. Você quer aceitar esta minha nova proposta?

Arn fez uma nova vênia para seu tio e para o rei, mas seu rosto não demonstrou nem dor nem impaciência.

— Ótimo! — disse o rei. — Na reunião do conselho, amanhã, nada se falará a respeito do que se fará quanto à abadessa de Riseberga. Como se tivéssemos esquecido a questão. Em vez disso, metemos o novo convento Julita pela goela abaixo dos bispos. Estamos felizes por ver que a tempestade passou, Arn. E estamos felizes por ver você no conselho como o nosso novo marechal. Portanto, deixem que eu fale uma coisa a sós com o meu conde que precisa ser um pouco admoestado pelo seu rei. Sem testemunhas.

Arn e Eskil se levantaram e fizeram uma vênia na direção do seu rei, saindo pela escada bem escura.

Embaixo, na praça do burgo, a tenda estava erguida e a mesa posta. Servia-se cerveja e vinho. Eskil tomou Arn pelo braço e conduziu os dois para um dos balcões, enquanto Arn suspirava e sussurrava a respeito dessa permanente festança, com bebidas meio aguadas, embora a sua insatisfação fosse notoriamente teatral, levando Eskil a sorrir.

— Ainda bem que você continua em condições de rir depois daquela tempestade — disse ele. — E no que diz respeito à cerveja, talvez você mude de opinião. Aqui, em Näs, só se serve cerveja de Lübeck.

Ao se aproximarem de uma das tendas, todos se afastavam para o lado, sussurrando e apontando, como as águas se afastam diante da proa de um barco. Eskil parecia não notar nada.

Ao degustar a cerveja de Sachsen, Arn logo concordou que se tratava de uma outra bebida em relação àquelas que ele, com maior ou menor sofrimento, se tinha obrigado a beber. Era mais escura, com mais espuma e muito mais forte em lúpulo do que em baga de zimbro. Eskil avisou-o de que, além disso, essa cerveja subia à cabeça mais rapidamente, de modo que ele devia se precaver e não começar a se portar mal, a contar vantagem e a puxar pela espada. Primeiro, eles riram um pouco dessa piada, mas depois acabaram se abraçando cada vez mais aliviados diante do fato de a tempestade, pelo que parecia, já ter passado.

Eskil fez ainda algumas observações a respeito da maneira como Birger Brosa falou no início da reunião na sala do conselho. Os dois ficaram virando e revirando o assunto, tentando saber o que estaria por trás dessa inesperada falta de compostura. Eskil achava que havia muitos sentimentos contraditórios ao mesmo tempo, mais do que até mesmo um homem como Birger Brosa podia suportar. Isso porque, sem dúvida, o conde estava realmente feliz por ver Arn de volta, com vida. Mas, ao mesmo tempo, durante tantos anos, ele tinha alimentado a idéia de que Cecília Rosa — aí, Eskil abriu um parêntese para explicar como Cecília recebeu o apelido de Rosa — iria ser a contraposição às mentiras da maldita madre Rikissa sobre os votos feitos no convento pela rainha. Alegria e decepção não eram uma boa combinação, achava Eskil. Era como se a gente quisesse misturar cerveja com vinho no mesmo caneco.

Arn disse que um compromisso era muito melhor do que uma derrota, mas aí Eskil não entendeu aonde Arn queria chegar. Aos poucos, porém, chegaram à conclusão de que uma vitória pela metade era melhor do que uma derrota. Difícil seria prolongar a espera e o desejo de voltar para Cecília. Insuportável seria não conseguir nem a metade de uma vitória, tanto pelo lado de Arn como pelo de Birger Brosa.

Eles foram interrompidos nos seus pensamentos por um dos capelães do arcebispo, que avançou entre todos os homens e mulheres já vestidos para a festa, alegremente entretidos nas suas conversas e nas suas bebidas.

O capelão se mostrou muito compenetrado e de nariz empinado, o que motivou, inevitavelmente, uma expressão de estranheza entre Eskil e Arn. Como uma pequena e logo malsucedida vingança, o capelão disse ao que veio em latim. Sua Eminência, o arcebispo queria falar, imediatamente, com o senhor Arnus Magnusonius.

Arn sorriu perante aquela maneira engraçada de distorcer o seu nome e respondeu logo na mesma língua que Sua Eminência estava chamando e, portanto, ele se apresentaria sem demora, mas que ele, obrigatoriamente, tinha de fazer primeiro uma incursão até a mala da sua sela. Para Eskil, ele sussurrou que aquilo cheirava mal como manobra e Eskil concordou, acenando com a cabeça e dando uma piscadela de olho para Arn, junto com uma leve palmada nas costas, de estímulo.

— Contra esse povo da Igreja, você já pelejou muito e sabe como se conduzir, meu querido irmão — disse ele em voz baixa.

Arn concordou e piscou o olho de volta. Pegou o capelão respeitosamente pelo braço e dirigiu-se para as cavalariças do rei.

E, da sua mala, retirou a carta de liberação assinada pelo grão-mestre da Ordem dos Templários, carta que ele desconfiava ser necessária para enfrentar as intrigas do arcebispo, ao mesmo tempo que conversou com o capelão a respeito dos assuntos de que, eventualmente, a conversa com o arcebispo ia tratar. Mas o capelão não entendeu bem o que Arn queria dizer, uma vez que, apesar de tudo, não estava muito familiarizado com o linguajar da Igreja para falar em generalidades, tal como pretendeu demonstrar, de nariz empinado, ao se aproximar dos dois irmãos, na tenda da cerveja.

Arn teve de esperar um momento do lado de fora da tenda do arcebispo, enquanto alguma coisa se esclarecia lá dentro e antes que um homem de expressão fechada e de manto sverkeriano saísse e outro capelão o chamasse para entrar.

Lá dentro estava o arcebispo Petrus sentado numa imponente cadeira como se fosse um trono, de alto espaldar e de cruz incrustada, e, diante dele, no chão, estavam os seus paramentos em ouro e prata. Ao lado do arcebispo, estava sentado ainda um bispo.

Arn avançou rápido e se ajoelhou e beijou o anel do arcebispo. Esperou pela bênção dele e se levantou depois. Para o outro bispo, Arn apenas fez uma vênia.

O arcebispo inclinou-se para o seu bispo subordinado e disse alto em latim, certo de que, como habitualmente, eles eram os únicos a entender essa língua, que a conversa ia ser tão divertida quanto espiritualmente estimulante.

— O amor é uma coisa maravilhosa — brincou o outro bispo. — Em especial, quando serve da melhor maneira aos objetivos de Nossa Senhora!

A esse comentário jocoso ambos os clérigos riram com satisfação. Arn, por seu lado, fingiu não entender. Era como se eles ainda não o tivessem visto.

Essa espécie de comportamento, Arn já tinha visto muitas vezes por parte de homens no poder e já não se deixava perturbar. Em contrapartida, estava preocupado com o fato de os dois falarem em um latim cheio de erros e com um estranho sotaque nórdico, crentes que ele, Arn, não entendia nada do que diziam. Como deveria ele agir em relação a isso, com astúcia ou com honestidade? Era preciso tomar uma decisão rápida. Se continuasse ouvindo, iria ficar tarde demais. Fez o sinal-da-cruz, pensando ainda no que devia fazer, e quando o arcebispo, com um sorriso nos lábios, parecia se preparar para mais um comentário jocoso, inclinando o corpo na direção do seu bispo, Arn tossiu para clarear a voz e disse algumas palavras, destinadas mais para servir de aviso.

— Suas Eminências me desculpem por eu interferir no vosso discurso, certamente muito interessante — disse ele, notando logo a expressão de espanto no olhar deles. — Mas é, realmente, um bálsamo para os espíritos voltar a ouvir uma língua que domino e na qual cada palavra tem seu conteúdo preciso.

— Você fala a língua da Igreja como se fosse um clérigo! — disse o arcebispo, de olhos bem abertos, espantado. E logo o seu desprezo por mais um visitante desapareceu por completo.

— Isso porque sou um homem da Igreja, Vossa Eminência — respondeu Arn, com uma ligeira vênia, ao mesmo tempo que estendia a carta que, segundo lhe parecia, seria o assunto principal da conversa com o arcebispo. Era questão de saber se ele era desertor ou não, um homem sob as ordens da Igreja ou sob as ordens seculares.

Os dois homens da Igreja inclinaram suas cabeças sobre o papel, procurando nos textos até que encontraram a versão em latim do que estava escrito em francês e em árabe e leram, lenta e solenemente, o que estava no papel, para em seguida apontar com uma certa reverência para o sigilo do grão-mestre da Ordem dos Templários, com dois monges em cima do mesmo cavalo. Ao terminar a leitura, o arcebispo olhou para Arn e, de repente, era como se tivesse notado que ele ainda estava de pé na sua frente. Ordenou, então, que trouxessem um banco, que um capelão, surpreso, veio trazer com a maior presteza.

— Realmente, é uma alegria para mim saber que está de volta ao nosso país, Senhor Comandante Arn de Gothia — disse o arcebispo, agora, de modo agradável, quase como se estivesse falando para um igual.

— É uma bênção para mim ter voltado — respondeu Arn. — Assim como é para mim uma sensação de liberdade falar na língua da

Igreja e sentir de volta a consciência do pensamento livre, associações que podem ser feitas ao vôo dos pássaros no espaço e não ao rastejar das tartarugas no chão. Quando tento falar na língua da minha infância, é como se eu tivesse um pedaço de pau na boca em vez da língua. Minha alegria, evidentemente, é maior ao ser chamado para esta audiência, na qual espero ter a oportunidade e o privilégio de poder me apresentar aos senhores.

O arcebispo imediatamente apresentou o bispo Stenar, de Växjö. Arn levantou-se mais uma vez e beijou o anel do bispo, antes de voltar a sentar-se.

— O que significa ser você um templário do Senhor e se apresentar com o manto folkeano, com o leão? — perguntou o arcebispo, interessado. Parecia que a conversa estava tomando agora uma outra direção nada semelhante àquela que os dois prelados tinham pensado no início.

— É uma pergunta intrincada, pelo menos à primeira vista, Vossa Eminência — respondeu Arn. — Como esclarece o documento que lhe apresentei, sou considerado irmão da nossa ordem por toda a eternidade, embora o meu tempo de serviço na força armada fosse limitado a vinte anos, igual ao período de penitência que me foi imposto. Mas tenho o direito de usar o manto dos templários quando quiser, o que também está mencionado nas palavras do grão-mestre.

— Como templário... o homem não faz também os seus votos monásticos? — perguntou o arcebispo, com uma repentina ruga na testa, de preocupação.

— Naturalmente, todos os templários juram pobreza, obediência e castidade — respondeu Arn. — Mas como está escrito na quarta linha e, no seguimento, na quinta linha do documento, fui liberado desses juramentos no momento em que o meu serviço temporário terminou.

Os dois prelados, mais uma vez, enfiaram os seus narizes na folha de pergaminho, procurando pelo texto indicado por Arn. Soletraram o escrito e voltaram a abrir a fisionomia, concordando. Eles pareciam também muito aliviados, o que para Arn ficou difícil de entender.

— Portanto, você está livre para ter bens e poder casar — constatou o arcebispo, com um suspiro de satisfação, enrolando o pergaminho e estendendo-o de novo para Arn, que, com uma vênia, o recebeu de volta e o enfiou na sacola redonda de couro. — Mas diga-me, quando você veste o manto branco dos templários, um direito que você inquestionavelmente detém, a quem obedece? — perguntou o arcebispo. — Ouvi dizer que vocês, os templários, não devem obediência a ninguém. É realmente assim?

— Não, mas há um cunho de verdade nisso, Vossa Eminência — respondeu Arn, saboreando essa língua que obedecia à menor nuança do pensamento. — Como templário no posto de comandante de fortaleza, obedeço ao Mestre de Jerusalém e ao grão-mestre da ordem. E todos obedecem diretamente ao Santo Padre, em Roma. Mas na ausência dos irmãos mais graduados e na ausência de Sua Santidade, não obedeço a ninguém. Por isso, nessa situação, acontece exatamente como Vossa Eminência pensou. Com o manto de folkeano com o qual estou vestido, obedeço ao rei dos sveas e dos götas e, portanto, à minha família, como a tradição estipula aqui entre nós.

— No momento em que coloca de novo nos ombros o seu manto branco, você fica inatingível por todos os que estão no comando, aqui, na Escandinávia — resumiu o arcebispo. — Isso é, sem dúvida, uma situação excepcional.

— Um pensamento fascinante, Vossa Eminência. Mas seria totalmente errado da minha parte, como verdadeiro cristão de volta à sua terra natal, fugir do seu julgamento através de um gesto, o de lançar sobre os ombros a capa branca da invisibilidade, tal como se conta na mitologia grega.

— A sua fidelidade, em primeiro lugar, é para o reino de Deus e, depois, para a sua família, certo? — perguntou o arcebispo, de maneira suave, mas com uma expressão engraçada.

— Esse dualismo é uma concepção puramente falsa da diferença entre o espiritual e o secular. Ninguém jamais vai poder dominar as leis do Nosso Pai Celestial — reagiu Arn, disfarçando sua ligeira preocupação diante dessa pergunta idiota.

— Você se exprime com admirável eloqüência, Arn de Gothia — elogiou o arcebispo, ao mesmo tempo que escutava qualquer coisa para a qual Stenar de Växjö, em voz baixa, lhe tentava chamar a atenção. E com a qual o arcebispo concordou. — Esta nossa conversa se prolongou num tom muito agradável e com inesperado conteúdo — continuou o arcebispo. — Mas o tempo urge. Temos almas aguardando lá fora e, por isso, temos de ir direto para a questão principal. O tempo de penitência lhe foi imposto por um pecado carnal com a sua mulher prometida, Cecília Algotsdotter. Foi assim, não é verdade?

— Assim foi — respondeu Arn. — E esse tempo de penitência, cumpri com lealdade e honra até o último dia no exército do Senhor e na Terra Santa. O que quero dizer com isso não implica, evidentemente, nem sequer a insinuação de que sou um homem livre de pecados, mas apenas a constatação de que esse pecado que deu origem à minha penitência passou por uma purificação.

— É isso que pensamos, também — declarou o arcebispo, um pouco forçadamente. — Mas o seu amor por essa Cecília conservou-se aceso e forte durante todo esse longo tempo, assim como o amor dela por você ardeu com a mesma chama viva?

— Nas minhas preces diárias para a Virgem Maria foi assim que aconteceu, Vossa Eminência — respondeu Arn, cautelosamente, preocupado com o fato do seu mais precioso segredo ser do conhecimento desse arcebispo rústico e rude.

— E todos os dias você rezou para a Virgem Maria para que Ela o protegesse, assim como ao seu amor por Cecília e a criança nascida dessa ligação pecaminosa, certo? — continuou o arcebispo.

— É verdade — respondeu Arn. — Com as minhas parcas capacidades de entendimento, acho que, pelo que aconteceu, a Virgem Maria ouviu as nossas preces, deixou-Se convencer, trouxe-me são de volta dos campos de batalha para a minha amada, tal como jurei que tentaria fazer, caso não me fosse destinado ter que morrer como templário por minha salvação.

— Justo essa questão devemos ter em mente e considerar com uma certa acuidade — disse o arcebispo. — Durante vinte anos, você podia ter morrido para entrar no Paraíso que é a prerrogativa especial dos templários. Mas você voltou são para o seu país natal. Será que isso não seria um testemunho de Deus de uma grande graça a seu favor e a favor de Cecília Algotsdotter? — questionou o arcebispo, lenta e amistosamente.

— O amor terreno entre homem e mulher tem, sem dúvida, o seu lugar na vida dos seres humanos, tal como as Sagradas Escrituras nos ensinam por diversas vezes e não está, de forma alguma, necessariamente, em conflito com o amor a Deus — respondeu Arn, disfarçando, visto que não havia entendido a razão ainda da mudança que a conversa tinha tomado.

— É também aquilo que eu penso — disse o arcebispo, satisfeito. — Nesta parte um pouco bárbara do reino de Deus na terra, nesta Última Fronteira, as pessoas tendem a se afastar daquilo que é indicado por Deus como um milagre. Aqui os casamentos sagrados e por Deus instituídos são realizados por motivos outros que não o amor, não é verdade?

— Nós temos, sem dúvida, essa tradição — concedeu Arn. — No entanto, estou convencido e acredito que Cecília Algotsdotter e eu recebemos a graça do milagre do amor. Tenho também a convicção de que a Virgem Maria, dessa maneira, iluminou com o Seu rosto a nossa presença e com isso quis nos mostrar alguma coisa.

— Fé, esperança e amor — murmurou o arcebispo, pensativamente. — Aquele que nunca trai a sua fé, que nunca desiste da sua esperança perante a suavidade da Virgem Maria, acaba sendo recompensado. Na minha opinião, é isso que Ela nos quer mostrar, a todos nós. Não é assim que pensa, Arn de Gothia?

— Longe de mim, muito longe mesmo, entender a maravilha do que nos aconteceu de outra maneira que não a mesma de Vossa Eminência — concedeu Arn, cada vez mais preocupado com os conhecimentos secretos do arcebispo e com a boa vontade que ele demonstrava.

— Então, conforme nosso pensamento… — começou o arcebispo, lentamente, olhando para o bispo Stenar, que acenou, confirmando tudo, após profunda reflexão — conforme nosso pensamento, seria um grande pecado contrariar a vontade da Mãe de Deus e, por conseqüência, a vontade de Deus nesta questão. Venha, meu filho, deixe que eu o abençoe!

Arn avançou novamente, dobrou o seu joelho no chão, diante do arcebispo que, de um dos seus capelães, recebeu uma taça de prata com água benta.

— Em nome do Pai, do Filho e da Virgem Maria, eu te abençôo, Arn de Gothia, que recebeste a graça, que viveste o milagre do amor, para que todos nós melhor encarássemos a vida terrena. E queira Deus te iluminar, queira a Virgem Maria para sempre estar a teu lado. E que tu e a tua amada Cecília possam em breve colher o fruto dessa graça, pela qual ambos, com fé intensa, tanto esperaram. Amém!

Durante a bênção, o arcebispo tocou na testa, nos ombros e no coração de Arn com a água benta.

Tonto e confuso, Arn saiu para a luz do dia que o atingiu cortante nos olhos. O sol tinha baixado no poente.

De volta para a praça do burgo, Arn estava certo de encontrar o seu irmão ainda na tenda da cerveja e repensava nos mínimos detalhes tudo aquilo que acabava de lhe acontecer.

Não via a mão de Nossa Senhora por trás de tudo isso, ainda que tudo estivesse de acordo com os Seus desejos. Viu, sim, a vontade das pessoas, suas intenções, mas não entendia direito como tudo se encaixava, nem também como era possível para um simples bispo nórdico ter conhecimento de tantos segredos pertencentes apenas a ele, Cecília e Nossa Senhora.

Ele não encontrou Cecília antes da grande festa do conselho no salão do castelo onde se reuniram umas cem pessoas, logo depois do pôr-do-sol. Os banquetes do conselho eram os melhores, atrás apenas das festas do Natal.

Por ordem da rainha Blanka, foi colocada uma cesta de folhagens em uma das pontas da grande mesa real, o que fez com que as mulheres, ao entrarem no salão, apontassem e tecessem seus comentários em voz baixa, impressionadas com a decoração.

O salão encheu-se segundo uma ordem predeterminada. Os convidados menos importantes entraram primeiro e se sentaram, ocupando todos os espaços numa mesa paralela à do rei. Muitos ficavam insatisfeitos com essa disposição, mas os assistentes do rei cuidavam para que ninguém ocupasse um espaço melhor do que merecia.

Depois, entraram os convidados que tinham lugar na mesa do rei e sempre vinham vestidos com as melhores roupagens, de modo que os que já estavam sentados eram obrigados a esticar o pescoço para ver passar os modelos. Ou para reclamar de algum vizinho ou malquisto que, imerecidamente, tinha sido convocado para se sentar na mesa do rei.

Arn estava entre os convidados para a mesa do soberano, assim como Harald, que aproveitou a circunstância para reclamar junto do amigo o fato de ainda não ter sido convocado para se encontrar com o conde ou o rei, na qualidade de amigo e fidalgo norueguês. Arn segredou que havia razões que nada tinham a ver com a honra de Harald, mas, sim, com a importância das discussões que duraram tempo demais.

Em penúltimo lugar, entrou a família real, devidamente coroada, com o símbolo das três coroas, assim como o conde, também coroado. O rei e a rainha estavam vestidos com as roupagens importadas mais impressionantes e grandiosas, brilhando com todas as cores do arco-íris, além dos mantos azuis com peles de arminho. Estavam acompanhados dos três filhos que avançaram falando uns com os outros, como se estivessem entrando para se sentar a uma mesa qualquer.

Quando o rei se sentou, entrou o séquito do arcebispo, com todos vestidos de maneira esplêndida, comparável, sem dúvida, à dos soberanos. O arcebispo abençoou primeiro a família real, antes de se sentar, junto com todos os bispos presentes.

Arn viu Cecília lá longe e tentou atrair o olhar dela, mas era como se ela tentasse se esconder entre as damas de companhia, junto das quais estava sentada e não ousasse olhar na direção dele.

Quando todos os lugares já estavam ocupados, com a exceção de dois numa das pontas da mesa real, justo a que estava decorada com as folhagens da época, a rainha levantou-se, de repente, com dois ramos de folhagem semelhante, levantados sobre a cabeça, um de bétulas e outro de freixos. Houve logo um murmúrio crescente no salão, um vozerio de aprovação e de expectativa, enquanto a rainha com os dois ramos na mão, andando e estendendo os ramos para um e para outra, umas vezes de brincadeira, outras vezes de semblante sério, para logo recolher os ramos diante das mãos esticadas, prontas para os receber. Era um efeito teatral que agradava a todos e que acabava estimulando adivinhações a respeito de como o espetáculo iria terminar.

Assim que a rainha parou junto de Cecília Rosa, esta corou e abaixou a cabeça, os olhos na mesa. Todos entenderam pelo menos metade da história. Houve gritos de estímulo, aplausos e votos de felicidades para Cecília que, ainda de cabeça baixa, recebeu o ramo de bétulas, se levantou e seguiu a rainha até o lugar reservado na ponta da mesa.

De novo, os murmúrios aumentaram, assim que a rainha levantou acima da sua cabeça o outro ramo de freixos e, lentamente, seguiu em frente, ao longo da mesa, até parar junto do lugar onde estava Arn, esse Arn que todos conheciam por ouvir falar e que poucos tinham tido até então a honra de apertar a mão. Ecoou um grande aplauso de aprovação pelas paredes do salão, decorado, todo ele, com bandeirolas erikianas, com as três coroas douradas sobre o fundo azul.

Arn hesitou, sem saber ao certo como se comportar. Mas a rainha Blanka sibilou para ele pegar no ramo e a seguir antes que fosse tarde demais. Ele se levantou e a seguiu.

A rainha Blanka levou Arn até a sua amada Cecília, e os aplausos se tornaram tão grandes e barulhentos que nem os gritos do rei ou do conde poderiam ser ouvidos.

Assim que Arn, com um sorriso hesitante e o coração batendo forte como diante de uma luta no campo de batalha, se sentou ao lado de Cecília, os convidados começaram a bater com as suas mãos nas mesas, de modo que o barulho aumentou ainda mais e a oportunidade de qualquer intervenção por parte do rei ou do conde desapareceu com a velocidade de um vôo de pássaro, até que o barulho foi diminuindo lentamente e terminou, com os convidados passando a falar em voz baixa, na expectativa mais da chegada da comida do que da surpresa que acabavam de testemunhar.

O conde estava sentado com as mãos entrelaçadas e pareceu estar prestes a se levantar, mas o arcebispo se antecipou a ele, tendo erguido os braços a pedir silêncio. O silêncio se fez e ele pegou a sua estola branca, o sinal sagrado da sua alta dignidade, colocou-a sobre os ombros e o peito e foi andando até chegar onde estavam Cecília e Arn.

Parou, então, colocando a mão direita no ombro de Cecília e a esquerda no ombro de Arn.

— Testemunhem agora o milagre do amor e do Senhor! — gritou ele, bem alto, conseguindo, então, o silêncio total no salão. Afinal, o que estava acontecendo era algo de novo. — Esses amantes, na realidade, receberam as graças de Nossa Senhora, esses amantes foram feitos um para o outro. E isso foi Nossa Senhora que demonstrou mais claro do que água. Sua festa de noivado ocorreu há muitos anos. Por isso, o que está acontecendo agora é apenas uma confirmação. Mas, quando o casamento se realizar, prometo que ninguém menos do que o próprio arcebispo estará presente para os abençoar no portão da igreja. Amém!

O arcebispo avançou com toda a dignidade, lentamente e satisfeito, de volta para o seu lugar. Durante a caminhada, trocou um sorriso de compreensão com a rainha, evitando olhar para o rei ou para o conde. Retirou a estola, sentou e começou logo a falar com o bispo que estava a seu lado. Estava agindo como se tudo já fosse dado como decidido.

O que realmente estava. Uma abadessa, ela jamais poderia ser, desde que o arcebispo já havia abençoado a união instituída por Deus entre o homem e a mulher. Visto que aqueles que Deus uniu jamais o homem podia separar.

O conde estava branco de raiva, sob o seu manto com o leão folkeano, a única marca que podia ser vista no salão, além das três coroas sobre fundo azul.

De repente, levantou-se, zangado, derrubou o caneco de cerveja que já tinha sido colocado na sua frente e saiu a passos largos da sala.

IV

UM NOVO SENHOR, DURO E EXIGENTE, chegou a Forsvik. Além disso, chegou logo no dia seguinte àquele em que viajou, de barco à vela, para o castelo do rei, em Näs. Ninguém esperava por ele tão cedo.

Ao chegar, pouco falou com Erling e Ellen. Nem disse nada do que tinha acontecido em Näs, nem a razão de ter vindo já no dia seguinte. Em contrapartida, passou logo a atuar como o novo senhor de Forsvik.

A bonita tranqüilidade dos dias de verão que aconteciam na Götaland Ocidental, quando havia apenas umas duas semanas para a colheita do feno, transformou-se imediatamente num duro trabalho de inverno. Se era preciso ir buscar tocos de pinho para lenha na floresta, isso era feito de preferência no inverno, quando era possível puxar a lenha nos trenós e a madeira estava seca, tinindo ao ser cortada. Mas logo depois de ter comido alguma coisa, após a sua inesperada volta, Arn mudou de roupagem, de senhor passou a escravo. Retirou a sua malha de aço e toda a roupa azul, colocando a roupa de couro dos escravos, apesar de continuar de espada à cintura como sinal. Todo o pessoal do burgo que fora dispensado da mudança das cargas entre os barcos no Vättern e as barcaças do rio ele chamou para trabalhar, assim como os cinco escudeiros e os garotos Sune e Sigfrid.

Havia muita coisa que espantava nisso. Acima de tudo, o fato de o senhor Arn trabalhar ele próprio com o machado e os carros de bois, mais do que qualquer outro homem. Mas também espantava quase tanto vê-lo comandar os cinco escudeiros em Forsvik e obrigá-los a trabalhar como escravos. Para não falar de Sune e Sigfrid, que não eram apenas muito jovens para tão duro trabalho como também deviam estar aprendendo a usar a espada e boas maneiras em vez de trabalhar como escravos.

No segundo dia, quando a surpresa diante desses hábitos estranhos diminuiu, sendo substituída por suor e mãos feridas, começaram um e outro a resmungar. O escudeiro Torben, que era o mais velho entre os seus parceiros em Forsvik, ousou dizer bem alto aquilo que todos pensavam, que era uma vergonha para os escudeiros ter que trabalhar como escravos.

Ao ouvir aquilo, Arn endireitou as costas, largando o machado, limpou o suor da testa com o indicador e ficou em silêncio por um longo momento.

— Muito bem — disse ele, por fim. — Quando o sol mudar menos de meia hora de posição, quero que todos os escudeiros estejam na praça, armados e a cavalo. E que nenhum de vocês chegue atrasado!

Eles largaram, surpresos, os seus utensílios e saíram resmungando em direção ao burgo, enquanto Arn terminou de cortar o tronco que tinha começado. Carregou uma carroça de bois com dois troncos bem pesados e dirigiu tudo depois para o burgo, tendo indicado para o pessoal de casa e para Sune e Sigfrid quais as árvores que eram para ser cortadas a seguir e delas retirados os galhos.

Sune e Sigfrid deviam ficar, portanto, entre aqueles que continuariam ocupados com o corte da lenha, mas sua curiosidade foi mais forte do que a vontade de obedecer ao senhor Arn. Esperaram que passasse quase meia hora e se esquivaram depois em direção ao burgo, subindo num dos palheiros de onde podiam observar embaixo através de uma janela de ventilação. Aquilo que eles conseguiram ver e ouvir jamais viriam a esquecer.

Os cinco escudeiros estavam a cavalo em formação de quatro, com Torben à frente como líder. Todos estavam soturnamente silenciosos, mas também demonstravam estar mais inquietos do que desejariam parecer uns para os outros. Ninguém disse nada.

O Senhor Arn saiu, então, da cavalariça com um dos seus cavalos, pequenos e estrangeiros. Deu duas voltas na praça em alta velocidade e observou severamente os escudeiros, antes de virar o animal e parar diante de Torben. Tinha envergado uma malha de aço, mas estava sem elmo. Em uma das mãos empunhava o escudo branco, com a cruz vermelha, o que levou os dois jovens escondidos a sentirem tremores de alegria por todo o corpo. Eles sabiam muito bem que essa era a marca dos templários.

Em vez de espada, Arn empunhou um galho bem forte de pinheiro com o qual fez um ensaio, batendo com ele na barriga da perna nua, enquanto continuava observando os escudeiros.

— Vocês acharam o trabalho na construção desonroso — disse Arn, finalmente. — Querem fazer o trabalho de escudeiros, que acham mais honroso. Vão ter o que querem. Aqueles de vocês que me derrubarem do cavalo ficarão livres. Aqueles de vocês que eu derrubar do cavalo voltam para o corte dos pinheiros.

Mais ele não disse, mas seu cavalo começou andando de lado, quase tão rápido como qualquer cavalo andando em frente. E quando se aproximava de um dos celeiros, mudava de movimento e se afastava na direção oposta, depois para trás em diagonal e, de repente, para a frente. Para Sune e Sigfrid parecia magia. Eles não conseguiam notar quais os movimentos que o senhor Arn realizava para fazer com que o cavalo dançasse daquele jeito. Dessa maneira, ninguém conseguia permanecer montado no cavalo e, no entanto, isso estava acontecendo bem diante dos seus olhos.

De repente, Arn atacou, dando dois saltos para a frente com tal velocidade que aquele escudeiro que estava mais próximo nem teve tempo para levantar o seu escudo e se defender, antes de receber uma pranchada lateral com o galho de Arn. Dobrou-se para a frente, pela dor. E logo Arn veio e lhe deu um único e simples empurrão, fazendo-o cair do cavalo. No momento seguinte, ele fez um recuo rápido para enfrentar Torben, que agora vinha de espada em punho por trás e acabou dando um golpe no espaço vazio.

Antes de Torben ter tempo para se virar já Arn estava chegando por trás e, com mais um empurrão simples, jogou-o de cima da sela. Depois, avançou numa aceleração rápida entre dois dos mais jovens escudeiros que levantaram os seus escudos para se defender.

Mas, em vez de continuar o movimento, o senhor Arn parou no caminho e desviou seu cavalo, de modo que os cavalos dos dois escudeiros sentiram medo e se levantaram nas patas traseiras e não voltaram ao equilíbrio antes de Arn ter dado uma volta neles e com o seu galho bater no elmo de um dos escudeiros, e em outro, no braço que empunhava a espada. Ambos gritaram de dor e se inclinaram para a frente na sela.

Em vez de se preocupar com os dois nos quais já tinha acertado, o senhor Arn forçou seu cavalo a dar dois pulos na direção do quinto escudeiro e levantou o galho para dar um tremendo golpe no adversário que, por sua vez, ergueu o escudo para aparar o golpe, apenas para chegar à conclusão de que o golpe vinha do outro lado. E Arn o empurrou da sela com tal força que ele acabou caindo para trás, de costas no chão.

Sune e Sigfrid nem pensavam mais em se esconder. De olhos espantados, se inclinavam tanto para a frente pela janela de respiração que quase caíam de cima do palheiro para o chão. Aquilo que aconteceu embaixo na praça foi tão rápido que eles quase não tiveram tempo para ver, realmente, o que aconteceu e discutiam em voz baixa, mas vivamente, entre si ou perguntando a si mesmos, tentando descobrir o que fora que acontecera. O senhor Arn tinha tratado os poderosos escudeiros de Forsvik como se fossem gatinhos. Isso, no entanto, qualquer um podia entender muito bem.

— Esse é o trabalho dos escudeiros em Forsvik — disse Arn, ainda montado no seu cavalo no meio da praça, enquanto os outros estavam por terra, sentados ou deitados ou inclinados, agarrados ao corpo, com dores, além de ter os braços doloridos. — Se quiserem continuar o trabalho como escudeiros voltem a pegar em armas, subam novamente nos cavalos e vamos começar a brincadeira de novo.

Ficou observando todos eles durante um momento, sem dizer mais nada. Nenhum deles fez menção de querer voltar a montar no cavalo. Arn, então, acenou com a cabeça como sinal de que se havia confirmado o que estava pensando.

— Muito bem. Então, voltamos todos para a floresta, para preparar troncos de árvores para a construção — disse ele. — Durante dois ou três dias, até o senhor Eskil e o meu amigo Harald voltarem, vamos trabalhar preparando os troncos de pinho. Aquele que fizer uma bom trabalho aqui poderá escolher entre voltar para Arnäs como escudeiro ou ficar em Forsvik. Aquele que quiser ficar aqui, é claro que continuará a trabalhar como escudeiro, mas não vai ser fácil se debater como foi hoje.

E sem mais explicações, Arn deu meia-volta com o cavalo e partiu direto para as cavalariças. Sune e Sigfrid aproveitaram a oportunidade para desaparecer do seu posto de observação na fresta de respiração do palheiro e correram rapidamente para a floresta onde voltaram a trabalhar, sem serem descobertos. Afogueados, não paravam de falar no que acabaram de ver. Já tinham entendido, pelo menos, que o senhor Arn tinha aberto um pouco aquela porta que dava para o mundo dos cavaleiros templários. Era a visão de sonhos maravilhosos, coisa pela qual qualquer jovem folkeano daria vários anos da sua vida para poder fazer apenas metade daquilo que tinham visto um verdadeiro templário fazer.

Nenhum dos dois deu a entender ter visto fosse o que fosse, quando Arn e os cinco escudeiros, cheios de manchas roxas e absolutamente silenciosos, voltaram com uniforme de trabalho para o local. Sune e Sigfrid se esforçavam ao máximo para realizar bem o seu trabalho e se obrigaram a não perguntar nada a respeito do que havia acontecido lá na praça.

Quando os dois jovens folkeanos foram descansar tarde da noite nos seus beliches em uma das grandes caixas-dormitório na praça, eles, apesar dos corpos cansados e doloridos, tiveram dificuldade em adormecer. Repetidamente, passavam em revista para si próprios e de um para outro o que tinham visto naquela tarde. Um cavalo que se movimentava como se fosse um pássaro, tão rápida e inesperadamente como um pássaro, um cavalo que obedecia ao seu cavaleiro como se fosse através do pensamento e não com os joelhos, as rédeas e as esporas. E um cavaleiro que parecia ter crescido do próprio cavalo, um ser unificado, como se fosse um figura lendária. E se o senhor Arn tivesse uma espada na mão em vez de um toco de árvore, ele teria matado os cinco escudeiros tão facilmente quanto uma lebre recém-apanhada. Era um pensamento terrível. Só de imaginar que eles queriam ser apenas uns simples escudeiros.

Enfim, era o pensamento maravilhoso de dois jovens sonhadores, imaginando como seria aprender com o senhor Arn a se tornarem cavaleiros. Esses sonhos não estavam ausentes quando Sune e Sigfrid, finalmente, não resistiram mais e deixaram que o cansaço vencesse a excitação do momento.

Durante três dias de trabalho duro, reuniu-se uma boa porção de troncos de pinho do lado de fora do castelo de Forsvik. O que seria construído com todas aquelas toras de madeira ninguém sabia e também ninguém ousava perguntar ao senhor Arn de poucas palavras, aquele que, apesar de senhor, tinha trabalhado mais do que qualquer outro.

No terceiro dia, entretanto, chegaram o senhor Eskil e o norueguês Harald, voltando de Näs, o castelo do rei. E, então, os cinco escudeiros de Forsvik puderam descansar do duro trabalho na floresta. Arn disse para eles que, se alguém quisesse assumir o serviço em Arnäs, só tinha que estar preparado para viajar durante esse mesmo dia. Aquele que quisesse ficar para servir em Forsvik, para trabalhar duro e aprender a arte da guerra, devia se pronunciar nesse sentido. Nenhum dos escudeiros mudou de expressão ao ouvir aquelas palavras. Nenhum deles quis ficar em Forsvik.

Houve muita pressa e muita correria naquele dia, visto que muitos estavam de mudança e prontos para viajar de barco para Arnäs e Kinnekulle. Erling e Ellen que, junto com os seus filhos e mais algumas pessoas entre os servos mais chegados, deviam deixar Forsvik em troca por um burgo muito melhor, tentaram pela última vez, seriamente, dissuadir seu filho Sigfrid e seu filho de criação Sune de ficarem e se separarem da sua mãe e de seu pai ainda em tão tenra idade. Erling se comoveu até as lágrimas ao ver como ambos ficaram trabalhando como se fossem escravos e ficou ainda mais espantado ao ver que essa ofensa ainda tornou ambos os jovens mais decididos na sua vontade de servirem ao senhor Arn. No entanto, ainda tinham mais um pouco de tempo para mudar de opinião, pois iriam seguir com seus irmãos e seus pais na viagem para Arnäs, onde havia muitos cavalos a trazer para Forsvik. Mas mesmo esse trabalho acelerava a imaginação dos dois jovens, já que eles tinham a percepção de que esses cavalos eram de uma linhagem muito especial.

Assim que foram dadas as boas-vindas, entretanto, o senhor Eskil e seu irmão, mais o norueguês se afastaram e se sentaram na praia, conversando. Ninguém se aproximou, visto que tinham demonstrado querer falar a sós, exceto no momento em que Eskil pediu mais cerveja.

Primeiro, Eskil reclamou meio de brincadeira que era insuportável beber cerveja na companhia de um irmão malcheiroso e vestido como se fosse um escravo. Arn respondeu, dizendo haver uma diferença entre o suor que vinha da indolência e dos excessos de comida e bebida e o suor que vinha do trabalho duro e abençoado pelo Senhor. E quanto aos trajes de escravo, poucos eram os escravos que podiam trabalhar usando à cintura uma espada de templário. Entretanto, havia muita coisa muito mais importante de que falar e quanto mais depressa melhor. Arn disse ainda que tinha se dedicado ao trabalho duro para manter afastados os pensamentos, já que havia muita coisa em que ele pensava e não sabia direito como entender.

Isso era totalmente verdade. Não era fácil entender que espécie de jogo tinha sido apresentado no castelo real de Näs. Tinha apenas ficado claro desde o início que a rainha Blanka havia mexido com os seus pauzinhos em tudo o que aconteceu.

Bem cedo, depois da reunião do conselho, ela havia mandado uma mensagem para Arn. Nessa mensagem, ela disse que estava tudo em jogo. E que, diante dessas palavras, restava apenas obedecer e ficar à disposição.

Ao nascer do sol, Arn se encontrou com ela na área de tiro entre as duas torres em Näs. Foi uma conversa curta, pois ela disse que não seria uma boa coisa verem a rainha sozinha no muro da fortaleza junto com um homem solteiro, mesmo que fosse muito pior se o lugar fosse mais escondido.

Aquilo que ela tinha a dizer disse-o rápido. Que Arn devia deixar Arnäs imediatamente e tomar o barco para Forsvik e esperar lá durante alguns dias até que a reunião do conselho terminasse. Do jeito que as coisas estavam, havia muitos inimigos e muitas más línguas em Näs e acima de tudo era necessário que ninguém sequer pensasse que Arn e Cecília teriam estado juntos em segredo e a sós. Esses rumores estragariam tudo.

No entanto, o casamento iria acontecer, garantiu a rainha. Assim que as três semanas impeditivas de banhos tivessem passado antes da festa de *midsommar,* a festa do sol e do calor na Escandinávia. Até lá Arn e Cecília não deviam se encontrar. A não ser na casa dos pais de Cecília, em Husaby, com muitas testemunhas. Foi o que ela disse nas suas explicações, acrescentando que esse era um casamento que muitos achavam que iria levar à guerra e à destruição e que, portanto, devia ser evitado por todos os meios possíveis e imagináveis.

Arn contou para Eskil e Harald que ficou atormentado com as palavras da rainha. A maneira séria como ela falou não dava para duvidar. Nem dava para duvidar da sua sensatez. No entanto, não foi fácil render-se e ir embora.

Arn tentou argumentar, dizendo ter sido elevado ao posto de marechal no conselho real e, portanto, era contra sua vontade deixar Näs. Em relação a isto, a rainha Blanka soltou uma gargalhada, explicando que não teria a menor importância, visto que o conde Birger Brosa, num momento de raiva, tinha jurado que não se sentaria no mesmo conselho em que estivesse Arn Magnusson, o quebrador de promessas.

A respeito dessa idéia de quebrador de promessas, Arn explicou a situação para a rainha. Contou que na reunião do conselho tinham chegado a um acordo, o de deixar o tempo correr antes de tomar uma decisão. E isto não foi o que aconteceu, quando, logo na festa daquela noite, Arn ficou sentado ao lado da sua noiva. Mas ele também asseverou para a rainha que não era homem para faltar à sua palavra e que não tinha culpa do que acontecera e nem sequer entendia como acontecera. A isso ela reagiu, dizendo que de momento não importava, que as decisões da assembléia ficariam claras para todos no momento próprio, mas que o tempo era escasso e que eles não podiam continuar ali sozinhos no muro, à vista de todos aqueles que saíam para urinar. Ela iria explicar tudo para Eskil. E isto foi o que ela disse por último, antes de partir em disparada e de acenar, evitando novas perguntas de Arn. No entanto, ele acreditou e obedeceu às palavras dela.

Eskil acenou, concordando seriamente. Também ele tinha acreditado nas palavras da rainha. E ela tinha voltado a conversar com ele, mais tarde, informando que seu irmão já havia partido de Näs, a seu insistente pedido, e estaria esperando em Forsvik, enquanto o conselho estivesse reunido. Até mesmo Eskil fez objeções, que a ausência de Arn na reunião era imprescindível, mas também recebeu explicações, que a idéia de investir Arn com as prerrogativas honrosas de marechal do reino surgiu no momento em que o conde jurou que isso só iria acontecer por cima do seu cadáver.

De resto, a reunião do conselho correu bem, e o arcebispo não demonstrou nenhuma surpresa diante do fato de não se ter falado jamais a respeito de uma nova abadessa para Riseberga, mas ficou muito mais satisfeito ao ouvir as palavras do rei, dizendo que doaria à Igreja terras e florestas no valor de seis marcos de ouro para a construção de um novo mosteiro em Julita, na província de Svealand.

Juntados todos esses conhecimentos, estava claro que a rainha tinha combinado alguma coisa com o arcebispo. Segundo Arn, isso explicava o fato de também os dois bispos que ele encontrou saberem, tanto quanto ele próprio e Cecília, coisas de que mais ninguém poderia saber. A rainha e ninguém mais tinha feito os convites para aquela festa de noivado. Mas Arn não sabia de nada. E também não poderia ter agido por trás das costas do rei, do conde e do seu irmão, pois tinha dado a sua palavra a Birger Brosa de repensar o assunto.

Eskil não duvidava de que Arn tivesse estado tão ignorante quanto ele a respeito do que acontecera.

O que era difícil de entender, em contrapartida, era a maneira como a rainha tinha podido realizar tudo isso que, notoriamente, ia contra seus próprios interesses. Isto porque, se Cecília Rosa, como Eskil a chamava, se casasse com Arn, morreria a idéia de ela se apresentar como testemunha contra o perjúrio da maldita madre Rikissa. E, portanto, ficou incerta a entronização do seu próprio filho Erik como herdeiro da coroa. Na posição de marido da rainha Blanka e de rei, podia-se considerar a atitude dela como traição.

Arn achava que essa era uma palavra forte demais para usar antes de saber o que as duas Cecílias, realmente, tinham pensado. Ele próprio nada pôde saber a respeito do assunto, durante o tempo que esteve junto da sua Cecília, sob as bétulas e freixos, no banquete. Muitos ouvidos estavam apurados à sua volta, muito barulho se fazia na sala e infinitamente muito havia do que falar. Ele sabia agora um bom bocado do que um *yconomus* fazia num convento, uma *yconoma,* corrigiu ela. E muito ficou sabendo também a respeito da amizade profunda que passou a existir entre as duas Cecílias a partir da época de muito sofrimento para elas, em Gudhem. Mas ele nada sabia a respeito das intrigas femininas armadas pelas duas.

Talvez fosse tudo muito simples e inocente, pensou Harald em voz alta, que há muito tempo não dizia nada. Tal como os homens sempre pensavam, em tudo havia intrigas e jogadas escusas, caso acontecesse alguma coisa de inesperado. Por isso, talvez fosse de acreditar ter havido traição por parte da rainha e uma relação secreta entre ela e o arcebispo. O arcebispo, sem dúvida, tinha desempenhado o seu papel na preparação do caminho para o casamento de Cecília. Mas e se tivesse havido apenas amizade? Tendo estado essas duas mulheres juntas durante tantos anos na sua juventude, até que ponto estariam bem próximas uma da outra? Não seria ele, Harald, capaz de fazer a mesma coisa por Arn? E não seria Arn capaz de fazer a mesma coisa por seu amigo? Quem não seria capaz de se deixar prejudicar ao saber que a felicidade do seu amigo estaria em jogo?

Eskil achou que essa era sem dúvida uma maneira inteligente de pensar, mas que esse tipo de inteligência só podia ser encontrado entre os homens. De duas mulheres não era de esperar tal coisa.

Mas aí Arn objetou, dizendo que inteligência não seria certamente a palavra certa, embora os outros dois, na sua companhia, devessem saber melhor do que ele qual a tal palavra nórdica certa. Isto porque no que dizia respeito à *inteligência* das duas Cecílias nada havia que reclamar. Em menos de um dia, elas tinham enganado todos os homens, o rei, o conde, Eskil e o próprio Arn. A questão, portanto, era outra. Seriam as mulheres capazes de manter-se ligadas por *amizade eterna* como os homens e agir sem egoísmo e apenas por uma questão de amizade?

Harald Øysteinsson achava que esse poderia ser o caso, em especial ao pensar como as duas Cecílias agüentaram juntas tanto sofrimento durante tantos anos. Os outros dois estavam menos seguros a respeito dessa questão. Mas, mais cedo ou mais tarde, seria possível saber a verdade. Por enquanto, não seria preciso gastar mais palavras com o assunto.

Isso porque existia uma outra questão mais importante que preocupava Eskil. Ele era responsável pela organização do casamento em Arnäs, pois o casamento seria em Arnäs e não em qualquer outro lugar.

Se organizasse esse casamento, teria Birger Brosa como inimigo. Se não organizasse, teria seu próprio irmão como inimigo. Não era uma escolha agradável.

Houve um momento de silêncio, logo depois de Eskil ter lançado a sua cartada angustiante, de maneira curta e grossa.

— Como entendo a sua angústia, pode ficar sabendo que jamais serei seu inimigo, qualquer que seja a sua decisão — disse Arn, finalmente. — A viagem dos noivos será longa e perigosa, certamente, feita de Husaby, o burgo de Cecília, para Forsvik, em vez de apenas para Arnäs. Mas tudo poderá ser arranjado desse jeito.

— Não! — reagiu Eskil, de súbito. — Você jamais vai escolher Ingrid Ylva em vez de Cecília como é o desejo de nosso tio. Nada poderá deter você e Cecília Rosa. Portanto, já nem me importo mais com as razões de por que é assim. Sei apenas que é assim. Por isso, aquilo que vai acontecer não acontecerá na sombra e na vergonha. Vai acontecer em Arnäs, com flautas e tambores, além de convidados até o terceiro escalão!

Depois de passar por esta dificuldade na conversa, todo o resto ficou muito mais simples e em breve estavam falando rápido e fácil sobre o que devia ser feito nos tempos mais próximos. Harald tinha recebido carta com os sigilos, tanto de Birger Brosa quanto do rei Knut para viajar e visitar o rei Sverre, da Noruega. O navio em Lödöse devia ser equipado e receber nova tripulação, já que em breve Harald iria começar a sua primeira viagem para trazer o tal peixe seco, o bacalhau. Talvez conseguisse fazer duas viagens para Lofoten ainda no verão, antes de as tempestades de outono chegarem, com ventos do norte que dificultavam as viagens à vela. Mas mesmo duas viagens apenas dariam um bom lucro e Harald não ficaria sem o seu quinhão.

Melhor ainda que Harald estivesse precisando de tripulação, segundo Arn. Em Arnäs, encontravam-se cinco escudeiros noruegueses que, com certeza absoluta, poderiam e quereriam viajar no barco de Harald, em especial sabendo que Harald estaria viajando com salvo-conduto real. E em Forsvik, havia cinco escudeiros que tinham perdido a vontade de continuar trabalhando a serviço de Arn. Já no dia seguinte, eles poderiam substituir os cinco noruegueses em Arnäs.

Além disso, Arn iria precisar de alguns escravos bons de construção de Arnäs e ele tentou lembrar-se dos nomes de dois que estavam entre os melhores quando ele ainda era uma criança. Eskil pensou bastante e chegou à conclusão de que um deles já tinha morrido e o outro que ainda vivia e se chamava Gur já era velho demais, mas continuava vivendo em Arnäs com direito a comida e dormida, mesmo não podendo mais trabalhar. Seu filho, chamado Gure, era, no entanto, tão talentoso quanto o seu pai fora na construção de muros e de casas de madeira. Havia, entretanto, alguns outros escravos bons de construção em Arnäs, embora Eskil não se lembrasse mais de seus nomes.

Metade dos estrangeiros em Arnäs iria também para Forsvik, continuou Arn. Apenas uma parte deles servia para trabalhar com pedra. Os outros eram especializados em áreas que melhor serviam em Forsvik.

Ao resolver todas essas coisas, Eskil tinha que apresentar uma questão mais difícil para Arn. Tratava-se do seu único filho, Torgils.

Na realidade, Eskil gostaria que Torgils fosse como ele, um homem para lidar com o comércio e com a prata, rico e inteligente. Ele tinha se preocupado demais e por tempo demais, mas reconhecia que não dava para mudar Torgils. Desde os dezessete anos que ele se inscreveu como escudeiro do rei e sua vontade se inclinava muito mais para o arco e flecha e a espada do que ser como seu pai. Torgils queria ser como o seu tio. Nada podia mudar essa situação.

A tristeza do pai derivava do fato de saber que um jovem, escolhendo a carreira que Torgils escolhera, mais rápido estaria em condições de encontrar a morte do que aquele que escolhesse o comércio e as contas. Durante muitas noites de angústia, Eskil via como o seu amado filho era esmagado debaixo de cavalos e mutilado por espadas e flechas. Mas os jovens tinham dificuldades para entender tais preocupações paternas.

— Mas, então, o que é que, na realidade, você quer me dizer com isso? — perguntou Arn.

— A minha questão é simples de dizer, mas difícil de apresentar — disse Eskil. — O meu filho Torgils ainda não sabe que você voltou para o nosso reino. Mas sabe de cor todas as canções a seu respeito e existem momentos em que acho que ele ama mais essas lendas do que ele ama o seu próprio pai.

— Isso, certamente, não deve ser verdade — disse Arn. — Mas os jovens gostam mais de sonhar com espadas do que com contas. E seus sonhos a gente não pode evitar. E não deve nem tentar. É preferível transformar os sonhos deles em algo de útil. Mas voltemos à Sua questão.

— Torgils está com o filho mais velho do rei, Erik, e teu filho, Magnus, em Bjälbo, neste momento — disse Eskil, em voz baixa. —

Estariam disputando um torneio de arco e flecha. Por isso, nenhum deles estava em Näs...

— Já sei disso — interrompeu Arn, impaciente. — Alguma coisa acabamos falando, eu e Cecília, em Näs... Mas qual é a sua pergunta?

— Será possível você ensinar tudo a Torgils? — perguntou Eskil, rápido. — A minha idéia é a de que se ele tiver que viver à custa da sua espada, é bom que tenha o melhor dos professores e...

— É claro! — interrompeu Arn. — E pelo visto nem sequer você pressentiu o quanto estive perto de fazer essa pergunta primeiro, embora receasse que uma questão assim não lhe daria muitas alegrias. Mande Torgils para mim e farei dele alguém que nunca na vida ele iria ser, se ficasse como escudeiro do rei. O jovem Sigfrid Erlingsson e Sune Folkesson já estão ao meu serviço!

Eskil abaixou a cabeça, aliviado. Olhou de esguelha para o seu caneco de cerveja há muito vazio, mas dominou seus desejos, lembrando-se, de repente, de fazer mais uma pergunta.

— Você pensa em organizar uma força de cavalaria folkeana? — indagou, animado.

— Isso mesmo. É o que penso fazer — confessou Arn, olhando para Harald. — E agora vou dizer uma coisa que não poderá chegar aos ouvidos de mais ninguém, embora Harald, sendo meu amigo mais próximo, não esteja incluído entre os outros. Aqui, em Forsvik, vou organizar uma cavalaria capaz de enfrentar a dos francos ou dos sarracenos, desde que eu consiga reunir homens ainda suficientemente jovens para poder aprender. Mas devem ser também e apenas folkeanos, visto que não quero que esse poder saia das mãos da nossa família. E em relação a Torgils, é essa questão especialmente importante. Afinal, ele irá ser o senhor em Arnäs. É ele que um dia estará lá em cima, nos muros do castelo, olhando para baixo, para o exército sverkeriano. E nesse dia ele saberá tudo o que um vencedor precisa saber. Mas quero apenas folkeanos, lembre-se disso, Eskil!

— Mas... E os erikianos? — objetou Eskil, hesitante. — Os erikianos são nossos irmãos, certo?

— Neste momento, eles são. E eu próprio jurei fidelidade ao rei Knut — disse Arn, tranqüilamente. — Mas do futuro ninguém sabe. Talvez os erikianos e os sverkerianos se unam um dia contra nós, por razões que a gente, hoje, nem sequer pode imaginar. Mas uma coisa é certa. Se a gente reconstruir Arnäs, de forma a fortalecer o castelo, e se Deus e o nosso trabalho nos presentearem com uma cavalaria folkeana, ninguém poderá nos resistir. E se ninguém nos puder resistir, poderemos evitar a guerra ou, pelo menos, encurtar a guerra e todo o poder será nosso. Harald, meu amigo, ouviu agora aquilo que é para ser dito apenas aos ouvidos dos parentes mais próximos. Mas pergunte a ele e ele irá atestar que estou com a razão!

— É verdade aquilo que Arn está dizendo — reagiu Harald, ao olhar sério de Eskil. — Arn foi quem me ensinou a lutar, embora talvez eu já fosse velho demais quando entrei para o seu serviço. Arn ensinou um esquadrão atrás do outro, ou seja, grupos de cavaleiros, a atacar enfrentando as forças inimigas, avançando, e a atacar, recuando. Assim como ele e muitos outros ensinavam e preparavam arqueiros, sapadores, infantaria e a cavalaria ligeira, assim como a cavalaria pesada, para não falar dos produtores de equipamentos e de espadas. Se uma única família na Escandinávia incorporar toda a sabedoria dos templários, quer sejam os birkebeienses ou folkeanos, erikianos ou sverkerianos, essa família terá nas mãos todo o poder. Pode acreditar em mim, Eskil. Eu já vi tudo isso acontecer com os meus próprios olhos. Tudo o que estou dizendo é verdade. Sou norueguês, filho de rei, e dou a minha palavra!

A rainha Cecília Blanka não deixou o seu marido e rei em paz, durante um momento sequer, até conseguir o que queria. Ele suspirou. Aquela paz que costumava envolver Näs depois de três dias de reunião do conselho, dessa vez, foi uma paz muito frágil. A cada objeção que ele fazia, a rainha raramente tinha menos de duas razões para justificar o contrário. Ele achava que era uma honra grande demais para uma senhora ainda solteira como Cecília Rosa viajar com mais de doze escudeiros reais como segurança. Desse jeito viajava um conde-ministro, não uma mulher solteira.

Mas a rainha respondeu dizendo que nada podia evitar que ela mandasse os seus próprios escudeiros, visto que Cecília Rosa era a sua amiga mais querida na vida e todos sabiam disso. Quem poderia reclamar ou ficar com inveja só porque a rainha queria honrar a sua amiga mais querida?

O rei Knut insistiu dizendo que era um exagero mandar tantos homens armados com uma única mulher. Era como se houvesse o receio de uma emboscada.

A rainha respondeu, então, que nenhuma força poderia ser considerada grande demais, caso se quisesse ter a certeza de poder evitar um ataque. Nada poderia ser pior para o reino nesse momento do que acontecer alguma coisa de ruim a Cecília Rosa durante a viagem perigosa que ela precisava realizar. O rei Knut lastimou-se, suspirou e disse que Cecília Rosa não poderia piorar a situação com a sua morte mais do que piorara com o seu casamento, em vez de ir para o convento de Riseberga.

Essas palavras ele logo lamentou ter dito, quando a rainha, sem a mínima suavidade caseira na voz, lhe disse como o reino seria atingido caso Cecília Rosa fosse ferida ou morta. Isso logo iria dividir os folkeanos, com Eskil e Arn Magnusson de um lado e Birger Brosa e seu ramo de folkeanos de Bjälbo, do outro. E como ficaria Magnus Månesköld que era filho de criação de Birger Brosa e filho mesmo de Arn, nessa situação, nessa luta? E se o apoio da família folkeana à coroa começasse a vacilar, o que aconteceria ao poder no reino?

Com palavras suaves e bem pensadas em vez da voz grossa que muitos homens teriam escolhido diante dos argumentos propostos por sua esposa, o rei Knut admitiu sem restrições que só a idéia de uma separação entre os folkeanos seria como um pesadelo durante a noite. Significaria que ele próprio e a sua família erikiana iam ficar no meio de uma luta em que não apenas tornaria incerta a herança de Erik à coroa, como, ainda pior, tornaria insegura a coroa na sua própria cabeça. Até aí ele admitiu, tal como costumava acontecer quando os dois estavam sozinhos, que ela tinha muito mais razão do que ele. Mas a separação já existia, visto que Birger Brosa voltara furioso para Bjälbo, vociferando contra Arn e Eskil.

A rainha Blanka achava que o tempo iria sarar essa ferida. O mais importante era garantir que Cecília Rosa chegasse sã e salva ao casamento com Arn Magnusson. Assim que a vontade de Deus estivesse clara e assente e que nada mais pudesse mudar, toda a poeira voltaria a assentar também. Mas se isso não acontecesse e, pior ainda, se acontecesse alguma coisa de ruim a Cecília Rosa antes da sua noite de núpcias, eles teriam pela frente um inimigo terrível na pessoa de Arn Magnusson.

Não foi difícil para o rei Knut concordar que pior do que estava não poderia ficar. Num mundo em que tanta coisa era decidida pela espada, nada melhor do que ter Arn Magnusson do seu lado. Por outro lado, pior era saber também que Birger Brosa, no seu inesperado ataque de raiva, jurara preferir abandonar o poder de conde-ministro do que dar as boas-vindas a Arn como marechal do reino. Por muito que se quisesse virar e revirar a questão, tudo continuava na mesma, como uma terrível dor de dentes.

A cura mais certa para essa dor era retirar o dente atingido. E quanto mais depressa, melhor. Esta foi a reação da rainha, como se nada mais precisasse ser dito.

Para Cecília Rosa, as semanas seguintes foram como se lhe tivessem retirado a liberdade e até a vontade própria. Era como se ela fosse uma folha seca flutuando na corrente, sem que pudesse decidir por si própria nem o mínimo dos detalhes. Nem mesmo uma coisa tão simples quanto a de decidir, como tantas vezes tinha feito antes, viajar entre Näs e o convento de Riseberga.

Como ela teria de seguir com um séquito de doze escudeiros, a viagem já iria demorar mais dois dias. Se pudesse decidir sozinha, ela viajaria de barco para o norte no Vättern, até Åmmeberg e dali continuaria com um barco menor por Åmmelången e pelas duas lagoas seguintes até chegar ao lago Östansjö. Dali para a frente, bastava um dia de cavalo até Riseberga.

Mas com doze escudeiros e seus cavalos e toda a bagagem, não daria para fazer a viagem de barco, antes seria necessário começar a viajar montados a cavalo já a partir de Åmmeberg.

Habitualmente, ela viajava na companhia de um ou dois homens sobre os quais tinha o comando. No momento, a situação era outra. Os escudeiros do castelo real iriam dizer a ela o que fazer. Iriam tratá-la como se fosse uma coisa, a distância, embora ela estivesse em pé ou a cavalo ali mesmo ao lado. Tratavam-na como a "mulher", discutiam entre si a respeito do que seria melhor para a segurança da mulher, o quanto a mulher poderia agüentar e onde a mulher devia procurar dormir durante a noite. A viagem demorava mais ainda porque o líder dos escudeiros mandava alguns dos seus homens se adiantarem para espiar a floresta, antes de todos seguirem em frente ou para atravessarem um vau antes de todos fazerem o mesmo. Com tudo isso, levaria mais de quatro dias para chegar a Riseberga.

A princípio, ela tentou fechar os ouvidos e voltar-se para dentro de si e de seus sonhos a respeito de tudo o quanto de maravilhoso lhe aconteceu, agradecendo a Nossa Senhora a toda hora. No segundo dia, ela não podia mais disfarçar a inquietação por não ser informada do que ia acontecer e ser tratada como se fosse a última prata da casa e não como pessoa. Resolveu, então, avançar o cavalo e ficar ao lado do escudeiro Adalvard, que era da família erikiana e líder da viagem.

Ela contou que tinha feito essa viagem muitas vezes e que apenas numa única vez se deparou com salteadores e que esses a deixaram passar sem problemas quando ela explicou que pertencia ao convento e que o que carregava eram manuscritos e prata religiosa. Os salteadores eram jovens, tinham poucas armas e não a amedrontaram nem um pouco. Como poderia um esquadrão de cavalaria real, com o escudo das três coroas na frente, uma visão que devia congelar o sangue da maioria dos salteadores, precisar se resguardar tanto e demonstrar tanto medo diante de cada curva no caminho?

Adalvard respondeu-lhe, curto e grosso, que aquilo que era seguro ou não, nessa viagem, era ele que decidia, conforme seu próprio entendimento e sua própria experiência. Uma mulher do convento, certamente, sabia muitas coisas que ele desconhecia. Mas a questão agora era a de atravessar com vida as florestas de Tiveden. E isso era a sua área.

Cecília Rosa não ficou satisfeita com esta resposta e tentou persuadi-lo, mudando a pergunta, várias vezes, sem conseguir outra resposta, a não ser aquela que já tinha recebido, eventualmente com a mudança de uma ou outra palavra. Era importante ter ordem em termos de segurança, sendo preciso manter essa ordem a todo custo. Mais longe ela não andou no seu raciocínio nesse segundo dia, visto que o séquito tinha acabado de chegar a uma fazenda que parecia ser suficientemente grande para abrigar os doze escudeiros, seus cavalos e uma mulher.

O povo da fazenda teve de sair da sua própria casa-grande, todas as armas foram reunidas em uma casinha e uma das salas adjacentes passou por uma rigorosa limpeza, a fim de acolher Cecília Rosa e ela ficar à vontade. Depois, chegaram algumas escravas da casa, acompanhadas de escudeiros, trazendo ceia e cerveja para ela. E, durante a noite, dois escudeiros ficaram de sentinela do lado de fora da sua porta.

Dois homens armados não constituíam nenhuma alegria e satisfação, já que ninguém pensou em deixar um urinol para ela. E quando ela ia sair, a fim de corrigir a falta cuja solução não mais podia ser providenciada, os dois guardas ficaram tão amedrontados diante da idéia de deixá-la longe da vista que, primeiro, disseram, sem a menor vergonha, ter que segui-la até na hora de realizar aquela atividade feminina, bem pessoal, que nenhum homem de honra deveria perturbar. Como tinha esperado demais antes de se decidir a sair, ela estava em tal estado de necessidade que achou não ter tempo nem para considerar mais a questão, antes pediu para que a seguissem um pouco mais adiante e virassem as costas no momento do ato em si.

Na manhã seguinte, quando tinha cavalgado um pedaço do caminho, ela avançou e emparelhou com Adalvard, reclamando que era pouco honroso ser tratada como uma prisioneira, pronta para ser levada para o cadafalso e enforcada. Essas palavras bateram mais forte nele do que a conversa anterior sobre segurança. Ele pediu desculpas, dizendo que todos respondiam por ela com a sua própria vida.

Primeiro, ela achou difícil acreditar que ele falava sério. Achava que era mais uma conversa de macho, disposto a contar vantagem e a exagerar. Ela examinou o rosto dele, disfarçadamente. Tinha sulcos de tempo e de vento, cicatrizes de espadas ou flechas, e naquele rosto havia apenas seriedade, mas nem um traço de vaidade ou de jactância.

Seria verdade, reatou ela a questão, depois de um momento de silêncio, que todos respondessem por ela como se ela valesse todo o seu peso em prata?

— Pior do que isso, minha senhora — reagiu ele, asperamente. — Uma desgraça seria perder toda essa carga de prata e pouco mais eu teria a esperar ao serviço do rei. Mas perder a senhora seria perder a nossa vida. Foi isso que o rei disse. E nada mais precisa ser dito.

Então, abateu-se um grande calafrio sobre ela no meio do mais agradável dos dias de verão. Um reflexo de luz piscando na lagoa que eles tinham acabado de passar tornou-se uma ameaça em potencial, o barulho das folhas quebradiças das faias na coroa das árvores avisava dos malefícios secretos da floresta, assim como os ramos se transformavam em seres mágicos que a toda hora pareciam erguer seus braços e se voltar para ela. Os homens de expressões implacáveis e atentas que cavalgavam à volta dela nada viam do bonito dia de verão, nem percebiam o belo canto dos pássaros. Ouviam apenas a sua sentença de morte e viam apenas o machado do carrasco.

Demorou até que ela voltasse a falar de novo com o escudeiro Adalvard. Primeiro, ela tentou repensar tudo o que estava acontecendo e que não podia controlar. Estava a caminho do casamento com Arn e isso acontecia porque Nossa Senhora havia ouvido suas orações e Se deixou seduzir. E Ela poupara a vida de Arn para um caminho diferente do martírio da morte, direto para o Paraíso.

Era a pura verdade. Nenhum bom senso poderia alterar essa situação com uma única pergunta ou objeção.

Afinal, que espécie de segurança ela precisaria na sua simples viagem para Riseberga, além da proteção das mãos suaves de Nossa Senhora?

Cecília Rosa entendeu muito bem que uma lógica religiosa desse nível pouco poderia impressionar um homem como Adalvard. Ele agia sob o comando do rei e para ele, primeiro, havia a vontade das pessoas e depois, eventualmente, havia a vontade de Deus. Ou, também, suavizou ela, talvez ele visse que era dever das pessoas fazer todo o possível para satisfazer a vontade de Deus.

Em tudo o que lhe acontecia naquele momento, ela viu a ação das pessoas querendo satisfazer a vontade de Nossa Senhora, até o ponto em que era possível conhecer essa vontade. Por isso, ela estava flutuando, descendo pela corrente da vida, como uma folha de árvore sem vontade própria, tudo porque muitas pessoas com poderes sobre as terras e as florestas, a prata e a espada, a Igreja e o convento, faziam força no mesmo sentido. Como seria bom o mundo em que todos viveriam se passassem a fazer força no mesmo sentido!

Assim, ainda se tornava mais difícil entender que o que estava acontecendo era feito a favor dela e de Arn, dois pobres pecadores, de forma alguma superiores aos outros.

Não, havia uma coisa que não estava certa. Não fazia parte da bondade das pessoas e da sua vontade permanente de seguir os ditames do Senhor, que ela seguisse rodeada de doze guerreiros que não a deixavam se afastar mais do que o comprimento de um braço. Devia existir um perigo que ela desconhecia, mas que os homens à sua volta, temendo por sua própria vida, deviam entender muito melhor.

Mais uma vez, ela saiu da fila e avançou até ficar ao lado de Adalvard, sem disfarçar todos os inconvenientes que estava causando, visto que os escudeiros deviam manter uma formatura que a conservasse no centro, com homens à frente, atrás e dos lados. Mas queria saber e havia pensado em uma nova maneira de conseguir que Adalvard dissesse alguma coisa mais substancial a respeito dos segredos que ela nem sequer conseguia imaginar.

— Pensei muito, Adalvard, sobre aquilo que você me disse de que todos respondem por mim com suas próprias vidas — começou ela. — Evidentemente, eu devia me mostrar muito mais agradecida e menos rude, pelo que peço desculpa.

— A minha senhora não tem nada de que se desculpar. Juramos obedecer às ordens do rei à custa até de nossas vidas e até agora não vivemos nada mal — respondeu Adalvard.

— Para mim, tratava-se de uma viagem normal até que você falou a respeito da seriedade da sua missão e, por isso, devo dizer sinceramente que me sinto muito honrada, tendo esses lutadores formidáveis ao meu lado no momento do perigo — continuou Cecília, de maneira inocente.

— Somos escudeiros do rei — reagiu Adalvard. — Alguns pertencem à guarda da rainha, mas nem por isso são piores — acrescentou ele, com um pequeno sorriso, o primeiro que ele mostrou durante toda a viagem.

— Você deve ter notado que estou cavalgando com estribos de ambos os lados — continuou Cecília. — Você não se perguntou por quê?

— Sim, estranhei um pouco — disse Adalvard. — Mas nem por isso achei que devia perguntar a razão de a senhora fazer o que faz, visto que continua se mostrando muito senhoril em cima da sela. E nem achei que devia ficar olhando para seu corpo quando sobe e desce da sua montaria.

— É que faço muitas viagens a cavalo, tratando de assuntos de Riseberga. Talvez cavalgue tanto quanto qualquer escudeiro — continuou Cecília, como se a conversa versasse apenas sobre assuntos inocentes. — Por isso, costurei um vestido para mulher, nós costuramos muito no convento, como você talvez saiba, um vestido que, na realidade, é constituído de duas partes, cada uma vestindo uma das pernas. E, depois, ainda tenho uma saia. Ou seja, continuo parecendo mulher, mas cavalgo como um homem. Por isso, é preciso que você saiba uma coisa. Se o perigo chegar, esse perigo de que você falou, poderei fugir mais rápido do que a maioria dos meus defensores com os seus cavalos pesados. Se quiserem me defender de qualquer ataque, não precisamos ficar no lugar, antes poderemos fugir rápido, sem problemas.

Finalmente, Cecília disse uma coisa que levou Adalvard a considerá-la como pessoa com idéias próprias e não como um monte de prata. Depois de um aceno respeitoso de desculpas, afastou-se e ficou conversando energicamente com alguns dos seus homens, enquanto fazia gestos abrangentes. E ao terminar, os homens com quem falou, retiraram-se e foram espalhar as boas novas.

De novo ao lado de Cecília, mostrou-se satisfeito e mais conversador do que no resto anterior da viagem. Foi então que Cecília considerou que o campo estava aberto para a pergunta que ela queria fazer.

— Me diga, Adalvard, meu fiel defensor, você que é um homem que vive em Näs, no castelo do rei, e sabe muito mais do que uma simples mulher do convento, por que razão, eu, uma pobre mulher da fraca família paliana, poderá ser vítima de um ataque?

— Pobre! — riu Adalvard, olhando para ela, com um olhar investigador, para verificar se ela estava fingindo ou de brincadeira. — Bem, pode ser que seja, agora — grunhiu ele. — Mas em breve a senhora vai se casar e como esposa de um folkeano terá direito a um terço da fortuna dele. A senhora será rica. Aquele que conseguisse raptá-la ficaria rico também com o resgate. Isso já aconteceu, ainda que eu não conheça ninguém que tenha sobrevivido depois de cometer um ato malvado desses. Mas que aconteceu, aconteceu.

— Muito bem. Na realidade, é bom se sentir protegida, tendo esses guerreiros a meu lado — respondeu Cecília, ainda que apenas meio satisfeita com o que acabara de saber. — Mas essa, com certeza, não deve ser a única razão, certo? Para se defender de pobres salteadores e ladrões, mal armados, não seria necessária uma força do tamanho desta que trouxemos. Bastaria eles verem o nosso escudo com as três coroas, certo?

— Sim, é verdade, minha senhora — respondeu Adalvard. E excitado pela conversa, acabou continuando a falar aquilo que Cecília esperava ouvir. — Eu sou da família do rei Knut e de seu pai, o abençoado Santo Erik. Mas os irmãos mais velhos do que eu receberam as propriedades por morte de meu pai e, por isso, me tornei escudeiro. Eu não reclamo. Se a gente pertence à família erikiana, já sabe de que lado está no reino quando se trata da luta pelo poder. A sua vida, minha senhora, faz parte da luta pelo poder. Assim como a sua morte.

— Não consigo compreender muito do mundo dos homens — reagiu Cecília, humildemente. — Mas então maior é a minha satisfação por saber estar cavalgando junto de um erikiano que pode me explicar aquilo que as mulheres do convento têm dificuldades em entender. O que tem a minha vida ou a minha morte a ver com a luta pelo poder? Eu lhe peço, Adalvard, me explique realmente.

— Bom, não lhe vou dizer algo que a senhora não virá a saber mais tarde — respondeu Adalvard, satisfeito por ser aquele que dominava a verdade da vida. — A senhora deveria ter se tornado abadessa e, então, eu não estaria agora aqui falando consigo tão irreverentemente. Mas como abadessa a senhora teria jurado seus votos e o filho mais velho do rei Knut teria podido herdar a coroa. Até aí a senhora já deve saber tudo, certo?

— Sim, tudo isso eu já sei. Mas como isso não vai acontecer, por que razão algum dos sverkerianos iria continuar a querer me fazer mal?

— Se alguém nos matar, a senhora, a mim e os meus homens, cada cabeça neste reino irá pensar que foram os sverkerianos que cometeram esse ato ignóbil, mesmo que não fosse assim — respondeu Adalvard, de repente, sem querer. A conversa tinha entrado, então, num caminho em que, notoriamente, ele lamentava ter seguido.

— Não teria sido mais inteligente matar Arn Magnusson? — perguntou Cecília, sem o menor tremor na voz.

— Sim, sem dúvida. Todos sabem que nós, os erikianos, iríamos ganhar com esse assassinato, visto que, assim, não haveria casamento. E a senhora se tornaria abadessa mais depressa ainda, já que a tristeza e a solidão iriam empurrá-la para o convento. Mas juro que não pensamos nisso. Seria quebrar todos os laços entre os erikianos e os folkeanos, selados por tantas juras. Se os erikianos e os folkeanos entrarem em conflito, ambas as famílias vão perder todo o poder para os sverkerianos.

— Quer dizer, os sverkerianos poderão querer matar Arn Magnusson, desde que possam culpar os erikianos pela sua morte — completou Cecília o pensamento, sem ainda qualquer tremor na voz, embora fosse como se um raio tivesse atravessado o seu coração no momento em que pronunciou aquelas palavras.

— Minha nossa... — sorriu Adalvard. — Se os sverkerianos pudessem matar Arn Magnusson e deitar a culpa em nós, erikianos, ganhariam com isso, sem dúvida. Mas quem é que eles iriam mandar para Arnäs ou Forsvik para executar um trabalho tão ignóbil? Oden, aquele deus mitológico que sabia se tornar invisível? Ou Tor, aquele outro deus cujo martelo fazia tremer o mundo inteiro? Não, minha senhora, ninguém conseguirá se aproximar de Arn Magnusson, clandestinamente, pode estar certa disso.

O escudeiro Adalvard soltou uma longa gargalhada diante da sua proposta de mandar Oden e Tor fazer o serviço. Por muito ímpia que essa brincadeira parecesse para Cecília, ela, ainda assim, conseguiu encontrar nela alguma consolação.

Uma única vez, no caminho para o convento de Riseberga, aconteceu uma coisa perturbadora. Depois do lago Östansjö, já depois de terem passado pelas grandes florestas e de terem chegado a campo aberto com algumas esparsas fazendas, eles se depararam com um rebanho bastante grande de carneiros, descendo em correria por um morro e atrás do rebanho apareceram quatro pastores de vestes largas, marrons, que, com as suas varas, tentavam reagrupar os amedrontados animais.

O escudeiro Adalvard, imediatamente, mandou quatro cavaleiros na direção dos pastores, de espadas desembainhadas, cavalgando rápido. E os pastores logo se jogaram no chão, o rosto na terra, as mãos e os pés esticados, embora um ou outro ainda levantasse os olhos, vendo de esguelha o rebanho se afastando.

Ao mesmo tempo que os quatro escudeiros corriam para os pastores, os outros oito se fechavam em torno de Cecília, com Adalvard um pouco à frente, todos de espadas desembainhadas e na mão.

Os pastores eram mesmo pastores e nada mais do que pastores. Mais tarde, Adalvard explicou para Cecília que uma pessoa nunca sabe ao certo, que às vezes a pretensão é que leva à morte, quando uma pessoa acha que sabe de tudo quanto vê, no momento em que vê. Uma boa coisa foi que ninguém saiu machucado. E os animais acabaram sendo reunidos com um pouco mais de trabalho. E foi assim que tudo terminou.

Finalmente, chegaram a Riseberga e logó Cecília se dirigiu à sua sala, onde ficou bastante tempo com a mão num dos ábacos, entre odores de pergaminho e tinta. Uma sala cheia de pergaminhos escritos exalava um cheiro especial que não dava para enganar e ela sabia que a qualquer altura na vida esse cheiro voltaria à sua memória.

Aquilo que ela tinha dificuldade em entender era que, realmente, tinha chegado a hora da despedida. Durante tanto tempo, vivendo entre esses escritos e essas contas, muitas vezes achava que nunca mais faria outra coisa pelo resto da vida. Nada mais faria no mundo real, já que o mundo dos sonhos, esse, pertencia a Arn Magnusson.

A despedida foi difícil e não sem lágrimas. As duas jovens sverkerianas que pediram asilo em Riseberga e foram acolhidas, se bem que, mais tarde, Birger Brosa não tenha gostado nada dessa decisão, choraram mais do que as outras. Foram elas que mais se aproximaram de Cecília, que as ensinou a costurar, a produzir legumes e flores na horta e a fazer a contabilidade. Agora, no entanto, as duas ficariam sozinhas, sem a proteção da *yconoma* e sem esperança de que Cecília voltaria como abadessa.

Cecília tentou consolá-las o mais possível e garantiu que em qualquer momento podiam mandar uma mensagem para ela. Melhor, ela tentaria ficar atenta a tudo o que se passasse em Riseberga. Melhor ainda, ela voltaria de vez em quando para saber ao certo tudo o que estivesse acontecendo.

Essas palavras não serviram de muito consolo. Pelo menos, não tanto quanto ela pretendia. Ambas as jovens achavam impossível acreditar que Cecília pudesse ter alguma influência, com seu poder secular, sobre a vida em Riseberga. Por isso, e só por isso, Cecília teve de ficar mais um dia além do que esperava.

Ela ficou com as duas, que se chamavam Helena e Rikissa, para uma longa conversa na sala das contas. Enquanto repassavam tudo o que era preciso ser feito, mais de uma vez, indicando quais as prateleiras onde deviam ser guardados os papéis das dívidas e as contas, a correspondência com solicitações para os bispos, os recibos de impostos e de arrendamentos, e todo o resto, Cecília foi contando, mais do que nunca, como havia acontecido de ela viver entre *familiares* num convento em que quase todas eram de famílias inimigas. Foi assim que ela e a rainha Blanka viveram e sofreram durante muitos anos até que chegaram tempos melhores.

E contou a respeito do que uma velha senhora chamada Helena Stenkilsdotter, muito inteligente e pertencente a uma família real já desaparecida, lhes havia ensinado. Que era muito importante, quando jovens, jamais escolherem seus inimigos. Que os inimigos de hoje podiam ser os amigos de amanhã.

Dentro de si, Cecília chegou a pensar que, de certa forma, ela estava começando a se parecer com essa Helena Stenkilsdotter, conseguindo demonstrar tanto carinho para com as duas jovens com os odiados nomes sverkerianos de Helena e Rikissa.

Cecília avisou-as ainda de que não deviam fazer os seus votos antes de sentir, realmente, a chamada definitiva para a vida monástica. E nunca deviam perder a esperança, dando a entender que até mesmo as pobres filhas sverkerianas, precisando pedir asilo no convento inimigo, teriam a sua chance de serem chamadas para o mundo lá fora, mais cedo do que seria de esperar. Ela própria, Cecília, nunca deixaria de as conservar na memória.

Deixada sozinha, depois daquele tempo todo de consolação, eventualmente falsa, Cecília passou a tratar da sua própria despedida. O ábaco que ela própria produziu e com o qual mais facilmente fazia as contas era, considerou ela, de sua propriedade. Esse, ela levaria consigo. O cavalo e a sela também eram dela. O seu manto de inverno, com pele de cachorro, assim como as botinas com pele do mesmo animal, ela havia pago com o seu próprio salário. Além disso, tinha as roupas do corpo e, possivelmente, as roupas para festas que estavam em Näs.

Quando ela e Cecília Blanka eram jovens, tinham as mesmas medidas de roupa, mas agora que sete gravidezes as separavam, Cecília Rosa era a única que continuava a poder usar as mesmas roupas da juventude. Talvez não fosse conseqüência apenas das gravidezes. Em Näs, comia-se muita carne de porco ou, pior ainda, carne de porco salgada, o que exigia muita cerveja. No convento, onde Cecília Rosa continuou vivendo a maior parte do tempo, nos últimos anos, tudo o que era gula estava proibido.

Ter um ou vários dos vestidos que já não serviam mais na sua melhor amiga não era o mais importante. Além disso, ela tinha um marco e meio de prata que havia ganho honestamente como salário de *yconoma* durante o tempo que serviu no convento de Riseberga, não como penitente, mas como mulher livre. Retirou a prata, pesou-a e anotou no respectivo livro o que havia retirado e lhe pertencia.

Naquele momento, ela reconheceu que sabia muito pouco a respeito da sua pobreza ou riqueza. Era como se ela há muito tempo estivesse a caminho de realizar os seus votos monásticos e se visse já como pobre, sabendo infinitamente muito mais sobre cada plantinha que pertencia ao convento do que a respeito de si mesma.

Quando o seu pai Algot faleceu, deixou apenas as duas filhas, Cecília e Katarina, como herdeiras. Nessa altura, ela devia ter recebido, portanto, metade das fazendas que pertenciam à família à volta de Husaby e Kinnekulle. Katarina devia ter recebido a outra metade. Mas Katarina tinha entrado para o convento de Gudhem por seus pecados e, com isso, renunciado a todas as suas propriedades terrenas. Portanto, renunciara também à sua herança? Para quem, então, essa herança tinha ido, para Cecília ou para Gudhem? E quanto lhe pertencia num caso ou no outro das fazendas à volta de Husaby?

Isso era uma pergunta que nunca havia feito a si mesma. Era como se ela nunca tivesse pensado em si mesma como proprietária de riquezas seculares, mas apenas como administradora de bens da Igreja.

Aquele marco e meio de prata que ela tinha na mão seria suficiente para comprar um belo manto. Mas havia um manto folkeano em que ela trabalhava já há três anos, o mais belo de todos, com forro de pele de marta e o leão desenhado com fios de ouro e prata de Lübeck, e com fios vermelhos franceses para marcar a boca e a língua do leão. Nenhum manto em todo o reino tinha uma cor tão forte. Era o trabalho mais bonito que ela tinha feito em toda a sua vida no convento. E tinha um sonho que jamais escondera para ninguém, muito menos para si mesma, que era o de ver um dia esse manto sobre os ombros de Arn Magnusson.

Um manto como aquele, ela sabia muito bem, valia bem uma fazenda, com escravos e animais inclusos. O manto pertencia ao convento de Riseberga, embora tivesse sido feito com as suas próprias mãos.

No entanto, esse manto era o seu sonho, não podia ser usado por outro que não um folkeano. E nenhum outro folkeano que não o seu Arn. Durante muito tempo ela ficou com a pena na mão, antes de vencer a sua hesitação. Então escreveu um título de dívida de quinze marcos de prata, abanou o escrito para secar a tinta e inseriu o título na prateleira certa.

Depois, foi até a câmara de refrigeração, procurou o manto, acariciou o seu rosto com ele e inspirou seu cheiro forte que era mais para manter as traças a distância do que para inspirar seus sonhos. Em seguida, dobrou-o e saiu carregando-o debaixo do braço.

Na missa de despedida, ela passou pela comunhão.

Para o jovem Sune Folkesson e seu irmão de criação, Sigfrid, a cavalgada entre Arnäs e Forsvik era o seu desejo mais ardente que, inexplicavelmente, acabou acontecendo.

Eles montaram cada um no seu cavalo estrangeiro. Sune, num cavalo malhado de crina e rabo negros, e Sigfrid, num cavalo baio, de crina e rabo claros, quase brancos. O senhor Arn tinha escolhido e aprovado os dois jovens garanhões, experimentou-os e brincou com os dois, antes de decidir qual dos garotos devia ficar com qual dos cavalos. Arn explicou de forma resumida, mas séria, que ambos os animais eram bem jovens, assim como seus novos donos, e que era importante que eles fossem envelhecendo junto e ao mesmo tempo que seus cavalos. E que esse era o começo de uma amizade que devia durar até que a morte os separasse. Isso porque só a morte podia separar o homem do seu cavalo do Ultramar.

Arn não pôde dedicar muito tempo para explicar a diferença entre esses e os cavalos nórdicos, talvez porque tivesse visto nos olhos dos dois jovens amigos que eles já tinham entendido. Ao contrário dos adultos da Götaland Ocidental, os dois rapazes tinham compreendido por si mesmos que esses cavalos eram como seres lendários, comparando com os cavalos que os escudeiros nórdicos montavam.

Sune e Sigfrid, assim como quase todos os garotos da sua idade, de famílias fidalgas, tinham aprendido a montar, logo depois de terem aprendido a andar. Montar para eles era como respirar ou beber água, coisas que não precisavam mais aprender.

Até aquele momento, em que tudo começava de novo, desde o início. A primeira diferença que encontraram foi a velocidade. Se comandassem esses cavalos do jeito que faziam com os cavalos nórdicos, a velocidade, dali a duas, três passadas, ficava tão vertiginosa que seus olhos tornavam-se lacrimosos e o vento levantava para trás seus cabelos longos. A segunda diferença era a vivacidade. Enquanto qualquer cavalo nórdico dava três passadas na lateral, esses cavalos conseguiam dar talvez dez. Isso dava ao cavaleiro a sensação de flutuar na água. Não se conseguia notar os movimentos, apenas a mudança de posição. Enquanto o cavalo nórdico avançava na mesma direção da cabeça, esses outros flutuavam no ar ou por mágica, avançando como se estivessem brincando. Era como se estivessem num barco, numa sucessão de saltos rápidos, sem conseguirem realmente dirigir a embarcação e onde qualquer movimento mínimo inesperado podia levar a uma conseqüência muito diferente daquela pretendida.

Por isso, era como se fosse começar tudo de novo. Teriam que reaprender a montar, visto que existiam mil e uma novas maneiras de dominar a montaria, justo como fez o Senhor Arn lá na praça em Forsvik, quando conduziu o seu cavalo em movimentos que pareciam impossíveis de conseguir, ao mesmo tempo que brincava com os escudeiros como se fossem apenas gatinhos recém-nascidos.

De vez em quando, Sune e Sigfrid examinavam os estrangeiros à sua volta. Todos falavam uma língua com o senhor Arn que era totalmente incompreensível. Uma parte dos estrangeiros de olhos escuros parecia cavalgar com a mesma segurança que a do próprio senhor Arn. Eles cresciam como que ligados aos seus cavalos. Avançavam brincando, mesmo quando a floresta ficava espessa e difícil de atravessar, ainda mais por causa das ventanias que sempre aconteciam antes de chegar o verão. Mas quase a metade dos estrangeiros parecia cavalgar obstinadamente, pensativos, e de forma esforçada como Sune e Sigfrid.

Treze homens estavam atravessando a floresta, se incluídos Sune e Sigfrid, o que, certamente, eles próprios faziam. Em Arnäs, o senhor Eskil deu a cada um deles um manto azul, meio desbotado, que ele disse não dar mais, praticamente, para usar, mas ambos usavam esses mantos como jovens orgulhosos. Havia, portanto, três homens viajando com mantos azuis folkeanos, com o senhor Arn na frente.

Os estrangeiros tinham envolvido o corpo com várias faixas de tecido e a cabeça ou com um turbante ou com um elmo estranho, pontiagudo, com tecido na borda inferior. Os que cavalgavam com esses elmos eram os melhores cavaleiros e eram portadores de espadas estranhamente curvas, além de arco e aljava nas costas.

Todos cavalgavam numa formatura em círculo esticado e, entre eles, seguia o resto dos cavalos sem cavaleiros. Não era fácil de entender como acontecia, mas logo após cerca de uma hora de marcha todos os cavalos soltos seguiam rigorosamente o caminho trilhado pelo cavalo do senhor Arn.

Essa cavalaria a caminho de Forsvik atravessava diretamente as florestas onde não existia nenhum caminho. Como o senhor Arn podia estar certo da direção a seguir numa região sem caminhos nem trilhas também não era fácil de entender. De vez em quando, ele olhava para o sol. E isso era tudo. No entanto, no final do dia, viu-se que ele tinha avançado certo e estava chegando a Uttervadet, na margem do rio Tidan, um pouco ao norte do local de reuniões de Askeberga. Assim que a floresta de faias começou a ficar menos espessa e a paisagem se abriu, puderam ver o rio, lá embaixo, como uma sinuosa serpente brilhante e logo chegaram ao local onde os cavalos poderiam passar sem qualquer dificuldade.

Ao anoitecer, chegando perto de Askeberga, eles começaram a passar ao lado das barcaças que vinham carregadas de Arnäs e traziam alguns dos estrangeiros que não quiseram viajar a cavalo. Ao que parecia, uma parte da carga desses estrangeiros era tão valiosa que eles nem queriam se separar dela, viajando sentados em caixas de madeira e, ainda desconfiados, se amarravam com cintos a elas. Sune achava que deviam ser caixas com ouro ou prata, as que guardavam com tanto cuidado, mas Sigfrid discordava, dizendo que esses valores deviam ter ficado numa sala da torre de Arnäs. A seu tempo, quando todo o grupo chegasse a Forsvik, iriam saber. E assim se consolavam, enquanto esperavam.

Em Askeberga, retiraram-se todas as selas dos cavalos que foram escovados e levados para beber água. O senhor Arn foi então até Sune e Sigfrid para mostrar a eles com que cuidado e carinho deviam tratar dos seus cavalos dali em diante. As bardanas todas, mesmo as menores, deviam ser retiradas dos rabos e das crinas, e seus corpos deviam ser examinados, centímetro por centímetro, e acariciados, assim como verificados deviam ser seus cascos, de modo a ter a certeza de que estavam limpos, sem pedras ou raízes agarradas. E enquanto eram realizados esses trabalhos deviam falar o tempo todo com seus amigos, pois de amigos se tratava. E quanto maior fosse a amizade entre cavalo e cavaleiro, melhor iam trabalhar os dois em conjunto. A amizade era mais importante do que aquilo que se fazia com as esporas e as mãos para comandar o animal. No devido tempo, iriam aprender a esse respeito muito mais do que poderiam imaginar. Não só iriam ser mais rápidos do que qualquer outro cavaleiro na Escandinávia como também iriam aprender a cavalgar para trás e para os lados como nenhum dos seus parentes ou amigos saberia fazer. Mas isso ia levar tempo.

Mas, entretanto, deviam fortalecer a amizade com seus cavalos, fazendo com que essa amizade crescesse dia após dia, pois isso era o fundamento de toda a arte de cavalaria.

Sune e Sigfrid logo se sentiram totalmente convencidos por tudo o que o senhor Arn lhes tinha dito e que, eventualmente, aos olhos dos outros devia parecer mais uma loucura do que coisa inteligente. Mas era parte de um grande segredo. Pois a visão do senhor Arn a cavalo na praça em Forsvik continuava gravada nas suas memórias.

Ao anoitecer e no começo da noite, não pararam de chegar as barcaças de Arnäs, uma atrás da outra, e o liberto Gurmund teve muito que fazer, servindo muita cerveja e providenciando lugares para dormir.

Uma hora antes das orações vespertinas, Arn foi buscar o seu arco, esticou-o, pegou uma cesta de flechas e preparou-se para uma sessão de treino. Ele já não vivia mais sob o duro Regulamento que, durante tantos anos, tinha sido sempre a sua medida de comportamento. Tantos anos que chegava a não se lembrar mais de como era antes. Ele não era mais um templário. Antes pelo contrário. Em breve, iria contrair diante de Deus uma união carnal abençoada entre homem e mulher. Mas o Regulamento condenava a preguiça, tanto quanto condenava a pretensão orgulhosa. A preguiça de não treinar a arte da luta armada, a fim de servir bem a Deus na hora do perigo. E a pretensão de se achar suficientemente competente para não precisar mais de treino.

Por isso, procurou pela bola de palha que ele e Harald tinham usado como alvo da última vez que haviam estado em Askeberga e dirigiram-se para o rio à procura de um lugar onde pudessem atirar à vontade, sem perturbar alguém ou serem perturbados. O jovem Sune e seu irmão de criação, Sigfrid, logo os seguiram, acreditando não serem vistos e descobertos, nem por um templário como Arn. Este, primeiro, achou melhor fingir que nada tinha notado como daquela vez em que os dois assistiram à brincadeira de Arn com os escudeiros em Forsvik. Mas, depois, resolveu de outra maneira. Apressou o passo e um pouco mais à frente se escondeu atrás de um carvalho bem grosso e avantajado e logo agarrou os dois pelo pescoço quando os jovens passaram.

Então, Arn os admoestou duramente, dizendo que não deviam nunca perseguir secretamente um templário daquele jeito. Isto porque, segundo certamente tinham ouvido em Arnäs, seu irmão Eskil até queria mandar junto uma escolta de doze escudeiros para acompanhar a viagem de volta para Forsvik, havendo rumores de que mais de um homem poderoso no reino estaria disposto a pagar por um matador, a fim de evitar o casamento em Arnäs. Portanto, pior momento do que esse os jovens Sune e Sigfrid não podiam ter escolhido para essa perseguição sigilosa. Os rapazes ficaram envergonhados, abaixando a cabeça e pedindo perdão, mas logo ficaram excitados diante da perspectiva de poder ajudar o seu senhor, indo buscar no alvo as flechas disparadas por ele.

Arn aceitou a ajuda, formalmente, de rosto sério, mas teve dificuldade em manter essa atitude. Indicou, então, um cepo podre onde colocar o alvo. Eles acharam que era longe demais, mas obedeceram sem pestanejar.

Ao voltar e ao se sentar no musgo de uma grande pedra, na expectativa de ver o que iria acontecer em seguida, Arn assestou a primeira flecha no arco, apontou-o para o alvo e disse que aquela distância era precisamente a mesma de quando ele os tinha visto pela primeira vez, seguindo-o. E aí disparou rápido cinco flechas, uma em seguida à outra, e fez sinal para irem buscá-las.

As flechas estavam todas juntas no alvo, tão juntas que Sigfrid, que chegou primeiro, pôde pegá-las apenas com uma das mãos, retirando-as do alvo. Ao fazer isso, ele simplesmente caiu de joelhos, olhando fixamente, sem acreditar, para as cinco flechas na mão. Sune enfrentou aquele olhar e abanou a cabeça. Não havia nada a dizer, mas também quaisquer palavras seriam desnecessárias.

Cinco vezes Arn disparou, e cinco vezes Sune e Sigfrid foram correndo apanhar as flechas que de todas as vezes menos uma podiam ser apanhadas com uma só mão. A excitação inicial dos rapazes transformou-se, lentamente, em desanimado silêncio. Se era preciso atirar como o senhor Arn para se tornar cavaleiro, nenhum dos dois achava poder conseguir isso e passar na prova.

Arn viu como o estado de espírito deles se modificava e imaginou qual era a razão.

— Vocês não vão atirar com o meu arco — explicou ele, num tom leve de voz, quando os dois voltaram com as flechas pela quinta vez. — O meu arco é o melhor para mim, mas, certamente, não é o melhor para vocês. Quando chegarem a Forsvik, vamos fazer arcos especiais, adequados para vocês, assim como espadas e escudos. Cavalos especiais que se adaptam a vocês já têm. Pensem que isso é apenas o começo de um longo caminho.

— Um caminho muito longo — reagiu Sune, em voz baixa e de cabeça caída. — Isso porque, como o senhor, ninguém jamais vai poder atirar.

— Desse jeito, ninguém no nosso reino sabe atirar — completou Sigfrid.

— Nesse caso, vocês dois estão errados — disse Arn. — Meu amigo Harald, da Noruega, atira como eu, e vocês vão se encontrar em breve com um monge que talvez atire melhor do que eu; pelo menos, atirava antes melhor do que eu. Não existem limites para aquilo que um homem pode aprender, a não ser os limites que as pessoas colocam na sua própria cabeça. Quando me viram atirar, vocês apenas mudaram para mais longe os limites que achavam ser os máximos. E ruim seria pensar de outra maneira, visto que sou eu quem vai ser o professor de vocês.

Arn riu ao indicar que seria ele próprio o professor dos dois rapazes desanimados e em troca recebeu um sorriso hesitante dos dois.

— É muito simples, aquele que treinar mais irá atirar melhor — continuou Arn. — Eu treino com armas todos os dias, desde quando era muito mais novo do que vocês dois. E nos dias em que não treinei, isso aconteceu porque estávamos em guerra ou houve algum outro tipo de exercício a realizar. Nenhum homem nasce cavaleiro, poderá apenas trabalhar para chegar lá e isso acho justo. E gostaria de saber se vocês ainda continuam dispostos a trabalhar duramente como se exige.

Os rapazes acenaram com a cabeça, concordando, mudos e de olhos no chão.

— Ótimo — disse Arn. — E trabalhar é o que vocês vão fazer. De início, em Forsvik, haverá mais trabalho de construção do que treino com armas, mas logo que entrarmos em ritmo normal, vão ser longos dias de treino com espada, lança, escudo, cavalo e ferraria. No fim da tarde, todos os dias, na hora das preces, seus corpos vão doer de tanto cansaço. Mas vocês vão dormir muito bem.

Arn deu um sorriso de estímulo para os dois para contrabalançar as palavras que mostravam o verdadeiro caminho para chegar a ser cavaleiro, um caminho sem atalhos. Ele sentia um estranho carinho pelos dois. Era como se ele se sentisse de novo como rapazinho diante da escola dura do irmão Guilbert.

— Qual a oração que um cavaleiro deve fazer à noite e a quem dirigir as nossas preces? — perguntou Sigfrid, olhando para Arn, bem nos olhos.

— Você está fazendo uma pergunta maravilhosa e inteligente, Sigfrid — respondeu Arn, dando tempo a si mesmo para pensar. — Qual dos santos de Deus terá mais tempo e melhores ouvidos para as preces de vocês dois? A Nossa Senhora é a quem eu dirijo as minhas preces, mas tenho estado ao seu serviço e montado sob a sua égide há mais de vinte anos. Vocês mencionaram antes São Jorge, que é o protetor dos cavaleiros seculares, e Ele, certamente, estará mais a jeito para vocês dois. Mas é mais fácil dizer o que devem pedir em suas orações. É *fortitudine* e *sapientia*, as duas maiores virtudes dos cavaleiros. *Fortitudine* significa força e coragem. *Sapientia*, sabedoria e humildade. Mas nada disso vocês vão conseguir de graça. Vão ter que trabalhar para chegar lá. Ao pedir isso ao findar o dia, depois do trabalho duro, servirá apenas como lembrete daquilo por que estão trabalhando e procuram alcançar. Agora, vão para os seus dormitórios e façam pela primeira vez as suas orações para São Jorge!

Eles fizeram uma vênia de despedida e obedeceram logo. E Arn ficou pensativo, olhando para eles e vendo-os desaparecer, de passo estugado, na penumbra do fim do dia. E no fim do caminho havia um novo reino, pensou ele. Um novo e poderoso reino onde a paz dominava com tal força que a ninguém valia a pena fazer a guerra. E justo esses dois garotos, Sune Folkesson e Sigfrid Erlingsson, seriam talvez o começo desse novo reino.

Arn reuniu as suas flechas na aljava que pendurou no ombro. Mas não esticou de novo o arco. Antes desceu em silêncio com ele na mão até o rio, até aquele lugar bonito para fazer suas orações, sob o amieiro e o salgueiro, lugar que ele tinha encontrado na vez anterior, quando esteve em Askeberga.

O rumor que tinha ouvido em Arnäs, de que o inimigo, especialmente interessado em poder, era também aquele que estava pensando em contratar um matador para acabar com Arn Magnusson, ele não levava, realmente, a sério. Não faltava lógica em tal raciocínio, pensava ele, notando na mesma hora que tinha mudado para francês para pensar mais claramente. O assassino secreto que conseguisse dar a entender que o mandante seria Birger Brosa teria muito a ganhar. A guerra interna entre folkeanos ajudaria os sverkerianos na sua pretensão de reconquistar a coroa real, da mesma forma que enfraqueceria a posse da coroa pelos erikianos. Mas todos esses pensamentos eram apenas amadorismos políticos, embebidos em cerveja e vinho. Uma coisa era imaginar todos esses planos, outra coisa era executá-los. Se alguém se aproximasse agora de Askeberga na penumbra da noite para assassiná-lo, onde é que o assassino iria procurá-lo primeiro? E se o assassino, realmente, existisse nas proximidades, agora que a luz do dia estava desaparecendo, impedindo qualquer disparo, como agiria em silêncio para chegar perto e usar o punhal ou a espada?

E se chegasse no escuro, não seria melhor para ele esperar que o templário estivesse dormindo e desarmado?

A Mãe de Deus, certamente, não tinha mantido as Suas mãos protetoras sobre ele durante todos esses anos de guerra. Ela, certamente, não tinha evitado para ele o martírio da morte e a ascensão ao Paraíso, apenas para vê-lo assassinado, finalmente, na Götaland Ocidental. Ela tinha dado para ele todos os presentes terrenos possíveis, mas não sem contrapartida. Ao mesmo tempo, Ela tinha dado a ele a maior de todas as missões que podia dar a um dos Seus cavaleiros. Ele não só tinha que construir uma igreja dedicada ao Santo Sepulcro, para mostrar que Deus existe onde o homem existe e não precisa ser procurado na guerra em países longínquos. E a missão ainda maior dada por Ela seria a de construir a paz através da organização de uma força tão poderosa que a guerra se tornasse impossível.

Arn acabou encontrando de novo o lugar junto do rio onde podia descansar e rezar. O curto período de escuridão da noite já tinha passado. Faltavam apenas algumas semanas para o *midsommar*, o ponto alto do verão na Escandinávia, bem ao norte, e a noite não durava mais do que meia hora. Não havia vento e os sons e os aromas da noite eram fortes. Lá de cima no burgo, não muito longe dos barcos, ele ouviu gargalhadas sonoras de alguém que abriu uma porta e saiu para urinar. Os remadores do rio providenciavam para si toda a cerveja que os estrangeiros evitavam. Um rouxinol parecia ter pousado bem perto dele e seu canto forte encheu durante um momento todos os seus sentidos.

Tal paz de espírito ele nunca tinha conhecido antes. Era como se a Mãe de Deus, com isso, quisesse mostrar para ele que a felicidade celestial também era possível na vida terrena. Em cada curso de acontecimentos, pequeno ou grande, ele via sempre a Sua vontade e infinita graça. O seu pai estava a caminho de retomar todos os seus sentidos como antigamente e logo voltaria a poder andar.

Ibrahim e Yussuf tinham mudado o senhor Magnus para a grande sala da torre, assim que limparam o lugar como numa mesquita e, com a ajuda de alguns escravos, construíram uma ponte com dois caibros onde o paciente podia articular os passos com o apoio dos braços, lentamente, com dificuldade de início, mas sendo possível ver que, dia a dia, as melhoras davam a entender que ele, em breve, poderia voltar a andar sem qualquer apoio. E ele voltou a mostrar, também, muito do seu bom humor, dizendo que iria conseguir andar, talvez como um bom velhote, mas ainda assim com as suas próprias pernas, quando chegasse a hora do casamento. Até chegar essa hora, a do casamento proibido, ainda restavam algumas semanas, e nesse período, ele iria conservar as suas melhoras em segredo, de modo que a força da cura pudesse ser notada por todos que o vissem na cerimônia.

Ele falava, agora, muito melhor, desde quando começara os exercícios todos os dias, e para trás já tinha ficado toda a desesperança inicial. Aquilo contra o que, no começo, ele tanto tinha se insurgido, que era o exercício de mudar uma pedra de uma mão para outra, agora fazia com tal intensidade que Ibrahim e Yussuf, de vez em quando, precisavam tentar acalmá-lo para que ele não exagerasse.

Para Arn ele disse que era como se, ao mesmo tempo, pudesse ver e sentir como a vida estava voltando, tanto no corpo como na alma. Mas daquilo que disse, o que mais agradou a Arn foi quando ele salientou que nada do que estava acontecendo podia ser considerado um milagre, independentemente do que o povo quisesse acreditar ao vê-lo de novo com saúde. Aquilo era resultado do seu próprio trabalho, da sua própria vontade e, tudo bem, das suas próprias preces, mas, acima de tudo, tinham valido os conhecimentos dos dois estrangeiros. E eles eram pessoas normais, nem santos, nem bruxos, ainda que se vestissem de forma estranha e falassem uma língua incompreensível.

Finalmente, Arn contou para seu pai toda a verdade, que esses dois homens, Ibrahim e Yussuf, que era como os seus nomes deviam ser pronunciados, eram sarracenos.

O senhor Magnus ficou em silêncio um bom tempo, ao ouvir isso, de modo que Arn chegou a lamentar todo o seu ardente amor à verdade. Mas, finalmente, o pai acenou com a cabeça e disse que os bons conhecimentos, quer fossem de perto ou de longe, eram o que tornavam a vida melhor. Foi isso que ele viu com os próprios olhos e sentiu com os próprios membros. E se o povo da Igreja tivesse apenas coisas ruins a dizer a respeito dos sarracenos, isso de nada valia contra aquilo que seu próprio filho houvesse por bem dizer. Seria de perguntar quem saberia melhor a verdade, aquele que era pastor em Forshem ou bispo em Aros Oriental ou aquele que andou em guerra contra os sarracenos durante vinte anos?

Arn aproveitou a oportunidade para contar que todas as fortalezas dos templários tinham sarracenos como curandeiros, por serem os melhores. Portanto, aquilo que era bom para os sagrados exércitos dos templários de Deus tinha de ser bom, também, para quem vivia na Götaland Ocidental, no norte, na Escandinávia.

O bom humor que esta informação produziu fez com que o pai logo pedisse companhia para ir até os muros da fortaleza, a fim de examinar a nova construção.

Arn receava que fosse cedo demais para o pai sair e andar lá fora, ainda que tivesse o filho para o apoiar, mas ao mesmo tempo receava que o pai achasse a reconstrução desnecessária e a proibisse, agora que a sua sensibilidade tinha voltado.

Mas até isso correu da melhor maneira possível. Quando o senhor Magnus viu como se erguia um muro totalmente plano e alto à volta das partes externas da fortaleza, mais próximo do lago Vänern e quando entendeu que esse muro estaria em volta de toda a Arnäs, ficou mudo de alegria e orgulho. A construção original, ele já tinha melhorado enormemente quando ainda jovem, mas sempre tinha lamentado não ter feito ainda mais. Arn contou detalhadamente como tudo seria quando ficasse pronto e como nenhum inimigo, depois, conseguiria ameaçar a família folkeana. Em tudo o que contou, Arn recebeu o apoio irrestrito do pai.

A única coisa ruim que ocorreu durante a curta visita de Arn a Arnäs foi a disposição temperamental de Erika. Como ele havia tomado conhecimento da morte de Knut, o seu desconhecido e jovem irmão e filho dela, Arn lamentou o triste acontecido junto de Erika como devia. Entretanto, ela o constrangeu, falando muito mais da vingança a que ela dizia ter direito do que da tristeza que essa morte lhe provocara. Pior ainda ficou quando ela disse que tinha agradecido profundamente a Nossa Senhora por um guerreiro de Deus como Arn ter voltado e assim os dias do vilão Ebbe Sunesson estarem contados. Porque a lei era clara. Se Arn exigisse um duelo para limpar a honra da família, o vilão não poderia se recusar. Erika ficou tão excitada que parecia chorar e rir ao mesmo tempo, ao descrever como Ebbe Sunesson iria reagir ao ser obrigado a empunhar a sua espada contra o irmão mais velho do assassinado e, então, ver pela frente a sua própria morte chegando.

O desejo de vingança de Erika Joarsdotter ele não pôde amenizar. Isso logo ele descobriu ao tentar. Em vez disso, rezou com ela pela alma do irmão Knut. Ainda que ela não pudesse recusar uma tal prece, de qualquer forma ela parecia mais interessada na vingança do que na paz de espírito do assassinado.

Era lamentável verificar esse grave pecado em Erika. Durante o tempo que ficou junto do rio, Arn rezou em primeiro lugar pelas melhoras de Erika e pelo perdão dos seus pecados.

Era como se eles estivessem a caminho do centro da escuridão. Quanto mais longe a viagem no rio os levava, mais certos ficavam os irmãos Wachtian de que deixavam para trás as habitações humanas e de que se aproximavam da barbárie e do inominável. As poucas habitações por onde passavam pareciam cada vez mais pobres, e nas praias do rio corriam o gado e as crianças semi-selvagens de tal maneira que era difícil diferençar os animais das pessoas.

O lugar de descanso onde deviam pernoitar era ignóbil e cheio de homens selvagens e sujos que falavam uma língua cantada, mas incompreensível, e bebiam como bestas até chegar ao ponto de lutar uns contra os outros, ou caíam por terra e adormeciam onde ficavam. Todos os homens do Ultramar, cristãos ou muçulmanos, mantiveram-se juntos e foram acampar um pouco longe da casa, preferindo isso a ficar dentro de casa. A comida que as escravas traziam eles recusavam com repugnância e horror, e, quando a noite chegava, todos rezaram, o povo do Profeta de um lado e os cristãos, do outro, por clemência.

Pela manhã, demorava uma eternidade para seguir viagem, visto que os remadores dorminhocos precisavam ser procurados por seus chefes nos lugares mais inesperados onde por acaso caíam no sono. De olhos vermelhos e irritados, malcheirosos, de vômito e urina, esses homens tal qual animais de tração, finalmente, eram amarrados aos remos. Aí já o sol ia alto e se dizia que *Sir* Arn e seu grupo montado estavam muitas horas na frente.

No fim daquela tarde, o barco encostou no cais de Forsvik. A descarga começou em seguida. E Marcus e Jacob Wachtian tiveram toda a pressa do mundo para evitar que a sua bagagem saísse prejudicada por essas almas incompetentes e descuidadas, tanto que eles por um momento nem puderam admirar o tamanho da sua infelicidade.

No entanto, podia ter sido muito pior, concluíram eles, quando *Sir* Arn chamou-os para uma reunião na praça do burgo, bem no meio das casas baixas de madeira, com grama no telhado. Pelo menos, no caso, todos os nórdicos em volta estavam sóbrios e quase adequadamente limpos. Pelo menos, não cheiravam mal como os remadores.

— Em nome do Clemente, do Misericordioso, Ele que é o nosso Deus e de todos, ainda que rezemos por Ele de maneiras diferentes, eu vos saúdo e dou as boas-vindas a minha casa — começou *Sir* Arn como, normalmente, em árabe. — Este é o ponto final da nossa viagem — continuou ele. — Portanto, antes de fazer ou dizer seja o que for, vamos rezar em agradecimento por termos chegado sãos e salvos.

Sir Arn abaixou, então, a cabeça para rezar, e todos os homens à volta fizeram a mesma coisa. Ele esperou que todos levantassem a cabeça de novo como sinal de que a prece tinha terminado.

— Aquilo que vocês estão vendo aqui em Forsvik pouco vai impressioná-los, eu sei — continuou *Sir* Arn. — Mas temos quatro anos de trabalho juntos pela frente, antes de terminar o tempo que combinamos. E nenhum de nós vai reconhecer de novo este lugar depois desses quatro anos. A esse respeito podemos estar certos. Não vamos construir uma fortaleza, mas um *seraglio,* uma praça de comércio. Não vamos construir muros aqui como em Arnäs, mas ferrarias, fornos de tijolos, fornos de vidros e lojas para fazer selas, cobertores, objetos de barro e roupas. Mas não vai acontecer tudo de uma vez. Primeiro, virá o telhado por cima da cabeça e a limpeza que será a mesma aqui do que no Ultramar. Depois, vamos botar em ordem todo o resto, segundo a prioridade que acharmos melhor. Teto por cima da cabeça, portanto, é a primeira coisa a fazer. Isto porque os invernos aqui na Escandinávia são totalmente diferentes daquele tipo a que vocês estão habituados. Quando cair a primeira nevada e o frio chegar, estou certo de que nenhum de vocês, mesmo nos momentos de maior silêncio, vai me condenar por, nos primeiros tempos, os ter obrigado a trabalhar que nem escravos como simples serventes de obra, apesar de todos os conhecimentos especializados de cada um poderem ser utilizados em coisas mais difíceis do que arrastar blocos. O povo do Profeta, que Ele esteja em paz, jamais vai encontrar comida impura diante de si. Agora, pela frente, só trabalho duro, mas também a recompensa, a menos de meio ano, quando cair a primeira neve!

Como era hábito, *Sir* Arn repetiu as suas considerações em francês e, depois, avançou na direção dos dois mestres, Aibar e Bulent, levando-os para uma casa menor localizada bem ao lado de água corrente.

— Alguns têm sorte em se livrar do trabalho escravo na construção desde o início — sussurrou Jacob Wachtian. — Que tipo de arte podemos fazer para nos livrarmos?

— Certamente, vamos encontrar uma saída, não se preocupe — respondeu Marcus, despreocupado e puxando pelo seu irmão para estudar mais atentamente o burgo que, notoriamente, iria ser o seu local de trabalho durante os próximos anos.

Eles deram uma volta em Forsvik e, como ambos eram homens que encontravam grande prazer em aprender coisas novas em tudo o que tivesse a ver com a construção e a manipulação pelas mãos das pessoas, logo acharam muito do que falar. Com aquela quantidade de madeira recém-cortada que tinham amontoado em diversos lugares e que continuava chegando, puxada por bois, da floresta próxima, eles acharam poder construir várias casas novas. Mas, com os montes de pedras e as barricas de calcário e areia, chegaram à conclusão de que as casas novas também podiam ser construídas de maneira diferente em relação às que já existiam. Provavelmente, iriam ficar como a grande casa de madeira em Arnäs, em que uma das paredes era feita de pedra e dentro havia uma gigantesca lareira central. Se com a ajuda do fogo conseguirmos aquecer bem a pedra, talvez possamos lutar contra o horroroso frio do inverno, argumentava Marcus. Ao contrário do que acontecia no Ultramar, ali, de qualquer maneira, havia combustível em quantidades ilimitadas.

Os dois foram interrompidos nas suas considerações por *Sir* Arn, que vinha na sua direção em grandes passadas estugadas, lançou seus braços pelos ombros deles e disse que logo iriam começar os trabalhos em que eles estavam mais preparados para executar, pensar em produção de ferramentas. Mas primeiro ia mostrar a eles como ele tinha pensado fazer. Ele parecia satisfeito e certo do que queria fazer desse lugar esquecido por Deus, no fim do mundo. Era como se já fosse um grande e florescente *seraglio*.

Primeiro, levou-os até duas fontes, descrevendo como era possível obter muita força a partir dessa água, tanto quanto se desejasse. Que a água era melhor do que o vento, visto que a corrente da água era permanente.

Junto da fonte menor, havia dois alcatruzes. Arn levou-os para dentro do moinho e lhes mostrou como a força rotativa podia ser ligada às pedras de moer.

— Isto é apenas o começo — disse ele. Podemos construir dez alcatruzes iguais a esse. Podemos construí-los muito maiores. Então, conseguimos uma força muito maior, embora as rodas andem mais lentas, podendo moer calcário até obter um pó que dá para fazer argamassa. Ou podemos obter uma força mais fraca, mas muito mais rápida com alcatruzes menores. É aqui que quero que vocês usem a cabeça e pensem como aproveitar melhor essa força!

Arn, então, saiu com eles do moinho, continuando ainda entusiasmado, para mostrar onde ele queria construir a despensa em tijolos, junto da fonte maior, de maneira que se pudesse conduzir uma corrente de água fria pelo chão para refrigerar o ambiente dentro da despensa e fazer com que essa água voltasse para o leito normal.

Ao longo da grande fonte seria construído um canal de pedra para dominar toda a força da água que agora apenas se desperdiçava. Era ali que se construiria uma fila de oficinas, já que a força da água poderia ser usada para acionar os foles das forjas e os martelos. Para não precisar jogar fora todo o carvão e combustível, ele achava que era melhor construir as oficinas dos dois irmãos junto da ferraria e da vidraria. Quando Marcus resmungou alguma coisa contra ficar pensando sério a respeito de rodas de cortar e de molas e, ao mesmo tempo, ouvindo o bater do ferro na ferraria e o trabalho da vidraria, então *Sir* Arn riu bastante. Realmente, ainda não tinha pensado nessa desvantagem. Mas, durante o inverno, seria de grande valia trabalhar junto, justamente, da ferraria e da vidraria, por causa do calor.

No entanto, os dois, assim como o curandeiro Ibrahim, deviam começar num outro extremo. Antes do longo inverno, no outono, com o surgimento de toda a lama e, mais ainda, no inverno, era difícil manter o corpo e a habitação limpos, desde que não se começasse a tempo a produção de sabões e sabonetes. *Sir* Arn desculpou-se, rindo, quando viu as expressões ofendidas dos dois irmãos armênios. Esse trabalho podia ser considerado para pessoas menos talentosas, reconheceu ele. Mas ali na Escandinávia não havia nada disso, nem sequer a palavra. Portanto, era apenas uma questão de escolha. Aquele que quisesse manter-se limpo durante o inverno tinha que começar a queimar freixo e a juntar gordura para fazer o seu próprio produto de limpeza. O óleo poderia ser obtido, botando para cozer o pinheiro abeto do mesmo jeito que o cedro e o pinheiro-do-líbano. *Sir* Arn já tinha até botado para sangrar uma quantidade dessas árvores bem próximo, que já estavam produzindo resina.

Aqui, ele interrompeu a sua conversa supostamente divertida, ao ver as expressões restritivas dos dois irmãos. Assegurou, então, que colocaria outra gente para juntar a resina das árvores, mas quando essa resina fosse para as panelas de ferro, até os dois armênios seriam obrigados a continuar o trabalho simples da produção.

Um outro trabalho muito simples, justo, e que Marcus e Jacob, sem dúvida, fariam muito melhor, era o de irem ao longo da praia juntando as plantas de água boas para queimar e delas fazer a espécie certa de cinzas para a produção de massa de vidro. Isso seria de grande utilidade durante o inverno.

Os irmãos Wachtian estavam estupefatos ao ouvir que trabalhos simples e mais próprios para escravos o seu senhor esperava que eles fizessem. E ele pareceu ler facilmente no rosto deles e se preparou para uma longa justificativa.

Primeiro, falou de uma coisa tão simples quanto feltro. Esse produto não existia ainda na Escandinávia. Por isso, Aibar e Bulent, os dois produtores de feltro, vindos da Turquia, logo teriam de começar o trabalho de produzir o que tinham vindo para fazer. Ainda que a maior parte do feltro produzido fosse para utilizar dali a pouco na guerra, o excesso desse produto só poderia ser bem-vindo para uso também durante o inverno.

Era preciso entender que tudo o que se via como normal no Ultramar não o era na Escandinávia. A mesma coisa com o sabão e o sabonete, que não só o povo do Profeta, que Ele esteja em paz, sabia apreciar, mas também os cristãos do Ultramar.

Havia, portanto, no começo muitas coisas que era preciso fazer e que pareciam simples demais. Só depois se entraria no verdadeiro trabalho especializado, produzindo arcos, cortando flechas para arcos grandes, fundindo espadas e elmos, produzindo fios de aço e queimando argila e vidro.

Além disso, acrescentou ele com um sorriso nos lábios, aqueles que não encontrassem trabalho nessas pequenas coisas teriam de começar por trabalhar, ajudando na construção de casas e de muros. Essa curta chamada convenceu rápido os irmãos Wachtian de que logo teriam de começar a produzir sabão e sabonete, assim como a juntar as plantas da água próprias para transformar em cinzas, sendo estas necessárias para a produção de vidro.

Entretanto, *Sir* Arn pediu a eles para que sempre que tivessem tempo e disposição fossem até as fontes e pensassem que outras utilidades se poderia obter da sua força.

Esta última parte era a mais estimulante. Quando *Sir* Arn os deixou, se apressando para dar outras informações parecidas, os irmãos Wachtian de novo foram até o alcatruz. Lá dentro do moinho, ficaram olhando para as pedras rodando sobre o eixo e pensando alto um para o outro.

Serra, pensaram eles, de repente. Na Escandinávia, cortavam-se as árvores e a madeira era aplainada ao máximo com machadinha. Mas se fosse possível serrar a madeira já de começo?

A força existia em quantidade mais do que suficiente, exatamente como disse *Sir* Arn. O que deveria ser feito para transmitir essa força para a serra?

Não era uma coisa fácil de inventar, mas esse era um problema que deixava os dois irmãos de bom humor, melhorando o seu estado de espírito. Foram logo buscar pergaminho e tinta. Ambos pensavam melhor quando conseguiam transformar o problema em imagens.

V

NA SUA CHEGADA A HUSABY, Cecília Rosa constatou rápido que não era bem-vinda e que, se havia algumas pessoas que desejassem vê-la no convento mais do que Birger Brosa, essas pessoas seriam seus familiares.

Ela não tinha desistido da sua herança por morte de seu pai, Algot. Essa herança era no mínimo metade das dez fazendas à volta de Husaby. E como gatos diante da comida quente, seus familiares se atiraram à herança de sua irmã, Katarina. A questão era saber se Katarina tinha desistido da herança quando entrou para o convento e se, nesse caso, ela tinha ido parar nas mãos do convento, se pertencia a Cecília ou aos seus familiares masculinos.

Husaby era propriedade real desde os tempos do rei Olof Sköt. A família do liberto Pål ocupava o lugar há mais de cem anos e, por isso, Husaby já era considerada sua fazenda própria, pelo menos quando o rei não estivesse. Na realidade, era preciso ter sempre bastantes suprimentos na despensa, no caso de o rei chegar para se banquetear. Também era preciso pagar imposto para o rei.

Para o filho do seu tio, Pål Jönsson, e seus dois irmãos, Algot e Sture, a volta de Cecília para casa era uma grande decepção, impossível de esconder. Não foi difícil para Cecília entender a razão das suas expressões amarguradas e a razão de eles não falarem mais com ela, além do que eram obrigados. Ou, então, ficavam sentados, isolados, e terminavam a conversa entre si, assim que ela chegava por perto.

O casamento de Cecília ia lhes custar muito caro. Isso ela entendeu muito bem. A lei e a tradição eram simples e claras. Quanto mais rico o noivo, maior tinha de ser o presente da noiva. E homem mais rico do que o filho de Arnäs seria difícil de encontrar na Götaland

Ocidental. Pelo menos era isso que Cecília adivinhava, sem fazer a menor idéia do que Arn poderia herdar por parte de seu pai, Magnus.

Cecília tinha uma boa razão para não tocar no assunto do presente da noiva com os seus parentes inimigos. Era melhor guardar essa batalha para a festa dos presentes, quando o padrinho de Arn que, certamente, devia ser Eskil, viria discutir e acordar tudo o que precisava ficar claro e tratado antes do casamento. Contra Eskil, eles podiam marrar à vontade.

Eskil já tinha mandado a velha escrava Suom, de Arnäs, visto que ela era a mais competente na arte da costura e melhor do que todas poderia costurar o vestido da noiva. De Suom, Cecília se tornou logo amiga. As duas sentiam muita satisfação em ver a agilidade dos dedos uma da outra, com a agulha e a linha, com a roca e o tear.

Muita coisa daquilo que se fazia no convento, Suom nunca tinha visto. Mas em contrapartida ela sabia fazer coisas que eram desconhecidas no convento. Assim, as duas tinham facilidade em ficar juntas e com isso Cecília podia evitar a fria convivência com os irmãos Pål.

Eskil chegou na hora determinada e no dia em que ele tinha avisado que chegaria, com um séquito de doze escudeiros atrás de si. Bebeu rápido a sua cerveja de boas-vindas e explicou que não tinha a intenção de passar a noite, nem de jantar. E, portanto, era preciso resolver os negócios rápido e nada de beber mais.

Era difícil para os irmãos Pål dizerem qualquer coisa contra isso, mas coraram pela humilhação de ver que esse folkeano nem se dignava a compartilhar com eles o pão e o guisado.

Não melhorou nada na hora em que Eskil disse achar mais conveniente que a própria Cecília estivesse presente e pudesse opinar. Isso diminuía o papel de Pål Jönsson como padrinho da noiva, coisa de que Eskil, evidentemente, estava bem consciente.

Sob silêncio total, os três irmãos Pål foram na frente para o salão de festas de Husaby, sentando-se juntos no lugar de honra. Eskil aproveitou para demorar um pouco, deu o braço para Cecília cavalheirescamente e sussurrou-lhe para que exibisse uma boa expressão e não se preocupasse por nada do que fosse dito. Mais não deu para explicar, pois já estavam dentro do salão, bem escuro e que continuava ornamentado com antigos escritos rúnicos e imagens de santos não exatamente cristãos.

Sob silêncio total, os três irmãos sentaram no lugar de honra, com Cecília um pouco ao lado e Eskil bem na frente, do outro lado da mesa grande. Foi trazida mais cerveja por escravas da casa, silenciosas, parecendo sentir que aquela era uma reunião que seus senhores prefeririam não ter tido.

— Muito bem, vamos decidir qual o dia, primeiro — disse Eskil, como se não falasse de coisa difícil ou importante, ao mesmo tempo que enxugava a boca, limpando a cerveja dos lábios.

— O dia costuma se decidir depois de se chegar a um acordo a respeito de todo o resto — murmurou Pål Jönsson, acidamente. Seu rosto estava vermelho e as veias sobressaíam na testa como se estivesse sob alta tensão diante do que estava por vir.

— Como você quiser. Podemos falar do presente, primeiro — respondeu Eskil.

— Metade da herança deixada pelo meu tio Algot pertence por justiça a Cecília. É isso que ela pode levar consigo — disse Pål Jönsson, nervoso.

— De jeito nenhum! — reagiu Eskil, rápido. — Katarina foi minha mulher. Eu sei que ela entrou para o convento de Gudhem, quando o pai dela e de Cecília ainda vivia. Aconteceu no outono e foi na festa do Natal seguinte que Algot se embebedou, teve um ataque e morreu. Esse acontecido todos nós conhecemos. Paz à sua alma. Portanto, a totalidade da herança pertence a Cecília, todas as dez fazendas. Ela vai levar isso consigo.

— Mas a herança de Katarina não pertence ao convento de Gudhem? — disse Pål, hesitante.

— Não, porque quando ela entrou para o convento ainda não tinha recebido a herança e não recebera a herança porque o pai, Algot, ainda vivia — respondeu Eskil, sem hesitações. — E ainda, no que diz respeito a Gudhem, eu próprio paguei do meu bolso pela entrada de Katarina na santificada irmandade mais do que era de esperar.

— Você exige que todos nós, da família Pål, saiamos daqui, das fazendas, desaparecendo para sempre? — disse Pål Jönsson, cruzando as mãos. — Não será uma exigência muito cara para quem quer nos ter como amigos. Pense ainda que isso cabe a mim decidir, visto que sou o padrinho de Cecília. E que em tais condições como aquelas que você está propondo pode acontecer que eu decida que não haverá casamento!

Agora estava dito. Notava-se nos três irmãos, ao respirarem fundo, que isso era o que tinham discutido e combinado entre si na última semana.

Eskil não mexeu um músculo do rosto, mas esperou dolorosamente muito antes de falar qualquer coisa. E então disse com uma voz muito suave, amistosa e tranqüila.

— Se quebrar o acordo, ainda que seja um acordo antigo, você será considerado como seqüestrador da noiva e não chegará a viver até o pôr-do-sol, meu querido amigo — começou ele. — Não seria um bom começo para este casamento. Mas não sou grosseiro a esse ponto. Quero mesmo combinar tudo direito, da melhor maneira possível, sem derramamento de sangue. E na certeza de que, daqui para a frente, continuaremos a ser amigos como a união do meu irmão com Cecília Algotsdotter exige. Vamos dizer, então, que o presente de Cecília se limite às cinco fazendas cujas terras fazem fronteira com Arnäs e com o lago Vänern. Assim, vocês continuam com as outras cinco fazendas e como liberados do rei em Husaby. Será esta proposta mais adequada para os três irmãos?

Nenhum dos três tinha nada contra, e todos acenaram com a cabeça, concordando, sem nada dizer.

— Em contrapartida, por ter desistido das cinco fazendas, talvez eu exija um pouco mais de ouro. Digamos, doze marcos de ouro puro, além das cinco fazendas — continuou Eskil como se estivesse falando de qualquer coisa sem importância e querendo, na realidade, mais cerveja.

No entanto, não se tratava de pouca coisa aquilo que ele tinha mencionado como ajuste a acrescentar. Doze marcos de ouro era uma soma tão grande que não daria para pagar nem com todas as fazendas da família Pål. E nem mesmo se fosse uma família mais poderosa daria para arranjar uma importância assim, em ouro puro. Os três irmãos ficaram de olhos esbugalhados e incrédulos para Eskil como se não soubessem ao certo se era ele ou eles próprios que haviam perdido a razão.

— A minha cerveja terminou — disse Eskil, com um sorriso amigo, elevando para o alto o seu caneco vazio, ao mesmo tempo que Pål Jönsson se concentrava de novo e se preparava para falar com palavras nada amigas.

Mas teve de esperar até que Eskil recebesse mais cerveja e Cecília teve tempo para pensar que aquela demora talvez tivesse salvo a língua de ser a assassina da cabeça.

— Bem, uma coisa devo talvez dizer, antes que você fale, meu amigo — intercedeu Eskil, justo no momento em que Pål Jönsson abria a boca para falar. — Os doze marcos de ouro, vocês, irmãos, não precisam pagar. Serão pagos por Cecília, do próprio bolso.

De novo o pensamento de Pål Jönsson parou, justo quando ia falar. E aquela raiva antes assumida, aquela raiva que poderia levá-lo a levantar a mão para Eskil ou a dizer coisas que, da mesma maneira, lhe iam custar uma infelicidade, transformou-se num gaguejo de admiração e espanto.

— Se Cecília, embora eu não entenda como, pode pagar essa enorme soma de doze marcos em ouro, então não compreendo a razão desta nossa conversa — disse ele, fazendo um esforço para continuar falando respeitosamente.

— E o que é que ainda não entendeu, meu querido amigo? — inquiriu Eskil, colocando o seu caneco de cerveja em cima do joelho.

— Em comparação com os folkeanos, a nossa família é muito pobre — disse Pål Jönsson. — E se Cecília pode pagar doze marcos em ouro, que é o maior presente de casamento de que nós já ouvimos falar, não entendo como você quer exigir cinco dos nossos últimos burgos.

— É um bom negócio para nós, justo porque nós queremos aquelas terras ao longo do lago Vänern sob nosso domínio — respondeu Eskil, tranqüilo. — Também é um bom negócio para vocês, irmãos da família Pål, se pensarem bem. Vocês não vão ficar sem compensações. Depois deste casamento, você poderá portar espada onde quiser na Götaland Ocidental, visto que, como padrinho de Cecília, você fica ligado à família folkeana. Poderá trocar o seu manto verde pelo azul. Aquele que fizer mal a você ou aos seus irmãos, fará mal à família folkeana. Aquele que levantar a espada contra você, não viverá até três pores-de-sol. Você ficará ligado a nós pelo sangue e pela honra. Pense nisso!

Aquilo que Eskil disse era verdade e claro. Mas Pål e seus irmãos tinham estado tão obstinadamente ocupados em discutir os prejuízos financeiros, as cinco ou dez fazendas de herança e como teria sido muito melhor se Cecília entrasse para o convento de novo, que nem pensaram no significado de ficar sob a proteção da família folkeana. Suas vidas iriam mudar de um dia para o outro, por sobre uma noite de núpcias. E eles nem sequer pensaram nisso.

Um pouco envergonhados pela sua empáfia, Pål Jönsson e seus irmãos aceitaram, então, todos os desejos de Eskil.

Cecília iria receber Forsvik como presente do noivo. E esse seria um burgo seu para toda a eternidade, para continuar por herança para os seus descendentes. Forsvik seria também o lugar onde ela iria morar com o seu Arn. Enquanto ela quiser manter o seu homem por lá, acrescentou Eskil, com uma olhadela de brincadeira na direção de Cecília que, imediatamente, abriu os olhos de espanto diante daquele adendo desnecessário, ao direito legal de todos os presentes de noivado.

Ficou decidido haver três dias de casamento, com a despedida de solteiro e de solteira, na primeira sexta-feira depois da festa de *midsommar*, no meio do verão, com a busca da noiva no sábado seguinte e purificação da noiva na missa, domingo, na igreja de Forshem.

Quatro homens, jovens, cavalgavam para a despedida de solteiro. Já de longe se via que eles não eram quaisquer uns. Seus cavalos vinham com uma roupagem de festa em tecido azul e três deles portavam vestes com as armas do leão folkeano por cima da malha de aço. E o quarto portava a veste com as armas das três coroas. Era um dia de verão em plena colheita do feno e, por isso, os mantos estavam enrolados atrás das selas. De resto, podia-se ver imediatamente que o quarto entre eles, o único erikiano, tinha um manto com forro de arminho. E como não era o rei, só podia ser seu filho Erik, o herdeiro.

Seus escudos, pendurados atrás, no lado esquerdo da sela, estavam pintados de novo, em cores brilhantes de amarelo-dourado e azul, à volta do leão e das coroas. Atrás deles, vinham quatro escudeiros reais e vários cavalos de carga.

Era uma imagem muito bonita, com todas as cores bem claras e os bem alimentados cavalos, mas também uma imagem que colocaria todos os camponeses das províncias de Göta mais do que pensativos. Isso porque se um agrupamento desses, por má fortuna, resolvesse parar no fim da tarde para passar a noite em qualquer lugar, eles não deixariam muita cerveja por beber, mas, antes, muito maior espaço vazio nas despensas. Tudo porque os erikianos e os folkeanos detinham todo o poder no reino e ninguém podia ir contra eles.

O mais novo entre os quatro era Torgils, que tinha dezessete anos de idade e era filho de Eskil Magnusson, de Arnäs. O mais velho era Magnus Månesköld, que, antes, era conhecido como filho de Birger Brosa, mas agora como seu irmão de criação e, legalmente, filho de Arn Magnusson. O quarto, que cavalgava ao lado de Erik, o conde, era Folke Jonsson, filho de Jon Lagman, o juiz da Götaland Oriental.

Os quatro eram grandes amigos e estavam quase sempre juntos na caça ou nos exercícios de armas. Diante desse casamento a realizar, já permaneciam juntos há dez dias, enquanto suas roupas de cavaleiros eram lavadas e recosturadas, e seus escudos, pintados de novo, no castelo do rei, em Näs. Haviam treinado todos os dias com as suas armas, visto que as competições a ocorrer não eram poucas, nem fáceis.

Para Magnus Måneskőld não tinha sido muito fácil manter-se longe de Forsvik por tanto tempo. A primeira coisa em que pensou quando Birger Brosa voltou para Bjälbo depois da última reunião do conselho e furioso, quase por acaso, mencionou que esse tal de Arn Magnusson tinha regressado ao reino, foi jogar-se para cima do cavalo e partir para junto de seu pai.

Em breve, porém, mudou de pensamento, reconhecendo que Arn Magnusson não era um homem, certamente, a quem se pudesse procurar sem primeiro se vestir melhor e sem limpar todas as armas, fazendo-as brilhar.

Para si mesmo, reconheceu que não era sem um pouco de receio que ele estava se aproximando de Forsvik para cumprir a estranha ou, no mínimo, inusitada ordem de ser um dos jovens acompanhantes de seu pai na despedida de solteiro. Uma grande parte dos seus amigos brincou a respeito disso, que não eram muitos o que tinham o privilégio de beber junto com o seu próprio pai debaixo da mesa na barulhenta noite de despedida de solteiro. Ele não tinha gostado muito dessa brincadeira e mostrou isso para quem quisesse notar. Arn Magnusson de Arnäs não era um noivo qualquer. E a noiva não era aquela patinha choca, chorosa e cheia de medo, mas, sim, a sua própria mãe, uma mulher que sabia cavalgar e que todos respeitavam. Com esse casamento era muito mais a honra que se restabelecia do que os negócios que se fechavam. E não era nada para fazer piada.

Erik, o conde, objetou, dizendo que entre amigos muito próximos podia-se fazer piada à vontade, se ninguém de fora estivesse presente. Mas que, de qualquer forma, ele iria fazer no futuro como Magnus queria e evitar o assunto. Ele próprio era conde no reino e o de posição mais elevada entre os amigos, mas Magnus Måneskőld era o mais velho, o melhor com as armas e, muitas vezes, tão inteligente como se fosse, realmente, filho de Birger Brosa.

Ao se aproximarem de Forsvik aumentou a expectativa diante do encontro com Arn Magnusson que todos conheciam por ouvir os rumores a seu respeito, mas que ninguém ainda havia encontrado pessoalmente.

Entre a gente de Forsvik, os primeiros que encontraram no caminho foram aqueles que faziam a colheita do feno, cortando a grama e juntando os molhos. Todos suspendiam o trabalho ao ver o brilho ofuscante dos viajantes e se aproximavam à sua passagem, ajoelhando-se e fazendo uma vênia, antes de o conde Erik lhes ordenar para voltar ao trabalho.

Num dos prados, num pedaço de terra arada à espera de cultivo, já bem próximo de Forsvik, eles tiveram um encontro mais divertido e surpreendente. Dois garotos treinavam cavalaria junto com dois adultos estrangeiros. Todos os quatro cavalgavam bem junto uns dos outros e a um comando de um dos cavaleiros mais velhos, de pele escura, todos se viravam, rápidos como um relâmpago, para a esquerda ou para a direita, ou paravam de repente, elevavam as montadas e rodavam no mesmo lugar, dirigindo-se no sentido contrário. Aumentavam a velocidade para, de repente, virar novamente. Era uma ação sensacional e uma maneira de cavalgar que nenhum dos quatro amigos conhecia. Os cavalos também eram bem estranhos. Eram menores do que os cavalos normais, e se moviam muito mais rápido.

Em breve, foram descobertos pelos quatro cavaleiros que treinavam e um dos estrangeiros logo puxou por uma espada bem estreita e gritou qualquer coisa para o outro que também empunhou a sua espada, ao mesmo tempo que fazia sinal para os dois garotos para se recolherem de imediato para dentro do burgo. A seguir, houve uma grande confusão, parecendo que os estrangeiros se preparavam para atacar e os dois garotos protestavam e discutiam, sem poderem realmente se fazer entender.

Erik, o conde, e seus amigos, assim como os escudeiros, ficaram quietos, com as mãos nos punhos de suas espadas. Era uma cena espantosa, caso estivessem vendo certo. Dois homens pareciam estar dispostos e prontos para atacar oito homens.

Antes de terem tempo para decidir o que fazer diante dessa inesperada sessão de boas-vindas, um dos garotos do outro lado do campo disparou com o seu cavalo em alta velocidade, tão alta, tão fantástica, que era difícil acreditar no que os olhos estavam vendo. Em poucos momentos, chegou na frente, parou de repente e fez uma vênia.

— Desculpe, conde Erik, por nossos professores estrangeiros os terem tomado como inimigos — disse, arfando. — Eu sou Sune Folkesson e estou aprendendo aqui em Forsvik com o senhor Arn. O meu irmão lá longe é Sigfrid Erlingsson.

— Eu sei quem você é. Conheci seu pai quando eu era da sua idade — respondeu o conde Erik. — Como foi você quem veio ao nosso encontro, peço que nos conduza ao seu senhor.

O jovem Sune aceitou entusiasmado a incumbência e virou seu cavalo com um único salto extraordinário, passando a um trote contido na frente do grupo, enquanto fazia sinal para Sigfrid e para os dois estrangeiros de que não havia nenhum perigo. Os dois estrangeiros fizeram uma vênia e viraram seus cavalos na direção de Forsvik.

Batidas de martelo e de golpes de machado soavam, junto com o tilintar das batidas na ferraria, quando os quatro poderosos jovens se aproximavam da ponte sobre a corrente de água. Com eles, os escudeiros, os dois garotos e os cavaleiros estrangeiros. Viram escravos e trabalhadores puxando madeira, embora estivessem no meio do verão. Também carregavam tijolos e pedras e suportes pesados com argamassa para muros, por todos os lados. Era como se não tivessem tempo para sequer olhar para os visitantes.

Cavalgaram pela praça do burgo no meio das casas, sem que ninguém viesse ao seu encontro e continuaram para o outro lado onde estavam sendo construídas duas novas casas-grandes e duas menores e onde os moradores de Forsvik que não estavam lá fora na colheita do feno se encontravam reunidos, trabalhando.

Junto da nova casa-grande e da sua cumeeira erguiam-se ainda os andaimes da construção e, lá em cima, no centro do telhado, eram colocadas no lugar as derradeiras pedras da cúpula. E foi então, pela primeira vez, quando os quatro visitantes rondaram a cumeeira, que provocaram o alvoroço previsto por eles para muito antes.

Um homem, lá do alto, em roupas de couro bem sujas, desceu pelos andaimes, balançando de um lado para outro, em dois longos lances e todos abriram alas para ele. Avançando, ele veio secando o suor da testa e jogou para o lado a colher de pedreiro, enquanto olhava, seriamente, de um para outro dos visitantes. Quando o seu olhar caiu em Magnus Måneskӧld, acenou com a cabeça como que confirmando, avançou direto e estendeu a sua mão. Todo mundo ficou em silêncio, ninguém se mexia.

Houve uma reviravolta na cabeça de Magnus Måneskӧld, quando viu aquela mão de guerreiro, suja de argamassa, estendida na sua direção e, quase com medo, desviou o olhar para o rosto do homem, cheio de cicatrizes. Seus amigos continuavam em silêncio, tão espantados quanto ele.

— Se o seu pai lhe estende a mão, acho que você deve apertá-la — disse Arn, com um largo sorriso nos lábios, ao mesmo tempo que, mais uma vez, enxugava o suor da testa.

Magnus Måneskӧld desceu, imediatamente, do cavalo, apertou a mão do pai, abaixou um dos joelhos para o chão e, depois, hesitou um pouco, antes de se levantar e abraçá-lo, apesar da roupa suja do trabalho.

Os amigos também desceram logo dos seus cavalos, estendendo as rédeas para a gente da casa que agora parecia acordar da sua paralisia, correndo para todos os lados. Um atrás do outro, os quatro jovens saudaram com todo o respeito aquele Arn Magnusson que não se parecia com nenhuma das imagens que eles haviam registrado em si e de que haviam falado uns para os outros.

Depois, todos fizeram imediatamente o que era preciso fazer, embora sob grande confusão. Os cavalos dos convidados foram levados para a cavalariça, trouxeram cerveja e vinho, pão e sal, antes que Arn e os quatro rapazes entrassem na sala da antiga casa-grande e se sentassem para mais comida.

— Eu não esperava por vocês antes de amanhã — explicou Arn, com um gesto na direção da sua roupa de trabalho toda suja. — Veio a informação de Näs, de que vocês quatro são os que me levarão para a despedida de solteiro e por esse privilégio eu agradeço muito.

— É uma honra para nós acompanhar Arn Magnusson na sua festa de despedida de solteiro — respondeu Erik, o conde, com uma curta vênia, embora com uma expressão no rosto que não coadunava em nada com aquilo que havia acabado de dizer. Depois disso, o silêncio.

— Vocês chegaram a uma construção que não serve muito para receber convidados — disse Arn, momentos depois, passando o seu olhar de um para outro dos quatro jovens. Não tinha dificuldade nenhuma em perceber o seu silencioso desapontamento. — Por isso, a minha sugestão é a de que a gente parta imediatamente, descanse em Askeberga e chegue cedo, amanhã de manhã, a Arnäs — continuou ele, esperando curioso suas expressões de espanto.

— O senhor não precisa viajar logo, meu pai — reagiu Magnus, taciturno. — Para a festa, fica mal chegar de roupas de escravo e com argamassa no cabelo.

— É isso mesmo que eu penso — respondeu Arn, como se não tivesse notado ter recebido uma reprimenda do seu próprio filho. — Portanto, estava pensando que vocês poderiam se entreter por agora com a comida que Forsvik lhes pode oferecer, enquanto eu mudo de aparência!

Arn levantou-se sem mais comentários, fez uma pequena vênia para os seus hóspedes e saiu rápido, deixando-os num longo e paralisante silêncio. O desapontamento estava patente nos seus rostos e era impossível não notar isso.

Arn estava com pressa quando saiu da casa-grande. Estava certo de que, quanto mais rápido eles subissem nas suas montadas e saíssem de Forsvik, melhor seria. Reuniu todos os seus trabalhadores e falou sobre o que esperava que estivesse pronto quando ele e a sua esposa chegassem dali a quase uma semana. Depois, deu ordens a Sigfrid e Sune para aprontarem o seu cavalo Ibn Anaza, colocando uma cobertura sobre ele como nos cavalos dos quatro visitantes. Sune objetou um pouco transtornado que em Forsvik não havia cobertura folkeana para cavalo. E Arn entrou, então, em uma das novas casas, indo buscar uma cobertura branca que ele jogou para os dois rapazes. A seguir, deu ordens para que fosse servida cerveja para os escudeiros dos visitantes e mandou chamar o sarraceno que era mais competente com a navalha de barba e pediu água quente para o banheiro.

Dentro da casa-grande, ofereceram a Erik, o conde, e seus amigos, carne defumada, pão e cerveja, mas todos evitaram beber o vinho que também lhes foi oferecido.

O bom humor deles durante a viagem para Forsvik tinha desaparecido, mas achavam difícil falar disso, visto que não queriam causar mais problemas para Magnus Måneskröld. Encontrar o seu pai com a colher de pedreiro na mão era uma coisa que não invejavam dele.

— Forte e ágil é o seu pai, como qualquer um de nós. Vocês viram como ele desceu da cumeeira apenas em dois lances? — disse Torgils Eskilsson como consolo.

— Muitas devem ter sido as batalhas em que ele entrou, a julgar pelas cicatrizes que tem nas mãos e no rosto — completou Folke Jonsson.

Magnus Måneskröld, primeiro, não deu nenhuma resposta, apenas olhou para a sua cerveja e suspirou, como se não se atrevesse mais a encarar os seus amigos. Depois, murmurou qualquer coisa a respeito de não ser tão surpreendente que, depois de terem perdido a Terra Santa, eles tenham recebido muitos golpes antes de tudo terminar. Seu desapontamento se espalhou como o frio para os outros.

— No entanto, foi ele que uma vez enfrentou Emund Ulvbane em duelo na assembléia de todos os götas e o poupou, mas lhe cortou a mão — tentou mais uma vez Torgils, como consolo.

— Naquela época, ele era um jovem como nós e não foi uma colher de pedreiro que tinha na mão — murmurou novamente Magnus.

Isso fez com que os amigos evitassem conversar mais sobre Arn Magnusson e, cada vez mais nervosos, comentaram que a carne defumada estava inusitadamente saborosa e que o tempo estava bom para viajar. A chuva exigiria outras roupas para aqueles que quisessem passar a festa a seco. A conversa foi ficando cada vez mais difícil.

Menos de uma hora se passou, porém, antes de aparecer um novo Arn Magnusson, entrando pela porta. Seu rosto estava rosado pela água quente, seus cabelos louros que eram um emaranhado cinza de argamassa e terra estavam agora lisos, limpos e brilhantes, puxados para trás e sobre os ombros. Seu rosto também estava aparado, sem barba, e as cicatrizes brancas luziam, mais claras do que antes. No entanto, não foi isso que mudara mais em Arn.

A sua malha de aço que era de uma espécie estranha brilhava como se fosse de prata e estava justa ao corpo, tão justa que mais parecia tecido. Nos pés, uma espécie de sapatos de aço que nenhum dos quatro rapazes tinha visto antes, e nos calcanhares, esporas de ouro. Ele trazia a veste com as armas folkeanas por cima da malha de aço e do lado trazia uma espada longa e estreita enfiada numa bainha preta, com uma cruz aplicada em ouro. E de uma corrente presa ao seu ombro esquerdo pendia um elmo, brilhando.

— Os cavalos já foram trazidos para fora — disse ele, fazendo sinal com o braço para que se levantassem e o seguissem.

Lá fora estavam os escravos da casa segurando cinco cavalos. Os escudeiros já tinham montado e esperavam um pouco afastados.

Arn deixou para trás os seus seguidores e dirigiu-se direto para um cavalo negro, com crina prateada, montando de um salto, ao mesmo tempo que o cavalo se virava e avançava num pequeno trote. Parecia que tudo tinha sido feito em um único movimento.

Justo à saída da praça, Arn fez o seu animal levantar-se e voltear sobre as patas traseiras e, ao mesmo tempo, puxou pela sua espada reluzente e gritou qualquer coisa para o interior do burgo numa língua estranha. Em resposta, recebeu uma salva entusiástica de gritos e de regozijo, por parte dos estrangeiros.

— Aquele que julga cedo demais julga a si mesmo — disse Torgils, dirigindo-se a Magnus, que agora, como os outros, ficou com pressa em montar e correr ao encalço de Arn.

Na seqüência do que acabava de ver, Magnus ficou tão desorientado quanto antes, quando viu o seu pai pela primeira vez. Aquele que cavalgava à sua frente não era o mesmo homem que tinha visto com a colher de pedreiro na mão.

Os quatro aceleraram seus cavalos para ficar ao lado de Arn e era assim, como irmãos, que eles deviam atravessar o país. E logo viram que o tecido branco que cobria o seu animal e que pensavam não ter qualquer marca de armas trazia duas cruzes vermelhas, uma de cada lado do corpo negro do cavalo, a mesma marca que existia no seu escudo branco. Eles sabiam o que isso significava, embora nenhum deles tivesse visto antes um templário de verdade.

Todos foram cavalgando, durante bastante tempo, em completo silêncio, cada um com os seus próprios pensamentos. E Arn não deu o mínimo sinal de iniciar qualquer conversa para os ajudar a tirar dessa dificuldade. Achava ter uma boa idéia do que as suas expressões tinham significado quando o viram *a trabalhar como um escravo,* como certamente devem ter falado na sua linguagem de jovens. Ele próprio era muito jovem quando acabou entrando para o mosteiro de Varnhem e não teve tempo de crescer com esse tipo de orgulho e pretensão. No entanto, para ele, era difícil se acostumar com a idéia de que poderia ter se tornado como esses jovens, caso tivesse crescido fora dos muros do mosteiro, junto com Eskil.

Havia gente na Igreja que se comportava da mesma maneira, assim como toda aquela gente da corte francesa em Jerusalém ou os homens ricos e poderosos em Damasco ou Trípoli ou Alexandria. Por toda parte, existia esse desprezo por parte dos mais felizes e favorecidos pelo trabalho, aquele que empurrava o mundo para a frente e que era a base para toda riqueza. Por que razão Deus formava as pessoas dessa maneira era impossível entender. Mas assim acontecia. E ele achava que nada podia ser feito para mudar as coisas. No entanto, ele próprio jamais pensaria em ver diferença entre uma colher de pedreiro e uma espada, visto que, aos olhos de Deus, devia ser a mesma coisa.

Justo quando ele pensou na palavra espada, Magnus, seu filho, se aproximou um pouco mais, ficou ao seu lado, e perguntou timidamente a respeito da longa e reluzente espada que todos tinham visto quando ele se despediu do povo do seu burgo.

— Dê-me a sua espada e pegue a minha, que explico a diferença — disse Arn, puxando pela sua espada com um movimento rápido como um relâmpago e silencioso, estendendo-a para Magnus, pegando nela pela folha com a sua luva de ferro, bem junto da cruzeta.

— Mas, atenção, cuidado com o fio que está muito afiado! — avisou ele, quando viu Magnus estendendo a sua mão nua para pegar na espada.

Quando recebeu de volta a espada nórdica, Arn balançou-a várias vezes como que a ensaiar e acenou a cabeça sorrindo para si mesmo.

— Vocês continuam a fazer espadas de ferro, fundindo e dobrando até ganhar forma — disse ele, quase que só para si mesmo, antes de começar a explicação.

A espada de Magnus era muito bonita, reconheceu ele, logo. Balançava bem na mão, também. Mas era curta demais para utilizar em cima do cavalo, continuou ele, exemplificando com um balanço de cima para baixo, inclinado. Além disso, o ferro era fraco demais para fender as malhas de aço dos novos tempos e ainda corria o risco fácil de ficar preso no escudo do inimigo. O fio, já de início, era rombudo demais e depois de alguns golpes contra espadas inimigas ou escudos inimigos não serviria para cortar mais nada. Portanto, o problema era vencer rápido, para voltar para casa e afiar novamente a espada, brincou Arn, explicando.

Magnus simulou um golpe na sua frente, hesitando, com a espada de seu pai, e correu o dedo pelo fio, cuidadosamente, para sentir como estava afiado. Recolheu imediatamente a mão, sentindo logo que tinha se cortado. Ao devolver a espada, seu olhar bateu numa longa inscrição em ouro, para ele impossível de ler, e perguntou pelo significado ou se era apenas um ornamento ou alguma coisa que tornava a espada ainda melhor.

— Ambas as coisas — respondeu Arn. — É uma saudação de um amigo e uma bênção. E um dia, mas não hoje, contarei a você o que está escrito.

O sol estava a caminho de atingir o seu ponto mais alto e Arn surpreendeu seus acompanhantes ao se estender para trás da sela para desatar o seu manto, que depois jogou sobre os ombros. Os outros olharam-se surpresos e Arn, então, disse para eles que, se era do calor que eles queriam se defender, era melhor fazer como ele. Todos fizeram o mesmo, salvo Erik, o conde, que, como tinha um manto com forro de arminho, achou que o calor já era bastante sem a pele por cima dos ombros. E, então, aconteceu que ele foi o que mais suava quando chegaram ao lugar de descanso em Askeberga, no fim da tarde.

No dia em que haveria a festa de despedida de solteira em Husaby, o burgo real se transformou num acampamento de exército. Pelo menos, foi essa a conclusão a que chegou Cecília e que a fazia cada vez mais mal-humorada por ouvir em toda parte os cascos dos cavalos, o tilintar das armas e as palavras rudes dos homens. De Arnäs, mandaram doze escudeiros e das vilas sob o controle de Arnäs foram mandados outros tantos. Um círculo de barracas cresceu à volta de Husaby e havia grupos de cavaleiros fazendo varredura das florestas de carvalhos em volta e ainda outros eram mandados em várias direções para espionar eventuais movimentos. Nada podia acontecer à noiva até que ela se acolhesse na cama com o então já seu marido.

Durante a semana do *midsommar* em que Cecília foi visitante no seu próprio burgo, ela permaneceu mais tempo na sala de costura e tecelagem com a velha Suom. A amizade que nasceu em pouco tempo não era normal entre escrava e jovem senhora. Suom fazia milagres na sua tecedeira, onde conseguia formar o sol e a lua, imagens da Nossa Senhora, a Virgem vitoriosa, e igrejas que pareciam sustentar-se em perspectivas, algumas por perto e outras, longe. De Riseberga, Cecília trouxe consigo as cores que ela produziu durante muitos anos, assim como fios de linho e lã. Suom dizia que nunca tinha visto cores tão bonitas e tudo o que ela fizera na vida teria ficado melhor se tivesse de posse daquele saber como fazer. Cecília falava para Suom a respeito da origem das cores e de como elas deviam ser cozidas e misturadas. E Suom mostrava com as mãos como tecer figuras no meio dos tecidos.

Como tinham tido tanto para mostrar uma à outra, o que consideravam maravilhoso, acabaram começando tarde o que era mais importante, a tecer o manto do casamento. Na hora de ir buscar a noiva para a sagração do casamento até a festa mesmo, a noiva devia estar vestida com as cores da sua própria família, antes de então a questão ficar por sua conta. Cecília estava certa de que queria o manto azul, já que, nesse momento, seria a esposa de Arn e ainda que, pela sua escolha, ela parecesse desprezar as cores da sua família. Mas ela tinha recordações muito fortes dessa cor azul dos tempos no convento de Gudhem. Foi lá que ela e a rainha Blanka viveram sós entre todas as filhas sverkerianas que punham um fio de lã vermelha à volta do braço como sinal da sua fé interior e do ódio às inimigas Cecília Rosa e Cecília Blanka. Ela e a melhor amiga passaram a afrontar esse sinal, colocando um fio de lã azul à volta do braço. Na hora em que o rei e o conde vieram buscar, finalmente, Cecília Blanka e fazer dela uma rainha, o conde Birger Brosa fez uma coisa que até naquele dia ainda ajudava a aquecer a sua memória.

Ela foi chamada para comparecer à hospedaria do convento e era lá que também se encontrava a maldita madre Rikissa, que, com ódio, retirou dela o xale azul. Cecília quase caiu no choro pela vergonha e pela sua própria impotência. Mas foi então que o conde se levantou da mesa e avançou na sua direção, colocando o seu próprio manto azul folkeano nos ombros dela, o que representava uma proteção que ninguém podia deixar de ter em conta. Desde esse dia, ela sempre se sentiu azul e não verde, que era a cor da família Pål.

Suom ouviu com razoável interesse essa sentida explanação e quando Cecília notou a impaciência dela já no final da história, Suom explicou que nunca foi muito do seu interesse essas coisas ligadas a conventos e a Cristo, já que a sua fé era outra.

Cecília como que ficou trespassada ao ouvir que aquela boa mulher não era cristã. Uma coisa assim era quase impossível de entender e ficou sem saber ao certo se devia lamentar por Suom ou excomungá-la.

Suom encolheu os ombros e disse em poucas palavras que a fé dos escravos, normalmente, era outra que não a das gentes, mas que isso não perturbava ninguém e que era bom que cada um estivesse satisfeito com a sua crença. Evidentemente, havia escravos que se deixavam batizar, mas era mais para enganar os donos. De qualquer maneira, quando ninguém estava vendo, eles voltavam a crer na sua própria fé.

A idéia de Cecília de salvar Suom, de quem ela já tanto gostava, do ateísmo, arrefeceu rápido, visto que Suom logo deixou claro que ela não queria a piedade ou ser salva por ninguém.

Abandonaram, então, a conversa, concordando tacitamente em não discutir o assunto de novo, jogando com todo o entusiasmo renovado no trabalho de costurar o manto da noiva. Suom teceu as armas da família Pål bem no meio das costas, um escudo negro com um símbolo heráldico, cinza-prateado, de modo que ele sobressaísse, com vida própria, embora não estivesse solto, mas bem tecido, fazendo parte do manto. Cecília conseguiu, depois de muitos ensaios, uma cor verde profunda, bruxuleante, com a qual ambas estavam muito satisfeitas. O manto, finalmente, ficou pronto a tempo.

Mais tarde, já noite, na hora em que a festa de despedida de solteira iria começar, chegou o momento de Suom e Cecília se separarem. Suom começou a guardar os tecidos e os instrumentos de trabalho que tinha trazido consigo numa trouxa e ia seguir sozinha naquela noite de verão, de volta para Arnäs, dado que já tinha feito o seu trabalho. Mas, como Cecília não queria se separar dela, pediu que Suom lhe contasse como era a sua vida em Arnäs, se era boa ou podia ficar melhor e se o seu bonito trabalho recebia o apreço que merecia.

Suom falou, contrariada, que, sem dúvida, tinha sido melhor antes, quando ela era jovem, em especial no tempo em que a senhora Sigrid, a mãe de Arn e Eskil, ainda vivia. A senhora Sigrid passava muito tempo com Suom na tecelagem em Arnäs e quase todas as paredes do burgo eram ornamentadas com tecidos e tapeçarias de Suom. Foram retirados quando a esposa de Eskil chegou a Arnäs e estavam guardados agora em algum lugar num depósito.

Suom conteve-se no último momento para não falar mal da mulher de Eskil, ao lembrar que ela era Katarina, a irmã de Cecília. Mas esta já tinha entendido tudo. E num impulso perguntou-lhe se ela gostaria de se mudar para Forsvik, a fim de que pudessem continuar a costurar e a tecer juntas. Mas, então, a velhinha riu alto, achando que ela nem sequer podia decidir se estaria à venda.

Cecília corou, achando ter sido indelicada com a pergunta. Tinha esquecido que Suom não fora libertada. E não sabia se ia tornar as coisas piores, prometendo indagar sobre a compra de Suom junto do dono, se Arn, Eskil ou o pai deles.

As duas se despediram, entretanto, com muito carinho e Cecília teve tempo ainda para lhe desejar a paz do Senhor na viagem para Arnäs.

Ao se separarem, Cecília ainda ficou na sala da costura, sozinha e pensativa, remoendo as idéias a respeito do que era ser escrava ou ser livre. Ela tinha vivido quase toda a sua vida de adulta no convento e não entendia bem dessas coisas como seus parentes em Husaby, que tratavam os escravos como se fossem animais, sem entendimento ou vontade, sem por isso parecerem especialmente rancorosos.

Aquele que era escravo podia ser comprado, isso, evidentemente, era verdade. Mas aquele que tivesse um escravo podia também lhe dar a liberdade. O que era preciso fazer primeiro era comprar Suom, por muito estranha que essa idéia parecesse. Talvez desse para receber Suom como um presente extra para a noiva, levá-la para Forsvik e, então, dar-lhe a liberdade. E ela também receberia pelo seu trabalho, que devia valer bastante.

Embora parecesse sensato e rigorosamente certo pensar dessa maneira, no entanto, era um pensamento repugnante desejar uma outra pessoa como presente, tal como se fosse um manto ou uma fita bonita e nova para a cabeça.

Fita para a cabeça, pensou ela. No dia seguinte, esse tempo já teria passado. Cecília, desde o fim da sua penitência, vivia com os seus longos cabelos ruivos, soltos, presos apenas com uma fita que as mulheres solteiras tinham o direito de usar. Mas ela tinha dificuldade em imaginar como em breve passaria a usar a touca de mulher casada.

O problema não era grande e, além disso, achava que o seu futuro marido não iria fazer questão de ver essa obrigação cumprida, tendo que andar de um lado para outro, permanentemente, com uma espécie de touca de dormir na cabeça.

Levantou-se, resoluta, colocou nos ombros o mais bonito de todos os mantos da família Pål, e avançou na direção da casa-grande onde se reuniam seus parentes para a curta rodada de cerveja da noite que deveria marcar o início da festa de despedida de solteira. Quando ela apareceu, o rosto dos três irmãos se iluminou com uma expressão de alegria verdadeira, assim que viram o manto usado por ela. Admiraram o manto e todos queriam sentir o tecido, virá-lo para a frente e para trás, para ver a sua luminosidade. Pareciam também aliviados por não terem passado pela vergonha de ela, em vez de honrar as cores da sua própria família nesse grande casamento, tivesse costurado para si um manto azul.

Pål Jönsson ofereceu a ela um pequeno caneco com cerveja e bebeu com ela, em primeiro lugar, fazendo um brinde. Depois, o brinde foi com o seu irmão mais novo, Algot. O outro, o mais novo de todos, Sture, que ainda estava solteiro, já tinha viajado para Arnäs para participar da festa de despedida de solteiro como o único solteiro da família Pål. Todos levantaram seus canecos até pelo jovem Sture, pois, como Pål disse, não devia ser muito simples estar na festa como único participante da sua família entre folkeanos e erikianos.

Depois, começaram os arranjos para a festa de despedida de solteira. Seis solteiras da família Pål entraram na sala e cumprimentaram Cecília, que não conhecia nenhuma delas, visto que eram muito jovens. O padre da igreja de Husaby abençoou as sete solteiras e, então, as escravas da casa entraram e deram a cada uma delas uma longa túnica branca e uma coroa de florzinhas para colocar na cabeça.

Cecília tinha apenas uma vaga idéia do que seria a festa de despedida de solteira e não sabia mesmo como devia se comportar, quando as jovens que não conhecia se alinharam, cada uma com uma túnica branca nos braços e, em cima da túnica, uma coroa feita de um raminho de mirtilo. Cecília achava que a única coisa que podia fazer era fingir que nada lhe era estranho e apenas seguir as outras que, no momento, começaram a andar na direção dos portões e da noite de verão.

Do lado de fora, estava uma fila de escudeiros em que cada terceiro homem tinha na mão uma pequena tocha para manter os maus espíritos ou as almas perdidas longe das jovens solteiras, logo quando elas apareceram e que era o momento mais perigoso diante das forças da escuridão.

Cecília era a última na procissão que, em seguida, lentamente, se dirigiu para a floresta de carvalhos e do córrego que existia um pouco mais além, onde o balneário surgia iluminado por candeias e tochas.

Justo no momento em que deixavam o burgo e davam os primeiros passos na floresta de carvalhos, as outras jovens solteiras começaram a cantar uma canção que Cecília nunca tinha ouvido antes, embora já tivesse ouvido milhares de canções. Ela não conseguia entender todas as palavras, algumas muito arcaicas, mas percebeu que se tratava de uma canção dedicada a uma deusa dos tempos pagãos. Mas Cecília não acreditava em assaltos na floresta e duendes, não tanto quanto em escudeiros inquietos e armados.

Tal como a tradição exigia, as sete jovens iriam até a casa de banhos na hora mais escura da noite de verão. Mas, na semana seguinte ao *midsommar* em que estavam, a noite não era muito escura naquelas latitudes. No entanto, elas ficaram meio cegas ao encarar a luz das tochas que ardiam em volta da casa de banhos. Do lado de fora, havia duas bancadas onde as acompanhantes de Cecília, sob risinhos e risadas, começaram a botar em linha as suas roupas do corpo, de modo que logo ficaram completamente nuas. Até mesmo as suas fitas elas retiraram da cabeça e arrumaram os cabelos deixando-os cair longos sobre os ombros e os peitos.

Cecília hesitou e corou, embora pouco se visse no meio da escuridão. Ela nunca havia se mostrado nua para ninguém. Não sabia o que fazer.

As outras jovens solteiras, de brincadeira, comportaram-se como se estivessem tremendo de frio e pediram a ela para se apressar, a fim de entrar para o calor. Cecília, então, se lembrou de que, pensando bem, uma vez ela se mostrou nua para alguém, mas já tinha sido há muito tempo. Uma única pessoa, Arn Magnusson. E se havia se mostrado nua para um homem, ainda que tivesse sido para aquele que ela amava, mais fácil seria se mostrar nua diante de mulheres. Botou isso na cabeça e meio desajeitada, timidamente, retirou as suas roupas e as colocou sobre a bancada de madeira.

Enfim, todas então se formaram em linha com as mãos cruzadas por cima dos peitos, à volta da casa de banhos, cantando mais uma canção pagã que Cecília nunca tinha ouvido, não conhecia o texto nem a melodia. Depois, a jovem que ia na frente abriu a porta da casa de banhos e todas entraram aos gritinhos e risadinhas no interior do vapor.

Dentro, havia grandes tinas de madeira, com água quente e água fria e baldes para temperar de um lado para outro. Depois das primeiras provas com o pezinho nu, verificou-se que era preciso jogar água fria na tina de água quente que era bastante grande para acomodar no mínimo dois bois abatidos. Algumas das jovens se encarregaram de jogar água de um lado para outro, ainda sob mais risinhos e risadas.

Quando uma delas, corajosamente, resolveu entrar na banheira e depois rapidamente se sentou, fazendo sinal de que a água estava boa, as outras seguiram o exemplo, entraram e se sentaram em círculo, juntando as mãos umas das outras e voltaram a cantar novas canções pagãs, algumas com um conteúdo tal que Cecília chegou a sentir que corava ainda mais, por baixo das suas faces já coradas. As canções eram grosseiras e tratavam do que era proibido antes da noite de núpcias e depois dela mais do que permitido, embora muitos dos versos destacassem que o mais saboroso ainda era o fruto proibido.

Cecília pensou que se ela estivesse ali, dentro de uma grande sopa de galinha, não haveria, certamente, nada a fazer e, além disso, não adiantaria ficar de mau humor. Era um pensamento de consolação. Em breve, já estava se sentindo estranhamente bem-disposta e depois quente como se estivesse com febre, como se a magia que vinha das canções, a estivesse influenciando.

E elas ficaram ali até que a água começou a esfriar demais e já estava clareando lá fora e as pequenas tochas se apagando. Foi então que elas ficaram com pressa de fazer a última coisa antes de terem o direito de começar a beber. Todas correram em direção ao córrego e mergulharam na água gelada, com muitos gritos, voltando então para dentro, de novo, da casa de banhos que, na hora, ainda estava maravilhosamente quente. A seguir, acenderam mais algumas tochas e se lavaram umas às outras, em todas as partes do corpo, mesmo as partes mais íntimas.

Depois da lavagem geral, elas se enxugaram rápido com grandes toalhas de linho e foram ligeiras para junto dos seus montinhos de roupa. Colocaram, então, no corpo as vestes brancas que trouxeram da casa grande e na cabeça puseram as coroas de flores, não sem antes alisarem os cabelos molhados. Uma fila de canecos de cerveja já estava preparada atrás da casa de banhos e, junto, havia uma barrica do precioso líquido. E logo as jovens começaram a beber que nem homens, imitando-os também, andando de pernas abertas e vacilantes, com os pés descalços pelo chão de madeira. E Cecília desejou ter feito travessuras com sua amiga Blanka, arrotando e peidando como um homem.

Elas eram obrigadas a esvaziar a barrica de cerveja antes de voltar, caso contrário, explicou umas das jovens parentes de Cecília que se chamava Ulrika, isso significaria falta de sorte para a noiva. Mas isso também não era de recear, visto que aquela era a noite em que as jovens solteiras podiam se embebedar à vontade.

A cerveja era servida quente e adocicada com mel para que fosse mais ao gosto das mulheres, de forma que dali a pouco elas já estavam bebendo mesmo como os homens, começando a falar cada vez mais alto.

Foi então que a grande timidez desapareceu entre Cecília e as suas parentes mais jovens, embora ninguém desse a perceber. Uma delas disse a Cecília que não devia pensar que qualquer delas estivesse achando mal por ela ser uma solteira já de idade, antes de festejar o seu casamento. Uma outra disse ainda que quem esperava por algo de bom não esperava em vão.

Ainda que essas palavras fossem uma espécie de consolo, Cecília, de repente, sentiu de novo a sua timidez aflorar. Todas as jovens eram tão mais bonitas do que ela e seus peitos era bem mais firmes e suas ancas, mais arredondadas e macias, enquanto que Cecília, naquela noite, tinha apalpado o seu corpo mais do que nunca, sabendo que o seu peito estava meio caído e que seu corpo estava magro e anguloso.

Assim que as outras perceberam, de imediato, a preocupação nos olhos de Cecília, uma das parentes, Katarina, se encheu de coragem e disse o que todas certamente pensavam. Para elas, esse era um grande dia. Cecília tinha mostrado que uma mulher também podia decidir muito por si, tanto que podia até recusar-se a voltar para o convento, contrariando seus parentes, mesmo que o poder estivesse em jogo, preferindo afrontar todos e casar-se com o seu amado e não com aquele que seus pais haviam apontado.

Contudo, alguém objetou, zangada, dizendo que não importava nada com quem a mulher se casasse, desde que a mulher honrasse a sua família. Depois disso, houve uma discussão acesa que terminou com aquela que se chamava Katarina e uma outra chamada Brigida jogando cerveja uma na outra, até que Katarina pegou a barrica de cerveja e despejou tudo em cima dos cabelos de Brigida.

De novo, voltaram os risos e a discussão terminou. Quem ainda tinha cerveja no caneco bebeu e Katarina sugeriu que pedissem mais uma barrica cheia, antes de voltarem para a festa na casa-grande.

No entanto, assim que a primeira barrica acabou de vez, elas pegaram os seus mantos sobre os ombros e as túnicas brancas, reuniram suas roupas e sapatos e voltaram para a casa-grande. Já era dia claro, havia uma grande quantidade de pássaros cantando e prometendo um dia muito bonito para aquele casamento.

Para contentamento profundo de Cecília, todas as jovens começaram então a cantar o *Kyrie Eleison* e, pela primeira vez, ela pôde acompanhar com a sua própria voz a canção. E a sua voz subia mais clara e mais alta do que as de todas as outras. Talvez os peitos e as ancas dessas jovens fossem mais bonitos do que os da noiva, mas cantar ela cantava melhor do que ninguém.

Foram 10 libras de mel, 13 suínos salgados e 26 frescos, 24 presuntos defumados de javali e outras tantas alcatras, 10 cordeiros salgados e 24 frescos, 16 bois frescos e 4 salgados, 14 barricas de manteiga, 360 queijos grandes e 210 pequenos, 420 frangos, 180 patos, 4 libras de pimenta e cuminho, 5 libras de sal, 8 barricas de arenque, 200 salmões e 150 bacalhaus da Noruega e, além disso, aveia, trigo, centeio e farinha de milho, malte, murta, sementes de zimbro em quantidades adequadas.

Eskil trabalhava duro na contagem dos carros que faziam fila para entrar em Arnäs, quando Arn chegou com seus acompanhantes solteiros e entrou na fortaleza, meio dia antes do previsto. No dia seguinte, mais de duzentos convidados iriam encher Arnäs, mas já para a despedida de solteiro eram esperados mais de cem, visto serem muitos os que aguardavam os torneios que faziam parte da festa e que, desta vez, prometiam ser extraordinários. Não era qualquer solteiro que podia participar.

Mas, por enquanto, nenhum dos convidados tinha chegado e Arnäs estava praticamente vazia, não contando, claro, com os criados da casa, que corriam, apressados, de um lado para outro, cumprindo seus afazeres. A aldeia de Arnäs ficou vazia de gente e foi limpa até nos menores recantos para receber os convidados superiores que não podiam dormir em barracas. Arranjos de plantas com freixos foram levantados no campo do outro lado da vala, abaixo do portão ocidental. Mesas e bancos foram colocados na área. Barricas de cerveja rolaram pela praça do burgo, braçadas de ramos de bétulas e de freixo entravam e eram descarregados para ornamentar as paredes na grande sala, foram buscar mesas de perto e de longe, estacas e lonas foram levantadas e esticadas para formar as barracas. Nesse trabalho, Arn e seus acompanhantes solteiros nada tinham a ver e quando deixaram seus cavalos com o pessoal das cavalariças, Erik, o conde, decidiu ir dormir para descansar e enfrentar as provas duras da noite e o mesmo achou Folke Jonsson. Aquele que chegasse mais cedo, além do mais, podia escolher entre os melhores lugares para dormir.

Arn achava que o tempo podia ser usado melhor do que para dormir, mas falou baixo. Em contrapartida, pegou o seu filho Magnus e o jovem Torgils pelos ombros e levou-os na brincadeira, mas decisivamente, para a grande torre. Eles se encolheram um pouco quando ele explicou que iriam se encontrar com o velho senhor Magnus, já que ambos acreditavam saber que o velhote não estava no seu juízo perfeito.

Assim, maior foi a sua surpresa quando eles, junto com Arn, subiram a escada da torre e encontraram o senhor Magnus lá fora no muro de defesa. Andava de um lado para o outro, com energia e decisão, com uma bengala grosseira como único apoio. Um estrangeiro estava observando tudo, ao seu lado. Ao descobrir os três visitantes, o senhor Magnus abriu um largo sorriso de alegria, abriu bem ambos os braços, até mesmo o que apoiava na bengala, e louvou a Deus, com palavras bem nítidas e em voz alta, pela graça que lhe era dada.

Magnus Måneskőld avançou logo, pegou a mão do avô e abaixou um dos joelhos até o chão de pedra, numa vênia. Torgils veio em seguida e Arn, por último.

— O senhor ganhou novas forças mais rápido e melhor do que eu esperava, pai — disse Arn.

— É. E por isso estou contente, mas também irritado por encontrar vocês três, ainda que há muito tempo que não o vejo, Magnus, e a você, também, Torgils, meus queridos netos!

— Não era nossa intenção irritá-lo, querido avô — respondeu Magnus Måneskőld, com humildade.

— Ah, você me entendeu mal! Na verdade, eu queria surpreender todos vocês na hora da festa. Todos estariam convencidos de que eu iria permanecer em algum lugar no meu mictório onde ninguém me veria. Em vez disso, eu próprio vou erguer um brinde à noiva porque já faz muito tempo que não tenho esse prazer. Agora, uma coisa, vocês vão me prometer deixar a boca fechada e nada dizer. Ainda quero fazer a minha surpresa.

Sua fala fluiu regularmente, sem gaguejar. Possivelmente, um pouco mais lenta do que antigamente, mas quase a mesma coisa. Magnus Måneskőld e o jovem Torgils que já não o viam há mais de um ano e dessa vez para dizer adeus e não para se encontrarem num momento de alegria, acreditavam tratar-se de um verdadeiro milagre.

E o que eles estavam pensando e acreditando o senhor Magnus não tinha dificuldade nenhuma em notar.

— Não é nada do que vocês estão pensando — continuou ele, dando mais uma volta no lugar para mais uma vez mostrar que podia andar quase como antes. — Foi este curandeiro que mostrou o caminho e, depois, a ajuda de Nosso Senhor, evidentemente!

Arn teve uma conversa curta e em voz baixa, numa língua incompreensível, com o forasteiro e aquilo que ouviu foi notoriamente satisfatório.

— O senhor, meu pai, não deve se esforçar muito hoje — disse ele. — Poderá se ressentir bastante e amanhã será uma longa noite. E nós, pode estar certo, não vamos dizer nem uma palavra para ninguém sobre a sua surpresa.

— Não, é verdade? — acrescentou ele, virando-se para os dois garotos, que imediatamente acenaram com a cabeça, confirmando tudo, solenemente.

— E o senhor, pai, deve descansar duas horas. Depois, fazer exercícios por uma hora e descansar por duas horas de novo — continuou Arn, após mais uma conversa curta com o estrangeiro. — E não vamos incomodar mais o pai por agora.

Os três fizeram uma vênia, deram três passos para trás antes de se virarem e se afastarem para onde Arn os conduzia. Ele queria mostrar para os dois jovens o que estava sendo construído.

Mas era como se Magnus e Torgils estivessem um pouco tímidos demais. Eles queriam era imitar Erik, o conde, ir embora e dormir para os torneios da noite.

Desapontado com o pouco interesse deles e preocupado por ver que neles havia alguma coisa que não entendia, Arn foi até o lado do lago Vänern onde havia roldanas guinchando e marteladas ecoando. Ele ficou realmente espantado com a rapidez com que o trabalho estava andando e como as pedras estavam sendo colocadas, bem juntas. E elogiou longamente todos os construtores sarracenos, antes de explicar que haveria três dias de folga por causa do casamento e que todos seriam convidados, mas que deviam se vestir de acordo. A respeito de se lavarem, ele não disse nada, visto que fazê-lo seria considerado uma afronta ao povo do Profeta.

Entretanto, Arn até brincou um pouco com o suado irmão Guilbert que, de fato, foi templário durante doze anos na Terra Santa e talvez ainda hoje estivesse amarrado no Regulamento que proibia a desnecessária limpeza pessoal. A respeito desta suposição, o irmão Guilbert riu muito e explicou que, de todas as regras, essa de ter, necessariamente, de cheirar mal que nem um porco era a mais difícil de entender. A não ser que São Bernardo, na sua sabedoria infinita, quando escreveu o Regulamento, tenha pensado que os sarracenos iriam recear muito mais os nossos guerreiros, se eles cheirassem como porcos.

Enquanto o irmão Guilbert foi tomar banho e mudar de roupa, vestindo o seu hábito branco de monge, já que no trabalho se vestia como noviço, Arn procurou por Eskil, que foi encontrar envolvido numa conversa em várias línguas em que ninguém entendia nem uma só palavra. Era um grupo de palhaços, flautistas e tocadores de tambor que tinham vindo de Skara em quatro carroças de bois. Aquilo que era para ser resolvido tinha a ver com o pagamento e o alojamento da trupe e em questão de negócios acontece que as gentes fingem entender ainda menos do que podem. Mas como o chefe da trupe disse ser de Aix-en-Provence, Arn pôde intervir e ajudar o seu irmão a fechar o acordo até ao último centavo, fora o direito à cerveja e à carne, mas com o dever de montar acampamento com as suas carroças a uma certa distância da fortaleza. Ambas as partes, finalmente, pareciam satisfeitas com o negócio e os palhaços deram logo meia-volta com as suas carroças de bois, dirigindo-se para o local indicado.

Eskil, depois, levou seu irmão para a câmara do casamento, localizada em separado no mezanino do lado ocidental da casa-grande, com uma escada de cada lado, uma para o noivo e a outra para a noiva. Lá em cima, estavam penduradas as roupas que Arn devia vestir nas variadas ocasiões durante os dias do casamento, visto que, como guerreiro, só devia se vestir na hora de ir buscar a noiva. Em seguida, seria realizada a primeira troca. Para a noite, ele iria vestir uma roupa estrangeira, em azul e prata, num tipo de tecido que, aliás, era usado mais por mulheres. Mas agora o assunto era a festa de despedida de solteiro, festa em que ele devia vestir uma capa bem larga, de cor branca, com mangas que apenas cobriam até os cotovelos e, por baixo, uma camisa longa, azul, na cor de pele de veado jovem, calças de couro e botas de couro macio com atacadores subindo pelas pernas. A espada era usada com todas as vestes.

Depois de todas as suas explicações a respeito dos trajes a envergar, o que de certa maneira confundiu um pouco Arn, Eskil suspirou como se, pela milésima vez, tivesse se lembrado de mais uma coisa para resolver às pressas. Havia apenas seis homens para a despedida de solteiro e eram precisos sete. Um era Erik, o conde, depois, havia Sture Jönsson, da família Pål, e quatro eram folkeanos, contando com Arn: Magnus Månesköld, Folke Jonsson e Torgils, o filho de Eskil. Era preciso mais um sétimo homem e não podia ser casado nem folkeano.

Arn disse que não tinha nenhuma sugestão a fazer, visto que tinha apenas uma vaga idéia do que fosse a festa de despedida de solteiro, além de que iriam ser bebidas como habitualmente quantidades astronômicas de cerveja. Eskil explicou com incrementada paciência que a festa era um adeus do noivo à vida livre, uma última noite juntos, antes de um deles, para sempre, deixar a juventude. Assim era a tradição.

Embora desta vez os solteiros fossem anormalmente maduros, como dizia Eskil ao enfrentar o sorriso maroto de Arn. Afinal, o noivo já se encontrava nos seus melhores anos e já tinha filho e sobrinho entre os amigos. Algo assim jamais tinha acontecido antes e como alguns desses solteiros, em especial, Erik, o conde, e Magnus Månesköld, já eram conhecidos como durões e bons de armas, muita gente viria para ver essa despedida.

Arn sugeriu com um suspiro que, sendo o irmão Guilbert seu amigo mais antigo, a seguir ao próprio Eskil, e não sendo folkeano, ele gostaria que esse monge e ninguém mais fosse o sétimo solteiro no grupo. Certamente, a questão da idade não era problema, e a castidade, o irmão Guilbert, também certamente, tinha preservado melhor do que alguns do grupo.

Eskil reclamou da proposta. Achava que um monge ia servir mais de objeto de risos do que de honra por amizade nos torneios a realizar.

Embora Arn já suspeitasse do que estava para acontecer, e não gostasse nada disso, mas sentindo que era impossível se furtar à tradição, então, resolveu perguntar com uma expressão de ingenuidade quais eram as coisas que os jovens galos podiam fazer e o irmão Guilbert não.

Eskil respondeu evitando discussões e explicando que eram sete jogos, sete torneios diferentes em habilidade com armas e que a maior honra pertencia àquele que melhor se houvesse na noite de despedida de solteiro. No entanto, era ruim se alguém, em especial um amigo como o irmão Guilbert, se houvesse desairosamente.

Arn ficou em silêncio por momentos, sentado na sua cama de casado, ao ouvir o que tinha sido dito, mas não pelas razões que Eskil suspeitava. Certamente, não tinha vontade nenhuma de entrar em competição de armas com jovens de pele frágil e muito menos vontade de lhes causar algum mal. Isso lhe fazia lembrar aquele dia desagradável em que o rei Ricardo Coração de Leão instigou um dos seus jovens de pele frágil, *Sir* Wilfred de Ivanhoé, era esse o nome dele, a avançar de lança baixa contra um templário. Uma coisa dessas podia terminar mal.

Os garotos, a gente devia ensinar e cuidar, mas era desonroso competir contra eles. Infelizmente, Arn reconheceu que essa objeção, até mesmo para seu irmão Eskil, seria incompreensível.

— Em que espécie de competição com armas nós vamos arriscar nossa honra? — perguntou ele, finalmente.

— Como eu disse, são sete jogos diferenciados — respondeu Eskil, impaciente. — Três jogos são disputados a cavalo, quatro a pé, e estes são com machado, lança, flecha e porrete na trave.

— Três jogos a cavalo e um porrete na trave? — perguntou Arn, com repentina boa disposição. — Isso pode ser mais divertido do que você pensa e não se preocupe com o monge. Ele vai se defender muito bem e para grande satisfação dos que estiverem assistindo. Mas preciso ir falar com ele, primeiro. Depois, vamos à torre, escolher os arcos que nos servem melhor e, a seguir, cuidar para que a minha égua receba a sela que melhor serve um monge.

Eskil abriu os braços e disse que se liberava de toda responsabilidade. Chegou à conclusão que havia ainda umas cem coisas para colocar em ordem e virou as costas, descendo rápido pela escada do noivo, com uma pressa repentina.

Arn, então, se ajoelhou e encostou o rosto na cobertura macia da cama de casal, inspirou o aroma das ervas e rezou longamente para a Mãe de Deus, a fim de que Ela continuasse conservando as Suas mãos protetoras sobre a sua amada Cecília até que não houvesse mais perigo e para que ele próprio não fosse atacado pelo orgulho ou ferisse qualquer dos jovens, acima de tudo o seu próprio filho, durante as competições infantis de que fora impossível se esquivar.

À noite, bem cedo, já haviam chegado mais de cem convidados a Arnäs para festejar a despedida de solteiro, e mais para ver os jogos dos jovens. A praça do burgo estava cheia de barracas de cerveja e de estrados apoiados em estacas para que as artes dos competidores pudessem ser vistas por todos. Tocavam-se flautas e tambores, e as crianças da trupe faziam artes absurdas, dobravam-se sobre si mesmas, metendo a cabeça entre as pernas, e engatinhavam sobre os estrados provocando risos e terror. Mas o ar estava cheio de tensão diante daquilo que todos tinham dificuldade em expressar em palavras, um jogo entre jovens que não acontecia há mais tempo do que a memória de homem permitia recordar e onde um conde do reino e um cavaleiro do Senhor, vindo da Terra Santa, iriam competir.

O espetáculo começou com os sete solteiros de branco saindo a cavalo em fila e dando a volta na praça do burgo com Erik, o conde, em primeiro lugar e com um monge de branco que provocava risos e assobios de espanto por último. Todos montavam os imponentes cavalos nórdicos, com exceção de Arn Magnusson e o monge, que montavam fantasmas pequenos e magros que pareciam já amedrontados diante da multidão e do alarido geral.

Erik, o conde, liderou os cavaleiros através do portão da fortaleza e na direção do prado onde havia baias prontas para receber os cavalos que os escravos da cavalariça seguraram enquanto os cavaleiros desmontavam. Os visitantes de Arnäs reuniram-se, com imensa expectativa, junto do muro baixo, do lado ocidental, de onde a visão do campo de jogos era tão boa que seria impossível perder qualquer detalhe das competições.

Lá embaixo, no campo, os sete jovens, pois assim deviam ser chamados, embora em pelo menos quatro casos já fossem homens feitos, escolheram Erik, o conde, como juiz em disputas quando as houvesse. Ninguém acreditava, porém, que esses homens entrassem em discussões como verdadeiros jovens, antes cada um iria agir com honra.

O primeiro jogo foi o de machadinha e devia decidir a continuação. Aquele que ganhasse na machadinha seria considerado o senhor da competição, escolhendo o próximo jogo e os seguintes.

Foi serrado um tronco grosso de carvalho e na tábua plana foi pintado um círculo vermelho, no meio, como alvo. Cada um teria três chances para acertar com a velha machadinha de fio duplo, a dez passos de distância.

Arn e o irmão Guilbert, que se apresentaram juntos, disseram de brincadeira que se em luta tivessem uma machadinha dessas na mão, o que fariam seria tentar conservá-la na mão. Se a arremessassem, não valeriam muita coisa na continuação. Essa arte de guerra eles nunca tinham visto e nunca tinham treinado.

Erik, o conde, jogou primeiro. Sua machadinha rodou no ar e ficou presa no meio do círculo vermelho, com um som surdo. Aplausos e um murmúrio de expectativa cresceu entre os espectadores. Não seria coisa pouca se um único erikiano pudesse ganhar de quatro folkeanos.

A segunda machadinha acertou quase no mesmo lugar, mas a terceira foi parar junto do anel vermelho, mas do lado de fora.

Depois, foi a vez de Magnus Månesköld. Também ele acertou duas machadinhas dentro do círculo e uma do lado de fora. Erik, o conde, e Magnus concordaram que Erik tinha sido o melhor dos dois e nenhum deles demonstrou qualquer expressão de desapontamento ou de alegria pela vitória. O jovem Torgils atirou e acertou apenas uma machadinha dentro do anel vermelho. As outras duas, fixaram-se fortemente na prancha de madeira, mas fora do alvo. Folke Jonsson saiu-se um pouco pior do que Torgils. E, então, foi a vez de Sture Jönsson, que fez crescer um murmúrio e uma risada franca por parte do espectadores assistindo do muro, visto ser difícil evitar o riso ao imaginar o que aconteceria se o único membro da família Pål acabasse vencendo erikianos e folkeanos.

Pois foi isso o que ele fez, pelo menos até o momento. Todas as suas três machadinhas acabaram juntas por dentro do círculo vermelho. E por essa proeza recebeu aplausos, se bem que contrariados.

Quando o monge se apresentou, ouviram-se risos e algumas expressões de escárnio. Alguém gritou que casto ele podia ser, mas certamente pouco tinha a ver com esse jogo. E, como esperado, ele acertou apenas uma machadinha e mesmo assim fora do círculo.

Fez-se um silêncio completo de grande expectativa quando Arn Magnusson se apresentou por último com as três machadinhas na mão. Mas em breve o desapontamento foi ainda maior e muito se murmurou a respeito dos seus maus arremessos. Duas das machadinhas atingiram o alvo, mas sem acertarem com o fio e sem se fixarem na madeira. E a terceira ficou por um curto momento fixada na madeira, fora do anel vermelho, mas acabou caindo para o chão. Não era nada do que esperava de um homem das lendas.

Sete cestas de palha foram trazidas para junto dos jovens que eram obrigados a enchê-las de nabos meio podres, da safra anterior, conforme suas atuações tivessem justificado. Arn teve sete nabos na sua cesta e Sture Jönsson, apenas um. No final, aquele que tivesse menos nabos na sua cesta seria o vencedor dos jogos.

Agora, era a vez da lança. E Sture Jönsson foi aquele que teve a honra de decidir quem primeiro queria enfrentar. E com isso a competição, realmente, começou. Porque agora não bastava apenas ter boa mão para arremessar a arma. Era preciso também pensar com inteligência. Se Sture apontasse para a vitória, teria de competir primeiro contra os melhores adversários, para que estes recebessem muitos nabos por terem sido os primeiros a serem derrotados. Se ele quisesse safar-se com honra razoável, teria que começar pela outra extremidade, convidando o monge ou Arn Magnusson, já que tinham demonstrado ser os piores arremessadores.

Pretensioso como se de fato pensasse em ser o vencedor da noite, Sture Jönsson apontou a sua lança primeiro para Erik, o conde.

Isso ele não devia ter feito. Quando os dois terminaram de lançar as suas três lanças, cada um contra um boi de palha, foi Erik, o conde, considerado o vencedor e Sture Jönsson aquele que recebeu sete nabos na cesta.

Que Erik, o conde, estava a fim de ganhar ninguém duvidava. Por isso, foi correto e certo ao apontar a sua lança para Magnus Månesköld, que devia ser o seu melhor contendedor e que, assim, receberia a maior quantidade de nabos possível.

Tornou-se uma luta muito difícil entre dois arremessadores muito bons. A cada lançamento corria um sussurro de admiração entre os espectadores assistindo do muro. Ambos atiravam igualmente bem, tão bem que as três lanças de cada um ficaram juntas no alvo. Era impossível decidir quem seria o melhor. Por isso, concordaram em atirar de novo.

Terminada a segunda série, Erik, o conde, julgou vitorioso Magnus Månesköld. E Magnus resolveu indicar o monge para adversário, a quem venceu fácil como todos esperavam. Depois, indicou atrevidamente o seu próprio pai.

Também Arn Magnusson foi vencido tão facilmente quanto o monge. Logo, Magnus Månesköld acabou vencedor desse jogo e muitos dos espectadores começaram já a ter certeza de que ele seria o que menos nabos teria na sua cesta ao final e com isso ganharia uma coroa de ouro.

O jogo seguinte seria o do porrete na trave, uma competição em que ambos os competidores estariam equilibrados na trave sobre o fosso da fortaleza e um tentando derrubar o outro com um longo porrete enrolado com couro em ambas as pontas. Neste jogo, era costume despir parte das roupas, visto que no final da competição só um não teria caído e tomado banho no fosso.

Magnus Månesköld não se preocupou nem em tirar a sua túnica branca, quando apontou o porrete para o monge, tão certo ele estava de sair vencedor.

O monge, mesmo que quisesse, não poderia tirar o seu hábito de lã e isso provocou uma alegria maldosa entre os espectadores, quando ele foi apanhar o seu porrete e ensaiou alguns golpes no ar. Mas alguém viu também que Arn Magnusson, lá entre os jovens, estava rindo muito e dando uma palmadinha nas costas do monge. A brincadeira era a de que estava na hora de tomar banho, ainda que involuntário.

Foi então que a história da competição virou totalmente e se tornou inesquecível, tal como mais de cem espectadores esperavam.

O monge avançou sorrindo e abanando a cabeça para a trave, onde Magnus Månesköld esperava com o seu porrete pendente, como se nenhum perigo pudesse vir de um velho monge que não sabia jogar lança nem machadinha.

De repente, sem que ninguém tivesse tempo sequer de ver o que tinha acontecido, Magnus Månesköld tinha caído no fosso com toda a roupa no corpo. O monge devia ter acertado um golpe de sorte, foi o que a maioria pensou.

O irmão Guilbert baixou o porrete, arrumou um pouco o seu hábito entre as pernas brancas e só depois apontou-o para Erik, o conde, que retirou a sua túnica branca e avançou mais alerta do que o seu amigo. Isso pouco o ajudou. Quase na mesma velocidade que Magnus Månesköld, acabou caindo no fosso. Desta vez o pessoal no muro também ficou mais alerta, acompanhando o que aconteceu. O monge, primeiro, apontou um golpe na cabeça de Erik, mas, no meio do movimento, soltou uma das mãos e mudou a direção do golpe para as pernas do adversário.

O monge foi despachando os outros três jovens que, na seqüência, foram tirando suas roupas, cada vez mais, diante da certeza do banho a tomar. Até que, finalmente, só restava Arn Magnusson.

Arn tirou do corpo a sua veste de lã e a sua camisa longa, de cor azul, antes de avançar e enfrentar o irmão Guilbert. Ambos começaram uma conversa que poucos espectadores podiam entender, por muito que levantassem as orelhas, visto que foi em francês.

— Você ficou um pouco mais lento com os anos, o que não é de admirar, meu caro e velho professor — disse Arn.

— Você se lembra de que nem sequer chegou perto de me derrubar, meu rapazote presunçoso? — replicou o irmão Guilbert, rindo muito e levantando o seu porrete, fingindo que ia aplicar um golpe, com o qual Arn nem se preocupou.

— O seu problema é que eu também já não sou mais um rapazote — disse Arn que, no momento seguinte, deu início à luta.

Os dois lutaram um longo tempo em velocidade estonteante, aplicando quatro, cinco ou seis golpes em cada ataque contra o adversário que aparava os golpes na mesma velocidade. Ficou claro logo de início que os dois eram sem dúvida os melhores no jogo do porrete na trave.

Finalmente, foi como se o cansaço, naturalmente, atingisse primeiro o monge. Então, Arn acelerou ainda mais, até que acabou atingindo um dos pés do monge e venceu, mas ainda teve tempo de estender o porrete que o monge agarrou. Assim, ele acabou balançando e caindo num lugar do fosso menos fundo. E dessa maneira salvou uma parte maior do seu hábito de ficar molhado.

A partir de então nenhum dos jovens ficou sequer por perto de uma nova vitória e isso ficou claro assim que o primeiro dos jogos a cavalo começou.

A primeira competição a cavalo consistia em avançar um adversário contra outro e cada um com um longo saco de couro cheio de areia nas mãos, com o qual tentava derrubar da sela o adversário. Arn, que venceu no porrete e que, assim, ficou com o direito de decidir quem enfrentar primeiro, brincou com todos os jovens de maneira fácil, tão fácil quanto o monge tinha brincado com eles no porrete. Mas, quando faltava defrontar o monge, a luta voltou a ser longa e uma demonstração da arte de cavalgar em velocidade extrema, uma forma de equitação quase impossível de entender. E ainda desta vez foi Arn que ganhou. Era como se o monge se cansasse primeiro e isso decidisse a luta.

O jogo seguinte consistia em cavalgar em alta velocidade contra nabos espetados em estacas e de cima do cavalo derrubá-los a golpes de espada. Nenhum dos jovens conseguiu cortar nem metade dos nabos alinhados, antes de Arn se apresentar. Ele nem sequer precisou golpear os nabos. Apenas avançou com a sua espada fina e longa como se fosse uma asa e passou cortando todos os nabos pela metade e já cortando o próximo antes que o anterior chegasse ao chão. O monge, por último, tentou cavalgar do mesmo jeito, mas a sua espada emprestada acabou presa no terceiro nabo e, assim, o jogo ficou decidido a favor de Arn.

Para o vencedor deste jogo era quase impossível vencer a competição seguinte, uma corrida de velocidade a cavalo. Vencida a primeira corrida, o vencedor teria que defrontar o segundo competidor em mais uma corrida e não era fácil pressionar o seu cavalo na velocidade máxima contra os outros cavalos ainda descansados.

Ao que pareceu, Arn viu logo o problema. E das primeiras corridas ele apenas obrigou o seu cavalo a andar um pouco na frente, apenas o suficiente para ganhar. Teria sido mais inteligente indicar o monge como primeiro adversário, já que ele cavalgava também um desses cavalos estrangeiros. Mas Arn resolveu deixar o monge por último.

E ambos partiram em alta velocidade, num esforço máximo, tal como haviam feito no jogo de sacos de areia e na "decapitação" dos nabos. Mas a égua descansada do monge acabou vencendo a corrida contra o garanhão de Arn.

Com isso, restava apenas disputar o jogo mais nobre, o tiro ao arco. E ninguém jamais tinha ouvido falar de monges que soubessem atirar ao arco. Mas também ninguém tinha pensado em monges que soubessem cavalgar como esse cisterciense. E muito menos usar porretes e espadas como ele fazia.

Talvez o monge e Arn tivessem decidido entre si quem seria o vencedor dos jogos. A expectativa foi grande. Já quando o monge ensaiou puxar a corda do arco que lhe tinha sido estendido por Arn, logo se viu facilmente que não era a primeira vez que ele tinha uma arma dessas na mão.

A competição de tiro ao arco consistia em colocar dois atiradores disparando suas flechas alternadamente contra uma bola de palha com uma cabeça de grifo no centro e a uma distância de cinqüenta passos. Quando o alvo foi trazido para a frente, houve um momento de risos e murmúrios na platéia diante do atrevimento de colocar as armas do escudo dos sverkerianos bem no centro. Não foi especialmente honroso brincar dessa maneira com o inimigo vencido.

Sem se esforçar muito, como parecia, o monge venceu primeiro Sture Jönsson, depois Torgils e Folke Jonsson. Esforçou-se um pouco mais para vencer Erik, o conde, e quando foi a vez de Magnus Månesköld, viu-se que o monge teve de se empenhar ao máximo a cada tiro de flecha, já que os dois se mostraram parelhos nessa arte.

Ambos foram disputando em igualdade de resultados até a nona flecha. Aí, a flecha seguinte de Magnus Månesköld acertou um pouco fora do centro do alvo. A do monge, acertou mais uma vez no meio do grifo. A décima flecha de Magnus acertou novamente no centro do alvo. Portanto, tudo agora dependia da última flecha do monge.

Então, o irmão Guilbert voltou-se e disse qualquer coisa para Arn Magnusson, que respondeu com uma frase curta, sacudindo a cabeça. A seguir, o monge acertou a sua última flecha bem no centro do alvo e com isso, com uma única flecha, venceu o melhor atirador de toda a Götaland Oriental. Visto que na Götaland Ocidental havia pelo menos um que era melhor.

No tiro ao alvo, a final inverteu como resultado as posições da corrida de cavalos. Era uma desvantagem ficar sem fazer nada por último e uma vantagem ficar atirando contra adversários mais fracos até a decisão final. E o irmão Guilbert precisou apenas lançar uma olhada para os jovens para, de uma maneira maravilhosa, saber quem eram os mais fortes e os mais fracos, de modo a poder enfrentá-los pela ordem correta.

— E agora, meu jovem aprendiz, você não vai poder usar a força dos seus pulmões nem a força das suas pernas, para vencer pelo cansaço este seu velho professor — sorriu, desafiador, o irmão Guilbert, puxando a corda do arco várias vezes, enquanto Arn se apresentava para a final do jogo.

— Não. Isso é verdade — disse Arn. — Preferia que estivéssemos aqui sozinhos, decidindo, realmente, quem é o melhor, se o professor ainda é mais forte do que o seu aluno. Porque qual de nós quererá vencer agora?

— O seu filho, Magnus, ficou muito desapontado ao perder, pude ver, embora ele, cavalheirescamente, tentasse esconder esse fato — disse o irmão Guilbert. — Mas o que é melhor agora? É melhor ele ver o seu pai batido pelo mesmo monge? Ou é melhor ele ver o seu pai como vencedor, embora tenha treinado uma vida inteira para o vencer ou vencer a sua sombra? De fato, ele é muito bom no tiro ao arco.

— Sim, sim, eu vi — disse Arn, ganhando tempo. — Realmente, ele é muito bom. Imagine se ele pudesse ter você como professor. Entretanto, nada posso dizer a respeito de quem deve ser o vencedor na disputa entre nós, qual o vencedor que Magnus teria mais dificuldade em absorver.

— Eu também não — respondeu o irmão Guilbert, fazendo o sinal-da-cruz como quem dissesse que era melhor deixar a decisão para os poderes mais elevados.

Arn acenou com a cabeça, concordando e confirmando. Fez também o sinal-da-cruz e colocou a primeira flecha na corda do arco. Acertou um pouco junto do canto inferior da cabeça do grifo, o que não era de espantar, visto ser o seu primeiro tiro, podendo acertar acima ou abaixo do alvo, antes que ele pudesse regular a pontaria.

Por isso, o irmão Guilbert liderou a prova até a sétima flecha, visto que ambos continuaram acertando bem no centro do alvo onde havia agora um emaranhado de flechas. Na sétima flecha, o irmão Guilbert acertou alto demais, embora não tão alto quanto a primeira flecha de Arn tinha acertado embaixo.

Os espectadores ficaram totalmente em silêncio em cima do muro. E os outros jovens competidores foram se aproximando cada vez mais, inconscientemente, para ver melhor e estavam agora bem atrás dos dois atiradores.

Oitava flecha, igualdade, bem no meio do alvo. Nona flecha, ainda igualdade total.

Arn soltou a sua décima flecha que passou pelas penas de duas outras flechas, mas ainda assim se entranhou no alvo, bem no centro. Agora, o problema estava com o irmão Guilbert e sua última flecha.

Ele fez pontaria por longo tempo e a única coisa que se ouvia em Arnäs era o esvoaçar de um bando de andorinhas que passavam por perto.

Mas aí ele se arrependeu e abaixou o arco, respirou fundo algumas vezes antes de levantar o arco de novo e puxar a corda contra a face, de novo, fazendo pontaria. Ainda desta vez por tempo demais.

A sua flecha acertou acima. Ele havia demorado demais a soltar a flecha. Com isso, Arn foi o vencedor da série de jogos em disputa, uma competição que nenhum dos que estiveram presentes iria esquecer, nem também seria esquecida pelos que não estiveram presentes, de tal maneira eles viriam a ouvir repetidamente todas as ocorrências. E de tanto ouvir as histórias ficaram convencidos com os anos de que também estiveram presentes e de que tudo viram com os próprios olhos.

Eskil chegou de imediato, junto dos jovens, com a dona da casa em Arnäs, Erika Joarsdotter, ao seu lado. Ela trazia consigo duas coroas brilhantes, uma em ouro e outra em prata. Pararam juntos e diante dos jovens alinhados numa fila, bem perto do fosso para que todos os convidados pudessem ver e ouvir o que iria acontecer.

— Esta despedida de solteiro começou muito bem — disse Eskil, em voz alta. — Vocês trouxeram para a minha casa muita honra, isso porque uma competição como esta que nós vimos hoje aqui nunca aconteceu e nunca mais virá a acontecer. A coroa do vencedor é de ouro, já que uma vitória tão bonita quanto esta nunca ninguém obteve. Eu não sou avarento, mas apenas rigoroso nas questões de dinheiro. E, evidentemente, me alegra muito que o meu irmão tenha vencido, visto que qualquer outro resultado iria empanar a sua honra e reputação. E me alegra muito que, dessa maneira, o ouro fique aqui em casa. Por favor, avance, senhor Arn!

Arn, contrariado, teve de ser empurrado para a frente por Magnus Månesköld e Torgils. Depois, fez uma vênia diante de Eskil e, então, foi coroado por Erika Joarsdotter, com a coroa de ouro. Depois, Arn ficou sem saber o que fazer, até que Magnus foi obrigado a puxar pela sua veste, o que fez rir o pessoal em cima do muro.

Erika Joarsdotter levantou, então, a coroa de prata na direção do irmão Guilbert, visto que não seria preciso contar os nabos dos cestos para saber que ele tinha sido o melhor depois do vencedor.

O irmão Guilbert protestou e se afastou, o que primeiro foi visto como falsa timidez religiosa até que ele explicou que, segundo seus votos como monge, ele não podia ser proprietário de nada e que dar para ele aquela coroa de prata era o mesmo que dá-la para o mosteiro de Varnhem.

Eskil franziu a testa e concordou que talvez fosse desnecessário dar aquele prêmio para um mosteiro para o qual já estavam dando mais do que o suficiente. Houve um momento de hesitação geral em que Erika resolveu abaixar os braços e a coroa de prata, olhando para Eskil que encolheu os ombros.

O irmão Guilbert, então, foi aquele que achou uma inesperada solução. Com todo o cuidado, pegou a coroa das mãos de Erika e encaminhou-se até os cestos de Erik, o conde, e de Magnus Månesköld e contou os nabos existentes em cada um deles. Em breve, já estava de volta e na frente de Magnus Månesköld.

— Você, Magnus, é o melhor arqueiro que já vi nesta terra, a seguir ao seu pai, claro — disse ele, solenemente. — E a seguir a mim, que não conto porque as regras religiosas colocam entraves no caminho, você é o melhor. Sendo assim, meu jovem, abaixe a sua cabeça!

Corando, mas ao mesmo tempo orgulhoso e estimulado pelos seus amigos, Magnus obedeceu. E, assim, aconteceu que pai e filho acabaram comparecendo à festa nessa noite coroados, um com uma coroa de ouro e outro com a coroa de prata.

Depois, os jovens ficaram à vontade. Iriam festejar a despedida numa sala especial, tal como prescrevia a tradição. Eskil e Erika Joarsdotter voltaram para a fortaleza com seus convidados, enquanto os jovens foram para a sua sala. Alguns escravos vieram pegar seus cavalos e algumas escravas vieram correndo trazer seus mantos e roupas secas, além de carne e cerveja.

Ao serem deixados a sós, todos começaram a falar ao mesmo tempo, pois havia muita coisa para tentar entender. E a mais difícil era explicar como um velho monge podia bater jovens lutadores nórdicos nas suas próprias competições.

Arn explicou que o irmão Guilbert não era um monge qualquer, que tal como ele tinha sido templário na Terra Santa e que, pelo contrário, teria sido uma vergonha sem tamanho se dois templários não tivessem podido colocar os jovens galos nórdicos no devido lugar.

Todos falavam alto e estavam com muito boa disposição, antes mesmo de chegar à sua festa. Todos estavam satisfeitos, cada um à sua maneira.

Magnus Månesköld estava satisfeito, apesar de ter chegado aos jogos com vontade de vencer. Os únicos que o venceram foram dois templários do Senhor. E cada um tinha visto nesse dia com os próprios olhos que tudo o que se contava a respeito desses homens de luta ao serviço do Senhor era verdade. Mas sobre os seus amigos Magnus tinha vencido.

Erik, o conde, também estava satisfeito. Ele sabia que tinha de estar num dia de sorte para bater o seu amigo Magnus Månesköld, mas, pelo menos, nenhum dos outros amigos ficara antes dele.

Torgils estava satisfeito porque, embora sendo o mais novo, tinha conseguido evitar ser o último. E Sture Jönsson estava satisfeito porque, embora tendo chegado por último, tinha sido um entre dois que, não sendo templários, havia ganho uma das provas, o jogo das machadinhas.

Arn estava satisfeito por ter ganho, embora se sentisse quase envergonhado por admitir isso. Mas como ele tinha de lutar inquestionavelmente para ganhar o respeito do seu filho, esse foi, sem dúvida, um bom passo em frente.

O irmão Guilbert, possivelmente, era o mais satisfeito de todos, visto ter demonstrado que, apesar de velho, podia ainda equilibrar a sua ação com a de um irmão cavaleiro e por Deus ter decidido o tiro ao arco a favor do melhor, sem que para isso ele e Arn tivessem que discutir o resultado.

Quando os jovens alegres chegaram para festejar a despedida de solteiro de Arn, isso iria custar a Eskil muita cerveja, e para muitos deles uma violenta dor de cabeça no dia seguinte. A noite inteira era deles.

Comida e bebida chegaram logo de imediato e em quantidades que o irmão Guilbert e Arn receavam. Mas a pedido de Arn também rolou junto um pequeno barril de vinho libanês que ele próprio trouxera consigo e dois copos também vieram junto para os únicos dois que iriam preferir o vinho à cerveja de Lübeck servida no casamento.

Na primeira hora, antes da bebedeira começar a fazer efeito, falou-se sobretudo de vários acontecidos durante os jogos e em breve alguém se atreveu a fazer piada sobre o fato de um templário não saber atirar machadinha, nem lança.

O irmão Guilbert explicou com bons modos que isso de arremessar lança e largá-la para longe não é a primeira preocupação de um cavaleiro. Na realidade, é a última. E no que dizia respeito à machadinha, ele estaria disposto a enfrentar cada um a cavalo com a machadinha na mão. Entretanto, sem arremessar a machadinha. E dito isso ele olhou em volta, com um olhar duro e cruel. E os jovens, inconscientemente, encolheram os ombros, antes de ele explodir numa sonora gargalhada.

Mas o jogo do porrete na trave, em contrapartida, continuou ele, era um exercício excelente. Era a base para tudo, rapidez, esquiva, equilíbrio e muitas manchas roxas para lembrar que a defesa é tão importante quanto o ataque. Por conseqüência, foi isso que ele primeiro ensinou ao garoto Arn.

Arn levantou o seu copo de vinho, confirmando logo que foi isso que aconteceu, quando ele, ainda uma criança, entrou para o mosteiro de Varnhem. E, depois disso, só levou pancada do irmão Guilbert, todos os dias, durante doze anos, acrescentou, suspirando fundo e deixando cair a cabeça, de modo que todos caíram na gargalhada.

Já que a mijação da cerveja tinha começado, os jovens precisavam sair a toda hora, enquanto Arn e o irmão Guilbert, tranqüilamente, continuavam sentados no mesmo lugar. Dessa maneira, sempre havia um novo jovem pronto para ocupar o lugar deixado vazio e sentar-se junto dos dois homens mais idosos e, assim, enquanto os rapazes continuavam em condições de conversar, tanto o irmão Guilbert quanto Arn puderam falar com todos eles.

Quando Magnus Månesköld veio sentar-se ao lado de Arn, já a noite tinha passado mais do que Arn pensava. Era como se houvesse uma timidez entre os dois, o que exigia umas doses de vinho e de cerveja para ultrapassar esse estágio.

Magnus começou por pedir desculpa por ter errado duas vezes seu julgamento em relação ao seu próprio pai, mas acrescentou que tinha aprendido bastante com esses erros.

Arn fingiu não entender do que se tratava e pediu para ele ser mais claro. Magnus contou que teve uma grande decepção quando viu o seu pai pela primeira vez. Não como o cavaleiro dos seus sonhos, mas como escravo de colher de pedreiro na mão. E como ele, depois, devia ter entendido melhor, logo que montaram a cavalo ao deixar Forsvik. Mas tão presunçoso ele era que logo se decepcionou de novo ao ver como seu pai arremessava a machadinha sem acertar. Justo, portanto, foi o castigo que recebeu. Arqueiros melhores do que o monge e o seu próprio pai ele nunca vira. E sobre isso todas as lendas contavam a verdade.

Arn tentou brincar para encerrar a conversa, dizendo que iria treinar muito na arte de jogar as armas fora. Essa brincadeira não fez efeito em Magnus Måneskjöld, que continuou falando seriamente e se concentrou para perguntar sobre um assunto em que disse ter pensado só mais tarde.

— Quando chegamos cavalgando a Forsvik — disse ele — e quando viramos a esquina e meu pai estava lá cima na cumeeira com a colher de pedreiro... E aí desceu, correndo e olhou para nós... Como pôde me reconhecer logo como seu filho?

Arn soltou uma irresistível gargalhada, embora quisesse antes manter-se sério.

— Olhe aqui! — irrompeu ele, passando a mão no cabelo espesso e ruivo do seu filho. — Quem é que tem o cabelo ruivo da sua mãe senão você, meu filho! E, além disso, mesmo que você tivesse um elmo na cabeça, seria suficiente olhar para os seus escudos. Um de vocês, no caso você mesmo, tinha uma lua pintada junto do nosso leão folkeano. E se nada disso bastasse eu o teria reconhecido pelos olhos. Você tem os bonitos olhos negros da minha mãe.

— Amanhã, vou me tornar seu filho legítimo — disse Magnus, de repente, emocionado até as lágrimas.

— Você sempre foi o meu filho legítimo — respondeu Arn. — Talvez tenha sido um pecado que nós cometemos, sua mãe Cecília e eu, ao gerá-lo um pouco cedo demais. O nosso casamento demorou muito para se concretizar, devido ao fato de não ter sido muito fácil para o meu amigo Knut se tornar rei como ele pensava que ia acontecer, tendo prometido vir ao nosso casamento como rei. O meu amor e o amor de sua mãe eram muito grandes, o nosso desejo, um pelo outro, era ardente, e então cometemos um pecado que não fomos os únicos a ter cometido. Mas grande ou pequeno, esse pecado, já o pagamos com uma penitência muito forte. E estamos agora purificados. E amanhã vamos festejar o nosso casamento, tal como tínhamos pensado fazer há mais de vinte anos. Mas não é amanhã que você se tornará meu filho, nem é amanhã que eu me tornarei o esposo de Cecília. Eu sempre fui o homem dela e você sempre foi o meu filho, por todos os dias, nas minhas orações, durante uma longa guerra.

Magnus ficou em silêncio por momentos, pensando, como se estivesse desorientado, sem saber em que direção continuar a conversa. Havia tanta coisa acontecendo ao mesmo tempo.

— O senhor acha que o rei virá ao casamento como prometeu? — perguntou, de repente, como se com isso se tivesse salvo de temas de conversa mais difíceis.

— Não, ele não virá — disse Arn. — Birger Brosa não vem, isso já sabemos. E acho que o rei não está disposto a enfrentar o seu conde e primeiro-ministro. E no que diz respeito à promessa do rei, já aprendi que existe uma certa diferença entre o que se diz antes de a coroa assentar na cabeça e o que se diz depois. De qualquer forma, está tudo bem resolvido pelo fato de Erik, o conde, estar aqui e nos honrar com a sua presença e como representante dos erikianos e do rei.

— Mas Erik, o conde, está porque é meu amigo — objetou Magnus Måneskö1d, sem pensar.

— Me alegra saber que ele está aqui e me alegra saber que é seu amigo — disse Arn. — Mas acima de tudo ele é o conde do reino e nosso futuro rei. Dessa maneira, o meu amigo Knut sai dessa dificuldade. Ele está aqui como me prometeu. Ele não está como certamente prometeu a Birger Brosa. É assim que age um amigo inteligente quando é rei.

— Será que em breve vai haver guerra? — perguntou Magnus, em função de um impulso repentino ou do fato de a cerveja já estar conduzindo a sua conversa mais do que o seu respeito.

— Não — disse Arn. — Não por agora e ainda por muito tempo, mas a esse respeito falaremos mais tarde quando não for preciso beber tanta cerveja.

Como se as palavras de Arn a respeito da muita cerveja lhe tivessem lembrado a ordenação da natureza, Magnus pediu desculpas, levantou-se e foi andando sobre pernas já um pouco instáveis até um lugar na escuridão para se aliviar. As escravas da casa trouxeram tochas para iluminar e mais carne grelhada.

Momentos mais tarde, o irmão Guilbert e Arn ficaram sozinhos, cada um com o seu copo de vinho na mão e muitas canções e barulho à sua volta.

Arn estava um pouco irritado com a última flecha do irmão Guilbert, dizendo que sempre que se pensa muito antes de atirar, quase sempre acontece que o tiro sai ruim. Assim, a pretensão é grande demais. E quando se exige demais, o resultado sai de menos. Mas isso era uma coisa que, certamente, o irmão Guilbert já devia saber melhor do que ninguém.

Sim, era verdade, talvez se pudesse pensar assim, concordou o irmão Guilbert. Mas ele havia atirado para ganhar. Ou pelo menos para fazer o seu melhor, para que ninguém pensasse que estava oferecendo a vitória a Arn. Mas, entretanto, os Poderes Mais Altos resolveram intervir e dirigir a seta.

— *Deus vult!* — brincou Arn e levantou o punho conforme a saudação dos templários.

O irmão Guilbert entendeu logo a brincadeira e bateu com o seu punho no de Arn.

— Talvez a gente possa competir novamente, contra alvos mais difíceis em movimento ou ainda cavalgando — disse Arn.

— Ah, não! — respondeu o irmão Guilbert, rápido, claro e direto. — Você quer é botar o seu velho professor no lugar. Prefiro dar a você mais uma chance com o porrete na trave!

Riram bastante os dois, mas nenhum dos jovens estava ligando mais para eles, talvez porque não pudessem entender a conversa. O irmão Guilbert e Arn, como de costume já muito antigo, tinham mudado para o francês.

— Diga-me uma coisa, irmão — recomeçou Arn, pensativo. — Quantos templários seriam necessários para dominar as duas províncias Götalands, mais a Svealand?

— Trezentos — respondeu o irmão Guilbert, depois de pensar por um curto momento. — Trezentos foram suficientes por muito tempo para manter a Terra Santa. Este reino aqui é maior, mas em compensação aqui não existe cavalaria. Trezentos templários em três fortalezas chegariam para dominar e pacificar toda a região. Ah, ah, é nisso que você pensa! Estou ajudando a construir a primeira fortaleza justo agora, com os nossos amigos sarracenos. Que santa ironia! Aliás, você está certo de que os amigos sarracenos não virão a dar problemas? Quer dizer, mais cedo ou mais tarde, esses bárbaros nórdicos vão entender que espécie de estrangeiros eles são, rezando cinco vezes por dia e, ainda por cima, bem indiscretamente, se é que devo exprimir o fato com delicadeza.

— Foi muita coisa de uma vez só — suspirou Arn. — Sim, eu penso que se montar uma força de cavalaria capaz de realizar os mesmos exercícios que os templários conseguirei manter a paz. Vão ser necessárias mais fortalezas e não apenas uma, isso é verdade. E quanto aos sarracenos, a minha idéia é deixar primeiro que eles mostrem do que são capazes. Depois, o povo vai ter que escolher entre essa competência demonstrada e aquilo que a sua própria falsa fé diz a respeito do que os sarracenos são.

— Essa última talvez seja uma manobra perigosa — disse o irmão Guilbert, pensativo. — Você e eu conhecemos a verdade a respeito dos sarracenos. Para isso existe uma explicação. Mas não iria qualquer um desses bispos do reino, incompetentes e primitivos, cair morto, asfixiado em carne de porco, no momento em que souber da verdade a respeito dos seus construtores de fortalezas? E para conseguir a paz com uma força bem superior como você pensa criar, está certo, mas ao mesmo tempo errado.

— De que jeito está certo eu já sei, mas como está errado? — perguntou Arn, rápido.

— Está errado porque os nórdicos não entendem o que uma força de cavalaria moderna representa e como ela é invencível. Ao criar esse poder, você precisa primeiro fazer uma demonstração dessa força para conseguir estabelecer a paz. Isso, de qualquer maneira, significa guerra.

— Eu tenho pensado muito a respeito disso — admitiu Arn. — Tenho apenas uma resposta e essa resposta serve apenas para tornar a lição suave. Você se lembra da regra de ouro da Ordem dos Templários?

— *Ao puxar pela tua espada, não penses em quem tu vais matar. Pensa antes em quem tu vais poupar* — respondeu o irmão Guilbert, em latim.

— Isso mesmo — reagiu Arn. — Isso mesmo. Que seja feita a vontade de Deus!

VI

OS PESADOS CAVALOS NÓRDICOS circulavam, batendo seus cascos, com um som abafado, pelo caminho da noiva, nos dois sentidos. Por toda parte, brilhavam ao sol as machadinhas de arremessar e se ouviam o tilintar das armas e a dureza e a veemência das ordens de comando da gente de guerra. Uma parte da cavalaria ostentava o escudo do rei, mas a maioria era formada por folkeanos, chamados de longe, de burgos e de aldeias. Mil homens armados foram convocados para defender a noiva na sua viagem. Tanta gente armada nunca se viu desde que a paz fora restabelecida, e a movimentação se parecia como nos velhos tempos quando o rei convocava as cortes.

Das aldeias, bem longe, ao sul, da região de Skara, o povo saíra de casa bem cedo para ficar em fila bem juntos e ao longo de todo o caminho entre Husaby e a igreja de Forshem. Alguns ficavam sentados, comendo carne e bebendo cerveja. Outros ficavam procurando por brotos de árvores e plantas que não encontravam há muito tempo, enquanto as crianças corriam, brincando, de um lado para o outro. Todos tinham vindo para ver a noiva montada a cavalo no caminho para Forshem. Mas cortejos de casamentos, todos já tinham visto muitos, só que desta vez esperava-se que acontecesse algo mais. O presságio se mostrou através de quatro sóis e muitos rumores surgiram sobre várias ameaças transcendentais contra a noiva. Essas ameaças eram feitas por forças ocultas. Ela seria seqüestrada por Näcken, um deus do mal, ou petrificada por sereias das florestas, ou envenenada por duendes. O resto dizia respeito a coisas mais terrenas e, principalmente, a guerra e a infelicidade sobre o país, tanto no caso de a noiva voltar viva debaixo dos lençóis depois daquela noite quanto no caso de ser assassinada ou encantada e levada para o espaço etéreo. Entre os homens mais velhos e mais sábios, falava-se à boca pequena que esse casamento tinha muito a ver com a luta pelo poder no reino.

O que quer que acontecesse na viagem da noiva, essa passagem iria ser, de qualquer maneira, um espetáculo digno de uma espera de muitas horas. E esperar foi o que o povo teve de fazer, pois os que foram buscar a noiva se atrasaram muito.

Na hora combinada, quando o sol estava a pino, Cecília foi levada para a praça por seus três padrinhos, Pål, Algot e o jovem Sture, que voltaram bêbados de Arnäs pela manhã, mas que, de resto, estavam com boa disposição e que tinham muito para contar a respeito dos jogos entre solteiros com os melhores arqueiros do país.

Os três irmãos traziam todos os seus mantos verdes mais belos que, no entanto, pareciam desbotados e simples em comparação com o manto de Cecília. Lá fora, no jardim, estava a mesa da noiva, com cinco bolsas de couro com terra trazida dos cinco burgos e uma arca pesada. Era o dote da noiva que seria levado por quem viesse buscá-la. Ao lado, estava o presente de Cecília para o noivo, o manto azul folkeano feito por ela, todo bem dobrado, que ainda ninguém tinha visto. Os cocheiros seguravam os cavalos, todos festivamente selados e ornamentados, e as seis damas de honra, de branco, seguravam nas mãos o longo véu da noiva que Cecília só colocaria quando chegassem os que vinham buscá-la.

E ali estavam todos, agora, esperando, mas nada acontecia.

— Talvez o senhor Eskil tenha bebido demais da sua própria e boa cerveja — disse o jovem Sture, atrevidamente. Ele, assim como os outros, achava que o líder do grupo que vinha buscar a noiva devia ser Eskil Magnusson, visto que o velho senhor Magnus não estaria em condições de viajar.

Uma hora decorreu com todos sob o sol do meio-dia sem desistir, já que isso significaria má sorte. Cecília, de início, começou a recear que alguma coisa de ruim tivesse acontecido. Depois, seu receio transformou-se em leve irritação por pensar que Eskil a tinha feito esperar. Assim como Eskil era astuto e sagaz nos negócios, ele podia ser desleixado em relação ao bem-estar das outras pessoas, pensava ela.

Não era, porém, culpa de Eskil, como ela, em breve, iria poder constatar.

A longa distância, numa curva do caminho, perto do córrego e da ponte, ouviam-se as manifestações clamorosas do povo que aguardava. Não eram manifestações de terror, nem sequer de receio ou medo, mas de alegria.

A expectativa aumentou por parte dos três irmãos e de Cecília, que ficaram com os olhos pregados na curva do caminho onde o grupo iria surgir.

O primeiro que viram foi um cavaleiro que portava o escudo real. A seguir, vinha um séquito brilhante em que muitas pontas de lanças refletiam, piscando, a luz do sol.

— Se *aquele* que te vem buscar e por quem tanto esperamos é quem eu penso, então, está tudo perdoado — refletia Pål Jönsson, espantado, de queixo caído, ao mesmo tempo que fazia sinal para as damas de honra que vieram logo com o véu da noiva e o colocaram em Cecília, de modo que seu cabelo e rosto e a maior parte do seu corpo ficaram ocultos.

E assim ela ficou, imóvel e direita, quando os cavaleiros do rei entraram no burgo e formaram um amplo círculo, com os cavalos virados para fora e de espadas em punho. E no espaço vazio criado entraram a cavalo o rei e a rainha, ambos com mantos de arminho e de coroas nas cabeças, parando seus animais a dez passos de distância dos três irmãos e de Cecília que os aguardavam.

Como o rosto de Cecília estava agora oculto sob o véu, ninguém podia ver seus olhos. Por isso a rainha não podia ver os olhos da sua amiga, mas Cecília fez um ligeiro sinal com a cabeça quando Cecília Blanka sorriu para ela com a expressão de quem dizia "por esta você não esperava".

O rei levantou a mão, pedindo silêncio para o que tinha a dizer.

— Há muitos anos, nós prometemos, Knut Eriksson, rei dos götas e dos sveas, que conduziríamos você, Cecília, e nosso amigo,

Arn Magnusson, ao altar. As promessas se fizeram para ser cumpridas, em especial quando feitas por um rei. E aqui estamos nós, pedindo compreensão por termos demorado mais do que havíamos pensado para cumprir a nossa promessa!

Depois dessas palavras, o rei desceu do cavalo e avançou na direção dos três irmãos a quem saudou cada um de *per se*. Eles o saudaram, também, de volta. Todos, fazendo uma vênia, dobrando o joelho no chão. Raramente os padrinhos agiriam assim ao entregar a noiva, mas raramente também se entregava uma noiva ao próprio soberano do país.

Para Cecília, o rei Knut fez apenas uma pequena vênia com a cabeça e nem sequer tocou nela, por isso trazer má sorte para ambos.

Homens do rei foram chamados para carregar o dote e o presente da noiva para uma carroça ornamentada com ramagens e puxada não por bois, mas por dois cavalos baios bem agitados. Os cocheiros da casa avançaram com os cavalos dos acompanhantes de Cecília e dela própria. Para Cecília, tiveram de trazer também um banco para ela subir na sela com o vestido de noiva. E desta vez Cecília não pôde evitar a sela feminina, ficando com as pernas do mesmo lado, o que, normalmente, ela detestava.

E, assim, saíram montados do burgo real de Husaby, com o rei e a rainha na frente, depois a noiva e em seguida os três irmãos. De ambos os lados, ficaram os escudeiros do rei, sendo que alguns cavaleiros galoparam em frente para limpar o caminho de curiosos que estivessem perto demais. As ordens de comando dos líderes dos escudeiros atroavam aqui e ali. E os escravos e escravas de Husaby cantavam uma melodia que era a maneira de desejarem felicidades.

Nunca se vira um séquito de noivado como aquele que agora, sob o sol de verão, descia as colinas de Husaby na direção de Forshem, desde que o rei Knut, muitos anos atrás, fora ao convento de Gudhem buscar a sua noiva. Mas dessa vez não foram muitos os camponeses que vieram ver o cortejo. Os moradores da cidade eram fáceis de reconhecer, já que se vestiam como mulheres, com penas no barrete, ainda que fossem homens de verdade, de pêlo nas ventas.

De todos os lados, jogavam-se bênçãos, votos de felicidades e ramos de bétulas. Por vezes, Cecília tinha tantas ramagens de bétulas em cima de si que chegava a ter a sensação pagã de, em breve, se parecer mais com um fantasma da floresta do que o próprio espírito do mal.

Ao se aproximarem de Forshem, o séquito abrandou o ritmo da marcha, ao mesmo tempo que alguns cavaleiros rápidos bateram em frente numa nuvem de poeira para saber como fazer para que os dois séquitos chegassem ao mesmo tempo na igreja.

A distância, Cecília podia ver que a entrada da igreja estava cheia de gente, mas também notou que predominavam as cores vermelhas dos mantos sobre as azuis. Mas como o rei e a rainha, que viajavam um pouco à sua frente, também deviam ter visto as cores sverkerianas e não se preocuparam nem um pouco, Cecília apenas resolveu fazer um rápido sinal-da-cruz e pensar que não havia perigo nenhum.

Ao se aproximarem ainda mais, ela entendeu a razão de tanta cor vermelha. No portal da igreja, quem estava esperando era o arcebispo, e seu esquadrão de escudeiros era composto quase exclusivamente de sverkerianos.

De Arnäs, aproximava-se agora o séquito do noivo. Na frente, o líder mais antigo dos escudeiros folkeanos que veio de longe, de Älgarås, para receber a honra de ser o porta-bandeira e, portanto, do leão, da família folkeana. Atrás dele, vinham os senhores Eskil e Arn, lado a lado, ambos vestidos como guerreiros, o que parecia condizer melhor com Arn do que com o seu irmão mais velho. Arn tinha ramagens de freixo sobre si e seu cavalo, pois recebera tantos votos de felicidades pelo caminho quanto Cecília. Atrás de Arn, vinham os padrinhos do noivo, entre eles, um monge cisterciense, com o seu hábito branco e seu capuz, bem longo, da mesma cor, sobre a cabeça.

Tudo estava preparado para acontecer, daí para a frente, conforme exigia a tradição. Na entrada da igreja, a noiva desceu do seu cavalo, ajudada pelos padrinhos. Os escudeiros do rei, da família folkeana e do arcebispo formaram um anel de escudos e de espadas à volta do lugar à frente do portal da igreja onde se encontrava o arcebispo, de vestes completas, com dois capelães de preto ao seu lado e com a estola branca sobre o peito e as costas.

A noiva foi conduzida para a igreja, fez uma ligeira vênia com a cabeça na direção do arcebispo, mas não chegou a tocar nele, enquanto seus padrinhos, além da vênia completa de joelho no chão, beijaram o anel do prelado.

Um pouco longe, Arn e seus seguidores ficaram aguardando, para só depois avançarem e saudarem o arcebispo. Até mesmo Arn beijou o anel do clérigo.

Depois, chegou o grande momento em que Arn e Cecília ficaram ao lado um do outro e em frente do arcebispo. Então, Cecília levantou lentamente o seu véu, deixando entrever finalmente o seu rosto. Ela já tinha divisado seu noivo através da renda do véu, mas ele só agora a via, tal como prescrevia a tradição.

Chegou o momento da troca de presentes. Erik, o conde, avançou na direção de Arn e fez uma profunda vênia, o que foi uma inesperada honra que levou muita gente a trocar impressões, ouvindo-se, então, uma onda de murmúrios. Depois, entregou-lhe um cinto, pesado e valioso, com correntes de ouro e uma pedra verde em cada corrente. Arn colocou o cinto em Cecília, se atrapalhando um pouco, o que provocou alguns risos. E Cecília rodou, depois, um pouco sobre si mesma, levantando os braços, para que todos que estavam por perto pudessem ver o brilho do ouro que agora pendia de suas ancas em linhas retas, verticais, sobre o colo.

Pål Jönsson trouxe, então, o presente de Cecília, que notoriamente era um manto azul dobrado. Eskil logo agiu no sentido de retirar o manto que seu irmão trazia, não sem antes soltar o pesado prendedor de prata que sustinha o manto, abaixo do pescoço. Cecília desdobrou, então, lenta e solenemente o seu presente. Logo se ouviram clamores de admiração e também de inquietação entre as pessoas que estavam atrás dos escudeiros e queriam ver, esticando o pescoço e até se movimentando para a frente. Um manto mais bonito do que aquele ninguém jamais vira e o leão nas costas reluzia como se fosse feito todo de ouro, assim como as três correntes em prata e o vermelho da boca do animal. Eskil e Cecília ajudaram-se mutuamente na colocação do novo manto sobre os ombros de Arn.

Depois, tal como Cecília tinha feito, Arn rodou sobre si mesmo, dando uma volta de braços levantados, para que todos pudessem ver, o que provocou novos clamores de admiração.

O arcebispo levantou o seu bastão e se mostrou um pouco zangado, exigindo silêncio. Mas as pessoas, ainda que não menos religiosas, insistiam em comentar os valiosíssimos presentes dos nubentes.

— Em nome do Pai, do Filho e do Espírito Santo! — clamou o arcebispo e só então ele conseguiu silenciar toda a gente. — Eu vos abençôo, a ti, Arn Magnusson, e a ti, Cecília Algotsdotter, que agora resolveram contrair o sagrado matrimônio criado por Deus. Que a felicidade, a paz e a saúde estejam com vocês até que a morte os separe e que essa união abençoada por Deus possa trazer a paz e a harmonia para o nosso reino. Amém.

Pegou, depois, a água benta que lhe foi trazida por um dos capelães e com ela tocou, primeiro, na testa de Cecília, seus ombros e seu coração e, depois, fez o mesmo em Arn.

Se o arcebispo conseguisse tudo como queria, nesse momento Arn e Cecília se abraçariam em sinal de que seu casamento estaria consolidado. Mas desde o momento que entenderam o significado oculto da bênção, de que era nessa hora que se tornavam marido e mulher e não mais tarde, nem Arn nem Cecília tiveram qualquer disposição de participar no espetáculo. Diante de parentes e amigos e diante da lei, eles não seriam o senhor e a senhora, antes de concretizarem o ato na cama. E tivessem eles a necessidade de escolher partido entre o desejo do arcebispo de deixar que a Igreja mandasse e o convencimento de parentes e amigos de que as antigas tradições não deviam ser derrubadas, achavam os dois que o momento não era apropriado para essa contenda. E precisaram apenas de uma olhadela entre si para concordarem sobre a maneira de agir.

Um pouco mal-humorado pelo fato de os dois não terem dado mostras de entender aquilo que ele havia insinuado tão nitidamente com a sua bênção, o arcebispo virou-se rápido e dirigiu-se para o portão da igreja e entrou para realizar a missa.

Depois dele, entraram o rei e a rainha, Arn e Cecília, seus padrinhos e madrinhas, parentes e amigos, tantos quantos puderam arranjar lugar na pequena igreja.

A missa era para ser curta, pois o arcebispo sabia muito bem que o povo ficava cada vez mais impaciente, querendo ver o casamento, mais do que matar saudades do seu Deus. No entanto, ele recebeu uma inesperada ajuda dos próprios noivos nos cânticos, assim como do cisterciense integrado no séquito de Arn Magnusson. Nos cânticos de encerramento os três assumiram a situação por completo e cantaram cada vez com mais entusiasmo e, no final, com as lágrimas aflorando aos olhos da noiva e do noivo, cantaram em três vozes, com Cecília fazendo de soprano e sendo a primeira voz e o monge, com a sua voz grave, criando a terceira voz.

O arcebispo olhou em volta pela assembléia que parecia ter esquecido a pressa em abandonar a casa de Deus e chegar mais rápido à festa e aos prazeres terrenos. E, então, seu olhar se concentrou em Arn Magnusson que continuava, ao contrário do resto dos homens, com a sua espada à cintura. Primeiro, o arcebispo ficou com medo como se isso fosse um sinal de maus espíritos. Na realidade, ele nada de ruim podia descortinar nos olhos desse homem que cantava como os melhores cantores da igreja e com todo o sentimento. O arcebispo fez um rápido sinal-da-cruz e uma prece mental pedindo perdão por suas visões pecaminosas e sua idiotice ao relembrar que o noivo, na realidade, era um templário, mesmo que estivesse de manto azul, e que um templário era como se fosse um homem de Deus e que a espada na sua bainha negra com uma cruz dourada era uma espada abençoada pela Mãe de Deus e a única arma que podia entrar na igreja.

Com Arn Magnusson, ele teria de se comportar muito bem, decidiu o arcebispo. Isso porque um homem de Deus teria mais facilidade em entender o que precisava ser mudado para melhor neste reino onde almas cruas como as do rei Knut e de Birger Brosa dominavam. Seria mais inteligente conseguir trazer Arn Magnusson para o seu lado nas lutas que se aproximavam entre os poderes religioso e secular. Nesse sentido, esse templário devia ter mais entendimento do que qualquer um dos seus amigos desejosos de poder.

Esses pensamentos que para o arcebispo começavam a misturar maldade e desconfiança transformaram-se assim numa clara fé no futuro, tudo por conseqüência da maneira como os três mestres cantores tinham apresentado os salmos de Deus.

Como a quantidade de espectadores diminuiu depois da bênção do clérigo e da missa, o séquito da noiva levou apenas cerca de uma hora para viajar até Arnäs. Não havia mais tanto receio pela vida da noiva quando o pior já tinha passado e não se descortinava mais nenhuma ameaça séria. Todos os guerreiros tinham mudado de tática e mantinham agora o caminho mais curto para Arnäs sob total controle.

À frente do séquito e depois dos dois cavaleiros que empunhavam as bandeirolas do rei e do clã folkeano, seguiam Arn e Cecília, lado a lado, na direção de Arnäs. Não era assim que mandava a tradição, mas, nesse dia, uma coisa e outra saíam fora do habitual. O rei como aquele que fora buscar a noiva era um fato de que jamais se tinha ouvido falar. O casal de noivos cantando no coral da igreja, suplantando até mesmo gente do arcebispo, era outra idéia inédita. E o convidado jamais poderia cavalgar antes do anfitrião a caminho do seu burgo, mas e se o convidado fosse o rei e tivesse a rainha a seu lado? Na verdade esse casamento havia virado muita coisa do avesso.

Dentro dos muros de Arnäs surgiam tantas cores fortes que parecia impossível para o olho humano agüentar tantas variantes. À volta das barracas de cerveja se misturavam os mantos vermelhos, cor de sangue, de sverkerianos, com os azuis de erikianos e folkeanos. Mas havia também uma grande quantidade de roupagens estrangeiras em todas as cores, vestindo convidados que gostavam de se mostrar superiores, o que acontecia muito na corte do rei, ou os homens francos que Arn Magnusson trouxe consigo e que eram superiores demais para beber cerveja e cuja língua materna era totalmente incompreensível. Tambores e flautas eram tocados por todos os lados, havia artistas jogando archotes no ar, bem alto, às voltas, mas que caíam sempre do jeito certo, havia ainda cantores tocando instrumentos de corda e cantando lendas francesas em cima de estrados levantados. O arcebispo também passava num palanquim pela praça do burgo e, de vez em quando, estendia o braço e com a mão distribuía bondosamente suas bênçãos para a direita e para a esquerda.

Arn e Cecília tinham de se separar de novo, visto que Cecília precisava subir no banco da noiva como prometido e colocado no meio da praça. E Arn precisou fazer o mesmo, diante dos seus amigos solteiros. Eskil tinha decidido assim para que todos pudessem ver a noiva e o noivo. Afinal, apenas metade dos convidados tinha lugar, mais tarde, na enorme sala da casa-grande. Para todos que eram obrigados a comer e a beber o quanto quisessem lá fora na praça, seria um desapontamento terem de se contentar com os piores lugares e nem sequer terem a chance de ver os noivos. Haviam sido levantados também assentos elevados iguais para o arcebispo, o rei e o senhor de Arnäs.

O irmão Guilbert subiu ágil e oportunamente pelos suportes de madeira e sentou-se ao lado de Arn, chamando, ao mesmo tempo, os tocadores de alaúde e os cantores francos para que se aproximassem e repetissem o que haviam cantado por último. Estimulados pelo fato de, mesmo assim, existirem entre os presentes alguns que conheciam também as letras das canções e não apenas as melodias, eles obedeceram de imediato. Tanto Arn quanto o irmão Guilbert se entreolharam, acenando com a cabeça, reconhecendo os primeiros versos da canção. O irmão Guilbert parecia até disposto a cantar uma parte de outros versos, ainda que tais canções fossem proibidas para ele.

No momento, a canção versava sobre o cavaleiro Roland que, diante da morte, tentou sem sucesso quebrar a sua Durendal para que ela não caísse nas mãos do inimigo cujo punho escondia relíquias sagradas, tais como um dente de São Pedro, sangue de São Basílio e um fio de uma saia que a Mãe de Deus usou. Mas a espada não se quebrava por muito forte que Roland, mortalmente ferido, tentasse e os anjos de Deus, por compaixão pelo herói, levantaram a espada para cima, para o céu, e Roland pôde então esconder-se na sombra de um pinheiro, com a trompa de guerra, o olifante, a seu lado. Virou a cabeça na direção das terras dos infiéis, de modo que o rei Karl, o Grande, não acabasse vendo o seu herói morto com o rosto covardemente desviado para o lugar errado. E ele se benzeu por seu pecado e estendeu a luva de guerra da mão direita, elevando-a na direção do céu, na direção de Deus. São Gabriel desceu então e a recebeu, ao mesmo tempo que levou a alma de Roland para o céu.

Arn e o irmão Guilbert ficaram emocionados com essa canção, já que ambos tinham facilidade em imaginar tudo o que se cantava como se tivesse acontecido com eles. Muitas eram as histórias que eles haviam ouvido sobre os cavaleiros cristãos na Terra Santa que quebraram suas espadas esperando pela morte enquanto entregavam a sua alma a Deus.

Quando os dois cantores provençais perceberam que existiam ouvintes que, realmente, eram tocados pela letra da canção, eles se aproximaram o quanto podiam do irmão Guilbert e de Arn e cantaram, verso em cima de verso, como se nunca mais quisessem terminar. A canção sobre o cavaleiro Roland não era das mais curtas.

Arn, que preferia ter pago para não ouvir os cantores, acabou se irritando com o fato de as canções demorarem para terminar e gritou na linguagem dos francos que agradecia muito, mas já bastava. Desapontados, os cantores silenciaram e se afastaram ao encontro de um novo público.

— Você devia ter dado algum dinheiro para eles — explicou o irmão Guilbert.

— É possível — disse Arn. — Eu não trago dinheiro comigo, tal como você não traz. Por isso, vou precisar me lembrar desses detalhes mais tarde. Estou ainda dominado pela sensibilidade do monge que fui. E não é fácil perder o hábito.

— Então, está na hora de se desabituar de vez, já que a noite de núpcias está chegando — brincou o irmão Guilbert, porém se arrependeu de imediato ao ver que Arn ficou pálido perante essa lembrança.

Finalmente, soou a corneta indicando que a festa de verdade ia começar e metade dos convidados começou a dirigir-se para o portão da grande sala enquanto a outra metade ficou na praça, sem saber realmente como deviam se comportar para não demonstrar como estavam magoados por não estarem entre os cem convidados especiais. Mas quem demonstrou abertamente o seu desagrado foram os sverkerianos que se reuniram todos de modo a constituir uma grande mancha vermelha na praça. Isso porque, entre os que seguiam para dentro da grande sala, poucos eram os que vestiam mantos vermelhos e estes estavam vestindo apenas mulheres.

O mais bonito de todos esses mantos vermelhos era o de Ulvhilde Emundsdotter, a amiga mais querida de ambas as Cecílias desde os tempos negros no convento de Gudhem. A amizade entre as três mulheres era muito forte, embora existisse sangue entre elas. Arn, o futuro esposo de Cecília Rosa, havia cortado a mão de Emund, o pai de Ulvhilde. O marido de Cecília Blanka, Knut, foi quem matou Emund, após negociações fraudulentas.

As três seguiram na frente, bem juntas. A rainha Blanka já sabia onde iriam ficar sentadas naquela noite, todas as três juntas, em cima na banqueta da noiva, com as seis damas de honra embaixo.

Embora a noite fosse muito luminosa, muito clara, nessa época de verão, as chamas dos archotes iluminavam todos os recantos do salão quando os convidados entraram. Por cima do lugar de honra, junto da parede comprida, colocaram um grande tecido azul com um leão folkeano desbotado, de tempos antigos, e de ambos os lados do lugar de honra o pessoal da casa, com pouco respeito, fixou dois alvos vindos dos jogos da noite de despedida de solteiro de Arn, de tal maneira que a primeira coisa que se via, nas sombras dançantes das chamas dos archotes, eram duas flechas cravadas no símbolo heráldico negro dos sverkerianos. À volta das flechas, num dos alvos, havia uma coroa dourada, para que todos pudessem ver com os próprios olhos aquilo que os rumores já propagavam por todos os cantos. O noivo tinha ele próprio atirado dez flechas tão juntas que uma coroa apenas podia envolvê-las. E tudo isso à distância de cinqüenta passos.

Ulvhilde era a que menos razões tinha, entre todos, para deixar de ver essa simbologia. Ao tomar seu lugar junto das Cecílias, suas amigas, lá em cima, na banqueta da noiva, ela riu: para sua felicidade, não tinha sido convidada para a noite anterior, em que, certamente, haveria que tomar cuidado com as suas costas para não receber uma flechada. Nas costas, bem no meio do manto vermelho, ela tinha o símbolo heráldico, a cabeça negra, com milhares de fios de seda, um trabalho bonito que as três amigas tinham feito, sendo as primeiras no reino a fazê-lo, durante o seu tempo no convento de Gudhem, na prisão da madre Rikissa.

Cecília Blanka achava que qualquer insulto jamais ficaria maior do que a importância que nós lhe quiséssemos dar e que Ulvhilde devia providenciar para que, da próxima vez que houvesse um torneio de tiro ao arco em suas terras, no burgo de Ulfshem, fosse um leão o alvo das flechas. Assim, os brincalhões receberiam de volta, pagos com a mesma moeda.

A banqueta do noivo estava localizada longe na sala, do outro lado da primeira mesa comprida. E no meio desta ficavam os lugares de honra. Era ali que estavam se sentando no momento Eskil e Erika Joarsdotter, cada um de cada lado do arcebispo. O rei tinha decidido sentar-se ao lado do noivo, assim como a rainha ao lado da noiva. Essa honra nunca havia sido vista na história do reino dos erikianos e folkeanos.

Mas quando todos se sentaram, Erika Joarsdotter deixou o seu lugar, preocupada, e foi até o portão onde ficou por momentos enquanto os murmúrios e os sussurros se espalhavam, visto que os convidados entendiam que nem tudo, afinal, estava certo. Maior foi então a surpresa que se seguiu. O velho senhor Magnus entrou no salão ao lado da sua esposa Erika, avançando lentamente, mas com passadas seguras e com grande garbo, entre as mesas, todo o caminho até o lugar de honra, onde se sentou ao lado do arcebispo, com Erika do outro lado. Um dos criados logo chegou com uma antiga trompa ornamentada com enfeites de prata e cheia de cerveja, entregando-a ao senhor Magnus, que se levantou, bem estável e seguro nas suas pernas, e ergueu a trompa para fazer um brinde. Logo se fez silêncio em toda a sala, diante da tensão e do assombro geral Todos pensavam que o senhor Magnus há muitos anos estava inválido e esperando apenas pela chegada da morte.

— Poucos foram os homens que tiveram o privilégio da alegria que eu recebi hoje! — disse o senhor Magnus, em voz alta e clara. — Brindo agora com vocês, meus parentes e amigos, por ter recebido de volta da Terra Santa o meu filho e ter ganho mais uma filha para a minha casa, também por ter recebido a graça da recuperação da minha saúde e a alegria de ver parentes e amigos confraternizando em paz e harmonia. Razões melhores para erguer esta taça ninguém teve antes, entre os meus ancestrais!

O senhor Magnus bebeu, então, todo o conteúdo da trompa, de uma vez, sem deixar pingar uma só gota, embora para aqueles que estavam mais próximos ele tivesse estremecido um pouco já no esforço final.

Houve um momento de silêncio depois de o senhor Magnus se ter sentado e ter estendido a trompa dos seus ancestrais para Eskil. Mas a seguir veio a aprovação forte e clara num crescendo até o estrondo altissonante dos cem convidados batendo seus punhos na mesa. Logo depois, tocaram os pífaros e os tambores e comida foi servida por escravas vestidas de branco, enquanto os artistas contratados seguiam na frente, alegremente, realizando os seus truques.

— Com carnes, aves e cerveja, vamos evitar uma boa parte dos bocejos, o que é muito bom — disse a rainha Blanka, levantando o seu copo de vinho na direção das amigas Cecília e Ulvhilde. — E sem dúvida eles tinham motivos para lançar seus olhares para nós aqui em cima, vestidas de verde, vermelho e azul!

Elas estavam bebendo sem parar, visto que tanto Ulvhilde quanto Cecília tiveram uma explosão de riso diante da maneira indecente de a amiga disfarçar a inconveniência de bocejar, situação em que estavam há um bom tempo, sendo objeto de murmúrios e de dedos apontando o lugar onde estavam.

— É. Se quiserem ver mantos vermelhos aqui dentro, será difícil. Não somos muitos — disse Ulvhilde, representando uma pessoa refinada ao baixar o seu copo na mesa.

— Olha lá, querida amiga, não precisa exagerar — respondeu a rainha Blanka. — Você não está tão mal assim, em termos de honra. Está sentada ao lado da rainha e da noiva. E por sorte ainda está sentada aí com o manto do galo preto.

— Assim como você, nesse caso, está sentada aí com o manto das três coroas! — desdenhou Ulvhilde nesse ambiente de faz-de-conta.

O murmúrio de todos os convidados na sala aumentou, ficou cada vez mais alto, de tal maneira que elas se sentiram totalmente seguras de que podiam falar o que quisessem e não seriam ouvidas. A rainha Blanka achava que estava na hora de explicar tudo, enquanto ainda estivessem com a cabeça em ordem, já que em breve teriam bebido demais.

O mais importante a explicar, rápida e decisivamente, continuou ela, era o significado desse espetáculo, além de ser uma alegre festa de casamento. Sem dúvida, elas tinham muita coisa de que se alegrar, mais do que podiam ter sonhado no momento em que estavam as três como prisioneiras em Gudhem. Imagine-se se, naqueles momentos do mais profundo desespero, elas poderiam pensar que iriam estar ali como estavam, as três juntas, duas bem casadas e a terceira festejando seu casamento. Na realidade, o que aconteceu foi mais do que se poderia esperar, mas elas tinham o resto das suas vidas para falar da indescritível alegria e da incompreensível graça recebida. Aqui e agora, era preciso falar disso. Era preciso que a rainha falasse disso. Porque em breve não haveria mais tempo para tal.

E assim ficou a situação. Quase todos os homens do reino com algum poder estavam ali reunidos naquela sala. Todos, menos Birger Brosa. E alguns mais, do lado do bispado. Perto de Arn, lá longe, do outro lado da sala, brilhavam as três coroas, tanto no rei quanto no jovem conde. Junto da noiva, estava a rainha. E o arcebispo no lugar de honra.

E não foi pouco o que ela teve de lutar para estar tudo desse jeito. Seu marido e rei tinha resmungado e reclamado muito. Que, de forma alguma, queria ofender o seu conde, Birger Brosa. E nesse momento estava Birger Brosa, com a sua Brigida, sozinhos, em Bjälbo. E de mau humor. Não era bem isso que se queria, mas era, ainda assim, o que de melhor podia acontecer. A intenção era a de mostrar que o reino estava em harmonia, que os erikianos e os folkeanos estavam uns ao lado dos outros. Mais e melhor do que isso era impossível fazer.

— Mas, minha querida amiga, você disse que tudo isso era como se fosse um bom sonho para nós três, ficar aqui juntas. Você quer dizer com isso que não está aqui pela nossa amizade, mas por causa do poder? — objetou Cecília com uma expressão de quem, de repente, se sentiu ferida.

— Claro, claro que estou aqui por nossa amizade. Mas você precisa ver ambas as coisas. Há o outro lado da coisa, além da amizade que nos une, a você, a mim e a Ulvhilde. Vou tentar explicar! Ninguém poderá dizer que o rei fez uma manobra para tentar evitar esse casamento. Ninguém poderá dizer que estamos mortificados porque você não foi parar em Riseberga, com a cruz no peito e o véu na cabeça, com os sagrados votos feitos. Mas, se estivéssemos mortificadas, isso teria significado que o rei teria levado a sua vontade adiante. Mas, então, apenas Erik, o conde, estaria aqui, além do arcebispo. E metade dos convidados aqui presentes. E metade desses convidados aqui na sala teriam todos mantos vermelhos. Seria um casamento entre sverkerianos e folkeanos, mais do que entre erikianos e folkeanos. Os rumores da separação chegariam em breve a todos os recantos do reino. O rei e Arn passariam a olhar-se de lado. Birger Brosa teria recebido mais água para o seu moinho. Seria uma idiotice, mas é assim que os homens, muitas vezes, se comportam!

— Você é a única de nós três que serve para rainha — suspirou Ulvhilde. — Tudo o que você diz a respeito da luta pelo poder soa tão bem, tão inteligente, quando se ouve. O que ainda não consegui entender é como você consegue levar o seu Knut para onde você quer.

É mais fácil para mim lá em casa, já que sou eu a proprietária das produções e do burgo. Mas como você consegue?

— Paciência é um dos princípios — respondeu a rainha Blanka com uma expressão de felicidade, bebendo o resto do seu vinho e estendendo o copo vazio para uma das escravas. — A exploração da vaidade dos homens é outro. A vaidade é o ponto fraco deles. O mais difícil é a paciência. O mais fácil é a exploração da vaidade. Quando contei para o meu querido marido que ele podia se tornar aquele que garantiria a paz no casamento, de que se falava tão mal em voz baixa, e de como ele podia se tornar amado como um rei nobre que evitava todas as manobras malvadas de alcançar seus fins, quer fosse ele a dar as ordens ou não, aí ele começou logo a escutar melhor. Como não seria possível evitar esse casamento, era melhor aproveitar do que ficar irritado. Melhor era que o rei, sem egoísmos e com todo o seu poder, colocasse as suas mãos protetoras sobre todos nós. Assim age um grande homem, amigo dos seus amigos e um bom soberano. E foi isso que ele acabou entendendo ao final.

— Embora a primeira coisa que ele viu foi um irritado Birger Brosa e as duas Cecílias que eram contra seus planos! — reconheceu Ulvhilde, rindo, ao mesmo tempo que estendia o copo para receber mais vinho.

— É uma questão de dizer a mesma coisa, mas a cada vez com palavras novas. E aqui estamos nós, neste lugar, não apenas para a nossa satisfação, mas também para o bem do reino — disse a rainha, juntando as mãos de tanto prazer diante da bandeja de madeira que puseram na sua frente, com belos capões bem alinhados e com penas vermelhas e negras bem dispostas. Logo na hora dos cumprimentos, ela tinha segredado para Erika Joarsdotter que preferia evitar a carne de porco na mesa da noiva e que as suas duas amigas que também tinham vivido com ela no convento tinham o mesmo paladar.

E então foi feito o primeiro brinde à noiva, o primeiro *skål*, e Cecília levantou-se, corada e insegura, obrigada a beber todo o conteúdo de um copo de vinho, de que ela acabou deixando respingar algumas gotas no seu vestido branco.

— Vamos precisar de um pouco de água aqui — murmurou Ulvhilde. — Pois acho que haverá vários brindes à noiva ainda esta noite.

A rainha concordou e fez sinal para uma das escravas que tinha recebido ordens para ficar olhando sempre para a rainha durante toda a noite, jamais desviando o olhar.

Ao lado de Arn, no outro extremo da sala, lá bem em cima, na mesa do noivo, sentava-se o rei a um lado e Magnus Månesköld e Erik, o conde, no outro. Assim o próprio rei havia decidido, quando ouviu dizer que Magnus havia sido o melhor combatente, logo depois dos dois templários que, evidentemente, estavam lutando no seu próprio mundo.

O rei Knut passou o braço pelos ombros de Arn e contou longas histórias de como ele sofreu muito por não ter Arn ao seu lado durante aqueles anos sangrentos, antes de a coroa ficar segura na sua cabeça. Melhor amigo do que Arn ele não tinha na vida, já que Birger Brosa era mais um pai inteligente do que um amigo, isso ele podia confessar, agora, no momento, visto que ninguém podia ouvir o que os dois estavam falando. Jamais tinha hesitado, nem sequer por um momento, ao decidir vir ao casamento do seu melhor amigo, com todas as bandeiras e cavaleiros que pudesse reunir. E também não tinha duvidado nem um pouco de que esse casamento de seus dois amigos acontecia porque era a vontade de Deus e por graça de Nossa Senhora, além de ser um prêmio pela longa fidelidade e pela esperança jamais perdida que Arn e Cecília haviam demonstrado. Quem era ele, um pobre pecador, para se intrometer nos superiores desígnios do Senhor?

Como Cecília Rosa e a rainha eram grandes amigas, o prazer seria muito maior agora, quando passariam a ser vizinhos. Para os moradores de Forsvik, a igreja mais próxima estava localizada em Näs, e ele próprio e a sua rainha, com muito prazer, honrariam Forsvik com a sua presença, assim como ele esperava, sinceramente, que Arn e Cecília Rosa viessem com freqüência a Näs e não apenas para ir à igreja.

O rei falou muitas destas palavras mansas para Arn logo no começo da noite. Primeiro, Arn ficou muito satisfeito e aliviado. Tinha vivido por tanto tempo em um mundo onde a mentira e a falsidade eram proibidas que, agora, continuava acreditando em tudo o que lhe diziam. Mas um pouco mais tarde acabou recordando a saga sarracena a respeito do médico franco menos competente que resolveu aplicar mel nas feridas profundas causadas por golpes de espada.

O mel, na imaginação das pessoas, era o contrário de ferimento e dor, assim como o sal era o contrário de doce. E como o sal era o que fazia mais doer e mais feria, muitos acreditavam no benefício de mel. Dizia-se também que uma boa camada de mel sobre um ferimento grave fazia sentir um forte alívio de início. Mas depois de um curto período, o ferimento ficava pior e acabava fácil em gangrena.

Todos os construtores sarracenos ficaram sentados na segunda mesa comprida, mas bem perto da família do noivo. Arn foi quem cuidou para que ficassem ali, já que queria que todos vissem que eles recebiam o mérito pelo seu trabalho. Arn foi bastante cuidadoso, também, ao pedir mais de uma vez a Erika Joarsdotter para que providenciasse para eles água fresca e que os criados da casa evitassem apresentar qualquer tipo de carne de porco para os estrangeiros. Além disso, ele preferia sentar-se bem perto dos seus construtores para interferir caso houvesse a menor briga.

E nesse exato momento parecia que estava começando mesmo uma briga, se bem que a distância fosse impossível para ele saber do que se tratava. Fez um sinal para Knut como se tivesse chegado a hora de ir aliviar suas necessidades, desceu por trás da mesa e dirigiu-se para a saída, não sem antes fingir ter uma razão para parar junto dos sarracenos para deixar que eles lhe desejassem felicidades. E foi isso que fizeram, também, assim que ele chegou perto, ao mesmo tempo que a sua discussão logo terminou.

Arn sentia-se mal aos seus olhos e aos olhos dos sarracenos por causa das suas roupas vaidosamente francófilas que farfalhavam muito por baixo do manto quando ele se mexia. Uma expressão de insatisfação também lhe parecia ver nos cantos das bocas dos sarracenos, embora estes fizessem o máximo para esconder isso. Ele perguntou por que, sem rodeios, mais à maneira dos nórdicos do que dos árabes, qual era o motivo da insatisfação e recebeu como resposta, de forma hesitante, que uma ou outra das iguarias oferecidas na mesa podia ser impura.

Rápido, Arn quis terminar com essa questão, antes que o rumor de que os francos não comiam carne de porco se espalhasse pela festa. Existia apenas uma maneira de obter o respeito, de imediato, dos sarracenos e sua obediência. Como se ele apenas estivesse lendo alguns pedaços de uns versos em língua estranha, falou rindo para eles na própria língua de Deus.

— Em nome de Deus, Todo-Misericordioso e Clemente! — começou ele, e logo conseguiu o silêncio de toda a mesa. — Ouçam o primeiro verso da surata Al Maidah!* *Ó crentes, cumpri com vossas obrigações. Tem-vos sido permitido alimentar-vos de reses de todas as espécies.* Ou, por que não, as próprias palavras de Deus na surata Al Anam? *Comei pois de tudo aquilo para o qual haja sido evocado o nome de Deus, se credes em Seus versículos. E que nos impede de desfrutar de tudo aquilo para o qual foi invocado o nome de Deus, uma vez que já vos foi especificado quanto ao proibido, salvo se vos virdes obrigados a tal? Muitos se desviam devido à sua luxúria, por ignorância: porém, teu Senhor conhece os profanadores.*

Mais do que isso Arn não precisava dizer. Nem tampouco precisava explicar como essas palavras deviam ser entendidas. Acenou com a cabeça, por amizade. E pensativamente, refletindo para si mesmo, como se tivesse lido apenas alguns versos seculares para divertir seus amigos e construtores, vindos da Terra Santa. E voltou tranqüilo para o seu lugar e o que maior admiração causou foi o mais bonito de todos os mantos folkeanos da terra e não a inesperada ação do noivo, com a leitura de versos.

Na mesa dos sarracenos não se ouviu nem mais uma queixa durante o resto da noite.

---

* Todas as citações do islamismo neste livro são do *Alcorão Sagrado*, versão em língua portuguesa diretamente do árabe por Samir El Hayek, editora Otto Pierre Editores. (N. T.)

Assim que o rei Knut começou a ficar cheio de bebida, abandonou todo o mel na sua fala e enveredou por aquilo que ocupava o maior lugar nos seus pensamentos. Primeiro, dizia ele, era da maior importância que Arn se reconciliasse com o seu tio Birger Brosa. E em seguida indicou o que achava mais conveniente em termos de casamento de folkeanos, que o filho de Arn, Magnus Måneskröld, se casasse com a sverkeriana, Ingrid Ylva. E quanto mais depressa melhor. Mas Arn logo se engasgou com o vinho.

— Ainda nem a coberta foi puxada para cima de mim e de Cecília e você já está pensando no próximo casamento. Você deve ter alguma intenção por trás disso, qual é? — perguntou Arn, engasgado antes de tossir para fora o vinho que queria entrar pelo caminho errado.

— Aquele arcebispo manhoso ali quer fazer de um sverkeriano, mais precisamente de Sverker Karlsson, o próximo soberano do reino — respondeu Knut, ao mesmo tempo que baixava a voz, embora ninguém por perto pudesse ouvir, dado o barulho que os convidados faziam.

— Em primeiro lugar, o poder está nas mãos de vocês, erikianos, e nas nossas mãos, folkeanos — respondeu Arn. — E, em segundo lugar, não entendo como poderíamos aplacar o arcebispo com o casamento do meu filho com uma sverkeriana.

— Nem é essa a nossa intenção — reagiu o rei. — A nossa intenção é evitar a guerra a qualquer custo. O que vimos durante muitos anos de guerra ninguém mais quer viver de novo. Não é o arcebispo e seus amigos dinamarqueses que queremos aplacar. São os sverkerianos. Quanto mais unidos formos pelos laços do casamento, melhor conseguiremos manter a guerra longe.

— É assim que Birger Brosa pensa, com certeza — constatou Arn.

— Sim, é desse jeito que Birger Brosa pensa. E a sua sensatez não tem dado errado há mais de vinte anos. Sune Sverkersson Sik era irmão do rei Karl. Se o arcebispo e seus amigos dinamarqueses entrarem em guerra conosco, eles vão precisar ter Sune Sik a seu lado. Não é suficiente ter o filho do rei Karl, Sverker, que eles tentam preparar para ser rei, lá no sul, em Roskilde. Sune Sik vai pensar mais de duas vezes antes de levantar a espada contra o seu próprio genro, Magnus Månesköld. E é essa a nossa vontade real.

— O rei Karl, nós matamos em Visingsö. Seu filho, Sverker, conseguiu fugir para a Dinamarca. E agora vamos amordaçá-lo, caso eu próprio me casasse, como você e Birger Brosa queriam, ou o meu filho, Magnus, se case com essa tal de Ingrid Ylva, é isso?

— Sim, é isso mesmo que eu gostaria que fosse feito.

— Você já perguntou a Magnus o que é que ele pensa sobre esse casamento encomendado? — perguntou Arn, tranqüilamente.

Mas diante dessa pergunta o rei apenas disfarçou, voltando-se e pedindo mais carne de vaca salgada e cerveja. O rei era conhecido por sempre comer grandes quantidades de carne salgada, preferindo-a à carne fresca por achar que a carne salgada ia melhor tendo cerveja para acompanhar.

Como Magnus Månesköld estava a menos da distância de um braço de Arn, envolvido numa conversa intensa com Erik, o conde, sobre algum assunto que, certamente, dizia respeito a tiros de flecha e a caça, aquela pergunta sobre um novo casamento arranjado podia ter logo a sua resposta. Pelo menos, foi isso que Arn imaginou, ao se esticar um pouco, pousando a mão no braço do seu filho que imediatamente interrompeu a sua conversa com o amigo e se virou.

— Tenho uma pergunta a fazer, meu filho — disse Arn. — É uma pergunta simples de apresentar, mas mais difícil de responder. Você quer se casar com Ingrid Ylva, filha de Sune Sik?

Primeiro, Magnus Månesköld ficou em silêncio, espantado com a pergunta. Mas logo se recompôs e apresentou uma resposta lúcida.

— Se essa é a sua vontade, meu pai, e se, além disso, é da vontade do rei, podem estar certos de que eu obedecerei — respondeu ele, com uma leve inclinação da cabeça.

— Eu não quero obrigá-lo a nada, mas apenas saber qual é a sua própria vontade — reagiu Arn, fazendo um vinco na testa.

— O meu desejo é satisfazer a vontade de meu pai e do meu rei em tudo o que estiver ao meu alcance. E casar é um dos serviços mais fáceis a que me posso prestar, a seu pedido — respondeu Magnus Månesköld, rápido, quase como se ele estivesse rezando, fazendo uma oração.

— Esse casamento iria fazer você feliz ou infeliz? — insistiu Arn, para contornar a notável disposição de seu filho em se submeter.

— Não ficaria infeliz — respondeu Magnus Månesköld. — Apenas vi Ingrid Ylva, duas vezes. Ela é uma jovem muito bonita, de cintura fina e cabelos negros, como muitas mulheres sverkerianas costumam ter, tal como a minha avó tinha, segundo ouvi falar. O seu dote não deve ser nada de se desprezar e ela é de família real. O que mais eu poderia desejar para mim?

— Muita coisa, caso você estivesse apaixonado por uma mulher, de tal maneira que todas as noites sentisse prazer em rezar por ela e acordasse todas as manhãs com vontade de a ver de novo — murmurou Arn, de olhar recolhido.

— Eu não sou como o senhor, meu pai — respondeu Magnus Månesköld, suavemente, e com uma expressão que era mais de compaixão e de amor do que de arrogância diante dessas perguntas estranhas que ele se esforçou por responder com todo o respeito. — A lenda do amor existente entre o senhor e a minha mãe é muito bonita e é cantada em estábulos e em mercados. E até hoje nada diminuiu nessa bonita canção sobre fidelidade, esperança e amor. E, sinceramente, eu me alegro muito com isso tudo. Mas não sou como o senhor, meu pai. Ao pensar em casamento, farei o que a minha honra exige, o que o meu clã, e o meu pai e o meu rei me pedirem que faça. Nunca pensei de outra maneira.

Arn não disse mais nada, acenou com a cabeça e virou-se de novo para o rei. Mas se conteve, antes de dizer aquilo que primeiro pensou, que o casamento com Ingrid Ylva poderia ser realizado assim que fosse tudo combinado com Sune Sik. Várias coisas fizeram com que hesitasse. Acima de tudo, a repentina constatação de que seria ele quem iria buscar a noiva num casamento como esse. Teria que ir buscar a filha de um homem cujo irmão ele ajudara a matar. Isso exigia reflexão e orações, antes de avançar, apressadamente, nesse caminho.

A noite já tinha corrido pouco mais da metade, quando a escuridão curta, finalmente, sobreveio e, então, chegou a hora da dança. Com tambores, metais e pífaros começando a tocar, as damas de honra levantaram-se da mesa da noiva, deram as mãos umas às outras e foram andando entre as mesas, com passadas que seguiam a música. Era o adeus da juventude a quem, naquela noite, iria abandonar as suas irmãs solteiras. Raramente essa dança tinha se realizado com a colaboração de artistas estrangeiros e sua música, mas, segundo a opinião da maioria, ficou ainda melhor assim.

Logo que as jovens damas terminaram a primeira volta às mesas, a música recomeçou mais rápida e mais alta na volta seguinte. Na terceira e última volta, o ritmo aumentou ainda mais e algumas das jovens tiveram dificuldades em manter o equilíbrio. Segundo a tradição, elas deviam dançar em roda, de mãos dadas, de modo que todas poderiam se ajudar umas às outras, ao dar as passadas rápidas, mas o salão de Arnäs estava cheio demais, não sendo possível, portanto, seguir por completo as antigas regras.

Depois das três voltas, todas as jovens damas pararam, afogueadas e de rostos vermelhos, convidando, então, Cecília Rosa, a rainha e Ulvhilde Emundsdotter para descer e se juntarem a elas, de mãos dadas. Com a rainha Blanka na frente, Ulvhilde depois e a noiva por último, todas avançaram, então, lentamente, pela sala e saíram pelo portão.

Assim que o portão se fechou, chegou mais cerveja de todos os lados e o barulho geral aumentou, de tal maneira que ficou até difícil para cada um ouvir o que o outro estava dizendo, mesmo que estivesse bem a seu lado e até falando aos gritos.

Já os canecos iam pela metade, quando o velho senhor Magnus se levantou e, apoiado no seu filho Eskil, se dirigiu para a mesa do noivo. Com um gesto, convidou, então, o seu filho Arn a descer, depois o rei, depois ainda Erik, o conde, Magnus Månesköld e também o monge.

Com votos de felicidades e brados alegres de todos os lados, alguns descarados, da espécie que a muita cerveja costuma estimular, Arn avançou lenta e solenemente pela sala, sendo o último de uma fila em que o rei seguia em primeiro lugar. No pátio, lá fora, todos os convidados estavam agora em cima das mesas e dos bancos para ver a curta procissão passar na direção final do quarto e da cama onde o casamento iria se consumar.

A viagem não foi longa, apenas até o outro extremo da casa-grande, onde havia uma escada que conduzia para o quarto dos noivos.

O velho senhor Magnus teve dificuldade em subir a escada, mas não desistiu amparando-se em mãos que o ajudaram na empreitada. Na antecâmara, antes de entrar no quarto, a movimentação ficou difícil, já que todos que vieram começaram a tirar a roupa de Arn, coisa que este tentou evitar. Seu pai, no entanto, brincou, dizendo que agora já era tarde para começar a reclamar.

De Arn, retiraram, então, todas as roupagens estrangeiras e enfiaram pela cabeça dele uma camisa longa e branca, de linho, com uma grande abertura no pescoço. E só então a porta para o quarto, enfim, se abriu.

Lá dentro, já deitada na cama, estava Cecília Rosa, também vestida de linho branco, com o cabelo solto e os braços ao longo do corpo. E aos pés da cama estavam a rainha, Ulvhilde e as seis damas de honra. O rei e o senhor Magnus lideraram, então, Arn, cada um pegando num dos braços dele, até a cama, convidando-o a se deitar ao lado de Cecília. Ao obedecer ao convite, Arn não pôde evitar que as suas faces corassem, do jeito que as de Cecília também estavam coradas. Mas se deitou, os braços esticados ao lado do corpo, enquanto os seus acompanhantes foram se colocar também aos pés da cama.

Todos ficaram nas suas posições por um longo tempo sem dizer nada. E Arn, que não fazia a mínima idéia do que se esperava dele ou de Cecília, desviou o rosto, preocupado, e lhe fez uma pergunta, a que ela não pôde responder. Parecia que todos os seus parentes e amigos esperavam por alguma coisa, embora nem Arn nem Cecília entendessem o que fosse.

Eles acharam que a espera demorou dolorosamente, antes que ficassem sabendo. Era o arcebispo. Seus passos irregulares se ouviram muito antes de ele entrar cambaleante no quarto, com o capelão lhe dando apoio.

O grande momento tinha chegado. O arcebispo levantou a mão e deu a sua bênção, ainda ofegante pela subida da escada. A rainha pegou um grande e bonito cobertor de um lado e o rei, do outro, e os dois cobriram, então, lentamente, o casal deitado, Cecília e Arn.

Estava consumado o casamento, na presença de doze testemunhas. Com isso, Cecília Rosa e Arn Magnusson se tornaram, finalmente, marido e mulher. Segundo as regras da Igreja, até que a morte os separasse. Segundo as leis da Götaland Ocidental e dos ancestrais, até que alguma razão surgisse para separá-los.

Seus amigos e parentes, todos lhes desejaram felicidades, cada um de *per se*, com uma vênia. E todos, enfim, saíram do quarto, deixando os noivos para a sua primeira noite juntos.

O quarto estava iluminado, tanto por tochas de piche em contentores de ferro quanto por velas de cera. Os dois ficaram quietos, quase rígidos, olhando para o teto, sem que nem um nem outro dissessem qualquer coisa, durante um bom momento.

A viagem deles até essa cama foi longa. Agora, finalmente, tinham chegado lá, pela vontade de Deus. Nossa Senhora tinha-lhes prometido isso e eles próprios rezaram todas as noites, durante mais de vinte anos, para que isso acontecesse. Mas também porque a paz e a harmonia do reino o exigiu. E ambas as famílias o decidiram. O rei e a rainha puxaram o cobertor sobre eles. Mais marido e mulher do que isso ninguém poderia ser.

Cecília pensava que a tortura sentida por tanto tempo, desde o momento que ela o viu pela primeira vez, chegando a cavalo, perto de Näs, e todas as barreiras levantadas depois, tudo agora tinha passado, tão rápido quanto o vôo da cegonha em fuga. Tantas coisas aconteceram a ela, conforme a vontade de outros e as exigências que se fizeram, e a deixavam como se ela flutuasse numa corrente revoltosa, sem poder ter vontade própria, tal como aquela folha de árvore descendo pelo córrego, na primavera, que ela viu ao viajar a cavalo entre Näs e Riseberga. Aquele momento em que relembrou a folha parecia agora estar muito longe no tempo. E, no entanto, tinha acontecido há pouco. O tempo corria vertiginosamente e ela tentava segurá-lo, aprisioná-lo, fechando os olhos e relembrando o momento em que viu Arn chegando na sua direção num cavalo negro com a crina prateada. Mas logo que ela fechou os olhos a cama pareceu andar às voltas como na roda de um moinho. E ela teve de abrir logo os olhos para fugir de ter uma vertigem.

Arn pensava no amor tão forte que sentira dentro de si durante tantos anos e que jurara jamais trair. Amor que, nos últimos tempos, fora empurrado para trás por tantos acontecimentos que nada tinham a ver com o amor. Apenas poucos momentos atrás, ele estava falando de casamento, que Birger Brosa considerava como o melhor remédio contra a guerra, como se o casamento não tivesse nada a ver com o amor. E assim falava até o seu filho Magnus, seu e de Cecília, a respeito de amor, quando Arn lhe perguntou o que pensava de um casamento dele com Ingrid Ylva. Era como se essa luta permanente pelo poder tivesse jogado o seu amor na sujeira e o apoucasse.

E a parte carnal do amor, aquela que ele tinha aprendido a afastar e conter, com orações, água fria, cavalgadas à noite e todas as espécies de artifícios, aquela que ele aprendera a ver como pecado e tentação, essa, agora, estava sendo abençoada pela própria Mãe de Deus. Havia uma festa esperando, no momento em que ele se unisse pela carne com Cecília, ainda que na missa do dia seguinte o noivo fosse até a igreja de Forshem para purificação.

Ele tentou relembrar o momento em que os dois estiveram juntos e que na maior alegria e prazer consumaram o ato, mas era como se os portões para essa lembrança tivessem sido fechados à chave por todas as muitas orações e noites de angústia numa pequena cela de pedra ou no dormitório, junto com outros irmãos cavaleiros.

Ele sentiu que começava a suar e, cautelosamente, desceu a grossa coberta que o rei e a rainha tinham puxado sobre eles até o nariz.

— Obrigada, meu amor — disse ela.

Mais ela não disse, como se a timidez de ambos a contivesse. Mas foi uma agradável sensação de frescura ouvir a sua voz. E mais ainda ela expressar aquelas palavras que agora tinham todo o direito de utilizar.

— Imagine que agora, finalmente, vamos poder dizer isso, meu amor — respondeu ele, com voz rouca e decidido, rapidamente, a não deixar que o silêncio viesse a dominar de novo. — Quando, finalmente, chegamos a este ponto, acho que devemos primeiro agradecer a Nossa Senhora por Ela nos ter protegido por toda essa nossa longa viagem, certo? — continuou ele.

Cecília fez um movimento como se ela quisesse logo saltar da cama para se ajoelhar e rezar, mas ele estendeu a mão e a conteve.

— Me dê a sua mão, minha querida — disse ele, olhando pela primeira vez nos seus olhos, quando ela se voltou para ele. — Desta única vez, tenho a certeza de que Nossa Senhora nos quer ver assim no momento de expressar nossos agradecimentos a Ela.

Conservando a mão de Cecília entre as suas, Arn fez, então, uma longa oração na linguagem da Igreja que ela obedientemente repetiu em voz baixa.

Mas depois da oração foi como se a timidez voltasse para os dominar de novo. Arn olhou intensamente a mão de Cecília entre as suas, sem conseguir dizer nada. Era a mesma mão de antes, embora as veias estivessem agora mais aparentes, os dedos tivessem ficado mais grossos e as unhas estivessem quebradas aqui e ali em conseqüência do trabalho ao serviço do Senhor que ela realizara no convento de Deus.

Ela notou o seu olhar e compreendeu o que ele pensava a respeito da sua mão. Em contrapartida, ela observou as mãos dele e pensou que eram as mesmas de antes, mas mais fortes graças a todo o trabalho nas forjas e às lutas com a espada na guerra, mas com os nós deformados e cicatrizes brancas que denotavam as conseqüências da sua longa penitência, cheia de privações e muitas dores.

— Você é o meu Arn e eu sou a sua Cecília — disse ela, finalmente, visto que ele parecia não arranjar coragem para falar de novo. — Mas será que você é o mesmo Arn e eu, a mesma Cecília, de quando nós nos separamos, na grande dor da despedida, diante dos portões de Gudhem?

— Sim, somos os mesmos — respondeu ele. — As nossas almas são as mesmas, os nossos corpos ficaram mais velhos, mas os corpos são apenas a casca da alma. Você é a Cecília que eu recordo, você é a Cecília que tentei imaginar nos meus sonhos e nas minhas orações, quando queria saber como você seria. Você não pensou como eu?

— Tentei — disse ela. — Eu recordava sempre aquele verão em que decidiu deixar crescer o cabelo e este voava, sempre que você corria rápido a cavalo. Eu recordava sempre o seu rosto desse momento. Mas não conseguia ver você diante de mim como a pessoa que devia ser ao voltar para casa, o mesmo Arn, mas mais velho.

— Eu recordava durante muito tempo o seu rosto tal como ele foi — disse ele. — O seu cabelo e os seus olhos e todas as pequeninas marcas do sol no seu nariz, eu lembrava sempre como eram. Depois, com o correr dos anos, fui tentando imaginar como você seria, mais velha, a mesma Cecília, porém mais velha. Não era fácil e a imagem foi ficando cada vez mais difusa. Mas quando a vi de novo pela primeira vez perto de Näs, compreendi que você era muito mais bonita do que eu ousava imaginar. As rugas, as pequeninas rugas à volta dos cantos dos seus olhos, fizeram com que você ficasse mais bonita de uma maneira mais inteligente e sensata. Ah, como eu gostaria de poder dizer isso em francês! Desculpe, minhas palavras se parecem com rústicos tamancos, quando falo na nossa língua tão estranha.

— Foram palavras bonitas e eu as entendi muito bem, embora nunca tenha ouvido falar das palavras se parecerem com tamancos — respondeu ela, com uma risadinha contida.

Mas essa risadinha veio como um alívio para ambos. Ao mesmo tempo, ambos inspiraram profundamente e, de maneira lenta, foram deixando sair o ar dos pulmões, exatamente como se tivessem aproveitado para relaxar. E então, disso mesmo riram ambos. E riram mais. E ela aproveitou para se aproximar dele, cautelosamente, na enorme cama em que estavam.

— E ainda o meu rosto? — perguntou Arn, sorrindo de alívio e satisfação. — Às vezes, receava que essas feridas e cicatrizes fizessem com que a minha querida não me reconhecesse mais quando chegasse o momento do reencontro. Mas reconheceu, certo?

— Eu o reconheci já à distância de um tiro de flecha, antes de ver o seu rosto de perto — respondeu ela, excitada. — Quem o vê a cavalo uma vez, logo sabe que é você que está chegando. Foi como se tivesse caído um raio de um céu claro e sem nuvens. O momento em que vi você e reconheci, meu amor, tão lindo poder dizer essas palavras, jamais vou poder descrever corretamente, com as palavras certas.

— Mas quando você viu de perto o meu rosto, eu a assustei, certo? — insistiu Arn. Ele riu abertamente, mas Cecília notou um sinal de preocupação no olhar dele.

Ela puxou, então, pela sua outra mão que estava escondida, suada, atrás das costas. Secou a mão no lençol no caminho para o rosto dele que ela acariciou por momentos em cima da cicatriz, sem dizer nada.

— Você disse que as nossas almas eram parecidas — retomou ela, finalmente, pensativa. — Mas diz-se também que os olhos são o espelho da alma e os seus olhos suaves são os mesmos que eu conheci antes. Os sarracenos o feriram, deram-lhe golpes de espada e de lança durante muitos anos, isso você sabe que eu vejo. Mas o que são minhas rugas nos olhos em comparação com isso! Que força pacífica o seu rosto revela, meu amor. O que não contam as suas feridas a respeito da eterna luta contra a maldade e os sacrifícios feitos, que apenas os melhores e os mais fortes de fé sabem fazer. Ao seu lado, vou andar sempre de cabeça erguida, já que não existe no nosso reino um homem tão belo quanto você.

Arn ficou tão intimidado com essas palavras que ela viu logo que ele não iria poder responder fosse o que fosse. Receando que o silêncio se infiltrasse entre eles de novo, Cecília se inclinou sobre ele e o beijou com os lábios secos de medo, primeiro sobre a testa, depois na face e a seguir ela fechou os olhos e procurou a sua boca.

Ele tentou beijá-la de volta, tal como sonhava ter feito quando tinham dezessete anos de idade e tudo era mais fácil. Mas tão fácil quanto antes não era, de fato, a situação. Ele manteve seus lábios contra os dela, mas um estranho desespero crescia dentro de si, ao mesmo tempo que, com toda a cautela, ele acariciava com a mão calosa o seio dela.

Cecília tentou evitar ficar tensa e dar a sensação de medo. Mas ela tinha ficado de olhos fechados por muito tempo, tanto que a sua cabeça começou a rodar pelo muito vinho ingerido. De repente, ela teve de se desligar e levantar, correndo para a escada onde acabou vomitando em alto e bom som sem que pudesse se conter.

Arn continuou deitado na cama como que paralisado pela vergonha. Mas, em breve, chegou à conclusão que não podia ficar ali sem agir, enquanto a sua amada passava por dificuldades. Pulou da cama e foi até a escada, tomando Cecília, carinhosamente, pelos ombros. Depois, abriu a porta para a escada externa e gritou, mandando trazer água fria. Como ele esperava, havia escravas da casa do lado de fora que logo correram, obedecendo à ordem.

Momentos depois, ambos estavam de novo deitados na cama, os dois de temperatura mais baixa pela água fria ingerida e cada um com uma grande jarra à mão.

Cecília sentiu vergonha durante bastante tempo, nem se atrevendo a enfrentar o olhar do seu amado. Ele consolou-a, fez-lhe carícias de início, mas logo começou a rir. Não demorou muito e também ela começou a rir sem parar.

— Temos todo o resto da vida pela frente para nos amarmos como fizemos um dia — disse ele, fazendo novos carinhos sobre a testa suada dela. — A isso, a gente se acostuma nos mosteiros e conventos. A mesma coisa acontece entre os templários. Afinal, a gente vive como monge. Mas não é preciso ter pressa em reaprender aquilo que uma vez fizemos com tanta facilidade.

— Embora sem beber um barril de vinho e comer um boi, primeiro — disse Cecília.

— Vamos tentar primeiro com água fria — disse Arn, rindo, ao mesmo tempo, de um pensamento longínquo que passou pela sua cabeça cheia de vinho.

O que Arn achou de tão engraçado com a água em vez do vinho, Cecília não entendeu, mas ela continuou rindo à socapa, de forma que conseguiu provocar mais riso da parte dele. E então os dois acabaram rindo muito e se abraçando.

No dia seguinte, já tarde, surgiram as doze testemunhas, de olhos vermelhos e oscilando muito, tal como a tradição exigia. Arn teve de levantar-se e receber uma lança que ele devia jogar de volta pela fresta que servia de janela. Sobre esse assunto alguém brincou com voz entrecortada, que a distância da cama para a fresta era tão curta que nem Arn Magnusson podia errar, já que era reconhecido como lançador incompetente.

E não errou. Portanto, o presente da noiva estava confirmado. Forsvik pertencia agora e para sempre a Cecília Algotsdotter e a seus herdeiros.

VII

NO FINAL DO MÊS DE SETEMBRO, chegou o período de transição entre a nova colheita e o fim da safra anterior, na Götaland Ocidental. Os armazéns estavam vazios, mas o trabalho nos campos era intenso e a colheita devia ficar pronta dentro de doze dias. Foi um verão muito quente, inusitadamente quente, e os grãos e o feno tinham amadurecido mais cedo. Todo o feno já tinha sido recolhido. E já havia passado um mês do casamento de Arn e Cecília e estava na hora de fazer a terceira purificação da noiva. A primeira purificação ocorreu no dia seguinte e a segunda, uma semana depois.

Mais pura do que a noiva estava antes, jamais poderia ficar, mesmo que qualquer padre lesse sobre ela e a encharcasse de água benta, pensava Cecília. Ela sentia uma secreta vergonha desses atos religiosos de purificação involuntária, ainda que tivesse dificuldades em admitir isso para si mesma nos raros momentos em que refletiu, sozinha, no primeiro mês, em Forsvik. Sentia também como um pecado ao avesso o fato de ela e Arn não terem se unido pela carne e ainda que Cecília pusesse mais a culpa em si mesma do que em Arn, ela não conseguia nenhuma luz que a levasse a melhorar o seu comportamento nesse aspecto.

Para Arn, era como se estivesse trabalhando em desespero. Ele se dedicava ao trabalho desde que amanhecia, depois das orações da manhã. E ela apenas o via por alguns curtos momentos durante a refeição da manhã e ao meio-dia. E depois das orações no final da tarde, ele ia até a praia e ficava nadando no lago, o Bottensjö, para se limpar do suor e da poeira. E quando chegava e entrava no quarto onde ela já se encontrava, já havia escurecido e o que ele falava era pouco e logo caía num sono pesadíssimo.

Era bem verdade o que ele dizia, que era uma época especial, uma época para trabalhar duro, mais do que nunca, para que tudo estivesse pronto quando o inverno chegasse. Muitas novas almas precisariam de um teto sobre a cabeça e de calor. Especialmente de calor, já que os estrangeiros ainda desconheciam o que era viver num inverno nórdico. As forjas e a vidraria tinham de ficar prontas antes do inverno chegar, para que, então, os trabalhos continuassem durante o inverno, em vez de se passar o tempo, comendo, dormindo e se defendendo do frio congelante.

Ele se jogava entre puxar troncos de madeira e fechar as frestas com linho e piche. Ou ainda levantar muros de tijolos nas despensas e nos fornos para a ferraria e a vidraria. Toda vez que os barcos chegavam a Forsvik, ele ia ver quanto chegava de novos tijolos. A falta de tijolos atrasava o trabalho mais do que qualquer outra coisa. Por muito que tivessem procurado, não haviam encontrado a argila boa, a não ser em Braxenbolet, ao sul de Viken. Ao longo das praias, longas e lamacentas, do mar em processo de ressecagem é que se encontrava a boa argila. Mas era impossível embarcar a argila nos barcos e levá-la para Forsvik. A argila mole não dava para embarcá-la junto com as outras mercadorias que, permanentemente, viajavam nos barcos de Eskil. Por isso, Arn foi obrigado a construir uma olaria simples em Braxenbolet, de modo que todos os barcos levassem tijolos para Forsvik, mas, às vezes, não levavam mais do que dez tijolos. Em compensação, era obrigado a mandar preparar comida e bebida, em especial cerveja, e embarcar tudo de volta para que os homens na olaria, suados e sujos pelo trabalho nos fornos de tijolos, fizessem pelo menos as suas refeições do dia.

Na vida dura que levavam em Forsvik, em que poucas eram as palavras trocadas entre eles e na sua maior parte versavam sobre assuntos áridos, dizendo respeito aos trabalhos do dia e do dia seguinte, Cecília procurou consolo na idéia de que seria por pouco tempo, de que tudo passaria e viria a ser diferente quando a escuridão do inverno pairasse sobre a região. Ela se satisfazia também em ver como tudo estava sendo feito e, à noite, ao se recolher no quarto deles, sentia o prazer de inspirar o aroma da madeira recém-cortada e das suas resinas.

Arn decidiu que ele e Cecília, sozinhos, deviam morar em uma casa menor, edificada sobre chão de pedra, perto da casa-grande, no início da encosta que dava para a praia no lago, o Bottensjö. No primeiro dia em Forsvik, antes de ele ser atacado pela vontade inquebrantável de trabalhar todas as horas entre as orações da manhã e do fim da tarde, já durando um mês, ele mostrou a ela tudo o que iria ser construído. E não era pouco para mostrar, visto que era uma nova Forsvik que estava crescendo de ambos os lados da antiga.

A maior de todas as surpresas foi a de ele construir uma casa apenas para eles dois. Tal como ela, ele tinha pavor em seguir a antiga tradição do senhor da casa e sua esposa dormirem entre escravos e criados na casa-grande, no lugar mais quente. Dormitórios com irmãos cavaleiros eram uma coisa a que ele estava acostumado, explicou ele. E cela própria era outra coisa a que ele e também ela estavam acostumados por muitos anos de vivência. No entanto, ele achava que nem ela nem ele gostariam de ficar dormindo juntos entre os outros como se todos estivessem num grande banquete.

A casa deles era muito menor do que uma casa-grande, tendo duas grandes divisões. Não havia nada parecido como casa para um grande senhor e sua esposa em toda a Götaland Ocidental, nem Cecília precisava muito tempo para se convencer disso.

Quando ele a fez entrar por uma pequena porta para uma câmara de roupa, ela ficou maravilhada ao ouvir o barulho de água corrente como se fosse num córrego. Ele tinha deixado a água correr, entrando por uma parede de tijolos para dentro de casa. Entrava por um buraco e corria para fora através de outro buraco na parede oposta, passando pela porta e por baixo de uma ponte. Em dois lugares, foram feitos buracos revestidos de argila, de modo que a pessoa podia estender as mãos e banhá-las na água corrente. Por cima de um dos buracos, havia uma abertura com moldura em madeira e, ao lado, pendurado na parede, havia um pano branco de linho para se enxugar e num prato de madeira por baixo do pano estava um pedaço do que parecia ser cera de vela, a que ele chamava de *savon* e que a pessoa podia usar para se limpar. Na outra abertura por onde corria água, havia outra espécie de bacia mais grosseira, feita de argila, coberta com um pedaço de madeira bem liso onde a pessoa podia se sentar. Primeiro, Cecília achou que não tinha entendido direito, mas quando ela apontou para o vaso e, insegura, perguntou para que servia, ele riu e disse que era precisamente para aquilo que ela estava pensando, era uma *retrete.* Aquilo que abandonava o corpo era logo levado pela água e desaparecia através da parede, saindo da casa e indo parar num córrego já bem longe da casa que levava tudo e desaguava no lago.

Ele disse não estar certo de que a água se mantivesse correndo durante todo o inverno, ainda que as ligações tivessem sido feitas bem fundo no terreno. Mas para que a água chegasse à casa era preciso conduzi-la por uma construção para a qual ainda não havia nome na língua nórdica, mas que em latim se chamava *aqueduto.* A dificuldade estava, justamente, em manter a água corrente, mesmo quando tivesse de assomar na terra, atingindo a superfície. Como seria possível manter a corrente de água sem congelar era uma coisa que teria de ser vista lá para o meio do inverno. E se não houvesse sucesso na primeira tentativa, havia que se refazer tudo.

Cecília ficou tão excitada com tudo quanto viu que até se esqueceu de entrar no quarto de dormir e correu antes para fora da casa para olhar a água corrente saindo pelo respectivo buraco na parede. Arn veio alegre atrás dela, abanando a cabeça e explicou como tudo funcionava.

Era como em Varnhem ou Gudhem, onde havia água corrente vinda de um lugar mais alto para mais baixo. Em Forsvik, a água do lago Bottensjö ficava mais baixa do que a de Viken e todos os canais que se cavassem nessa direção se transformavam em novos cursos de água corrente. Em Varnhem, eles puderam construir as correntes de água usando chumbo desde o início. A água entrava pelo mosteiro através de tubos de chumbo. Em Forsvik, foi preciso usar tijolos em vez de tubos de chumbo, mas, em compensação, as correntes de água eram mais fortes e podiam enfrentar melhor o congelamento. Também não ficavam entupidas com tanta facilidade.

Cecília tinha muitas perguntas a fazer sobre essa água maravilhosa e muitas recordações de como era no convento, em dias frios de inverno, ir até o lavatório e ver que a água não caía, estava congelada. Na sua nova casa, portanto, ela poderia levantar-se da cama e dar apenas alguns passos, ou seja, se a necessidade surgisse de se aliviar, não era preciso ir lá fora, no meio da noite sem estrelas de inverno, colocar botinas nos pés e sair correndo à procura de um galho e de uma cova.

Ao pensar em voz alta em como era sair da cama quente para entrar na noite fria de inverno, ela se lembrou de que tinha esquecido de ver o resto da casa e voltou rindo para ver o quarto de dormir.

Este quarto tinha uma das paredes totalmente construída em pedra e no meio dessa parede havia uma grande lareira com duas chaminés e uma cúpula redonda, montada com fios de ferro entrelaçados, para aspirar toda a fumaça produzida. O chão era de madeira, bem tampado nas juntas com piche e resina, linho e musgo, exatamente como os caminhos feitos em madeira. Embora uma grande parte do chão não se visse, em função dos grandes tapetes, em padrões estrangeiros, em preto e vermelho.

Arn contou que tinha trazido bastantes tapetes desse tipo quando voltou para casa, não apenas para uso pessoal, mas também para uso dos seus homens, vindos com ele da Terra Santa. Era uma maneira de fazê-los ficar mais satisfeitos do que imaginavam, vendo que, durante as noites de inverno na Escandinávia, tinham o chão coberto do jeito que lhes fazia lembrar o país de origem.

O lugar à volta da lareira, por enquanto, era apenas um buraco tampado com madeira. Arn explicou, incomodado, com um encolher de ombros, que as pedras de calcário que deveriam cobrir aquela parte do quarto ainda não tinham chegado. Mas muitas iriam ser as noites em que a lareira seria acesa e, portanto, por várias razões, era melhor ter aquele pedaço de chão coberto com pedra.

No quarto estava uma grande cama, mandada fazer por Arn e igual à cama de noivado em Arnäs. As paredes eram nuas, com exceção da que dava para oriente e para baixo, para o lago. Havia uma grande abertura, com janelas que podiam ser fechadas por dentro ou por fora. Arn disse que também iria ficar melhor, assim que eles pudessem começar a trabalhar na vidraria. A vantagem de uma abertura tão larga estava na luz que entrava no quarto e o sol da manhã que chamava para o trabalho logo que nascia. A desvantagem era fácil de deduzir, pensando no frio de inverno e em correntes de ar. Mas com o vidro e o fechamento das juntas, a abertura iria ficar muito melhor e, além disso, ainda era verão.

Por toda a casa, sentia-se o cheiro forte de madeira, resina e piche. Do lado de fora, o cheiro de piche ainda era mais forte, visto que todas as casas novas estavam cobertas por uma espessa camada do produto. Não era apenas para evitar que as madeiras apodrecessem ou para construir para a eternidade, tal como os noruegueses construíam as suas igrejas, explicou Arn. Era importante preencher todas as pequeninas brechas entre as toras montadas na horizontal, fazendo de paredes. Em especial, era preciso ter muita atenção quando as madeiras estavam ainda cruas, o que não era o mais apropriado, já que a madeira diminui ao secar. Mas no momento não havia muito por onde escolher. Seria ter casa com madeira crua ou nada de casa. E a espessa camada de piche, de qualquer maneira, faria com que as paredes ficassem bem estanques.

Ele levou-a então para a casa seguinte, que era uma casa-grande, tão grande quanto a antiga casa-grande de Forsvik. Para surpresa dela, ele mandou que ela esperasse fora, enquanto ele entrava por momentos. Logo a seguir, saíram da casa dois estrangeiros e só então Arn pegou na mão de Cecília e a levou para dentro.

Neste caso, a casa-grande foi construída como a de Arnäs, com uma das paredes totalmente de pedra e um gigantesco espaço usado como lareira com uma chaminé para absorver toda a fumaça, igual à que tinham em sua casa. A água saía por uma parede de tijolos do mesmo jeito e da mesma forma que o chão estava quase totalmente coberto por tapetes nas cores vermelho-escura e preta. Ao longo das paredes mais compridas, as camas ficavam três a três na altura e com cobertores desde as camas de cima até o chão. Uma parte desses cobertores era colorida, tanto quanto os tapetes. Enquanto isso, os outros cobertores eram cinzentos e sem vida. Arn puxou por ela até um desses cobertores cinzentos e pediu-lhe que os apreciasse pelo tato. Sentia-se que eram grossos e macios. Segundo a explicação de Arn, eram feitos de uma nova mercadoria, o *felt*, ou seja, feltro, uma das novas produções de Forsvik.

A casa-grande seguinte, para surpresa de Cecília, não era para seres humanos, mas para animais. Era ali que os mais de trinta cavalos deviam ficar durante o inverno e era como se cada cavalo tivesse a sua cela. O lugar mais afastado da casa era para as vacas, e todo o andar de cima, sobre um teto baixo, estava reservado para armazenar a ração do inverno. O chão ainda era de terra batida, mostrou Arn, mas iria ser substituído por um chão empedrado, já que esse era mais fácil de manter limpo.

As três casas novas estavam situadas ao lado da antiga casa, quadrada, da velha Forsvik. Arn pegou novamente a mão de Cecília e levou-a para a praça, passando rápido pelas casas antigas que iriam servir para uso dos escravos e do pessoal do burgo no inverno, mas ainda não existia lugar para banquetes ou convidados.

Mais interessado estava Arn em mostrar uma fila de casas novas, menores, que cresciam do outro lado do antigo burgo. Já havia três forjas a funcionar, uma para gusa, outra para a liga a usar em casa e outra ainda para armas e fio de arame. Na continuação, estava a vidraria que em breve ficaria pronta, uma usina de *felt* onde trabalhavam dois estrangeiros, tentando seguir o ritmo de baques pesados e de canções típicas, duas casas onde seria desenvolvido o trabalho fino com as mãos, o que Cecília achou uma descrição meio obscura, uma olaria de cerâmica e depois, derrubaram-se algumas casas antigas para abrir mais lugar ao longo da mesma fila. Em alguma das casas novas, pensou-se acomodar a *yconoma* de Forsvik e suas máquinas de calcular. A não ser que ela quisesse que tudo isso ficasse em sua própria casa?, perguntou ele, rápido, para mostrar que era ela, sem dúvida, a dona do burgo e aquela que decidia. Cecília afastou com ambas as mãos a idéia de trabalhar no lugar onde dormia e então ele puxou novamente por ela, aliviado, em volta da fila de casas menores onde o ritmo de trabalho tinha começado a crescer.

E então chegaram à grande mudança, contava ele, orgulhoso. Junto da nova fila de oficinas, estava situado o quintal, com macieiras e a horta onde se plantavam cebolas, alho-porro e beterrabas brancas e vermelhas, explicou ele, com uma olhadela tímida na direção dela. A questão era arranjar uma pessoa competente em plantações como ele entendia que ela era e que pudesse salvar o máximo possível de tudo o que ali existia e fizesse o transplante para outro lugar quando chegasse a hora de plantar tudo de novo.

Cecília achou, então, que ele estava indo longe demais na sua ânsia de criar. Queria dizer com isso que a maioria dessas velhas macieiras iria se perder, caso se tentasse transplantá-las para outro lugar. E isso seria uma vergonha e um grande pecado, diante dos muitos anos de trabalho feito por desconhecidos que hoje estariam descansando com seus ancestrais, mas cujos espíritos trabalhadores ainda continuavam pairando sobre o quintal. O que devia ser construído ali, podia muito bem ser construído em outro lugar, disse ela, determinada.

Arn suspirou, dizendo que aquilo que estava pensando para ser construído ali não podia ser erguido em qualquer outro lugar. Ali não iriam ser construídas mais casas, mas, sim, um canal revestido de pedra.

A depressão onde o quintal estava situado era o local certo. E por muito que ele e os outros pensassem e pesquisassem o terreno em outros locais, não encontraram outro lugar para construir o canal.

Cecília gostaria muito de defender o seu quintal, mas ficou insegura. Não sabia ainda o significado desse canal e pediu, então, que Arn, com a maior paciência e com mais detalhes, explicasse para ela.

Ele ficou radiante, pegou-a novamente pela mão e foram, então, até a pequena queda-d'água onde funcionava um moinho dos monges de Lugnås. Entraram no moinho e Arn mostrou para ela o que já podia ser feito com a força da água. O que ali estava não era apenas um moinho para moer cereais, não apenas uma máquina para esmagar calcário e desfazê-lo em pó para argamassa, mas uma ferramenta para produzir e polir pedras de vários tipos, desde grandes pedras de arenito em cor amarelo-amarronzada até as pequenas e pretas que ela ainda não conhecia.

Tudo isso, dizia ele ao voltarem para o quintal, se tornaria um canal de fundo e paredes de pedra por onde a água correria sempre com força igual, tanto na primavera como no outono, tanto no verão como em grande parte do inverno. E essa força iria fazer funcionar os foles e os martelos de várias oficinas. Entre os seus homens trazidos da Terra Santa, havia todos os tipos de conhecimentos, continuou ele. Eles poderiam fazer milagres, se conseguissem mais força e ali estava ela, infelizmente, bem no meio do quintal e do pomar. Mas ali estaria também o futuro de Forsvik, ali existiam a riqueza e a expansão. Era ali que devia ser realizado o grande trabalho que levaria à manutenção da paz.

Cecília tentou conter-se para não ser levada pela radiante impetuosidade de Arn. Entendia que ele não era nada ruim como *yconomus*, que sabia muito bem a diferença entre o dever e o haver. Talvez fosse um pouco impetuoso demais ao falar sobre as suas novas idéias, mas, aos seus ouvidos, tudo soava como se houvesse um pouco de ordem e clareza. O mais estranho ainda era ele pensar que, em Forsvik, poderia construir e produzir mais para resguardar a paz. O que resguardava a paz ou conduziria à guerra não era decidido nas ferrarias ou com quedas-d'água, mas pelos sentimentos das pessoas.

Por isso, ela pediu a Arn para se sentar ao seu lado num velho banco de pedra ainda no quintal, para explicar tudo de novo, mais lentamente, uma coisa de cada vez. No entanto, ele continuou andando à volta dela, esgrimindo intensamente com os braços, enquanto contava de novo, embora da mesma maneira agitada como antes. Ele misturava coisas grandes com coisas pequenas, barricas de manteiga com barras de ferro da Svealand, forragem para cavalos com produção de pontas para flechas, vidro com farinha e lã, peles de Forsvik com peles que precisavam ser compradas, argila da olaria de tijolos com tecelagem, de tal maneira que, ao final, parecia tão delirante ao falar quanto ela ficou ao tentar escutar.

De novo, ela lhe pediu para se sentar ao seu lado e responder às suas perguntas, em vez de tentar dizer tudo ao mesmo tempo. E se ela não entendesse o que ele dizia, também não poderia ajudar em nada.

Essas palavras logo fizeram efeito nele, que, obedientemente, se sentou ao seu lado, fez um carinho na mão dela e abanou a cabeça, sorridente, como se pedisse desculpas.

— Muito bem, então, vamos começar pelo princípio — disse ela. — Primeiro, diga-me o que precisa ser trazido para Forsvik nos barcos de Eskil. Apenas isso. Apenas o que nós precisamos comprar!

— Varas de ferro, lã, sal, forragem para animais, uma parte daquela areia de que precisamos para fazer vidro, peles e vários tipos de pedras — mencionou ele, contido.

— E por tudo isso temos de pagar? — perguntou ela, com rigor.

— Sim, temos de pagar por tudo isso. Mas não significa sempre que temos de pagar com prata...

— Eu sei! — interrompeu ela. — Pagar a gente pode, de várias maneiras, mas essa é uma questão para resolver mais tarde. Em vez disso, diga-me o que é que vai sair de Forsvik.

— Tudo o que é feito de ferro e aço — respondeu ele. — Todas as armas que nós, com certeza, podemos fazer melhor do que os outros no reino, mas também carros para limpar a neve dos caminhos e rodas revestidas de aço. Farinha, a gente pode produzir, moendo toda hora, noite e dia, o ano inteiro. E os cereais podem chegar nos barcos de Eskil, tanto quanto a gente quiser. Não deve faltar. Tudo o que tem a ver com couro e produção de sela vamos produzir. Se resolvermos o problema da argila que, por enquanto, só encontramos longe, os fornos da olaria podem trabalhar permanentemente como o nosso moinho. Mas o vidro é aquilo que, de início, nos vai dar a melhor receita.

— Tudo isso não parece dar receita — observou Cecília, com uma ruga de embaraço na testa. — Parece dar prejuízo. Temos, na verdade, uma grande quantidade de gente para alimentar no burgo, muitas almas já se encontram aqui e muitas mais vão haver aqui no inverno, se é que entendi bem os seus planos. E existem tantos cavalos aqui quanto no castelo de Näs, que é do rei. E forragem para tantos cavalos, nós não temos nas nossas terras. Você tem certeza, meu querido, de que não está exagerando nas suas pretensões?

Primeiro, ele ficou totalmente quieto, paralisado pelas palavras que ouviu. Depois pegou na mão dela, recolheu-a entre as suas, levou-a à boca e beijou-a várias vezes. Ela sentiu o calor subir dentro de si, mas não ficou nada tranqüila quanto aos negócios.

— Numa coisa você não é nada igual àquela que deixei em frente do portão de Gudhem, meu amor — disse ele. — É muito mais sábia, agora, do que então. Você vê de imediato aquilo que ninguém, entre seus amigos, iria entender. Melhor esposa do que você, não existe no nosso reino.

— É isso que mais quero, ser uma boa esposa — respondeu ela. — Mas, então, preciso tentar controlar todos os seus planos ambiciosos, pois parece que você pretende construir mais do que está pensando agora.

— Isso é verdade — aquiesceu Arn, sem se mostrar nem um pouco preocupado. — Como deviam ser administradas as dívidas e as perdas, os lucros e os créditos, isso ia deixar para mais tarde, ainda que sabendo ser necessário fazer tal coisa.

— É uma leviandade pensar dessa maneira, que nos pode custar caro e que muitos de nós vão ter que pagar com os estômagos a roncar de fome durante o inverno — respondeu ela, tranqüila. — Não acha que está na hora de dar uma parada e pensar um pouco mais?

— Não, mas acho que devo deixar você se preocupar com esses pensamentos — respondeu ele, beijando a mão dela novamente. — Você sabe que de início os negócios podem dar prejuízo, certo?

— Sim, eu sei, isso aconteceu até comigo, embora não fosse uma coisa que eu desejasse ou entendesse nessa época. Mas aí é preciso ter uma boa arca cheia de prata e a certeza de que vai ficar melhor no futuro.

— Essas duas condições estão sendo cumpridas aqui em Forsvik. Mas diga-me que tipo de prejuízos você teve de sofrer, minha querida?

— Cecília Blanka, Ulvhilde e eu fomos as primeiras a garantir dinheiro para Gudhem, tendo que costurar mantos, os mantos que quase todos usam agora, aqui no reino. No início, vendíamos por um preço bem baixo, barato demais, de tal maneira que gastávamos tudo para comprar peles e fios de Lübeck que recebíamos quando se vendiam os mantos prontos — respondeu ela, excitada, por ter sido desviada da conversa muito mais difícil a respeito de Forsvik e de seus maus negócios.

— Mas depois vocês aumentaram os preços e logo todos queriam ter mantos iguais, bons e bonitos, e aí aumentaram ainda mais o preço! — sugeriu Arn, abrindo os braços e sorrindo como que dizendo que nada havia com que se preocupar, nem agora, nem mais tarde.

— É verdade, tivemos que corrigir os nossos rumos — respondeu Cecília, com aquela ruga novamente gingando na testa. — Você disse que tínhamos prata e que ia ficar melhor no futuro. Isso você vai ter que me explicar melhor.

— Com todo o prazer — respondeu Arn. — A prata, nós temos mais do que suficiente. O que podemos vender de imediato é vidro, mas a receita será menor do que aquela que vamos ter de pagar por todo o resto. Assim que começarmos a vender armas, passaremos a equilibrar as contas. Depois disso virão os resultados da olaria, da venda de madeiras preparadas e de algumas outras coisas que vão transformar os prejuízos em lucros. Basta começar.

— Armas? — perguntou Cecília, desconfiada. — Como é que vamos vender uma coisa que todos produzem em casa, nos seus próprios burgos?

— Porque vamos fazer armas muito melhores.

— E como é que o povo vai saber disso? Você não vai poder viajar por toda parte e realizar demonstrações com as suas armas, vai?

— Não, mas produzir todas as armas para Arnäs já vai tomar o seu tempo. Em Arnäs, deve haver armas e coletes de malha de aço para cem homens. E tudo isso deve ser pago por Eskil. Depois, teremos Bjälbo. E. a seguir, ainda, todos os burgos folkeanos, um depois do outro.

— Essa é uma nova maneira de fazer negócios — concordou Cecília, com um suspiro. — O mais importante, evidentemente, é ter ferro vindo da Svealand para Forsvik e armas prontas saindo das nossas ferrarias. O mais importante é que toda a lã que nós temos, retirada dos nossos animais, desapareceu para a sua... Qual é o nome mesmo?

— *Felt.*

— Isso mesmo. *Felt.* Mas a lã, a gente costuma utilizar para fazer roupas para todos, dos que estão em cima e dos que estão embaixo. Quer dizer que agora vamos ter de pagar por essa lã?

— É claro. Tanto para as roupas como para mais *felt.*

— E precisamos de mais peles do que aquelas que conseguimos em conseqüência dos animais que abatemos. E de mais carne, em especial, de carneiro, para conseguir passar o inverno. E de forragem para todos os animais, em especial para os cavalos, certo?

— Sim, é verdade, minha querida. Você vê tudo muito claramente.

— Mas, então, um de nós precisa tomar conta de tudo isso, de maneira que possamos fazer a coisa certa na hora certa. E não é nada simples uma responsabilidade dessas! — objetou ela, finalmente, depois de refletir, vendo que as dificuldades iam crescer e ficar do tamanho de uma montanha, num futuro muito próximo.

— Será que posso pedir a você, minha querida esposa, para fazer isso? — perguntou ele, tão entusiasmado que ela chegou a pensar que foi exagero.

— Sim, claro, você pode — respondeu ela. — Eu tenho o ábaco, mas essas contas não dá para reter tudo na cabeça. Vou precisar de tinteiro e pergaminho para conseguir trabalhar. E vou ter que falar com muita gente, de modo que vai levar algum tempo. Mas se não agirmos a tempo vamos acabar passando fome no inverno!

Arn prometeu que logo ela receberia tudo o que precisava para começar a fazer os livros de contas. Garantiu ainda que em Forsvik ninguém, jamais, iria passar fome. E depois disso, parecia que já tinha esquecido tudo, jogando-se de corpo e alma, novamente, ao trabalho.

As palavras do rei Knut para Arn, de que a igreja do castelo de Näs seria a mais próxima para os moradores de Forsvik, não eram totalmente verdadeiras. Havia igrejas mais próximas. Mas com ventos favoráveis no lago Vättern era possível ir mais rápido até Näs do que a qualquer outra igreja, pelo fato de o rei Knut continuar mantendo os seus remadores e velejadores noruegueses.

No final do verão, o rei mandou buscar Arn e Cecília, bem cedo, num barco chamado *Ormen korte,* o "cobra curta", ou seja, uma maneira norueguesa de fazer piada. Cecília ficou feliz ao ver de novo aquele barco negro e esguio chegando, e esperava que o timoneiro ainda fosse o mesmo que ela conhecera antes. E assim foi, como ela pôde logo verificar, mas seus cabelos longos tinham agora ficado brancos.

Para Arn, rever aquela embarcação não lhe trazia nenhuma alegria. Ele tinha estado justo na sua primeira viagem, que terminou no assassinato do rei anterior, mas sobre esse assunto ele não contou nada para Cecília, nem para ninguém, no momento em que abaixou a cabeça, fez o sinal-da-cruz e entrou a bordo. Os remadores noruegueses sorriram, subentendendo que tinham recebido a bordo mais um *göte* ocidental que nunca tinha velejado. Ainda se contava entre eles a história divertida de uma senhora especial que perguntou ao próprio timoneiro, Styrbjörn, se não receava perder o rumo no pequeno lago Vättern.

Precisaram apenas remar cerca de uma hora para pegar vento nas velas e seguir a toda a velocidade, deixando para trás um rastro de espuma branca.

Depois da missa e da terceira purificação da noiva na igreja, os amigos se separaram. As duas Cecílias foram para um lado, enquanto o rei Knut pegava Arn pelo braço, tomando o caminho do baluarte entre as duas torres do castelo, para onde ele ordenou que trouxessem bancos e mesa, além de comida e bebida que ele, até o momento, ainda não tinha conseguido convencer Arn a ingerir durante todo aquele santo dia.

Havia muito do que falar, de modo que um dia só não chegaria, explicou o rei, melancolicamente, passando a mão pela cabeça agora quase totalmente calva. Mas era melhor começar com os assuntos mais simples, deixando os mais difíceis na mesa para o final.

O mais simples era, sem dúvida, tratar logo do casamento entre Magnus Månesköld e a filha sverkeriana Ingrid Ylva. Knut disse entender muito bem a hesitação de Arn em se encontrar com o pai da noiva, Sune Sik, já que Arn era o padrinho do noivo e devia negociar o casamento com um homem que era o irmão de quem ele tinha ajudado a matar. No entanto, Birger Brosa já tinha resolvido essa questão com a mesma facilidade com que conseguia partir uma noz com as mãos.

Magnus Månesköld tinha vivido e crescido como filho de criação de Birger Brosa e, atualmente, era considerado mais como irmão mais novo do que como filho. Se Birger Brosa fosse, então, o padrinho, em vez de Arn, estavam contornadas todas as dificuldades da melhor maneira, não havendo razões para ninguém se sentir desonrado. Além disso, Sune, o irmão do rei morto, teria a honra de conhecer pessoalmente o conde-ministro do reino como representante do seu futuro genro.

Arn não tinha nada a dizer a respeito dessa proposta. Acenou com a cabeça concordando e murmurou qualquer coisa de que não era preciso dedicar mais tempo a esse problema, desde que havia outros assuntos mais difíceis a tratar.

E a questão seguinte, certamente, era muito mais delicada, pois misturava orgulho com inteligência e, por isso, não podia ser solucionada apenas com inteligência. Todavia, era preciso que Arn se recompusesse o mais rápido possível com o seu tio, Birger Brosa. Knut tinha tentado trazer o assunto para uma conversa com o conde, mas este reagira como um gato eriçado. Birger Brosa considerava-se traído, tanto por Knut quanto por Arn, quando se tratou de arranjar rapidamente o casamento em Arnäs. E muito mais traído ele se sentiu ao ver que o rei e a rainha foram ao casamento em Arnäs para demonstrar sua satisfação diante do acontecido.

Refletindo, Arn propôs a ida dele e de Cecília até Bjälbo, sem serem esperados. Os dois, mais cedo ou mais tarde, teriam de ir visitar Ulvhilde Emundsdotter em Ulfshem, visto que ele havia prometido isso a Cecília. E como Bjälbo estava situada no caminho entre Forsvik e Ulfshem, não seria de estranhar se ele e Cecília, atrasados pelo mau tempo ou por qualquer outro motivo, aparecessem como visitantes inesperados em Bjälbo. Seria muito difícil para Birger Brosa fechar as portas aos seus parentes.

Knut discordou dessa proposta. E explicou que visitantes inesperados eram uma coisa de que Birger Brosa não gostava. Isso era sabido por todo mundo. Talvez porque através dos anos ele tivesse recebido muitos visitantes desse tipo.

Talvez a sua hospitalidade fosse pouca, talvez desse ordens ao pessoal da casa para acomodar os hóspedes, oferecendo cama e comida simples para Arn e Cecília, na pior das hipóteses em algum quarto ou casa para visitantes estranhos. E se dessa maneira Arn e Birger Brosa voltassem a se enfrentar pela segunda vez, a situação ficaria ainda pior.

Eles consideraram a questão em silêncio durante algum tempo, até que Arn disse que na festa de noivado a realizar ou em Bjälbo ou em casa de Sune Sik, a mãe e o pai do noivo teriam de ser convidados para o lugar de honra, o mesmo acontecendo na festa de casamento. E no lugar de honra, sem dúvida, o conde iria se sentar. Se não houvesse conciliação durante toda uma noite de festa, no noivado ou no casamento, então não haveria conciliação possível, nunca.

Knut concordou, acrescentando que seria mais sensato determinar essa festa de noivado para pouco antes do período proibido para casamentos, perto do Natal, mais ou menos entre o Dia de Todos os Santos e a Feira de Anders, em fins de novembro. Talvez, então, Birger Brosa já tivesse esfriado a cabeça com as primeiras tempestades de neve. De qualquer forma, era melhor agir sem pressa.

Convencido de que todas as questões já estavam resolvidas, Arn perguntou, excitado, como era dirigir o reino nesses novos tempos. Pelo que ele havia entendido, muita coisa tinha mudado desde que ainda eram crianças, numa época em que o povo se juntava em assembléia dos götes, com o rei, o conde-ministro e o homem das leis, umas duas mil pessoas, por aí. Nem uma palavra ele tinha ouvido falar a respeito dessa tal assembléia, desde que havia voltado para casa, e isso significava, certamente, que o poder tinha mudado da assembléia para qualquer outro lugar, certo?

O rei Knut suspirou, dizendo que isso era uma verdade. Em parte, tinha ficado melhor com a nova maneira de dirigir o reino, como se tinha pensado que ia acontecer. Por outro lado, em alguns aspectos, a situação piorara.

Na assembléia, os camponeses livres decidiam agora como antes sobre tudo o que havia para decidir entre camponeses livres. Resolviam as suas discrepâncias, decidiam sobre a pena de morte, enforcavam ladrões e consideravam outros casos menores.

Na corte do rei, em contrapartida, decidia-se sobre tudo o que dizia respeito aos grandes problemas do reino: quem devia ser o rei ou conde-ministro ou o bispo, sobre impostos para o rei e o conde, sobre a construção de mosteiros e sobre comércio com o exterior e a defesa do reino. Quando finlandeses e russos entraram pelo lago Mälaren, cinco anos antes, saqueando e incendiando a cidade de Sigtuna, além de matarem o arcebispo Jon, houve muita coisa para ser decidida na corte que jamais poderia ser discutida em assembléia com mil homens argumentando entre si. Uma nova cidade tinha de ser construída para bloquear a entrada do lago Mälaren, perto de Agnefit, onde o Mälaren se encontra com o mar Báltico. Para começar, foi lá que se começou a construir um forte, colocando-se estacas e correntes para que nenhum saqueador pudesse voltar a entrar, vindo de leste, pelo menos sem ser notado como da primeira vez. Isso foi decidido em conselho, na corte do rei. Esse era o novo método de gerir o reino.

Arn, que bem sabia onde Agnefit estava situada, visto que uma vez tinha passado a cavalo por esse caminho e por Stocksund ao voltar de Aros Oriental, dirigindo-se para Bjälbo, se entusiasmou de imediato com a proposta de que o rei estaria melhor se tivesse o seu trono e residência nesse lugar do que em Näs, no meio do lago Vättern.

Por mais impaciente que Knut tivesse ficado, vendo que a conversa ia fugir para uma direção e para questões totalmente diferentes do que ele havia pensado, não pôde deixar de pedir a Arn para falar mais sobre essa idéia inesperada. Que havia de errado com Näs?

A situação, respondeu Arn, com uma gargalhada. Näs foi construído por Karl Sverkersson por uma razão, a de que o rei teria um castelo com tal segurança que ninguém com a idéia de assassiná-lo chegaria até ele. Até que ponto esse raciocínio era pueril, sabiam-no bem Arn e Knut, melhor do que quaisquer outros, visto que foi justamente em Näs que eles mataram o rei Karl, a menos de um tiro de flecha do lugar onde agora estavam, muitos anos passados.

E o rei, de preferência, continuou Arn, deve estar onde passam as correntes de ouro e de prata do reino. Tal como o comércio parecia correr atualmente e pelo que parecia vir a correr no futuro previsível, esse lugar no reino era a oriente, muito mais do que a ocidente, visto que a ocidente estava a Dinamarca.

De Linköping, na Götaland Oriental, podia-se dirigir os negócios do reino e, em especial, o comércio com Lübeck, melhor do que do remoto castelo de Näs. Mas Linköping, desde há muito tempo, era a cidade dos sverkerianos e, portanto, para um rei da família erikiana seria morar num ninho de vespas. Mas uma nova cidade, nas margens do mar Báltico, uma cidade de ninguém, a não ser daquele que a mandasse construir, era lá que o rei devia ficar.

Knut objetou, dizendo que Näs era mais segura. Ali não só a defesa era mais fácil como também a fuga. E durante a maior parte do ano nenhum inimigo podia chegar até lá, devido ao frio e ao gelo. Caso se construísse uma nova cidade, esta ficaria exposta a assalto, seguido de incêndio. Arn respondeu de imediato que o lugar perto de Agnefit e Stocksund estava situado de tal maneira que a sua construção podia torná-lo impenetrável. Além disso, havia apenas um inimigo, a Dinamarca e se os dinamarqueses quisessem fazer a guerra contra a Götaland Ocidental, bastaria apenas avançar por terra, a partir da província de Escânia. E velejar, passando pelos dinamarqueses, de Lödöse para Lübeck, ao sul, só seria possível até o momento em que os dinamarqueses não fossem contra. A Dinamarca era uma grande potência. Mas os dinamarqueses não podiam alcançar a costa oriental com tanta facilidade. E de Agnefit ficava mais perto chegar a Lübeck do que de Näs. E isso era verdade para qualquer época, visto ser possível velejar a maior parte do caminho ou todo o caminho, se os ventos ajudassem. O mesmo aconteceria se o poder mudasse de Näs para a costa leste.

Eles ficaram virando e revirando a idéia da nova cidade no Báltico, mas logo Knut quis voltar às outras questões de que ele próprio pensava falar. A pior delas era a questão do intratável arcebispo Petter, ou Petrus, como ele gostava de ser chamado. Ter um arcebispo como inimigo era a pior coisa que podia acontecer a um rei. A mesma coisa acontecia na Noruega, onde o rei Sverre, por muito que se esforçasse, não conseguia evitar ter arcebispos como inimigos. Quando um tal de Øystein morreu, alguns anos atrás, nada deu certo, por muito que Sverre se articulasse na hora de ser nomeado um novo arcebispo. Acabou sendo indicado mais um inimigo, com o nome de Eirik av Stavanger. Agora, Sverre resolveu empurrar esse Eirik para o exílio na Dinamarca e com isso se arriscando a ser excomungado. O Santo Padre em Roma escreveu e deu ordens para que Knut e o rei da Dinamarca, juntos, invadissem a Noruega. Evidentemente que não era isso que ia acontecer, pelo menos, pelo lado de Knut, visto que a sua irmã, Margareta, estava casada com o rei Sverre e era a rainha da Noruega. Mas os problemas de Sverre demonstravam que ter um arcebispo contrário era o mesmo que ter uma fístula no traseiro.

O mesmo estava acontecendo agora no reino dos sveas e dos götas. O arcebispo Petter era sverkeriano, o que ele não fazia o mínimo para disfarçar. E, no momento, aquilo que era sua intenção já estava claro para todos. Ele queria tirar a coroa do seu próprio rei e entregá-la a Sverker Karlsson que vivera toda a sua vida na Dinamarca.

Arn objetou, dizendo que, embora a Santa Igreja Católica Romana tivesse um grande poder, ele nunca tinha ouvido falar de poder para nomear reis. Para isso, havia apenas um poder no mundo.

É claro que a Igreja não tinha esse poder, mas conseguia criar problemas. O conselho é que nomeava os bispos no reino. Qualquer bispo recebia o cajado e o anel do rei. Portanto, ninguém podia tornar-se bispo contra a vontade do rei. Infelizmente, não acontecia a mesma coisa ao se tratar de arcebispo, pois este o rei não podia negar nem nomear. Na realidade, era Roma que decidia. Mas Roma deixou essa incumbência para o arcebispo Absalon, em Lund, o que era o mesmo que dizer Dinamarca.

Os dinamarqueses, portanto, é que decidiam quem devia ser o arcebispo nas terras dos sveas e dos götas. Por muito que fosse o contrário do que devia ser, nada podia se fazer a respeito do assunto. E mesmo que Knut tivesse realizado todo o possível para livrar o bispado de sverkerianos, esses mudavam de orientação ao receber o anel e o cajado. Aí, passavam a obedecer ao arcebispo, independentemente das promessas sigilosas que tivessem feito para o rei, antes de assegurarem o poder. Jamais se podia confiar em qualquer clérigo.

E esse manhoso do Petter não parava de queixar-se de que Knut ainda não tinha reparado o suficiente o mal de ter assassinado o rei Karl, e enquanto não fizesse isso, a sua coroa teria sido obtida irregularmente, ainda que tivesse sido coroado e recebido os óleos. E uma coroa irregularmente obtida não poderia ser herdada pelo filho mais velho, declarou Petter.

Havia também muitas discussões a respeito da rainha Cecília Blanka ter feito os seus votos no convento e nesse caso os filhos Erik, Jon, Joar e Knut seriam todos ilegítimos. E um filho ilegítimo não poderia herdar a coroa, segundo Petter.

E entre essas suas linhas de pensamento, o arcebispo Petter caminhava, ora para um lado, ora para outro. Se Knut apenas ficava na promessa de uma cruzada para expiação e jamais construía tantos mosteiros, logo Petter começava a encrencar falando dos votos de Cecília Blanka no convento. E ao citar tantos testemunhos comprovando que toda a conversa sobre os votos de Blanka era mentira, ele voltava para o assunto do assassinato do rei Karl. Não havia maneira de se livrar desse freio nos dentes.

Arn objetou, dizendo que a Igreja não podia fazer nada contra a eleição de um rei. Se o conselho decidisse eleger Erik, o conde herdeiro, para rei depois de Knut, os bispos poderiam discordar quanto quisessem, levantar os olhos para o céu e falar de pecado. E poderiam, evidentemente, recusar-se a coroar Erik. Mas rei por coroar já o reino tinha tido antes.

Mas... e se os bispos viajassem para a Dinamarca e coroassem esse tal de Sverker, objetava Knut, quase em desespero.

Nessa altura, nenhum homem entre os sveas e os götas iria levar a sério esse caso. E um tal rei ao serviço de estrangeiros jamais iria conseguir botar o seu pé no reino, ajuntou Arn, tranqüilamente.

— Mas se esse rei entrar à cabeça de um exército dinamarquês? — inquiriu Knut novamente, agora com uma expressão de angústia nos olhos.

— Então, vence aquele que ganhar a guerra. Não há nada de novo nisso — respondeu Arn. — Seria a mesma coisa se os dinamarqueses quisessem fazer de nós dinamarqueses já a partir de hoje. Isso independe de quem escolhermos para rei.

— Você acha que os dinamarqueses podem fazer isso? Você acha que eles podem nos vencer? — perguntou Knut, quase com lágrimas nos olhos.

— Sem dúvida — respondeu Arn. — Se nós fôssemos tão idiotas a ponto de nos defrontarmos com um exército de dinamarqueses em campo aberto, então eles venceriam fácil. Se eu fosse o seu marechal, aconselharia a não enfrentá-los em campo aberto.

— Mas então estaríamos perdidos e, além disso, desonrados, por não termos combatido por nossa honra e nossa liberdade.

— Não — reagiu Arn. — De jeito nenhum. É muito longe de Själland até Näs. E ainda mais longe até Aros Oriental, dos sveas. Se o exército dinamarquês entrasse no reino, eles iriam querer uma vitória rápida, evidentemente, enquanto a época do ano lhes fosse propícia e o seu abastecimento fosse bom. Mas pense bem. E se não lhes dermos essa possibilidade? Eles esperam, exatamente como você mesmo, que a gente convoque todos os homens para botarem os seus elmos e avançarem contra o inimigo, a passos largos, de machado na mão, para ser abatido pelos cavaleiros dinamarqueses, para morrer com coragem e com honra, mas morrer mesmo assim. Pense! E se não fizermos isso?

— Então, perdemos a nossa honra. Ninguém segue um rei sem honra! — respondeu Knut, de repente, com a voz inflamada pela raiva e batendo com o punho fechado na mesa entre os dois.

— Um rei morto, ninguém segue — reagiu Arn, friamente. — Se os dinamarqueses não tiverem pela frente a grande batalha que esperam, eles não vencem. Incendeiam uma cidade. Saqueiam aldeias e camponeses. Isso vai nos custar muito sofrimento. Mas aí chega o inverno. Seus meios de abastecimento começam a escassear. É então que a gente os ataca, um a um. E cortamos seus suprimentos vindos da Dinamarca. Quando a primavera chegar, você será o grande vencedor. Você jamais poderá ganhar com honra maior do que essa.

— Na verdade, você não pensa em guerra como todos os outros — constatou o rei Knut.

— Aí é que você está errado, totalmente errado — respondeu Arn, com um sorriso nos lábios, quase perverso. — Penso igual a mil homens, dos quais conheço muitos. Na Terra Santa, não éramos mais do que mil homens contra um poderio infinitamente maior do que o poderio dinamarquês. E os templários combateram com muito sucesso durante mais de cinqüenta anos.

— Até que perderam! — objetou o rei Knut.

— É verdade — respondeu Arn. — Nós perdemos quando um louco transformado em rei decidiu que todo o nosso exército devia ser colocado em jogo contra um inimigo muito superior e numa única batalha. Foi então que perdemos. Se tivéssemos continuado como estávamos habituados a fazer, ainda hoje teríamos a Terra Santa em nossas mãos.

— Como se chamava esse rei?

— Guy de Lusignan. E seu conselheiro chamava-se Gérard de Ridefort. E que seus nomes vivam em eterna desonra!

Para os irmãos Jacob e Marcus Wachtian, a viagem para Skara foi uma das mais estranhas de suas vidas e, no entanto, eram dois homens bem experientes.

Sir Arn, primeiro, disse que os dois irmãos deviam viajar apenas na companhia de alguns escravos como guias, mas eles rejeitaram essa proposta, com medo e indignação. Teriam grandes dificuldades em fazer compras numa língua que eles não entendiam, embora fossem as noites escuras ao longo das praias fluviais desertas que receassem. Essas terras nórdicas eram terras do demônio, a esse respeito eles não tinham dúvida nenhuma. E as gentes que eles viam, muitas vezes, não se diferenciavam dos animais, o que também era horrível.

Sir Arn, de início, não queria deixar as suas construções, mas desistiu diante das objeções deles e decidiu que tanto ele quanto a sua esposa iriam viajar, já que ela também tinha compras a fazer. Paralisados, os dois irmãos chamaram a atenção para o fato de lhes parecer insensato viajar com todo o ouro e a prata necessários para a longa lista de compras se não se levassem cavaleiros armados com eles. Mas contra essa objeção *Sir* Arn apenas soltou uma gargalhada, fez uma vênia exagerada e cavalheiresca, assegurando que havia um templário certamente de serviço. E ele viajou de armadura de guerra, levando consigo arco e flechas, além da espada e do machadinho de luta que ele sempre portava.

Ao colocarem a bordo a carreta com dois bois e mais os seus cavalos e a comida para viagem, lembrou-se *Sir* Arn de que alguém tinha de guiar a carreta quando viajassem por terra e chamou dois garotos que, excitados pela idéia de viajar e com seus arcos e flechas na mão, vieram correndo e embarcaram pouco antes de o barco largar.

Tinham contratado uma barcaça fluvial vazia com oito remadores malcheirosos e matreiros para a viagem, e os irmãos Wachtian achavam que era o mesmo que colocar a vida em jogo sair por essas paragens vazias e assustadoras com ouro e prata diante do nariz de tais homens. Mas logo mudaram de opinião, assim que viram com que olhares submissos, quase assustados, esses rufiões observavam *Sir* Arn.

O plano de viagem indicava a passagem por Askeberga, o mesmo caminho por onde vieram, e em seguida a entrada num lago chamado Östansjö, mas a partir daí não continuariam para nordeste na direção de Arnäs, mas sim para o sul, durante muitas horas, por outro rio, antes de chegar àquele lugar onde deviam desembarcar para continuar a viagem por terra.

Do lugar onde atracaram no rio, o caminho para a cidade mais próxima era feito por uma floresta bem cerrada e como era o único caminho para aqueles que queriam ir ao mercado na cidade, não era difícil admitir os perigos que os esperavam lá dentro na floresta.

As piores suspeitas dos dois irmãos se confirmaram, quando passavam no meio da floresta, e *Sir* Arn, que ia na frente, no seu cavalo, de repente, levantou a mão direita fazendo sinal para pararem e colocou o seu elmo na cabeça. Ele observou com toda a atenção o caminho na sua frente e olhou para cima, para a coroa cerrada das árvores, antes de gritar qualquer coisa na sua própria língua e logo a floresta passou a viver. Os salteadores desceram das árvores e se mostraram entre arbustos e folhagens. Mas em vez de se lançarem ao ataque que lhes daria uma fortuna se conseguissem vencer, os salteadores, de cabeças pendentes e armas caídas, deixaram que o pequeno cortejo passasse, sem disparar uma única flecha. Salteadores piores do que esses nunca ninguém tinha visto.

Marcus brincou alegremente, depois de terem saído da floresta e quando já se via ao longe uma pequena cidade com a sua igreja, que salteadores assim não teriam vida longa, ou, de qualquer maneira, não ficariam gordos, se assaltassem no Ultramar.

Jacob, que duvidava de que essa fosse uma maneira típica de agir para salteadores nórdicos, aproximou o cavalo ao lado de *Sir* Arn e perguntou o que tinha acontecido. Ao recuar para ficar ao lado do seu irmão, mal podia conter o riso, contando o que acontecera.

Os salteadores não eram apenas salteadores, eram também quem recolhia os impostos para o bispo da cidade e parecia que eles se comportavam consoante quem chegava cavalgando. De alguns, apenas reuniam os impostos para o seu bispo. De outros, saqueavam tudo por conta própria, já que nenhuma outra compensação recebiam pelo trabalho de recolher os impostos.

Dessa vez, porém, não houve nem recolhimento de impostos nem pilhagem. Isso porque, quando *Sir* Arn descobriu os salteadores emboscados, foi logo dizendo para eles qual era a situação. Primeiro, que ele era Arn Magnusson e os mataria a todos se lhe dessem uma razão para isso. Segundo, que era da família folkeana. Isso significava que nenhum assaltante, a serviço do bispo ou em seu próprio benefício, iria sobreviver a três pores-de-sol, após ter disparado uma única flecha, caso conseguisse sobreviver ao próprio *Sir* Arn. Os salteadores acharam de imediato que essas palavras eram profundamente persuasivas.

Aquele clã a que *Sir* Arn pertencia devia ser, portanto, mais ou menos, como uma tribo de beduínos, refletiu Jacob. Nesse país de bárbaros havia, portanto, o poder real e a Igreja como todos os outros. Havia forças armadas seculares e religiosas. Isso eles tinham visto com os próprios olhos na festa de casamento. Quer dizer, a ordem era mantida, mais ou menos, do mesmo jeito como em outros países cristãos.

Mas em que país alguém poderia avançar contra salteadores ou coletores de impostos e dizer que pertencia a uma determinada tribo e com isso fazer com que todos depusessem suas armas? Só no Ultramar. Aquele que atacasse qualquer membro de determinada tribo de beduínos podia estar certo de que seria caçado por vingadores até o fim dos tempos, se isso fosse necessário. Pelo visto, o mesmo acontecia ali na Escandinávia.

Marcus brincou, dizendo que era uma bênção de Deus ter esses tais beduínos do seu lado, que, de resto, pensando em Ultramar, podiam ser considerados também como assassinos. E quem gostaria de ter o velho da montanha e os assassinos como inimigos? Estaria decerto condenado à morte. Até que ponto esses folkeanos poderiam ser considerados como beduínos ou assassinos devia ser tão difícil decidir, provavelmente, quanto diferenciar entre coletores de impostos e salteadores. Aliás, tanto fazia. O importante era ter a companhia certa.

Pela primeira poça de lama fedorenta da cidade, que aparentemente tinha um bispo ganancioso, eles passaram sem parar até mesmo para comer. Jacob e Marcus ficaram, ao mesmo tempo, satisfeitos e desapontados, visto que, por falta de hábito, doíam muito as suas nádegas depois de tantas horas cavalgando. Mas o mau cheiro da cidade, por outro lado, era extremamente repugnante.

A compensação por tudo o que eles agüentaram acabou chegando. Muitas horas depois, quando a primeira frialdade da noite chegou envolvente sob a forma de névoa, eles se aproximaram de um mosteiro onde deviam passar a noite.

Para os irmãos Wachtian era como se, de repente, tivessem voltado para casa. Ficaram alojados em celas individuais, com paredes brancas e um crucifixo, no hospício do mosteiro, e os monges que os receberam falavam todos a língua dos francos e agiam como pessoas de verdade, e a comida servida, depois dos cânticos do fim da tarde, era de primeira classe, assim como o vinho. Era como se tivessem chegado a um oásis, com tâmaras maduras e água limpa e fresca no meio de um deserto escaldante, tão surpreendente quanto abençoado.

Eles próprios não puderam passar dos muros internos do mosteiro, mas viram *Sir* Arn vestir o seu manto branco de templário e entrar para rezar. Por aquilo que a sua esposa explicou para eles, na sua linguagem divertida e pura do latim da Igreja, ele teria ido visitar a sepultura da sua mãe.

No dia seguinte, deixaram muita roupa e comida de viagem no hospício, visto terem de voltar para mais uma dormida depois das compras na cidade que se chamava Skara.

Receberam, também, a informação de que Skara era a maior e mais antiga das cidades na Götaland Ocidental e a esse respeito exageraram nas expectativas. Nem sequer chegava a ser Damasco a cidade em que estavam entrando naquela manhã. Havia o mesmo mau cheiro de lixo e sujeira como do lado de fora da cidade menor cujo nome impossível já tinham esquecido, as mesmas gentes sujas e ruas sem calçada ou bueiros. E a igreja, pequena e primitiva, com duas torres, a que chamavam de catedral, era escura e assustadora, mais do que atraente e estimulante, de boas bênçãos e bons pensamentos. Mas não podiam resistir, como bons cristãos que eram, quando *Sir* Arn e os outros na sua companhia, sua esposa e os dois garotos, entraram para fazer suas preces. Como Jacob e Marcus sentiam, essa não era uma igreja onde encontrar Deus, ou porque Ele nunca chegou a vir ou porque esqueceu o lugar. Lá dentro o ambiente era úmido e cheirava a paganismo.

Mas também esse pequeno buraco malcheiroso escondia uma bênção do mesmo tipo que o mosteiro encontrado no deserto.

Uma segunda vez os dois irmãos foram surpreendidos por uma coisa inesperadamente boa.

Primeiro, eles seguiram sem muita vontade *Sir* Arn e sua esposa, visto que ambos funcionavam como abre-alas no meio da multidão. Todos abriam caminho para ambos. Jacob achou que era o manto azul, aquele que mostrava a que tribo beduína *Sir* Arn pertencia. Marcus que muitas vezes era mais esperto, chamou a atenção para outra situação que era especialmente notável. Quase ninguém na cidade portava espada e os poucos que a tinham usavam todos mantos, mais ou menos, como o de *Sir* Arn, mas nem sempre azuis. Eles encontraram um ou outro, entre os homens, de mantos vermelhos, que também usavam espada. E todos os que usavam espada se cumprimentavam cordialmente quando de mantos da mesma cor, mas friamente, ainda que respeitosamente, quando de mantos de cores diferentes. Havia, portanto, mais de uma tribo de beduínos, para começar. E, segundo, o mais estranho de tudo na ordem em vigor nesta terra, apenas os beduínos, que eram os mais perigosos dos homens, podiam usar as espadas. Imagine-se se alguém tivesse a infeliz idéia de tentar tirar a arma de um desses homens.

Eles não chegaram a nenhuma resposta clara para as suas perguntas sobre espadas e mantos, já que tiveram logo que pensar em outras coisas. A um dos cantos da cidade, existia uma rua que estava limpa e arrumada como em qualquer cidade dos francos ou no Ultramar. Ali o cheiro era outro, tanto pela limpeza como pelo café e comida e condimentos que pareciam conhecidos, e ali se falava a língua dos francos e algumas outras línguas que, no entanto, não eram nórdicas.

Tinham chegado à rua dos mestres vidraceiros, dos produtores de utensílios em cobre e dos pedreiros, cortadores de pedras. Produtos de vidro, de pedra e cobre estavam espalhados e expostos ao longo da rua. E logo vieram tradutores, correndo de todos os lados, para oferecer os seus serviços quando viram as bolsas gordas de dinheiro no cinturão de *Sir* Arn, mas logo tiveram a experiência que as suas línguas dessa vez eram completamente desnecessárias.

Eles visitaram uma loja atrás da outra, se sentaram e aceitaram água fresca em bonitos copos de vidro, mas recusaram com elegância, porém decisivamente, os canecos de cerveja que também tentaram lhes empurrar. Era como se fosse uma pequena Damasco. Ali todos podiam conversar com todos em línguas compreensíveis e também a respeito de assuntos que certamente não eram do conhecimento de quem estava fora dessa pequena rua.

Ficaram sabendo que os produtos em vidro com lascas de cobre podiam ser encomendados da Dinamarca e de Lübeck, caso se quisesse o produto em cores dourada ou azul, enquanto que para as cores verde ou rosa ou sem cor já existiam os materiais necessários. Bastava mandar procurar nos lugares certos para encontrar. *Sir* Arn logo mandou os dois garotos trazerem o carro de bois que tinham deixado com um guardador diante do portão da igreja e depois se entregou rápido às suas compras. O carro ficou pesado, com os materiais para a produção de vidro. Parecia que de certas lojas ele comprava tudo o que houvesse em depósito. Havia também chumbo em grande quantidade, visto que os mestres do vidro trabalhavam em grande parte, fazendo janelas para igrejas. Registraram-se muitos negócios bons naquele dia. *Sir* Arn gastou muito dinheiro, mas parecia não se preocupar muito com isso, nem em barganhar muito com os preços, o que parecia preocupar a sua esposa, quase tanto quanto os irmãos Wachtian. Foram negócios inesperados para esses mestres francos em vidro, habituados como estavam a conversar através de intérpretes e a vender vidros prontos. Mas raramente, como no caso, conversavam na sua língua com um nórdico que a dominava tão bem quanto eles. E muito menos ainda tinham vendido ferramentas e material para fazer massa de vidro em vez dos vidros que eles próprios produziam. No entanto, alguns produtos prontos *Sir* Arn comprou para levar consigo como modelos do trabalho a fazer, segundo explicou.

O mesmo aconteceu com os produtores de utensílios em cobre. Pelos exemplares de cobre batido e endurecido, expostos do lado de fora das lojas, os irmãos Wachtian e *Sir* Arn puderam julgar que melhor do que isso seria possível levar os seus trabalhadores de cobre damascenos a fazer em Forsvik. *Sir* Arn comprou um ou outro utensílio em cobre, mas apenas para ser delicado. Ele comprou mais varas de cobre e tacos de estanho.

Quando a sua carroça já estava bem carregada e eles já tinham visitado todos os produtores de vidros e de utensílios de cobre, ao longo de um dos lados da rua, voltaram lentamente pelo outro lado para visitar os mestres pedreiros, ou seus trabalhadores e aprendizes que estavam nas lojas. Muitos dos próprios mestres estavam na construção de uma igreja que eles continuamente precisavam visitar. Jacob e Marcus souberam, para seu espanto, que os negócios com a construção de igrejas estavam florescendo mais neste pequeno reino do que em qualquer outro lugar no mundo. Ali, estavam em construção mais de cem igrejas ao mesmo tempo e com tantas encomendas de igrejas a construir por toda parte, os mestres pedreiros recebiam em pagamento o dobro do que se recebia no reino dos francos ou na Inglaterra ou em Sachsen.

Um dos mestres pedreiros cobrava mais caro do que todos os outros e do lado de fora da sua loja havia uma série de imagens apresentando as encomendas que lhe foram feitas, inclusive da construção da própria catedral. Eles foram vendo imagem por imagem, adivinhando o que se via, o que muitas vezes era bem fácil para quem conhecia as Sagradas Escrituras. Em especial, a esposa de *Sir* Arn parecia gostar muito da arte desse mestre. *Sir* Arn resolveu, então, entrar na loja com todos os seus acompanhantes para se encontrar com o mestre que, de início, se mostrou mal-encarado e pouco simpático, reclamando que não tinha tempo nem meios para conversas. Mas logo que descobriu que podia falar na sua própria língua com esse novo cliente, mudou rápido e começou excitado, quase confuso, a contar para todos como ele pensava no seu trabalho e do que ele gostaria de fazer. *Sir* Arn mencionou que tinha vontade de reconstruir a igreja que pertencia à sua própria família, que seria não só uma reconstrução desde os fundamentos, mas também um monumento dedicado a uma nova santidade. Essa igreja seria dedicada, não à Virgem Maria, como quase todas as igrejas da Götaland Ocidental, mas ao Santo Sepulcro.

O mestre pedreiro ficou extremamente interessado ao ouvir essa novidade. Tal como disse, durante muitos anos só tinha esculpido a Virgem Maria em todas as situações imagináveis, suave e boa, severa e fazendo justiça, com o Seu Filho morto, com o Seu Filho recém-nascido, anunciado pelo Espírito Santo, a caminho de Belém, diante das estrelas, junto da manjedoura, e do mais que se possa imaginar.

Mas o Santo Sepulcro? Então, seria preciso pensar tudo de novo. Isso exigia um homem como ele. Exigia também tempo para refletir. Mas a respeito de tempo isso é que era o pior. O mestre pedreiro, que se chamava Marcellus, tinha assumido compromissos que chegavam a um ano e meio de trabalho. Antes disso, seria impossível para ele se liberar, a não ser que rompesse algum trato.

Sir Arn não achava que a questão de tempo fosse problema, o importante era que o trabalho ficasse bonito para toda a eternidade, já que aquilo que era feito de pedra acabava ficando para sempre. Portanto, ele queria fazer negócio.

Marcus e Jacob começaram a se sentir incomodados ao ouvir como *Sir* Arn estava sendo levianamente convencido a pagar por antecipação e ainda por cima escandalosamente caro. No entanto, não tinham qualquer possibilidade de interferir. As negociações terminaram com *Sir* Arn pagando a inacreditável soma de dez besantes em ouro por um ano de trabalho por antecipação e prometendo pagar mais dez besantes por cada ano de trabalho a mais que a obra exigisse. O mestre pedreiro Marcellus não teve nenhuma dúvida em aceitar a proposta.

Na viagem de volta para o mosteiro de Varnhem nesse fim de tarde, parecia que a esposa de *Sir* Arn o repreendeu, embora suavemente, pela maneira irresponsável como tratava a prata e o ouro. Ele não se deixou perturbar e respondeu a ela, com uma expressão de felicidade e amplos gestos, o que, mesmo para quem não entendesse a língua nórdica, devia ser entendido como a descrição de grandes planos.

Ao final, começou a cantar e, então, era como se ela também não pudesse deixar de cantar com ele. Era uma canção muito bonita e como os dois irmãos puderam entender era religiosa e não secular.

Foi dessa forma que se aproximaram de Varnhem, muito antes do sol se pôr e do frio da noite descer, tendo dois cantores celestiais como guias. Os dois irmãos chegaram à conclusão de que essa viagem, sem dúvida, não tinha decorrido apenas com surpresas, mas também fora muito melhor do que qualquer um deles poderia esperar.

No dia seguinte, partiram atrasados por motivo de a esposa de *Sir* Arn ter feito compras de pergaminho e de rosas que ela recebeu em sacolas de couro com terra molhada, cortadas bem rente, de modo que só os talos maiores saíssem do saco. Que essa mulher era melhor do que o marido para fazer negócios, nem era preciso entender a língua para reconhecer. No entanto, em compensação, houve que esperar até que ela e o mestre jardineiro do mosteiro aprontassem a negociação da compra e venda por cada planta. *Sir* Arn não deu o mínimo sinal de querer interferir. Por fim, sua esposa recebeu as plantas na carroça como desejava, e a julgar pelas rosas vermelhas e brancas que subiam pelos muros de Varnhem, ela tinha comprado muita beleza para Forsvik.

❦

Entre os longos dias de verão, em que o resto da colheita se fez, e o seu término, o sol voltou a Götaland Ocidental pelo curto período de uma semana, com teimosos ventos sulistas.

Nesse tempo, Cecília ficou tão ocupada como até então tinha ficado Arn. Tudo devia ser colhido nos quintais e, depois, ela tinha de tentar salvar o que pudesse ser aproveitado. Trabalhava tanto quanto os escravos que conseguiu para desenterrar as macieiras com as raízes e transplantá-las para a encosta que dava para Bottenviken e ficava em frente da casa dela e de Arn. Lá a terra jamais iria ficar seca.

Suas mãos ficaram feridas, e as unhas, partidas, por todo o trabalho com a terra, e por isso era uma bênção extraordinária poder se esfregar e limpar à noite na água corrente e com aquilo que Arn chamava de *savon*. Embora as suas mãos ficassem pretas como o pecado, de mexer na terra e nas plantas, bastava mergulhá-las na água corrente entre os tijolos de pedra para ficarem limpas novamente.

Quando todo o trabalho nos quintais que ela própria comandou e supervisionou ficou pronto, ela foi ter com os irmãos Wachtian na sua oficina para saber de uma coisa e outra, no que dizia respeito ao trabalho deles, o que faziam, por onde iam começar e o que ficaria para mais tarde. Pediu a eles também para ir com ela até a ferraria e à olaria e traduzir, visto que os dois irmãos, além do latim e da sua própria língua, sem a menor dificuldade dominavam a língua estranha dos muitos homens que vieram da Terra Santa. Eles mostraram para ela pontas de flechas de vários modelos, longas e afiadas como agulhas, que podiam passar pela malha de aço dos coletes, de lâminas largas próprias para a caça e para atingir os cavalos dos inimigos e outras, para finalidades que ela nem sequer entendeu direito. Ela passou pela ferraria das espadas e das rodas de ferro, perguntando e tomando nota das situações em cada lugar. Passou ainda pela vidraria onde perguntou a respeito de quais provas de vidros colocadas em cima de uma bancada já podiam ser realmente produzidas em Forsvik e quais as que eram ainda impossíveis de produzir. Foi até as baias para perguntar aos cocheiros quanta forragem um cavalo comia. Foi ao estábulo para saber quanto leite uma vaca produzia e ao matadouro, para saber sobre o sal e as barricas de carnes em salmoura.

Depois de cada uma dessas visitas, Cecília voltava para seu ábaco e seu tinteiro. Isso tinha sido o melhor da visita a Varnhem, até mesmo melhor do que a compra das famosas rosas de Varnhem. Foi lá que ela obteve uma boa quantidade de pergaminhos para fazer os seus livros de contas. Essas ocupações eram para ela o que de melhor podia acontecer. Gostava mais disso do que de plantas e de costura. Afinal, durante mais de dez anos fora ela que escrevera os livros e dirigira todos os negócios de dois conventos.

E, finalmente, conseguiu dominar todos os aspectos, sabendo até da plantação de cada condimento em Forsvik. Foi então que ela procurou por Arn, ainda que fosse o início da noite e ele estivesse para terminar o trabalho na casa-geladeira, perto do córrego maior. Ele ficou satisfeito quando a viu chegar, secando o suor da testa à sua maneira peculiar, com o indicador, querendo de imediato que ela elogiasse as casinhas de resfriamento terminadas. Ela não podia dizer não, mas certamente não foi tão exuberante quanto ele esperava, ao ver o espaço vazio entre paredes de tijolos ainda puros. Havia filas de ganchos de ferro e varas, esperando por comidas que ainda não havia e para isso ela chamou a atenção de uma forma tão severa que ele logo ficou em silêncio no meio da sua alegre falação.

— Venha até a minha sala de contas, onde vou contar tudo para você, meu amor — disse ela, baixando o olhar. Ela sabia muito bem que essas palavras faziam com que ele se derretesse. Mas ela também sabia que essas eram palavras sinceras e não apenas uma lista de palavras a usar pela mulher. Era verdade, sim, ele era o seu amor e bem-amado.

Mas isso não diminuía a necessidade de dizer a ele a verdade, a respeito da loucura que ela encontrou e podia demonstrar por números. Rezou para si mesma em silêncio, para que ele entendesse o que lhe queria dizer, ainda que se mostrasse desinteressado por tudo o que não dissesse respeito à construção para o inverno.

Ainda era cedo nesse final de tarde, inusitadamente quente, e ela não precisou acender as velas, quando abriu os seus livros, pedindo a ele para se sentar ao seu lado. Tudo estava escrito em latim, língua que ela sabia que ele conhecia melhor do que ela.

— Veja aqui, meu amor — disse ela, abrindo nas anotações sobre o que se comia e bebia por dia tanto pela gente como pelos animais em Forsvik. — Isto aqui é o que um cavalo exige de forragem por dia. Aqui, você vê quanto se gasta por mês e aqui, o que nós temos nos nossos celeiros. Por isso, algum dia no meio mais frio do inverno vamos ter trinta e dois cavalos morrendo de fome. A carne dos animais que abatemos e a dos que podemos abater terá terminado por volta do dia da Anunciação. A saída da carne de cordeiro, ainda por cima, é de tal ordem que já não haverá mais antes do Natal. O peixe seco ainda não chegou. Você pode ver que é verdade, não pode?

— Sim — disse Arn. — Parece que os cálculos estão muito bem feitos. E, então, o que precisa ser feito?

— Para o pessoal é preciso que esse peixe seco chegue, como prometido, de preferência antes do jejum. No que diz respeito a carnes, você tem de contratar caçadores, já que veados e javalis existem muitos nas florestas por aqui e lá por Tiveden existe um animal tão grande quanto uma vaca e que dá muita carne. No que toca aos cavalos, acho que você não quer que sejam abatidos no meio do inverno, não é?

— Não, claro que não — sorriu Arn. — Cada um desses cavalos vale mais do que vinte cavalos góticos ou mais ainda.

— Então, temos de comprar forragem — cortou Cecília, rápido. — Não é das coisas mais normais comprar forragem para animais. Cada um produz consoante as suas próprias necessidades. Você tem de tratar disso antes de mais nada, antes de os gelos começarem a assentar e quando esse tempo chegar, nem barco nem trenó vão poder chegar até aqui. Quanto mais cedo no outono, será mais fácil comprar a forragem, pode acreditar.

— Creio, sim, claro — disse Arn. — Vou resolver essa questão amanhã mesmo. E o que mais você encontrou nas suas contas?

— Que nós gastamos em prata quase tanto quanto o valor de Forsvik, sem ter recebido, em contrapartida, qualquer receita. Somente o dinheiro que você pagou para o cortador de pedra em Skara daria para nos manter vivos e gordos por muitos anos.

— Esse ouro, você não precisa contar com ele! — disse Arn, impetuosamente, mas se arrependeu de imediato e sorriu para apaziguá-la e o desculpar por sua impetuosidade. — Eu tenho ouro que chega para tudo o que tem a ver com a igreja em Forshem. É uma arca inteira. Não está incluída em nossos haveres. A igreja, podemos encarar como se já estivesse paga.

— Isso muda muita coisa para melhor — admitiu Cecília, de imediato. — Você podia me ter dito isso antes. Teria gasto menos tinta. Talvez esteja na hora de contar para a sua própria esposa o quanto nós temos ou, melhor dizendo, o quanto você tem, visto que sou proprietária de Forsvik, que aumenta de valor a cada gota de suor que você gasta.

— Tenho mais ou menos mil marcos em ouro — respondeu Arn, embaraçado e olhando para o chão de madeira. — E aí não está incluído o que custará a reconstrução de Arnäs como fortaleza inexpugnável, uma salvação para todos nós quando o dia chegar. E também não está incluído o que vai custar a igreja em Forshem.

Ele se virou, inquieto, ao dizer essas últimas palavras e desviou ainda o olhar, como se soubesse muito bem que ninguém de bom senso poderia acreditar no que ele havia dito.

— Mil marcos — murmurou Cecília, como que paralisada. — Mil marcos em ouro é mais do que o valor de todas as propriedades juntas de Riseberga, Varnhem e Gudhem.

— Isso é certamente verdade, se você que sabe o diz, meu amor — respondeu Arn, em voz baixa, mas parecia mais como se ele se envergonhasse da sua grande riqueza, mais do que se alegrasse com ela.

— Por que razão você não me contou nada antes? — perguntou Cecília.

— Eu pensei em contar para você várias vezes — respondeu Arn. — Mas é como se nunca chegasse o momento certo. É uma longa história, não muito fácil de entender, a de como consegui essa fortuna na Terra Santa. Se eu tivesse contado uma coisa, teria de revelar outra. E é muito o que precisa ficar pronto antes do inverno. O ouro não é tudo, o ouro não nos salva do frio, em especial os meus amigos dos países quentes. Também nunca pensei em esconder este assunto de você, mas de preferência desejava contar tudo numa longa noite fria de inverno, com os ventos do norte rondando lá fora e você e eu, deitados e iluminados pelo fogo aquecedor da lareira e sem a menor corrente de ar nos atingindo por baixo das coberturas de penas. Era assim que eu gostaria de contar toda a história para você.

— Se você está esperando pelo inverno, não vai esperar em vão — respondeu Cecília, com um pequeno sorriso que, imediatamente, espalhou luz sobre o estranho desânimo deles no meio de toda a conversa sobre riqueza.

— Não, esse inverno, estou esperando por ele — respondeu Arn, sorrindo também.

— Isso não evita que o ouro seja uma defesa ruim contra o frio e a fome. Você precisa, como disse, já a partir de amanhã começar a comprar forragem lá para os lados de Linköping ou em qualquer outro lugar onde a encontre.

— Prometo, prometo — respondeu Arn. — E o que mais você encontrou na implacável lógica das suas cifras... É, você sabe o que quero dizer com lógica?

— É, eu sei, visto que até mesmo as mulheres no convento podem provar um pouco da filosofia, ainda que se diga que ela é prejudicial em grandes doses para as nossas cabeças. Todavia, com Aristóteles ou sem ele, cheguei à conclusão de que você deve comprar ou mandar construir um barco próprio para carregar argila — respondeu ela, rápida e inocentemente.

— Como assim? — perguntou Arn, pela primeira vez surpreso durante a conversa deles.

— Para os tijolos é preciso tanta argila fresca em todas as vezes que se prepara uma fornada que não vale a pena, nos primeiros tempos, transportar tudo para cá em vez de realizar o trabalho lá em Braxenbolet — continuou Cecília como se nem todo o ouro do mundo lhe preocupasse. — Mas a argila para a oficina de cerâmica é diferente. Se você conseguir trazer a argila até aqui, os ceramistas poderiam continuar trabalhando durante o inverno. Basta conservar a argila úmida, mas de maneira que ela não congele.

Arn olhou para ela com espanto e admiração, impossível para ele de esconder. E ela sorriu, satisfeita, de volta, quase como se tivesse triunfado.

— Cecília, minha amada Cecília — disse ele. — Na verdade, você não é apenas a mulher mais bonita e mais amorosa que encontrei.

É também a mais inteligente e sensata. Com você fazendo as contas a nossa felicidade está feita, isso é claro como água!

— Você devia ter me chamado mais cedo para fazer este trabalho — disse ela, pegando no pescoço dele, de brincadeira, e fingindo-se ofendida.

— Claro, logo desde o primeiro — concordou ele. — Mas a minha cabeça estava tão cheia daquilo que, finalmente, ficou pronto! Será que poderá me perdoar essa idiotice?

— Sim, mas com uma condição — respondeu ela, com um sorriso cheio de mistério.

— Essa condição já aceitei antes mesmo de você indicar qual é! — assegurou ele, de imediato.

— Não trabalhe mais hoje — disse ela. — Fique comigo. Vamos cavalgar juntos, dar apenas uma volta, só para apreciar o fruto do nosso trabalho. A noite está muito amena.

Arn pegou a mão dela sem responder e conduziu-a até a casa deles onde ele puxou para baixo um par de mantas de lã dos varais de roupa no teto, olhou para ela examinando-a e se esticou novamente para pegar aquela roupa especialmente costurada para ela cavalgar que, na realidade, era uma saia para cada perna.

— Achei que você queria evitar a sela de mulher — disse ele. E apesar de estar escuro na sala, pareceu que ele corou de vergonha por ter mexido nas roupas dela.

Ela recebeu a sua roupa de montar e desapareceu no quarto de dormir, fechando a porta atrás de si para trocar de roupa. Enquanto esperava, ele tirou a roupa suja do trabalho, chapinhou o rosto ainda quente e suado com a água fria da corrente e vestiu uma camisa longa azul. E, depois de uma curta hesitação, colocou e enlaçou a sua espada na cintura. Arn sabia que ela gostava de vê-lo de preferência sem espada, mas ele achou absurdo ir cavalgar na floresta, ao lado da sua amada, sem ela.

Como esperava, ela apareceu pouco depois, jovial, já vestida com a sua roupa de montar, olhando para ele com as mantas azuis no braço que tentava esconder a longa bainha da sua espada cuja ponta aparecia. Mas ela não disse nada.

Foram primeiro para as cocheiras que estavam vazias nesta época do ano, já que os cavalos estavam todos nos cercados. Havia uma longa fila de selas penduradas, com marcas estranhas, e Arn escolheu rápido duas em que as rédeas e o freio estavam ligados com correias finas. As mantas, ele entregou-as a ela, antes de colocar nos ombros as suas selas e foi na frente na direção do cercado onde estavam os cavalos. O sol já estava baixo, mas ainda continuava quente como devia num dia de verão, e a brisa era como uma carícia leve nos rostos dos dois.

Uma égua preta e seu potro estavam isolados num cercado menor, para onde eles seguiram primeiro. E entraram pelas traves de madeira até que Arn jogou as selas e chamou pela égua. Esta levantou as orelhas e veio de imediato até ele, com a cabeça balançando e o seu potro trotando atrás de si. Maravilhada, Cecília viu como o seu amado e a égua se cumprimentaram amorosamente, esfregando o rosto contra o focinho, e como ele a acariciou e falou com ela numa língua estranha.

— Venha! — disse Arn, estendendo a mão para Cecília. — Você precisa ser amiga de Umm Anaza, visto que ela será, daqui para a frente, o seu cavalo. Venha e a cumprimente!

Cecília avançou e tentou fazer como Arn, esfregando o seu rosto no focinho do animal que, de início, pareceu um pouco tímido. Arn falou, então, para a égua na mesma língua estranha e em seguida foi como se a égua logo mudasse de atitude e quisesse mais carícias de Cecília, que não se fez de rogada.

— Qual é a língua que você fala com ela? — perguntou Cecília, enquanto ela afagava a égua e o potro que, ainda tímido, ousou avançar um pouco.

— A língua dos cavalos — sorriu Arn, cheio de mistérios, mas abanando a cabeça, divertido. — Foi o que o irmão Guilbert me disse uma vez, quando eu ainda era criança e, nessa altura, acreditei, sim, que havia uma linguagem que apenas os cavalos entendiam. Na verdade, eu diria que falo a linguagem que esses cavalos ouviram desde o nascimento, no Ultramar, ou seja, o sarraceno.

— E eu que só sei falar a língua do povo ou o latim para ela! — riu Cecília. — Pelo menos, devo saber pronunciar o nome dela.

— Ela se chama Umm Anaza, o que significa Mãe Anaza. E o potrinho se chama Ibn Anaza, embora esse tenha sido também o nome de seu pai. Agora, o garanhão que vamos encontrar chama-se Abu Anaza, e o que Abu e Ibn significam você deve poder adivinhar, certo?

— Pai e filho Anaza — soltou Cecília. — Mas o que significa Anaza?

— É apenas um nome — respondeu Arn, jogando a sela com uma pele de cordeiro de base para cima da égua. — Anaza é o nome dos cavalos mais nobres que existem na Terra Santa, e quando as longas noites de inverno chegarem contarei para você a saga de Anaza.

Arn colocou a sela e preparou a égua para montar com uma rapidez surpreendente, embora com isso não demonstrasse estar com pressa e a égua não dificultou a ação, antes parecia querer demonstrar que estava feliz em poder sair.

Cecília conduziu Umm Anaza na direção de um cercado maior onde os garanhões estavam pastando. Arn saltou por cima da cerca e assobiou, de forma que todos levantaram a cabeça do pasto e olharam. No momento seguinte, estavam todos galopando na direção de Arn, de tal maneira que o chão parecia sacudir. Cecília chegou a ter medo, mas logo viu que o medo era desnecessário. Os animais pararam no mesmo momento que Arn levantou a mão e fez sinal para parar. Depois, todos os cavalos fizeram uma roda em volta de Arn, que chamava cada animal pelo nome e tinha algumas palavras de afeto para cada um. Finalmente, fez um afago especial para um dos garanhões que se parecia muito com a égua de Cecília, de pele preta e crina prateada. E não foi difícil entender que esse era o próprio Abu. Cecília não pôde deixar de se emocionar fortemente ao ver como seu marido era carinhoso com esses animais. Era como se eles fossem muito mais do que apenas cavalos. Era como se fossem seus amigos queridos. Desse jeito ninguém tratava os seus cavalos na Escandinávia, pensou ela, mas logo reconheceu que também não havia ninguém na Escandinávia que cavalgasse como Arn. Era uma boa idéia, a de que um tratamento carinhoso produzia melhores cavalgadas do que a dureza e o autocontrole.

Um pouco desse amor ela também conhecia, achava ela, pensando, enquanto, momentos depois, saíam de Forsvik na direção do norte, ao longo das praias do mar de Bottensjö. Era como se aquela égua não se apresentasse como a escrava que era e que fora educada para ser, antes era como se ela gostasse mesmo de suportar a sua nova dona e quisesse falar através dos seus movimentos delicados, movimentos que não eram como os dos outros animais.

O sol já tinha descido no horizonte, abaixo do topo das árvores onde começava uma floresta de pinheiros, a própria Tiveden. Arn conduziu seu cavalo por uma trilha, subindo, com Cecília no seu encalço e logo os dois estavam em cima de um ponto elevado de onde se via o mar de Bottensjö e mais longe o lago Vättern, brilhando à luz do anoitecer. Os cheiros dos cavalos e do final do verão se misturavam numa mágica com a doçura da putrefação das folhas e da floresta de pinheiros.

Arn se aproximou, então, de Cecília, dizendo que ele agora já era suficientemente velho para não poder ficar em pé no lombo do cavalo. A questão agora era manter-se bem seguro e não cair da sela. Primeiro, Cecília não entendeu aonde ele queria chegar, mas depois recordou aquela vez em Kinnekulle, quando cavalgaram sozinhos pela primeira vez e ele ficou em pé em cima do cavalo, avançando a toda a velocidade, embora com o olhar nela e não no caminho. Acabou batendo com a cabeça num ramo de carvalho e derrubado no chão, quase desmaiado.

— Daquela vez você quase fez o meu coração parar — murmurou Cecília.

— Não foi essa a minha intenção — respondeu Arn. — Eu queria ganhar o seu coração e não pará-lo.

— E queria ganhá-lo mostrando que cavaleiro você era, ao ficar em pé em cima do cavalo, não é?

— É verdade. Eu queria ganhar o seu coração de qualquer maneira. Se ficar de cabeça para baixo ajudasse, eu teria feito isso também. Mas fui bem-sucedido?

Ao mesmo tempo que brincava com essa arte de conquista, ele se levantou sobre os braços em cima da sela, inclinou o corpo lentamente, com as pernas primeiro para os lados e, por fim, juntas, para cima. E, de repente, ele estava equilibrado nas mãos, de cabeça para baixo, na sela, enquanto o seu garanhão continuava como se estivesse habituado a qualquer loucura por parte do seu dono.

— Você não precisa se mostrar desse jeito — gaguejou Cecília. — Se eu assegurar que você já tem o meu coração dentro de uma caixa dourada, você, por favor, se senta e monta a cavalo como todo mundo?

— Está bem — respondeu Arn, rodando rápido o corpo e se sentando na sela com os dois pés nos estribos. — Sinto que estou começando a ficar velho para fazer essas artes. Por sorte, já somos marido e mulher.

— Você não deve minimizar a bondade e a vontade do Senhor em nos fazer marido e mulher — disse Cecília, severa, desnecessariamente severa, percebeu ela de imediato. Mas ela não podia evitar de achar que a brincadeira já tinha ido longe demais.

— Acho que Nossa Senhora não vai levar a mal que nós, na nossa felicidade, façamos brincadeiras a respeito do tempo em que o nosso amor nasceu — respondeu Arn, cautelosamente.

Cecília se condenou por ter metido Deus no assunto da conversa, quando, pela primeira vez, a conversa decorria despreocupada e brincalhona. Como receava, eles continuaram cavalgando, agora debaixo de um silêncio do qual nem um nem outro sabia sair com naturalidade.

Chegaram, então, a uma clareira, perto de um córrego onde o musgo brilhava com uma cor verde, uma cor mágica e atraente, refletindo a última luz do dia entre os troncos das árvores. E junto de um grande carvalho, grosso e já meio podre, o musgo estava disposto como se fosse uma grande e convidativa cama, com uma ou outra rosa pequenina aqui e ali, rosinhas selvagens da floresta.

Era como se Umm Anaza se deixasse conduzir pelos pensamentos de Cecília, como se a égua tivesse entendido tudo aquilo que corria pelas recordações de Cecília, quando esta viu aquele lugar. A égua, simplesmente, virou de direção, sem que sua dona tivesse dado qualquer comando. Sem dizer nada, Cecília desceu e estendeu o seu manto sobre o musgo verde.

Arn a seguiu, também desceu e fez girar as rédeas à volta das pernas da frente dos animais, antes de chegar até ela e colocar no chão o seu próprio manto.

Eles não precisavam dizer nada, nem a respeito da louca postura em cima do lombo do cavalo, nem a respeito das recordações de amor, já que tudo estava escrito, nitidamente, nas seus rostos.

Ao se beijarem, os dois estavam sem medo, como se os tempos difíceis depois da noite de casamento nunca tivessem existido. E ao descobrirem a felicidade de não haver mais esse medo chegou o desejo de novo para os dois, com aquela mesma força como quando tinham dezessete anos.

VIII

UMA SENHORA DA FAMÍLIA FOLKEANA foi cruelmente assassinada por seu próprio marido e senhor. Essa atrocidade aconteceu no fim de uma tarde, e à noite o assassino viu o sol se pôr pela primeira vez depois do seu crime hediondo.

O nome do criminoso era Svante Sniving, da família Ymse, e sua esposa folkeana assassinada era Elin Germundsdotter, de Älgarås. Eles tinham apenas um filho, Bengt, que estava com treze anos de idade.

Depois de ter visto a mãe ser morta pelo seu pai, o jovem Bengt fugiu para a casa do avô materno, Germund Birgersson, de Älgarås. De lá, nessa mesma noite, seguiram mensagens em todas as direções para todos os burgos folkeanos, situados a um dia de viagem.

Foi no dia em que os cavaleiros da mensagem de fogo, jovens com os seus mantos azuis bem usados, chegaram a Forsvik. Os visitantes inesperados foram recebidos, primeiro, com pão, sal e cerveja, por Cecília, e eles mataram a sede rápido, antes de relatar o motivo da sua presença. Chegavam com a mensagem de fogo folkeana para o senhor Arn.

Cecília disse que logo iria procurar o dono da casa e pediu aos visitantes para aceitar mais presunto e cerveja, enquanto ela estivesse fora. Com o coração batendo forte pela preocupação, ela correu num ritmo leve até o picadeiro, de onde ouviu as batidas de cavalos galopando e onde também foi encontrar Arn, junto com os garotos Sune e Sigfrid e os dois sarracenos que trabalhavam como professores de cavalaria. Ela fez sinal para Arn, ansiosa, e logo ele a descobriu e abandonou o grupo de cavaleiros em que estava e galopou como o vento por todo o campo até ela. Estava cavalgando Abu Anaza.

A grande distância, já ele tinha descoberto a ansiedade de Cecília e, por isso, ele se jogou de cima do cavalo e foi terminar abraçado a ela, num único movimento, assim que parou.

— Chegou uma mensagem de fogo dos folkeanos — respondeu ela, à sua pergunta feita sem palavras.

— Mensagem de fogo dos folkeanos? O que é isso? — perguntou ele, perplexo.

— Dois homens, jovens, de rostos muito sérios, chegaram a cavalo e só disseram isso, que estavam chegando com uma mensagem de fogo — respondeu ela. — Eu não sei nada mais. Talvez você possa perguntar aos dois garotos que estão aí?

Arn, que não tinha mais nada a sugerir, fez como Cecília tinha proposto e chamou todos os quatro cavaleiros que estavam com ele antes, assobiando e dando dois berros. Eles vieram de imediato, a toda velocidade, e pararam a alguns passos de distância.

— Chegou uma mensagem de fogo dos folkeanos, será que algum de vocês pode me dizer do que se trata? — perguntou ele a Sune e a Sigfrid, ao mesmo tempo.

— Isso significa que todos nós, homens folkeanos, de Forsvik, devemos largar tudo o que estivermos fazendo, nos armarmos de imediato e seguir os homens que trouxeram a mensagem — respondeu Sigfrid.

— Ninguém do nosso clã pode dizer não a uma mensagem de fogo. Isso significaria eterna desonra — acrescentou Sune.

— Mas vocês são apenas dois garotos. Saírem armados por aí não me parece uma coisa que seja boa para vocês — sussurrou Arn, mal-humorado.

— Somos folkeanos completos, jovens ou não, mas folkeanos. E somos os únicos que o senhor tem a seu lado, em Forsvik, senhor Arn — respondeu Sune, cheio de vontade de partir.

Arn suspirou e refletiu, os olhos no chão. Depois, falou qualquer coisa que soou como ordens para os dois cavaleiros sarracenos e apontou para as duas vestes azuis que eles estavam usando e os dois guerreiros da Terra Santa fizeram sinal de obediência com a cabeça e correram na direção do burgo.

— Vamos juntos procurar nossos parentes que trouxeram a mensagem, e perguntar o que querem — disse Arn, avançando para Cecília, ajudando-a a montar na sela na sua frente e partindo em altíssima velocidade na direção da velha casa-grande de Forsvik, de tal modo que Cecília, uma hora gritava, outra hora ria, durante a curta cavalgada.

Dentro da casa-grande, os dois parentes desconhecidos fizeram uma vênia respeitosa diante de Arn quando este entrou e um deles avançou, após uma pequena hesitação, e com um dos joelhos no chão, estendeu os braços para Arn e na mão estava a mensagem de fogo que, na realidade, era um pedaço de madeira, com a inserção de uma marca de leão na superfície.

— Estamos entregando ao senhor a mensagem de fogo e pedimos que nos siga com todos os homens que possa armar — disse o jovem folkeano.

Arn recebeu a mensagem de fogo, mas não sabia o que devia fazer com ela. Justo nesse momento, chegaram Sune e Sigfrid que fizeram uma vênia solene diante dos dois mensageiros e se viraram depois para Arn.

— Eu estive fora, na Terra Santa, durante muitos anos e não sei o que vocês dois estão querendo de mim — disse Arn para os dois mensageiros. — Mas se me disserem do que se trata, certamente, irei fazer o que a honra exige.

— Trata-se de Svante Sniving, ele que é conhecido por gostar muito e, em especial, depois de beber muita cerveja, de brigar com os escravos e o pessoal da casa, inclusive com o seu próprio filho — explicou o segundo dos mensageiros que até então não tinha dito nada.

— Isso não honra Svante Sniving como homem — respondeu Arn, refletindo. — Mas, diga-me, o que é que tenho a ver com isso?

— Ontem, ele atacou e matou a esposa, a senhora Elin Germundsdotter, da nossa família. E já conseguiu ver o sol se pôr uma vez — explicou o primeiro mensageiro.

— A mensagem de fogo já seguiu ontem à noite para todos os folkeanos que podem chegar a Ymseborg antes de o sol se pôr amanhã — elucidou o outro jovem parente.

— Acho que já entendi — acenou Arn. — O que é que podemos esperar como reação da parte desse tal Svante?

— É difícil saber. Ele tem doze escudeiros, mas nos informaram que vão ser cinqüenta ou mais, amanhã. No entanto, é preciso viajar hoje à noite ou, de preferência, agora mesmo — respondeu o primeiro dos dois parentes.

— Somos apenas três folkeanos, dos quais dois garotos, aqui, em Forsvik. Mas posso levar também meus escudeiros? — perguntou Arn, recebendo de volta veementes acenos positivos de cabeça.

Nada mais havia a dizer ou a perguntar. E levou menos de uma hora para aprontar os cavalos de carga e vestir os cinco cavaleiros de Forsvik para a luta. O sol estava ainda bem alto quando iniciaram a viagem na direção noroeste.

Aconteceu pouco depois da Anunciação e a folhagem nas florestas estava morrendo de vermelho e ouro. Chegava o outono, e o anoitecer já começava mais cedo, o que era bom para os crentes muçulmanos, visto que o seu nono mês, o do jejum do Ramadã, tinha começado dois dias antes. Arn chegou a refletir no início da viagem a respeito da exceção nas leis do Alcorão, de que o jejum não precisava ser seguido em tempo de guerra. No entanto, essa viagem não poderia ser considerada bem uma guerra, apenas uma execução.

Ele cavalgou até seus acompanhantes muçulmanos e perguntou a eles, bem diretamente, o que achavam. Mas eles apenas riram, dizendo que, assim, no início do jejum e com esse tempo fresco, com o sol que voltou a ter juízo e a se deitar mais cedo, não havia como ter preocupações. Além disso, era preciso cavalgar vagarosamente, sem precisar suar, seguindo esses dois guias e seus cavalos lentos. Arn concordou sem falar e ficou pensando que era sorte o mês do jejum não cair no meio do verão nos próximos anos. Se não, seria difícil ficar sem beber água e sem comer, nessas latitudes escandinavas, desde o sol nascer até ele se pôr.

Eles continuaram a viagem até depois de o sol descer no poente e a escuridão ficar densa. E só então foram obrigados a parar e a acampar para passar a noite. Ali e Mansour, que agora viajavam de vestes azuis sobre as malhas de aço revestidas de couro, não fizeram questão de parar para comer e beber logo que o sol desceu no horizonte.

No dia seguinte, dia em que o sol se poria pela terceira vez depois do assassinato cometido por Svante Sniving contra sua mulher folkeana, reuniram-se cinco dúzias de cavaleiros junto de Ymseborg. Durante a noite, os escudeiros colocaram fogueiras em todos os cantos, junto das paliçadas do forte como sinal de que nenhuma fuga seria tolerada. O portão de madeira do burgo estava fechado e, por cima do portão, estavam quatro arqueiros olhando fixamente e com receio para todos os mantos azuis reunidos em conselho a menos de alguns tiros de flecha.

O líder dos folkeanos, no caso, era Germund Birgersson, o pai da assassinada Elin. Ao seu lado, estava um garoto, triste e com manchas roxas, vestindo um manto metade amarelo e metade preto, que eram as cores da família de Svante Sniving.

Arn deu uma volta pela fortaleza de madeira, acompanhado de Ali e Mansour. Estavam de acordo que, se fosse o caso de tomar o forte, seria mais fácil botar fogo nele, mas também não dava para apenas passar depois pelos muros de madeira. Além disso, sabia Arn agora, havia pressa, tudo tinha que ser feito antes de o sol se pôr.

Ao voltar, Arn reuniu-se com Germund Birgersson para saber exatamente o que devia ser feito. Pelo que tinha entendido, o garoto devia herdar Ymseborg e, por isso, não seria uma pena botar fogo em tudo?

Germund sorriu amargamente, dizendo não acreditar que fosse necessária muita força para arrombar o portão. Bastaria apenas que Arn, cuja lenda também já tinha chegado ao lugar, o ajudasse a convencer os homens que guardavam o citado portão. Arn respondeu-lhe, falando que não tinha nada contra e que estava ali para ajudar no que fosse preciso e estivesse ao seu alcance.

— Muito bem, você é um homem com muita honra e qualquer outra atitude sua me espantaria enormemente — grunhiu Germund Birgersson, satisfeito. E, então, levantou-se, assumindo uma posição rígida e jogando o seu manto por cima dos ombros. — Monte no seu cavalo e me siga. E vamos logo resolver este pequeno imbróglio de uma vez!

Na expectativa, Arn seguiu para o seu cavalo, ajustou um pouco melhor a sela e logo se juntou ao lado de Germund e a caminho do portão de Ymseborg. Nenhum outro dos folkeanos os seguiu.

Eles avançaram tanto que, facilmente, teriam sido atingidos por flechas disparadas de dentro do forte, mas ninguém fez isso.

O velho chefe folkeano deu uma astuta piscadela para Arn e continuou avançando ainda mais, com Arn o seguindo sem hesitar. Qualquer hesitação seria a morte quase certa.

— Eu sou Germund Birgersson do clã folkeano e estou aqui diante de Ymseborg por uma questão de honra, não para fazer a guerra nem para saquear. Sou o pai de Elin e estou aqui para exigir o direito que é meu e é por isso, também, que aqui estão todos esses meus parentes e amigos — disse Germund Birgersson, em voz alta e clara, quase como se estivesse cantando a sua mensagem.

Ninguém em cima dos muros de Ymseborg respondeu, mas também ninguém tocou em armas. Germund esperou uns momentos, antes de continuar.

— Não queremos prejudicar Ymseborg, que, em breve, será herdada pelo jovem Bengt, que é do nosso clã. Por isso, juro o seguinte. Não queremos a morte de ninguém, a não ser a de Svante. Não queremos destruir as casas, nem ferir os escravos e a gente da casa, nem sequer os escudeiros. Não pretendemos nem visitar o burgo quando tivermos realizado o que pretendemos. Assim acontecerá se vocês abrirem esse portão dentro de uma hora e abaixarem as suas armas. Todos vocês vão ficar a serviço do jovem senhor Bengt ou de quem colocarmos como representante em seu lugar. As suas vidas continuarão do mesmo jeito como até aqui. Mas se vocês se mostrarem contra esta proposta juro que nem mesmo um único escudeiro sairá vivo daqui. Ao meu lado está Arn Magnusson, e ele jura o mesmo que eu!

Lentamente, Germund puxou a rédea do seu cavalo, virando e iniciando a volta pelo mesmo caminho. Arn seguiu-o, com uma expressão séria, embora sentindo uma grande vontade de rir. Alguém tinha jurado de morte em seu nome, sem nem mesmo perguntar antes.

Nem uma única seta foi disparada contra eles, nem sinal de escárnio ou zombaria.

— Acho que vamos ter este assunto resolvido ainda esta tarde — grunhiu Germund Birgersson quando se sentou pesadamente no seu lugar anterior, no acampamento dos folkeanos, e estendeu a mão para mais um pedaço de porco assado no fogo.

— O que faremos depois com o cadáver? — perguntou Arn.

— O da minha filha, vou levar para Älgarås, onde lhe darei uma sepultura cristã na nossa igreja — disse Germund. — Svante e a sua cabeça, vamos costurar dentro de uma pele de vaca e mandar para os seus parentes. E vamos colocar um representante em Ymseborg, no lugar do garoto Bengt.

— E o garoto? — perguntou Arn. — Não pode deixar de ser um tempo muito difícil aquele que o espera, depois de ter perdido a mãe e o pai.

— Não. Isso é verdade. Muito eu gostaria de fazer para que a vida desse jovem Bengt fosse mais luminosa — disse Germund, pensativo. Jovem como ele é, ainda não serve para nada. O seu espírito não se inclina para os trabalhos da terra. Sua conversa boba é sobre cavaleiros e escudeiros do rei ou sobre serviço em Arnäs. Todos os jovens pensam e falam da mesma maneira hoje em dia.

— É... — disse Arn, pensativo. — Os jovens orientam fácil a sua mente para a espada e a lança, em vez de para o arado e a enxada. Será que você vai conseguir tirar tudo da cabeça dele e fazer dele um camponês?

— Eu já estou velho demais para esses cuidados — murmurou Germund, contrariado, diante da idéia de que, antes de o sol se pôr, iria ter um garoto de treze anos nas costas para tentar fazer dele um homem.

Arn se desculpou e foi procurar Sune e Sigfrid, que encontrou, de expressões compenetradas, a ponto de começar a afiar as ponteiras das suas flechas. Ele pegou a pedra de amolar das mãos de Sune e mostrou como o trabalho devia ser feito, com melhores resultados. Enquanto isso, contou para os dois a respeito do destino lamentável do jovem Bengt, que não só ficou órfão de mãe como iria ficar, em breve, órfão de pai. E, além disso, seria obrigado a ir para a casa do velho Germund para se tornar camponês tal como acontecia cem anos atrás. Quem sabe, pensou Arn em voz alta, talvez não fosse uma má idéia se Sune e Sigfrid se encontrassem com Bengt nas próximas horas, já que os três eram os únicos escudeiros ainda jovens. Não iria prejudicar em nada se contassem para Bengt o que eles próprios estavam aprendendo em Forsvik.

Com um sorriso nos lábios que teve dificuldade em esconder, Arn se levantou de repente, deixando os seus dois jovens armeiros.

Tinha decorrido uma hora e todos os folkeanos se apresentaram e avançaram a cavalo, lentamente, na direção do portão de Ymseborg que se abriu para eles quando estavam a um tiro de flecha de distância. Entraram na praça do burgo, colocaram seus cavalos em fila e ficaram esperando. Poucas eram as pessoas que se viam, além de alguns filhos de escravos espreitando pelas frestas das casas ou debaixo das pontes. Uma ou outra jovem solteira, preocupada, corria à procura de alguma criança em fuga.

O silêncio se fez, totalmente, em todo o burgo. Ouvia-se apenas algum cavalo relinchando ou a batida de algum estribo. Ninguém dizia nada e nada acontecia. Ficaram esperando por muito tempo.

Finalmente, Germund se cansou de esperar e fez sinal para dez homens jovens que desceram dos cavalos, empunharam as suas espadas e entraram na casa-grande. Logo se ouviram gritos e sussurros e, em breve, eles voltaram com Svante Sniving de mãos e pés amarrados e o obrigaram a se ajoelhar, diante da fila de cavaleiros onde apenas um manto amarelo e preto se via entre os restantes, todos azuis. Era o jovem Bengt que ainda conservava as marcas, as manchas roxas, que os punhos do seu pai haviam feito no seu rosto, agora inflexível.

— Exijo o meu direito como homem livre em terras dos götas e segundo as leis dos götas! — gritava Svante Sniving com voz sibilante, demonstrando que não estava menos bêbado do que habitualmente, ainda que desta vez fosse a última.

— Aquele que mata um folkeano, homem ou mulher, jovem ou velho, não tem nenhum direito, a não ser o de viver até o terceiro pôr-do-sol — respondeu Germund Birgersson, de cima de seu cavalo.

— Pago o dobro da penitência e quero apresentar o meu caso diante da assembléia dos götas! — gritava Svante Sniving de volta como se, realmente, acreditasse nesse seu direito legal.

— Nós, folkeanos, jamais aceitamos quaisquer pagamentos em penitência, nem pelo dobro, nem pelo triplo. Isso nada significa para nós — respondeu Germund, com tal desprezo na voz que deu azo a alguns risos na fila dos severos cavaleiros.

— Então, exijo o meu direito ao juízo final na eternidade, o direito a morrer como homem livre e não como escravo! — gritava agora Svante, continuando mais raivoso do que medroso na voz.

— Exigir um duelo, de nada serve a você — desdenhou Germund Birgersson. — Entre os parentes que se juntaram para resolver este caso, temos aqui Arn Magnusson, ao meu lado. Ele seria o nosso homem para duelar com você. E, então, você iria morrer mais rápido do que pelo machado do carrasco, mas apenas com um pouco mais de honra por esse motivo. Fique feliz por não o enforcarmos como a qualquer escravo e pense que sua derradeira honra na vida é a de morrer sem pedir piedade e sem mijar!

Germund Birgersson fez sinal com uma das mãos e alguns dos homens jovens, que foram buscar Svante Sniving na casa-grande, trouxeram logo o cepo e o machado. Germund apontou em silêncio para aquele dos homens que parecia mais forte e este pegou no machado sem hesitar e logo a cabeça de Svante Sniving caía por terra, enquanto dois outros homens seguravam o seu corpo estrebuchando contra o chão, até que o sangue parasse de sair pelo pescoço.

Naquele momento, Arn ficou observando, pensativo, o rosto do jovem Bengt. Houve uma pequena contração, ao mesmo tempo que Arn ouviu o som do golpe do machado, mas nada mais. Nem uma lágrima, nem sinal-da-cruz.

Arn não estava certo se uma tal dureza era boa ou ruim. Mas que isso aí era o comportamento de um jovem que, sem restrições, descontroladamente, odiava o seu pai, isso era certo.

As poucas coisas de que era preciso tratar aconteceram rápido. Enquanto o corpo de Svante Sniving era arrastado para o matadouro, junto com a sua cabeça, para tudo ser costurado numa pele de vaca, o jovem Bengt desceu do seu cavalo e avançou lentamente em direção ao lugar onde o sangue do seu pai ainda corria pelo chão à luz do anoitecer.

Bengt retirou, então, o seu manto sverkeriano dos ombros, deixou-o cair na terra e encharcou-o no sangue do seu pai.

Os folkeanos continuaram montados nos seus cavalos, os rostos imutáveis, observando o jovem cuja coragem e honra valiam admiração. Germund Birgersson fez sinal para Arn descer do cavalo e o acompanhar até Bengt.

Germund avançou lentamente para ficar bem atrás do jovem Bengt e apoiou a sua mão esquerda no ombro esquerdo do garoto. Depois de Germund ter dado uma olhadela para Arn, este fez o mesmo com a sua mão direita. Os dois esperaram uns momentos em silêncio, enquanto o jovem pareceu se reanimar para o que tinha a dizer. Não era fácil, visto antes querer falar com voz firme.

— Eu, Bengt, filho de Svante Sniving e Elin Germundsdotter, assumo agora o nome de Bengt Elinsson, na presença dos meus amigos! — anunciou ele, finalmente, com voz fina, mas sem estremecimentos ou insegurança.

— Eu, Germund Birgersson, e meu parente, Arn Magnusson — reagiu Germund —, aceitamos você, Bengt, na nossa família, no nosso clã. Você é agora um folkeano, e um folkeano será para sempre. Estará sempre conosco e estaremos sempre com você.

No silêncio que se fez em seguida, Germund deu a palavra a Arn. Mas Arn não sabia o que devia dizer ou fazer antes de Germund se inclinar para ele e o instruir, num murmúrio zangado. Arn, então, retirou o seu manto dos ombros e o colocou em volta de Bengt e todos os homens montados empunharam as suas espadas que apontaram primeiro para o céu e depois para o jovem Bengt.

Por uma tradição de sangue, Bengt Elinsson tinha sido aceito na família folkeana. Para o burgo de sua propriedade, Ymseborg, seu avô colocou dois locatários libertados para administrar a herança. Bengt não queria ficar em Ymseborg nem mais um dia.

Entretanto, o que ele queria logo o seu avô ficou sabendo, assim que saíram do burgo e todos os folkeanos se despediram e se separaram no acampamento. Com imenso ardor, pediu para seguir com Arn Magnusson para Forsvik, onde, segundo os outros dois garotos que tinham vindo na companhia de Arn, aconteciam coisas maravilhosas.

Germund achou que, nesse caso, era melhor tomar uma decisão rápida. O jovem Bengt, sem dúvida, precisava ter outra coisa em que pensar e quanto mais depressa melhor. Seguir para Älgarås apenas para assistir ao funeral e cumprir uma semana de luto talvez fosse aquilo que a honra exigia, pelo menos de um homem mais velho. Mas o garoto que, em menos de três dias, perdera a mãe e o pai, não podia ser tratado como todos os outros.

Germund foi até Arn Magnusson, que estava falando em língua estrangeira com os seus escudeiros, e perguntou sem rodeios se Arn podia oferecer aquilo que o agora jovem folkeano tanto desejava. Arn não se mostrou nem um pouco surpreso com essa pergunta e respondeu que não havia qualquer problema.

E assim acabou acontecendo terem viajado de Forsvik três folkeanos para fazer prevalecer a honra da família e terem voltado quatro.

Durante a primeira parte do outono, a ordem começou a dominar em Forsvik, de forma que até o olhar crítico de Cecília não pôde deixar de notar outra coisa.

Quase todos os dias chegavam barcos carregados com forragem para os animais no inverno e de Arnäs começou a chegar em quantidades apreciáveis o bacalhau norueguês de Lofoten, o que significava que Harald Øysteinsson tinha sido bem-sucedido também na sua segunda viagem com o enorme barco dos templários.

Com o terceiro carregamento de bacalhau vieram também os novos escravos que Arn tinha encomendado de Eskil. Eram Suom, muito competente em tecelagem e costura, e seu filho Gure, de quem se falava ser especialmente habilidoso nas construções com madeira. E o caçador Kol e o seu filho, Svarte.

Arn e Cecília, que por vários motivos ficaram satisfeitos em dar guarida a esses escravos, foram recebê-los como se fossem visitantes convidados. Cecília pegou em Suom pelo braço e foi lhe mostrar a sala da tecelagem, quase pronta. Enquanto isso, Arn levou os três homens para o dormitório dos escravos, à procura de alojamento para eles. Mas logo achou que o alojamento estava ruim demais para suportar o inverno seguinte e, por isso, deu ordens a Gure para começar o trabalho em Forsvik reconstruindo os três piores alojamentos para escravos e, assim que terminasse, viesse a construir novos.

Gure recebeu uma equipe de quatro escravos para dirigir conforme lhe parecesse melhor. E se quisesse novas ferramentas era só pedir ao pessoal das forjas.

Kol e seu filho Svarte, segundo queria Arn, deviam ter lugar na antiga casa-grande, mas eles disseram que preferiam morar numa casa pequena e simples. Estavam habituados a ficar sozinhos e como caçadores tinham outros horários que não os do resto do pessoal.

Arn achava que conhecia Kol da juventude, mas precisou fazer várias perguntas antes de ver confirmada essa idéia. Eles haviam caçado juntos quando Arn tinha dezessete anos de idade e Kol era aprendiz junto de seu pai que se chamava Svarte, tal como o filho dele. O velho Svarte tinha morrido e estava sepultado em Arnäs. Por isso, tinha sido mais fácil realizar a venda de Kol e seu filho. Em Arnäs, ninguém gostava de deixar os velhos escravos, incapacitados, sem familiares por perto.

Arn se conteve diante dessas explicações e evitou perguntar a respeito da mãe do garoto. Ainda não tinha se habituado à idéia de ser proprietário de pessoas, visto que desde os cinco anos de idade que vivia entre monges e templários, para quem qualquer pensamento sobre escravatura era uma abominação. E ele prometeu a si próprio levantar essa questão com Cecília o mais cedo possível.

Para Kol, Arn disse que primeiro havia que escolher cavalos e selas para ele e seu filho, a fim de que pudessem circular pela região, aprender a encontrar os lugares certos e pensar em como se poderia fazer a caça dos animais selvagens da região. Em silêncio, por tristeza ou timidez, Kol e Svarte seguiram em direção aos cercados com os cavalos, acompanhando Arn que laçou dois deles, escolhidos mais pela sua mansidão do que pela sua rapidez e impetuosidade.

Antes de os caçadores se habituarem com os cavalos, era bom deixá-los na cocheira para descansar e não soltá-los de novo no cercado, para junto dos outros. Poderia tornar-se difícil apanhá-los novamente, avisou Arn enquanto levavam os cavalos para o burgo.

Para sua alegria, Arn descobriu que Kol ficou muito satisfeito com esses cavalos, falando muito com o seu filho na língua dos escravos, enquanto apontava com movimentos das mãos para os pescoços e as pernas dos animais. Arn não pôde deixar de perguntar a Kol o que ele estava contando para o seu filho e recebeu como resposta que tinha sido num cavalo desses que Arn tinha chegado uma vez a Arnäs há muito, muito tempo. E que todo o pessoal achou que o animal era ruim das pernas. Até mesmo Kol e seu pai tinham sido uns idiotas, achando o mesmo, até que viram o senhor Arn cavalgar esse tal de Kamil ou coisa parecida.

— Chimal — corrigiu Arn. — Significa Escandinávia na língua do país de onde esses cavalos vêm. Mas de onde você vem?

— Eu nasci em Arnäs — respondeu Kol, em voz baixa.

— Mas e o seu pai com quem eu também caçava, de onde ele veio?

— De Novgorod, no outro lado do mar Báltico — respondeu Kol, de rosto fechado.

— E os outros escravos em Arnäs, de onde vieram ou de onde vieram seus ancestrais? — continuou Arn, incansável, embora percebesse que Kol preferia não falar sobre esse tema.

— Todos vêm do outro lado do mar — respondeu Kol, sem muita vontade. — Alguns de nós sabem, outros apenas acham que vieram de Miklagård, outros ainda falam de Rússia ou Polônia, Estônia ou Särland. São muitas as sagas e pouco o conhecimento a respeito disso. Os nossos pais ou mães foram trazidos uma vez como prisioneiros de guerra, acham alguns. Outros acham que sempre fomos escravos, mas nisso eu não acredito.

Arn ficou em silêncio, mas teve de se conter antes de declarar de imediato para Kol e seu filho que ambos agora podiam considerar-se como livres. Era melhor pensar bem no assunto e primeiro aconselhar-se com Cecília. Não fez mais perguntas embaraçosas, antes pediu a Kol e seu filho que nos próximos tempos se dedicassem a conhecer a região e não a caçar para ganhar carne, a não ser que a ocasião se apresentasse por casualidade. Mas como ele próprio adivinhava, era mais importante que primeiro aprendessem como e onde encontrar os animais.

Kol acenou com a cabeça, concordando. E aí eles se separaram.

Arn pensou em aproveitar a ocasião e falar sobre a questão dos escravos durante a viagem para Bjälbo, onde participariam da festa de noivado do filho Magnus com Ingrid Ylva, a jovem sverkeriana.

Mas Cecília também havia pensado em dedicar essa viagem, pelo menos as primeiras horas em que nada acontecia, durante a travessia do lago Vättern, a falar de assuntos que exigiam mais tempo e reflexão. Assim que o barco se fez ao mar, ela falou muito e sem parar a respeito da velha Suom, a competentíssima tecedeira, e da arte quase miraculosa que a mulher detinha nas suas mãos. A pedido de Cecília, Eskil mandou um pacote bem pesado com tapeçarias feitas por Suom e que antes cobriam as paredes de Arnäs. Uma parte dessas tapeçarias,

Arn já tinha visto. Estavam já nas paredes do quarto de dormir deles algumas das obras de Suom.

Arn murmurou qualquer coisa, que certas imagens de Suom eram demasiado estranhas para o seu gosto, em especial, aquelas que apresentavam Jerusalém com ruas de ouro e os sarracenos com chifres na testa. Essas imagens não correspondiam à verdade e isso ele podia testemunhar melhor do que a maioria.

Cecília ficou um pouco distante e disse que a beleza das imagens não tinha somente a ver com a verdade, mas também, de igual maneira, com as cores que se juntavam e com os pensamentos e as fantasias que as imagens despertavam, caso bem feitas. Desse jeito, eles fugiram por momentos do assunto de que ela tinha por intenção falar e foram parar numa discussão sobre o que era verdade e o que era bonito.

Ele desapareceu por momentos, seguindo até a popa do barco para ver como estavam os cavalos e Sune e Sigfrid que foram autorizados a acompanhá-lo para tomar conta dos animais, embora os garotos se considerassem mais como escudeiros do senhor Arn. Quando este voltou, Cecília foi direto ao assunto que tinha em mente.

— Eu quero que nós libertemos Suom e seu filho Gure — disse ela, rápido e baixando os olhos para o tampo da mesa do navio.

— Por quê? Por que justo Suom e Gure? — perguntou Arn, curioso.

— Porque o trabalho dela tem grande valor e pode dar em prata muitas vezes o valor de uma escrava — respondeu Cecília, rápido, sem olhar para Arn.

— Você pode libertar quem você quiser em Forsvik — disse Arn, pensativo. — Forsvik é seu, assim como todos os seus escravos. Mas eu próprio gostaria de libertar Kol e seu filho, Svarte.

— Por que os dois caçadores? — perguntou ela, surpreendida pelo fato de a conversa ter passado adiante da questão decisiva.

— Digamos que Kol e seu filho tragam para casa neste inverno oito veados — respondeu Arn. — Isso não fará apenas a nossa comida mais variada, mas representa mais do que o valor de um escravo e apenas num só inverno. Mas assim acontece com todos os escravos, se a gente pensar bem. Todos acabam produzindo um valor superior àquele que eles próprios valem.

— Você quer dizer mais alguma coisa? — perguntou ela, com uma olhadela inquiridora para ele.

— Sim — disse ele. — E é uma coisa que eu deixei para lhe falar durante esta viagem...

— Eu também pensei assim! — interrompeu ela, feliz, mas logo se conteve, levando a mão para tapar a boca e sinalizando que não queria dizer mais nada antes de Arn completar o seu pensamento.

— Deus não criou o homem ou a mulher para ser escravo. É isso que eu acho — continuou Arn. — Onde é que nas Escrituras isso está escrito? Você, assim como eu, viveu num mundo, por trás dos muros, onde uma coisa dessas é impensável. Acho que nós dois pensamos do mesmo jeito.

— Isso mesmo. Eu acho, também — disse Cecília, falando sério. — Mas o que ainda não consegui descobrir é se isso está errado em mim ou se está errado em todos os nossos parentes. Nem mesmo os próprios escravos parecem acreditar em outra coisa, senão que Deus criou uma parte de nós como proprietários e outra como escravos.

— Muitos dos escravos nem acreditam em Deus — observou Arn. — Mas justo esse tipo de pensamento também eu já tive. Sou eu que estou errado? Ou eu seria mais inteligente e melhor do que todos os nossos parentes e amigos, melhor do que Birger Brosa e Eskil?

— Sim — disse ela. — Até mesmo na hora de colocar essa questão, nós dois somos iguais, você e eu.

— Mas já que estamos de acordo, como vamos fazer? — pensou Arn, falando alto. — Se amanhã dermos a liberdade para todos os escravos de Forsvik, pela simples razão de que não queremos ter a propriedade de ninguém, o que acontecerá então?

Cecília não tinha nenhuma resposta para essa questão. E ficou por momentos com a mão no queixo, pensando profundamente. Para ela, o mais fácil seria dizer que se renuncia ao pecado. O mais difícil, porém, é arranjar as coisas depois da confusão estabelecida.

— Salário — disse Arn, finalmente. — Vamos libertá-los, digamos, no meio do inverno, de forma que o frio os leve a pensar com calma e não a ir embora, a correr para todos os lados com a sua liberdade. Depois, a gente passa a pagar salário. A cada final de ano, todos os escravos, homens e mulheres, acho eu, vão receber determinado valor em prata. Uma outra maneira de resolver o problema que a minha abençoada mãe Sigrid usava era deixar cada escravo libertado na preparação e exploração de novas terras pagando a ele, anualmente, uma taxa de arrendamento. A minha proposta é a de tentarmos os dois caminhos.

— Mas tantos salários representarão muitas despesas para nós em prata pura — suspirou Cecília. — E eu que começava a ver as contas ficarem melhores para nós.

— Aquele que dá esmola aos pobres faz um agrado a Deus, ainda que a sua bolsa fique mais leve — disse Arn, refletindo. — Isso é justo e você e eu queremos viver com justiça. Já isso é uma razão suficiente. Uma outra razão é a de que os libertados que a minha mãe liberou de Arnäs passaram a trabalhar muito mais. Sem que isso nos custasse em alimentos durante o inverno, eles acabaram aumentando a nossa riqueza. Pense nisso, que os libertados sempre trabalham mais do que os escravos, que é apenas um bom negócio libertá-los.

— Nesse caso, os nossos parentes e amigos, donos de escravos, não são apenas pecadores, mas, além disso, são de inteligência curta — riu Cecília. — Não será um pouco de arrogância da nossa parte pensar dessa maneira, meu querido Arn?

— É o que veremos — disse Arn. — Você e eu queremos, de qualquer forma, nos libertar de um pecado. Portanto, é o que faremos! Agora, se Deus nos vai abençoar por essa medida, nem devemos pensar nisso. E se nós considerarmos que isso nos vai custar em prata paga, também é verdade que nós temos recursos suficientes. Vamos tentar!

— É claro. E vamos esperar até o meio do inverno, a fim de que eles não corram como galinhas loucas para todos os lados assim que forem libertados! — sorriu Cecília, como se ela já estivesse observando diante de si todo o tumulto que se veria em Forsvik.

Em Bjälbo, Arn e Cecília não foram tão bem recebidos como esperavam. Ao entrar a cavalo e passar pelas tochas de fogo fora da igreja, eles foram recebidos pelo pessoal da casa que lhes indicou para alojamento um lugar numa casa de hóspedes como se eles a fossem compartilhar com os seus escudeiros. Na realidade, não estavam com um grande séquito. Tinham trazido apenas os garotos Sune e Sigfrid, que, eventualmente, se achavam desempenhando a função de seguranças do seu senhor e de sua esposa, mas que os outros apenas viam como garotos que eram.

Esta foi uma das poucas coisas que o próprio Birger Brosa comentou numa curta conversa com Arn. Que dificilmente se poderia esperar que um folkeano viajasse sem escudeiros, em especial porque os sverkerianos convidados para a festa poderiam ver nisso um insulto.

Frio no tom de voz e no aperto de mão foi o pai de Ingrid Ylva, Sune Sik, quando veio cumprimentar Arn. Disse apenas algumas poucas palavras, a respeito do sangue que existia entre eles só poder ser lavado depois do casamento.

O ambiente ruim que prevalecia no lugar de honra, onde o padrinho Birger Brosa ou a sua esposa, Brigida, nem tiveram a condescendência de trocar uma palavra amiga com Arn e Cecília, se espalhou pela sala. Como festa, esse encontro em Bjälbo jamais seria recordado como alegre.

Nas três noites, Arn e Cecília se retiraram o mais cedo possível, sem violar a honra dos donos da casa. Seu filho Magnus e a sua futura esposa, Ingrid Ylva, mal tiveram a oportunidade de falar com eles, já que as cadeiras dos noivos ficaram longe do lugar de honra.

E eles não ficaram nem uma hora a mais, além dos três dias que a tradição exigia.

Arn tampouco sentiu que a situação melhorou quando chegaram ao local da visita seguinte, em Ulfshem, na casa da grande amiga de Cecília, Ulvhilde Emundsdotter. O burgo estava situado num local muito bonito entre Bjälbo e Linköping. Havia vinho para Arn e Cecília, já que ambos evitavam o mais possível a cerveja, e a carne era muito macia. Mas entre Arn e Ulvhilde havia uma sombra que não desaparecia, que todos viam, mas ninguém queria falar dela. E o marido de Ulvhilde, Jon, que gostava mais das leis do que da espada, tinha dificuldades em manter uma conversa interessante com Arn, já que achava, preconceituosamente, que Arn não entendia de nada a não ser de guerra. O tempo todo, Arn sentia que falavam com ele como se ele fosse retardado ou uma criança.

Jon também não se sentia menos incomodado pelo fato de seus jovens filhos, Birger e Emund, o tempo todo olharem para Arn com os olhos cheios de admiração.

Melhor ficou, de certa maneira, mas ainda assim não de todas as maneiras, quando Arn sugeriu que os jovens Sune e Sigfrid fossem junto com os filhos de Jon dar uma volta, em vez de serem obrigados a ficar sentados ali com os adultos. Obedientemente, os garotos saíram, mas dali a pouco já se ouvia o barulho das armas na praça, o que não surpreendeu Arn, mas irritou Jon.

Na segunda noite, que seria a última em Ulfshem, Arn e Cecília e Jon e Ulvhilde estavam sentados junto da lareira grande. Era como se as duas mulheres tivessem descoberto tarde demais que, enquanto elas tinham mil coisas para conversar, os seus homens pouco se divertiam na companhia um do outro. Também nessa noite a conversa ficou presa e se limitava apenas a assuntos aleatórios que não conduziam a nada agradável.

Arn sabia muito bem o que estava escondido por baixo desse entulho e no início da noite pensou que era melhor deixar tudo como estava. Mas quando a primeira hora do convívio se passou na mesma lengalenga, entrecortada por longos silêncios e sem uma única gargalhada, ele resolveu que isso era mais insuportável do que cortar um abscesso.

— Vamos então falar de uma coisa que está entre nós, atrapalhando, e que estamos fingindo que não existe — disse Arn no meio da conversa sobre o outono estar suave naquele ano e ter sido muito duro no ano anterior.

Primeiro, fez-se um silêncio total em que apenas o crepitar da lenha na lareira se ouvia.

— Você quer dizer meu pai, Emund Ulvbane — disse Ulvhilde, finalmente. — Sim, vamos falar dele. Melhor agora do que mais tarde. Eu era apenas uma criança quando ele foi traiçoeiramente assassinado e talvez aquilo que eu sei sobre o caso não seja toda a verdade. Cecília Rosa é a minha melhor amiga, você é o marido dela. E entre nós não devem existir mentiras. Conte-me como foi.

— O seu pai, Emund, era o melhor combatente do rei Sverker, e o mais fiel — começou Arn, com um profundo suspiro. — Dizia-se que nenhum homem podia enfrentá-lo. Na assembléia de todos os götas, em Axevalla, ele insultou o meu pai Magnus a tal ponto que a honra exigia um duelo entre os dois ou entre ele e o filho do senhor, o que a lei permitia. Meu pai nunca foi um espadachim de verdade e teria uma morte certa nas mãos de Emund. Chamou o padre, confessou-se e se despediu dos mais próximos. Mas eu fui enfrentar Emund em substituição do meu pai. Estava apenas com dezessete anos de idade e não tinha a menor vontade de matar ninguém. Fiz todo o possível. Por duas vezes, ofereci a seu pai a oportunidade de se retirar da luta, no momento em que ele estava por baixo. De nada serviu. Por fim, achei que não tinha outra coisa a fazer senão feri-lo tão profundamente, de tal modo que ele tivesse que se render, ainda que com honra. Hoje, talvez eu pudesse fazer melhor, mas na época eu tinha apenas dezessete anos.

— Quer dizer que você não estava junto quando Knut Eriksson matou meu pai em Forsvik? — perguntou Ulvhilde, após um longo momento em silêncio.

— Não — respondeu Arn. — Meu irmão Eskil estava, mas ele teve apenas que regularizar o negócio, quando compramos Forsvik de seu pai. Assim que a compra ficou regularizada e legalizada através da aposição do sigilo, Eskil voltou para casa em Arnäs. Knut ficou para trás, para se vingar.

— Do que é que ele tinha que se vingar do meu pai? — perguntou Ulvhilde, surpresa, como se nunca tivesse ouvido nada a respeito do assunto.

— Conta-se que foi Emund quem decapitou o pai de Knut, o Santo Erik — respondeu Arn. — Se foi ou não, não sei, mas Knut estava certo que foi. E da mesma forma que o pai dele foi decapitado, ele decapitou Emund.

— Que, então, já não podia se defender, visto que, por sua culpa, ele só tinha uma mão! — interrompeu Jon, como que defendendo Ulvhilde.

— Isso que você diz é verdade — respondeu Arn em voz baixa. — Mas quando se trata de vingança de sangue, no nosso país, já aprendi que faz pouca diferença ter uma ou duas mãos.

— Os casos de assassinato devem ser levados à assembléia e não a novos assassinatos! — reagiu Jon.

— Isso é o que a lei diz, talvez — concedeu Arn. — Mas quando se trata do assassinato de um rei, não é a lei que prevalece, mas o direito do mais forte. E você que é folkeano, assim como eu, sabe muito bem que assassinato jamais é caso para assembléia, certo?

— Mas esse direito é ilegal — reagiu Jon, excitado.

Ninguém discordou dele. Mas foi então que Ulvhilde, depois de ficar pensativa e em silêncio por algum tempo, se levantou e avançou, séria, na direção de Arn, pegou a mão dele, aquela que empunhava a espada, levou-a à boca e beijou-a três vezes. Segundo um velho costume, esse era o sinal de reconciliação.

A noite não ficou muito mais alegre do que estava. Nada de piadas, nem de muitas gargalhadas. Mas, no entanto, foi como se a atmosfera ficasse mais pura entre eles, tal qual como quando o sol volta a aparecer depois de uma tempestade de verão, em dia quente.

Com isso, a primeira visita de Arn a Ulfshem não terminou tão mal quanto começou. E a isca que ele sabia serem Sune e Sigfrid para todos os garotos na sua idade também surtiu efeito. Depois dessa visita, Ulvhilde e Jon não tiveram mais descanso por parte do filho mais novo, Emund, que constante e incansavelmente falava em viajar para o antigo burgo do seu avô. Que ele não pretendia com isso fazer uma peregrinação às terras que tinham sido do avô estava claro como água. Ele tinha sido contaminado pelo sonho de ser cavaleiro. E, finalmente, acabou conseguindo a promessa de que poderia viajar quando fizesse treze anos de idade.

Na volta a Forsvik, Arn e Cecília verificaram que o burgo nada tinha sofrido na sua ausência de dez dias. O recém-comprado Gure encontrou muitas mãos entre os escravos para o ajudar a equipar os seus alojamentos, e nas forjas, nas oficinas de flechas, de cerâmica e de cobertores, o trabalho havia continuado em velocidade normal e sem problemas. Como eram quase todos estrangeiros os que trabalhavam nesses lugares e toda a colheita já tinha sido completada com exceção das beterrabas, sobraram muitos escravos para Gure colocar em ação. Gure foi uma grande aquisição para Forsvik e os outros passaram a obedecer ao menor sinal feito por ele.

Os irmãos Wachtian se revezaram em anotar todas as novas mercadorias que entraram, deixando as listas na sala de contas de Cecília, de modo que agora ela só teria que fazer os lançamentos nos livros. Os dois irmãos também fizeram questão de levar Arn e Cecília até a câmara do moinho para lhes mostrar uma nova ferramenta construída por eles.

Jacob foi quem primeiro pensou e a desenhou. E Marcus foi para a forja para transformar a idéia em ferro e aço.

A questão que há muito eles estavam tentando resolver era a de aplicar a força da água numa máquina de serrar.

Como a força era gerada por uma nora de alcatruzes e transmitida por eixos rotativos, apesar de muita paciência ainda não tinha sido possível transformar esse movimento rotativo em dois movimentos, um para a frente e outro para trás, tal como funcionava a serra manual. Mas então eles começaram a indagar se não seria melhor pensar na rotatividade dessa força, acabando por imaginar uma serra redonda. Tiveram vários insucessos, sem dúvida, com a serra rotativa. Verificou-se que à menor saída de prumo, à menor inclinação, a serra quebrava ou ficava muito quente quando se encostava o tronco de madeira para serrar. E quando, ao final, conseguiram uma serra redonda girando equilibradamente, sem inclinar-se, e conseguiram endurecer os dentes da serra de modo a enfrentarem o calor criado pelo forte movimento, surgiram novos problemas. Ficou claro que era impossível alimentar a serra diretamente com as mãos, visto que a força era grande demais. Construíram, então, uma espécie de trenó que corria em cima de uma calha ao longo do chão. Colocavam, então, o tronco de madeira em cima do trenó que corria contra a serra. Mas o chão era irregular demais e quando conseguiram ajeitar esse problema surgiram novas dificuldades.

Mas agora achavam que estavam prontos. Chamaram Gure e a sua equipe para ajudar e em pouco tempo serraram diante dos olhos de Arn, infantilmente maravilhados, um tronco de madeira em quatro tábuas planas, servindo para o tombadilho de qualquer barco.

Pavimento, explicaram eles, quando Cecília perguntou para que servia essa invenção que, sem dúvida, parecia muito bem pensada. Para assoalhar casas de pedra como em Arnäs, haviam pensado primeiro. Mas talvez também em Forsvik, embora os troncos de madeira utilizados até agora talvez não fossem os melhores. Mas isso era para decidir mais tarde. Para já, era preciso fazer um estoque de tábuas de madeira para secar durante o inverno e no próximo verão, para ver se essa não seria uma grande melhoria. O tempo utilizado no trabalho seria reduzido para uma décima parte, caso se comparasse a pavimentação com pedras cortadas e essa forma de pavimentar o chão com tábuas de madeira cortadas com a nova serra.

Além disso, essa foi apenas a primeira serra, que agora estava ligada ao eixo de moinho, junto com as mós para moer coisas grandes e pequenas. Quando se construir o canal, com a nova nora, poderemos usar serras redondas, grandes e pequenas. Poderemos poupar muito tempo de trabalho e serrar muito mais do que o necessário para uso próprio, achavam os dois irmãos.

Arn deu umas palmadas cordiais nas costas dos dois irmãos e disse que essas novas idéias e ferramentas valiam ouro para o burgo, mas também para aqueles que tiveram essas idéias e fizeram essas ferramentas.

Na semana seguinte, Arn dedicou-se, junto com Ali e Mansour, a treinar os garotos e os cavalos pelas manhãs, enquanto que as tardes eram dedicadas ao tiro ao arco e à arte da espada, primeiro algumas horas para si mesmo e depois com os seus três jovens companheiros de armas.

Ele próprio forjou o material para algumas espadas que depois mandou outros limar e limpar, de modo que pareciam quase como verdadeiras espadas, mas com as pontas redondas. Ainda que não fossem armas cortantes, davam a sensação aos garotos Sune, Sigfrid e Bengt de que eram armas de verdade. Arn foi por tentativas até chegar ao peso certo de cada espada para eles, conforme a força de cada um para empunhar a arma. Ele também mandou fazer coletes de segurança para cada um dos garotos, o que Cecília achou mais infantil do que útil, visto que ninguém iria imaginar que aqueles garotos tão jovens fossem entrar em alguma guerra.

Arn, um pouco ofendido, explicou que não era nisso que ele estava pensando, mas queria que eles se habituassem a se movimentar com aquelas vestes pesadas no corpo. Além disso, acrescentou ele depois daquela pergunta irritante dela, se eles crescessem e não pudessem usar mais aquelas vestes caríssimas, outros garotos viriam depois desses três que estavam aprendendo. Aqui, em Forsvik, dentro de algum tempo iriam existir equipamentos e armas de todos os tamanhos para garotos de treze anos para cima e até para homens.

Foi uma informação que deixou Cecília pensativa. Ela tinha dado como certo que Arn, por bondade ou por incapacidade em dizer não, tinha recebido esses garotos, menos por vontade própria e mais por efeito das suas insistentes orações. Como se ele apenas prestasse àqueles jovens um serviço de amigo.

Mas agora ela via filas de vestes de malha de aço e de espadas, assim como selas nas cocheiras, com um número por cima. Havia algo de ameaçador nessa imagem, mais por ela não entender direito o que estava vendo.

Arn não notou essa preocupação de Cecília, visto estar totalmente engajado em achar a maneira de treinar esses garotos com as armas. Já treinara muitos homens adultos, em especial, durante o seu tempo como comandante da fortaleza em Gaza. Mas eles não eram apenas adultos, eram homens que chegaram a Gaza, mandados por juntas de recepção dos templários em Roma ou Provence, Paris ou Inglaterra, que escolhiam os candidatos. Os que chegavam já se consideravam prontos. Evidentemente, isso acontecia muito raramente. E a grande maioria deles agia com as armas de tal maneira que, se ele os deixasse entrar em luta contra os cavaleiros sírios e egípcios, seriam logo mortos. Contra esses aprendizes, podia-se usar de uma certa dureza, quando eles tinham que aprender tudo desde o início para serem templários. Com garotos de treze anos, a dureza, em contrapartida, não era o melhor método. Isso ele teve de reconhecer logo das primeiras vezes que colocou as espadas de treino nas mãos dos três garotos. O seu primeiro erro foi deixar que treinassem uns contra os outros, quando receberam as suas vestes de aço. Eles se atacaram com dureza demais e de maneira selvagem, em especial Bengt Elinsson, que se bateu com uma fúria um pouco apavorante, não apenas pelo fato de Sune e Sigfrid terem ficado com manchas roxas nos braços e nas pernas, mas mais pelo ódio que Arn achou notar no fundo do peito da criança e que sempre se mostrava com maior facilidade quando ele empunhava uma arma.

Arn mudou logo os treinos com a espada, em que os golpes eram dados contra um boneco de madeira em vez de contra a carne viva e as pernas. Levantou troncos de madeira e com a machadinha fez neles quatro marcas para cabeça, braços, joelhos e pés. E então fez uma demonstração dos exercícios a realizar e apontou os lugares no próprio corpo onde poderia doer em função da prática demais dos exercícios prescritos. Os garotos voltaram aos exercícios. E Arn não se espantou ao ver que Bengt Elinsson era dos três aquele que simplesmente não ligou para os primeiros avisos de dor que o seu corpo lhe deu e continuou praticando os golpes até que as dores o obrigaram, contrariado, a parar durante uma semana.

Evidentemente que, mais cedo ou mais tarde, eles voltariam a treinar uns contra os outros, mas nesse momento já Arn teria pensado em melhores defesas para a cabeça, as mãos e o rosto. As dores nos treinos eram boas, já que estimulavam o necessário respeito pela espada do adversário. Mas dores maiores e feridas em demasia em aprendizes tão jovens acabariam provocando o medo neles. Talvez a situação melhorasse assim que o irmão Guilbert voltasse para Forsvik para passar o inverno, consolou-se Arn. Afinal, o irmão Guilbert foi quem, realmente, ensinou tudo a Arn e fez dele um cavaleiro. E essa capacidade de saber ensinar era agora de mais valia para Forsvik.

Ao pensar no irmão Guilbert, Arn se entristeceu. Há três meses que ele tinha deixado o irmão Guilbert trabalhando duro com as pedras, junto com os pedreiros sarracenos, em Arnäs, sem nunca mais os ter visitado e sem mandar para eles ao menos uma palavra de estímulo.

Arn se envergonhou diante da repentina idéia e, de imediato, montou em Abu Anaza e partiu em linha reta, por florestas e prados, para chegar a Arnäs no mesmo dia em que deixou Forsvik.

Seus irmãos sarracenos estavam trabalhando na pedra perto de Arnäs, e seus olhos se encheram de lágrimas ao ver como as roupas deles estavam em pedaços e o suor brilhava em seus braços e rostos. Também o hábito do irmão Guilbert estava muito rasgado pelas pontas afiadas das muitas pedras e endurecido em alguns lugares pela argamassa respingada, de tal forma que ele mais parecia um escravo do que um monge.

Por muito que Arn se envergonhasse da sua inconcebível distração, não pôde deixar de dar uma volta a cavalo pelos muros para ver o que tinha acontecido. E aquilo que viu correspondia pedra por pedra e linha por linha a tudo o que tinha pensado nas suas melhores estimativas e fantasias ou, até mesmo, as tinha ultrapassado.

A parte mais curta dos muros que davam para o lago Vänern e o cais do porto já estava pronta, com ambos os cantos defendidos por torres redondas e suspensas do lado de fora. Por cima da abertura ainda vazia do portão que dava para o porto, havia uma torre quadrada e o muro maior e mais longo, de oeste para leste, já tinha crescido uns vinte lances de escada. Um trabalho desses em apenas alguns meses e com tão poucas mãos a trabalhar teria espantado e subjugado até o próprio Saladino, pensou Arn. Na realidade, aquele era mesmo o começo de uma fortaleza absolutamente inconquistável.

Arn foi sacudido dos seus sonhos para a lembrança da sua dolorida consciência ao ser descoberto pelos pedreiros construtores. Foi então ao encontro deles, chamou-os com ambas as mãos, desceu do cavalo e se ajoelhou diante eles. Todos se calaram, espantados.

— Meus irmãos crentes! — disse ele, ao se levantar, fazendo uma vênia. — Grande é o trabalho que vocês têm feito até aqui e grande, também, é a minha dívida para com vocês. E grande ainda é o meu descuido em os ter deixado aqui como se fossem escravos. Mas saibam ao menos que também tenho trabalhado muito duramente para que todos vocês possam agüentar e sobreviver ao duro inverno nórdico. Eu os convido agora a encerrar os trabalhos pelo inverno e daqui a dois dias partiremos todos, quando vocês ficarem prontos. Vamos todos descansar e deixar passar o inverno. O mês de Ramadã está quase terminado e a festa final vamos realizá-la juntos e prometo que não será ruim. Mais uma coisa. Vim procurar vocês, pedreiros construtores, antes mesmo de me encontrar com os meus parentes em Arnäs!

Ao dizer isto, os sarracenos ficaram quietos e em silêncio, mais espantados do que satisfeitos por verem que o trabalho duro tinha chegado a um fim repentino. Arn avançou, então, na direção do irmão Guilbert, a quem abraçou longamente sem dizer uma palavra sequer.

— Se você não me largar logo, meu querido irmão, a nossa figura vai ficar distorcida perante os olhos desses que você chama de crentes — resmungou o irmão Guilbert, ao final.

— Me desculpe, irmão — disse Arn. — Posso dizer apenas como eu disse para os sarracenos que eu próprio trabalhei muito para preparar um bom inverno para nós. É lamentável ver o que vocês têm sofrido por aqui.

— Por coisas piores do que construir muros de pedra em temperaturas amenas, certamente, todos nós já passamos — murmurou o irmão Guilbert que não estava habituado a ver esse Arn adulto de coração tão apertado.

— Talvez a gente possa partir amanhã — disse Arn, de rosto iluminado pela idéia. — O que precisa ser feito para segurar o muro durante o inverno?

— Não muita coisa — respondeu o irmão Guilbert. — Nós tentamos construir os muros pensando no inverno. Ou, melhor dizendo, eu pensei. Esses amigos nossos ainda não sabem o que o frio, a neve e o gelo podem fazer a uma construção. Temos sido muito cuidadosos com a cobertura dos muros, fechando todas as juntas, mas ainda tem muita argamassa úmida.

— E se a gente cobrir os muros com peles? — sugeriu Arn.

— Seria melhor — comentou o irmão Guilbert. — Você acha que podemos contar com chumbo na primavera?

— Chumbo? — inquiriu Arn. — Sim, mas não em grandes quantidades. Para que você quer o chumbo?

— Para fechar bem as juntas do cimo dos muros — respondeu o irmão Guilbert, com uma profunda inspiração. — Pensei em despejar chumbo derretido em cima das brechas nas pedras viradas direto para o céu. Você sabe do que estou falando?

— Sim — anuiu Arn, lentamente. — Se a gente botar chumbo nas brechas, a água não passa para baixo... Nem vai virar gelo. É uma boa idéia. Vou tentar arranjar o chumbo necessário. Mas, diga-me, você está bem, o seu corpo não dói mais do que deve depois do trabalho e você me perdoa por tê-lo deixado aqui desse jeito?

— Vou esperar até ver o meu alojamento para o inverno e comer o meu primeiro presunto, já que aqui, durante o Ramadã, não houve nada disso — riu o irmão Guilbert, voltando a sacudir Arn, tal como ele tinha por costume fazer quando ainda era um mero aprendiz em Varnhem.

— O Ramadã não valia para você! — disse Arn, firmando e concentrando a vista. — A não ser que você tenha...

— De jeito nenhum! — interrompeu o irmão Guilbert, antes que a pergunta se tornasse incômoda. — Mas se a gente tem de trabalhar com esses crentes, acho que é melhor jejuar com eles para evitar discussões!

— Nada de comida entre o nascer e o pôr-do-sol — disse Arn. — E trabalhando duro. Como é que se consegue?

— A gente fica gordo com toda a comida que come — murmurou o irmão Guilbert, como se estivesse mal-humorado. — E mijar é o que a gente mais faz nas primeiras horas de trabalho, depois de beber tanta água. Comer, a gente come como animais, logo que o sol se põe. A gente come durante horas e ainda bem que não se empurra para baixo toda essa carne de cordeiro com vinho.

Enquanto o irmão Guilbert levou consigo os construtores sarracenos para começar a desmontagem do seu acampamento, Arn montou a cavalo e foi para Arnäs onde logo encontrou quem procurava. Eskil estava sentado com seu filho Torgils na grande sala de contas da torre, e seu pai, Magnus, estava na sala mais alta da torre, junto com o seu médico, Yussuf. O reencontro dos dois foi muito animado e caloroso, ainda mais para Arn, já que todos os seus parentes mais próximos começaram a falar ao mesmo tempo, perguntando sobre a nova construção que eles queriam, de imediato, que fosse mostrada e explicada. Arn não se fez de rogado.

Eles tiveram de subir nos andaimes para chegar ao que estava sendo construído, já que os novos muros tinham quase o dobro da altura dos antigos. Lá em cima, puderam andar um pouco pela passarela de tiro com as suas seteiras, largas por dentro, mas com uma pequena abertura por fora. O motivo disso todos puderam entender mesmo sem a explicação de Arn. Visto do lado de dentro, essa seteira permitia olhar em todas as direções e apontar o arco e flecha e as bestas, enquanto que aqueles que estavam do lado de fora, para lá do fosso, tinham todas as dificuldades em acertar na fenda estreita.

O resto exigia explicações de Arn. A torre por cima do grande portão, do lado do mar, se prolongava para fora do muro, isso para permitir que se atirasse lateralmente, ao longo dos dois lados do muro contra os inimigos que, eventualmente, tentassem levantar as escadas de assalto.

Mas seria difícil também levantar essas escadas contra a torre sobre o portão, visto que os muros eram construídos com o dobro da grossura, tanto para baixo como para cima, até a passarela de tiro. Essa inclinação para cima e para baixo fora construída por duas razões, explicou Arn. Se alguém se lembrasse de levantar escadas de assalto naquele lugar, teriam de ser escadas muito longas e bem sustentadas, caso contrário se partiriam ao meio, quando os assaltantes começassem a subir por elas. E quanto mais pesadas as escadas, mais difícil era colocá-las no lugar, de maneira rápida e de surpresa.

A segunda razão para essas muradas inclinadas do lado do mar, no porto, estava na possibilidade de o inimigo se aproveitar do suporte mais plano formado pelo gelo do lago no inverno. Se tentasse avançar com suas máquinas de rachar muros, teria de levantá-las no alto, construindo um grande balanço em que o rachador de muros funcionasse para a frente e para trás. Isso porque, se ele fizesse bater o rachador na base do muro inclinado, o resultado não valeria a pena. Mas montar andaimes para o rachador bater no meio do muro não era coisa fácil, visto que esse trabalho jamais poderia acontecer sem ser combatido pelos sitiados, a partir do alto do muro e da torre sobre o portão.

O portão de entrada do lado do mar estava situado bem alto, a meio da torre, de forma que houvesse necessidade de uma pequena ponte inclinada para entrar e sair. Aqui, Arn mostrou como o portão iria ser construído, primeiro, com uma treliça basculante de ferro que podia ser baixada a partir de um mecanismo pelo lado de dentro da torre. Isso podia ser feito em apenas alguns momentos, em caso de ataque rápido e de surpresa. Depois, seria levantada a ponte levadiça em madeira de carvalho que encostava na treliça de ferro. Os portões eram sempre o ponto fraco das fortalezas e, por isso, esse portão era construído bem alto em relação ao chão do lado de fora para que fosse difícil conseguir atingi-lo com as máquinas rachadoras de muros e quaisquer outras ferramentas. Em especial porque, fazendo um ataque, os assaltantes estariam o tempo todo sob os tiros de flechas disparados das duas torres dos dois cantos e receberiam sobre si toda a sorte de coisas jogadas pela torre, por cima do portão.

Por enquanto, só era possível andar uma pequena distância a partir das duas torres dos cantos, na direção em que o muro iria continuar. Mas estando lá em cima e olhando ao longo da linha em que a construção seria feita, era fácil entender em como iria ficar quando pronta. Uma fortaleza mais poderosa do que aquela não haveria em todo o reino.

Arn pediu para usar todas as peles que houvesse já prontas para cobrir a coroa dos muros e as seteiras durante o inverno, e tanto o seu pai, Magnus, quanto o irmão Eskil responderam, concordando e acrescentando, quase temerariamente, que tudo o que ele quisesse e estivesse ao alcance deles ou na sua posse, estaria à disposição imediata de Arn. Isso porque os dois tinham entendido, agora, sem dúvida, que com essa construção estavam entrando numa nova era, uma era em que o poder dos folkeanos ficaria maior. No meio dessa alegre e estimulante conversa, calhou o senhor Magnus de mencionar que Birger Brosa viria em breve a Arnäs para uma reunião formal da família.

Logo houve um rápido abatimento geral, visto que Birger Brosa fizera uma recomendação especial, dizendo que a presença de Arn Magnusson não era necessária nessa reunião, já que tanto o seu pai quanto o seu irmão estariam presentes, podendo responder por ele. Não havia muita coisa a fazer. Birger Brosa era o líder dos folkeanos e o conde-ministro do reino. Uma recomendação dele era uma ordem.

No banquete da noite, porém, não houve decepção alguma. Havia mil coisas para contar a respeito da construção em Arnäs e do que Arn estava fazendo em Forsvik. Tanto Eskil quanto o senhor Magnus, a essa altura, já tinham entendido que Forsvik estava a caminho de se transformar na segunda coluna na construção do poder folkeano.

Ainda não tinham falado muito em relação a planos futuros quando o jovem Torgils relembrou a promessa de que lhe seria permitido ir aprender em Forsvik. Arn reagiu, dizendo que, por seu lado, Torgils seria bem-vindo quando quisesse. Torgils respondeu que gostaria de viajar imediatamente. Eskil encolheu-se o quanto pôde, mas não pôde negar.

Antes de Arn e seus acompanhantes subirem para o barco que os levaria pelo lago Vänern até o lugar de troca de cargas para as barcaças fluviais, ele teve uma conversa curta com o médico, Yussuf, e decidiu depois que até Yussuf devia seguir com todos os sarracenos para Forsvik, para onde Ibrahim já tinha viajado com os primeiros estrangeiros. Isso porque, deixado sozinho no inverno e no Natal onde apenas se come e bebe, essa seria uma recompensa ruim para um muçulmano isolado e só, achou Arn, embora nada dizendo em voz alta a esse respeito. Entretanto, o seu pai já estava em boas condições, a ponto de não precisar mais de assistência diária. Em compensação, Arn não se eximiu a chamar o seu pai de lado e, respeitosamente, mas com decisão, repetir tudo aquilo que Yussuf lhe tinha recomendado. Todos os dias o pai Magnus tinha que se movimentar, nem muito de mais, nem muito de menos, mas todos os dias. Além disso, devia diminuir a quantidade ingerida de carne de porco, dando preferência a salmão e vitela, veado e cordeiro. E bebendo vinho em vez de cerveja durante os festejos natalinos que estavam para acontecer.

O senhor Magnus murmurou que isso ele já podia imaginar. Era lamentável, mas bem conhecido que todos os homens na sua idade viviam em perigo ao beber a cerveja natalina.

Durante os dias em que Arn esteve em Arnäs, Cecília começou a estranhar cada vez mais os estrangeiros em Forsvik. À noite, faziam muito barulho na casa-grande onde ficavam e, a julgar pelo cheiro de frituras e pelas fornadas de pão produzidas, qualquer um poderia chegar à conclusão de que havia festa todas as noites lá dentro. Eles desdenhavam do pão que existia em Forsvik, produzido na fornada do outono, e haviam construído os seus próprios fornos de argila, que se pareciam com grandes ninhos de maribondos, virados de cima para baixo, onde assavam o seu próprio pão em grandes rodelas finas. Depois, eles se levantavam de manhã e, lentamente, voltavam para o trabalho.

Cecília podia apenas adivinhar o que isso significava. Ela se inclinava mais para acreditar que era a ausência de Arn que provocava o relaxamento desses estrangeiros. Embora, evidentemente, não para todos. Os irmãos Marcus e Jacob trabalhavam do mesmo jeito, eficientes e operosos como sempre, assim como os dois ingleses, produtores de flechas, John e Athelsten. Há muito que ela pretendia perguntar a Arn a respeito de uma coisa e outra que ela não conseguia entender direito. Mas nas longas noites de inverno, em que os ventos do norte assobiariam lá fora e eles se deitariam juntinhos diante da lareira, ele contaria então sobre tudo o que de maravilhoso e de horroroso tinha acontecido na Terra Santa, e daria respostas para todas as perguntas difíceis que lhe fossem feitas. Essas noites já estavam longe, em mais de um sentido.

Desde aquela vez em que saíram sozinhos, montados nos seus cavalos, e Nossa Senhora, suavemente, mostrara a eles os direitos agradáveis dos dois, uma vez usados em falso, mas agora acontecendo e transformando suas noites em doce ventura. De tal maneira que Cecília corava só de pensar no assunto. E o pior era que deixou de haver tempo para aquelas muitas conversas a respeito de grandes coisas. Não houve mais ambiente para essas conversas no seu quarto de dormir.

Ao voltar para casa pelo rio, Arn não trouxe apenas o jovem Torgils em sua companhia, mas também mais estrangeiros, todos os pedreiros que estavam em Arnäs. Eles estavam num estado deplorável, com as roupas do corpo rasgadas, enquanto as roupas boas e finas continuavam acomodadas em grandes trouxas. Tinham levantado acampamento em Arnäs e vinham passar o inverno em Forsvik. Cecília ficou um pouco irritada pelo fato de não ter sabido com antecipação, pois achava que, sendo homens livres, deviam ser tratados como visitantes convidados. Mas quase zangada ficou ao ver que todos começaram a rir e a abanar a cabeça, rejeitando as tentativas dela em desejar-lhes as boas-vindas com sal, cerveja e pão. Certamente, não era tradição na Götaland Ocidental rejeitar tais saudações.

Ainda mais embaraçada ficou, na primeira noite, depois dos novos estrangeiros terem chegado, ao ouvir que o barulho na casa-grande deles foi maior do que nunca. Arn respondeu à sua pergunta em poucas palavras, dizendo que era uma festa denominada Laylat al-Qadr, o que significava noite de força. E então ela perguntou, inocentemente, que força era essa, e ficou gelada por dentro ao saber pela resposta que se tratava de festejar a primeira revelação de Maomé.

Maomé! Esse diabo em forma de homem que se assumiu como deus, esse infiel que fez sofrer tantos cristãos que foram para a Terra Santa, a fim de lutar contra esses diabos com a forma de gente, esses monstros corneados!

Mas Arn parecia nem ter notado que ela ficou petrificada por alguns momentos, ao ver que ele, já sonolento, quase roncando, demonstrava maior interesse pelos prazeres do amor carnal do que por qualquer outra coisa. E como ele já estava em uma condição tal que tudo se notava, ela, ainda que quisesse, não podia levantar-se da cama, bater o pé e dizer que queria falar de Maomé. Em vez disso, ela logo flutuava na sua corrente quente e esquecia todo o resto.

Mas dois ou três dias mais tarde, ele pediu-lhe para, naquela noite, vestir a sua melhor roupa, pois iriam a uma festa. Ela perguntou aonde iam, mas na resposta ele disse que não era longe, que até podiam ir a pé nas suas roupas de festa. Quando ela, cautelosamente, inquiriu se não se tratava de uma brincadeira, ele apontou para as suas próprias roupas, já estendidas em cima da cama, com o manto azul do casamento por baixo.

Pouco antes de o sol se pôr, chegaram os irmãos Marcus e Jacob Wachtian em roupagem de festa, junto com o irmão Guilbert, de túnica branca cisterciense bem limpa. Vinham buscar Arn e a sua esposa para a festa. Lá fora, na praça, já se sentia o odor do cordeiro assado misturado com o de condimentos estranhos.

Cecília nunca mais tinha estado na casa-grande dos visitantes desde aquela vez que Arn a mostrou para ela. Mas foi para lá que todos se encaminharam e, quando entrou, ela mal reconheceu o lugar. Tinham chegado mais tapetes, de muitas cores, e nas paredes estavam penduradas tapeçarias com as mais fantasiosas padronagens de estrelas. No chão, em volta, havia um quadrado de banquetas e, atrás das banquetas, montes de colchões de plumas e de almofadas. Do teto, pendiam lampiões de cobre e de ferro, com vidros coloridos, e, na lareira, bastante longa, tinham instalado grelhas, onde foram colocadas trutas do Vättern para assar.

O médico Ibrahim, que vestia uma túnica longa de um tecido brilhante e usava turbante, recebeu os convidados na porta e os conduziu aos lugares de honra no meio da fila de almofadas e banquetas mais próximas do ocidente.

Jarros de cobre artisticamente fundidos foram trazidos junto com copos feitos na própria vidraria e alinhados nas banquetas. Cecília quase esteve para se sentar numa delas, mas Arn mostrou para ela, rindo, que era para se sentar de joelhos entre as almofadas, por trás da longa banqueta de madeira e segredou para ela não tocar na comida ou na bebida antes de alguém fazê-lo.

Estava se esperando o pôr-do-sol e, enquanto isso, os estrangeiros tomaram os seus lugares, com a exceção de alguns, ocupados em assar os peixes, e o velho Ibrahim, que saiu para o burgo.

Para sua irritação, Cecília verificou que nem o irmão Guilbert nem os irmãos Wachtian ou Arn pareciam incomodados com essas tradições e aromas estranhos. Eles falavam e contavam piadas entre si naquela língua que Cecília agora sabia reconhecer como sendo o francês.

Arn percebeu rápido a insatisfação de Cecília, se desculpou perante os outros homens e se virou para ela, a fim de dar explicações.

Era uma noite clara, de céu estrelado, uma das primeiras noites de geada desse outono suave. E lá fora na praça estava agora o médico

Ibrahim para observar a fundo o céu a noroeste. Quando escurecesse, ele iria descobrir logo a estreita lua crescente que anunciava um novo mês e então começaria o banquete de nome Id al-Fitr, com que se festejava o final do mês do jejum.

Cecília pensou primeiro em objetar, dizendo que o mês de jejum não podia ser em outubro e, sim, na primavera. Mas conteve-se, ao reconhecer que não era a hora de falar sobre religião.

Ibrahim voltou da praça, anunciou qualquer coisa na sua estranha e incompreensível língua, que parecia vir mais da garganta do que da língua, e logo todos na sala fizeram uma prece curta. Arn apanhou, então, o jarro de cobre e latão diante de si na mesa e um copo que ele encheu e deu para Cecília, antes de o oferecer para o irmão Guilbert e para os irmãos Wachtian. Do mesmo modo agiram depois todos os outros em todas as banquetas e, então, todos levantaram seus copos, beberam tudo e encheram-nos de novo. Cecília, que foi mais lenta e cuidadosa ao levar à boca o seu copo, acabou tossindo sem más intenções ao notar que era apenas água e não vinho branco como tinha pensado.

A comida consistiu em cordeiro no espeto, pato e truta, além de outros pratos menores que Cecília não conhecia e que eram trazidos em bandejas de madeira. Tocaram-se instrumentos estranhos e alguém puxou uma canção que, depois, os outros acompanharam.

Arn partiu um pedaço daquele pão achatado e macio e mostrou para Cecília como ela devia ensopar o pão no molho da carne de cordeiro e quando ela fez isso, a sua boca encheu-se de sabores estranhos de condimentos diferentes que, primeiro, fizeram com que ela hesitasse, depois que ela achasse perfeitamente aceitáveis e, logo em seguida, após mais alguns momentos, que fossem absolutamente deliciosos. A carne de cordeiro era a mais macia que ela comera e a truta tinha um sabor completamente diferente, com um condimento que fazia lembrar o cominho.

Arn se divertia ao recolher, de vez em quando, de cada travessa, um pouco de comida para dar na boca de Cecília como se ela fosse uma criança, e quando ela, embaraçada, tentou evitar a comida, ele riu e disse que era apenas uma maneira respeitável de demonstrar apreço para sua esposa ou amiga próxima.

A princípio, todos comeram sofregamente e rápido entre os estrangeiros. Mas quando pareceram ter aquietado a pior fome, a maioria se recostou nas almofadas, comendo mais lentamente e se deleitando, com os olhos meio fechados, com a música, estranha e melancólica, apresentada por dois homens com instrumentos de corda que faziam lembrar os alaúdes que os artistas francos tocaram no casamento em Arnäs.

Demorou ainda bastante antes de Cecília também se recostar nas confortáveis almofadas que vários homens solícitos e respeitosos vieram colocar atrás dela. Ela já não estava mais tão tensa, comia devagar de todas as guloseimas e levantou apenas uma vez a sobrancelha ao descobrir o quanto de mel da casa se tinha gasto com os doces para comer depois da carne e do peixe, pãezinhos com cenouras cortadas e avelãs, submersas em mel. Havia qualquer coisa de dormência nesses aromas e sabores estranhos que cada vez mais a tranqüilizavam e que a fizeram até começar a gostar da estranha música, embora ela a tivesse achado falsa no início. Ela começou a sonhar com países estranhos. A diferença entre esse banquete daqueles a que ela estava habituada era principalmente a quietude cada vez maior à medida que o tempo passava, assim como as canções dos homens com os instrumentos de cordas pareciam ficar cada vez mais tristes e cheias de saudades. Ninguém começou a brigar nem a vomitar. Sonolenta, ela começou a ruminar sobre esses hábitos estranhos até que reconheceu ser água e não cerveja ou vinho aquilo que beberam. Já estava sonhando novamente nesse mundo estranho quando Arn pegou-a pelo braço e lhe murmurou no ouvido que era de boa tradição os convidados de honra serem os primeiros a abandonar as festas e não os últimos.

Arn desceu com ela na direção da saída, passando pelo lavatório, levando-a pela mão, e antes disse qualquer coisa na língua deles que fez com que todos os homens se levantassem e fizessem uma vênia muito profunda como resposta.

O frio da geada bateu nela lá fora na praça, de tal maneira que ela acordou de novo. Parecia que o encantamento havia desaparecido. E pensou que aquela noite seria a primeira de todas as noites de inverno em que Arn iria contar tudo sobre o que lhe era estranho.

Assim que ele reavivou o fogo na lareira e os dois se enfiaram na enorme cama, ela resolveu mudar a posição das almofadas e os dois ficaram sentados na cama, olhando a dança das chamas do fogo. Pediu a ele para começar a contar suas histórias e, em primeiro lugar, queria saber como era possível eleger os piores inimigos da cristandade como convidados numa casa cristã.

Arn respondeu um pouco contrariado que aqueles muçulmanos, como eram chamados os seguidores do Profeta, tinham trabalhado para os cristãos na Terra Santa e que, por isso, teriam sido mortos pelos seus próprios comparsas, se não tivessem podido fugir com ele para a Escandinávia. O mesmo aconteceu com os irmãos Wachtian, que eram cristãos da Terra Santa. Tinham tido as suas oficinas e lojas na Al Hammediyah, que era a maior rua de negócios em Damasco. Portanto, a questão de saber quem era amigo ou inimigo na Terra Santa não se decidia apenas pela fé de cada um.

Cecília achou isso incompreensível, numa objeção cautelosa.

Mas, então, ele começou a contar a sua história que iria ocupar muitas daquelas noites de inverno.

Na Terra Santa, existiam grandes homens que se elevavam acima de todos os outros. Arn pensava, especialmente, em dois deles, um era cristão e chamava-se Raymond av Tripoli e a seu respeito ele iria contar mais numa outra noite. Mas o outro era melhor para começar, visto que era muçulmano e se chamava Yussuf Ibn Ayyub Salah ad-Din, embora os cristãos para simplificar o chamassem de Saladino.

Quando o nome do pior inimigo da cristandade foi mencionado, Cecília, inconscientemente, suspendeu a respiração. Ela ouvira mil maldições sobre esse nome, ditas por freiras e padres.

No entanto, Saladino era seu amigo, continuou Arn, sem se importar com a respiração alterada de Cecília. E essa sua amizade teve uma seqüência através dos tempos que nem mesmo o mais ateu dos indivíduos poderia deixar de notar a interferência de Deus.

Tudo começou no dia em que Arn salvara a vida de Saladino, sem ter essa intenção, o que, pensando bem, não podia ter acontecido sem a interferência de Deus. Como é que, de outra forma, um dos templários, os lutadores mais dedicados a Deus e defensores do Seu Santo Sepulcro, poderia se tornar salvador do homem que, no final, iria acabar derrotando os cristãos?

Depois disso, eles se reencontraram como inimigos no campo de batalha e Arn venceu. Mas dali a pouco tempo a vida de Arn ficou nas mãos de Saladino, quando este voltou com um imbatível exército para atacar a fortaleza de Gaza, onde Arn era o comandante entre os templários. Saladino salvou, então, por sua vez, a vida de Arn.

E daí em diante ele contou uma longa história de muitas horas naquela noite, a respeito de homens nobres e de autênticos canalhas, do enorme deserto e de cavaleiros misteriosos que existiam por lá, de uma espada mágica que não significava nada para os cristãos, mas para os infiéis, tanto quanto a Sagrada Cruz, e de como a Sagrada Cruz ficou perdida para os cristãos, graças em partes iguais à loucura e aos grandes pecados dos próprios cristãos. E de como Saladino acabou derrotando os cristãos perto da cidade de Tiberíades e de como Arn acabou se encontrando entre os vencidos e acordando numa fila de prisioneiros que seriam decapitados e na qual os carrascos estavam cada vez mais próximos, a ponto de ele ver as cabeças dos seus irmãos caírem a seu lado, uma a uma.

E no momento de fazer a sua última oração em vida, do que estava absolutamente convencido, pensando e pedindo por Cecília e pela criança que não pudera conhecer, solicitando a proteção de Nossa Senhora para ambos — nesse momento, enfim, ele se preparou para subir ao Paraíso.

Mas Saladino, mais uma vez, poupou a sua vida por amizade, e foi assim que ele se tornou prisioneiro, intérprete e negociador de Saladino.

Foi nos últimos tempos na Terra Santa, quando Jerusalém já tinha sido perdida, assim como a maioria das cidades cristãs, e em que Arn, além de ser prisioneiro de Saladino, era seu intérprete, enviado especial e negociador, que um dos piores canalhas que apareceram na região chegou com um exército para se defrontar com Saladino em campo aberto e retomar Jerusalém, a Cidade Santa. Esse homem, cujo nome era Ricardo Coração de Leão, um nome que viveria em eterna desgraça, se divertiu em decapitar três mil prisioneiros, antes de receber a última parcela do resgate pedido e negociado por ele, e antes de receber de volta a Santa Cruz para a cristandade.

Foi nesse momento lamentável que Arn e Saladino se separaram para sempre e foi, então, que Arn recebeu como presente de despedida os cinqüenta mil besantes de ouro que Ricardo rejeitou para saciar a sua sede de sangue.

Em função disso, Arn podia agora custear a construção de Arnäs e da nova igreja em Forshem, além da reconstrução de Forsvik.

E isso era apenas a história resumida. Muitas outras noites de inverno seriam necessárias para contar tudo com mais detalhes. E talvez o resto da vida para entender o significado por trás de tudo o que acontecera.

Então ele se levantou para jogar mais lenha no fogo e descobriu que Cecília tinha adormecido.

IX

CHEIO DE MAUS PRESSENTIMENTOS, Arn cavalgava na frente do séquito do noivo, entrando em Linköping. Da fortaleza do bispo até a catedral, flutuavam três bandeiras vermelhas sverkerianas, como se fosse um escárnio contra os visitantes, e entre os grupos de espectadores de olhar feroz apareciam apenas mantos vermelhos e nenhum azul. Nem um único ramo de freixo de bom augúrio foi lançado para o noivo.

Era como avançar para uma emboscada. Se Sune Sik e seus parentes e amigos quisessem transformar esse casamento em vingança sanguinária, eles matariam todos os líderes folkeanos, com exceção do velho senhor Magnus de Arnäs, que se absteve de fazer essa viagem no frio do outono por motivos de saúde.

Ao se aproximar da catedral, ouviram ao longe as vozes de comando do séquito da noiva, com Birger Brosa como padrinho, e, ao que parecia, com uma recepção mais amistosa.

Até Erik, o conde, estava no séquito do noivo, ao lado do seu amigo Magnus Månesköld que tinha a sua mãe Cecília do outro lado, e o seu tio, o conselheiro da corte, Eskil, atrás de si. Todo o poder folkeano e o filho mais velho do rei Knut estavam, portanto, colocando as suas vidas em jogo. Se os sverkerianos quisessem, realmente, tomar de volta a coroa do reino, esse era o momento.

Mas os folkeanos não chegaram despreparados como cordeiros a caminho do matadouro até a cidade do inimigo. De Bjälbo, vieram cem escudeiros e parentes, todos armados. Eles tiraram a sorte, de modo que metade deles teve de jurar não beber um único caneco de cerveja no primeiro dia. Os que tiraram a sorte, por sua vez, tiveram de jurar manter essa mesma abstinência durante o segundo dia. Por surpresa ou incêndio, os folkeanos não se deixariam matar.

A maior preocupação de Arn era Cecília. Ele próprio facilmente poderia passar cavalgando por grupos nórdicos de soldados camponeses ou avançar, se debatendo, contra as linhas de escudeiros. Mas a questão que ele nem sequer ousava admitir era saber se a sua principal obrigação seria a de ficar ao lado de Cecília ou salvar-se para que os folkeanos não perdessem todos os defensores e vingadores na guerra que se seguiria.

Quando a primeira flecha fosse disparada, era obrigação de Arn se salvar. Isso era exigido pela sua fidelidade aos folkeanos em geral. Ninguém melhor do que ele podia liderar o exército dos vingadores até a vitória, e isso ele não tinha qualquer possibilidade de negar, nem perante a sua consciência, nem perante mais ninguém.

No entanto, ele decidiu ir contra as leis da honra, caso acontecesse o pior. Não poderia deixar Linköping vivo sem levar Cecília consigo. Ela estava montando um bom cavalo e com um novo vestido que lhe permitia sentar-se com as pernas bem apoiadas em ambos os estribos. E era uma boa cavaleira. Um único lampejo de arma de qualquer lado e ele estaria a seu lado, pronto para abrir caminho para ela.

Esses eram os pensamentos de Arn até a catedral onde o séquito da noiva estava chegando do outro lado, pensamentos que tornavam o seu rosto sério e triste, mais do que se poderia esperar do pai do noivo. O povo ficava falando e apontando para ele e ele suspeitava que estivessem dizendo que ele era entre os de mantos azuis aquele que devia cair primeiro.

Junto da catedral, desceram do cavalo. Os cocheiros vieram correndo para segurar os animais. Desconfiado, Arn ficou olhando em volta e para o topo do muro da fortaleza do bispo, ao mesmo tempo que se dirigiu para Magnus que estava de ressaca depois da despedida de solteiro que tinha sido quase tão boa quanto a de Arnäs. Até mesmo melhor, segundo Magnus, visto que, desta vez, não precisou lutar contra velhinhos e monges e, assim, acabou ganhando a coroa da vitória nessa sua última competição como solteiro, vitória que lhe tinha sido negada em Arnäs.

O presente para a noiva era um colar de ouro com pedras vermelhas. Erik, o conde, levou-o para a frente, Arn recebeu-o e o entregou ao seu filho, Magnus, que o colocou no pescoço de Ingrid Ylva, sobre o manto vermelho.

Sune Sik trouxe então o presente para o noivo, uma espada francesa com bainha revestida de ouro e prata e com o punho decorado com pedras preciosas. Justo o tipo de espada que ficava melhor levar para uma festa do que para uma batalha, pensou Arn em silêncio, enquanto Ingrid Ylva prendia a espada na cintura de Magnus.

O bispo abençoou os noivos, e tanto a noiva quanto o noivo beijaram o seu anel. Depois, todos os que conseguiram lugar entraram na catedral para a missa, que foi curta, já que os convidados queriam muito mais ir para o banquete do que para o céu. Durante a missa, muitos homens de mantos vermelhos ficaram olhando para Arn, de viés, por causa da espada que ele portava na cintura, enquanto todos os outros tiveram que deixar a sua na entrada.

Nada que cheirasse a perigo ou traição se notou no caminho entre o burgo do bispo e a catedral, nem também por cima da ponte até o burgo real de Stång, onde seria servido o repasto para os convivas do casamento.

O burgo real era antigo e mal calafetado, mas era, sem dúvida, o lugar mais importante de Linköping. Certamente, a residência de Sune Sik era melhor, mas certamente também, ele quis mostrar que, como anfitrião, usava o burgo real, já que era o irmão do rei. Em Linköping, todos os sverkerianos consideravam o burgo real como sua propriedade.

Duas filas de troncos de madeira serviam de pilares para sustentação do teto no salão e todos tinham sido pintados de vermelho para esconder as imagens ímpias que, no entanto, transpareciam, já que estavam delineadas em baixo-relevo na própria madeira. Como por encanto, havia cruzes e imagens de Cristo suspensas entre os suportes de ferro para os archotes de piche ao longo das paredes.

Arn e Cecília já se preparavam para uma tarde tão triste e melancólica quanto aquela, ainda recente, que passaram em Bjälbo, mas assim que tomaram seus lugares, tanto Birger Brosa como o pai da noiva, Sune Sik, deixaram transparecer que tinham a intenção de fazer dessa tarde um momento agradável e popular até mesmo no lugar de honra. O que levou os dois a mudar de atitude não foi fácil saber. Cecília ainda tentou descobrir através da mulher de Sune Sik e mãe da noiva, Valevska, mas não conseguiu muita coisa. A mulher falava mais em polonês do que na língua nórdica.

Até o bispo, sentado bem longe de Arn e Cecília, do outro lado de Sune Sik, parecia querer demonstrar boa vontade e amizade, visto que, depois de brindar com Birger Brosa e Sune Sik, virou-se para eles e fez um brinde. Não havia vinho nessa festa, e a idéia de Arn e de Cecília de deixarem a cerveja intocada diante deles logo se transformou em desonra perante a inesperada amizade que baixou sobre eles, vinda de todos os lados.

Birger Brosa surpreendeu Arn mais de uma vez ao comentar com Sune Sik, bem alto para que Arn ouvisse, que ele era um parente muito próximo e um grande amigo.

Alguma coisa tinha acontecido para que tivesse havido mudança de jogo, mas, no momento, restava apenas mostrar simpatia e esperar outro dia para entender.

O acompanhamento até a cama realizou-se mais cedo do que o esperado, já que muita gente na sala queria esse ato feito logo para depois respirar à vontade. Assim que sverkerianos e folkeanos se ligassem pelo sangue através de Magnus e Ingrid Ylva, a oportunidade de incêndio, de traição e de assassinato estaria ultrapassada.

A cama onde se consumaria o casamento estava localizada numa casa lateral, perto de uma lagoa, a lagoa Stång, que era guardada por escudeiros em quantidades iguais, de mantos azuis e mantos vermelhos. A única diferença estava apenas no fato de os azuis se manterem eretos sem dificuldade, já que nem uma gota de cerveja tinha passado pelos seus lábios.

Depois da roda de dança no salão, a noiva foi levada pelos seus parentes e amigos. Mas era como se o povo, inconscientemente, esperasse ouvir a batida de armas e gritos estridentes. No entanto, tudo continuava a decorrer na maior tranqüilidade.

Pouco depois, chegou a hora da decisão final, quando Magnus Månesköld e seus amigos folkeanos estavam para sair.

Arn puxou Cecília para si, do seu lado direito, e soltou disfarçadamente a sua espada quando saíram guiados por tochas de luz estonteante. Os dois nada disseram um para o outro, mas ambos abaixaram a cabeça e fizeram uma prece pela conciliação.

Mas nada de mal aconteceu. Em breve, os dois estavam diante da cama de noivado onde Magnus e Ingrid Ylva já se encontravam, alegres, de mãos dadas, deitados e vestidos com as suas túnicas de linho. O bispo fez uma breve oração sobre os dois, e, então, Birger Brosa e Sune Sik puxaram o cobertor sobre os noivos, a bonita e morena Ingrid Ylva e o forte e encorpado ruivo, Magnus Månesköld.

Todos no quarto fizeram uma profunda inspiração de alívio e Sune Sik, imediatamente, se dirigiu a Arn, estendendo para este ambas as mãos e agradecendo a Deus pela reconciliação estabelecida. E ali jurou que já não havia mais sangue entre eles. Agora, ambos eram sogros dos seus descendentes e o sangue não mais os separava, antes os unia.

Quando as testemunhas do acasalamento saíram para a praça, foram encontrar expressões de júbilo, de alívio e de alegria pelo casamento ter conduzido à paz e à conciliação.

Agora seria mais fácil melhorar o ambiente no salão. E assim aconteceu, logo que os convidados de honra se sentaram nos seus devidos lugares. Tal como Arn se recordava, só uma vez antes na sua vida, ficou doente de tanto beber cerveja e dessa vez prometeu para si mesmo que nunca mais faria uma loucura igual. Mas para sua vergonha, dali a pouco, já estava passando pelo vexame de se mostrar bêbado na mesa de Birger Brosa e Sune Sik, como se ambos tivessem formado uma maliciosa liga de ação contra a sua tentativa de abstinência.

Cecília não sentiu pena no dia seguinte pelo mal-estar dele. Em compensação, falou muito a respeito da loucura que foi ele ter bebido tanto, sendo um espadachim e tendo uma atitude semelhante à de qualquer escudeiro malcomportado. Arn se defendeu, dizendo ter sentido um alívio tão grande no momento em que viu o cobertor ser puxado para cima de Magnus e Ingrid, que a cerveja facilmente foi ocupar o lugar de onde a sabedoria e a contenção haviam saído para comemorar, já que nem uma coisa nem outra eram mais necessárias.

Mas durante os dois dias seguintes de festa, Arn tomou muito cuidado com a cerveja e Sune Sik, além disso, fez questão de trazer vinho para a mesa dele e Cecília. O vinho era coisa que não se bebia tanto quanto a cerveja, por muito homem que se fosse.

Ingrid Ylva recebeu o burgo de Ulvåsa como presente de casamento por parte dos folkeanos e, após os três dias de festa em Linköping, o conde Birger Brosa seguiu a cavalo na frente do séquito de noivado em direção a Ulvåsa que ficava junto de uma praia, num promontório do lago Boren.

Como o Boren tinha comunicação com o lago Vättern, podia dizer-se que Arn e Cecília eram quase vizinhos de Magnus e Ingrigd Ylva. No verão era apenas um dia de viagem de barco entre eles e ainda menos tempo de trenó durante o inverno. Cecília e Ingrid Ylva, que já tinham uma certa facilidade em falar uma com a outra, devido ao fato de Ingrid ter estado durante muitos anos no convento de Vreta, chegaram rápido a um acordo sobre uma coisa e outra no que dizia respeito a visitas e a grandes festas, sem que nenhum dos homens tivesse tempo de se situar demais no assunto.

A visita a Ulvåsa teria que ser curta para que os jovens, assim que a honra o permitisse, pudessem deixar de lado o fardo da presença dos mais velhos. Depois disso, a intenção era que Arn e Cecília viajassem com Eskil num dos seus barcos, primeiro para Forsvik e, depois, Eskil seguiria para Arnäs. Mas quando eles se aprontavam para viajar, já no segundo dia da visita, chegou Birger Brosa, todo animado, dizendo que gostaria de ver Arn de novo em Bjälbo para os dois terem uma conversa em particular.

Aquilo que o conde-ministro gostaria de ter ele precisava receber. Arn não fazia a menor idéia das razões que levaram Birger Brosa a marcar essa conversa, mas nada havia a fazer, a não ser explicar para Cecília e Eskil por que ele já não podia viajar na companhia deles como estava previsto e que o destino agora era outro. Ambos concordaram sem fazer perguntas. Eskil prometeu, respeitosamente, que responderia com a sua própria vida pela vida e segurança da sua cunhada. Arn riu, dizendo que agora isso podia ser declarado com mais facilidade, visto que a paz tinha sido assegurada.

Quando Birger Brosa e seu séquito já estavam prontos para partir para Bjälbo, Arn pediu desculpas e disse que iria um pouco mais tarde. Primeiro, gostaria de aproveitar a oportunidade para ter uma conversa com o seu filho Magnus a sós. Birger Brosa não podia objetar contra isso, mas ele enrugou a testa, murmurando que a viagem era curta para Bjälbo e que ele não tinha a intenção de ficar esperando pelo seu parente, já que seu tempo era muito caro. Arn prometeu não fazê-lo esperar em Bjälbo. E, na realidade, acabariam chegando ao mesmo tempo.

— Então, você vai precisar de um cavalo muito bom! — chispou Birger Brosa, partindo em grande galope tendo os seus escudeiros como surpresos acompanhantes.

— Com o meu cavalo, vou me sair muito bem, caro tio — murmurou Arn na direção do seu conde voador.

Talvez Ingrid Ylva e Magnus achassem que já tinham estado tempo suficiente na companhia de parentes e amigos. Por isso, já tinham começado até com algumas atitudes amorosas recíprocas, mas Magnus também não podia recusar-se a atender o pedido do seu próprio pai, de dar uma curta volta a cavalo e ter uma conversa particular.

Ulvåsa estava bonita no seu promontório, com a água brilhando à volta e no meio os campos férteis, tratados pelo pessoal da casa e por gente da aldeia próxima, Hamra, que também agora era propriedade de Ingrid Ylva. A casa do burgo era das antigas e não devia ser muito agradável para passar os invernos nela.

Arn não disse nada a esse respeito, embora pensasse em mandar o seu pessoal de Forsvik, na próxima primavera, para construir moradias para os criados e os escravos. Cada coisa a seu tempo. Agora havia assuntos mais importantes a tratar.

Sem rodeios, nem conversa sobre o casamento ou sobre os jogos entre os jovens, na despedida de solteiro, em Bjälbo, de que Magnus parecia estar mais disposto a parlamentar, Arn entrou logo no assunto que lhe interessava. E começou descrevendo como Arnäs se tornaria. Era para lá que todos os folkeanos a três dias de viagem de Arnäs deviam se dirigir, na perspectiva de que viesse a acontecer algum infortúnio.

Magnus objetou, dizendo que, nesse caso, seriam abandonados os burgos que poderiam ser incendiados e pilhados. E Arn acenou que sim, que essa era a verdade. Mas, se o inimigo fosse forte, era mais importante salvar a vida do que algumas casas de madeira que, facilmente, poderiam ser reconstruídas.

Parecia que Magnus não tinha entendido ou não estava interessado, especialmente, no que o seu pai tinha para contar. Nenhum inimigo estava à vista até onde se pudesse ver. No momento, até a paz entre sverkerianos e folkeanos havia saído fortalecida. Não era por essa razão que eles estavam ali, em Ulvåsa, e que Ingrid Ylva estava esperando na casa-grande? Não tinha sido essa a idéia do casamento, a de assegurar a paz e não tinha ele concordado com tudo, sem restrições, seguindo as indicações da família? Embora fosse uma exigência barata. Não lhe tinha custado nada ir para a cama com uma mulher, morena e muito bonita, como Ingrid Ylva, certo?

Tarde demais, Arn reconheceu que, ao contrário do que normalmente acontecia, tinha escolhido muito mal a hora para falar com o seu filho a respeito das ameaças que pairavam sobre o reino e de como se poderia evitar perdas maiores. Evitando discutir, Arn falou que não havia perigo de guerra para os próximos anos e que era absolutamente verdadeiro que o seu casamento tinha contribuído para manter a paz.

Mas ele apenas tentava ver um pouco mais além no futuro. Magnus apenas encolheu os ombros diante dessa argumentação. E, então, Arn perguntou, por fim, como é que tinha sido o resultado dos jogos entre os jovens em Bjälbo.

Foi com toda a alegria que Magnus Måneskӧld se lançou nesse tema de conversa, descrevendo em detalhe tudo o que aconteceu em cada um dos sete jogos em que ele, ao final, acabou vencedor, com Erik, o conde, novamente, em segundo lugar.

O tempo correu mais de uma hora, e Arn começou a ficar preocupado em não demonstrar impaciência, já que tinha prometido a Birger Brosa chegar ao mesmo tempo em Bjälbo. Com alguma dificuldade, Arn conseguiu evitar a proposta de Magnus de beber um caneco de cerveja antes de partir. Acabaram se separando na praça, com Arn seguindo a galope, a toda a velocidade. Magnus, pensativo, viu o seu pai naquela velocidade e achou que nenhum cavaleiro poderia continuar assim por muito tempo. Seu pai quis fazer uma demonstração de força enquanto ainda estava ao alcance da vista, mas teve que reduzir a velocidade assim que chegou ao bosque de carvalhos, ao sul de Ulvåsa.

Birger Brosa e sua companhia estavam a menos de uma milha de Bjälbo, já podiam ver até as torres da igreja, quando Arn os alcançou ainda em alta velocidade, em um dos seus garanhões estrangeiros. Quando Birger Brosa soube que havia um cavaleiro se aproximando, ele se virou na sela, viu o manto folkeano e pensou primeiro que Arn tinha avançado, escondido, atrás deles e cavalgado nessa marcha impossível apenas na derradeira distância. Mas logo ficou hesitante ao ver que o cavalo de Arn estava espumando e molhado de suor.

Arn sentiu-se aliviado pelo fato de o animal, ainda jovem, ser muito bom, ainda que lento em comparação com Abu Anaza. Mas Abu Anaza era um cavalo negro e não teria dado certo para acompanhar um casamento. Segundo Cecília, esse cavalo ficava melhor para usar em funerais. Em casamentos iria trazer má sorte.

Birger Brosa passou a dar ordens assim que eles atravessaram para trás dos muros de madeira de Bjälbo. Primeiro, ele teria de vestir uma roupa mais simples, depois passar pela sua sala de escriturações, onde o povo esperava com todo o tipo de assunto para resolver e só então iria se encontrar com Arn e o encontro seria realizado na câmara da torre da igreja, onde, antigamente, a família se reunia. O braseiro e a cerveja, colchões de penas e pedaços de cordeiro deviam ser levados para cima de imediato e a ninguém mais, a não ser Arn, devia ser permitido entrar e estar lá dentro de uma hora. Depois dessas ordens, Birger Brosa desceu, pesadamente, do cavalo que deixou com um cocheiro, sem sequer olhar em volta e avançou em passos largos na direção da casa-grande.

Bastante injuriado, Arn cuidou ele próprio do seu cavalo, que exigia alguns cuidados especiais depois da corrida dura que realizou. Acabou levantando desorientação e também admiração dentro da cocheira onde os senhores raramente apareciam, mas ele não se preocupou com isso. A saúde do cavalo era agora o mais importante. Depois de secar bem o seu corpo e de limpar os seus cascos, ele pediu para trazerem alguns cobertores que colocou sobre o lombo do animal, a fim de que o esfriamento não fosse tão rápido. E ficou parado junto do cavalo, sussurrando numa linguagem estranha, enquanto o acariciava e como que o consolava. Os cocheiros abanaram as suas cabeças, trocaram alguns olhares pelas costas de Arn e se afastaram, embaraçados.

Quando deixou o cavalo, Arn foi direto tomar um banho e em seguida subiu para a câmara da torre pontualmente e ficou esperando. Na sala, havia um cheiro ácido a mofo e a argamassa. Birger Brosa chegou atrasado, mas não muito.

— Você é para mim a maior preocupação entre todos os parentes, Arn Magnusson, e com você eu nunca sei onde estou! — saudou Birger Brosa em voz bem alta, ainda subindo a escada. Depois, entrou e se deixou cair na maior poltrona, tal como Arn havia previsto.

— Nesse caso, é só perguntar que eu, com a ajuda de Deus, tentarei fazer você saber melhor, meu querido tio — respondeu Arn, humildemente. Ele não tinha a mínima vontade em entrar novamente em conflito com o conde.

— É pior do que isso! — explodiu Birger Brosa. — Pior ainda fica quando eu entendo, visto que isso faz eu me sentir um idiota por não ter entendido tudo, logo, de imediato. E disto eu não gosto. E também não tenho o menor talento para pedir desculpas e diante de você já fui obrigado uma vez a me humilhar. E agora o faço de novo, pela segunda vez. Isto nunca aconteceu e, se Deus não me abandonar, nunca mais vai acontecer de novo, eu ter, pela segunda vez, de pedir desculpas a qualquer moleque!

— O que é que você quer que eu desculpe? — perguntou Arn, admirado diante do espetáculo inflamado que o seu tio estava apresentando.

— Eu já vi o que está sendo construído em Arnäs — respondeu Birger Brosa, num tom de voz novo e baixo, abrindo os braços num gesto quase de resignação. — Vi o que você está construindo, e idiota não sou. Você está construindo um poder dos folkeanos maior do que nunca para nos fazer os grandes senhores deste reino. O meu irmão Magnus e o seu irmão Eskil contaram para mim também o que você está fazendo em Forsvik. Preciso dizer mais alguma coisa?

— Não, caso queira que eu lhe perdoe, meu tio — respondeu Arn, cautelosamente.

— Ótimo! Toma cerveja?

— Não, obrigado. Nesses dias, tenho bebido tanta cerveja que dá para ficar satisfeito até o Natal.

Birger Brosa deu um sorriso sarcástico e se levantou. Pegou dois canecos de cerveja vazios e foi até ao barril, onde os encheu. Depois, deixou um dos canecos diante de Arn e foi sentar-se novamente, adotando uma posição mais confortável entre as peles de cordeiro, cruzando uma das pernas e colocando o seu caneco balançando em cima do joelho levantado como costumava fazer. Observou Arn por alguns momentos em silêncio, mas com uma expressão de amizade no olhar.

— Conte, qual é a força que está construindo? — perguntou ele. — Em que pé está a construção agora? Como será a fortaleza quando Arnäs estiver pronta? E como será daqui a alguns anos?

— Posso demorar para responder a todas essas perguntas — reagiu Arn.

— Nada é mais importante para o conde-ministro do reino neste momento. E tempo nós temos. E estamos a sós. Nenhum ouvido nos escuta — respondeu Birger Brosa, pegando no caneco e bebendo dois goles bem medidos e voltando a colocar o caneco em cima do joelho. E ainda cruzou os braços, sem que o caneco se mexesse um mínimo do lugar.

— Hoje, a paz existe e a união é forte entre erikianos e folkeanos — começou Arn por dizer, lentamente. — Os sverkerianos mantêm-se tranqüilos, esperam todo o tempo que o rei Knut se vá e, se Deus quiser, isso vai demorar ainda muitos anos. Portanto, não vejo como haver guerra por muitos anos.

— Aí, nós pensamos do mesmo jeito — concordou o conde. — Mas e depois? O que virá depois?

— Ninguém sabe — disse Arn. — Mas uma coisa eu sei. Então, o perigo de uma guerra será muito maior. Isso não significa que será pior para nós. Se a gente construir como deve ser durante o período de paz em que vivemos, a nossa força poderá salvar a paz, tão certo como bons casamentos.

— É verdade — concordou ainda Birger Brosa. — Mas onde está a nossa fraqueza?

— Não podemos enfrentar o exército dinamarquês em campo aberto — respondeu Arn, rápido.

— Um exército dinamarquês? Por que um exército dinamarquês? — perguntou Birger Brosa, levantando as sobrancelhas.

— É o único perigo que existe e, por isso, o único sobre o qual temos de pensar — respondeu Arn. — A Dinamarca é uma grande potência, uma potência mais igual à dos francos do que nós e conduz a guerra da mesma maneira que os francos. Os dinamarqueses destruíram grande parte do Sachsen e conquistaram muitas terras, mostrando que podem bater os exércitos do Sachsen. Quando ficarem satisfeitos com o que têm no sul ou quando tiverem avançado tanto para o sul que fique difícil abastecer os seus exércitos, poderá acontecer que virem os seus olhos para o norte. E aqui estamos nós, como uma presa de guerra, muito mais fácil do que o Sachsen. E em Roskilde, na Dinamarca, está sentado o filho de Karl Sverkersson, educado como um dinamarquês, mas ao mesmo tempo com direitos à nossa coroa. Ele poderá se tornar o rei representante dos dinamarqueses no nosso reino. Assim poderá acontecer, se tentarmos imaginar o pior.

Birger Brosa concordou, pensativo, quase como se reconhecesse para si mesmo que esses eram os seus pensamentos mais negros, aqueles que melhor ele queria ver longe de si. Bebeu novamente em silêncio, esperando apenas que Arn continuasse quieto até que ele formulasse uma nova pergunta.

— Quando poderemos vencer os dinamarqueses? — perguntou de repente, elevando o tom de voz.

— Daqui a cinco ou seis anos, a um custo muito alto. Mais facilmente daqui a dez anos — respondeu Arn, tão cheio de certeza que Birger Brosa, que esperava uma longa explanação de premissas, ficou pasmo.

— Explique isso melhor! — disse ele, depois de mais um longo silêncio.

— Daqui a cinco anos morre o rei Knut — disse Arn, levantando rápido a mão para que não fosse interrompido. — Nós não sabemos de nada. É um mau pensamento, mas os maus pensamentos precisam ser encarados, também. Então, chega um exército dinamarquês com um Sverker Karlsson, mais ou menos animado, lá atrás. Nós temos cem cavaleiros. Não cavaleiros que possam enfrentar um grande exército franco ou dinamarquês, mas cem cavaleiros que podem fazer das caminhadas deles no nosso país um longo sofrimento. Eles jamais poderão nos alcançar e nos enfrentar. Mas nós tomamos o seu estoque de abastecimento, matamos seus animais de carga, matamos ou ferimos uma dúzia de dinamarqueses por dia. Na melhor das hipóteses, vamos atraí-los fazendo que nos sigam para Arnäs. Aí eles se afundam durante o sítio. Isso é o que acontecerá em cinco anos e o preço será a grande devastação de Skara para cima, para o norte.

— E daqui a dez anos? — perguntou Birger Brosa.

— Daqui a dez anos, nós os derrotamos no campo de batalha, depois de os ter atormentado durante um mês, com os nossos cavaleiros rápidos — respondeu Arn. — Mas, para que tudo isto seja possível, você também precisa se esforçar e custear uma boa parte do esforço, o que vai abrir alguns buracos na sua arca de pratas.

— Por que eu, por que não o rei Knut? — aventurou Birger Brosa, pela primeira vez, realmente surpreso, durante essa conversa muito dura.

— Porque você é folkeano — respondeu Arn. — Esse poder que estou construindo não é do reino, mas da família folkeana. É verdade que jurei fidelidade a Knut, e esse juramento mantenho. Talvez um dia eu faça o mesmo juramento para Erik, o conde. Mas a esse respeito também nada sabemos. Hoje, estamos ligados aos erikianos. Mas e amanhã? Também nada sabemos. A única coisa certa, é que nós, os folkeanos, estaremos juntos e que seremos os únicos com o poder suficiente para manter o reino a salvo.

— A esse respeito, acho que tem mais razão do que você mesmo imagina — disse Birger Brosa. — Logo te contarei uma coisa que é só para os teus ouvidos. Mas, antes, me diz, o que acha que devo fazer como conde-ministro ou como folkeano?

— Você precisa construir uma fortaleza na praia ocidental do lago Vättern, talvez perto de Lena onde você já tem uma grande propriedade. Os dinamarqueses vão vir de Skåne, entrando pela Götaland Ocidental. Em Skara, podem continuar na direção noroeste a caminho de Arnäs ou podem seguir pelo caminho não defendido, passando por Skövde e para cima na direção do lago Vättern e de Näs onde está o rei. É lá em Lena que tem de existir uma resistência maior e espero que isso seja a sua preocupação. Axevalla, perto de Skara, também precisa ser fortalecida. Nós teremos os nossos guerreiros em três fortalezas. E entre eles os nossos cavaleiros se movimentando em todos os sentidos, sem que o inimigo nos alcance ou saiba de onde virá o próximo ataque. Com três fortalezas bem construídas e providas, das quais uma absolutamente inconquistável, estaremos seguros.

— Mas Axevalla é uma fortaleza do soberano — objetou Birger Brosa, pensativo.

— Tanto melhor para as suas despesas — sorriu Arn. — Se eu construir Arnäs e você construir a fortaleza perto de Lena, então, não será difícil para você, como conde-ministro do reino, convencer Knut que o rei também tem de fazer a sua parte, fortalecendo o seu Axevalla, certo? Ele faria isso não só para o seu bem, como também para o nosso.

— Estou notando que você passou a me tratar por você, como se fôssemos iguais — disse Birger Brosa, sorrindo pela primeira vez, um sorriso bem aberto que era a sua marca registrada desde a juventude.

— Então, essa é a minha vez de pedir desculpas, meu tio. Eu me distraí — respondeu Arn, com uma curta vênia com a cabeça.

— Eu me distraí também, visto não ter pensado nisso antes — respondeu Birger Brosa, continuando sorridente. — Mas daqui em diante, quero que continuemos a nos tratar por você, menos talvez durante a reunião do conselho do rei. E agora me deixe falar sobre uma questão difícil. Talvez eu queira que Sverker Karlsson seja o nosso próximo soberano.

Birger Brosa calou-se rápido, depois de ter apresentado essa idéia atroz de traição. Ele esperava talvez que Arn, com isso, se levantasse, cheio de raiva, derrubasse a sua cerveja ou avançasse contra ele com palavras menos respeitosas ou pelo menos abrisse a boca, de queixo caído pela surpresa. Mas, com decepção e surpresa, ele acabou verificando que Arn não mexeu um só músculo do rosto, ficando apenas na espera pela continuação.

— Agora, você vai querer saber, certamente, como é que eu cheguei a essa conclusão — perguntou Birger Brosa, quase mal-humorado e com um sorriso evanescente.

— É claro — respondeu Arn, sem alterar a sua expressão. — Isso que você diz pode significar traição ou pode significar uma atitude muito sensata. E eu gostaria de saber qual é o certo...

— O rei está doente — suspirou Birger Brosa. — Por vezes, ele defeca sangue e isso não é um bom sinal. Talvez ele não viva nem esses cinco anos de que precisamos para, pelo menos, podermos nos defender.

— Eu tenho curandeiros, homens que, no momento, pouco têm que fazer. Vou mandá-los para Knut logo depois do Natal — disse Arn.

— Curandeiros, você disse? — interrompeu Birger Brosa, no meio dos seus pensamentos. — Eu achava que eram apenas mulheres que faziam isso. De qualquer forma, defecar sangue é mau sinal e a vida de Knut está nas mãos de Deus. Se ele morrer cedo demais, estaremos mal.

— Sem dúvida — confirmou Arn. — Por isso, vamos raciocinar na pior hipótese. Knut morre dentro de três anos. Que faremos, então? É aí que entra Sverker Karlsson nos seus pensamentos, certo?

— Isso. Ele chega com os seus dinamarqueses — confirmou Birger Brosa, com um ar sombrio. — Ele está junto com sua mulher dinamarquesa, Benedikta Ebbesdotter, acho que é assim que ela se chama, há seis ou sete anos. Nasceu cedo uma filha, mas, depois, nada mais. E nenhum filho.

— Acho que já estou entendendo — disse Arn. — Nós damos a coroa do rei para Sverker, sem guerra. Mas não damos algo tão importante em troca de nada. Ele precisará jurar que Erik, o conde, lhe sucederá como rei, certo?

— Mais ou menos isso — aprovou Birger Brosa.

— Muita coisa poderá sair errada nesse estratagema — ruminou Arn. — Ainda que Sverker Karlsson não tenha nenhum filho, poderá acontecer que algum novo parente na Dinamarca venha exigir a nossa coroa e aí caímos na mesma.

— Mas então já teremos ganho muitos anos em tempo, muitos anos sem guerra.

— Sim, isso favorece os folkeanos, sem dúvida — anuiu Arn. — Ganhamos todo o tempo de que precisamos para montar um poder vencedor. Mas satisfeitos não vão ficar, certamente, os erikianos em Näs, se você apresentar a eles aquilo que me disse.

— Não. Também acho — disse Birger Brosa. — Mas, agora, os erikianos estão numa situação difícil. Depois de Erik, o conde, ter brigado e gritado o suficiente e nos convocado para uma assembléia, gesto que ele vai lamentar, acabará chegando à conclusão que sem os folkeanos não haverá guerra por causa da coroa. Sem nós, nada de poder. Acho que seu pai, Knut, terá mais facilidade em entender isso. Muito depende, evidentemente, da saúde de Knut nos próximos anos. Mas, se ele piorar, encontrarei o momento certo para descrever como iremos salvar a paz. E com isso a cabeça de Erik, o conde, e a sua coroa. Knut vai concordar, caso a doença o aperte e se o momento para essa conversa for bem escolhido.

— E depois de Erik, o conde? — perguntou Arn, com um sorriso de desprezo. — A quem você vai querer entregar a coroa de rei?

— Nessa hora, eu já não farei parte desta vida — riu Birger Brosa, levantando o seu caneco e bebendo a cerveja até o fim. — Mas se o meu posto de observação no céu for mais ou menos bom e foi para isso e para salvar a minha alma que paguei muitas orações e a construção de três conventos, devo, pelo menos, ficar sentado num lugar de onde poderei ver o que será para mim um grande prazer, a coroação do primeiro folkeano!

— Então, sugiro que você comece imediatamente a casar os seus parentes com a Svealand, de preferência a casá-los com novos ou novas sverkerianas — disse Arn, com um rosto sem expressão.

— É justamente nisso que eu estava pensando! — se abriu Birger Brosa. — E, de repente, me lembrei de que o seu irmão Eskil, que é um extraordinário bom partido, certamente, em breve, vai precisar de uma nova esposa!

Arn suspirou, sorriu e levantou o seu caneco de cerveja na direção de Birger Brosa. Sua admiração pela capacidade do tio em dirigir a luta pelo poder era enorme. Esse tipo de homens era muito raro, até mesmo na Terra Santa.

Mas ele se preocupava também por sentir que talvez as muitas orações pagas e três conventos não fossem suficientes para garantir em vida um bom posto de observação, tal como o seu tio Birger Brosa parecia ter a certeza de ir ocupar. Embora sobre esse assunto Arn não tenha dito uma palavra.

A primeira neve caiu cedo e em grande quantidade, naquele ano. Entre os estrangeiros em Forsvik, a neve e, o que era pior, o frio tiveram um efeito muito estranho. Uns passaram a demonstrar muito mais atividade, enquanto outros se mantinham junto do fogo, sem se mexer nem para respirar. Mas explicar essa diferença não era muito difícil, visto que os mais ativos trabalhavam nas forjas e na vidraria onde o calor lhes permitia trabalhar em mangas de camisa fina e com tamancos altos de madeira com cobertura de couro grosso sobre o peito do pé, por muito frio que estivesse lá fora.

Outros trabalhos de inverno como procurar mais lenha de trenó e limpar com pás a praça do burgo ou ainda as passagens entre as casas, isso eram os escravos que faziam. Para esse tipo de trabalho, seus pés estavam bem mais defendidos.

Jacob Wachtian surpreendeu Arn na segunda semana de neve, pedindo autorização para cobrir com neve aquela parte da tubulação de água que estava à superfície e que levava água para a casa de hóspedes. Arn avisou indulgente que isso não era o mais sensato a fazer, visto que era de evitar o congelamento da água no cano. Mas Jacob Wachtian insistiu, dizendo que era isso que ele queria evitar e afirmou que a neve era mais quente do que o ar e que ele tinha ouvido falar disso direto de parentes que viviam bem no alto das montanhas na Armênia. Como Jacob Wachtian não cedeu, antes insistiu de uma maneira muito respeitosa, Arn decidiu fazer um teste em um dos canos e que Jacob poderia escolher qual deles. Envolto em muitas e desnecessárias amabilidades, o irmão cristão explicou em seguida que eram muitos os homens que moravam lá dentro da casa-grande e como a maioria nunca tinha visto neve na vida, o prejuízo seria maior se a água congelasse e obrigasse toda a gente a sair para satisfazer as suas necessidades, assim como seria mais difícil se lavar pelas manhãs e à noite.

Arn, então, disse para ele fazer como quisesse, ainda que achasse que não iria dar certo. A parte da tubulação à superfície foi então coberta com uma grande altura de neve.

Logo em seguida, a água dirigida sobre a superfície para a casa de Arn e Cecília parou de correr e quando ele foi ver como estava a situação na casa-grande dos sarracenos, verificou que a água corria tão fresca e limpa como no verão.

Resmungando e grunhindo, Arn teve de ir buscar Gure para o ajudar a quebrar a tubulação com espetos e enxadas e meter água fervente em vários lugares. Finalmente, conseguiram soltar o gelo do cano que correu pela casa, deixando a água seguir novamente como antes. E logo Arn mandou cobrir a tubulação da água com neve do mesmo jeito que na casa-grande dos estrangeiros e tudo voltou à normalidade, mesmo no meio do inverno mais rigoroso.

O inverno era um tempo bom para pensar. O trabalho não era muito e só as idéias ficavam balançando na cabeça.

Por isso, Arn instituiu o *majlis,* que se pronunciava *mailis,* todas as quintas-feiras, depois das orações do fim da tarde, na casa-grande dos sarracenos para onde ele mandou também os estrangeiros cristãos. Na primeira reunião, pediu desculpas, dizendo que esse antigo e bom hábito de se reunirem e conversarem já devia ter começado há mais tempo. Mas como, certamente, todos deviam entender, havia necessidade de acelerar e terminar os trabalhos antes de o inverno chegar. Agora, estavam ali todos sentados, finalmente, e aquilo que não pôde ser feito, por fazer ficava, até chegar a primavera. Portanto, do que é que se poderia falar?

De início, ninguém respondeu à sua pergunta. Era como se esses sarracenos, por muito normal que a idéia do *majlis* fosse para a maioria deles, tivessem esquecido o natural na vida, só porque tudo na Escandinávia era estranho. Na pior das hipóteses, pensou Arn, talvez eles se sintam como escravos, deixados à mercê de um senhor estrangeiro.

Arn traduziu tudo o que disse em árabe para o francês, ao pensar nos dois ingleses que não entendiam nada de árabe, se bem que o seu francês também fosse aquelas coisas.

— Salário — falou, entretanto, Athelsen Crossbow que foi o primeiro a se manifestar. — Nós trabalhar um ano, onde está salário? — falou ele.

Arn traduziu de imediato a pergunta em árabe e viu que mais de um olhar se acendeu na sala.

Roupas de trabalho também seriam um assunto para falar, disse um dos pedreiros. O velho Ibrahim que era o mais reverenciado dos chamados crentes da boa-fé e o único que podia falar por todos, acrescentou ser necessário resolver a questão do dia de descanso ordenado por Deus, visto haver alguma confusão a respeito do assunto.

Após uns momentos de contenção, a timidez inicial de todos ali reunidos foi varrida para longe e, então, todos começaram a falar ao mesmo tempo, de tal maneira que Ibrahim e Arn tiveram que altear a voz para restabelecer a ordem.

A primeira decisão dizia respeito ao salário. Na opinião da assembléia, era melhor receber o salário ao fim de cada ano de trabalho em vez de receber todo ele ao fim de cinco anos e antes da viagem de volta para casa. Objeções não faltaram. Que era muito difícil guardar prata e ouro que, de qualquer forma, não dava para usar em Forsvik ou, como alguém mais insinuante disse, não havia razão nenhuma para duvidar da palavra de Al Ghouti e que, certamente, o ouro de todos estaria mais seguro no forte de Al Ghouti em *an-Nes*, quer dizer, Arnäs.

Entretanto, Arn decidiu que da próxima vez que fosse a Arnäs, o que iria acontecer durante a maior festa sagrada dos cristãos, ele traria o salário de cada um em moedas de ouro.

A questão das roupas de trabalho era mais fácil de resolver. A maioria na sala sabia muito bem o que era exigido nas pedreiras e nas ferrarias e vidrarias. Arn assegurou a todos que essa seria a principal missão dos que trabalhavam com couro, durante o inverno. Eram os pedreiros que mais precisavam das roupas reforçadas com couro.

Pior foi resolver a questão do dia de descanso, se devia ser na sexta-feira ou no domingo. Apagar as forjas e a vidraria dois dias por semana estava fora de questão. Com os ferreiros podia-se resolver o problema de maneira simples, visto haver muitos cristãos, em especial, contando os escravos em Forsvik como cristãos, que podiam trabalhar nas sextas-feiras, assim como os chamados crentes da boa-fé podiam trabalhar aos domingos. Tão simples assim não podia ser resolvido na vidraria onde todos os responsáveis eram muçulmanos, com exceção dos dois irmãos Wachtian.

Arn perguntou, então, ao irmão Guilbert como é que tinha sido resolvido o problema em Arnäs e ele ficou meio perturbado, sussurrando qualquer coisa, meio incompreensível, a respeito de ter transformado os domingos em sextas-feiras sem que ninguém reclamasse. Suas palavras provocaram um forte rumor de insatisfação e um pouco de olhares de repreensão por parte dos que trabalhavam na construção da fortaleza. Obviamente, estavam vivendo iludidos, não sabendo o que era sexta-feira e o que era domingo.

A disputa que logo ameaçou crescer demais, mesmo se tratando de *majlis*, Arn cortou pela raiz, dizendo que durante o inverno e em Forsvik, a sexta-feira seria o dia de descanso para os muçulmanos e domingo, para os cristãos. E ponto final. Como iria ser feito quando recomeçassem os trabalhos de construção em Arnäs na primavera, isso era coisa para ficar pensando por enquanto.

Nem todos ficaram totalmente satisfeitos com essa primeira reunião, esse primeiro *majlis*, mas isso era de esperar. Porque é assim mesmo que costuma acontecer. E porque é assim mesmo que deve acontecer.

Mais discussão tiveram Arn e Cecília a respeito da melhor ocasião para libertar os escravos. Ficaram os dois algumas noites junto com o irmão Guilbert no seu próprio quarto para poder falar sem serem incomodados, já que esse seria um segredo absoluto até o momento de se tornar realidade. Para maior segurança ainda, eles conversavam em latim.

O irmão Guilbert era totalmente a favor da libertação dos escravos. E nem outra coisa era de esperar. Mas achava que uma comunicação tão importante tinha de ser feita com prudência e sabedoria. Bastava tentar imaginar-se a si próprio como escravo e receber uma tal notícia. Ele se preocupava, principalmente, com a possibilidade da extrema docilidade dos escravos se transformar em sentido contrário, que essas almas simples e pobres enlouquecessem e se atacassem com armas mesmo caseiras para acertar velhas pendências, na crença de que aquele que fosse livre podia se debater como e quando quisesse ou então que essa loucura os levasse a fugir para as florestas.

Cecília comentou que de Forsvik, certamente, ninguém ir correr para as florestas no meio do inverno. Por isso mesmo a mensagem devia ser dada em breve, na época mais fria.

Arn considerou que era de pouca utilidade ficar tentando adivinhar como qualquer escravo pensa, isto porque devia ser impossível para alguém em sã consciência tentar adivinhar uma coisa dessas, tendo passado a vida inteira como pessoa livre. Será que não deviam, de preferência, perguntar a algum deles?

Os outros dois afastaram de imediato essa proposta, dizendo que o menor sinal para algum deles iria logo transformar Forsvik numa casa de galinhas doidas com rumores e más interpretações, antes mesmo do fim da tarde. Mas Arn insistiu e pediu para que sugerissem a quem dos escravos devia ser feita a pergunta.

Gure, o filho de Suom, responderam os dois ao mesmo tempo.

Para Gure, que nem mesmo antes de a neve começar a cair deixou de ter trabalho para fazer com lareiras e portas mal calafetas nas instalações para os escravos, a chamada repentina para comparecer diante do dono soou como um mau prenúncio. Interrompeu logo o que estava fazendo, pulou da casa dos escravos e seguiu pela praça, se esgueirando para a casa do senhor Arn. Preocupado, pensava que talvez tivesse dedicado mais tempo às instalações dos escravos do que à cocheira e ao estábulo. E que palavras duras eram de esperar. O chicote, ele não receava, pois isso não se usava em Arnäs, e também já sabia, por todos lhe terem contado, que nenhum escravo tinha sido chicoteado desde a mudança de dono em Forsvik.

Diante da casa do senhor Arn, ele parou na neve e ficou indeciso. Ouvia vozes lá dentro que pareciam altas demais e percursoras de maus acontecimentos. Era como se o senhor Arn e as outras pessoas com quem ele falava numa língua estrangeira estivessem em desacordo. O que o preocupava não era o castigo que ele certamente ia receber, ainda que sem saber por quê. Já estava à espera há tanto tempo que começava a gelar, mas ninguém vinha. E ele próprio também não podia entrar. Nenhum escravo podia entrar no quarto da dona da casa e, além do mais, ela estava lá dentro. Meteu as mãos nos sovacos e começar a bater os pés na neve para não começar a tremer de frio.

Chegou a pensar que esse talvez fosse o castigo, o de congelar por seus pecados. Mas não teria ele, pelo menos, o direito de saber por quê? De que valia o castigo se não se soubesse claramente a razão?

O irmão Guilbert, inesperadamente, veio em seu socorro, o que podia não ter acontecido se ele tivesse pensado no lavatório existente na casa de Arn. Ele próprio morava na casa-grande e estava habituado a sair e verter fora as suas águas. Justo quando levantou o seu capuz na escada, descobriu que estava prestes a verter essas águas em cima do pobre Gure.

O irmão Guilbert conteve as suas necessidades, pegou Gure pelos ombros e levou-o para dentro, passando pela antecâmara escura e entrando no quarto grande onde a lareira aquecia como numa sauna. O monge guiou-o para a lareira, pressionando o corpo de Gure para mais perto do fogo, enquanto falava com Arn naquela língua estranha.

Gure esfregou as mãos diante do fogo, aquecendo-as. E, ao mesmo tempo, baixando os olhos para o chão, mas notando como o seu dono e o monge o examinavam, embora nenhum deles dissesse qualquer coisa. De repente, a senhora Cecília levantou-se, pegou uma tábua com presunto defumado que estava na cama, e levou-a até ele, trazendo uma faca.

Gure não entendeu nada, a não ser que aquilo que estava acontecendo não podia acontecer. Uma senhora não trazia comida para um escravo e ele não sabia o que fazer com a faca e o presunto. Mas ela acenou com a cabeça e fez sinal que era para cortar e comer. E, contra vontade, ele fez isso.

— Não era nossa intenção que você ficasse lá fora no frio à espera, Gure — disse Arn finalmente. — Pedimos para você vir aqui porque há uma coisa que queríamos lhe perguntar.

O senhor Arn fez silêncio e todos os três ficaram ainda olhando fixamente para ele e para o presunto defumado que ele nunca tinha comido e que começou a ficar enrolado na boca, como se Gure não ousasse engolir.

— O que vamos perguntar a você vai ter que ficar entre nós e entre estas quatro paredes — continuou a senhora Cecília. — Queremos saber o que você acha, mas não queremos que você espalhe as nossas palavras para mais ninguém. Você entende?

Gure acenou com a cabeça, concordando com a ordem, mas ainda sem dizer nada. Imaginou, então, que alguma coisa de valor teria sido roubada e os donos, agora, queriam perguntar a ele sobre isso, já que ele era aquele que melhor podia observar todos os escravos em Forsvik. Era ruim, pensou, já que ele não tinha essa capacidade. Mas talvez não acreditassem nele. Os ladrões eram enforcados. Mas qual seria o castigo para aquele que defendesse o ladrão com uma mentira?

— Se déssemos a liberdade para você, Gure, o que você faria? — perguntou o senhor Arn, sem avisar.

Gure teve de pensar bem antes de responder àquela inesperada pergunta. Conseguiu a muito custo engolir a carne que tinha na boca, achando que precisava dar uma resposta inteligente em seguida, já que os donos e o monge olhavam para ele como se estivessem à espera de qualquer coisa de extraordinário.

— Eu agradeceria ao Cristo Branco primeiro e depois agradeceria aos meus donos — respondeu ele, finalmente, como se as palavras apenas corressem da boca para fora. E logo lamentou que não tivesse mencionado os donos antes do Cristo Branco.

— E o que faria depois disso? — perguntou a senhora Cecília, sem se importar que ele tivesse mencionado o Cristo Branco antes dela.

— Eu iria até um clérigo para ser batizado — respondeu ele, esperto, para ganhar tempo. Mas muito tempo ele não ganhou, isto porque logo o monge entrou na conversa.

— Eu posso te batizar amanhã, mas o que você faria depois? — perguntou o irmão Guilbert.

De início, Gure ficou sem resposta. A liberdade era um sonho, mas um sonho que terminava onde começava. Depois disso, não havia nada.

— O que é que um liberto pode fazer? — respondeu Gure, com dificuldades no pensar. — Um homem livre precisa comer. Um homem livre precisa trabalhar. Se eu, como homem livre, pudesse continuar construindo, eu gostaria de fazer isso. O que é que eu sei fazer senão isso?

— Os outros também pensam como você? — perguntou a senhora Cecília.

— Sim, todos pensam assim, sem dúvida — respondeu Gure, agora mais seguro de suas palavras. — Há tempos que se vem sussurrando que devíamos ser libertados. Alguns disseram saber isso com certeza. Outros desdenharam do rumor que sempre circula pelo burgo e arredores. Os libertos podem ficar com o seu dono ou preparar novas terras, é isso que acontece e é isso que todos sabem. Se pudermos ficar em Forsvik, então ficamos. Se nos mandarem embora, teremos que nos adaptar às circunstâncias. Mais do que isso não existe para escolher.

— Nós agradecemos a sua colaboração, as suas palavras — disse o senhor Arn. — Você é um homem de bem, que pensa bem, e já entendeu quais são as nossas intenções. Por isso, vou contar a você a verdade. Quando a sua dona e eu voltarmos do Natal em Arnäs, onde vamos passar as festas, vamos dar a liberdade a todos os escravos de Forsvik. É isso aí. Mas nós não queremos que você conte para nenhum dos seus iguais, nem para ninguém, nem mesmo para a sua própria mãe. Esta é, provavelmente, a última ordem que eu estou dando a você como escravo. E é uma ordem para você cumprir mesmo.

— A palavra de um escravo não vale nada, nem por lei, nem na opinião do povo — respondeu Gure, olhando direto nos olhos de Arn. — Mesmo assim, tem a minha palavra, senhor Arn!

Arn não respondeu, mas sorriu ao se levantar e fazendo sinal para Cecília fazer o mesmo, o que levou o irmão Guilbert a se pôr em pé, também. Gure compreendeu rápido o significado dessa atitude, que estava na hora de ele ir embora, mas não sabia como se despedir. Acabou tentando fazer uma vênia, enquanto saía discretamente.

Assim que Gure fechou a porta atrás de si, Arn, Cecília e o irmão Guilbert começaram a falar ao mesmo tempo a respeito do extraordinário acontecimento que tinham presenciado. Arn queria dizer que o que tinham visto com os próprios olhos e escutado com os próprios ouvidos demonstrava que os escravos não eram tão curtos de cabeça como se dizia. O irmão Guilbert queria batizar logo todos os libertados e que esse Gure devia ser nomeado o capataz dos libertados, de modo que nem Arn nem Cecília precisassem ficar correndo de um lado para o outro determinando sobre cada pequena coisa. A esse respeito, ambos concordaram com ele, mas Cecília alertou para o fato de que talvez nem todos fossem como Gure. Ela o tinha observado bastante enquanto ele falava e tinha notado então algo de extraordinário. Gure falava como nenhum outro escravo que ela tivesse ouvido antes, quase como eles mesmos. Também tinha notado que ele nem parecia um escravo e que, se Arn e Gure trocassem de roupas, muitos iriam errar ao indicar quem seria o escravo e quem seria o cavaleiro.

O que tinha dado para dizer o que disse, nem ela entendeu, mas se arrependeu logo quando viu, pela primeira vez, a ira relampejar nos olhos de Arn. Nem ajudou em nada ela tentar disfarçar dizendo que, na realidade, Gure se parecia mais com Eskil, se bem que mais magro.

Em meados de dezembro, no dia de Santa Luzia, em que as noites são as mais longas do ano e em que as forças do mal ficam mais fortes do que em qualquer outro dia ou noite do ano, era muito o barulho que se ouvia em Forsvik. Os escravos da casa saíram em procissão no meio da fria noite de inverno com tochas acesas e máscaras com cornos feitos de palha entrelaçada, dando três voltas na praça do burgo. Apesar do frio intenso, muitos dos sarracenos ficaram vendo, espantados, se aglomerando na entrada da casa-grande, envoltos em mantas e tapetes, a fim de apreciar o estranho acontecimento. O frio era tanto que até pisar na neve fazia barulho sob as botas empalhadas que usavam por cima dos sapatos normais. Mas foi assim que as forças do mal foram mantidas longe de Forsvik também naquela noite e em breve já tinha baixado de novo o silêncio gelado do meio do inverno sobre o burgo, em que apenas os caçadores estavam acordados.

Quando Arn e Cecília, Torgils e os garotos Sune, Sigfrid e Bengt, além dos cristãos estrangeiros de Forsvik, voltaram de Arnäs nos seus trenós e de uma festa de Natal extraordinariamente moderada para ser realizada em casa do senhor Magnus, chegou o momento da grande mudança.

No dia seguinte, antes da refeição do meio-dia, todos os escravos de Forsvik foram convocados para o salão da casa-grande. Eram mais de trinta almas, contando com uma ou outra criança nos braços da mãe. Muitos deles eram escravos acostumados a trabalhar nos campos e nos celeiros e nunca tinham posto os pés no salão da casa-grande. As escravas da casa fizeram piadas a respeito desses seus comparsas que olhavam tudo de olhos bem abertos, espantados.

Quando todos estavam reunidos, Arn e Cecília se levantaram no lugar de honra e Arn usou da palavra, a pedido de Cecília, embora esses escravos por direito fossem mais de sua propriedade do que da dele.

Em poucas palavras, Arn disse do que se tratava. A senhora Cecília e ele próprio tinham decidido que em Forsvik ninguém seria considerado mais escravo, já que isso era uma abominação aos olhos de Deus. Portanto, todos agora eram livres e podiam acrescentar ao seu nome a palavra Forsvik ou se considerarem forsvikarianos, para que todos e cada um em particular ficassem sabendo em aldeias e outros burgos que eles vinham de um lugar onde não havia escravos.

Como homens e mulheres livres, trabalhariam por um salário e que o salário do primeiro ano, para aqueles que ficassem em Forsvik, seria pago no próximo Natal. Para aqueles que preferissem desbravar novas terras para Forsvik contra o pagamento de renda, também isso poderia ser considerado.

Quando Arn e Cecília voltaram a se sentar depois dessas palavras, eles ficaram espantados e, ao mesmo tempo, desapontados, visto que nem sequer um grito de alegria se ouviu, nenhuma manifestação de agradecimento veio até eles e nenhuma prece se fez. Podiam ver bastante surpresa em muitos dos rostos, de modo que não havia razão para acreditar ter Gure quebrado a sua promessa de silêncio. Um ou outro abraçava quem estava ao seu lado, tranqüilamente, e havia algumas lágrimas escorrendo, também.

Cecília levantou-se de novo do lugar de honra e logo todos pararam de murmurar e ficaram em silêncio, assim que ela estendeu a sua mão direita, sinal habitual de ordem para se calarem.

Tranqüila, ela disse que no dia seguinte seria realizada a festa de Natal naquele salão, com todas as suas atividades e acompanhamentos e que todos os libertados de Forsvik estavam convidados para essa festa.

Parecia, primeiro, que ela não se tinha feito entender direito. Por isso, voltou a repetir as suas palavras, agora com mais ênfase, dizendo que a frase *todos os libertados de Forsvik* não podia significar outra coisa senão todos os que estavam ali na sala. Mas parecia que ainda não tinha feito se entender.

Então, disse que havia muita cerveja em Forsvik, já que tinham produzido bastante no outono como nos velhos tempos em que os proprietários bebiam mais cerveja. Agora, as chaves estavam com ela, não se bebia tanto e seria uma pena se essa cerveja ficasse por usar e acabasse se estragando nas barricas. Só então ela se fez entender de verdade e só então recebeu o tipo de reação que tanto ela como Arn tinham esperado e acreditado que a mensagem de liberdade iria produzir.

Mais tarde, quando estavam ceando com o irmão Guilbert e os irmãos Wachtian que, de vez em quando, comiam com os donos cristãos e não com os muçulmanos na casa-grande, a conversa ficou inusitadamente animada, ainda que em latim, tentando entender a inesperada tranqüilidade de os escravos reagirem ao anúncio da sua liberdade e a reação de muito mais alegria quando foram convidados para beber cerveja. Cecília disse estar decepcionada pelo fato de ver que a cerveja nesta terra detinha um significado tão grande que até mesmo os escravos apreciavam mais uma bebedeira do que a liberdade. Tanto

Arn como o irmão Guilbert concordaram que a conclusão era desanimadora.

Marcus Wachtian ponderou, após alguns momentos de reflexão, que tudo devia estar ligado a uma situação completamente diferente. Nenhuma pessoa em sã consciência, nem mesmo neste país, podia considerar a bebida mais valiosa do que a liberdade, definiu ele. Em compensação, o convite para beber cerveja foi o primeiro grande acontecimento em liberdade, uma coisa que jamais poderia acontecer com um escravo. Aquele que era escravo em um momento e no momento seguinte se via ao lado dos senhores com o caneco de cerveja na mão sabia então, e só então, que ele realmente estava livre.

Os cristãos dedicaram o resto da noite a ouvir a história maravilhosa e lamentável da vida dos irmãos Wachtian em que incêndios e mortes e aldeias arrasadas se transformavam em riqueza e serviços prestados a condes para, depois, tudo se transformar novamente em incêndios e fugas, até que finalmente acreditaram estar seguros em Damasco. E agora estavam bem longe onde o mundo terminava, bem ao norte, na Escandinávia, e não sabiam se a sua infelicidade tinha terminado ou se tudo iria recomeçar de novo.

Na noite seguinte, foi ainda mais excepcional, visto que houve o banquete dedicado àqueles que apenas viviam há uma noite e um dia em liberdade.

Arn estava receoso de que toda a cerveja que existia em Forsvik fosse conduzir a loucuras e violência. Cecília, por seu lado, receava mais a habitual seqüência de vômitos, receando não haver ninguém para limpar a sujeira, já que não existiam mais escravos em Forsvik.

Nenhum dos dois teve razão. A festa decorreu com muita tranqüilidade para ser realizada na Götaland Ocidental. Sem dúvida, a mais silenciosa jamais realizada naquela sala. De início, todos tentaram beber e comer como os senhores no lugar de honra. E, assim, pela primeira vez, a moderação de Arn e de Cecília com a bebida e a comida ficou servindo como orientação para boas maneiras.

Obviamente, houve um par de homens que vomitou mais tarde, apesar de toda a cautela. Cecília admitiu que isso poderia ter acontecido pelo fato de essas almas agora libertadas não estarem habituadas a beber cerveja. Os poucos vômitos que houve foram limpos tão rápido quanto no tempo dos escravos e pelos mesmos homens e mulheres que faziam o serviço antes. E os que vomitaram foram levados para fora por Gure, com um grande puxão de orelhas.

Foi bebido apenas um décimo da cerveja que normalmente saía numa festa de folkeanos. Mas a carne de porco teve uma saída melhor.

Com a aproximação do ano-novo, chegou um vento do norte com uma semana de tempestades de neve que cobriram Forsvik com um grande manto branco, de certa forma aquecedor, já que impedia a passagem do vento gelado pelas frestas da velha casa de madeira onde o frio teria atacado a todos por igual, livres e não livres.

Durante as tempestades, nem os caçadores saíam para caçar. Nas forjas e na vidraria, o trabalho continuou como normalmente, mas os exercícios de cavalaria tiveram de ser cancelados. E como todas as aberturas nas paredes para arejar e deixar entrar a luz ficaram fechadas, também não deu para continuar os exercícios na cocheira, com o irmão Guilbert, iniciado com os garotos e Torgils Eskilsson. Na escuridão, ninguém conseguia atirar suas flechas, nem acertar seus golpes de espada.

Mas o meio do inverno era o tempo das sagas e das histórias na Escandinávia. Nenhuma noite escura se perdia sem alguém contar uma história ou sem uma longa conversa sobre assuntos para os quais ninguém encontrava tempo na época mais corrida do ano. Na casa dos escravos contavam-se histórias que os donos não gostavam de ouvir, mas a maioria dos libertos achava que aquilo que os donos não escutavam também não lhes incomodava.

Arn e o irmão Guilbert se sentaram juntos durante três dias na câmara de Arn e Cecília, enquanto esta passava o tempo com Suom e mais algumas das antigas escravas na oficina de tecelagem e costura e perto da vidraria onde o frio não era tão difícil de agüentar.

A questão que o irmão Guilbert e Arn discutiam, de todos os ângulos, dizia respeito à dificuldade de pensar em conseguir coisas boas através da violência. Muitos crentes cristãos achariam muito difícil entender esse tipo de discussão, mas para dois templários não havia qualquer dificuldade em entender como a espada e o fogo podiam servir à causa de Deus. Justo isso era a missão dos templários, dada pelo próprio Deus e sob a proteção de Sua Mãe.

A questão, porém, era saber se essa boa ordem reinante entre os templários podia ser aplicada a uma vida cristã normal. A primeira vez que o irmão Guilbert ouviu Arn dizer que era com pedra e ferro que ele iria construir a paz, ele nem sequer podia imaginar essa possibilidade. Mas a nova fortaleza de Arnäs e aquela que seria construída em seguida em Forsvik, na sua opinião, não serviam a outro propósito senão à conquista do poder secular.

No entanto, a coisa mudava de figura no momento em que ele ouviu a história da origem do ouro que estava servindo para custear as pedras da construção e o ferro das armas. Esse ouro teria ido para o bolso do traidor Ricardo Coração de Leão. E, em vez disso, seria convertido, pela ordem, em uma fortaleza pela paz, uma força de cavalaria semelhante à dos templários e uma igreja em Forshem dedicada ao Santo Sepulcro.

Em especial, essa idéia da construção da igreja impressionou o irmão Guilbert. Nada poderia agradar mais a Deus do que a construção de uma igreja dedicada à Sua Sepultura, em que as pessoas poderiam procurar o Seu sofrimento e morte dentro de si, em vez de necessitar empenhar-se na procura da sua própria morte diante dos cavaleiros sarracenos na Terra Santa, certo?

Melhor jamais Deus poderia ter guiado Saladino para longe do néscio Ricardo e no caminho de um trabalho que Lhe agradava mais, realizado bem longe no mundo, longe do centro considerado como sendo Jerusalém.

Longe, também, tinha chegado o irmão Guilbert no seu raciocínio a respeito de participar nas construções de Arn de consciência limpa, sem se preocupar com o fato de o padre Guillaume de Varnhem ter alugado o seu subordinado, na realidade, apenas, para tratar dos cavalos sarracenos. Para o mosteiro, os cavalos sarracenos tinham sido um bom negócio por ter garantido uma boa quantia do ouro de Saladino para os cofres de Roma, onde esse ouro estava melhor do que nos bolsos pecaminosos de Ricardo. Portanto, havia sido correto fechar pelo menos um dos olhos pelo fato do trabalho com os cavalos poder ser equiparado a outros trabalhos designados para o mesmo fim.

Como os dois estavam de acordo em tudo, era melhor passar a usar as cabeças no que estava acontecendo com as suas mãos no mundo dos sentidos terrenos do que continuar se concentrando no mundo celestial.

O irmão Guilbert assumiria maior responsabilidade no treinamento dos garotos no uso das armas, já que Arn se sentia inseguro, não apenas em relação à sua adequação como também à sua capacidade para esse tipo de trabalho. Mas depois se convenceram de que seria necessário se alternarem na liderança do trabalho de construção em Arnäs, visto que os muçulmanos, de preferência, não poderiam ser deixados a sós num país onde, segundo a lei, a morte de qualquer estrangeiro fica sempre impune. E as disputas entre eles poderiam despontar facilmente. O irmão Guilbert tinha visto até algumas escravas ficarem o tempo livre à noite rondando o acampamento dos trabalhadores em Arnäs.

Além disso, não era muito simples planejar essa necessária troca de posições e ficar afastado de Forsvik. Isto porque, durante uma daquelas longas noites de inverno, justo como Arn e Cecília tinham planejado, estando ele contando suas histórias passadas na Terra Santa, os dois já debaixo das suas cobertas e vendo o vento balançar as labaredas das tochas, de repente, ela sentiu um primeiro movimento dentro de si como se fosse um pequeno peixe abanando o rabo.

Cecília entendeu logo do que se tratava, ainda que não quisesse acreditar naquilo que ela considerava um verdadeiro milagre. Afinal, ela já estava com mais de quarenta anos e achava estar velha demais para uma tal bênção.

Arn estava no meio de uma história sobre a Terra Santa em que ele justo mandava desfraldar a bandeira com a Virgem Maria, a Grande Protetora dos templários, e ele fazia sinal com a mão para atacar. E todos os cavaleiros vestidos de branco respiraram profundamente por duas vezes e fizeram o sinal-da-cruz.

E, nesse momento, ela pegou tranqüilamente a mão dele e falou. Disse o que estava acontecendo. Ele parou de falar imediatamente, virando-se para ela e viu que o que ela disse era verdade e não um sonho ou brincadeira. Então, ele a abraçou ternamente, sussurrando que Nossa Senhora, mais uma vez, os tinha abençoado com mais um milagre.

Em Tiburius, no tempo em que os gelos começavam a derreter nos lagos da Götaland Ocidental, em que os peixes, os lúcios, brincavam e as barcaças recomeçavam suas andanças com o comércio de Eskil, entre Linköping e Lödöse, Arn viajou com os pedreiros para Arnäs, a fim de retomar a construção. Pelo que Cecília disse, ele ainda teria pela frente um bom mês, se quisesse voltar para ver nascer o seu filho ou filha. Cecília achava que ia ser uma filha. Arn acreditava que ia ser mais um filho. Os dois tinham combinado que se fosse um garoto Cecília escolheria o nome e se fosse uma menina, seria Arn a decidir.

A construção do muro recomeçou logo de imediato e os pedreiros pareciam satisfeitos em voltar a trabalhar depois de um inverno que no início parecia para eles até agradável, mas, no final, longo demais. Eles se declararam também muito satisfeitos com as novas ferramentas fornecidas pelas ferrarias de Forsvik e com os uniformes de trabalho que todos receberam, feitos sob medida para cada um na oficina do curtume e na oficina de costura. Eles ficavam cobertos por um avental de couro desde as axilas até os joelhos e para defender os pés, usavam tamancos de madeira com cobertura de couro grosso, iguais aos que os ferreiros usavam, se bem que neste caso a cobertura era de ferro. Muitos haviam reclamado antes que, se alguma pedra caísse em cima dos pés, causaria um grande sofrimento.

O inverno tinha prejudicado a construção do muro, mas muito menos do que Arn havia imaginado e, em breve, o verão iria secar o topo dos muros e eles iriam então poder lançar chumbo derretido em cima para tampar as frestas, tal como o irmão Guilbert havia sugerido. O que agora seria construído era o muro mais longo, desde o porto até a moradias e a aldeia. Era uma construção fácil, com apenas uma torre no meio, sendo gratificante ver como o trabalho crescia dia a dia.

A questão de qual o dia de descanso que se devia honrar ainda não tinha chegado a uma boa solução. Pelo menos, a nenhuma solução com que todos ficassem satisfeitos. Depois de longas conversas e penosas discussões em várias reuniões em Forsvik, Arn se cansou e decidiu que em Arnäs o domingo seria considerado como sexta-feira. Aos domingos, os muçulmanos não poderiam trabalhar, visto que isso seria um insulto para aqueles que moravam em Arnäs e, portanto, uma razão para brigas a respeito de quem tinha a verdadeira fé. E esse tipo de briga era a pior coisa que podia acontecer.

Como Deus é Aquele que tudo vê e tudo ouve e, além disso, Misericordioso e Clemente, Arn achava que Ele, certamente, iria perdoar Seus crentes se eles, longe, numa terra estranha, por obrigação e por um curto período da vida, fizessem do domingo, sexta-feira. Depois de algumas conversas com o médico Ibrahim, que era o mais instruído de todos os sarracenos, Arn, finalmente, conseguiu encontrar um certo apoio no Alcorão para essa nova ordem, imposta pela necessidade.

O trabalho era sempre o mesmo e os dias corriam sem muita conversa, a não ser aquela de ter de escolher a pedra entre duas que devia ser cortada para encaixar na próxima. Embora as pedras viessem da pedreira de Kinnekulle mais ou menos com o mesmo formato, elas tinham que ser limadas ou cortadas para se encaixar bem umas, nas outras, tal como Arn e os sarracenos exigiam.

O único acontecimento de que Arn se lembrava desse mês de trabalho era a ansiedade que o atormentava todo o tempo e fazia voar o pensamento para Forsvik e para a esperada criança. Um homem chamado Ardous que vinha de uma cidade de Al Khalil, em Abraham, chegou um dia e pediu para ter uma conversa particular com Arn. O seu assunto era inesperado. Queria comprar uma das escravas de Arnäs, chamada Muna. E queria saber o preço, e se o seu salário de dois besantes em ouro iria ser suficiente. Primeiro, Arn, surpreso, respondeu, dizendo que com dois besantes em ouro, pelo que ele sabia, dava até para comprar três escravas e uma vaca. Mas depois ele se controlou e perguntou severamente que espécie de estranho arranjo estava em curso e que intenções pecaminosas existiam por trás daquela pergunta.

O homem chamado Ardous assegurou que não era questão de qualquer pecado, antes sua intenção era a de se casar com a escrava.

Arn ficou em silêncio por momentos, mas depois perguntou, meio severo, meio brincalhão, diante de qual deus esse casamento seria realizado. Ardous assegurou, excitado, que apenas poderia ser realizado diante do Único e Verdadeiro e que o casamento seria oficiado pelo velho Ibrahim, já que este era não só curandeiro médico, mas também *khadi*.

Como Arn achava agora que estava tratando com um homem meio idiota, salientou que o *Hadj* Ibrahim, que conhecia cada linha do Alcorão, certamente, teria as suas objeções em casar diante Dele que tudo vê e tudo ouve um crente com uma supersticiosa ou, na melhor das hipóteses, com uma cristã.

— Mas a minha querida também é muçulmana, exatamente como eu! — objetou Ardous de olhos espantados e, com isso, silenciou o seu senhor.

Era uma resposta atrevida demais para ser mentira, achou Arn. Mas era preciso pesquisar o caso. E quanto mais cedo melhor.

Arn resolveu logo levar Ardous com ele para Arnäs e aí procuraram pela tal jovem que foram encontrar entre as lavadeiras do outro lado do fosso. Muna ficou muito confusa e olhou logo para o chão assim que viu um dos senhores de Arnäs chegar a passos largos e perguntar, como se estivesse de mau humor, qual era a fé dela. Ela respondeu, primeiro, em voz baixa que professava a fé dos seus ancestrais. Mas Arn não se satisfez com isso e pediu para ela se explicar melhor.

— Não existe outro Deus a não ser Deus e Mahmut é o seu Profeta — respondeu ela, em língua árabe bem compreensível, embora estranha.

Arn ficou aborrecido e em silêncio por longos momentos, enquanto umas vezes procurava entre as suratas do Alcorão, outras vezes se sentia humilhado diante do sinal que Deus lhe tinha enviado, a ele e aos dois amantes. Os dois, olhando em suspenso para ele, cheios de medo diante da esperada decisão.

— Em nome de Deus, Todo-Misericordioso e Clemente — disse Arn, finalmente, depois de ter achado o que procurava. *E para Sua honra, diz-se que Ele criou as esposas para você, e a partir da você, para que possa encontrar a tranqüilidade com elas e Ele deixou que o amor e a ternura crescessem entre vocês. E nisso está uma sábia mensagem para as pessoas que pensam.*

Talvez Muna não tivesse entendido direito todas as palavras na linguagem dos seus ancestrais, já que ela nunca mais tinha ouvido as palavras do Alcorão desde que era criança e ainda não tinha sido separada do seu pai. Mas, sábia como ela só, viu pela expressão de rosto do seu amado Ardous que o Senhor Arn os tinha abençoado.

Era impossível dizer qual dos três estava mais emocionado com essas palavras do Alcorão. Isto porque Arn foi tocado do mesmo jeito que Ardous e Muna, sentindo uma grande saudade de casa e de Cecília.

Para pelo menos sossegar a sua curiosidade, Arn perguntou a Muna se sabia de onde ela ou o seu pai tinham vindo. Muna não sabia muito a esse respeito, mas respondeu, dizendo que a sua mãe e o seu pai foram levados para a Noruega como prisioneiros e que foi na Noruega que ela nasceu. Mais tarde, quando uma senhora se casou com um folkeano na Götaland Ocidental, ela e sua mãe foram mandadas como presentes de casamento da noiva enquanto o seu pai continuou ficando no burgo norueguês.

Arn não quis retê-la por mais tempo, nesse momento que para Muna era de grande alegria a conter. E de tristeza na vida era, certamente, a última coisa de que gostaria de falar. E Arn prometeu aos dois que conseguiriam o que queriam, já que Deus os juntou de um jeito maravilhoso. Nada de se falar, porém, em Ardous comprar a sua amada. Não precisava, já que isso iria contrariar a Deus que os abençoou. No próximo inverno, Muna mudaria para Forsvik e, então, se realizaria o casamento entre os crentes muçulmanos, já que esse seria o único lugar no reino onde um tal casamento poderia ser realizado. Até lá, eles precisavam ter paciência.

Deixando a timidez de lado, de repente, os dois se abraçaram diante das outras lavadeiras que não tinham entendido uma palavra sequer do que foi dito, mas que agora não paravam de trocar segredinhos e de soltar gargalhadas.

Depois do milagre da premiação do amor para Ardous e Muna, Arn começou a contar os dias e os momentos que faltavam para voltar a Forsvik. Não podia viajar antes de o irmão Guilbert chegar e isso aconteceu um dia depois do previsto. Foi um dia muito longo para Arn. Tudo, porém, estava bem com Cecília e nada de mal tinha acontecido em Forsvik, ficou ele sabendo. O tempo de Cecília estava próximo, mas segundo disseram as mulheres que sabiam disso melhor, ele iria chegar a tempo, sem problemas.

Arn se despediu rapidamente de seus parentes e trabalhadores. Naquele dia achou que nunca o barco tinha velejado tão lentamente e, ao passar a noite em Askeberga, chegou a pensar em montar num cavalo e viajar durante a noite, agora mais clara, de primavera, mas desistiu ao ver que só havia na cocheira cavalos de carga e de passeio.

Pouco tempo depois, na época em que os animais eram soltos nos prados cuja visão na Götaland Ocidental nunca se esquece, Cecília Algotsdotter deu à luz em Forsvik uma menina bem formada. Depois, houve festa durante três dias em que ninguém trabalhou, nem mesmo nas forjas. Todos os homens e mulheres livres de Forsvik participaram com igual alegria, visto que a bênção sobre a casa tinha sido grande e estendida para todos.

Arn decidiu que a menina devia chamar-se Alde, um nome estrangeiro, tirado de uma das suas sagas, mas também um nome bonito, achou Cecília, enquanto ensaiava em silêncio o nome dela e ao mesmo tempo tentava adormecê-la no seu peito, *Alde Arnsdotter.*

Foi o tempo mais feliz para Arn e Cecília desde que começaram sua nova vida. Assim, eles recordariam esse tempo para sempre. E esse verão, em que Arn cavalgou, alegremente, como papai orgulhoso, com a sua filha nos braços, tanto quanto cavalgou com aqueles que se tornariam cavaleiros, esse verão não parecia presente pelas nuvens escuras que se viam lá longe onde o céu e a terra se uniam no sudoeste.

X

NA MORTE, NADA EXISTIA QUE METESSE MEDO A ARN. Era como se ele tivesse se habituado a isso. Ou como se ele tivesse visto demais durante os vinte anos nos campos de batalha da Terra Santa onde ele, certamente, tinha matado mais de mil homens com as suas próprias mãos e visto morrer muitos milhares bem ao seu lado. Um mau comandante, ou simplesmente pretensioso, levantava o braço e mandava no momento seguinte um esquadrão inteiro de dezesseis homens contra uma força perseguidora muito superior. Eles partiam sem hesitar, com os seus mantos brancos esvoaçando atrás de si e, depois, ninguém os via nunca mais. Para consolação, sabia-se apenas que da próxima vez a gente encontraria esses irmãos no Paraíso. Qualquer templário jamais precisava temer a morte, já que a escolha existia apenas entre a vitória e o Paraíso.

Mas a história era outra, quando se tratava da morte lenta, atrofiante e malcheirosa no mucos e na própria merda. Durante três longos anos, o amigo Knut se arrastou na vida, cada vez mais magro, até que, finalmente, era apenas pele e osso. Assim que Yussuf e Ibrahim olharam para ele, apenas sacudiram a cabeça e disseram que o tumor que consumia o corpo do rei por dentro e a partir do estômago apenas iria aumentar até que acabaria com toda a sua vida.

No momento, ele estava deitado na cama no seu lar da infância em Eriksberg, e seus braços e pernas eram tão finos que pareciam ramos de aveleira. Por baixo das cobertas despontava o tumor como uma elevação na altura do estômago, o que, de uma maneira cruel, fazia lembrar o ventre de uma mulher grávida. Ele tinha perdido todo o cabelo, até mesmo as pestanas e as sobrancelhas, e na boca apareciam grandes buracos negros no lugar dos dentes perdidos. O mau cheiro enchia todo o quarto.

Arn tinha chegado sozinho a Eriksberg, já que continuava teimando em cavalgar sem a companhia de escudeiros. E de maneira diferente em relação a todos os que visitavam o rei no seu leito de morte, ele conseguia permanecer por horas dentro do quarto, sem se incomodar com o mau cheiro ou até mesmo reconhecer pela mínima expressão do rosto a sua existência.

A cabeça do rei continuava lúcida. O tumor consumia o seu corpo, mas não a sua inteligência. Que Arn era aquele com quem ele preferia falar, não era difícil de entender para Arn, mas, sim, para os muitos outros que aguardavam a sua vez em Eriksberg. Com Arn, o rei moribundo podia falar a respeito do Inescrutável e do Julgamento Final, assim como podia falar com o arcebispo Petrus, com a diferença de que em Arn ele não via expectativa e impaciência ao mesmo tempo. Para o arcebispo, seria uma bênção de Deus se o rei Knut, finalmente, morresse, visto que isso apressaria a nova ordem pela qual o arcebispo tinha rezado tantas e tão sinceras orações. Segundo o rei Knut pôde entender, Sverker Karlsson da Dinamarca já tinha começado a fazer as malas para a viagem. Portanto, na realidade, não servia de muito ficar ali deitado e continuar lutando.

Grande parte da sua vida, Knut tinha vivido em Näs, no lago Vättern, permanentemente rodeado de altos muros de pedra e de sentinelas para não morrer do mesmo jeito que morreram muitos outros reis e aquele que ele próprio assassinou. Agora que a morte estava lá fora na sala de espera com a sua ampulheta em que a areia em breve iria desaparecer, já não existia praticamente nenhum homem armado e nenhuma precaução com a defesa do soberano. O burgo de Eriksberg era agora um grande burgo normal sem muros, nem mesmo caibros afiados de madeira, para sua defesa. E a igreja que o abençoado Santo Erik tinha começado a construir também não significava muito em termos de defesa. Aliás, também não era preciso. Ninguém iria chegar para matar quem já estava com um pé na cova.

— Afinal, não é justo — dizia o rei Knut, com a voz fraca e, pelo menos, pela sétima vez, diante de Arn, sentado pelo segundo dia, junto da sua cama. — Eu podia ter vivido por mais vinte anos. E, no entanto, vou ter que me juntar já aos meus antepassados e, além disso, sofrer uma morte nada honrosa. Por que razão Deus quer me punir? Seria eu um canalha pior do que os outros? Pense apenas em Karl Sverkersson que esse tal de arcebispo Petter assegura ser a razão dos meus sofrimentos. E ele, então? Ele, que mandou matar o meu pai, o abençoado Santo Erik! Não é o assassinato de um santo o pior crime de todos?

— Claro. Sem dúvida, isso é um grande pecado — disse Arn, com um sorriso quase indecente. — Mas, se pensar bem, você vai entender que está reclamando da coisa errada. Há quanto tempo Karl Sverkersson já era rei quando nós o assassinamos? Seis ou sete anos? Eu não me lembro, mas jovem ele era. E você já é rei há cinco vezes mais tempo do que ele. A sua vida podia ter sido muito mais sofrida e muito mais curta. Por isso, você deve se reconciliar e se redimir diante da morte e agradecer a Deus pela graça que Ele, mesmo assim, lhe deu.

— Será que devo agradecer mesmo a Deus? Agora? Aqui estou eu, deitado em cima da minha própria merda e morrendo pior do que um cachorro. Como é que você, que é o meu único amigo de verdade, repito, o meu único amigo de verdade, basta olhar em volta, quem mais está aqui... Ah, sim, onde é que eu estava? Ah, como é que você pode dizer que devo agradecer a Deus?

— Neste momento, de qualquer forma, seria mais inteligente do que blasfemar — respondeu Arn, secamente. — Mas, se realmente você quer uma resposta, eu a darei. Você vai morrer em breve, é verdade. Eu sou seu amigo, também é verdade. E a nossa amizade já vem de longe...

— Mas você! — interrompeu o rei, apontando com o dedo, tão magro que mais parecia a garra de uma ave. — Como é que você pode estar aí, passando bem e lépido? Não será o seu pecado tão grande quanto o meu no que diz respeito ao assassinato do assassino do meu pai?

— É possível — disse Arn. — Quando fui para a Terra Santa, eu tinha dois pecados no meu saco de viagem. Grandes eram esses pecados, apesar de eu ser ainda muito jovem. Sem estar ainda abençoado pelo casamento, tive uma ligação carnal com a minha amada e, antes disso, tive relações com a sua irmã Katarina. E tinha participado no assassinato de um rei. Mas esses pecados foram absolvidos por uma penitência de vinte anos com o manto branco dos templários. Você pode achar que é injusto, mas é assim que as coisas ocorreram.

— Como eu gostaria de ter trocado com você, nesse caso! — sibilou o rei.

— É um pouco tarde para pensar nisso — respondeu Arn, abanando a cabeça, sorridente. — Mas se você calar a boca por alguns momentos, vou tentar dizer o que penso. O pecado que o rei Karl Sverkersson cometeu quando ele, de uma maneira ou de outra, esteve por trás do assassinato do seu pai, o abençoado Santo Erik, ele pagou bastante rápido por isso. Agora, no seu caso. Você assassinou e pagou, mas não totalmente. Você manteve a paz no reino, por mais tempo do que qualquer outro rei de que eu tenha ouvido falar. E isso vai ser contado a seu favor no reino dos céus. Você teve quatro filhos e uma filha, uma esposa muito agradável em Cecília Blanka, mais do que isso, diga-se de passagem, porque nela você teve uma rainha que lhe fez muitas honras. Você fortaleceu o poder da Igreja no reino, com o que, de momento, não está muito satisfeito em ter feito, mas até isso vai contar a seu favor. Se considerarmos tudo isso, você não viveu uma vida ruim, nem foi assim tão mal recompensado. Entretanto, continua a existir uma dívida a pagar por seus pecados e é melhor pagar agora do que no Purgatório. Portanto, não reclame tanto. E morra como um homem, meu querido amigo!

— O que é Purga... Isso que você disse? — perguntou o rei Knut, resignado.

— Purgatório, o Inferno. É lá que os pecados são queimados e retirados da sua alma, com ferro incandescente. E, então, poderia ser a hora de se arrepender.

— Será que um templário me pode dar a absolvição? Vocês, templários, são uma espécie de monges, certo? — perguntou o rei, com um repentino fulgor de esperança nos olhos.

— Não — respondeu Arn, direto. — Você, ao se confessar pela última vez, diante do arcebispo Petrus, vai receber a absolvição por todos os seus pecados. E como está tão satisfeito com a sua morte, não me admiraria nada se não demonstrasse toda a sua máxima boa vontade nesse momento.

— Esse Petter é apenas um traidor. Se eu não estivesse morrendo, ele, certamente, gostaria de me matar! — sibilou o rei Knut, gaguejando e tossindo. — E ele, além disso, se estiver de mau humor, junto do meu leito de morte, vai me recusar a absolvição e aí vou ficar sem poder fazer nada, como uma criança enganada. E o que isso me vai custar no Inferno?

— Nada — disse Arn, tranqüilamente. — Pense bem no que vou dizer. Deus é maior do que todo o resto. Ele vê tudo e ouve tudo. Ele está conosco, agora. A sua disposição é importante. Se o arcebispo Petrus o decepcionar, é ele que vai ter de pagar por isso. Mas você precisa ter fé em Deus.

— Quero um padre que me dê absolvição dos pecadores. E não confio nesse tal Petrus — murmurou o rei.

— Agora você está sendo teimoso que nem uma criança. E isso não está de acordo com a sua posição e dignidade — disse Arn. — Se você acredita que pode agüentar mais dois dias de vida, posso ir buscar o padre Guillaume, de Varnhem. Ele poderá lhe dar a extrema-unção, escutar a sua confissão e lhe dar a absolvição. Afinal, você vai ter a sua última morada em Varnhem. E isso não acontecerá sem uma prata ou outra, com a sua efígie em pagamento. Se você quiser, vou buscar o padre Guillaume, mas como disse você terá de prometer ficar aqui conosco mais alguns dias.

— Isso eu não posso prometer, não me sinto em condições — disse o rei.

— Então, voltamos àquilo que realmente pode salvar a sua alma. Você precisa confiar em Deus — disse Arn. — Esse é o seu momento de se dirigir a Deus, nosso Pai. Você é um rei no leito de morte e Ele vai escutar suas palavras. Você não precisa tomar um atalho através de qualquer santo ou de Sua Mãe, Nossa Senhora. Confie em Deus, apenas Nele.

O rei Knut ficou em silêncio por momentos, examinando o que Arn tinha falado. Para seu espanto, ele encontrou realmente consolação. Fechou os olhos e cruzou as mãos e elevou ao Senhor uma prece silenciosa. Achou que era uma derradeira tentativa, tal como a atitude de um afogado se agarrando a um último fio de palha. Mas não custava nada tentar. Primeiro, ele não sentiu nada além dos seus próprios pensamentos, mas, depois de alguns momentos, foi como se uma corrente quente de esperança e de confiança percorresse o seu corpo. Era como se Deus, embora por meios muito frágeis, que talvez ele não merecesse melhor, correspondesse, tocando o corpo dele com o Seu Espírito.

— Estou sentindo pena demais de mim mesmo! — disse ele, ao abrir, de repente, os olhos, voltando-se de novo para Arn. — Entrego a minha alma a Deus e com isso basta por meu lado. Agora, em relação aos meus filhos. Você jura que está entre aqueles que vão fazer de Erik, o conde, o próximo rei depois do dinamarquês?

— Sim, estou entre eles — disse Arn. — Se Birger Brosa ainda não lhe disse tudo, eu vou dizer. Nós temos um acordo feito com aquele que você chama de dinamarquês, Sverker Karlsson. Ele não tem nenhum filho. Depois dele, Erik, seu primogênito, será o rei. Depois de Erik, vêm os seus irmãos, primeiro Jon, depois Joar e, em seguida, Knut. Sobre isso, Sverker vai jurar antes de receber a coroa, mas ele não será coroado. Não é Deus que está dando a ele a coroa. Somos nós, homens livres das províncias Götalands e de Svealand. Se ele fizer esse juramento, nós, então, juraremos fidelidade a ele, enquanto ele cumprir a sua palavra. É assim que vai ser.

— E se isso acontecer desse jeito, isso é bom ou é mau? — perguntou o rei de dentes cerrados, visto que o tumor o tinha golpeado com mais uma dor violenta. — Eu vou morrer. Você é o único que fala honestamente comigo. Diga-me como vai ser, meu caro Arn.

— Se todos cumprirem a sua palavra, é um bom acordo — respondeu Arn. — Então, Erik, o conde, será rei, mais ou menos, na mesma época em que assumiria a coroa se você vivesse uma vida longa, tanto quanto meu pai ou meu tio Birger Brosa. O que vamos pagar é a humilhação de ter de obedecer durante um certo tempo aos mantos vermelhos. O que vamos ganhar é a salvação do reino de uma guerra mortal que apenas com muitas dificuldades e por um preço alto em mortos e incêndios poderíamos vencer. Por isso, o acordo é bom.

— Você vai participar do conselho real?

— Não, Birger Brosa jurou que eu só entraria nesse conselho por cima do seu cadáver.

— Mas pensei que vocês já tinham se reconciliado.

— Estamos reconciliados, sim. Mas eu não me encaixaria bem num conselho real dinamarquês.

— Como assim? Eu próprio senti a sua falta no conselho. Melhor marechal do que você nenhum soberano no nosso reino teve até agora.

— É justamente aí que está o ponto — sorriu Arn, cheio de mistérios. — A esse respeito, Birger Brosa e eu estamos em completo acordo e falamos mais de uma vez sobre o assunto. Se eu ficasse no conselho do rei Sverker como seu marechal, além disso amarrado perante o soberano por um juramento, talvez isso provocasse mais prejuízos do que favorecimentos à nossa causa. No momento, Birger Brosa e eu fingimos que a nossa inimizade permanece e eu fico em Forsvik onde continuo construindo e desenvolvendo o poder dos erikianos e folkeanos.

O rei Knut pensou longamente no que acabara de ouvir e achou que era tão astuto quanto se poderia esperar de Birger Brosa. E, mais uma vez, sentiu uma corrente quente dentro de si como se Deus quisesse fazer lembrar a Sua existência com um leve toque.

— Você quer jurar perante mim e Erik que será o seu marechal e de mais ninguém? — perguntou ele, após seu longo tempo de reflexão.

— Sim, mas temos de ser prudentes com as palavras — respondeu Arn, cautelosamente. — Pense que vou ter de jurar fidelidade ao dinamarquês como todos os outros. Mas essa palavra vai valer apenas enquanto ele cumprir a sua palavra. Se ele quebrar o seu compromisso, vai haver guerra. E nessa guerra serei o marechal de Erik Knutsson, isso eu juro perante vocês dois.

Para Arn, ele não tinha prometido nada que já não fosse claro e pressuposto. Mas como o moribundo Knut parecia acreditar que havia algo a mais nesse juramento, mandou chamar o seu filho Erik, pegou as mãos dos dois, apertou-as contra o seu coração doente e fez repetir reciprocamente o mesmo juramento. Erik, o conde, tinha dificuldade em tolerar o mau cheiro do seu pai e seus olhos se encheram de lágrimas de tristeza e de repugnância enquanto empenhava a sua palavra perante Arn. Pela primeira vez, Arn viu algo em Erik, o conde, de que não gostou, isto é, a sua incapacidade de se portar com dignidade diante do leito de morte do seu pai. Mas ele jurou obedientemente que faria o seu melhor, empenhando a sua vida, a sua espada e a sua inteligência para salvar a coroa do reino para Erik, o conde, a partir do momento que Sverker Karlsson não cumprisse com a sua palavra, diante das assembléias dos götas e dos sveas e do conselho real.

O rei Knut Eriksson, filho do abençoado Santo Erik que seria o santo protetor do novo reino para toda a eternidade, morreu tranqüilamente no burgo do seu pai, Eriksberg, no ano da graça de 1196. Foi sepultado no mosteiro de Varnhem como o primeiro de todos os erikianos. Não foi grande o séquito que o acompanhou até a última morada, dado que foi um rei que perdeu o poder vários anos antes da sua morte. Mas seu lugar de descanso ficou célebre, bem junto da fundadora e doadora do mosteiro, a senhora Sigrid, mãe de Arn e de Eskil.

Muitas orações foram feitas em Varnhem pela paz da alma do rei Knut, visto que as doações do soberano para o mosteiro não tinham sido poucas, tendo sido assumido o compromisso de que essa igreja serviria de sepultura tanto para erikianos quanto para folkeanos. Birger Brosa falou isso, que ali a união entre as três coroas e o leão seria mantida por toda a eternidade.

A seu tempo, portanto, os amigos Knut Eriksson e Arn Magnusson ficariam descansando perto um do outro.

Nos cais de Forsvik, aquele para os barcos maiores do Vättern e o que servia para as barcaças fluviais, do outro lado, junto da praia de Viken, havia tanta gente em permanente movimento que demorava pelo menos um dia para se encontrar e apanhar os vagabundos. Isto porque, em especial, os jovens vagabundos, garotos com mochila nas costas, fugidos de casa com grandes sonhos, chegavam com freqüência a Forsvik. O rumor de tudo de maravilhoso que ali se encontrava para futuros homens, tinha se espalhado através de caminhos estranhos por quintas e burgos de todo o país. Muitos se sentiam chamados, mas poucos eram os escolhidos.

Em regra, os pequenos vagabundos eram rapidamente apanhados e colocados nos barcos de volta para os mesmos lugares de onde tinham vindo. O capataz Gure costumava até jogar uma moeda de prata para o timoneiro como paga pela inconveniência.

Sigge e Orm tinham, respectivamente, doze e treze anos quando chegaram a Forsvik, dessa maneira, justo na época do funeral do rei Knut em Varnhem. Que o rei estava para morrer, isso eles já sabiam há mais ou menos um ano, mas nenhum deles fazia idéia de que estavam chegando no momento em que o rei tinha morrido de verdade. Por motivo do funeral em Varnhem, no entanto, não havia nem senhor nem senhora em Forsvik. Os donos estavam longe.

A despeito do que Sigge e Orm tivessem imaginado como seria chegar a Forsvik dos seus sonhos e procurar pelo senhor Arn, todos os seus planos ficaram arrasados, de imediato, por tudo o que viram. Talvez tivessem imaginado um grande casarão, com cabeças de dragões entalhadas no madeirame dos telhados, e o cavaleiro Arn cavalgando na praça com a sua espada balançando no espaço com rapidez infinita, rodeado de jovens e de garotos, tentando fazer como ele. Afinal, o que viram foi uma aldeia com quatro ruas, uma multidão de pessoas que pareciam correr atrás umas das outras, cheias de pressa, e um zumbido de línguas estranhas.

Para seu consolo, vieram encontrar muitos jovens da sua idade, vestidos com roupas iguais às suas, de tecidos cinzentos feitos em casa. Mas por toda parte viram também homens jovens, alguns tão jovens quanto eles, armados, vestindo coletes de aço e túnicas azuis como se isso fosse a coisa mais natural do mundo. Pelo caminho da rua larga da aldeia, eles pararam primeiro perto de uma casa sem paredes, mas com telhado, em que pelo menos duas dúzias de garotos treinavam com suas espadas e escudos, enquanto outros mais velhos os corrigiam e os obrigavam a repetir os exercícios uma vez atrás da outra.

Mais à frente, um pouco além do fim da rua, havia um grande campo cercado por estacas e madeiras e lá dentro rodavam os cascos de cavalos emitindo sons surdos ao bater no chão. Em breve, Sigge e Orm já tinham subido na cerca e viam como num sonho os jovens cavalgando em velocidades incríveis e manobrando segundo ordens de homens mais velhos. E todos os que estavam a cavalo, portavam as suas armas como se fosse dia de festa do dono ou estivessem em guerra. Então, ficaram sabendo que era verdade, podia-se aprender cavalaria em Forsvik.

Ficaram sentados por bastante tempo no seu posto de observação como todos os pequenos vagabundos. E, depois do que poderiam ter sido horas ou tempo nenhum no que se relacionava com Sigge e Orm, os cavaleiros no campo interromperam os seus exercícios, formaram em linha, uma longa linha, e trotaram na direção da rua larga da aldeia. Foi então que eles foram descobertos e apanhados pelo pescoço por um homem novo que desceu do seu cavalo e sem qualquer contemplação começou a caminhada, com eles bem agarrados, de volta na direção dos cais.

Mas o pequeno Sigge ficou zangado e disse sem a menor timidez que ele e o seu irmão não pensavam, evidentemente, em voltar de barco tão depressa, já que ambos tinham a palavra do senhor Arn de que podiam vir para Forsvik.

Primeiro, seu algoz riu das palavras atrevidas, mas Sigge não desistiu, antes resistiu, zangado, os calcanhares firmes no chão, sendo arrastado e insistia, dizendo que ele próprio e o seu irmão podiam jurar diante de Deus e de todos os santos, ter recebido do próprio senhor Arn o convite para vir. O seu guarda ficou, então, mais pensativo, visto estar habituado a ver os pequenos vagabundos presos se portarem mais humildes do que atrevidos. Subiu novamente no cavalo, disse para Sigge e Orm não se mexerem do lugar e galopou para a frente dos cavaleiros onde parou diante de um homem que vestia o manto azul folkeano e era um dos que exerciam o comando no campo.

Logo o folkeano chegou em alta velocidade, com o guarda que tinha encontrado e prendido Sigge e Orm. Ele desceu do cavalo de um salto só, estendeu as rédeas para o outro cavaleiro, avançou e pegou os dois pelo cachaço que assim ficaram novamente imobilizados e desta vez por punhos revestidos de luvas de aço.

— Forsvik é para folkeanos e não para filhos de escravos fugitivos! — disse ele, severo, olhando para eles, duramente. — Como se chamam e de onde vêm?

— Eu me chamo Sigge e sou filho de Gurmund, de Askeberga. E ao meu lado está o meu irmão, Orm — respondeu Sigge, zangado e reclamando da pegada dura no pescoço. — E você, como se chama?

Surpreso, o folkeano afrouxou a sua pegada, visto que ele, assim como o primeiro cavaleiro que prendeu os dois, não estavam preparados para um tal atrevimento tão aberto e franco.

— Eu me chamo Bengt Elinsson e sou um dos que, na falta do senhor Arn, exercem o comando aqui em Forsvik — respondeu ele, já não tão severo, enquanto, pensativamente, observava os dois vagabundos. — Gurmund de Askeberga eu já encontrei antes. Aliás, todos nós que temos assuntos a resolver entre Forsvik e Arnäs. — Gurmund é um liberto, não é verdade?

— O nosso pai é um homem livre, e nós nascemos livres — respondeu Sigge.

— Melhor assim. Deixamos de ter a preocupação de mandar vocês de volta de mãos e pernas atadas. Mas fugidos de casa, isso vocês estão, certo?

Isso era totalmente verdadeiro. Eles tinham fugido, depois que seu pai, Gurmund, se recusou a ouvir seus pedidos, pedindo para mudar para a casa do senhor Arn, em Forsvik. E, quando insistiram, ele os castigou e, finalmente, os castigou tanto que eles fugiram, tanto por esse motivo quanto pelo sonho de conseguirem os mantos e as espadas. Sigge não foi capaz de dizer alguma coisa sobre essa vergonha, antes acenou com a cabeça confirmando.

— O vosso pai bateu em vocês, isso se nota bem demais e não contribui em nada para a honra dele — disse Bengt Elinsson, num tom de voz totalmente novo e nada severo. — Como a gente se sente nessa idade, eu sei muito bem. E acreditem que agora não vão ser mais molestados por mim. Mas vocês não são folkeanos e, portanto, não existe lugar para vocês aqui em Forsvik, pelo menos, não o lugar em que vocês estão pensando. Precisam voltar para casa. Mas vou mandar uma mensagem para Gurmund, para que ele não se atreva a levantar a mão novamente contra vocês, a não ser que queira enfrentar e bater em Bengt Elinsson da próxima vez.

— Mas nós temos a palavra do senhor Arn — insistiu Sigge, cautelosamente. — E o senhor Arn é um homem que cumpre com a sua palavra.

— Bom, a esse respeito você tem razão — respondeu Bengt Elinsson, enquanto com dificuldade continha uma gargalhada atrás da mão. — Mas quando e onde o senhor Arn fez a vocês, filhos de um liberto, uma promessa tão grande?

— Há cinco anos — respondeu Sigge, destemido. — Ele falou conosco na praça e nos mostrou uma espada tão afiada que o sangue apareceu no meu dedo só de passar a mão pelo fio dela. E, então, ele disse para o procurarmos dentro de cinco anos, e os cinco anos já se passaram agora.

— E como era essa espada dele? — perguntou Bengt Elinsson, de repente, falando sério. — E como o senhor Arn se parecia?

— A espada era mais comprida do que as outras, com uma cruz de ouro. E refletia a luz como um espelho. E tinha um sinal mágico, rúnico, em ouro — respondeu Sigge, como se a sua memória fosse totalmente fresca. — E o senhor Arn tinha uns olhos muito ternos, mas um rosto com muitas marcas de golpes e batidas.

— No momento, o senhor Arn está presente ao funeral do rei e não estará de volta antes de alguns dias ou talvez uma semana — disse Bengt Elinsson, de uma maneira completamente nova e amistosa. — Durante esse tempo, vocês vão ficar aqui como nossos convidados em Forsvik. Sigam-me!

Sigge e Orm, que nunca na sua vida tinham sido tratados como convidados e que também não entendiam o que levou o poderoso folkeano, de repente, a mudar de atitude, ficaram, literalmente, no mesmo lugar, sem dar um passo. Bengt Elinsson resolveu colocar os braços por cima dos seus ombros magros e levá-los na direção do cais.

Eles foram entregues a um homem louro e forte, que se chamava Gure e que trabalhava na construção de uma casa. Ele, por sua vez, seguiu com eles até uma fila de casas menores de onde se escutava muito barulho da ferraria e da serraria. Em uma das casas, já se encontravam quatro garotos na idade deles e dois homens de mais idade, sentados ao longo de uma mesa produzindo flechas. Havia muitas pontas de flechas de vários tipos no centro da mesa entre gamelas com piche, penas de ganso, fios de linho e facas de vários formatos. Gure explicou que os convidados tão jovens quanto eles em Forsvik não só tinham direito a comer pão doce como também ajudavam e se faziam úteis. Uma parte da produção de flechas era muito simples e era aí que eles poderiam começar, mas era bom que dois dos outros garotos dessem uma volta com eles e lhes mostrassem Forsvik para aprenderem a encontrar os lugares certos e, em especial, onde dormir e comer. Ele apontou para dois garotos da mesma idade, sentados à mesa. Estes se levantaram de imediato e fizeram uma vênia para ele como sinal de que tinham entendido e iriam obedecer. E, depois, Gure foi embora sem dizer mais palavra.

Os dois que deviam mostrar Forsvik a Sigge e Orm chamavam-se Luke e Toke, e ambos tinham o cabelo cortado bem curto, tal como Sigge, o que era uma maneira normal de cortar o cabelo dos jovens escravos para fins de troca. Por isso, Sigge chegou à conclusão de que os outros dois não eram livres e, por isso, ele era superior. E tentou dar voz de comando. Era para eles pararem de ficar olhando e, em vez disso, fazerem o que lhes foi dito. Aquele que parecia o mais velho e o mais forte dos dois respondeu de imediato que era para ele ficar de boca fechada e refletir. Era novo em Forsvik e não iria ficar bem se tentasse representar o papel de importante.

Por isso, a conversa se desenrolou com dificuldade de início entre os quatro rapazes quando os dois forsvikarianos iniciaram a volta para mostrar o que valia a pena ver. Começaram pelas ferrarias que eram três, bem juntas umas das outras, mas logo receberam uma reprimenda para não correrem na frente e sofrerem algum acidente. Mas continuaram depois através da vidraria onde estavam em longas filas pequenos copos de um azul reluzente e vermelho-claro e onde os velhos mestres tinham ao seu lado quatro ou cinco garotos aprendizes. Dentro de um forno estava uma grande massa incandescente e, então, tanto o mestre quanto os aprendizes estenderam os seus tubos, pegando um pouco dessa massa no tubo e começando a rolar, a rolar, até que correram para umas formas de madeiras que molharam com água, para depois ficar rolando e soprando no tubo, ao mesmo tempo. Parecia um trabalho muito difícil, mas a grande quantidade de vidros prontos que estavam nas prateleiras junto das paredes indicavam que eles eram bem-sucedidos e chegavam à forma correta. O calor lá dentro empurrou-os logo para a oficina de selas onde se faziam não só todos os arranjos para cavalos como também vários artefatos em couro. Passaram depois pela tecelagem onde os que lá trabalhavam eram, na maior parte, mulheres de todas as idades, pela oficina de costura e duas outras oficinas onde o trabalho fazia lembrar a fabricação de flechas, mas, na realidade, a produção em que todos trabalhavam era de bestas, sob a instrução de dois mestres estrangeiros cuja linguagem era impossível de entender para Sigge e Orm.

Depois das oficinas, seguiram por uma ponte e chegaram a uma área onde havia casas muito maiores que, para pavor de Sigge e Orm, deixavam passar as águas de um córrego por baixo do chão. Quando aquele que se chamava Toke levantou uma tampa no chão só se via a espuma das águas correndo lá embaixo. Havia duas rodas de moinhos girando pesada e lentamente, rangendo e chiando, mas com bastante poder para moer calcário e grãos. Havia serras giratórias entrando firmes em grandes troncos de madeira, rangendo e estalando, nas serrarias. E junto de pedras de afiar estava mais gente amolando e limpando as espadas e dando forma afiada às lanças e ainda produzindo outras coisas que Sigge e Orm não entenderam para que serviam. Barricas com sementes estavam entrando e outras, com farinha, recebiam tampos e saíam para os cais.

Os olhos de espanto de Sigge e Orm fizeram com que os outros dois rapazes passassem a tratá-los melhor, e ao saírem do canal das oficinas, passando de novo pela ponte para visitar as cavalariças e as salas de exercícios para guerreiros, a conversa entre os quatro passou a correr com mais facilidade. Luke contou que ele e o seu irmão Toke tinham sido libertados ainda crianças, pois tinham nascido em Forsvik como escravos. Mas agora não havia mais escravos em Forsvik. E também não se trabalhava mais a terra à volta de Forsvik a não ser para a produção de forragem para cavalos e outros animais. Por isso, muita coisa tinha mudado nas suas vidas e não apenas por causa da liberdade conquistada. Isto porque se tudo fosse como antes, a maioria continuaria a trabalhar na terra. Mas em vez disso, agora, todos os jovens iam aprender nas oficinas, o que era um pequeno paraíso comparado com trabalhar a vida inteira no campo.

Sigge e Orm achavam difícil de entender como é que um grande burgo como aquele, com tantas bocas para alimentar, podia deixar de cultivar a terra, mas Luke e Toke apenas riram disso e relembraram o que tinham visto antes nos moinhos, com todas aquelas barricas de grãos. Todos os dias chegavam pelo rio e pelo lago barricas cheias de grãos para moer nos moinhos de Forsvik, e todos os dias, também, saía quase a mesma quantidade de barricas cheias de farinha. Forsvik ficava com uma em cada oito barricas de grãos, o que era mais do que suficiente para pessoas e cavalos que comiam muita aveia durante o inverno e não apenas feno. Por isso, não havia razão para desperdiçar suor e força se arrastando pelos prados, quando, na realidade, se conseguia mais pão não semeando pão.

Para Sigge e Orm, essa novidade parecia quase impossível de entender. Era como se fosse magia ouvir dizer que se conseguia mais grãos deixando de os cultivar.

As duas enormes construções que serviam de cavalariças estavam quase vazias, visto que os cavalos, na sua maioria, continuavam nos pastos enquanto houvesse capim. Mas aqui e ali encontrava-se algum cavalo olhando desconfiado enquanto eles passavam, mas das paredes, em longas filas, pendiam selas e armas. Eram as armas dos jovens senhores e nelas ninguém podia tocar, desde que chegavam das oficinas.

Os jovens senhores, que vinham dos burgos folkeanos de perto e de longe, ficavam aprendendo durante cinco anos. Todos os anos, chegavam novos jovens pequenos e inquietos. E nos últimos anos, alguns começavam a voltar para casa, autoconfiantes e perigosos com a lança ou a espada. Os jovens senhores ficavam alojados na sua própria casa-grande que era a maior de Forsvik. E lá o pessoal normal não podia entrar, mas, segundo Toke, havia mais de sessenta camas.

Ao lado da casa-grande dos jovens senhores ficava a casa dos estrangeiros, onde também não era aconselhável entrar. E, depois, vinha a casa do senhor Arn e da senhora Cecília. Do lado de fora da casa, havia um pequeno jardim de rosas brancas e vermelhas e na encosta, na direção do lago, havia filas de macieiras cujos frutos, em breve, seriam colhidos, além de um quintal com todos os tipos de raízes e de temperos.

No meio do burgo, acima da casa do senhor Arn, existia uma espécie de palheiro sem paredes onde os jovens senhores treinavam com a espada e o escudo, mesmo no inverno. E do outro lado, havia uma série de casas menores nas quais uma parte dos estrangeiros mais conceituados vivia em separado.

Os quatro jovens voltaram de novo na direção das oficinas, chegando àquilo que foi antes a velha casa-grande de Forsvik, onde os antigos donos, antes de Arn e Cecília, moravam. Agora, quem morava lá era a maioria dos libertos e era lá que comiam todos os libertos e os jovens senhores por turnos, visto que não dava para todos comerem ao mesmo tempo. Para eles, garotos, ainda ia demorar muitas horas, pois aqueles que tinham o trabalho mais leve eram os que comiam por último.

Depois da velha casa-grande, estavam localizadas as despensas construídas com tijolos onde as carnes ficavam penduradas e refrigeradas durante o verão e congeladas durante o inverno. Lá dentro era escuro e fazia frio, havendo grandes e longos pedaços de gelo, derretendo no chão. A água derretida seguia por calhas para fora da despensa. Como é que podia existir gelo tão cedo no outono, e ainda por cima gelo tão grosso, era outra coisa que Sigge e Orm não podiam entender. Foram levados, então, para a casa do gelo, localizada perto das despensas de carnes. Rodeados e misturados com serragem, os grandes blocos de gelo tinham sido retirados do lago no inverno anterior e tinham-se conservado sem derreter totalmente. Na primavera, enchia-se a casa de alto a baixo com gelo do lago que, normalmente, sempre chegava para passar toda a época quente do ano.

Depois da casa do gelo e da casa refrigerada, ficavam as casas dos escravos onde agora moravam apenas homens e mulheres livres. Uma parte dos libertados tinha deixado Forsvik para preparar novas terras em propriedades que ficavam longe demais. Mas a maioria tinha escolhido ficar. Segundo Luke e Toke, os que preferiram ficar também eram os melhores, já que em Forsvik ninguém passava fome e ninguém sentia frio.

A volta terminou onde tinha começado, na oficina das flechas. E Sigge e Orm puderam, então, se sentar e começar a executar o seu primeiro trabalho simples, o de perfurar um buraco no corpo da seta, usando uma ferramenta que eles nunca tinham visto antes. Era nesse buraco que se fixava a ponteira da seta. Logo entenderam que ali se faziam setas de dois tamanhos, as setas normais e outras, no mínimo, um terço mais compridas. E havia, ainda por cima, vários tipos de ponteiras. As flechas mais compridas deviam ter uma ponteira parecida com uma agulha, muito longa e muito afiada, de tal maneira que bastava um leve toque para furar a pele. Para as flechas mais curtas, havia dois tipos de ponteiras, um em que as farpas ficavam mais fechadas, sendo o caso mais normal. E o outro tipo, em que as farpas ficavam bem abertas, quase como duas asas.

Notava-se em Sigge e Orm que eles não percebiam o que tinham recebido em suas mãos. E Luke explicou com ar de conhecedor que as setas mais longas eram feitas para arcos grandes e disparadas para longas distâncias. As ponteiras finas e longas serviam para penetrar através das malhas dos coletes de aço. As ponteiras mais largas eram para usar contra os cavalos. Já tinham sido produzidas em Forsvik mais de dez mil setas e a maioria tinha ido para Arnäs em grandes barricas, cada uma com cem flechas. Todos os dias, eram feitas no mínimo trinta setas, em Forsvik.

Com os dois novos aprendizes trabalhando na oficina de flechas, o esquema de trabalho mudou, com Sigge e Orm treinados para realizar apenas o furo no corpo da seta onde se prendia depois a ponteira. Assim que não conseguiam fazer os furos suficientemente largos ou profundos, recebiam o corpo da seta de volta, com uma pequena reprimenda. Luke e Toke, depois, assestavam as ponteiras no seu devido lugar, fixando-as com fio de linho mergulhado em piche, mandando-as em seguida para os estrangeiros que faziam o mais difícil que era colocar as penas de direção.

Não foi exatamente dessa maneira que Sigge e Orm sonharam com a sua nova vida em casa do senhor Arn, em Forsvik. Mas sentiram que não era uma boa idéia contar para Luke e Toke que pretendiam continuar o aprendizado entre os jovens senhores.

Embora Orm, que até ali, por timidez, quase nada tinha falado, deixasse escapar algumas palavras a respeito dos seus sonhos, no fim do dia, na hora da comida, da sopa com pão, e o pessoal não perdoou, todos que estavam na mesa riram dele. No aprendizado das coisas de guerra, entravam apenas os folkeanos. Nada de libertos com nomes como Sigge, Toke, Luke ou Orm. Com esses nomes, o destino era as oficinas.

Sigge mordeu os lábios e não disse nada. Ele tinha recebido do próprio senhor Arn uma promessa que faria questão de lembrar a ele, na primeira oportunidade.

Do funeral em Varnhem para Arnäs, Arn cavalgou pela primeira vez na companhia de escudeiros. Um esquadrão de dezesseis cavaleiros entre os quais Sune, Sigfrid e Torgils Eskilsson tinha seguido com Cecília para Varnhem, ao longo das praias do Vättern.

Os jovens escudeiros de Forsvik tinham atraído muitos olhares em Varnhem. Os três mais velhos ainda não tinham chegado nem aos dezoito anos de idade. Os seus cavalos não estavam selados, nem equipados como os outros. As laterais e o peito na frente estavam cobertos com tecido nas cores folkeanas. Um ou outro se aproximou mais e refletiu sobre as fortes correias em preto que corriam por baixo do tecido e chegou a beliscar o animal, verificando que por baixo ainda das cores folkeanas havia uma camada gorda e grossa de malha de aço costurada no tecido como defesa contra flechas. Que apenas três dos escudeiros tivessem atingido a idade de adultos podia considerar-se também um caso extraordinário, mas até mesmo os mais novos no séquito de Arn Magnusson portavam as suas armas com muita autoconfiança, muito à vontade, cavalgando como poucos homens na Götaland Ocidental podiam fazer.

Arn achou que ele, nessa inevitável demonstração, tinha acrescentado mais uma nova onda à inundação de rumores que cercavam Forsvik. Mas ele não podia ter chamado Cecília para o funeral do rei, sem providenciar para ela aquela proteção no caminho que a honra exigia.

Em um único dia, eles viajaram de Varnhem para Arnäs, sem sequer se esforçar ou forçar demais os cavalos. Cecília usou como de hábito uma sela normal com os pés, cada um no seu estribo, de cada lado do animal. Como estava cavalgando na sua Umm Anaza, não teve qualquer dificuldade em acompanhar o ritmo de marcha do séquito de jovens armados.

Eles não pararam em Skara, já que não tinham trazido consigo carroças para levar eventuais compras. Toda a sua bagagem tinha sido colocada em sacolas de couro no lombo de dois cavalos de carga. Perto de Skara, o trânsito ficou difícil, já que o caminho estava pejado de carroças de camponeses, uns indo, outros vindo. Era dia de feira e o séquito azul provocou muita admiração e longos olhares espantados por onde passou. Que havia uma força sinistra e secreta nesses cavaleiros ninguém podia deixar de notar. Todos podiam ver e perceber que o poder folkeano estava crescendo. Mas se era um poder bom ou mau, se era para defender a paz ou um presságio de guerra, ninguém podia dizer.

Eles seguiram caminho por Kinnekulle para visitar o mestre-pedreiro Marcellus, que estava trabalhando na sua pedreira preparando a decoração para a nova igreja em Forshem. Já tinha algumas imagens prontas, uma que provocou a admiração de todos e outra que levou Arn a corar e a gaguejar de um jeito a que ninguém estava habituado a vê-lo.

A imagem que todos, certamente, viriam a admirar estava sendo preparada para ser colocada sobre a porta da igreja e mostrava como Jesus dera a Pedro as chaves do reino dos céus e, a Paulo, o livro com o qual ele devia espalhar a fé cristã pelo mundo. Por cima da cabeça de Nosso Senhor Jesus Cristo aparecia a cruz dos templários e um texto gravado em bom latim que dizia: *Esta igreja é dedicada ao Nosso Senhor Jesus Cristo e ao Santo Sepulcro.*

Tanto a imagem quanto o texto faziam do observador um devoto. Era como se a pessoa estivesse vendo aquele mesmo momento, embora esse momento não pudesse acontecer nunca no mundo dos sentidos. Mas para Deus não havia tempo nem espaço. Ele estava em toda parte ao mesmo tempo. E, por isso, a imagem era tão bonita quanto verdadeira. Foi um sentimento profundo o que Arn sentiu no peito, quase um medo, por ter tido a graça de mandar construir essa igreja dedicada ao Santo Sepulcro. Embora a construção ainda estivesse longe de pronta, essa imagem já dava uma idéia do que estava por vir.

A imagem que, por outro lado, fez com que Arn perdesse a respiração, um momento por timidez, outro, por raiva, mostrava o Nosso

Senhor Jesus Cristo recebendo as chaves da igreja de um cavaleiro, com Ele abençoando a igreja com a Sua mão direita e um mestre-pedreiro, ajoelhado, com a picareta, trabalhando na igreja.

A imagem podia retratar, apenas, o ato de Arn dar a igreja de presente para Deus e o de Marcellus, de a construir. Não era mentira nenhuma e não era nenhuma blasfêmia, mas era uma maneira levada ao extremo de enfeitar a sua personalidade.

Marcellus tinha uma maneira mais peculiar de ver essa imagem. Dizia que ela apenas expressava uma verdade secular e um bom exemplo para as pessoas. Há mil anos, todos os observadores designados veriam que Arn, um templário, estaria doando esta igreja. Não seria esta, no mínimo, uma atitude edificante? Não foi esse, justamente, o pensamento que devia ficar expresso com a dedicatória da igreja ao Santo Sepulcro? Em vez de procurar o Santo Sepulcro na Terra Santa através de guerra e morte, os verdadeiros crentes poderiam procurar e encontrar tudo no seu próprio coração. Foi sobre isso que discutimos já na primeira vez que nos encontramos e fizemos o negócio em Skara.

Arn não queria relembrar que esses tivessem sido os termos do que foi dito, mas admitiu que esse pensamento não era muito diferente daquele que ele tinha. Em contrapartida, aparecer ao lado de Nosso Senhor Jesus Cristo era uma outra coisa. Isso era presunção e, portanto, um grande pecado.

Marcellus encolheu os ombros e disse que isso não era pior do que mostrar como Deus expulsou Adão e Eva do Paraíso, que era outra das imagens em que ele tinha pensado para a igreja. Deus e as pessoas podiam ficar na mesma imagem, desde que a imagem fosse verdadeira. Não eram apenas as boas pessoas e os santos que podiam ser mostrados em tais imagens, mas também, do mesmo modo, Barrabás e o soldado romano que cravou o prego em Jesus na cruz. E não havia presunção nenhuma em dizer que Arn Magnusson mandou construir essa igreja e a dedicou à Sepultura de Deus. Era apenas a verdade.

Além disso, Cecília falou que achava a imagem não só bonita como verdadeira e que apenas poderia alegrar a Nosso Senhor, já que não mostrava outra coisa senão humildade diante Dele.

Eles concordaram em não decidir nada com pressa, antes repensar tudo sobre a imagem do próprio Deus e os construtores da igreja. Havia muito tempo até que a igreja ficasse pronta e fosse inaugurada.

Em Arnäs, eles ficaram apenas um dia, mais porque Arn queria dar uma nova volta em torno dos muros e verificar todos os mínimos detalhes. Tudo o que tinha a ver com a defesa externa do castelo já estava pronto. Daqui para a frente, podiam ser dedicados tantos anos quantos se quisesse na preparação da defesa interna ou mais para o conforto do que para a guerra.

A moradia em pedra e com três andares estava quase pronta e já daria para mudar no inverno seguinte. O que restava construir era a grande despensa para os grãos, o peixe seco e a forragem para os cavalos e o gado, todo o necessário para agüentar um longo cerco. Além disso, seria um trabalho mais simples para o qual não seriam mais necessários os melhores construtores que o mundo conseguia produzir. Os muros externos, as torres, os portões e as pontes levadiças, estava tudo pronto. Era o essencial. Em Forsvik, já tinham terminado os trabalhos com a produção das correntes grossas para as pontes levadiças e as grades.

A antiga grande torre de Arnäs era agora depósito de armas e de peças valiosas. Na câmara alta, havia várias filas de barricas de madeira, todas cheias com mais de dez mil flechas. A câmara de baixo estava repleta de bestas, espadas e lanças. Arnäs já se encontrava pronta para enfrentar o cerco de um inimigo poderoso. Mas tal como a situação se apresentava no momento, não existia perigo de guerra previsto para breve, antes havia muito tempo para terminar tudo o que estava previsto desde o início. Logo Arnäs se transformaria numa fortaleza inexpugnável onde muitas centenas de folkeanos ficariam em segurança independentemente de qual o inimigo que estivesse acampado fora dos muros.

Torgils, que não via Arnäs desde o Natal, decidiu ficar alguns dias com o seu pai, Eskil, enquanto o séquito de Arn seguia em frente na direção de Forsvik. Eles saíram bem cedo, ao amanhecer, para fazer a viagem em um único dia, em vez de ter de passar a noite em Askeberga.

Ao se aproximarem de Forsvik naquela tarde, o sino tocou e em poucos minutos todos os homens jovens e os cocheiros correram para os seus cavalos. Quando Arn e Cecília e o seu séquito chegaram a Forsvik, havia três esquadrões formados na entrada, em linha reta, ao longo de toda a rua larga da aldeia. Bengt Elinsson, que era o único comando superior a ficar em Forsvik, tinha colocado o seu cavalo três passos à frente dos outros. Ele foi o primeiro a desembainhar a espada. Depois, todos os outros fizeram o mesmo, saudando o regresso do senhor Arn e da senhora Cecília.

Arn avançou, então, até Bengt, agradeceu com poucas palavras, assumiu o comando e ordenou que todos os jovens senhores retornassem para os seus postos ou serviços onde estavam ao soar o alarme.

Os dias seguintes ficaram cheios de despedidas tristes, a um tempo amargas e doces, em Forsvik. Os cinco anos de contrato de Arn com os sarracenos tinham terminado. Aqueles que quisessem viajar poderiam fazê-lo em breve. O barco grande com bacalhau, vindo de Lofoten, era esperado em Lödöse. Com ele, os retornados seguiriam para Björgvin, que era a maior cidade da costa oeste da Noruega. De lá, partiam barcos regularmente para Lisboa, em Portugal, e aí quase que já estavam na terra dos crentes.

Apenas metade dos estrangeiros quis retornar para casa, entre eles os curandeiros Ibrahim e Yussuf. Eles estavam certos de que seus serviços iriam ter uma utilização melhor no reino dos almóadas, em Andaluzia. Os dois ingleses, John e Athelsten, também quiseram retornar, mas para eles a volta era mais simples, visto que, de vez em quando, saíam barcos de Lödöse para a Inglaterra, para onde, nos últimos anos, Eskil tinha começado a expandir os seus negócios.

Metade dos construtores que trabalhavam em Arnäs também quiseram retornar, utilizando o mesmo caminho de Ibrahim e Yussuf. Achavam que era difícil viver com a fé correta num país que parecia ter sido esquecido por Deus que existia. A outra metade dos construtores tinha talvez uma opinião mais indulgente a respeito da memória de Deus, embora a decisão deles de ficar em vez de partir se devesse mais ao fato de vários deles, como Ardous, de Al Khalil, já terem mulher e filhos.

Os dois mestres na produção de cobertores, Aibar e Bulent, também não quiseram viajar. Acreditavam poder viajar de Björgvin para Lisboa, mas daí em diante era um caminho infinito até a Anatólia. E além do mais as suas aldeias de origem há muito que tinham sido incendiadas e desaparecido do mapa, arrasadas por cristãos e sarracenos. Eles não tinham por que retornar para casa.

Com os irmãos Jacob e Marcus Wachtian, acontecia que eles já haviam começado a se tornar nórdicos. Ambos já falavam a língua do povo, de uma forma compreensível, há bastante tempo.

Jacob também voltou de uma das suas viagens a Lübeck, onde ia por conta de Eskil e Arn, com uma surpresa, uma esposa, que ele afirmou ser sua, legalmente, diante de Deus. Ela se chamava Gretel e dizia-se que tinha sido abandonada pelo seu futuro marido em Lübeck, no próprio dia do casamento, mas logo encontrou consolo nos braços do mercador armênio, Jacob. A história estava mal contada, faltando mais de um tijolo na sua construção, mas ninguém em Forsvik encontrou uma razão para discutir sobre o assunto. Para Jacob, não havia razão para pensar em viajar. Gretel não queria voltar para a sua própria terra, nem morta. E nem se sabia por quê. Para a Armênia, ainda menos. E, além disso, estava grávida.

Marcus não tinha vontade nenhuma de retornar, viajando sozinho. Mulher ele não tinha, com que se divertir. Não era como seu irmão, coisa para a qual ele, de vez em quando, furtivamente, chamava a atenção de Arn. Mas para ele a vida em Forsvik era boa e divertida, já que lhe dava, permanentemente, a oportunidade de procurar novas maneiras de utilizar a força hidráulica ou produzir novas armas ou ferramentas para trabalhar. Embora com uma mulher tudo fosse mais fácil.

Arn decidiu acompanhar os sarracenos e os ingleses até Lödöse para que a última viagem deles pelas terras dos cristãos decorresse em segurança. Ele contava que os sarracenos estariam em segurança assim que entrassem a bordo do navio em Björgvin. Quanto aos ingleses, ele não se preocupava nada, mesmo deixados a sós por algum tempo em Lödöse.

Foi uma despedida de fortes emoções. Muitos amigos que trabalharam duro e juntos, durante cinco anos, choraram abertamente, quando subiram a bordo das barcaças que os levariam para o lago Vänern e, depois, em barcos maiores pelo rio Göta. Da mesma forma, também foi um alívio para todos quando a despedida terminou e as barcaças desapareceram na primeira curva a caminho de Viken. Arn e Cecília ficaram satisfeitos por ver que, mesmo assim, muitos dos estrangeiros tinham resolvido ficar, que o seu trabalho e os seus conhecimentos não tinham preço e que ainda não tinha sido possível aos aprendizes, entre os libertos, realizar o trabalho que levou tantos anos a aprender bem.

Arn estava melancólico quando voltou de Lödöse uma semana mais tarde. O mais difícil foi a despedida do velho Ibrahim e Yussuf e dos turcopolos Ali e Mansour. A sabedoria dos curandeiros jamais poderia ser substituída em Forsvik, e ainda que os jovens senhores que estavam há mais tempo no serviço merecessem todos os elogios no domínio dos cavalos, em especial, comparado com os outros homens na Escandinávia, haveria ainda um longo caminho a percorrer para chegar perto desses guerreiros sírios como eram Ali e Mansour, cuja arte com as armas e os cavalos era o seu pão de todos os dias.

No entanto, o combinado estava combinado e precisava ser mantido. Talvez fosse melhor se alegrar pelo fato de metade dos sarracenos ter escolhido ficar do que se lamentar pelo fato de metade deles ter retornado para casa depois de cinco anos. Era preciso também observar o muito que tinha sido feito durante esse tempo para assegurar a paz.

Mas Arn não estava no melhor dos humores, e ao sentar-se para comer, Gure chegou com dois garotos das oficinas que ele ainda não conhecia. Primeiro, duvidava do que ouviu eles dizerem, com voz estremecida, que ele lhes tinha prometido entrarem como aprendizes em Forsvik. Eles não eram jovens folkeanos. E como se podia ver a distância, eram antes filhos de escravos ou de libertos. Ele perguntou primeiro, com um ar severo, de onde é que tinham tirado esses seus sonhos. E foi logo lhes dizendo que era um grande pecado jurar em falso. Mas, quando finalmente tiveram a oportunidade de contar a sua história, de como ele tinha chegado a Askeberga pela primeira vez e eles tinham gritado por ele na porta. E como ele chegou até eles na praça e falou com eles, só então Arn se lembrou. Isso o fez ficar pensativo e em silêncio, refletindo um bom bocado antes de tomar a sua decisão. Sigge e Orm esperavam por essa decisão em estado de agonia. Gure, em estado de surpresa.

— Gure, leve esses garotos até Sigfrid Erlingsson — disse ele, finalmente. — Diga que eles devem começar no grupo dos mais jovens de pele fraca. E providencie roupas e armas para eles.

— Mas, senhor, esses garotos não são folkeanos — objetou Gure, de queixo caído.

— Eu sei disso — confirmou Arn. — Eles são apenas filhos de um liberto. Mas fizemos um trato, e qualquer folkeano sempre respeita um trato.

Gure sacudiu os ombros e levou consigo Sigge e Orm, ambos querendo gritar e pular de alegria, coisa que, com muita dificuldade, conseguiram dominar.

Arn ficou longo tempo diante do seu prato de comida, ingerido pela metade. Ele tinha feito a si mesmo uma pergunta muito estranha, uma pergunta que nunca antes lhe tinha passado pela cabeça. E essa pergunta era se apenas os nascidos folkeanos podiam ser folkeanos ou se as pessoas podiam tornar-se folkeanas. Afinal, pelo que se sabia, nem todos os nascidos folkeanos eram os melhores e nem todos os outros eram os piores.

Segundo o Regulamento dos templários, dizia-se que apenas aqueles que tinham um pai com escudo de armas seriam admitidos como irmãos na ordem. Os outros teriam que ficar satisfeitos em serem sargentos. Em mais de uma oportunidade ele viu irmãos cavaleiros que ficariam melhor na classe de sargentos e vice-versa.

E onde estava escrito que não se podia transformar gente boa em folkeanos, assim como se misturava sangue novo numa raça de cavalos? Através do cruzamento dos cavalos da raça nórdica, pesados e fortes, com os árabes, rápidos e ligeiros, estava sendo criada uma nova espécie, mais adaptada para a cavalaria pesada que era a próxima grande produção especial de Forsvik. Era possível costurar o melhor entre os cavalos árabes e nórdicos, do mesmo jeito que se conseguia trabalhar com várias camadas de ferro e de aço para produzir as espadas de Forsvik. Por que não produzir folkeanos do mesmo jeito?

Embora, evidentemente, ele tivesse que rebatizar os dois garotos, se é que eles tinham sido batizados antes. De Sigge e Orm é que nenhum cavaleiro folkeano podia chamar-se.

Sverker Karlsson veio com um séquito imponente de cem cavaleiros da Dinamarca para Näs, para onde tinha a intenção de mudar com a sua gente. Ele ficou esperando o final do ano para fazer a viagem, a fim de que o gelo do lago Vättern ficasse espesso e permitisse uma travessia segura.

Depois do ano-novo, ele mandou chamar todos os folkeanos, erikianos e sveas de importância para irem à residência real de Näs, para o eleger depois de ele ter feito o seu juramento. A seguir, teriam três dias de festa.

Nunca antes se tinha visto tantos mantos vermelhos em Näs, nem mesmo durante o reinado de Karl Sverkersson. Não se tratava apenas de sverkerianos, pois, entre os dinamarqueses, também o vermelho era a cor predominante. E Erik, o conde, que estava em Näs à chegada de Sverker, segredou para Arn, com repugnância, que parecia até um rio de sangue escorrendo pelo gelo.

Birger Brosa e seu irmão Folke, e Erik, o conde, tornaram-se os únicos participantes seculares no novo conselho do rei que não eram nem dinamarqueses nem sverkerianos. Eskil teve de deixar o seu lugar no conselho, visto que, como Sverker explicou, o comércio era um assunto muito sério e devia ser deixado nas mãos mais competentes dos dinamarqueses. Para marechal ele nomeou o seu amigo Ebbe Sunesson que era parente dos folkeanos de Arnäs, visto que o seu parente Konrad era casado com a meia-irmã de Arn e de Eskil, Kristina. Sverker considerava que esse parentesco era como uma ponte entre os dinamarqueses e os folkeanos.

O arcebispo Petrus brilhava como o sol e agradecia a Deus, repetidamente, por Ele, na Sua infinita bondade e justiça, ter encaminhado o filho do assassinado rei Karl para receber a coroa dos götas e dos sveas. Com isso, foi feita a vontade de Deus, assegurava Petrus.

No entanto, Sverker não pôde colocar a coroa na cabeça antes de jurar diante do conselho e da assembléia do reino formada pelos grandes homens de que, com a ajuda de Deus, cuidaria para manter a lei e a justiça. Ele também teve de jurar que desistia de todas as pretensões dos seus parentes pela coroa e que Erik, o conde, seria depois dele o próximo herdeiro do trono. E que depois de Erik, o conde, seriam pretendentes ao trono seus irmãos mais novos, pela ordem, Jon, Joar e Knut, que continuariam a viver no reino com todos os direitos que os filhos do rei detinham.

O arcebispo Petrus, que dirigiu o juramento, tentou pular o texto em diversos lugares, mas foi logo chamado à atenção por sveas e götas. Só depois de tudo ter sido corrigido e dito, todos os presentes juraram fidelidade ao rei Sverker enquanto ele vivesse — e enquanto ele se mantivesse fiel ao seu próprio juramento.

Durante os dias seguintes, os dinamarqueses mostraram como se fazia uma festa real no grande mundo, com embates entre cavaleiros que cavalgavam uns contra os outros com lanças e escudos. Apenas os dinamarqueses participaram nesses torneios, já que os novos senhores do poder aceitaram por verdade que ninguém naquelas províncias retardadas da Götaland Ocidental e da Svealand sabia combater a cavalo. E a julgar pelas muitas expressões de admiração e espanto, o rei Sverker podia verificar entre os seus novos súditos que essas artes de cavalaria, que desde há muito tempo existiam na Dinamarca, eram coisa que jamais tinha sido vista na Escandinávia.

Arn contemplou com toda a atenção, mas de rosto inexpressivo, tudo que os cavaleiros dinamarqueses executavam. Algumas manobras não era nada más, outras muito simples, como ele esperava. Nenhum deles teria servido sequer para sargento na Ordem dos Templários, mas nos campos de batalha na Escandinávia seriam difíceis de enfrentar. Caso se quisesse ir contra esses dinamarqueses em campo aberto, eram precisos mais alguns anos de exercícios em Forsvik. Mas assim grande como antes não era mais a vantagem deles.

Durante os dias de festa, o rei Sverker e o seu marechal, Ebbe Sunesson, ficaram a maior parte do tempo na sua sala com a corte dinamarquesa à sua volta e chamando um a um os homens importantes do reino, com Birger Brosa fazendo as apresentações. O rei Sverker mostrou-se amável o tempo todo e disposto a tratar folkeanos e erikianos do mesmo modo que os seus parentes e amigos sverkerianos.

Quando chegou a vez de Eskil e Arn se apresentarem diante do soberano e de seus homens da corte, Birger Brosa contou a respeito de Eskil que ele era mercador e antes participante ativo no conselho do rei Knut e que se tornaria o senhor de Arnäs. E a respeito de Arn que este tinha vivido grande parte de sua vida em mosteiros, inclusive na Dinamarca e que agora era senhor do burgo na floresta de Forsvik.

Arn trocou um rápido olhar com Birger Brosa em relação a essa descrição incompleta do que fora a sua vida entre o tempo de mosteiro como criança e o de Forsvik como homem. Birger Brosa apenas respondeu com uma piscadela de olho, rápida e indiscernível.

O rei Sverker ficou satisfeito em encontrar alguém que não tinha dificuldades em entender o dinamarquês como muitos dos lerdos sveas tinham. E para Arn foi fácil voltar a falar aquela língua que ele, por tanto tempo, falara como criança. Aliás, continuava a soar mais como dinamarquês do que como o göta que ele era.

A princípio, a conversa girou sobre assuntos sem importância como, por exemplo, a respeito de como era bonito em Limfjorden, à volta do mosteiro de Vitskøl ou a respeito da cultura de mexilhões que os monges implantaram sem sucesso, tudo porque o povo do fiorde achava que era contra a Palavra de Deus que se comessem os mexilhões. Atualmente não era mais assim, assegurou o rei Sverker. Ele convidou, então, Arn e Eskil a visitar a Dinamarca com um salvo-conduto seu para se encontrarem com a sua meia-irmã, Kristina. Mas ao ver que os dois irmãos pareciam não estar muito dispostos a realizar essa viagem, o rei mudou o seu convite e prometeu em vez disso convidar Kristina e seu marido Konrad Pedersson a visitar Näs em qualquer altura, durante o próximo verão. Ele se esforçou o tempo todo para mostrar que toda a antiga inimizade era coisa que ele já tinha esquecido.

Por isso, podia considerar-se uma falta de tato e desnecessário, também, da parte do marechal Ebbe Sunesson, se lembrar, de repente, de como ele uma vez em Arnäs caiu numa pequena disputa com algum dos seus parentes, embora não houvesse nenhuma inimizade pendente desse entrevero, certo?

Ele falou macio, mas com um sorriso disfarçado no canto da boca. Birger Brosa fez um rápido aceno de aviso com a cabeça para Arn e este, com grande dificuldade, se conteve antes de responder que quem tinha morrido fora seu irmão Knut e que eles rezaram muito pela alma dele, mas não estava na cabeça deles pensar em vingança.

Com isso, Ebbe Sunesson devia dar-se por satisfeito. Mas talvez tivesse bebido demais durante o banquete, talvez estivesse inchado demais pela vitória no torneio dos cavaleiros ou talvez ele e os seus amigos já tivessem conversado demais sobre serem os novos senhores entre gente que não merecia nenhum respeito. Porque aquilo que ele disse a seguir fez com que tanto Birger Brosa quanto o rei Sverker ficassem ambos pálidos, ainda que por motivos diferentes.

Com um sorriso aberto de escárnio, ele explicou para Arn e Eskil que não precisavam se intimidar. Se achavam que seus direitos e sua honra tinham sido feridos com a morte triste do seu irmão, ele estaria disposto a enfrentar qualquer um deles pela espada. E por que não os dois ao mesmo tempo? Mas a questão era saber, evidentemente, se eles tinham honra ou coragem suficientes.

Arn olhou para chão, abafando com muito esforço seu primeiro pensamento de desafiar o atrevido, de imediato, para um duelo. Deve ter parecido mais como se ele tivesse vergonha de não ousar aceitar o desafio que recebeu com palavras tão expressivas quanto uma bofetada no rosto.

Quando o silêncio se tornou mais do que insuportável, Arn endireitou a cabeça e falou tranqüilo que, depois de ter refletido bastante, achou que seria uma idiotice fazer com que o novo rei e seus homens começassem o seu tempo nas terras dos götas e dos sveas com sangue. Isso porque, de qualquer maneira, caso o senhor Ebbe assassinasse mais um folkeano de Arnäs ou ele próprio assassinasse o marechal do rei, nada iria favorecer o rei Sverker ou a paz que todos procuravam manter.

O rei colocou então a sua mão no braço de Ebbe Sunesson, evitando que ele respondesse, o que ele parecia estar mais do que disposto a fazer. E o rei continuou, dizendo que se sentia honrado por ver que, entre aqueles que lhe tinham jurado fidelidade, havia homens bons como Eskil e Arn Magnusson, que entendiam ser seu dever colocar a paz do reino acima da sua própria honra.

Eles não responderam. Apenas fizeram uma vênia e foram embora. Arn teve de sair logo no ar frio. Estava fervendo de humilhação. Eskil correu no seu encalço, assegurando que nada de bom podia suceder se um folkeano, logo na primeira semana do rei Sverker no poder, matasse o seu marechal. E, além do mais, todas essas palavras podiam ter sido evitadas, caso Birger Brosa tivesse sido um pouco mais explícito na descrição do tipo de vida que Arn vivera no mosteiro. Do jeito que foi, aquele marechal arrogante jamais soube o quanto estivera perto da morte.

— Não posso entender também a vontade de Deus ao colocar a distância de uma espada o assassino do nosso irmão — murmurou Arn, entre dentes.

— Se Deus quiser juntar vocês dois, armados, Ele fará isso. Por agora, Ele, certamente, ainda não quis — respondeu Eskil, irresoluto.

XI

No primeiro ano do reinado do rei Sverker, a única mensagem recebida de Näs que agradou aos folkeanos e aos erikianos foi a de que o arcebispo Petrus comera demais no segundo Natal e morrera. Fora disso, não se ouviu muita coisa, nem boa nem ruim. Era como se aquilo que dizia respeito ao poder supremo no reino não tivesse nada a ver com folkeanos e erikianos.

Nem mesmo quando quis mandar uma cruzada para o leste, o rei Sverker achou razão para pedir ajuda a folkeanos e a erikianos, antes se juntou a dinamarqueses e a götas. Na realidade, não se tornou uma cruzada de monta. A intenção era embarcar o exército de Sverker para Kurland, para de novo tentar atrair o país para a verdadeira fé e trazer para casa tudo o que encontrassem de valor. Uma tempestade vinda do sul empurrou, no entanto, os duzentos barcos da cruzada para o norte que acabaram tocando em Livland. Aí saquearam durante três dias, carregaram tudo para bordo e voltaram para casa.

Três dias de saques talvez não fossem nada a levar em conta, mas, em especial, os sveas lá da escura Nordanskog sentiram-se injuriados por não terem merecido a confiança de sequer mandarem um soldado ou um único barco. E que o rei e os dinamarqueses só tinham pensamentos baixos a respeito deles.

Para os folkeanos de Arnäs e de Forsvik não era desvantagem nenhuma o rei ter dispensado os seus serviços. Assim, eles puderam utilizar o tempo muito melhor. Em Arnäs, estavam construindo uma aldeia por dentro do muros, assim como novos poços de água e novas despensas. Em Forsvik, finalmente, as contas feitas por Cecília tinham começado a mostrar lucro.

Não dependia apenas de os vidros de Forsvik agora serem vendidos em Linköping e em Skara, Strängnäs, Örebro, Aros Ocidental e Aros Oriental e até mesmo na Noruega. Uma parte dos jovens senhores já estava aprendendo em Forsvik há tantos anos que tinha chegado a hora de voltar para casa e, ao fazê-lo, assumiram a responsabilidade de armar seus próprios burgos e treinar seus próprios escudeiros e arqueiros de longa distância. Eles compravam todas as novas armas de Forsvik e, dessa maneira, passou a haver receita no setor que, durante muitos anos, trabalhou apenas para equipar e armar Arnäs e Bjälbo, sem pagamento. Ao contrário da história nas Sagradas Escrituras, primeiro, foram sete anos de vacas magras e, agora, os anos gordos estavam chegando. Mas, quando o resultado mudou, Cecília achou que devia refazer as contas várias vezes, visto não acreditar ter feito as contas certas. A corrente de pratas entrando, em vez de saindo: esse movimento ficou cada vez mais torrencial.

Os últimos anos antes da virada do décimo segundo século que, pelo que diziam alguns adivinhos e prelados, chegaria com o fim do mundo, foram anos de tranqüilidade para os folkeanos, mas também anos de muitas viagens e festas de casamento.

Casar com a família sverkeriana parecia não valer mais a pena, achavam tanto Birger Brosa quanto seus irmãos, Magnus e Folke. E atendendo a que Eskil, finalmente, tinha tido o seu casamento dissolvido com a traidora Katarina, agora fechada para todo o sempre no convento de Gudhem, ele teria de dar um bom exemplo. Por isso, a fim de encontrar alguém, viajou para Aros Ocidental e os arredores da incendiada e devastada Sigtuna e logo achou o que procurava na pessoa da viúva Bengta Sigmundsdotter. O seu marido tinha sido assassinado alguns anos antes, quando os estonianos chegaram para saquear. Mas ela havia sido inteligente, quase que como se tivesse previsto o futuro. Pois, mesmo sendo ela e o seu marido os donos da maior casa de comércio de Sigtuna, ela insistiu em não guardar na cidade todas as riquezas que tinham acumulado e levá-las para a casa de seus pais, mais ao norte. Dessa forma, ela se tornou um dos poucos habitantes de Sigtuna que saiu rica das chamas e da fumaça.

Tão rica ela, possivelmente, não era, para poder chegar com um presente de noiva de um valor completamente de acordo com o casamento com Eskil, mas também não era nenhuma mulher do campo. E com viúvas ninguém levava tão a sério essas questões. Por exemplo, não era preciso fazer festa de noivado, se bem que eram as viúvas que decidiam sobre isso. A festa de casamento podia acontecer de imediato e sem rodeios, assim que o acordo entre Eskil e Bengta estivesse pronto.

Eskil e Bengta gostaram um do outro e, na opinião de todos, formavam um belo e harmonioso par. Bengta sabia tratar bem dos negócios, para uma mulher, e os negócios eram para Eskil, de fato, a grande fonte de alegria na vida. Desde o primeiro momento em que se encontraram, começaram logo a falar em deixar Sigtuna e mudar o empório comercial de Bengta ou para Visby ou para Lübeck. Dessa forma, iriam fortalecer as posições de ambos.

Procurar uma mulher da Svealand para o jovem Torgils ficou mais difícil. Mas a rainha viúva, Cecília Blanka, era da Svealand, e depois da morte do rei Knut, ela não suportou continuar a viver em Näs, ainda que o novo senhor, o rei Sverker, bajuladoramente, tivesse dito para ela ficar como sua convidada pelo tempo que quisesse. Mas não era assim que os componentes dinamarqueses da corte do novo rei pensavam. Seus filhos, Erik, o conde, Jon, Joar e Knut, eram considerados em Näs mais como prisioneiros em gaiola de ouro, mas ela podia ir embora quando quisesse. Ela fingiu que iria para Riseberga como conviria para uma rainha viúva sem poderes, mas ao passar por Forsvik, ela desembarcou e ficou por lá. As duas Cecílias logo iniciaram planos para o casamento do jovem Torgils e chegaram à conclusão que o melhor para ele seria a filha de um homem de leis, já que os homens de leis detinham uma posição muito forte na Svealand e esse poder era importante em termos de ligação carnal.

Tal como as Cecílias imaginaram, assim aconteceu. Por isso, seguiu-se um verão com muitas viagens entre a Götaland Ocidental e a Svealand, pois, logo a seguir ao casamento de Eskil, este, com o seu filho Torgils, mais Arn e o seu filho Magnus Måneskõld, com grande séquito, viajaram para a Svealand, para a festa de noivado a realizar na bem escura Uppland. E, no caminho, foram parando e visitando os homens importantes da província que eram novos parentes de Eskil ou eram parentes de Cecília Blanka. A festa de noivado de Torgils e Ulrika que era filha de Leif, homem de leis, do burgo de Norrgarn, a um dia de viagem de Aros Oriental, aconteceu no final do verão, antes de a colheita começar na Uppland. A festa de casamento durou cinco dias e foi realizada em Arnäs, mais tarde, durante o outono.

Mas também as senhoras viajaram muito durante esses tempos tranqüilos. Seu lugar de encontro mais normal era Ulvåsa, em casa de Ingrid Ylva, visto que ficava a meio caminho entre Forsvik e Ulfshem, de modo que as Cecílias e Ulvhilde apenas tinham pela frente um dia de viagem para se encontrarem. Ingrid Ylva e Ulvhilde eram sverkerianas, Cecília Blanka era de família svea e Cecília Rosa de família pål de Husaby, por isso, as quatro podiam encontrar-se à vontade, sem ficar pensando a toda hora em erikianos ou folkeanos com que todas foram casadas. Ingrid Ylva já tinha dado à luz dois meninos e esperava uma terceira criança nesse verão em que as mulheres conviveram mais umas com as outras do que com os respectivos homens. Como o filho mais velho de Ingrid Ylva, em breve, ia fazer cinco anos de idade, a mesma da filha de Cecília Blanka, Alde, houve muita conversa a respeito de que os dois deviam estudar, ampliando os seus conhecimentos, e como seria possível resolver esse assunto em conjunto. Ulvhilde tinha mandado no ano anterior os seus meninos para um professor em Linköping, mas para a fortaleza sverkeriana não era uma boa idéia mandar os dois pequenos folkeanos na situação ruim em que se vivia.

Finalmente, Cecília Blanka teve a idéia de que Birger e a pequena Alde podiam ir estudar em Forsvik. Era uma questão apenas de convencer o velho monge a diminuir o tempo dedicado à espada e ao cavalo, o que até lhe faria bem à saúde. Além disso, Cecília Blanka também achava que ela, como rainha sem ter nada para fazer, podia se tornar útil de uma forma a que ninguém seria contra, se ela participasse também do ensino de crianças. Todas acharam que essa era uma boa idéia. E logo decidiram que no dia seguinte embarcariam no primeiro e melhor dos barcos de Eskil e iriam a Forsvik para falar com o próprio monge.

E assim aconteceu que o irmão Guilbert logo se viu numa inesperada situação difícil em Forsvik, no grande salão novo. Ele não precisava escutar muita argumentação para concordar que em parte era do agrado de Deus ensinar as crianças e que em parte esse tipo de trabalho iria poupar o seu velho corpo, mais do que a espada e o cavalo. Mas ele insistia em complicar a situação, dizendo que não era essa a missão que recebera do padre Guillaume, de Varnhem.

Essa objeção Cecília Blanka afastava tão facilmente quanto se afasta uma mosca, dizendo que aquilo que o padre Guillaume queria ou não queria dos folkeanos e dos erikianos tinha mais a ver com a bolsa de pratas do que com as coisas do espírito.

Por muito que o irmão Guilbert concordasse também, mas em silêncio, com essa idéia atrevida, ele se esgueirou ainda dizendo que tinha um trato com Arn. Então, foi a vez de Cecília Rosa interferir, dizendo que era ela e não Arn a proprietária de Forsvik.

Como se se agarrasse à última tábua de salvação, o irmão Guilbert afirmou que, de qualquer maneira, não podia se comprometer antes de Arn voltar para casa e falar com ele. E logo sofreu a última pressão para concordar que, se Arn não tivesse nenhuma objeção, ele assumiria.

Com isso, as insistentes mulheres se consideraram satisfeitas, trocando olhares vitoriosos antes de se dedicarem a outros assuntos, numa conversa acompanhada por vinho, o que fez o irmão Guilbert pedir desculpas e se retirar.

Quando a esposa do rei Sverker, Benedikta, morreu de febre, poucas reações de tristeza provocou entre erikianos e folkeanos. A única filha do rei Sverker, Helena, não era considerada uma ameaça à coroa.

Maior foi a convulsão quando se espalhou o rumor de que o conde Birger Brosa mandou chamar a sua última filha, Ingegerd, guardada no convento de Riseberga para casá-la com o rei. Segundo se sabia, Ingegerd era uma mulher forte e que, pelo que parecia, seria capaz de dar à luz quantos filhos fossem precisos. Muitos disseram que essa fora a única besteira que Birger Brosa tinha feito na sua longa vida e que agora crescia como uma nuvem sobre todo o reino.

Depois dos primeiros anos de cautela no poder, o rei Sverker começou a tecer planos cada vez mais ousados. Isso todos entenderam, inclusive pela maneira como ele bajulava a Igreja e o corpo de bispos. Também foi quase ridiculamente notório quando ele imitou o rei Knut, da Dinamarca, ao promulgar novas leis, por iniciativa própria, sem consulta prévia ao conselho ou à assembléia.

O rei Knut da Dinamarca dizia que, como rei pela graça de Deus, podia emitir as leis como achasse melhor. Isto o rei Sverker não ousava dizer, mas alegou que emitia a lei por ter recebido aquilo que chamava de inspiração divina.

O que isso queria dizer era um mistério, a não ser que tinha a ver com Deus. Além disso, era uma lei fútil que existia há muito tempo, que a Igreja não pagaria impostos para o rei. Mas o coro dos bispos, sem surpresa, ficou encantado e fazia todo o possível para explicar para os que queriam ouvir o que significava inspiração. Pelo que se podia entender, inspiração era uma coisa que vinha à cabeça do homem por sua própria vontade, mas até sem vontade.

Ao se verificar que o rumor da proposta infeliz que o próprio Birger Brosa oferecera ao rei sverkeriano era verdade, foi convocada uma assembléia da família folkeana. A reunião realizou-se em Bjälbo, visto que Birger Brosa se queixou da idade e da saúde, embora a maioria achasse que, certamente, ele preferia debater-se em casa, no seu próprio burgo, em que ele era o anfitrião, do que convidado por algum parente.

Ele teve que enfrentar muitas críticas por essa sua última intervenção casamenteira em causa própria. Os que falaram com ele, na sua maioria, concordaram, evidentemente, que muitos dos casamentos montados pelo velho conde tinham dado certo e favorecido a paz, mas desta vez ia acontecer o contrário.

Birger Brosa ficou encurvado e recolhido no seu lugar de honra e tentou de início não se defender muito. Assim ele fez sempre nos seus dias de grande força em que sempre falava por último em todas as discussões e aí resumia tudo o que os outros haviam dito e enfiava a espada cortante da sua língua na fenda que ele sempre descobria entre os seus querelantes.

Desta vez, parecia não haver nenhuma fenda e ele foi obrigado a falar mais cedo para se defender. Tentou começar como tantas vezes antes, com voz baixa, para forçar o silêncio em toda a sala, mas dessa vez foi instado a falar mais alto. Cautelosamente, ele então elevou a voz e disse que no caso de um rei enviuvar tão cedo como Sverker, certamente, iria procurar uma nova rainha. Se isso tivesse que acontecer, era melhor que a nova rainha fosse da família folkeana do que uma estrangeira, certo?

Não era nada certo, achava Magnus Måneskõld, furioso. Isso porque o rei, ao ficar viúvo, era muito provável que fosse buscar e casar-se com qualquer rainha viúva ou alguma velhota dinamarquesa e não uma reprodutora de crianças no seu auge, retirada, roliça e fresca, de um depósito monástico.

Eskil pediu, então, a palavra, e disse que uma estupidez feita não poderia ser desfeita. E que agora, já realizada a festa de noivado, qualquer tentativa de voltar atrás seria um insulto que conduziria, certamente, à guerra, já que o rei Sverker poderia dizer que o juramento que lhe foi feito estaria quebrado. Portanto, era preciso cumprir com o prometido e rezar para que Ingegerd reproduzisse uma longa série de filhas, até terminar o sêmen de Sverker.

Quando a palavra guerra era pronunciada na sala, vários dos jovens parentes se incendiavam e começavam a murmurar que talvez fosse melhor atacar do que se defender. E, então, viraram-se para Arn, querendo ouvir o que ele teria a dizer. Tantos eram os jovens de muitos burgos folkeanos que tinham estado em Forsvik ou ainda se encontravam lá, aprendendo, que todos tinham por certo que Arn Magnusson seria o líder na próxima guerra.

Arn respondeu lentamente que todos estavam presos por seu juramento perante o rei Sverker até que este descumprisse o seu. Se

Sverker fizesse de uma folkeana a sua nova rainha, certamente não estaria quebrando o seu juramento. Portanto, não havia nenhuma razão aceitável no momento para se fazer a guerra.

Além disso, seria uma estupidez. O que aconteceria se alguém fosse a Näs e matasse o rei? Isso significaria talvez não apenas a guerra contra a Dinamarca, mas também a excomunhão pelo arcebispo Absalon, em Lund, de um ou outro folkeano. Atualmente, o assassinato de um rei valia a excomunhão. Até mesmo a discussão sobre quem devia ser escolhido arcebispo ou quem devia coroar o rei valia também a excomunhão. Isso tinha atingido duramente o rei Sverre, da Noruega, como todos sabiam. E, assim, a união entre folkeanos e noruegueses ficou enfraquecida. Apenas no caso de o rei Sverker quebrar o seu juramento poder-se-ia, sem esse perigo, entrar em guerra contra ele.

As objeções de Arn foram, ao mesmo tempo, inesperadas e estimulantes, de modo que a assembléia se tranqüilizou. Birger Brosa tentou, então, recuperar um pouco do seu antigo poder, dizendo peremptoriamente, da importância de todos na sala pensarem bem que, ainda que a guerra estivesse mais próxima, o tempo de espera seria grande. Era bom que esse tempo fosse usado para os necessários preparativos. Em especial, mencionou ser importante mandar mais jovens para Forsvik para aprender e que deviam ser encomendadas mais armas de Forsvik, encomendas a serem feitas por todos os burgos folkeanos.

Nada de errado com a sensatez dessas palavras, consideraram todos. Mas era como se o longo mandato de Birger Brosa na assembléia da família tivesse sido interrompido. E foi isso que ele próprio também sentiu ao deixar a sala em primeiro lugar, tal como mandava a tradição. As suas mãos e a sua cabeça tremiam como se ele tivesse assustado ou à beira de um colapso.

O ano da graça de 1202 tornou-se o ano das mortes. Era como se os anjos de Deus tivessem descido para secar a grama e preparar a terra para poderes totalmente novos. O rei Sverre da Noruega morreu nesse ano, lamentado por uns, odiado por outros, em partes iguais. Isso tornou a união dos folkeanos e dos erikianos com a Noruega mais fraca e incerta.

Até mesmo o rei Knut da Dinamarca também morreu e seu irmão, Valdemar, foi coroado em seu lugar, com o cognome de *o Vitorioso*. E este cognome não lhe foi dado sem merecimento. Ultimamente, havia conquistado Lübeck e Hamburgo, que agora pertenciam à coroa dinamarquesa. E várias viagens ele fez com seus guerreiros a Livland e a Kurland. Por toda parte, os seus exércitos alcançaram a vitória. Como inimigo, ele seria, na verdade, terrível de enfrentar.

Como se Deus quisesse brincar com os folkeanos, os erikianos e todo o povo das Götalands Ocidental e Oriental, não existia qualquer perigo de Valdemar, o Vitorioso, chegar do sul, da Escânia, devastando e incendiando tudo. O rei Sverker era o homem de confiança dos dinamarqueses e o seu país não precisava ser conquistado, enquanto ele fosse o rei. Para ele, não seria nada de mais que todo o comércio das suas províncias com Lübeck passasse a ser taxado pela alfândega dinamarquesa. Tal como Eskil Magnusson uma vez murmurou entre dentes, sentado diante das suas contas, agora era preciso pagar imposto pela paz.

Mas a maior tristeza para os folkeanos chegou logo em janeiro desse ano, com a morte de Birger Brosa. Ele não ficou por muito tempo no seu leito de morte e poucos foram os parentes que chegaram a tempo de se despedir dele. Mas mais de mil folkeanos acompanharam o seu venerado conde na sua derradeira viagem para Varnhem. Eles se reuniram em Bjälbo e seguiram como um longo exército azul por cima dos gelos do lago Vättern até Skövde e, depois, em frente, para Varnhem.

Da maioria dos burgos folkeanos, chegaram apenas os homens, visto tratar-se de uma viagem feita com um frio cortante. De Arnäs, Forsvik, Bjälbo e Ulvåsa veio todo o pessoal da casa. Mulheres, crianças e uma parte dos idosos como o velho senhor Magnus, de Arnäs, seguiram em trenós cobertos com muitas peles de lobo e carneiro. E muitos dos cavaleiros também deviam ter gostado de viajar de trenó, visto que as malhas de aço viraram gelo contra o corpo e a cada parada as dores eram mais intensas do que o descanso.

De Forsvik, chegou Arn Magnusson à frente de quarenta e oito cavaleiros jovens, os únicos no acompanhamento do funeral que pareciam não ser afetados pelo vento gelado, apesar de eles terem vindo completamente armados. Estavam usando roupas especiais de guerra para inverno, sem nada de ferro ou aço junto ao corpo. Nem mesmo os seus pés revestidos de ferro pareciam sofrer com o frio.

O rei Sverker não foi a Varnhem. E a esse respeito podia-se chegar a várias conclusões. Ele não tinha conseguido reunir um séquito maior do que duzentos homens e isso teria sido pouco em comparação com o séquito dos folkeanos. E na recepção oferecida pela ocasião, ninguém podia garantir que nenhum dos mantos vermelhos se excedesse nas palavras e provocasse o desembainhar de alguma espada, o que teria conseqüências imprevisíveis. Visto por esse lado, o rei Sverker fora sensato e cauteloso não vindo ao funeral do velho conde.

No entanto, era difícil não achar que o rei tinha demonstrado muito pouco respeito por Birger Brosa e, por conseguinte, por todos os folkeanos, ao considerar a morte do conde apenas como um acontecimento familiar.

Birger Brosa foi enterrado perto do altar, não muito longe do rei Knut, a quem ele serviu pela paz e pelo reino durante muitos anos. A missa pela sua morte foi longa, em especial para aqueles de seus parentes que não obtiveram lugar dentro da igreja, tendo que ficar do lado de fora, mais de duas horas, debaixo de neve.

Não demorou muito tempo, entretanto, para que trezentos desses acompanhantes de Birger Brosa voltassem a Varnhem com a mesma finalidade. O velho senhor Magnus de Arnäs reagiu mal à viagem no frio para enterrar o seu irmão. Já tossia e tremia no dia seguinte à sua volta a Arnäs, onde ficou junto de uma grande lareira no andar mais alto na nova moradia. Nunca mais se recuperou e quase não houve tempo de chamar o padre de Forshem para a extrema-unção e absolvição de seus pecados antes de ele morrer. Ele acenava sempre com a mão, que não era preciso, afastando a idéia de que o pior estaria por vir. Um pouco de frio, um folkeano sempre tolera, assegurava ele, a toda hora. Alguém disse que essas foram as suas últimas palavras.

A tristeza baixou pesado sobre Forsvik durante os quarenta dias de jejum antes da Páscoa. O trabalho continuou no seu ritmo normal, no moinho e nas oficinas, mas raramente se ouviam risos, gargalhadas ou piadas como era costume. Era como se a tristeza dos senhores tivesse sido espalhada por todos os outros.

Arn passou menos tempo do que era normal realizando exercícios com os jovens senhores. De certa maneira, já esperava isso. Muitos deles já eram agora homens adultos e já tinham vários anos de treino no ensinamento aos seus parentes mais jovens. Sune, Sigfrid e Bengt tinham preferido ficar em Forsvik como professores a se retirar para os seus próprios burgos, o que, pelo menos, Bengt e Sigfrid poderiam ter feito.

Por existirem novos professores para os jovens senhores, não se sentia tanto a falta do irmão Guilbert entre os exercícios de cavalaria e com a espada como no início. Ele ficava agora mais na sacristia recém-construída da igreja onde dava aulas para Alde e Birger. Já todas as *leccionis* eram dadas em latim.

Totalmente sem questionamentos as aulas do irmão Guilbert não ficaram, depois que Cecília, uma vez, foi saber que ele tinha estado nas oficinas e feito dois arcos para crianças e foi para trás da igreja, estimulando-os a tentar acertar numa pequena bola de couro que ele pendurou num fio bastante fino. Perante Cecília, ele se defendeu, dizendo que o tiro ao arco era uma arte que aprimorava os sentidos e que era muito útil essa capacidade ao enfrentar a lógica na filosofia ou na gramática. Desconfiado, quando Cecília foi falar com Arn para perguntar sobre o assunto, ele concordou entusiasticamente com as palavras do irmão Guilbert, de tal maneira que ela pouco menos ficou desconfiada.

Cecília achava que mesmo assim havia uma grande diferença entre Alde e Birger. A seu tempo, ela iria ser a dona da casa em Forsvik ou em algum outro burgo. Aquilo que esperava Birger Magnusson no futuro, evidentemente, ninguém podia dizer com certeza absoluta, mas como filho mais velho de uma família folkeana renomada e com a mãe aparentada com a casa real, era fácil de imaginar que o tiro ao arco, o cavalo e a lança teriam grande importância na sua vida. Mas daí a que a sua filha Alde fosse aprender coisas da guerra era um grande passo.

Arn tentou apaziguar Cecília, assegurando que o tiro ao arco não servia apenas para fazer a guerra, mas também para caçar e que existiam muitas mulheres que eram boas caçadoras. Nenhuma mulher devia se envergonhar de mandar servir na mesa um pato ou um veado por ela abatido. E no que dizia respeito a Birger, a sua escola na vida iria mudar muito até ele chegar aos treze anos de idade e entrar para o grupo dos jovens senhores como principiante.

Cecília mostrou-se satisfeita com essa explicação até o momento em que, um dia, foi encontrar o irmão Guilbert, depois de ter feito pequenas espadas de madeira, incentivando Alde e Birger a se atracarem aos golpes de espada, no maior entusiasmo, diante de um professor falando e gesticulando intensamente.

Arn concordou que a espada não era, certamente, a coisa mais indicada para a sua filha aprender. Mas o ensino de crianças não era uma coisa assim tão fácil e que o irmão Guilbert era um professor muito exigente, isso ele sabia por experiência própria. E que não havia nada de errado em, de vez em quando, passar da gramática para algum tipo de brincadeira. Isso porque uma mente saudável exigia um corpo saudável, o que era uma eterna sabedoria da humanidade.

Choro e discussão também ocorreram quando Birger recebeu de presente o seu primeiro cavalo aos sete anos de idade e Cecília proibiu Alde de montar até ela fazer no mínimo doze anos. Os cavalos não constituíam exatamente um brinquedo sem perigos e isso já se sabia muito bem justamente em Forsvik, onde através dos anos aconteceram muitas feridas e muito choro depois de jovens cavaleiros caírem e se machucarem, às vezes tão mal que acabaram na cama por algum tempo. Para os homens jovens que aprendiam a arte da guerra, era um perigo que eles tinham que enfrentar. Mas esse não era o caso, certamente, de Alde.

Arn tinha ficado entre a filha e a mãe, uma tão decidida quanto a outra, e ambas estavam habituadas a levá-lo para onde elas queriam. Mas na questão de saber quando Alde devia receber o seu primeiro cavalo só uma podia vencer. E foi Cecília.

Arn tentou consolar a filha, montando com ela na sua frente na sela, e avançando tranqüilamente e devagar sempre que estavam à vista de Forsvik e a todo o galope e a uma velocidade que só os cavalos árabes conseguiam atingir, sempre que estavam longe da vista de Forsvik. Era, então, que Alde gritava de entusiasmo e se satisfazia pelo menos por algum tempo. De certo modo, isso provocava remorso em Arn por seduzir Alde com a velocidade. Existia o perigo real de ela tentar fazer o mesmo assim que tivesse o seu próprio cavalo e alta velocidade era a última coisa e não a primeira que a pessoa devia tentar fazer ao aprender a cavalgar.

Na Páscoa, a pequena igreja de madeira em Forsvik foi revestida de tapeçarias escuras por Suom, em representação do sofrimento de Nosso Senhor no Gólgota, da Sua passagem pela Via Dolorosa e da Sua última ceia com os apóstolos. Arn continuava a ter dificuldades em aceitar uma Jerusalém que se parecia mais com Skara e uns apóstolos que pareciam retirados da praça mais próxima da Götaland Ocidental. Idiota o bastante para fazer um pequeno comentário sobre o caso, logo teve de ouvir de novo toda uma palestra completa por parte de Cecília, afirmando que, em arte, aquilo que se via na imagem não era a verdade, mas aquilo que o observador imaginava que era a verdade. Embora contrariado, ele cedeu na discussão, mais para se livrar do embate do que por convencimento. Continuava a ter dificuldades em aceitar imagens de Deus dentro de casa, achando que perturbavam a pureza dos pensamentos.

A primavera chegou tarde naquele ano que seria lembrado como o das mortes e os gelos à volta de Forsvik e no rio não ofereciam suporte suficiente nem quebravam. Os cristãos tiveram então que festejar as missas da Páscoa mesmo em Forsvik. Mas ruim não foi, visto que o irmão Guilbert sabia desempenhar todas as funções de um padre e, além disso, tinha cantores muito bons para ajudá-lo, pois, não apenas Arn, mas também as duas Cecílias tinham todos os salmos na cabeça, tanto quanto ele próprio. Ainda que a igreja de Forsvik não tivesse aquela imponência para impressionar o mundo, parecendo mais uma igreja norueguesa feita de aduelas, era fácil imaginar que as missas da Páscoa ali realizadas no ano das mortes de 1202 foram cantadas melhor do que em todas as igrejas da Götaland Ocidental, com exceção daquelas cantadas nas igrejas monásticas.

Depois da cantata de exaltação a Deus e à Sua ressurreição no terceiro dia, realizou-se a refeição da Páscoa para todos os cristãos no novo salão de festas. Foi como se as nuvens de tristeza se desfizessem e não apenas porque o jejum tinha terminado, e o Nosso Salvador, ressuscitado. A maneira sarracena de cozinhar a carne de cordeiro provocou a admiração de todos.

Primeiro, estava na hora de festejar também o fato de Marcus Wachtian ter trazido consigo uma esposa alemã. Ela se chamava Helga e era também de Lübeck. Quando seu irmão Jacob viu nascer os seus próprios filhos e se tornou mais arredio a fazer as longas viagens duas vezes por ano para as cidades alemãs, Marcus se mostrou disposto a assumir essa tarefa. Evidentemente, ele trouxe para casa muitas coisas que fizeram a alegria, tanto quanto foram de utilidade para Forsvik, desde grandes bigornas que não podiam ser fundidas em casa ou materiais para espadas de uma espécie chamada Passau, com a marca de um lobo correndo. Esses materiais eram de aço muito bom que podia ser moldado e limpo de uma maneira muito rápida e fácil e transformado em espadas. Quando Cecília calculou quanto custava fazer uma espada totalmente em casa ou comprar essas espadas meio prontas e poder terminá-las, verificou que saía mais barato no segundo caso. Ela calculou não apenas o ganho decorrente do custo menor, mas também o ganho em tempo que podia ser usado na produção de outros produtos que davam receita em prata. Era uma nova maneira de calcular, mas os irmãos Wachtian e Arn concordaram com o ponto de vista de Cecília, de que os cálculos estavam certos e corretos.

Entre tudo o que Marcus trouxe para casa das cidades alemãs, o que ele mais apreciava era Helga. E não só. Também fazia graça, dizendo que ela foi a única coisa pela qual os dinamarqueses não o obrigaram a pagar taxas de alfândega na saída.

Foi uma boa festa, com os primeiros risos desde há muito tempo em Forsvik. Arn sentou-se no lugar de honra entre as duas Cecílias e com Alde e o pequeno Birger um pouco abaixo. Ao lado dos irmãos Wachtian e suas esposas alemãs, ficou Gure que se deixou batizar logo que libertado, e o irmão Guilbert. Mais adiante na sala, em duas mesas compridas, sentaram-se quase sessenta jovens senhores nas cores folkeanas. E com o passar do tempo e a vazão da cerveja, os risos se transformaram numa algazarra.

Cecília mandou trazer vinho e copos para a sua casa que era também a de Arn e convidou todos os mais velhos a continuarem lá a festa, já que a agitação dos jovens senhores certamente não iria ficar menor com o passar da noite.

Eles beberam e conversaram até tarde na noite, mas, então, Arn se desculpou, dizendo que precisava dormir, pois tinha de se levantar cedo para um dia de muito trabalho. Todos os outros fizeram expressões de espanto e ele teve de explicar que na manhã seguinte, logo depois do amanhecer, iria convocar os jovens senhores para um exercício de cavalaria. Eles tinham aprendido, ao que parece, a beber cerveja como homens. Agora iam ter que aprender quanto custava em dores de cabeça, se na manhã seguinte tivessem que fazer jus ao que comessem e bebessem.

Foram Alde e Birger que encontraram o irmão Guilbert. Estava sentado, com a pena de escrever na mão, tranqüilo, um pouco inclinado para trás, na sua sacristia, onde recebia o sol da manhã. E parecia que estava dormindo. Mas quando as crianças não conseguiram acordá-lo, foram até Cecília para reclamar. Logo em seguida, houve grande agitação em Forsvik.

Assim que compreendeu o que tinha acontecido, Arn seguiu para a câmara de roupagens sem dizer uma palavra e fez descer o manto mais amplo dos templários. Pegou uma agulha e fio grosso nas oficinas e costurou ele mesmo o morto no manto. Mandou selar o cavalo mais amado do irmão Guilbert, um forte garanhão baio da espécie que agora servia para treinar a cavalaria pesada, e ajustou depois sem grande estardalhaço o seu amigo falecido em cima da sela, um grande saco branco com os braços e as pernas, cada coisa para o seu lado. Enquanto mandava selar o seu Abu Anaza, Arn vestiu o uniforme completo com todas as armas, mas não com as cores folkeanas, antes com as cores dos templários. À volta da sela, pendurou um saco de água da espécie que apenas os cavaleiros de Forsvik usavam e uma bolsa com ouro. Meia hora depois de o irmão Guilbert ter sido encontrado morto, Arn estava pronto para seguir caminho para Varnhem.

Cecília tentou objetar, dizendo que essa não era bem a maneira honrosa e cristã de acompanhar o amigo de uma vida inteira para a cova. Arn respondeu a ela, tristemente e em poucas palavras, que assim tinha que ser. Assim voltavam muitos templários, com a ajuda dos irmãos. E poderia ter sido muito bem o irmão Guilbert a cavalgar assim com ele. E também não era a primeira vez que Arn conduzia para casa um irmão desse jeito. E o irmão Guilbert não era um monge qualquer, mas sim um templário que viajava para a sepultura como muitos outros irmãos tinham feito antes e muitos outros iriam fazer depois dele.

Cecília entendeu que contra isso não adiantariam objeções. Em vez disso, tentou mandar arrumar comida para Arn levar na viagem. Mas Arn rejeitou a idéia quase com desdém e apontou para o seu saco com água. Nada mais foi dito antes de ele partir de Forsvik, de cabeça baixa, com o irmão Guilbert a reboque.

Foi muito duro para Arn perder em tão pouco tempo o tio e o pai. Foi duro para ele, assim como seria duro para qualquer outra pessoa. Também o próprio Arn achou que se a morte lançasse de imediato as suas garras num amigo da vida inteira, a dor iria ser maior, mais forte do que seria possível agüentar por qualquer um.

Mas ainda não tinha andado por muito tempo na companhia do irmão Guilbert — era assim que Arn se sentia — quando ele viu que essa tristeza era ao mesmo tempo maior e mais fácil de tolerar. Certamente, isso teria a ver com o fato de o irmão Guilbert ser um templário, um na longa lista de queridos irmãos que Arn perdera durante uma longa seqüência de anos. Na pior das hipóteses, ele tinha visto suas cabeças nas pontas das lanças em mãos de sírios ou egípcios intoxicados pela vitória e aos gritos. A morte de um templário não era como a morte de qualquer pessoa, visto que os templários viviam sempre na sala de espera da morte, sempre sabendo que eles próprios poderiam ser chamados no momento seguinte. Para aqueles irmãos que receberam a graça de viver incompreensivelmente muito, sem terem fugido ou transigido com a sua consciência, como o irmão Guilbert ou o próprio Arn, não havia razão nenhuma para a mínima reclamação. Deus reconhecera agora que a obra da vida do irmão Guilbert estava pronta e Ele chamou então um dos Seus mais humildes servidores para junto de Si. No meio do seu bom trabalho, com a pena de escrever na mão e tendo acabado naquele momento uma gramática de latim para crianças, o irmão Guilbert abaixou a mão, enxugou a tinta pela última vez e morreu em seguida, com um sorriso pacífico nos lábios. Foi uma graça de Deus ter morrido assim.

Em contrapartida, havia muita coisa mais difícil de tentar entender no que dizia respeito ao caminho que o irmão Guilbert teve de trilhar na sua vida na terra. Durante mais de dez anos, fora templário na Terra Santa, e poucos irmãos combatentes tiveram uma vida tão longa quanto a dele. Fossem quais fossem os pecados que o jovem Guilbert teve no seu passado, quando entrou em combate pela primeira vez com o manto branco, o certo é que logo os teria pago mais de cem vezes. E, no entanto, não foi concedida a ele a honra de ter sido chamado via direta para o Paraíso, que era a recompensa máxima para qualquer templário.

Deus guiou-o, em vez disso, para um recanto do mundo onde foi ser professor de um folkeano de cinco anos de idade, para educá-lo para templário e depois, contra todos os sentidos e contra toda a sensatez, acabou trabalhando com ele para outras finalidades totalmente diferentes vinte anos mais tarde.

No entendimento de Arn, a sua própria trajetória não tinha nada de incompreensível, já que a própria Mãe de Deus lhe tinha dito o que devia fazer: construir pela paz e construir uma nova igreja dedicada ao Santo Sepulcro. E foi isso que ele tentou fazer, na medida das suas melhores possibilidades.

Ele que tudo vê e tudo ouve, como os muçulmanos diziam, devia saber de tudo o que passava na cabeça daquele traidor e sangüinário Ricardo Coração de Leão quando este preferiu decapitar vários milhares de prisioneiros a receber a última parcela de um resgate no valor de cinqüenta mil besantes em ouro. Deus devia saber que esse ouro iria parar na Götaland Ocidental e do que ia ser feito com ele aqui. Depois de acontecido, era possível, muitas vezes, seguir e entender a vontade de Deus.

Mas agora ao cavalgar na direção de Varnhem e da sepultura do irmão Guilbert, o futuro continuava tão difícil de prever como sempre. O tempo de serviço do irmão Guilbert tinha terminado e Arn não conseguia pensar em nada, a não ser que um bom homem, com mais de dez anos de serviços prestados no próprio exército de Deus, tinha um lugar reservado no reino dos céus como recompensa.

O que lhe estava reservado, para ele, Arn, ele não sabia. Será que Deus queria, realmente, que ele vencesse o rei dinamarquês, Valdemar, o Vitorioso? Muito bem, tentaria fazer isso. Mas o que preferia era ver se o poder armado que ele construiu seria suficientemente forte para manter longe a guerra. O melhor que podia acontecer em Arnäs era ver que a fortaleza ali construída era tão grande que nenhum sitiante ousaria cercá-la. E que nunca uma única gota de sangue se perderia nesses muros. O melhor que poderia acontecer a esse exército de cavalaria que ele estava criando era nunca precisar atacar.

Se ele tentasse pensar em revista, clara e friamente, todos os seus desejos, a situação não estava nada boa. Logo depois da morte de Birger Brosa, o rei Sverker, diante do conselho em Näs, nomeou o seu filho Johan, recém-nascido do seu casamento com Ingegerd, para conde-ministro do reino, uma honraria que, por direito, pertencia a Erik, o conde, e a ninguém mais. O que o rei Sverker tinha por intenção fazer com o seu filho recém-nascido não era difícil de ver. E, em Näs, Erik, o conde, e seus irmãos mais novos eram mais tidos como prisioneiros do que como filhos de criação do reino.

As orações constituíam o único caminho para a clareza e a orientação, reconheceu Arn, resignado. Se Deus quisesse, o rei Sverker devia cair morto no momento seguinte e tudo terminaria sem guerra. Se Deus quisesse, de outra maneira, estaria à vista a maior guerra que jamais teria atingido a Götaland Ocidental.

Arn começou a rezar e rezou durante todo o caminho para Varnhem. Pernoitou no meio de uma floresta, fez uma fogueira, deitou o irmão Guilbert a seu lado, e continuou as suas orações, pedindo por clareza e esclarecimento.

No caminho entre Skövde e Varnhem, numa região que não era mais deserta, muitos ficaram pasmados ao ver o cavaleiro vestido de branco, com a marca de Deus, e com a lança atrás na sela e uma expressão severa no rosto pendente, passando sem ver nem saudar ninguém. Que o cadáver que ele estava levando atrelado também usasse o mesmo manto estranho não facilitava o reconhecimento. Era assim que os ladrões eram levados para a assembléia e para julgamento. E não um ser igual entre as gentes de valor.

Arn ficou durante três dias no mosteiro de Varnhem para a missa de corpo presente, os cânticos de salvação da alma e o sepultamento. O irmão Guilbert recebeu a honra de ficar sepultado sob o claustro num lugar ao lado do padre Henri.

Quando voltou para Forsvik, quase uma semana mais tarde, Arn chegou na companhia de um jovem monge com muitas dores de cavaleiro improvisado no cavalo do irmão Guilbert. Era o irmão Joseph d'Anjou, que iria ser o novo educador de Alde e Birger.

A morte não soltou as suas garras de Forsvik nesse ano triste de 1202. Pouco antes do dia de Todos os Santos, a mãe do capataz Gure, a competente tecelã e costureira Suom, estava à morte. Gure e Cecília ficaram ao seu lado, junto da cama, mas o padre Joseph, esse, ela rejeitou, decidida, até que lhe faltaram as forças e ela se deixou convencer por Cecília e seu filho e se deixou batizar e confessou seus pecados antes da morte. O batizado, ela não tinha nada contra, mas confessar seus pecados foi mais difícil. Para ela, os que viviam a maior parte da sua vida como escravos, não tinham muitas oportunidades para cometer aqueles atos que os senhores consideravam como pecados. Finalmente, no entanto, o irmão Joseph conseguiu falar com ela a sós e receber a sua confissão, o que lhe permitiu dar a ela o perdão dos pecadores e prepará-la para a vida depois da morte.

Entretanto, ele voltou muito pálido e disse para Cecília que a confissão, evidentemente, o impedia de abrir a boca, mas que ele não sabia o que seria melhor, se deixar que essa mulher levasse para a cova o seu grande segredo ou estimular Cecília para que tentasse extrair dela esse segredo. Essa meia revelação que, segundo Arn, quando ouviu falar dela, já era um atentado contra o compromisso de silêncio da confissão, deixou Cecília, como era de esperar, sem o menor descanso. O que é que uma mulher, escrava de nascença, e livre apenas nos últimos anos de sua existência, podia ter guardado como segredo na vida?

Cecília tentou convencer-se de que não era pura curiosidade da sua parte, mas, sim, vontade de esclarecimento, quando começou a fazer suas perguntas a Suom, cada vez mais fraca. Se alguma coisa estava errada, os que ficassem podiam sempre tentar fazer uma correção, e esse serviço, sem dúvida, era uma dívida que ela tinha de pagar para a sua querida Suom, raciocinava ela. Suom tinha espalhado muita beleza por Forsvik, com a arte e a competência das suas mãos. Prata, também ela tinha produzido como receita e já havia duas costureiras bem avançadas na trilha que a Suom tinha aberto. Se houvesse necessidade de consertar alguma coisa que a Suom tivesse deixado para trás, ela se encarregaria disso, decidiu Cecília.

Aquilo que ela, finalmente, acabou sabendo, deixou-a, no entanto, pensativa. Tinha acabado de herdar um segredo que não podia, de forma alguma, suportar em silêncio para a vida inteira. Também não seria uma coisa fácil de contar para Arn, em especial por sentir de imediato que o que ouviu podia acabar numa discussão com o seu marido. Seria a primeira discussão entre eles.

Ela foi primeiro para a igreja e rezou a sós no altar para Nossa Senhora, pedindo apoio para fazer o bom e o correto e não o que era errado e egoísta, atendendo às circunstâncias terrenas. Como acreditava saber que Nossa Senhora demonstrava não apenas para com ela, mas também para com Arn, toda a sua compreensão e boa vontade, ela rezou para Arn se controlar e, inteligentemente, receber o esclarecimento que lhe era devido.

Então, decidida, Cecília dirigiu-se diretamente para a casa das armas sem paredes onde ela sabia que Arn devia estar àquela hora do dia entre os mais velhos dos jovens senhores. Ele logo a avistou pelo canto do olho, embora parecesse cegamente ocupado com o jogo de espadas. Fez uma vênia para os seus jovens adversários, embainhou a espada e avançou logo na direção dela. Não era difícil ler no rosto dela que as notícias eram importantes. E, por isso, ele logo a conduziu para o meio da praça onde ninguém poderia ouvir a conversa deles.

— Não aconteceu nada de grave à nossa Alde, certo? — perguntou ele, recebendo dela como resposta apenas um aceno negativo da cabeça. — Suom já morreu, você quer que ela seja sepultada aqui em Forsvik ou em algum outro lugar? — continuou ele, cautelosamente.

— Eu ouvi dos próprios lábios de Suom aquilo que ela confessou para o irmão Joseph — sussurrou ela no ombro de Arn como se, realmente, nem ousasse olhar para ele.

— E o que foi? — perguntou ele, cordial, enquanto cautelosamente a afastava do seu corpo para olhar bem nos seus olhos.

— Gure é seu irmão e de Eskil. O senhor Magnus foi o pai de vocês três — respondeu Cecília, rápido, virando logo o rosto, como se ela se envergonhasse por ter dito a verdade. Sim, porque no mesmo momento em que ouviu a história da boca de Suom, ela soube que era verdade.

— E você acha que isso é verdade? — perguntou Arn, em voz baixa, sem o mínimo traço de irritação na voz.

— É verdade, sim — respondeu ela, olhando nos olhos dele. — Lembra que Gure é cerca de seis anos mais novo do que você. Quando seu pai se recuperava da morte da senhora Sigrid, Suom era jovem e, certamente, a mulher mais bonita de Arnäs. E a semelhança entre Gure e você e Eskil é tão grande que só o conhecimento de nossa parte de que ele nasceu como escravo nos impediu de a notar.

Cecília respirou fundo, pegando ar, depois de ter dito tudo, tal como Nossa Senhora a tinha aconselhado, de uma vez e sem rodeios, a verdade e nada mais do que a verdade.

Arn não respondeu. Acenou primeiro com a cabeça, pensativo, como que confirmando tudo. E aí virou-se e seguiu a passos largos em direção à igreja. Entrou e fechou a porta atrás de si. Cecília ficou aliviada e cheia de emoção contida ao ver como ele tinha recebido a notícia, estando certa de que lá dentro, junto do altar, estaria esperando uma boa e suave Mãe de Deus por aquele de seus filhos para quem Ela já tinha feito tantas demonstrações de amor.

Arn não ficou muito tempo lá dentro. E Cecília estava esperando por ele, junto do poço, na praça, no meio do burgo, quando ele saiu da igreja. Ele sorriu e estendeu a mão para ela. E seguiram para onde Suom estava, na cama, com o irmão Joseph e Gure, ajoelhados, rezando por ela. No entanto, ambos se levantaram diante da chegada dos senhores do burgo. Sem dizer palavra, Arn partiu em direção a Gure e o abraçou. É claro que Gure ficou meio tímido, mas não tão transtornado como se poderia esperar.

— Gure! — disse Arn, em voz alta, para que também Suom ouvisse. — A partir de hoje, você é meu irmão e irmão de Eskil, com todos os direitos e obrigações que isso implica! Eu desejaria apenas ter sabido antes da verdade. Isso porque em nada contribui para a minha honra saber que tive o meu próprio irmão como escravo, ainda que por curto tempo!

— Se a um escravo fosse concedido escolher o seu dono, então, escolhi muito bem — respondeu Gure, ainda timidamente, olhando para o chão.

Foi então que se ouviu um pequeno barulho vindo de Suom, de quem todos tinham desviado o olhar, e Arn dirigiu-se logo para a sua cama, caiu de joelhos e lhe disse diretamente no ouvido que ela estava deixando com eles um grande presente e que Gure seria elevado e integrado na família folkeana na próxima reunião da família. Ela não respondeu, mas sorriu. E esse sorriso não se desfez e ela nunca mais recuperou os sentidos.

Suom foi envolvida por um manto azul antes de descer à cova perto da nova igreja. Todos os cristãos de Forsvik estiveram presentes no seu velório, e foi então pela primeira vez que Gure se sentou no lugar de honra, entre Arn e Cecília.

A sua entrada para o clã folkeano foi rápida. Bastou uma semana depois da morte de Suom para ser convocada uma reunião do conselho de justiça para a parte norte da Götaland Ocidental, em Askeberga, e isso significava que todos os homens livres podiam apresentar ali as suas questões. Nos últimos anos, essas reuniões tornaram-se cada vez mais apreciadas e atraíam cada vez mais pessoas. Havia muita coisa para ser discutida e embora essas reuniões tivessem perdido parte do seu peso que mudou para o conselho do rei, elas se tornaram mais importantes para os folkeanos e erikianos que se sentiam cada vez mais empurrados para longe do rei e dos seus conselheiros em Näs.

Para Askeberga, viajaram Arn e Gure, lado a lado, e um esquadrão dos mais velhos dos jovens senhores e ainda Sigurd, que antes se chamava Sigge, e Oddvar, que antes se chamava Orm.

Para integrar um homem no clã numa assembléia era necessário o juramento do responsável pela integração, mais o juramento confirmatório de dezesseis familiares. O esquadrão de Forsvik era formado justamente por dezesseis homens que, embora jovens, eram todos folkeanos. Todos eles avançaram unidos como se fossem um só homem e fizeram o seu juramento com voz firme.

Na assembléia, Arn envolveu no manto azul dos folkeanos, primeiro, o seu irmão Gure, e depois Sigurd e Oddvar, que a partir daquele dia não precisavam mais se vestir de maneira diferente em relação aos outros jovens senhores de Forsvik.

Eskil também estava presente na assembléia. Ele parecia não estar tão satisfeito quanto Arn em ter encontrado um novo irmão, embora se consolasse com o fato de saber que não haveria problema com a herança de seu pai, Magnus, que já tinha sido partilhada antes, na forma da lei.

Que alguém na assembléia questionasse as indicações feitas por Arn seria a esta altura impensável. Se ele quisesse, poderia até transformar as pedras do caminho em membros folkeanos da família, tão fortes eram agora as esperanças dos folkeanos depositadas nele. Ninguém mais duvidava, nessa altura, de que haveria guerra contra o grupo dos sverkerianos e seus amigos dinamarqueses. Era inevitável.

A vida de Sune Folkesson mudou tanto que nem em sonhos poderia ser inventada. Nada do que lhe tinha acontecido no último ano podia ser imaginado antes, nem nos seus momentos mais negros nem nos mais iluminados. Nenhum jovem folkeano podia sentir como ele, ao mesmo tempo, a mesma dor e a mesma paixão no seu peito.

Já tinham se passado dois anos, desde que o senhor Arn o chamara para a sua própria sala em Forsvik e, a portas fechadas, lhe dissera o impensável, que ele devia se transformar em traidor. Devia deixar Forsvik onde tinha passado nove anos da sua vida e onde exercia agora um dos três mais altos comandos, respondendo diretamente perante o senhor Arn, e procurar serviço junto do rei Sverker.

Primeiro, Sune não quis acreditar em seus ouvidos ao escutar essas palavras que, ainda por cima, tinham saído da boca de Arn com voz tranqüila e amiga. Pouco depois, a situação começou a ficar mais compreensível, mas nem por isso menos perturbadora.

Desde que o conde Birger Brosa faleceu, continuou explicando o senhor Arn, lentamente, os folkeanos não tomavam conhecimento do que acontecia em casa do rei Sverker. Com os seus parentes, os erikianos, também não se poderia contar, visto que o mais proeminente,

Erik, o conde, era convidado, mas, na realidade, prisioneiro em Näs e jamais conseguiria sair de lá.

O conhecimento era meia vitória ou derrota, na guerra, e talvez houvesse guerra, visto que, ao que tudo indicava, o rei Sverker iria quebrar o seu juramento, mais cedo ou mais tarde, diante do conselho e da assembléia do reino. Ele tinha feito de seu filho Johan o conde-ministro do reino, desde o tempo em que era apenas um bebê. E era difícil de entender de outro jeito o de ser Johan e não Erik, o conde, o escolhido para ocupar o lugar de soberano do reino. Além disso, ele estava em contato com Valdemar, o Vitorioso, que era o adversário mais temido em toda a Escandinávia. No entanto, Valdemar não era nenhum Saladino e ninguém que não pudesse ser vencido. Mas era aí que o conhecimento da situação era ainda mais importante.

Sune Folkesson tinha possibilidades melhores do que qualquer outro de assumir a pesada tarefa de se apresentar como traidor. Sua mãe era dinamarquesa e ele não possuía nem bens nem ouro nas províncias götas. Por isso, seria fácil de acreditar que ele, como meio dinamarquês, teria sido tentado a procurar um serviço mais brilhante do que o de simples escudeiro num burgo folkeano.

O senhor Arn salientou que ele devia apresentar a questão justamente desse jeito, que era apenas um simples escudeiro num burgo na floresta, jamais um comandante de três esquadrões de cavalaria ligeira da espécie que os templários usavam. Escudeiro num burgo na floresta, era assim que devia ser. Além disso, quando eles o testassem com a espada e a lança, ele devia evitar demonstrar mais do que o necessário das suas habilidades. Isso iria causar assombro e suspeitas. Ele também não deveria tentar, de maneira alguma, se salientar e procurar ser escudeiro do rei em Näs, isso porque seria suficientemente tentador para os dinamarqueses aceitar um jovem folkeano com sangue dinamarquês.

O pior de tudo era ter de manter em segredo o que eles acabavam de combinar. Tudo ficaria como um segredo apenas entre os dois. Os próprios irmãos de Sune entre os jovens senhores de Forsvik iriam acreditar, por muito tempo, que ele os tinham abandonado e que era de cuspir cada vez que se mencionasse o seu nome, caso fosse mencionado.

Por que razão tinha que ser assim era mais simples de explicar do que entender. Se apenas Arn e ele fossem conhecedores do segredo, de que ele não tinha abandonado sua família e seus irmãos e que apenas era um informante infiltrado em Näs, ele jamais seria atraiçoado. Se os dois se encontrassem em Näs, deviam evitar olhar um para o outro ou mostrar desprezo um pelo outro.

E jamais eles deviam se encontrar ou trocar palavras mesmo no maior segredo, antes de chegar o dia em que Sune devia fugir para contar tudo. E então não seria para contar coisa pequena. Seria para informar quando e onde o exército estrangeiro iria entrar. Quando tivesse que escolher entre a vida e a morte, ele devia voltar para seus parentes para contar o que soubesse, mas nunca antes. Durante o tempo que estivesse em Näs, devia estar atento a tudo o que acontecesse e visse, tudo desde como os dinamarqueses cavalgavam ou qual o tipo de pontas de lança que usavam, tudo o que tivesse alguma importância. Esse tipo de informações tinha a sua importância, mas não valia a pena para justificar a fuga de volta.

Nas mãos do seu filho, Magnus Måneskõld, Arn deixaria uma carta fechada com sigilo, contando toda a verdade. Se ele morresse enquanto Sune ainda estivesse realizando a sua perigosa missão, a verdade ficaria por herança nas mãos dos folkeanos.

Ele precisava saber com toda a certeza ter condições de se dominar antes de fugir de Forsvik e procurar apoio nas suas orações. Não poderia levar consigo para Näs nada além das suas armas de treino. E para nenhum dos seus irmãos devia falar do assunto, antes de fugir. Ele poderia roubar e levar consigo uma pequena bolsa com moedas de prata, terminou dizendo Arn, jogando a bolsa para as suas mãos.

Sune tornou-se muito calado depois desse encontro e passava mais tempo do que qualquer outro dos jovens senhores na igreja. Numa noite de novembro, bem cedo, entre marinheiros sonolentos, ele subiu a bordo de um barco carregado de farinha e de vidros com destino a Linköping, mas desceu perto das quedas de Mo e seguiu a pé pela praia oriental do lago Vättern, até encontrar um pescador de trutas que em troca de um bom pagamento o levou para Visingsö.

Tudo aquilo que o senhor Arn tinha previsto a respeito da boa recepção que ele teria em Näs foi confirmado e até suplantado. Ao se apresentar ao comandante dos escudeiros do rei na manhã seguinte, primeiro, todos riram dele, achando que era muito jovem e pobre. Mas, quando ele disse que era folkeano por parte de pai e dinamarquês por parte de mãe e que já tinha prestado serviços como escudeiro durante muitos anos, a situação mudou. Teve de esperar até que o próprio marechal, um dinamarquês chamado Ebbe Sunesson, tivesse tempo livre para o receber. Daí em diante, tudo correu muito mais fácil do que ele esperava.

Ebbe Sunesson conhecia a sua mãe muito bem, visto ter casado novamente com um homem da família Hvide. E o marechal nem condenava essa mulher dinamarquesa por ela, ao voltar para a terra dos seus ancestrais, ter deixado para trás um filho. Quem poderia saber das dificuldades em retirar um filho das mãos daqueles folkeanos selvagens? Ao mesmo tempo, poderia pensar-se que, se ela tivesse sido bem-sucedida em trazer seu filho, o jovem Sune teria crescido como um verdadeiro dinamarquês. Talvez se pudesse ver a vontade de Deus nesse retorno de Sune para os seus parentes.

Entretanto, o sangue não era tudo. Sune precisava mostrar ser bom escudeiro.

Ele achou as provas fáceis e teve de se esforçar, pensando nas palavras de Arn, para não mostrar qualidades demais, deixando que a presunção sobrepujasse a sensatez. Os escudeiros dinamarqueses que receberam a incumbência de traçar armas com ele eram bem crus, mais do que seria permissível. Qualquer jovem de dezessete anos de Forsvik dificilmente teria problemas com eles.

Já no primeiro dia em Näs, ele pôde se vestir com o manto vermelho sverkeriano, e esse foi o momento mais humilhante da sua vida. À noite, pôde sentar-se à mesa do rei, já que a notícia de um animado folkeano ter aderido aos escudeiros do soberano havia se espalhado como boa.

Foi nessa primeira noite que os olhos de Sune caíram em cima dos de Helena, a filha do rei, e de seus longos cabelos louros. E ela olhou de volta muitas vezes.

Mas, na seqüência, ele não pôde mais sentar-se à mesa do rei, passando a servi-la. As tradições dos dinamarqueses eram muito diferentes das dos götas. Entre outras coisas, essa de servir à mesa. Não eram os escravos ou os libertos que serviam à mesa do rei à noite, mas jovens rapazes, a que chamavam de pajens. Por isso, Sune teve de começar a sua vida em Näs, não como escudeiro, como ele esperava, mas como alguém que fazia o serviço de escravos.

É claro que poderia ter perguntado se aquilo era um insulto ou não, mas essa questão caía para segundo plano sempre que ele via Helena, e isso acontecia todas as noites, e mesmo que ele nunca chegasse a poder falar com ela, os seus olhares se encontravam cada vez com mais freqüência, num secreto entendimento.

Nessa mesa real sempre se sentavam o rei, a sua nova rainha folkeana, Ingegerd Birgersdotter, e Helena, nos lugares de honra. Junto destes, ficava o marechal do reino, o dinamarquês Ebbe Sunesson. E acontecia que a rainha, de vez em quando, trazia o seu filho, Johan, o conde, sempre vestido como se fosse uma pequena coroa.

Com isso ela estaria ofendendo os quatro filhos erikianos, todos eles sentados no mesmo lugar à mesa, e ela tinha consciência disso. No entanto, fazia questão de falar alto em Johan como conde, enquanto se dirigia a Erik, o conde, como apenas Erik Knutsson. Quem a rainha Ingegerd achava que devia ser o próximo soberano do reino não era difícil de ver.

Erik, o conde, e seus irmãos Jon, Joar e Knut nunca demonstravam qualquer alegria em estar naquela mesa onde cada refeição era um insulto. Quando o rei, por vezes, falava deles como seus queridos convidados, fazia um brinde a eles, fingindo alegria em tê-los ali tão próximo, muitos dos dinamarqueses na sala riam aberta e grosseiramente. Os filhos de Erik eram prisioneiros em Näs e nada mais além disso.

Em relação a Sune, os filhos de Erik demonstravam a maior inimizade e diziam que tinham narizes sensíveis e que o cheiro de traidores não combinava com a cerveja e o assado. Eles, às vezes, bebiam demais, de tal maneira que tinham de ser arrastados para fora. O rei Sverker fazia de tudo para isso acontecer e não era raro pedir mais cerveja quando via que eles não queriam beber mais naquela noite.

Durante o primeiro outono, inverno e primavera, foi quase impossível para Sune ter uma boa noite de sono. Deitava-se numa sala úmida e fria, de pedra, junto com outros dez escudeiros que ressonavam e cheiravam mal. E ficava rolando na sua alcova o tempo inteiro. A vergonha da traição consumia-o, assim como a tristeza de ver os filhos erikianos ficarem bêbados e mostrarem o seu desprezo para com ele. Mas aquela chama com que Helena Sverkersdotter o incendiava consumia-o ainda mais, de modo que ele vivia entre o fogo e o gelo. Se sonhava ao acabar dormindo era com o rosto dela, os seus longos cabelos louros e seus bonitos olhos, mais do que qualquer outra coisa. Por isso, o verdadeiro sono chegava sempre como uma libertação nos casos em que ele, finalmente, conseguia chegar lá.

Antes da festa do *midsommar,* no meio do verão, aconteceria o décimo oitavo aniversário de Helena Sverkersdotter, que deveria ser festejado com uma grande programação em Näs. Em sua honra, iriam realizar-se torneios dinamarqueses e franceses, combates com tacos de luta e com espadas, coisas de que os simplórios sveas e götas nada entendiam.

Sune sabia muito bem que devia se afastar o mais possível dessas situações, tal como o senhor Arn o tinha avisado. Mas quando foi anunciado que o vencedor dos jogos teria a honra de como príncipe por dois dias sentar-se ao lado da jovem Helena, usando inclusive uma coroa, durante as festas, ele não pôde mais fazer a sua sensatez ser mais forte do que aquilo que o coração lhe pedia.

O combate ia ser realizado como um jogo francês em que todos os que se sentissem chamados poderiam participar, por sua conta e risco. A grande praça interna do burgo Näs foi limpa, e uma bancada de madeira, erguida ao longo de uma das laterais, onde o rei e os seus convidados podiam ter uma boa visão sobre os participantes.

Sune sofria angustiado ao ouvir os outros escudeiros falando sobre o torneio, de que a maioria estava disposta a participar, a cavalo e com o taco de combate. Para qualquer escudeiro era impossível vencer esse tipo de torneio. Isso era para qualquer dos senhores dinamarqueses fazer, mas já era uma grande honra não ser dos primeiros a cair, mas, sim, dos últimos.

Quanto mais os outros falavam da coisa e descreviam como se devia proceder no torneio, mais impossível se tornava para Sune contrariar a tentação. Por fim, acabou se vestindo como os outros, foi buscar um escudo vermelho, um taco de guerra e o cavalo no qual mais tinha gostado de cavalgar.

As trombetas e os tambores tocaram, dando início ao torneio com o desfile dos quarenta combatentes em volta da praça, passando em frente do rei e dos seus convidados. Dali a uma hora ou mais, apenas um dos cavaleiros continuaria em cima do cavalo. Para estimularem os concorrentes, todos se levantaram, e o rei ergueu a coroa destinada ao vencedor, a coroa da vitória. Nesse momento todos fizeram silêncio e rezaram um *pater noster* em voz baixa. E, então, soou um sinal estridente e, de repente, toda a praça se transformou numa mistura bem movimentada de cavalos e de combatentes, gritando e arfando, dando golpes uns contra os outros por puro prazer. Logo havia uns doze homens caídos no chão.

Cautelosamente, Sune manteve-se no círculo mais afastado de concorrentes e, de início, apenas tentou escapar dos golpes que lhe foram dirigidos, mais do que executar seus golpes para fazer cair os outros. Com um cavalo de Forsvik, pensava ele, não precisaria nem de levantar a mão contra qualquer deles, mas apenas escapar facilmente até ficar sozinho contra o último ainda a cavalo. Mas o seu cavalo dinamarquês era demasiado lento para uma estratégia ligeira como aquela e precisava ser ajudado através de comandos duros e nítidos dados com as rédeas e as esporas.

À medida que os escudeiros iam caindo, eram retirados do campo por cocheiros que também tentavam apanhar os cavalos soltos que só serviam para perturbar. Quando já metade dos escudeiros tinha caído, os senhores dinamarqueses começaram a se atacar uns aos outros, calculando que o vencedor estaria entre eles e que os restantes escudeiros ficariam mais fáceis de derrubar assim que houvesse mais espaço livre e o risco de um golpe azarento pelas costas diminuísse.

Por isso, Sune teve uma viagem fácil na primeira meia hora. Continuou cautelosamente circulando, evitando os golpes desfechados contra ele, e se movimentando ainda mais para não ser um alvo sentado e quieto.

Só quando restavam apenas dez concorrentes, Sune derrubou o primeiro homem da sela com um golpe desfechado por trás contra o elmo. Isso provocou risos e espanto entre os espectadores, visto que foi um dos senhores dinamarqueses que caiu. Mas, então, aconteceu que os outros também descobriram Sune e o tomaram como alvo principal, visto ser um dos últimos três escudeiros ainda em cima das selas. Logo correram e o caçaram à volta da praça, numa situação que não era totalmente sem perigo para os perseguidores, já que a maioria deles acabou caindo por golpes de combatentes cavalgando em sentido contrário.

Quando restavam apenas quatro senhores e Sune, teria sido mais inteligente se este se deixasse derrubar logo pelos melhores. Parecia, no entanto, que tudo estava arranjado para que vencesse o marechal Ebbe Sunesson, já que ninguém se dispunha a atacá-lo mesmo quando a posição era favorável. Mas a vontade ardente de Sune de se sentar ao lado de Helena era, de fato, muito mais forte do que a sua sensatez. Tinha poupado muito as suas forças e até ali usara apenas metade da sua capacidade. Agora a decisão estava próxima e se ele não quisesse desistir haveria de usar de toda a sua capacidade e conhecimento.

Quando dois dos senhores avançaram contra ele, ficando Ebbe e um quarto dinamarquês quietos na expectativa, Sune entendeu que com a maior seriedade poderia vencer o torneio. Ele cavalgou, dando uma volta na praça, com os dois em sua perseguição. Depois, embicou para dentro, parou o cavalo de repente, levantou-o, obrigando-o a derrubar com as patas dianteiras um dos combatentes, enquanto Sune derrubava o outro da sela com um golpe do taco de guerra na cabeça.

Ebbe Sunesson, então, jogou da sela para o chão o concorrente que estava quieto a seu lado, com as mãos em cima da parte mais alta e anterior da sela e totalmente despreparado para o golpe. Era como se o senhor Ebbe Sunesson quisesse mostrar que ele, certamente, não precisaria de ajuda, agora que ia entrar de verdade na luta. Ebbe cavalgou para a frente e para trás duas vezes em frente do rei e seus convidados, num galope reduzido, enquanto saudava todos com a mão e recebia aplausos, para então se virar para Sune que estava no meio da praça, aguardando o seu contendedor.

Quando o senhor Ebbe, lentamente e certo da vitória, começou a trotar na direção de Sune, para encurtar o espaço antes de desferir o ataque, Sune decidiu tentar uma arte simples, mas decisiva, que todos em Forsvik conheciam. Se o adversário não estivesse preparado ou subestimasse o perigo, era vitória na certa. Agora, se o adversário conhecesse o golpe ou o antecipasse, então, o atacante estaria perdido, sem salvação.

Como se ele estivesse com medo do marechal dinamarquês, Sune deixou-se caçar dando duas voltas na praça até que o senhor Ebbe, cada vez mais certo da vitória, se aproximou por trás e os espectadores gritaram de excitação. Foi então que Sune parou o cavalo, abaixou a cabeça para que o golpe do adversário passasse por cima e, ao mesmo tempo, desfechou o seu golpe contra o peito do concorrente perseguidor. O senhor Ebbe foi jogado para trás à distância de uma lança, caindo de traseiro e costas no chão.

Sune reuniu as rédeas, retirou o elmo, ajeitou as roupas, antes de se aproximar todo sério e se apresentar ao rei Sverker. Fez uma vênia com a mão direita pressionando o coração em sinal de fidelidade ao soberano e, por momentos, fixou o seu olhar nos olhos de Helena, antes de endireitar o corpo. Se a sua sensatez já estava perdida, ficou ainda mais perdida diante do olhar que ele recebeu de Helena.

Furioso, o senhor Ebbe chegou logo, querendo brigar. Que o trapaceiro, candidato a escudeiro, tinha tido sorte e que valia o destino de ser vencedor e que ele agora exigia como segundo colocado o direito de enfrentá-lo pela espada e para decidir a vitória.

O rei, primeiro, olhou em volta, espantado. Parecia que nunca tinha ouvido falar dessa regra especial. Mas alguns dinamarqueses à sua volta acenaram afirmativamente com a cabeça. Se a vitória ainda estava sob dúvida, estava claro que ela teria de ser decidida pela espada. O rei Sverker não pôde fazer outra coisa senão perguntar a Sune se ele aceitava a continuação da luta ou se preferia dar a vitória para o senhor Ebbe, visto que seria perigoso enfrentar um espadachim como ele.

Tão perto estava Sune de passar duas noites perto de Helena que nenhuma sensatez do mundo iria afetar a sua decisão de continuar. Ao voltar para a sala de armas junto da cavalariça, ele foi encontrar um grupo de escudeiros falando ao mesmo tempo, desejosos de lhe dar bons conselhos. A maioria dos conselhos se concentrava em defender o seu pé esquerdo, pois, mais cedo ou mais tarde, o senhor Ebbe sempre atacava esse ponto com a espada. Outros insistiam que era preciso ter cuidado quando o senhor Ebbe se fingia desequilibrado e virava o corpo pela metade. Era aí que ele desfechava o golpe contra o pé ou contra a cabeça do adversário, dando continuidade ao movimento de rotação do corpo.

Na sala de armas, havia vários escudos folkeanos, se bem que sem serem pintados há muito tempo e com defeitos por corrigir. Mas a tentação ficou grande demais quando ele verificou que um deles era perfeitamente semelhante ao que ele usava em Forsvik. Entre as espadas, ele não precisou escolher por muito tempo, visto que os dinamarqueses também não usavam espadas nórdicas como as que se viam nas Götalands, mas, sim, as francesas ou saxônicas iguais às que existiam em Forsvik.

Sune tinha a mesma altura do senhor Ebbe, mas os olhos se confundiam pelo fato de este último ter estado em pelo menos mil banquetes mais do que o primeiro e, por isso, parecia mais poderoso em sua armadura ao avançar e fazer uma vênia perante o rei e a rainha, enquanto Sune, ao levantar os olhos, apenas conseguiu ver os de Helena, preocupados.

Nos primeiros momentos da luta, Sune sentiu ter ficado frio e quase que paralisado de medo. Havia um peso e uma força extraordinários nos golpes do senhor Ebbe e ele atacava com ódio nos olhos como se os dois fossem inimigos no campo de batalha. E as suas espadas não eram de treino, mas bem afiadas. Quando reconheceu que era, realmente, a morte que estava diante de si, amaldiçoou a sua arrogância. Durante alguns momentos, não desfechou um único golpe mais, limitando-se a se esforçar em aparar todos os golpes e se desviar.

Tudo aquilo que os escudeiros haviam dito parecia confirmar-se. Isso porque, dali a pouco, Sune viu o golpe contra o pé esquerdo, por duas vezes. E, por duas vezes, viu o senhor Ebbe fingir ter perdido o equilíbrio, apenas para no momento seguinte rodar o corpo, rápido, e, furiosamente, desferir um novo golpe contra a cabeça de Sune.

O rei Sverker e seus convidados não gostaram nada do que estavam vendo. Um dia de festa não devia terminar em sangue e morte. No entanto, a honra proibia até o rei de se intrometer na luta de homem contra homem, depois de ela já ter começado.

Depois de o combate já ter corrido um bom tempo, Sune começou a pensar com mais clareza, chegando à conclusão de que os ataques, agora, começavam a ser mais lentos. Com o coração na boca, já tinha feito tudo o que aprendera desde criança, mesmo sem tempo para pensar, apenas para contar um, dois, três para si mesmo, movimentando-se justamente ao contar três, para ver a espada do adversário passar perto da cabeça ou perto do pé esquerdo que tinha acabado de retirar do lugar. Então, ele se encheu cada vez mais de autoconfiança e da certeza de que era um forsvikariano e aquilo que fazia em casa, em Forsvik, podia também fazer ali.

Passou, então, a atacar também, em vez de apenas se defender, empurrando o senhor Ebbe diante de si, não lhe dando nenhum descanso, nem lhe dando a oportunidade de voltar a desferir seus golpes contra o pé ou a cabeça, embora estivesse na hora de ele também começar a pensar em terminar a luta. Isso porque não era difícil saber como perder uma luta dessas. Mas como ganhar? Não teria ele, o sábio senhor Arn, avisado que não era para fazer muito estardalhaço de si mesmo? E se ele matasse o marechal do reino?

Quanto mais eles continuavam a luta, mais a respiração do senhor Ebbe ficava pesada e mais surgia a oportunidade de Sune lhe aplicar um golpe para o deixar bem mal. Decidiu, então, não o matar e deixar que a luta continuasse até que o outro não agüentasse mais. Notava-se nitidamente quem tinha o dobro da idade e quem estava cansado em dobro.

Junto do rei, alguns dos fidalgos dinamarqueses já tinham começado a segredar no ouvido dele que a luta, apesar de todos os costumes, devia ser interrompida, antes que acontecesse o pior e terminasse com um desastre. Menos cansado com a continuação da luta o senhor Ebbe não ficaria e o jovem folkeano já poderia ter acabado com ele, se quisesse.

No entanto, o rei não precisou interferir. De repente, o senhor Ebbe levantou a mão e dirigiu-se ao rei, dizendo que perdoava o jovem combatente. Na verdade, acrescentou ele, ainda ofegante, seria ruim ter de matar um jovem tão desenvolto, um jovem que ainda poderia servir ao seu rei em outras oportunidades, em vez de ir para a cova cedo demais.

Com o sorriso mais inocente do mundo, o rei aceitou, pensativo, essas palavras aparentemente nobres e inteligentes e fez sinal para Sune e lhe perguntou se gostaria de aceitar a vitória sob essas condições. Uma porção de respostas loucas passou pela cabeça de Sune como se fossem andorinhas, mas ele conseguiu morder a língua, respondendo, com uma vênia, que era uma grande honra poder receber esse favor do espadachim mais poderoso que ele tinha defrontado e jamais visto.

Era, sem dúvida, a maior mentira que Sune tinha pronunciado desde que chegou a Näs. Mas, pelo menos com uma ponta de bom senso, ele tentou equilibrar a sua loucura.

Todavia, talvez fosse essa loucura de Sune que salvou o futuro reino. Do jeito que os acontecimentos se encaixaram depois numa longa cadeia, salvaram-se muitas vidas, embora muitas mais tivessem perecido.

Durante duas longas noites, antes de se recolherem, cada um para o seu lado, Sune ficou sentado ao lado de Helena, com a coroa da vitória na cabeça. E esse tempo foi mais do que suficiente para que a brasa que ardia nos dois se transformasse logo em altas chamas.

Nessas duas noites, em que, evidentemente, estiveram diante dos olhos de todos, necessitando se comportar segundo as regras, eles puderam confessar seus sentimentos recíprocos. E não só. Combinaram entre si coisas mais terrenas, como se encontrarem a sós em uma sala ou em algum lugar o mais parecido com uma sala possível, desde que ousassem fazê-lo.

Helena era filha do rei e ainda estava muito longe de ser decidido para que casamento ela devia ser usada. O rei Sverker tinha as suas esperanças de poder casá-la com o rei dinamarquês, Valdemar, o Vitorioso. A esse respeito, as esperanças não eram muito grandes, visto que um soberano tão poderoso quanto ele devia casar-se com alguém do reino dos francos ou dos germanos. Embora enquanto Valdemar, o Vitorioso, continuasse solteiro, a esperança persistia.

Na pior das hipóteses, Helena poderia casar-se pela causa da paz com algum folkeano ou até mesmo com um erikiano. Enquanto não se tivesse a certeza, ela continuaria amadurecendo e ficaria, talvez, ainda mais bonita do que já era. Na realidade, o rei Sverker já a devia ter deixado em algum dos conventos da família, em Vreta ou Gudhem, para a preparar para o noivado com o homem ainda a indicar por ele. Mas ela era muito querida por ele. Ela lhe relembrava o tempo em que, por variados motivos, ele fora mais feliz do que agora como rei. A mãe dela, Benedikta, tinha sido uma mulher doce e amiga, enquanto a nova rainha, Ingegerd, era dura e grosseira no linguajar, tão desejosa de poder como se fosse um homem. Assim que lhe deu um filho, ela fez todas as artes para não mais recebê-lo em si e o importunava com censuras, não só por problemas de somenos como também com intrigas suficientemente perigosas para custar a vida de todos. Helena era uma espécie de recordação bonita e uma permanente lembrança de tempos felizes. Por isso, não queria deixá-la no convento.

Mas ele teria feito isso, sim, de um momento para outro, se soubesse com quem ela se encontrava durante as noites. Esses encontros, porém, eram quase virtuosos, visto que Helena tinha jurado diante de Deus não deixar que nenhum homem entrasse no seu quarto de dormir durante a noite. O quarto dela tinha servido, antes, como sala do conselho do reino, conselho que fora dilatado a um ponto que teve de mudar de lugar de reunião. Assim, a câmara de Helena ficava bem em cima, na torre oriental das duas que Näs tinha. E era lá que crescia uma forte trepadeira, perfeita para um jovem ardentemente apaixonado subir.

Quando ela acendia duas velas na janela, era o sinal para Sune, que, depois da sua vitória no torneio, ficou com o comando sobre uma parte dos escudeiros. E era para ele muito fácil justificar seus passos junto dos muros, mesmo durante a noite, para verificar se os sentinelas estavam fazendo o que deviam.

Muitos foram os encontros de ambos junto da janela, já que ele jamais entrou no seu quarto, mas, sim, no seu coração. Ele permanecia na janela até que seus braços ficavam dormentes, agarrados à trepadeira, durante tanto tempo. E ainda demorava um bocado para chegar à dormência, pois Sune estava fisicamente bem preparado e mais interessado do que ninguém.

Os dois não desistiam diante da falta de esperança. Recusavam-se a admitir que ela era filha de um rei, destinada a ser presenteada a alguém melhor do que um simples escudeiro. Os dois achavam não ter qualquer importância o fato de um ser sverkeriano e o outro, folkeano. E prometeram um ao outro eterna fidelidade duas semanas depois, quando ele se atreveu a esticar o corpo e a lhe dar o primeiro beijo.

Como se amavam tão desesperadamente quanto ardorosamente, Helena passou a contar para Sune coisas que lhe poderiam custar a cabeça por traição, se alguém ouvisse. Mas era como se ela tivesse apenas uma pessoa em quem confiar. E foi assim que uma noite, já no fim do verão, ele ficou sabendo que os dias de Erik, o conde, e dos seus irmãos estavam contados. A rainha Ingegerd tinha exigido a vida deles para segurança do seu próprio filho, Johan, e seu direito legítimo à coroa do reino. Foram muitas as vezes em que ela, tal qual uma cobra, tinha deixado as gotas do seu veneno nas orelhas do soberano, dizendo saber que os erikianos, na realidade, estavam apenas esperando a hora certa para matá-lo. A toda hora, ela via novos sinais secretos de conspiração, crescendo em Näs.

Finalmente, o rei Sverker cedeu. Os erikianos deviam ser afogados e entregues em Varnhem para serem sepultados e nenhuma marca devia existir neles de facadas ou punhaladas. A história que deveria ser contada era de eles terem ido pescar trutas no lago e uma das muitas correntes caprichosas do Vättern no outono lhes ter tirado as vidas.

Sune sentiu uma grande tristeza ao ouvir o que ela lhe disse. Talvez não se preocupasse tanto com a sorte dos irmãos erikianos, mas pelo fato de saber que esse conhecimento adquirido ia obrigá-lo a voltar logo para Forsvik e, com isso, a separar-se de Helena. A não ser que arranjasse um jeito de avisar os erikianos.

Nas refeições feitas à noite, Sune costumava sentar-se bem ao lado de Erik, o conde, e seus irmãos, embora todos eles se recusassem a falar com ele. Eles o tratavam como alguém que não viam, tal como um traidor merecia ser tratado. Em voz alta para que todos escutassem, Erik, o conde, lamentou mais de uma vez que Ebbe Sunesson não tivesse tirado a cabeça de Sune no torneio, mas que talvez ainda não fosse tarde demais.

Como se fosse um insulto especial o de se sentar ao lado de Sune, os erikianos se substituíam uns aos outros, diariamente, nesse sofrimento. Uma noite, na vez de Erik, o conde, se sentar ao seu lado, Sune viu chegar a oportunidade que esperava ansiosamente.

— O rei tem a intenção de mandar afogar vocês e dizer que foi uma tempestade que os apanhou quando estavam pescando. E vocês têm pouco tempo para fugir — disse ele, em voz baixa, mas com um sorriso, ao estender para Erik um pedaço de carne, com uma vênia respeitosa.

— E por que razão devo acreditar em um traidor como você? — resmungou Erik, o conde, mas não tão alto.

— Porque sou um homem do senhor Arn e não do rei. E porque o tornarei uma cabeça mais curto se alguém ouvir essas palavras agora ditas entre nós — respondeu Sune, enquanto cortesmente servia mais cerveja de um jarro.

— E para onde devemos fugir? — murmurou Erik, o conde, agora, de repente, mais tenso e sério.

— Para Forsvik. Lá existe defesa e os cavaleiros do senhor Arn — respondeu Sune, levantando o seu caneco. — Mas o tempo é escasso. Vocês não vão ter muitas noites mais.

Erik, o conde, acenou com a cabeça e levantou também o seu caneco para Sune, causando o espanto dos seus irmãos.

Dois dias mais tarde, houve um grande alvoroço em Näs ao se descobrir que Erik, o conde, e seus irmãos tinham fugido. Ninguém sabia para onde, nem como, e de nada serviu chicotearem os guardas de serviço naquela noite.

A desconfiada rainha Ingegerd jogou alguns olhares de viés para Sune. Ela achava ter visto quando Sune e Erik, o conde, falavam em voz baixa contra seus hábitos há pouco tempo. O rei Sverker, por seu lado, achava que era impossível que justo Sune, o corajoso e fiel homem de armas, pudesse ter avisado o grupo de erikianos. Afinal, como é que ele poderia ter sabido do que se passava na cabeça do rei, da rainha e do marechal do reino? Quem dos três podia tê-lo traído num caso desses? Ebbe, cujos sentimentos para com o jovem Sune não eram segredo para ninguém, depois da derrota sofrida no torneio, teria ele confiado o segredo a ele? Caso contrário, teria ele próprio, o rei, ou a rainha, confessado? Não, os erikianos tiveram sorte e isso era tudo. Que eles não tinham nenhuma razão para se sentir nada bem em Näs isso era claro como água.

O soberano fez a única coisa que podia fazer. Prometeu dois marcos em ouro puro para quem desse informações sobre o lugar onde os erikianos estivessem escondidos, visto que engolidos pela terra é que não tinham sido.

Demorou um ano para ele saber que todos os quatro se esconderam em um burgo ao norte da Götaland Ocidental, um burgo folkeano denominado Älgarås. Então, deu ordens a Ebbe Sunesson para armar cem cavaleiros e ir buscar os quatro, vivos ou mortos. E que, neste caso, trouxessem-lhe as cabeças.

Sune soube que os erikianos tinham sido encontrados e deviam morrer, naquela mesma noite que seria o seu último momento à janela de Helena. Foi apanhado. A rainha mandou os seus próprios guardas fazerem a vigilância daqueles de quem ela desconfiava mais, a filha do rei e Sune.

Sune foi jogado logo no porão da torre, sem que sequer se preocupassem em molestá-lo muito. Possivelmente, os escudeiros que o levaram devem ter pensado que seria um pecado e uma vergonha se ele não pudesse andar pelas suas próprias pernas para a forca e morrer honrosamente como o homem que mostrara ser.

Lá no porão da torre, Sune ouviu durante a noite o barulho de estribos e de armas, o que significava que os cem cavaleiros do rei estavam se aprontando para partir ao amanhecer e ele amaldiçoava a si próprio. Tinha levado longe demais a sua missão. E lamentava não só que o amor o tivesse levado para a morte e também talvez os quatro filhos do rei, como ainda o estivesse jogando para o desespero, o que era um grande pecado. Aquele que se desesperasse estaria cavando a sua própria sepultura. Começou, então, a rezar a Santo Örjan, o protetor dos cavaleiros e dos magnânimos.

Quando a noite estava mais escura, ele ouviu uma chave na porta da sua prisão, e dois homens em roupas escuras entraram no buraco onde estava e levaram-no para cima, pelas escadas, de maneira cordial, mas em silêncio. Lá em cima, esperava-o Helena. Os dois se despediram num rápido murmúrio. Ela seria mandada para o convento de Vreta e recebeu dele a promessa de que a iria buscar assim que pudesse. Primeiro, ele tremeu e hesitou diante da idéia de invasão e seqüestro num convento, que era um dos atos mais baixos que um homem podia cometer. Mas ela lhe assegurou que, primeiramente, jamais faria os seus votos. Era filha de um rei e não daria para ser freira. E, em segundo lugar, no dia em que ela visse mantos azuis chegando ao longe, na direção de Vreta, ela iria correr, saindo logo ao seu encontro.

Sune jurou, então, que ele e seus parentes, um esquadrão no total, todos com mantos azuis, e à luz do dia para que fossem vistos bem ao longe, iriam buscá-la em Vreta.

Os dois se beijaram em lágrimas e em seguida ela o afastou com as mãos, desaparecendo na escuridão.

Na fortaleza, embaixo, havia um pequeno barco esperando. O vento vinha do sul e em uma noite o levaria para Forsvik.

Ao amanhecer, Sune foi deixado perto de Forsvik com suas roupas sverkerianas rasgadas e sujas. Os seus dois acompanhantes deixaram logo o porto e tomaram o curso do norte. Eles nunca mais pisariam em Näs e também não precisavam fazê-lo. Helena tinha dado para eles as suas jóias de ouro e pago a eles mais do que suficiente para levarem uma boa vida em qualquer lugar.

Nas primeiras horas da manhã, eram poucas as pessoas em movimento em Forsvik, mas quando um dos jovens senhores ia a caminho da retrete e avistou Sune, correu logo e fez soar o alarme, tocando o grande sino. Alguns momentos depois, Sune estava rodeado de jovens senhores armados e furiosos, jogando para cima dele palavrões e o acusando de traidor. Logo em seguida, foi amarrado de pés e mãos e levado para junto do sino que era o lugar de reunião em caso de alarme. Chegados lá, ele foi obrigado a se ajoelhar enquanto todos esperavam pelo senhor Arn, que veio correndo já usando pela metade o colete de aço.

Quando Arn viu Sune, parou, sorriu e puxou pelo seu punhal.
Fez-se um silêncio completo quando ele se dirigiu até o aprisionado Sune e lhe cortou as amarras dos pés e das mãos e o abraçou, beijando o seu rosto de ambos os lados.

Os jovens senhores que estavam agora quase todos no lugar de reunião, com a exceção de alguns retardatários que continuavam chegando enquanto ainda se vestiam, tinham deixado de lado a sua fúria e passaram a olhar uns para os outros, questionando o que estava acontecendo.

— Observem as palavras do Senhor, forsvikianos! — disse Arn, estendendo o braço direito e pedindo atenção. — Aquilo que vocês vêem nem sempre é aquilo que vocês vêem e nunca julguem os outros pelas roupas que vestem. Este aqui é o nosso irmão Sune Folkesson que a nosso serviço e correndo risco de morte foi nosso informante em casa de Sverker em Näs. Foram as palavras de Sune que salvaram a vida de Erik, o conde, e seus irmãos. Por isso, eles vieram até nós, escapando da morte em casa do rei, sem escrúpulos. Todos aqueles que pensaram mal de Sune devem pedir desculpas, primeiro a Deus, e depois ao próprio Sune!

Os primeiros que avançaram para abraçar Sune foram Bengt Elinsson e Sigfrid Erlingsson. Depois, seguiram-se todos os outros.

Arn ordenou, depois, que o balneário fosse aquecido e que novas roupas folkeanas fossem trazidas e que os andrajos vermelhos usados por Sune fossem queimados. Sune tentou objetar que tinha informações urgentes e não havia tempo para tomar banho, mas então Arn acenou com a cabeça negativamente, dizendo sorridente que nada era tão urgente que não exigisse pensar antes de agir. Que não era uma pequena coisa aquilo que obrigara Sune a abandonar o seu posto em Näs, isso ele entendia bem, visto que Sune decidiu ficar na sua missão perigosa mesmo depois de ter salvo Erik, o conde, e os seus irmãos.

Mesmo assim, Sune tomou um banho rápido no balneário e já estava a caminho da casa de Arn e Cecília, ainda acabando de vestir a roupa folkeana, não se esquecendo de murmurar uma prece para abençoá-la. Lá dentro, esperavam-no o pão sarraceno ainda fresco e uma forte sopa de carneiro, o próprio senhor Arn e a senhora Cecília, a qual o abraçou, com lágrimas nos olhos, e lhe deu as boas-vindas.

Enquanto comiam, Sune contou curto e rápido tudo o que era mais importante. O rei Sverker, finalmente, acabara de saber que Erik, o conde, e seus irmãos estavam escondidos em Älgarås e mandara cem homens armados para assassiná-los. Se era verdade que os irmãos erikianos estavam, de fato, em Älgarås, já não havia muito tempo para interferir.

Arn acenou que sim, lamentando. Era verdade. A conselho de Bengt Elinsson, Erik, o conde, e os seus irmãos mudaram-se para Älgarås, primeiro porque não havia sverkerianos pelas redondezas e, segundo, porque o rei, certamente, iria mandar procurá-los mais em Eriksberg, no sul, do que em alguma aldeia folkeana no norte. Erik, o conde, também foi suficientemente inteligente para, a portas fechadas, contar para Arn como Sune o avisara. Acrescentou que não tinha dito nem uma palavra para ninguém a respeito do assunto. E, em contrapartida, Arn confirmou que Sune sempre esteve a serviço de Forsvik, embora usasse em Näs o manto vermelho dos sverkerianos. Além disso, ainda contou um pouco sobre a maneira estranha como

Sune se esforçava para não aparecer, mas sobre isso era melhor falar mais tarde. Na verdade, o tempo urgia.

Três esquadrões armados, dois de cavalaria ligeira e um de cavalaria pesada, bem defendida, saíram de Forsvik naquela manhã. Durante a inspeção da tropa e antes de partir, Arn chamou a atenção de todos para o fato de não se tratar mais de exercício. O que agora ia acontecer era o que tinha sido exaustivamente treinado. Por isso, as espadas de treino tinham sido substituídas por espadas de verdade. E as pontas das flechas e das lanças também estavam bem afiadas.

Talvez tivesse sido melhor sair de Forsvik apenas com cavalaria ligeira e não com um esquadrão de cavalaria pesada que retardava a marcha dos outros. Só depois se chegou a essa conclusão, mas depois até os idiotas conseguem acertar.

Pelo que Sune contou a respeito dos cavalos e das armas dos escudeiros dinamarqueses, Arn ficou convencido de que era melhor levar pelo menos um esquadrão de cavalaria pesada, já que iriam enfrentar uma força com o dobro dos homens.

Älgarås estava em chamas quando eles chegaram, as labaredas e a fumaça podiam ser vistas a longa distância. Arn teve de empregar palavras duras para manter os seus cavaleiros num trote tranqüilo, isso para não chegarem cansados ao encontro com dinamarqueses e sverkerianos.

Depois desse insuportável e angustiante trote, e tendo chegado à distância de ataque, Arn e seus comandados verificaram que os homens de mantos vermelhos estavam entrando no burgo através de uma brecha aberta na paliçada de madeira. Não havia tempo a perder. Arn mandou atacar com a cavalaria pesada na frente para um embate frontal com velocidade e força. Mandou ainda que Bengt Elinsson ficasse do lado de fora dos muros com um dos esquadrões ligeiros e limpasse a área de todos os mantos vermelhos.

Os homens do rei Sverker estavam tão excitados que só tarde demais descobriram o barulho produzido pelos cavaleiros de mantos azuis, chegando todos unidos, joelho colado em joelho, com as lanças em riste. Os folkeanos arrasavam com tudo na sua frente, no caminho para Älgarås.

A um canto da praça do burgo, havia um grupo lutando, formado por gente da casa com Erik, o conde, na frente. Os cavaleiros pesados com as suas malhas de aço desviaram-se para o lado e, então, surgiu o esquadrão comandado por Sigfrid Erlingsson. A maioria dos sverkerianos e dinamarqueses fugitivos acabou sendo apanhada fora dos muros pelo esquadrão ligeiro de Bengt Elinsson. Não foram feitos prisioneiros. Poucos foram os inimigos que sobreviveram, entre eles Ebbe Sunesson.

Erik, o conde, foi o único sobrevivente entre os seus irmãos e ferido em vários lugares. Por toda a praça, jaziam mortos muitos folkeanos, jovens e velhos. Até mesmo escravos e cabeças de gado tinham sido abatidos.

Erik, o conde, foi grande no momento de tristeza. Embora andasse desequilibrado pelo cansaço e sangrando no rosto, nas mãos e numa coxa, ele manteve uma curta conversa com Arn, ainda ofegante. Aí limpou a sua espada do sangue e convocou os três comandantes, Sune, Sigfrid e Bengt, e os seus homens logo abaixo, Sigurd que antes se chamava Sigge, e Oddvar, que antes se chamava Orm, além de Emund Jonsson, filho de Ulvhilde. Ordenou que se ajoelhassem e, como novo rei dos sveas e dos götas, os armou cavaleiros.

Foram os primeiros a serem armados cavaleiros fidalgos do novo reino que estava por vir.

XII

DEMOROU UMA SEMANA INTEIRA, antes de os cavaleiros que saíram de Forsvik voltarem. Muita coisa precisava ser limpa depois da luta em Älgarås, onde mais de noventa dinamarqueses e sverkerianos foram jogados numa cova coletiva, enquanto que os moradores assassinados foram levados para a igreja para um funeral cristão.

Dois dos forsvikianos morreram na luta e quatro ficaram muito feridos, sendo que dois estavam tão mal que Arn nem quis se responsabilizar por levá-los para Forsvik para sarar suas feridas. Ibrahim e Yussuf não estavam mais no país, agora que a sua ajuda seria mais preciosa. Com uma oração ardente e o seu nome como templário, Arn escreveu uma carta curta no único pedaço de pergaminho que encontrou em Älgarås, mandando-a para os irmãos hospitalários em Eskilstuna. Os dois feridos seguiram de carroça para Örebro e, depois, numa viagem mais tranqüila para Hjälmaren, para o hospital dos irmãos hospitalários.

Os dois forsvikianos mortos foram envolvidos em mantos azuis e mandados para os seus parentes.

Como muitos forsvikianos seguiram, feridos ou mortos, para os parentes e amigos, parecia que a sua força estava reduzida pela metade ao voltar. E pelos rostos de Erik, o conde, e de Arn, nada de bom era de esperar. Eles entraram no burgo na frente da tropa que, a distância, provocou o toque do alarme em Forsvik logo que avistada. Para a rainha viúva, Cecília Blanka, que foi a primeira entre os que, inquietos, foram receber os que regressavam, estava reservada a pior notícia. Coube a Erik e Arn informarem a ela sobre a morte de três dos seus filhos, todos assassinados no mesmo dia. Estavam envoltos em mantos azuis numa carroça, atrás, no fim da coluna de cavaleiros.

Cecília Blanka teve uma vertigem, caiu no chão e ficou rolando em silêncio para a frente e para trás, se agarrando e arranhando o chão até as suas unhas quebrarem e o sangue escorrer. Finalmente, soltou um grito lamentoso que dilacerou o coração de todos. Erik, o conde, levou-a então para a igreja e ficou por lá durante muito tempo com ela.

Arn ordenou que se cuidasse dos cavalos e das armas e que se levassem os três corpos dos erikianos para a casa refrigerada onde se guardavam as carnes. Não era um lugar muito honroso para os filhos do rei, mas seus corpos já tinham começado a cheirar mal e logo teriam que ser sepultados.

A sua Cecília, ele levou consigo para a sua câmara, fechou a porta e contou em poucas palavras e, na opinião de Cecília, com muito frieza, o que acontecera. Os três filhos do falecido rei Knut tinham sido assassinados por gente de Sverker. Os forsvikianos tinham dado conta de quase todos os cem homens mandados pelo rei Sverker, e apenas uma pequena quantidade sobreviveu. Dessa maneira, a guerra havia chegado às províncias de Götaland, embora ainda fosse demorar um longo tempo, antes de as batalhas propriamente ditas começarem. Agora, a primeira coisa a fazer era sepultar os irmãos de Erik. Arn sugeria que isso fosse feito na igreja de Riseberga, visto que era o mosteiro mais próximo e uma viagem para Varnhem agora seria perigosa e longa demais, além de quente demais para quem falecera há uma semana.

Cecília tinha dificuldade em responder de pronto à pergunta de Arn sobre Riseberga, visto que estava muito confusa por não reconhecer o marido na sua frente. Os olhos dele tinham ficado menores e frios e ele falava de maneira espasmódica e dura. Momentos mais tarde, concluiu que aquele era um outro Arn para ela desconhecido. Não mais aquele Arn gentil e amado ou o pai de Alde. Era o guerreiro da Terra Santa.

Erik, o conde, pareceu para ela do mesmo jeito, quando chegou abraçado à sua mãe, encolhida e tremendo e a deixou com Cecília como se fosse uma criança. Erik logo chamou Arn ao lado para saber em poucas palavras quando poderiam viajar para Riseberga.

Ainda nesse dia o funeral partiu de Forsvik. A maioria dos jovens senhores que combateram em Älgarås ficou em Forsvik. As conversas de quem acabara de chegar da sua primeira luta com armas de verdade e vencera mal condiziam, na opinião de Arn, com a atmosfera de um cortejo fúnebre. Em vez deles, armaram-se três esquadrões com armas afiadas e os homens que tinham permanecido antes em Forsvik. Mas os seis que tinham sido nomeados cavaleiros por Erik, o conde, esses iriam junto como mandava a honra recebida.

Em Riseberga, ficaram sepultados os três filhos do rei e, pelas orações encomendadas, Erik deixou uma boa soma que Arn e Cecília lhe emprestaram. A mãe, Cecília Blanka, ficou no convento, enquanto o cortejo fúnebre voltou para Forsvik. Por quanto tempo ela ficaria em Riseberga, se para sempre ou por um curto período, nem ela sabia, nem ninguém.

Naquele outono e começo de inverno, os cavaleiros folkeanos e erikianos viajaram para todos os lados. Erik, o conde, foi para a Noruega, tentar a ajuda de quem quisesse lutar e entrar na guerra. Eskil e o seu filho, Torgils, assim como Arn e Magnus Måneskö1d, fizeram uma longa viagem pela Svealand onde a notícia do ignominioso assassinato dos três filhos erikianos provocara furiosas reações. Os sveas pareciam considerar, de alguma maneira, o clã erikiano como a sua família real. As relíquias de Santo Erik, o avô de Erik, o conde, passavam em procissão pelos prados de Uppland para augurar boas colheitas. Na assembléia da justiça nas chamadas pedras de Mora, perto de Aros Oriental, os sveas presentes responderam a uma voz, que queriam pegar em armas de imediato. Isso os folkeanos do sul conseguiram conter, visto que um exército de sveas precisaria de terreno mais firme por baixo dos pés do que a lama do outono para fazer jus à sua coragem, tal como Arn pôs, cautelosamente, a questão. Pelo que viu dos guerreiros da Svealand presentes na assembléia, Arn achou que não seria muito aquilo que eles poderiam realizar contra os cavaleiros dinamarqueses. Depois de muitos discursos em alto e bom som, todos concordaram em que os sveas deviam comparecer com toda a sua força na Götaland Oriental, concentrando-se em Bjälbo, na primavera.

Na volta para casa, os folkeanos pararam em Eskilstuna, onde Arn envergou o uniforme de templário e visitou o hospital dos irmãos hospitalários. Caso tivesse esperanças em encontrar alguns cavaleiros da Ordem, em Eskilstuna, elas caíram logo por terra. Os irmãos dedicavam-se quase que unicamente ao tratamento de doentes e Arn teve de desistir de obter reforços com os melhores guerreiros do mundo, equiparados aos templários. Mas ele foi muito bem recebido e com todo o respeito pelos irmãos que, além disso, fizeram um bom trabalho, quase como se fossem sarracenos, nos dois jovens senhores feridos em Älgarås. Estariam prontos para montar de novo na primavera.

Depois do ano-novo, foi convocada uma reunião da família folkeana em Arnäs, onde estaria presente, também, Erik, o conde, de volta da sua viagem à Noruega. Esta tinha se transformado numa grande decepção. Os noruegueses, mais uma vez, andavam às turras uns com os outros, estando todos ocupados com a sua própria guerra. Erik trazia, no entanto, saudações de Harald Øysteinsson que tinha se transformado em conde entre os birkebeinianos em Nidaros, recebendo grandes burgos como feudos. Harald prometeu que assim que vencesse viria ajudar os folkeanos e erikianos. Era uma promessa de muito pouco valor.

Antes da reunião dos folkeanos, Erik, o conde, que há muitos anos não visitava Arnäs, deu uma volta pelos novos muros do castelo, junto com Arn. Ele não se cansou de elogiar a tremenda força de resistência que viu na fortaleza, mas, segundo ele, essa força também o fazia hesitar um pouco. Quando Arn lhe perguntou, francamente, no que ele estava pensando, Erik disse que seus olhos não podiam deixar de notar como Arnäs tinha crescido. O que ali se via era uma força folkeana muito maior do que qualquer outra. Os cavaleiros que Arn educava em Forsvik, os mesmos que facilmente tinham vencido mais do que o dobro de adversários em Älgarås, fortaleciam ainda mais o poder folkeano. Portanto, quem seria ele, Erik, o conde, senão alguém que estava à frente dos erikianos, muito mais fracos e, com isso, ainda pretender colocar na cabeça a coroa do reino?

Arn não levou muito a sério essas considerações preocupadas de Erik e disse que se ele considerasse, antes, arranjar um bom marechal, certamente, não ficaria tão preocupado. Erik, o conde, não entendeu direito a brincadeira, antes respondeu quase raivoso achar que Arn era o seu marechal.

— Isso mesmo, assim serei — respondeu Arn, rindo e colocando a mão sobre os ombros fortes do conde. — Você não deve esquecer aquilo que juramos no leito de morte do seu pai. Eu sou o seu marechal. E, para mim, você já é o meu rei. Foi isso que jurei fazer, perante seu pai.

— E por que razão vocês, os folkeanos, não assumem o poder, agora que está ao seu alcance? — perguntou Erik, ainda não totalmente tranqüilo.

— Por duas razões — disse Arn. — Primeiro, porque todos nós juramos nos debater pela sua coroa e os folkeanos nunca falham com os seus juramentos. E, segundo, você tem, e não nós, todos os sveas ao seu lado. Os machados e os poucos cavaleiros que os sveas têm talvez não metam medo a muitos dinamarqueses, mas da sua coragem eu não duvido. E, ainda por cima, são muitos.

— Portanto, se eu não tivesse os sveas ao meu lado... — soltou Erik, lentamente, ao mesmo tempo que juntava as mãos.

— Ainda assim, continuaríamos respeitando o nosso juramento feito e você seria o rei, mas quem virá depois de você, não sei, talvez Birger Magnusson.

— O jovem Birger, que é filho do seu filho, Magnus Månesköld?

— Esse mesmo que é o mais esperto entre os irmãos em Ulvåsa e tem uma boa cabeça. Mas por que dedicar os nossos pensamentos a um tempo que virá muito depois de nós? O futuro está nas mãos de Deus e, neste momento, o que temos pela frente é uma guerra para ganhar. É isso que vem em primeiro lugar.

— E essa guerra nós vamos ganhar mesmo?

— Sim, certamente. Com a ajuda de Deus. A questão é saber o que virá depois. Sverker não possui nenhum exército no qual se amparar. Ele a gente derrota na primavera. Até mesmo os sveas bastariam para derrotá-lo. Se morrer na guerra, ele acaba aí. Se conseguir fugir para a Dinamarca, então, teremos Valdemar, o Vitorioso, em cima de nós. E aí vai demorar um pouco mais.

— De preferência, devemos matar Sverker na primavera, certo?

— Sim, é essa a minha intenção. É a única maneira certa de evitar que ele vá buscar os dinamarqueses.

Na primeira guerra contra o rei Sverker, nada aconteceu de importante. Na primavera de 1206, veio uma grande horda de sveas para a Götaland Oriental, ameaçando saquear Linköping caso o rei Sverker não se dignasse enfrentá-los em campo aberto. Enquanto esperavam pela resposta, beberam toda a cerveja da cidade, mas pouparam todo o resto.

O rei Sverker, os seus homens mais próximos e o seu esquadrão de escudeiros fugiram de Näs e se dirigiram pelo caminho mais direto para o sul, para a Dinamarca. E os sveas tiveram de voltar para casa, sem dar um único golpe. Sua filha Helena, o rei deixou-a no convento de Vreta, onde ela ficou presa entre as *familiares.*

Erik, o conde, mudou-se então, com a sua mãe e seus parentes e amigos para o burgo da sua infância, Näs, e passou a usar a partir daí o título de rei Erik, visto que tanto os folkeanos como os sveas o reconheciam como tal. Arn achava que o rei devia procurar se defender de preferência em Arnäs, mas mandou três esquadrões de jovens folkeanos para compor o grupo de escudeiros do rei em Näs.

Porque agora não era mais questão de saber se o exército dinamarquês viria, mas quando. Até ver, o reino frágil do rei Erik estava seguro. Valdemar, o Vitorioso, nesse ano, estava ocupado com uma nova cruzada. Estava saqueando as ilhas Dagö e Ösel, de Livland, assassinando muitos pagãos ou cristãos inadequados, e levando muita prata para a Dinamarca.

Nas ferrarias de Forsvik, trabalhava-se agora dia e noite, e as forjas só se apagavam no dia de descanso semanal, dedicado a Deus. O jovem

Birger Magnusson começou o ano integrado no maior grupo de jovens folkeanos que entrou para Forsvik em todos os tempos. Foram construídas, também, novas casas, entre elas, uma só para os cavaleiros nomeados pelo rei Erik depois da vitória em Älgarås. E como presente pessoal, ainda que tardio, do rei, todos receberam esporas de ouro. Na sua sala, eles penduraram escudos de sverkerianos e dinamarqueses que conquistaram na sua primeira vitória.

Só em fins do outono de 1207, depois da primeira neve, chegou a notícia de que um grande exército inimigo estava a caminho, vindo da Escânia. O rei Valdemar, o Vitorioso, não o liderava, talvez por não querer ofender o seu controlado rei Sverker, mas mandou todos os seus melhores comandantes, entre eles, Ebbe Sunesson e seus irmãos Lars, Jakob e Peder. E com eles, doze mil homens, o maior e mais poderoso exército jamais visto em toda a Escandinávia.

Arn mandou mensagem de convocação de fogo para folkeanos e erikianos, marcando reunião em dois fortes, o de Arnäs e o de Bjälbo, que era mais um burgo algo fortalecido do que uma verdadeira fortaleza. Depois, aprontou quatro esquadrões ligeiros de Forsvik para irem ao encontro do inimigo.

Cecília sentia medo e admiração, em partes iguais, diante do fervor demonstrado por Arn. Ela não podia entender a razão da alegria de cavalgar ao encontro de um inimigo infinitamente superior com apenas sessenta e quatro homens, todos ainda jovens. Arn tentou arranjar tempo para falar com ela e Alde na última noite, antes de partir. Não era sua intenção entrar em guerra do jeito normal, assegurou ele, diante das duas. Mas por uma razão um pouco inexplicável, os dinamarqueses resolveram vir no inverno e isso fez com que os seus cavalos pesados ficassem ainda mais lentos. Os cavaleiros dinamarqueses jamais poderiam alcançar quaisquer forsvikianos. Ao contrário, é só passar por eles à distância certa, voando como uma mosca. Mas há que obter conhecimento sobre as suas intenções, as suas armas e o seu número.

Aquilo que ele disse para Cecília e Alde, sem dúvida, era verdade, mas estava longe de ser toda a verdade.

Ao sul de Skara, pela primeira vez, a força de cavalaria de Arn avistou o inimigo. Aconteceu algumas semanas antes do Natal, com todo o terreno coberto de neve, mas ainda não realmente frio. Os forsvikianos ainda não tinham precisado envergar aquelas roupas muito grossas para usar no inverno, um tipo de cobertor que tampava todo o aço e o ferro. Eles passaram irritantemente próximos do exército dinamarquês, avançando em sentido contrário, em parte para contar o inimigo e em parte para saber onde era melhor começar a feri-lo. De vez em quando, os dinamarqueses mandavam um grupo de cavalaria pesada com lanças contra Arn e sua tropa, mas estes fugiam com a maior facilidade. Eles viram que o rei Sverker e o arcebispo Valerius encontravam-se mais ou menos a meio da coluna do exército, cercados por um forte grupo de cavaleiros, com muitas bandeirolas. Arn considerou que um ataque contra o rei não valeria a pena. As perdas próprias seriam grandes demais e não se poderia ter a certeza de conseguir matar o soberano. Além disso, a grande maioria dos jovens comandados por Arn nunca tinha lutado antes e devia ganhar primeiro, várias vezes, em ataques mais fáceis, antes de fazer um ataque difícil como aquele e pôr em jogo as suas vidas.

Mais uma hora de caminho ao longo da coluna dinamarquesa e eles encontraram alvos mais fáceis. Era onde as carroças de bois com mantimentos e até forragem para os cavalos se arrastavam pela lama muito mole produzida por toda a cavalaria na frente. Não seria difícil cavalgar contra os animais de arrasto e matar muitos deles e, além disso, pôr fogo na forragem para reduzir consideravelmente o poder do exército inimigo.

Entretanto, não havia pressa em realizar esse ataque. E, ainda por cima, havia a possibilidade agora de ensinar os jovens senhores um pouco mais sobre a guerra de uma maneira geral, já que no detalhe e para defender a sua vida e sair inteiro, ele confiava na capacidade dos forsvikianos. Sem ter atirado uma única flecha ou realizar o mínimo ataque apenas para meter medo, Arn mandou bater em retirada os seus cavaleiros para passar a noite em uma aldeia suficientemente longe do exército dinamarquês. Eles trataram bem o povo da aldeia e apenas tomaram o que era preciso para a ceia. E não bateram, nem feriram ninguém, nem aqueles que reclamaram.

À noite, até altas horas, Arn descreveu como iriam acabar com os suprimentos dos dinamarqueses, embora no momento não fosse uma boa idéia, visto que o inimigo estava quase chegando na cidade de Skara. E se chegassem lá cheios de fome, sem forragem para os seus cavalos e furiosos, isso não seria bom, também, para os moradores da cidade. Além disso, não se sabia ao certo o que Sverker e seus dinamarqueses pensavam fazer depois de Skara. Arn tinha a impressão de que a razão de eles terem vindo no inverno, era para chegar ao lago Vättern quando o gelo se formava e ficava transitável. A idéia seria a de reconquistar a fortaleza de Näs para a devolver a Sverker. Com isso, não iriam conseguir muita coisa, mas com os reis acontecia muitas vezes eles pensarem como crianças. Se voltasse para Näs, Sverker se sentiria rei de novo. Mas como é que ele iria sustentar um exército dinamarquês tão grande quanto esse, na ilha chamada Visingsö? E se não conseguisse dar sustento a esse exército, o que poderia fazer?

Arn soltou uma gargalhada. Estava de bom humor. E não era apenas para incutir coragem nos seus jovens e inexperientes guerreiros. Ele entendia muito bem o que era sentir-se num grupo de sessenta e quatro homens e passar por um exército trezentas vezes maior. Mas, no dia seguinte, iriam sentir mais autoconfiança.

Depois de uma longa e boa noite de sono, já que os dias eram curtos nessa época do ano em toda a Escandinávia, Arn contou que estava na hora de fazer a primeira investida, não contra os bois e os suprimentos, mas, sim, contra os melhores dos cavaleiros dinamarqueses, certamente, aqueles que estavam à frente do comboio. A razão era simples. Serviria para ensinar aos dinamarqueses que aquele que seguisse um inimigo mais rápido jamais voltaria vivo.

Da primeira vez que executaram esse plano, ocorreu tudo como estava previsto.

Arn avançou com apenas um esquadrão contra os cabeças do exército inimigo onde havia muitas bandeirolas e onde havia bastante cavalaria pesada. Os dinamarqueses tiveram dificuldade em acreditar no que viam. Eram apenas dezesseis cavaleiros cavalgando contra a frente do comboio e chegando cada vez mais perto. Por fim, tão perto que os cavaleiros começaram atirando palavrões uns contra os outros. Então, Arn retirou o seu arco das costas, esticou-o lentamente, puxou para a frente a bolsa de flechas que colocou no colo como se pensasse em ficar parado ali por bastante tempo, botou uma seta no arco e fez pontaria para o primeiro dos porta-estandartes que, imediatamente, levantou o seu escudo. Arn mudou, de repente, de direção e abateu um outro homem, mais atrás, que apenas estava de queixo caído, espantado, sem a menor intenção de se defender. Só nesse momento, os dinamarqueses levantaram os seus escudos e se ouviram furiosas ordens de comando, a partir do grupo da frente, enquanto outro grupo de cinqüenta homens se formava para atacar em linha.

Arn soltou uma gargalhada, bem sonora e irritante, dizendo para os seus dezesseis homens para colocarem uma seta no arco.

Evidentemente que isso era demais para os dinamarqueses, que logo partiram para o ataque, com as lanças em riste e a neve saltando para todos os lados sob as patas dianteiras dos seus cavalos pesados. Quase indolentemente, os dezesseis folkeanos e Arn deram uma volta com os seus animais e partiram na direção do bosque mais próximo, com os perseguidores à distância de algumas lanças de comprimento, distância que faziam questão de manter.

Do exército dinamarquês ouviram-se gargalhadas de triunfo ao verem como o inimigo era caçado sem piedade na direção da floresta.

Mas de lá não voltou um único dos cavaleiros dinamarqueses. Isso porque na floresta estavam esperando por eles os três esquadrões de cavalaria ligeira que avançaram, bem junto, antes de dispararem as suas setas e depois abateram os últimos sobreviventes à espada.

Na segunda tentativa, o estratagema não funcionou, visto que os dinamarqueses acharam por bem não prosseguir com a caçada aos irritantes fugitivos. Mas o exército dinamarquês já começava a perder tempo com a perda desses seus cavaleiros que, na maior parte dos casos, eram de famílias bem conceituadas, sendo preciso tomar conta dos seus corpos, ao contrário do que acontecia quando se tratava de infantes. É claro que os dinamarqueses desejavam vingança, mas como avançavam com os cavaleiros na ponta por causa da neve bem alta, os arqueiros a pé não tinham como agir lá na frente. E a cavalo não tinham como chegar perto dos cavalos muito mais leves e muito mais rápidos dos forsvikianos.

No dia seguinte, Arn passou bem perto da frente do comboio dinamarquês, com todos os seus sessenta e quatro cavaleiros. Havia escolhido um lugar em que o campo era aberto entre dois morros bem altos e a vista ia longe para todos os lados, de modo que os dinamarqueses não tinham como recear uma emboscada.

Os forsvikianos avançaram de novo, lentamente, se aproximando até terem a certeza de acertar nos alvos com as suas setas. Só que desta vez os alvos não eram os cavaleiros vestidos com suas malhas de aço ou os seus escudos, mas os cavalos. Cada cavalo atingido era quase certo um cavalo morto e um cavaleiro a pé, em especial, se a seta acertasse na barriga do animal. O caminho pesado tinha feito os dinamarqueses desistirem de cavalgar com os mantos de aço sobre os cavalos.

De novo, o ataque dos forsvikianos provocou a fúria dos dinamarqueses que colocaram cem cavaleiros em linha para contra-atacar.

Os forsvikianos pareciam agora com medo e hesitantes, virando-se para fugir. Então, os cavaleiros dinamarqueses atacaram de imediato. E aí foram avançando na neve e ficando cada vez mais afastados do seu exército até que os perseguidores começaram a afrouxar a velocidade, tendo já esgotado a maior parte das suas e das forças dos cavalos. Então, Arn virou de repente toda a sua força fugitiva que se dividiu em dois grupos que cercaram os dinamarqueses e passaram para o ataque, desta vez com setas próprias para atravessar as malhas de aço dos cavaleiros. Tiveram tempo de acertar e matar a maior parte deles ou feri-los com as suas espadas, antes de fugir novamente do socorro vindo do exército. Mas dessa vez não deu para atrair os perseguidores para a destruição.

O tempo mais quente de degelo e a neve pelos joelhos se desfazendo vieram como uma bênção para os forsvikianos e uma maldição para os cavaleiros dinamarqueses.

Nos dias seguintes, o inimigo tornou-se cada vez mais cauteloso nas suas incursões contra a cavalaria forsvikiana. Nenhum dos lados pôde fazer muita coisa, o que, na opinião de Arn, também não era de esperar.

Os dinamarqueses ficaram por pouco tempo em Skara e não saquearam muito a cidade, antes de seguirem para sudeste. A fortaleza de Axevalla eles nem se incomodaram em cercar. Foi a informação definitiva. Realmente, iam em direção ao lago Vättern e a Näs. No caminho, iam passar pela fortaleza de Lena, que Birger Brosa, ainda que reclamando das despesas, mandara reconstruir a conselho de Arn. Os dinamarqueses teriam de tomar ou cercar essa fortaleza para assegurar caminho livre para Näs. Portanto, a verdadeira luta iria acontecer nas proximidades de Lena. Era lá que deviam reunir-se todos para ver se dava para armar uma grande emboscada para o exército dinamarquês. E assim Arn mandou partir quatro cavaleiros com mensagens para Arnäs e Bjälbo para que todos os sveas e todos os götas se reunissem em Lena.

Com isso, estava na hora de a cavalaria forsvikiana trabalhar a sério para retardar o exército dinamarquês, de modo que sveas e götas tivessem tempo suficiente para se reunirem. E então já se estava a vários dias de viagem a cavalo, longe de Skara.

Da primeira vez que os forsvikianos passaram à nova fase dos ataques, mataram mais de cem bois e outros animais de carga, queimando a maior parte da forragem transportada lá no fim do comboio dinamarquês. Depois, cortaram a linha de retorno. Todos os que foram mandados a pé de volta para Skara, a fim de comprar novos animais, desapareceram e nunca mais foram vistos.

Quando a cavalaria pesada teve de ser mandada para trás para proteger os meios de transporte de carga que iriam receber novos suprimentos e novos animais, Arn passou novamente a atacar na frente com o seu grupo, recomeçando a atormentar os porta-estandartes, se aproximando e disparando as suas setas ora contra eles, ora contra os cavalos. E agora os dinamarqueses não mais se atreviam a perseguir os seus atacantes.

A cada terceiro dia, Arn mandava um esquadrão para casa, em Forsvik, para tratar suas pequenas feridas, consertar as selas, afiar as armas e descansar, enquanto outro esquadrão entrava de serviço. O mais importante que os forsvikianos conseguiram durante essas semanas, quando atormentavam os dinamarqueses com as suas alfinetadas, foi retardar a sua caminhada e enlouquecê-los de desejo de usar a sua grande força numa batalha decisiva. O frio agora era a cada dia mais intenso e isso devia tornar os dinamarqueses mais dispostos para entrar em luta com toda a sua força ou para atravessar o lago Vättern sobre o gelo e entrar em Näs.

Isto porque as noites começaram a ficar intoleráveis para eles e a neve fazia com que o inimigo avançasse em silêncio, mesmo quando a cavalo. Aquele que saía de noite da sua tenda e ficava junto do fogo recebia a bênção do calor, mas também ficava cego com a luz das labaredas e não podia ver de onde, de repente, vinham as setas. E todas as noites havia forsvikianos se aproximando em vestes brancas como a neve e a pouca distância, desferindo os seus arcos.

Quando os dinamarqueses chegaram a um dia de viagem da fortaleza de Lena, os adversários, de repente, desapareceram, mas as marcas na neve indicavam nitidamente o caminho para a fortaleza que o rei Sverker e seus homens conheciam muito bem. Parecia, portanto, que os sveas e os götas, finalmente, estavam se preparando para combater honrosamente como homens.

Assim era, sem dúvida. Em Lena, estavam reunidos todo o exército dos sveas, composto de três mil infantes, e todos os cavaleiros folkeanos.

Mas muito significativo, sem dúvida, era saber que de cada burgo folkeano tinham vindo escravos da terra e cocheiros, camponeses, libertados e ferreiros e até escravos de casa, em grandes quantidades. A maioria tinha trazido os seus próprios arcos longos e cinco flechas. Mas todos que precisassem trocar uma corda ou ter um arco novo ou novas flechas seriam logo atendidos. Mais de três mil desses arqueiros meio familiares tinham se reunido em Lena.

A cavalaria forsvikiana era composta de uns cento e cinqüenta homens, um terço de cavalaria pesada e o resto, ligeira. Duzentos besteiros de Arnäs e Bjälbo e de outros burgos folkeanos também estavam presentes, assim como cem homens com lanças longas de cavalo e grandes escudos revestidos de aço.

Quando o exército dinamarquês se aproximou de Lena, os folkeanos e sveas e os poucos erikianos que conseguiram passar pelos dinamarqueses colocaram-se em posição no vale, no sopé da montanha, Högstenaberget. À frente, ficaram os cavaleiros pesados, mais para atrair os dinamarqueses para um ataque que parecia fácil. Na linha seguinte, ficou a cavalaria ligeira e atrás deles um muro de defesa de escudos e lanças. Apenas alguns passos atrás da linha de escudos, ficaram os duzentos besteiros e atrás deles todo o estridente e aguerrido exército de homens de Uppland e de selvagens sveas para lutar a pé. No fundo, bem atrás, estavam os três mil arqueiros de longa distância. Eles eram a chave para a vitória ou para a derrota.

Arn trouxe consigo o rei Erik e dois esquadrões de cavaleiros para cavalgarem ao encontro dos dinamarqueses e conseguir que eles se virassem para a direção certa. Com o rei Erik cavalgava o seu porta-bandeira, vendo-se a distância, num dia claro e frio de inverno, as três coroas douradas contra o fundo azul. Os dinamarqueses estavam convidados a entender, enfim, que agora iam enfrentar o inimigo numa grande decisão final.

Não precisaram se mostrar por muito tempo perante o exército dinamarquês para conseguirem fazer com que este reagisse e fizesse o que eles queriam. E os dinamarqueses começaram a colocar-se bem mais em cima no vale para realizar o seu primeiro ataque demolidor de cima para baixo, pela encosta, com a cavalaria pesada. Eles deviam ter ficado muito contentes ao ver que o inimigo não entendera qual a vantagem em atacar de cima para baixo, pela encosta.

Agora estava decidido que a batalha ia ter lugar, mas ainda demoraria mais algumas horas até que os dinamarqueses botassem em ordem as suas forças.

Arn e o rei Erik voltaram para trás, para rever a posição do seu exército e para incentivar a coragem dos seus homens, já que todos podiam ver o extraordinário poder superior que se acumulava lá em cima. Repetidamente, tentavam imprimir em todas as mentes que se todos fizessem como lhes fora dito poderiam sair vencedores em menos tempo do que se imaginava. Mas ninguém devia hesitar ou perder a coragem, não apenas porque seria um grande pecado como também meia derrota.

Para a linha dos grandes escudos quadrangulares e lanças para cavalos, disseram onde eles deviam ficar e esperar. Se um único homem começasse a correr diante do estremecimento da terra por efeito da cavalgada do inimigo, isso abriria um buraco que seria visto a distância pelo cavaleiros atacantes e era isso, justamente, que eles estavam esperando para se infiltrarem. Era muito simples.

Para os besteiros, disseram ainda, repetidamente, que deviam entrar em ação só quando o inimigo estivesse tão perto que conseguissem ver o branco dos olhos deles. Só então e nunca antes deviam fazer pontaria e disparar as suas bestas. Aquele que disparasse sem fazer pontaria apenas perdia uma seta, mas, se todos fizessem o que deviam, iriam abater mais de cem cavaleiros inimigos diante dos lanceiros e ainda impediriam o avanço dos que vinham atrás, se é que viriam alguns atrás.

Para o exército dos sveas era mais difícil, no entanto, falar com discernimento. Esses selvagens pareciam mais um terremoto de impaciência, prontos para disparar e correr o mais rápido possível para o campo de batalha e serem mortos.

Em compensação, havia palavras importantes a dizer para os arqueiros de longa distância, que estavam atrás de todos e constituíam a maior parte do exército. Arn explicou serem eles os que iam assegurar a vitória, eles e mais ninguém. Se cada um fizesse o que havia feito nos treinos, a vitória estaria certa. Caso contrário, todos iriam morrer em Lena.

Quando o rei Erik e Arn já haviam falado com tantos arqueiros que suas bocas começavam a secar, surgiu um movimento de inquietação nas hostes dinamarquesas como se eles estivessem prontos para atacar. O silêncio caiu sobre todo o campo de batalha e todos fizeram a sua oração para Deus e todos os santos, pedindo por uma vitória e a sobrevivência.

Os dinamarqueses já sentiam a vitória ao seu alcance, já que do seu alto posto de observação podiam ver que o inimigo a enfrentar tinha apenas um terço do seu tamanho e ainda menos de um terço dos seus cavaleiros.

Entre os götas, os erikianos e os folkeanos, os rostos empalideceram, perderam a cor, enquanto que os sveas apenas pareciam cada vez mais impacientes para entrar em ação.

Arn voltou aos arqueiros de longa distância e pediu a um dos mais competentes atiradores que ele conhecia da aldeia perto de Arnäs, para disparar uma flecha com penas de direção, vermelhas, na altura e com a direção em que todos receberam ordens para atirar.

Uma flecha apenas saiu pelos ares, longe e alta, sobre o campo de batalha, caindo mais ou menos no meio, entre os dois exércitos. Ouviram-se grandes gargalhadas lá de cima, dos dinamarqueses que pareciam acreditar que algum arqueiro com medo havia ficado louco. Quer dizer, eles nunca tinham enfrentado arqueiros de longa distância. Arn respirou fundo, com um suspiro de alívio. E fez as suas preces finais.

Quando os cavaleiros pesados dinamarqueses entraram em movimento, ouviu-se o som imponente de milhares e milhares de cascos de cavalos batendo na neve. Arn pensou que podia ter sido pior e mais amedrontador se o chão estivesse duro e sem neve. O barulho teria sido ensurdecedor. Mas mesmo sem esse barulho de cavalaria pesada ao ataque, esse muro de cavalos e homens descendo a encosta parecia representar a queda de uma barreira de aço e morte sobre o inimigo.

Arn, que estava em cima de um pequeno morro, acima dos arqueiros de longa distância, ordenou que todos colocassem a primeira flecha, puxassem o arco e fizessem pontaria, tal como tinham aprendido, ou seja, a meio caminho entre o céu e a terra. Um ruído forte como se fosse um sussurro gigantesco se ouviu quando os três mil arqueiros suspenderam os seus arcos.

O barulho das armas batendo umas nas outras e o som surdo dos cascos dos cavalos na neve se ouviam cada vez mais perto, mas a neve constituía agora uma espécie de nuvem branca, uma vantagem com que Arn não havia contado. Ele continuou olhando num momento para as flechas de penas vermelhas, no outro momento para o muro de cavaleiros na nuvem de neve que se aproximava cada vez mais. Então, levantou o braço e gritou bem alto para que todos esperassem... esperassem... esperassem um pouco mais!

— Agoooooraaaa! — rugiu ele, o mais que podia, abaixando o braço ao mesmo tempo.

E, então, o céu escureceu sobre o campo de batalha, em conseqüência de uma nuvem que primeiro se alçou no ar e depois caiu contra os atacantes que, atingidos, rodaram na neve e produziram um alvoroço como se fossem mil garças levantando vôo ao mesmo tempo.

Quando a primeira salva de flechas caiu em cima da tropa de choque dos dinamarqueses, foi como se Deus tivesse disparado de cima um murro de ferro e os derrubado. Centenas de cavalos caíram relinchando e escoiceando numa grande nuvem de neve que cegava quem vinha logo atrás, de modo que até quem não tinha sido atingido caía. E, então, já vinha a caminho a próxima nuvem de flechas.

Uma linha estreita dos cavaleiros dinamarqueses mais adiantados conseguiu passar da mortal salva de flechas e continuou seu caminho em frente a toda a velocidade. Só que agora constituíam uma pequena parte da sua força de cavalaria.

Arn mandou disparar a terceira e última salva de flechas de longa distância contra os soldados a pé que vinham correndo atrás dos seus cavaleiros e depois correu para a frente dos arqueiros, dando ordem para que todos os cavaleiros pesados e ligeiros na sua frente se afastassem para os lados a fim de não impedirem o caminho.

Ele colocou o seu cavalo no meio dos arqueiros de longa distância e gritou para eles e para os lanceiros que agora a vitória estava muito perto de ser alcançada, era só esperar o momento certo. E, então, deu ordem aos atiradores para fazerem pontaria. E levantou a mão.

A vinte passos de distância caíram ao chão quase todos entre a última centena de cavaleiros dinamarqueses. Alguns ainda vieram, cambaleantes, pela neve até aos lanceiros que logo os abateram com suas lanças.

Agora, a cavalaria folkeana ainda intocada passou ao ataque e foi como se uma charrua arrasasse o já desbaratado exército dinamarquês, chegando logo aos soldados a pé que se viraram e fugiram.

Para os sveas, Arn nem precisou dar ordem nenhuma, pois eles já estavam avançando e soltando gritos de guerra e fazendo girar os seus machados por cima da cabeça. Arn precisou pular para a frente e, depois, para o lado, a fim de evitar ser derrubado pelos sveas. Em seguida, foi até junto do rei Erik que colocou com um esquadrão de cavalaria ligeira de forsvikianos no cimo de um morro com visão sobre o campo de batalha.

— Será que Deus nos vai dar a vitória neste dia? — perguntou, arfando, o rei Erik, assim que Arn chegou junto dele.

— Isso Ele já fez! — respondeu Arn. — Mas disso não sabem ainda Sverker e os seus dinamarqueses lá em cima, porque nada podem ver através da nuvem de neve.

Arn mandou chamar a sua cavalaria ligeira do campo de batalha onde não era mais necessária por todos os operosos sveas estarem já distribuindo seus golpes. Ele colocou, então, os seus cavaleiros, perto do lugar onde ele e o rei Erik estavam observando a batalha que agora era mais uma matança do que uma guerra. Os guerreiros da Svealand estavam brigando numa guerra que, de forma inesperada, se encaixava plenamente no seu estilo com os inimigos restantes a pé, muitos já mortos ou feridos, jazendo na neve suja e meio derretida.

Estava na hora de assumir a vitória. Arn levou consigo o rei Erik e seu porta-bandeira e todos os seus cavaleiros ligeiros, passando pelo morro onde os dinamarqueses tinham estado ao iniciar o seu ataque. Aí, ele dividiu a força em dois grupos e ordenou ao cavaleiro Oddvar e ao cavaleiro Emund Jonsson que, com os seus homens, dessem uma volta por trás do comando real dinamarquês que aparecia um pouco mais além e bloqueassem o seu caminho de recuo.

Entre o rei Sverker e seus homens parecia que ainda ninguém tinha percebido o que acontecera. Isto porque quando Arn e o rei Erik e seus porta-estandartes, com o símbolo das três coroas e o símbolo do leão folkeano, marchavam a trote e se aproximavam, parecia que os dinamarqueses não acreditavam no que viam. E quando começaram a ficar preocupados e olharam para trás, viram que estavam cercados.

Os vencedores tomaram todo o seu tempo para avançar lentamente na direção do rei Sverker e seus homens, entre os quais estava também o arcebispo Valerius e o marechal Ebbe Sunesson e ainda mais alguns que tinham estado antes em Näs.

Quando o círculo folkeano se fechou em volta de Sverker e seus homens, os dinamarqueses continuavam procurando no campo de batalha por alguém que viesse em seu socorro. Lá embaixo, ouviam-se ainda os gritos de homens morrendo e cavalos relinchando. O rei Erik e Arn continuaram o caminho até ficarem a dois comprimentos de lança de distância. E só então falaram. O rei Erik foi o primeiro, numa voz tranqüila e com grande dignidade.

— Esta guerra terminou, Sverker — começou ele. — Você é meu, por graça e desgraça, e sua vida está como um passarinho na minha mão. Assim acontece também com todos os seus homens aqui à sua volta. Todos os outros estão mortos ou vão morrer em breve. São eles que você ouve lá embaixo. Agora me diga o que você faria se eu estivesse no seu lugar?

— Aquele que mata um rei será excomungado — respondeu Sverker, com a boca seca.

— Você acha ter Deus do seu lado? — inquiriu o rei Erik, com um estranho sorriso. — Por isso, Ele se mostrou muito generoso a seu respeito neste dia. Covardemente, você veio até nós com um exército estrangeiro e Deus lhe pagou conforme o merecido. Mas agora vou dizer a você o que pretendo fazer. E Deus sabe o quanto pensei e repensei no que devia fazer quando este momento chegasse. O seu pai matou o meu avô. O meu pai matou, depois, o seu pai. Vamos terminar com isso. Voluntariamente, me dê a coroa que está sobre o seu elmo. Volte para a Dinamarca e nunca mais retorne ao nosso reino. Leve o seu arcebispo consigo e os seus homens, também, com a exceção de Ebbe Sunesson, que tem contas a ajustar. Na próxima vez, não irei salvar mais a sua pele, juro, diante de todos que aqui estão e diante de Deus.

O rei Sverker não tinha uma escolha difícil. Sem pensar muito, tirou a coroa de cima de seu elmo, avançou um pouco seu cavalo e a entregou a Erik.

Mas o marechal Ebbe Sunesson, entendendo que a sua vida não valia mais nada, exigiu em voz alta e sem tremor na voz enfrentar em duelo aquele folkeano covarde que não o quis enfrentar antes e cujo irmão ele já tinha matado.

O rei Erik e os folkeanos ficaram sobressaltados ao compreender que era de Arn Magnusson que o marechal dinamarquês estava falando. Ficaram olhando de lado uns para os outros como se não tivessem ouvido direito.

— É verdade — disse Arn — que antes evitei matá-lo, vingando a morte de meu irmão que você matou por puro prazer. Eu tinha feito um juramento para Sverker, mas desse juramento me libertei agora. Agradeço a Deus por Ele me escolher para dar a você o prêmio que merece.

Com essas palavras, Arn dirigiu o cavalo para o lado e puxou pela espada, abaixando a cabeça numa prece que mais parecia de agradecimento do que um pedido pela sua vida.

Ebbe Sunesson, que era um dos poucos homens presentes que ainda não tinha entendido quem ele tinha escolhido para duelar, puxou em triunfo pela sua espada e cavalgou em boa velocidade na direção de Arn. E no momento seguinte a sua cabeça caía na neve.

Sverker Karlsson, o seu arcebispo Valerius e mais alguns homens seguiram para a Dinamarca. Estavam entre os vinte e quatro que voltaram. O exército que Valdemar, o Vitorioso, mandou contra os sveas e os götas era composto por mais de doze mil homens. A morte e o saque em Lena continuou à luz do fogo por toda a noite e ainda no dia seguinte.

O rei Erik, que se retirou para o forte Näs a fim de aí passar o inverno, tinha recebido a coroa das próprias mãos de Sverker. Isso foi bem pensado por parte de Erik, pois nem a Igreja romana ousou desmentir que ele fosse, realmente, o novo rei dos sveas e dos götas.

Mas ele também resolveu poupar a vida de Sverker Karlsson, mesmo com ela nas suas mãos. Foi uma atitude nobre e digna de um soberano. Mas, tal como se veria dali a alguns anos, não muito sábia.

A vitória em Lena foi a maior na história da Escandinávia e teve muitos pais. Para os erikianos, a maioria dos quais se encontrava na parte sul da Götaland Ocidental, impedidos de chegar a Lena, a vitória, sem dúvida, era do rei Erik e dele só. Passara por uma prova difícil e se mostrara digno da coroa.

A maioria dos folkeanos achava que fora a sua nova cavalaria que decidira a batalha. E se alguém objetava, que acima de tudo tinham sido os arqueiros de longa distância que haviam massacrado os dinamarqueses, respondiam os folkeanos, dizendo que, de qualquer maneira, os arqueiros eram gente sua, entre criados, escravos, libertados e camponeses, que fizeram por seus patrões o que estes lhes tinham mandado fazer.

A explicação mais curiosa para a maravilhosa vitória em Lena foi dada, no entanto, pelos sveas, visto que na Svealand estava se espalhando na época a lenda de que o deus Odin, depois de uma longa ausência, tinha voltado. Muitos dos combatentes sveas contavam ter visto com os próprios olhos o deus Odin de manto azul, montado no seu cavalo Sleipner, à frente deles, no campo de batalha.

A explicação pagã dos sveas de que o seu ídolo Odin era o vitorioso, irritou todos os bispos dos três países que, em uníssono, acabaram falando dos púlpitos, de Aros Oriental, Strängnäs e Örebro até Skara e Linköping, dizendo que Deus Pai em Sua inescrutável graça havia concedido a vitória aos sveas, aos götas e ao rei Erik. Essa afirmação feita por todos os bispos teve o lado bom de dar a entender que, nesse caso, o rei Erik é que tinha sido o grande vencedor, pela vontade de Deus, como foi nitidamente demonstrado. Assim, quando os bispos se reuniram em conselho real em Näs, eles voltaram a confirmar que Erik era, indiscutivelmente, o rei. Mas quando Erik pediu para ser coroado, eles se complicaram, dizendo que sem um arcebispo isso não podia ser feito. E quem devia nomear o novo arcebispo no lugar de Valerius, o deportado, era o novo arcebispo Andreas Sunesson, em Lund. Da parte deste, todavia, não havia muita boa vontade a esperar, visto que ele não era apenas um dos homens de Valdemar, o Vitorioso, como também o irmão dos comandantes do exército dinamarquês, Ebbe, Lars, Jakob e Peder. O único que teve um sepultamento cristão na Dinamarca foi Ebbe Sunesson, que recebeu autorização para voltar, ainda que sem cabeça.

Essa situação em que a Dinamarca era quem nomeava o arcebispo para os sveas e os götas era, evidentemente, absurda e decerto daria para mudar, através de correspondência com o Santo Padre, em Roma. Mas não era coisa para mudar de uma hora para a outra.

Entretanto, foi bom para o jovem rei ter, desde o início, todos os bispos do seu lado. Uma boa coisa para os folkeanos, com essa nova atitude de boa vontade por parte da nova liga de bispos, foi o término de uma longa pendenga a respeito da missa inaugural da igreja em Forshem, dedicada ao Sepulcro de Deus. A igreja já estava pronta há anos, sem ser reconhecida como casa de Deus. O rei Erik viajou para Forshem a fim de honrar o seu marechal e assistir à inauguração da igreja que Arn Magnusson mandara construir.

Entre o rei Erik e Arn, a amizade se consolidou. Para Arn, Erik tinha crescido em pouco tempo de um jovem inclinado para os prazeres simples da vida para um homem de grande seriedade e dignidade. E para Erik, que acabara de ver o seu marechal em guerra contra um inimigo muito superior, não existia dúvida nenhuma de que Arn fora o grande pai da vitória. Esse reconhecimento também ele deu a Arn diante das personalidades seculares do seu conselho, sem a menor restrição. Entretanto, diante dos bispos, achou mais prudente assegurar que a vitória tinha vindo das mãos de Deus.

Arn não tinha nada contra estimular os bispos no seu discurso sobre David e Golias, visto que qualquer comparação mais ou menos esperta feita por eles fortaleceria a certeza de que Erik tinha vencido pela vontade de Deus e era quem tinha todo o direito à coroa.

Mas, para si mesmo, Arn nutria muitas dúvidas. Em sua vida, ele tinha visto muitas vitórias aparentemente inexplicáveis ou derrotas inesperadas para se convencer de que Deus se preocupava com qualquer pequena luta humana na Terra. Um comando errado de um dos lados, segundo a experiência de Arn, era o motivo mais normal para a vitória pender para o lado contrário.

E os dinamarqueses tinham cometido erros em mais de uma ocasião e, além disso, tinham sido arrogantes. Tinham subestimado o seu inimigo e confiado quase exclusivamente na sua cavalaria pesada, embora devessem saber que a neve esperava por eles. O pior de tudo, por parte deles, foi não terem previsto o uso dos arcos maiores, de longa distância, e terem mandado avançar toda a sua força de choque de uma vez. Tantos erros graves cometidos ao mesmo tempo só poderiam acabar em derrota.

Como marechal do reino, ele devia avisar a todos, antes de mais nada, que era perigosa qualquer atitude de orgulho e altivez. Uma vitória grande como aquela em Lena jamais iria se repetir, se os dinamarqueses decidissem voltar. Certamente, eles não iriam fazer isso por muito tempo, pois muito tempo levaria para recuperar a perda de um exército tão grande, com tantos cavaleiros, cavalos, armas e equipamentos.

Depois de os sveas terem saqueado todos os mortos no campo de batalha, o que demorou quase dois dias, juntaram-se os equipamentos, selas, arreios e flechas em quinze carroças de bois e foi tudo parar em Forsvik. Daria para equipar mais de duzentos novos cavaleiros pesados.

Além disso, obtiveram-se muitos conhecimentos importantes a partir dos equipamentos conquistados. Os dinamarqueses tinham uma maneira nova de defender o corpo das flechas e das espadas. Os seus elmos eram mais fortes e defendiam melhor os olhos, e seus coletes de segurança, em vez de serem de malha simples, eram feitos de camadas de aço sobrepostas como se fossem escamas de peixe onde nem as pontas afiadas como agulhas penetravam.

Esses conhecimentos criaram muitas novas tarefas para os irmãos Wachtian, não apenas em copiar o que de melhor houvesse nos equipamentos dinamarqueses como também em criar novas armas que pudessem perfurá-las melhor do que aquelas que já tinham. Uma dessas armas era o longo martelo-espigão, com a cabeça normal de martelo de um dos lados e um espigão bem afiado e calibrado do outro lado, feito para abrir um buraco em qualquer elmo. Uma outra arma que eles discutiram e planejaram junto com Arn era uma besta mais leve para cavaleiros, que pudesse ser disparada com uma mão só. Levou tempo para aperfeiçoar essa arma, visto que ela devia conjugar qualidades aparentemente inconciliáveis. Deviam ser fortes o suficiente para permitirem a perfuração de placas de aço, mas leves o suficiente para poderem ser disparadas por apenas uma das mãos, já que a outra estaria ocupada com as rédeas e o escudo.

O arco em si devia ser de aço especialmente calibrado para ser pequeno, mas de alta força de penetração. Neste caso, a correia articulada rompia-se ao esticar. Era preciso usar os fios entrelaçados de aço, produto estrangeiro, importado e muito caro. E quando se conseguiu um arco suficientemente duro, na realidade, ficou tão duro que não dava para esticar de cima de um cavalo. Jacob e Marcus construíram então um puxador com gancho e roda dentada que dava para esticar o arco da besta quase sem esforço.

Para que a arma, depois, pudesse ser disparada com uma mão só, eles encurtaram a haste e botaram no final um gancho que o atirador poderia prender no braço, mas então o gatilho teve de ser mudado e ficar na frente.

Era preciso paciência e reflexão e isso custava muito, mas, ao final, havia uma arma com a qual qualquer cavaleiro ligeiro poderia se aproximar de um inimigo pesado e abatê-lo com um único disparo certeiro.

Um marechal do reino precisava estar preparado para o pior. Esse era um pensamento permanente de Arn, do qual sempre falava em todas as ocasiões quando surgia a oportunidade, embora outros conselheiros e amigos estivessem convencidos de que, no momento, se vivia num período de boa e eterna paz em função da vitória em Lena que foi incompreensivelmente grande.

O pior que podia acontecer era os dinamarqueses voltarem com um número igual de cavaleiros pesados na época de verão, sem subestimarem o seu inimigo e sem se deixarem enganar pela nuvem de flechas, capaz de esconder o sol, disparadas pelos arqueiros de longa distância.

A arma mais forte dos dinamarqueses era a grande quantidade de cavaleiros bem defendidos e pesados. Um ataque com um grande grupo desses cavaleiros soava como um murro dado com punho de ferro em qualquer que fosse o exército. Se esses cavaleiros fossem mandados para a frente no momento certo.

A falta de cavalaria pesada era a grande fraqueza nos götas, mas acima de tudo nos sveas. A conclusão simples, mas desagradável, era a de que os exercícios de treino em Forsvik teriam de mudar radicalmente nos próximos anos. Todos os folkeanos adultos teriam de se apresentar em Forsvik para receber novos equipamentos, tanto para si como para os seus cavalos. E depois ficariam praticando seus exercícios por quanto tempo quisessem, treinados por jovens senhores num campo perto de Forsvik que se tinha tornado tão concorrido que a grama nem mais crescia. O próprio filho de Arn, Magnus Månesköld, estava entre os muitos senhores que vieram para aprender o que a nova guerra exigia.

Sem dúvida, era mais fácil treinar cavalaria pesada. Os cavaleiros não precisavam de muito mais do que aprender a cavalgar bem junto uns aos outros, com a lança em riste, sem hesitar, uma vez a caminho. A arte era a de não mandá-los para a frente na hora errada. Por isso, Arn achava que os jovens cavaleiros de Forsvik deviam ser aqueles que assumiriam a responsabilidade da guerra. Mas isso todos os principais folkeanos achavam que era uma exigência impossível. Homens como Magnus Månesköld e Folke, o conde, jamais poderiam receber ordens de comando de jovens que poderiam ser seus próprios filhos. Uma ordenação como essa jamais tinha vigorado, nem na terra dos götas nem na dos sveas.

Na nova sala de armas de Forsvik, Arn mandou colocar uma grande caixa de areia e à volta reunia os jovens cavaleiros e comandantes de esquadrão umas duas vezes por semana para, entre montes e vales, formados pelas suas mãos, colocar pedaços de ramos de árvores diversas e de ramos de pinheiros ou quadrados representando soldados a pé, a infantaria. Com esses elementos simples, ele tentava ensinar tudo o que sabia a respeito do que acontecia nos campos de batalha. Mas apenas os homens mais jovens gostavam de aprender esse tipo de coisa. Todos os folkeanos mais velhos acreditavam muito mais e em dobro na sua coragem e dos seus parentes e amigos do que nos conhecimentos adquiridos através de pedaços de ramos de árvores.

Uma outra maneira de se preparar para a guerra em que ninguém acreditava que viesse, nem mesmo o próprio Arn, era a de montar novas escolas, como a de Forsvik. O cavaleiro Sigfrid Erlingsson tinha herdado um burgo em Kinnekulle e foi lá que ele começou a treinar jovens e, pelo menos, uns cem arqueiros de longa distância entre camponeses e escravos. O cavaleiro Bengt Elinsson tinha agora dois burgos, visto ter herdado Ymseborg depois do assassinato dos seus pais e Älgarås, do seu avô. Em Ymseborg, ele criou uma escola própria. E Älgarås foi comprada por Arn e Eskil e dada em comodato para o cavaleiro Sune Folkesson, desde que ele se comprometesse a criar três esquadrões de cavalaria ligeira e a treinar duzentos arqueiros de longa distância. Forsvik mudou cada vez mais, passando a ser uma escola e produtora de armas para a cavalaria pesada.

Em especial para Sune Folkesson foi emocionante e difícil separar-se de Arn e Cecília. Em confiança, contou para eles toda a saga do grande amor entre ele e a filha Helena, do rei Sverker, como esse grande amor lhes poderia ter custado a cabeça e como ele tinha jurado que um dia, com um esquadrão de folkeanos, iria tirar Helena do convento de Vreta, onde ela ainda continuava, secando, embora seu pai tivesse fugido com o rabo entre as pernas para a Dinamarca.

Cecília e Arn eram, certamente, as duas pessoas em toda a Götaland Ocidental que melhor podiam se comover com esse tipo de história. Também eles nunca tinham atraiçoado o amor devotado um pelo outro, nunca tinham perdido as esperanças e suas virtudes tinham merecido recompensa.

No entanto, Arn foi implacavelmente duro com Sune, que esperava autorização para poder viajar de imediato para Vreta.

Um seqüestro em convento, pois isso era exatamente do que se tratava, por mais voluntária que fosse a saída de Helena, iria irritar todo o grupo de bispos. E uma luta interna desse tipo, o novo e ainda instável reino não poderia tolerar. Enquanto o antigo rei Sverker vivesse, ele seria o pai responsável pelo casamento de Helena e esse direito ninguém lhe poderia tirar. E enquanto ele fosse o responsável, o ato seria de seqüestro em convento, por muito que os jovens amantes quisessem acreditar em qualquer outra coisa.

Arn podia ver apenas uma saída para Sune, o que seria ao mesmo tempo uma grande infelicidade para todos. Se Sverker voltasse com um segundo exército dinamarquês, caso o rei Valdemar, o Vitorioso, realmente, não tivesse ficado satisfeito em ver todos os seus homens mortos uma vez, então o seqüestro deixaria de existir. Já que o rei Sverker estaria morto.

Nem mesmo Cecília, por muito que ela se emocionasse com o amor dos jovens, podia deixar de concordar, ainda que entristecida, com o que o seu marido tinha falado. O seqüestro em convento era um crime hediondo e, mesmo não considerando o que os bispos pudessem pensar, era um pecado não passível de penitência.

Um único homem no reino esperava agora que houvesse uma nova guerra, e ele era o sofrido cavaleiro Sune, que se retirou para Älgarås para começar uma nova vida como professor de guerra em seu próprio burgo. Arn mandou todos os sarracenos restantes com ele para construir muros de pedra onde os de madeira tinham sido incendiados.

Num dia aprazível de primavera em que Alde Arnsdotter fez dezessete anos, realizou-se um grande banquete como há muito não acontecia em Forsvik. Como havia poucos jovens senhores em curso comparando com outros anos, todos puderam se reunir na grande sala, não só os cristãos, mas também os crentes de outra fé. Uma sensação de bem-estar se espalhou, a sensação de que todos em Forsvik faziam parte de uma mesma família, embora nem sequer todos falassem a mesma língua. Forsvik não era apenas a maior produtora de armas, mas também um lugar onde se criavam muitas riquezas. E todos os forsvikianos contribuíam para isso. Ferreiros e moleiros, mestres vidreiros e produtores de utensílios de cobre, madeireiros, afiadores de espadas, produtores de tijolos, pedreiros, produtores de flechas, de cobertores e de selas e caçadores, todos eles se sentiam tão forsvikianos como os jovens senhores aprendizes ou seus professores. Alde era também muito querida de todos pelo seu riso fácil e alegre e pela vontade com que ela participava naquilo em que cada um era especializado.

Tanto ela como o jovem Birger Magnusson já estavam há mais de sete anos aprendendo com o irmão Joseph e com isso tinham esvaziado a sua fonte de sabedoria e ele foi começar tudo de novo com um pequeno grupo de crianças cristãs. Alde era quem um dia ia herdar Forsvik e os conhecimentos de que ela precisava já não os podia receber do irmão Joseph. Em seu lugar, Cecília assumiu a responsabilidade de ensinar à sua filha os segredos dos seus livros de contas, que eram o coração e a cabeça de todas as riquezas criadas, tanto com as mãos como com o espírito. Mas para que Alde entendesse melhor a contabilidade, ela acompanhou a sua mãe nos contatos com os trabalhadores, tentando seguir todos os pequenos detalhes das obras.

Também para Birger Magnusson, o tempo com o irmão Joseph tinha terminado e já estava no terceiro ano de estudo entre os jovens senhores, tendo o cavaleiro Sigurd como comandante. Como era neto de Arn, recebeu o favor que não era dado aos jovens senhores normais. As *lecciones* de Arn na sala dos cavaleiros sobre lógica nos campos de batalha eram apenas para os cavaleiros nomeados e comandantes de esquadrão de Forsvik, mas excepcionalmente Birger poderia assistir a elas, a partir daquele momento.

Arn tinha mais tempo para os dois jovens do que nunca, em Forsvik. Seu irmão Gure tratava de tudo o que tivesse a ver com oficinas e construção. Cecília tomava conta de todo o comércio naval e os jovens cavaleiros e os comandantes treinavam os novos jovens folkeanos com a espada, a lança e o cavalo. Arn estava agora com mais espaço na vida ou, pelo menos, tinha adquirido uma nova visão de como se dedicar àquilo que mais havia desconsiderado por tempo demais. Aí inclusos a sua própria filha Alde e o sobrinho dela, Birger.

Ele não duvidava que o irmão Joseph lhes tinha ensinado bem as duas línguas mais importantes, o latim e o francês. Portanto, se quisesse podia falar com eles em qualquer dessas línguas ou ainda na língua do país. Também não duvidava de que o irmão Joseph lhes tivesse ensinado a filosofia e a lógica, a gramática e as Sagradas Escrituras.

Mas havia uma coisa da qual qualquer devotado e sábio cisterciense, por muito bom que fosse, não entendia nada. Uma coisa que não existia em qualquer escritura sábia e que só poderia ser aprendida no campo de batalha ou nas reuniões do conselho do rei e com os mais poderosos dos membros da Igreja. Não havia palavra nenhuma para essa sabedoria, mas Arn dava a ela o nome de doutrina do poder. Arn ia começar a dar aulas para Alde e Birger sobre essa ciência.

O mais importante na doutrina do poder, segundo Arn, era entender como o mau podia ser bom e o bom podia ser mau e apenas um olhar muito bem treinado poderia saber onde estava a diferença entre uma coisa e outra. O poder podia apodrecer ou florescer como as rosas que agora cresciam à volta da sua casa e de Cecília e nos jardins perto do lago. As mãos delicadas de Cecília tratavam dessas rosas amadas de Varnhem, com a tesoura e água.

E aquilo que era a água da vida não era difícil de entender. Era a palavra de Deus, a fé pura e altruísta, que podia levar o poder a crescer como bom.

A força, evidentemente, dava poder. Muitos cavaleiros com coletes de aço representavam força e, com isso, poder. Mas a força o temente a Deus precisava saber usar do jeito certo. Como disse São Paulo na Carta aos Romanos:

"Nós que somos fortes temos o dever de ajudar os fracos com os seus fardos e não devemos pensar em nós mesmos. Cada um de nós deve pensar no próximo em tudo o que for bom e positivo."

Essas palavras de Deus eram como a água da vida e, segundo essas palavras, tentava-se também viver e construir em Forsvik.

O mais difícil de entender, contudo, era como a água clara da fé, absorvida com exagero, podia embaralhar os sentidos das pessoas, como aconteceu na Terra Santa. Embora fosse preciso tentar ver para onde iam esses canalhas da fé, antes de ser tarde demais. E isso só poderia ser feito com bom senso. Nenhum ódio de bispo consegue ser maior do que o bom senso.

Se Arn tivesse falado assim durante o seu tempo como cavaleiro da Ordem dos Templários a serviço de Deus e da Santa Virgem Maria, o seu manto teria sido arrancado e seu corpo condenado a uma longa penitência, confirmou ele. Já que para muitos dos mais altos guardas da fé não existia nenhuma diferença entre a fé e o bom senso. A fé era tudo, grande e indivisível. O bom senso, apenas a vaidade e o egoísmo de cada ser humano. Mas Deus deve ter desejado que as pessoas, Suas crianças, devessem aprender algo de grande e de importante com a perda de Sua Sepultura e da Terra Santa. Qual seria o motivo de tal punição?

E aquilo que se aprendia era que a consciência fazia o papel de freio do poder O poder sem consciência estava condenado a afundar na maldade.

Mas o poder era também coisa pequena e cansativa, monótona, como o trabalho do lavrador no campo. Em algumas oportunidades, Arn levou Alde e Birger para a reunião do conselho do rei em Näs onde puderam ficar sentados em silêncio como ratinhos atrás dele e de Eskil, que tinha retomado o seu lugar na instituição. De tudo o que viam e ouviam falavam mais tarde durante dias, em casa, em Forsvik. O poder era também a possibilidade de costurar vontades diferentes, o que era uma qualidade especialmente importante para um soberano. Não raramente, o rei Erik achava que os membros seculares do seu conselho tinham um ponto de vista completamente diferente do dos bispos que pouco se interessavam pela construção de fortalezas, os custos da nova cavalaria ou as taxas alfandegárias impostas pelos dinamarqueses. Preferiam muito mais falar de ouro e prata para a Igreja ou da possibilidade de novas cruzadas para os países no leste constantemente saqueados por essas cruzadas. O poder do rei estava em saber que não devia falar alto, bater com o punho na mesa e ficar com o rosto vermelho. Antes, levar todos os conselheiros, tanto seculares como espirituais, a concordar com uma decisão comum que talvez não satisfizesse a ninguém, mas que talvez não desagradasse de todo a cada um. O que o rei Erik demonstrou ao conseguir desse jeito resolver a maior parte das questões do modo que queria, mas nunca pelo preço da dissensão dentro do conselho, era um outro lado do poder, em que o abençoado Birger Brosa foi o mais forte de todos os folkeanos.

Mais um outro dos lados do poder era aquele exercido por Eskil, o tio de Alde e tio-avô de Birger. Eskil era o mais forte no comércio entre os diversos países e na capacidade de colocar em movimento com esse comércio somas enormes e tão poderosas quanto a espada.

A fé pura dirigida pela consciência, a espada e o ouro eram, portanto, os três pilares em que o poder descansa. Muitos homens se achavam chamados a servir um dos lados dessa trindade do poder, mas poucos conseguiam dominar todos os três. Os reis, no entanto, precisavam possuir grande conhecimento de tudo nessa trindade de poder. Caso contrário, eram destituídos como aconteceu com o rei Sverker.

Cecília não estava convencida de que esse tipo de conversa era aquele de que a sua filha necessitava, e bem dentro si sentia que existia um grande perigo num lugar como Forsvik de uma jovem mulher ser educada como um homem. O jeito como Alde cavalgava não podia ser descrito como o de uma jovem amiga de cavalos, ainda que ela tivesse recebido uma das mais queridas éguas árabes no dia do seu décimo segundo aniversário.

Como a própria Cecília era uma cavaleira muito boa, ela tentou de início manter Arn e os jovens senhores à distância dos exercícios de Alde a cavalo, acompanhando a sua filha. Mas ela não podia estar em todos os lugares ao mesmo tempo e as contas tomavam todos os seus dias, e logo ela viu Alde cavalgando a galope junto com Birger e os outros jovens senhores. Não ajudava muito se preocupar ou se lastimar sobre a questão.

E quando o outono chegou e a grande batida de caça começou, e a primeira neve caiu, Alde estava entre os atiradores que os caçadores tinham escolhido para ficar na espera, enquanto todos os outros cavaleiros de Forsvik saíram rodando em forma de uma ferradura, empurrando os animais silvestres para o local de espera. Já no segundo ano, Alde abateu o seu primeiro javali.

Entretanto, na vida, já tinha chegado como que a época da colheita, achava Cecília. O seu cabelo e o de Arn já estavam grisalhos e há muito que os dois já se encontravam mais próximos da morte do que do nascimento. Ainda que fosse maravilhoso continuar a viver quando tudo corria tão bem e lhes caía tudo nas mãos e nenhum mal ou perigo estava à vista, nem longe no lugar onde o céu e a terra se encontravam.

Ainda no último Natal antes da guerra, ela se lembrava desse tempo de tranqüilidade e segurança.

Tinham festejado o Natal em Arnäs, na grande sala de pedra bem aquecida e nunca a vida tinha parecido tão boa. Na missa, em Forshem, Arn perdeu a timidez e se mostrou orgulhoso pela igreja que mandara construir e até pela sua imagem em pedra por cima do portão como aquele que oferecia a Deus as chaves da igreja. Desde que os bispos ficaram mais fáceis e acessíveis depois da vitória em Lena, vários deles tinham assegurado a Arn que não havia pecado nem arrogância nessa imagem. Ao contrário, seria até um bom exemplo a seguir por todas as pessoas. Pois que ação mais vistosa haveria do que custear uma igreja com uma dedicatória tão agradável a Deus como a de nomeá-la como a Sua Sepultura?

A sepultura estava localizada no final do corredor central, no meio da igreja, diante do altar. E estava ornamentada com os melhores trabalhos de Marcellus. Na última missa do Natal antes da guerra, Arn e Cecília cantaram juntos e sozinhos os salmos da missa, com ela fazendo a primeira voz e ele, a segunda. Talvez as suas vozes não fossem tão puras como antes, mas de qualquer forma as palavras de todos foram que viram os anjos de Deus diante de si ao ouvi-los cantar.

Os dinamarqueses chegaram no meio do verão de 1210, dois anos e meio, depois da vitória em Lena. Sverker Karlsson estava decidido a conquistar de novo a sua coroa de rei e, pior ainda, conseguiu convencer o rei Valdemar, o Vitorioso, a lhe dar um novo exército que era quase tão grande quanto aquele que fora dizimado durante a guerra no inverno.

Logo após a primeira mensagem sobre a chegada do inimigo ao reino, Arn se jogou para o sul de Forsvik com três esquadrões de cavalaria ligeira para recolher informações, enquanto eram expedidas mensagens pedindo ajuda da Svealand e da Noruega.

Desta vez não iria ser tão fácil, achou Arn, já no segundo dia, quando ele e os seus cavaleiros passaram ao lado do exército dinamarquês. E ao chegar ao meio, onde Sverker Karlsson e o seu bispo Valerius cavalgavam, o seu coração ficou apertado por um medo frio e puro como ele nunca tinha sentido desde o seu primeiro ano na Terra Santa. À volta de Sverker Karlsson cavalgavam quase cem homens com a veste e o escudo dos hospitalários, a veste vermelha com a cruz branca.

O que levou os hospitalários a se alinhar com Sverker Karlsson ou Valdemar, o Vitorioso, não era fácil de entender. Mas uma coisa era certa: cem hospitalários valiam quase tanto quanto cem templários e, de uma força assim, até mesmo Saladino iria ter medo. Uma força, assim, ninguém na Escandinávia conseguiria vencer.

Cada hospitalário, assim como um templário, valia por dez dinamarqueses ou como cinco forsvikianos. O que mais espantava Arn, quando se conformou com o fato de ter de combater contra os melhores cavaleiros do mundo, era que eles não cavalgavam na frente do comboio como costumavam. Assim sempre fora na Terra Santa: os hospitalários na frente e os templários atrás, já que esses lugares eram os mais vulneráveis de um exército em marcha. Mas neste caso os hospitalários iam no meio, deixando os suprimentos atrás e os dinamarqueses na frente em perigo de serem atacados pela cavalaria ligeira. Arn queria crer que os dinamarqueses tinham decidido que defender a vida de Sverker Karlsson era a coisa mais importante dessa guerra e, por isso, preferiam ter perdas na frente e no final do comboio do que arriscar a vida do aspirante ao trono.

Desta vez, o exército dinamarquês dirigia-se para Falköping como se os dinamarqueses quisessem voltar a Lena para se vingar da derrota anterior. Estavam no meio do verão e a colheita ainda não tinha sido feita, mas não era de grãos que eles precisavam. Era carne e animais de carga que o inimigo precisava saquear para sua manutenção. E mesmo que o exército dinamarquês estivesse menos defendido no final onde rodavam todas as carroças de bois com suprimentos, não seria inteligente um ataque a esse lugar antes de terem passado por Falköping.

Mais importante nesse caso era voltar e avisar os habitantes de Falköping e tentar fazer com que eles escondessem todos os bois e animais domésticos que, caso contrário, iriam parar nas bocas dos dinamarqueses. Demorou dois dias para fazer isso, e quando o exército dinamarquês chegou a Falköping encontrou a cidade vazia de tudo quanto o inimigo queria saquear.

Arn estava mais cauteloso do que nunca no seu comando e demorou quase uma semana antes de fazer qualquer outra coisa que não cavalgar ao lado e para a frente e para trás da longa cobra de soldados a pé e de cavaleiros inimigos. Estava esperando por reforços da parte de Bengt Elinsson e de Sune Folkesson, e quando eles chegaram recebeu não só mais cavalaria ligeira, mas também um esquadrão de cavalaria pesada. Então, não podia se permitir por mais tempo essa passividade.

Como o primeiro ataque seria feito, estavam de acordo, sem dificuldades, Arn e os cavaleiros Bengt e Sune. Mas teria de ser feito no lugar certo para poder ser realizado em alta velocidade. Demorou mais um dia, antes de os forsvikianos encontrarem um morro com uma floresta bem esparsa por onde os dinamarqueses teriam de passar. Foi ali que os forsvikianos entraram em formatura de ataque e ficaram esperando.

Os dinamarqueses, a esta altura, já estavam habituados a ver os cavaleiros ligeiros de mantos azuis circulando a distância e nunca se decidindo a entrar em luta e, por isso, o primeiro ataque surpreendeu, não apenas como se fosse um relâmpago caindo de um céu sem nuvens, mas também por causa do seu peso. Três esquadrões de cavalaria ligeira, de repente, saíram de uma floresta de faias, cavalgando de viés em direção à cabeça do comboio. Ao se aproximarem, os cavaleiros formaram uma linha lateral, se aproximaram ainda um pouco mais e dispararam cada um a sua besta especial, deixando um tumulto de cavalos relinchando e de homens gritando atrás de si. Ao chegarem, tinham feito pontaria para as pernas dos cavaleiros inimigos. Se acertassem, seria um cavaleiro a menos e um ferido a mais para transportar. Se não acertassem na perna, matariam de qualquer forma mais um cavalo. Quando os últimos dos cavaleiros ligeiros ja iam desaparecendo, entrou em ação o esquadrão de cavalaria pesada, de lado e em alta velocidade, de lanças em riste, contra o já bem dilacerado grupo da frente do exército dinamarquês. E assim tão rápido como chegaram, os forsvikianos partiram de volta, deixando para trás mais de cem mortos ou bem feridos.

Em dois dias seguidos, eles fizeram mais ou menos o mesmo ataque. Quando os dinamarqueses mudaram os soldados a pé com os seus escudos e arcos para defender a frente da coluna, não aconteceu mais nada naquele lugar. Em vez disso, os forsvikianos atacaram a parte de trás do exército, matando quase todos os animais de carga e botando fogo na maior parte do estoque de mantimentos, antes de desaparecer novamente diante da chegada dos cavaleiros da cruz branca sobre fundo vermelho que vieram em auxílio dos seus companheiros. Arn tinha dado ordens severas para evitar qualquer luta contra esse cavaleiros.

Quando os dinamarqueses reforçaram a defesa à frente e atrás com soldados e arqueiros, o ataque veio em direção a um terço da frente do comboio, num lugar onde a maioria dos soldados a pé marchavam tumultuadamente. Arn liderou o esquadrão de cavalaria pesada contra o exército dinamarquês, abrindo uma rua bem larga de mortos e feridos no meio da tropa inimiga, por onde a cavalaria ligeira entrou de espada em punho.

Assim continuou a guerra durante uma semana, enquanto os dinamarqueses continuavam a sua marcha na direção da mesma área a oeste do lago Vättern, como da primeira vez. O que eles estavam pensando era difícil de saber. No inverno, tinham uma possibilidade de atravessar o lago por cima do gelo e chegar a Näs. E agora, no meio do verão? Arn estava convencido de que iriam ficar acampados perto do forte de Lena ou iriam tomá-lo, esperando depois pelo inverno e o gelo, já no lugar e descansados, em vez de chegarem de uma cansativa marcha sobre a neve. Portanto, tempo não era problema. Tratava-se de ter paciência e usar a cabeça, antes de se lançar cedo demais numa grande batalha.

Arn entregou o comando das suas forças de cavalaria a Bengt Elinsson e Sune Folkesson e viajou para Bjälbo onde os sveas e a maioria dos folkeanos e erikianos estavam reunidos. Desta vez os erikianos não ficaram no sul, de acesso cortado e impedidos de participar, antes conseguiram subir para o norte, passando pela praia oriental do lago Vättern. O rei Erik estava entre os seus parentes e amigos.

O conselho de guerra que então se reuniu terminou, segundo Arn, de maneira infeliz. Os sveas e o líder folkeano da Götaland Oriental, Folke, o conde, queriam partir para a luta contra os dinamarqueses o mais cedo possível. De preferência, queriam a guerra terminada antes da colheita. O rei Erik tentou longamente fazer prevalecer a opinião de Arn, de que deviam esperar o máximo possível e deixar que, entretanto, a cavalaria forsvikiana fosse batendo no exército dinamarquês. Já tinham sido abatidos uns cem cavaleiros e reduzido a sua força, após a perda de animais de carga e de cavalos. Eram os dinamarqueses que estavam em território inimigo. Eram eles que tinham o exército mais poderoso por enquanto e eram eles que tinham mais condições de vencer numa luta decisiva antes da colheita.

Mas o líder dos sveas, o juiz Yngve, achava que isso era conversa para mulheres dormirem e pouco condizente com a dignidade do abençoado Santo Erik. E que esperar mais pela luta iria cansar os homens fortes. Era melhor demonstrar coragem quando a vontade de se debater era maior.

Para decepção de Arn, Folke, o conde, e Magnus Månesköld concordaram com todos os discursos a favor da luta final o mais cedo possível, para salvar a colheita. Talvez estivessem sendo vítimas do orgulho, depois da vitória afortunada em Lena, dois anos e meio antes.

Nem mesmo a objeção de Arn, de que se devia esperar pelo reforço dos noruegueses, que desta vez mandaram mensagem com a promessa de chegar com muitos homens para ajudar, nem mesmo isso fez mudar a posição dos cabeças-duras dos sveas. Como de hábito, queriam morrer de imediato.

Decidiu-se que todo o exército seria embarcado para o outro lado do Vättern assim que possível para depois seguir para o sul e enfrentar os dinamarqueses mais ou menos no mesmo lugar abençoado da primeira vez.

Com a consciência pesada, Arn viajou para Forsvik para reunir todo o pessoal que pudesse montar a cavalo, com armas, carregar as carroças com carnes, armas e escudos e mandar mensagens para todos se reunirem ao sul, perto de Lena.

Para desespero de Cecília, ele levou também Birger Magnusson, de apenas dezesseis anos de idade, como seu porta-estandarte, aquele que o devia acompanhar com a bandeirola nova, azul, com o leão folkeano de um dos lados e as três coroas erikianas do outro. No seu próprio escudo, Arn mandou pintar uma cruz vermelha dos templários ao lado do leão, assim como em seu tempo Birger Brosa tinha um lírio e o seu filho Magnus tinha uma lua nova. Para Cecília ele disse que o jovem Birger estaria mais seguro a seu lado do que em qualquer outro lugar. Desta vez, o dever de Arn não era o de combater sem medo, mas, sim, o de se manter vivo até que a batalha estivesse ganha, já que no reino existia gente demais, disposta a morrer rapidamente.

Durante oito dias, Arn e os seus forsvikianos tentaram retardar a luta final através de ataques diários contra o exército dinamarquês. Mas quando estavam a menos de um dia de marcha de um lugar ao sul de Lena, que se chamava Gestilren e onde estavam reunidos e esperando sveas, folkeanos e erikianos, além dos recém-chegados noruegueses sob o comando de Harald Øysteinsson, Arn decidiu que não dava para agir cautelosamente por mais tempo. Estava na hora de começar a atacar o grupo de hospitalários no meio do exército inimigo que até então tinha evitado. Isso não iria acontecer sem grandes perdas do seu lado. Mas os forsvikianos eram os únicos que poderiam ter uma chance mínima contra os hospitalários, e quando a batalha final estava prestes a acontecer, ainda que loucamente cedo, os forsvikianos precisavam assumir suas responsabilidades.

Arn, ao dizer isso, colocou-se ele próprio em apuros. Não podia mais se manter em segurança ao se lançar ao ataque. Mudou de armamento para cavalaria pesada e mudou de cavalo, decidindo que ele comandaria dois esquadrões bem no centro entre os vermelhos, depois dos cavaleiros ligeiros terem atacado com as suas bestas especiais.

Os forsvikianos estavam bem situados numa floresta alta e fazendo as suas preces enquanto esperavam. A tensão e o silêncio aumentavam entre eles e só se ouvia um ou outro resfolegar ou um ou outro tilintar de estribo. Embaixo, entre os troncos das faias, viram chegar os dinamarqueses a trote com o sol pelos olhos, despreocupados e falando entre si. Era como se estivessem agradecidos pela tranqüilidade de terem sido deixados em paz durante dois dias. Mas Arn tinha escolhido muito bem o lugar certo e o horário, por causa do sol, para o ataque.

Arn pediu perdão a Deus por ter que atacar os seus irmãos hospitalários, mas tentou se desculpar, dizendo que não havia outra coisa a fazer quando foram eles que vieram como inimigos, invadindo a sua terra para matar os seus próximos e mais queridos. Por sua vida, ele não pediria desta vez, pois achava isso pretensioso, diante de um ataque contra os seus queridos irmãos cristãos. Mandou o cavaleiro Bengt e o cavaleiro Sune saírem com os seus homens, fazendo um grande arco na descida para surgirem com o sol pelas costas contra o grande grupo de cavaleiros de vermelho e branco. E, talvez, na melhor das hipóteses, levantar tanta poeira quanto possível, de forma que o inimigo só descobrisse o que estava por trás da fila de cavaleiros ligeiros de mantos azuis e o que estava para acontecer quando já fosse tarde demais.

Deus vult, pensou ele, sem poder evitar as palavras e ao levantar o braço que colocou em movimento os seus homens num trote leve. Ao sair da floresta, eles corrigiram as posições, se alinhando e ficando bem juntos, joelho contra joelho, de maneira a não abrir nenhum buraco. Então, aceleraram para trote rápido.

Arn manteve o olhar no último dos cavaleiros ligeiros forsvikianos que cavalgavam lá embaixo, provocando uma espantosa confusão e muito medo entre os hospitalários que nem sequer tinham adotado a habitual formatura de defesa.

E, então, ele soltou o seu sinal de ataque, repetido por todos junto dele e, no momento seguinte, dispararam com as lanças em riste, entrando no meio dos cavaleiros de vermelho e branco que caíam sem resistência e quase nem sequer tentavam escapulir dos golpes. Os forsvikianos saíram do outro lado da coluna sem terem perdido um único homem sequer. E quando Arn viu isso, mandou virar toda a sua tropa e investir de novo com força total. Depois, a confusão foi tão grande que impedia uma terceira investida.

Tinham perdido apenas dois homens quando se reuniram aos esquadrões ligeiros que estavam aguardando. Arn examinava a grande confusão que continuava reinando naquela parte do exército que lhe tinha parecido inconquistável e onde agora quase cem homens estavam mortos ou feridos. Aquilo que ele via era impossível e isso fez com que pensasse duas vezes. Se os forsvikianos, com um único ataque, tinham derrubado tantos hospitalários, isso só poderia ser um milagre de Deus. Mas que Deus derrubasse os Seus próprios combatentes mais fiéis com uma tal punição, ele não podia acreditar, tanto quanto não acreditava que Deus constantemente se imiscuísse nas pequenas lutas das pessoas na Terra.

Os dinamarqueses tinham usado de um estratagema, achou ele. Tinham colocado as vestes vermelhas com a cruz branca para fingir que eram hospitalários e com isso meter medo ao inimigo. E haviam sido, sem dúvida, bem-sucedidos.

Sem uma palavra, Arn deu a sua lança sangrenta para o homem mais próximo, chamou o seu porta-estandarte Birger Magnusson, e os dois avançaram em direção aos dinamarqueses, parando à distância de uma flechada. Então, levantou ambos os braços como sinal de que queria negociar. E logo vieram seis cavaleiros de vermelho na sua direção.

Primeiro, Arn cumprimentou-os em francês de que eles não entenderam nem uma palavra. E, então, passou a falar na própria língua, pedindo que os dois cadáveres que tinha deixado para trás lhe fossem entregues. Eram parentes queridos que caíram. Os dinamarqueses responderam primeiro que esse negócio não poderia ser feito sem alguma coisa em troca, mas Arn disse, então, que ele, por seu lado, achava que a honra exigia de ambas as partes que esse tipo de negócio se fizesse sem olhar a lucro e que ele, além disso, em breve, teria como fazer troca. Então, os dinamarqueses cederam. Ele perguntou, em seguida, a respeito dos seus uniformes e eles explicaram que lhes fora dado por Deus durante uma cruzada no leste e que a cruz branca sobre a veste vermelha era agora a marca do reino da Dinamarca.

Em Gestilren, existiam vários morros altos e foi aí que Arn colocou a sua cavalaria pesada e os arqueiros de longa distância, já que não acreditava que daria para colocar todos os arqueiros de longa distância no mesmo lugar e que, além disso, os dinamarqueses fossem cair na mesma armadilha pela segunda vez. Embaixo, na planície, estava toda a cavalaria pesada folkeana sob o comando de Folke, o conde, e de

Magnus Måneskçld, e atrás deles todos os besteiros que, por sua vez, estavam no caminho dos já impacientes sveas. Mais atrás, estavam quinhentos arqueiros noruegueses trazidos por Harald Øysteinsson da sua região.

Era uma disposição absurda com todos no caminho uns dos outros. Mas graças a Deus já tinha corrido tanto o dia que a batalha devia ser adiada para o dia seguinte e, assim, teriam a noite toda para mudar tudo, caso desse para conseguir que os sveas e certos parentes altamente colocados e teimosos entendessem que a maneira de formar as tropas em campo na guerra moderna era mais importante do que se ter apenas coragem.

Foi uma noite longa com muitas discussões e mudanças complicadas no escuro, mas na manhã seguinte, já ao amanhecer, quando os dinamarqueses começaram a aparecer no meio da névoa, todos estavam numa posição melhor do que antes.

Arn permanecia junto do rei Erik no morro mais elevado, com toda a parte pesada da cavalaria forsvikiana e dois esquadrões de cavalaria ligeira, com a missão de defenderem o rei ou levá-lo para longe na hora do perigo. Para Arn e seus cavaleiros pesados havia uma única missão. Deviam matar Sverker Karlsson.

Sune Folkesson, que era o homem mais interessado no mundo em tirar a vida do ex-rei Sverker, pediu para mudar para a cavalaria pesada e acompanhar o seu senhor e mestre Arn. A isso Arn não podia dizer não, tanto mais que tinha tentado reunir esse seu grupo com apenas os melhores e mais antigos dos forsvikianos.

Do alto do lugar onde estavam, podiam ver todo o campo de batalha. Se os dinamarqueses mandassem a sua cavalaria, descendo contra os götas orientais e o povo da Svealand a pé, iriam receber desta vez a nuvem negra de setas dos arqueiros de longa distância pelos lados. Os götas orientais não atacariam enquanto não vissem uma flâmula azul agitada onde o rei se encontrava. Foi assim que, finalmente, se chegou a um acordo.

A batalha começou bem. Os dinamarqueses tinham descoberto que, também desta vez, eram muito superiores em número e em cavalaria pesada e que eles, atravessando as linhas dos götas orientais, teriam o caminho livre para dizimar os homens a pé da Svealand.

A tentação foi grande demais para eles. Prepararam-se para atacar dessa maneira. E Arn abaixou a cabeça e agradeceu a Deus.

Mas quando os dinamarqueses partiram para o ataque, Folke, o conde, e Magnus Månesköld não esperaram pelo sinal do morro onde estava o rei e partiram logo para o ataque. Por isso, os primeiros da linha de ataque folkeana foram atingidos pela mesma nuvem negra de flechas destinadas ao inimigo. O meio do campo de batalha transformou-se logo em poucos momentos numa única mistura de mortos e feridos e, então, os sveas não puderam se conter por mais tempo e começaram a correr subindo para o lugar do embate e chegaram arfando e cansados. De cima do morro, Arn e o rei Erik viram, impotentes, como tudo estava a ponto de sair do seu controle. A salvação veio de Harald Øysteinsson e seus noruegueses, que do outro lado do vale correram subindo para uma situação em que podiam fazer pontaria e ter a certeza de acertar apenas nos dinamarqueses.

Toda a cavalaria ligeira forsvikiana estava fora de combate. A intenção tinha sido de atacar os dinamarqueses por trás. Mas nessa área havia ainda uma grande e unida força contra eles. O exército dinamarquês não tinha avançado suficientemente longe na armadilha. Arn enviou cavaleiros para o mais depressa possível fazerem avançar os forsvikianos para o meio do campo de batalha com a ordem de atacar de acordo com as circunstâncias e seguindo sua intuição.

Tudo estava para se perder. Isso porque num embate prolongado e desorganizado, vencia quem tivesse mais homens. Arn se despediu do rei Erik, deixou Birger Magnusson com o estandarte duplo de folkeanos e erikianos junto com o rei e seguiu com todos os seus cavaleiros pesados, fazendo um arco para cima e para trás.

Chegaram a um lugar em que podiam ver onde estava Sverker Karlsson e o seu forte grupo de guardas, a uma distância segura da área de combate. Não havia como esperar mais e toda a hesitação apenas faria com que o inimigo se preparasse melhor.

Cavalgando, saíram da floresta em desordem, mas logo voltaram à formatura de ataque, unidos, em linha, e em trote rápido na direção do coração do inimigo. Logo o trote aumentou para galope, com as lanças em riste, já a pouca distância dos dinamarqueses. Ao lado de Arn estava Sune Folkesson, e ambos tinham descoberto onde estava a bandeirola com a marca de Sverker Karlsson, com um símbolo heráldico negro e uma coroa dourada. Os forsvikianos passaram rápido pela primeira linha dos defensores de Sverker, mas depois disso a maioria já tinha perdido velocidade e a lança por se ter quebrado. E esses tiveram de puxar pela espada ou pelo machado de guerra e começar a abrir caminho na direção de Sverker à custa de seus golpes. Cada vez o avanço era mais lento e muitos caíram no caminho.

Mas era tarde demais para voltar. Arn combatia e avançava furiosamente, descobrindo que a sua espada tinha ficado pesada demais nos últimos anos. Foi então que jogou fora o seu escudo, mudou a espada para a mão esquerda e pegou com a direita o seu longo martelo de guerra. Arn matou quatro homens com o martelo e dois com a espada antes de chegar perto de Sverker, no momento em que este se desviava de um golpe disparado por Sune Folkesson, e com isso expondo o pescoço para Arn que de imediato o matou com o seu martelo de guerra.

Assim que Sverker caiu morto do cavalo, pararam todos os dinamarqueses e sverkerianos em volta e ainda a cavalo. A luta ficou suspensa e todos olharam ao redor. Metade de todos os forsvikianos estava morta, mas mesmo assim ainda eram mais do que os dinamarqueses, que, lentamente, se reuniram em volta do arcebispo Valerius e da sua marca.

Só então Arn descobriu que estava sangrando em vários lugares e que tinha a ponta de uma lança quebrada no diafragma, do lado esquerdo. Não sentia nenhuma dor. Retirou, então, a ponta da lança, jogando-a no chão, e abaixou a cabeça para recuperar o fôlego. Depois, desceu do cavalo, tranqüilamente, avançou para junto do corpo de Sverker e lhe cortou a cabeça. Em seguida, foi buscar a sua lança, em cuja ponta colocou a cabeça de Sverker e o escudo com a marca real na ponta, antes de, com uma certa dificuldade, voltar a montar no seu cavalo. O cavaleiro Sune apanhou o escudo de Arn e o entregou a ele. Os dinamarqueses em volta do arcebispo Valerius tinham terminado de lutar e Arn também não fazia idéia nenhuma de continuar a luta contra eles.

Acompanhado dos restantes forsvikianos da sua cavalaria pesada, Arn cavalgou lentamente para o centro dos combates, levando a cabeça de Sverker e seu escudo bem alto na ponta da lança. Parou a pouca distância e ficou esperando que os primeiros gritos de vitória ou de horror começassem a surgir na sua direção. E com isso terminava a batalha.

Sob aquela quietude e silêncio que desceu sobre o campo de batalha, os arqueiros noruegueses de Harald Øysteinsson, cautelosamente, começaram a se aproximar, assim como todos os besteiros do lado folkeano que, na realidade, ainda não tinham podido fazer muita coisa. A cavalaria ligeira forsvikiana, que, aparentemente, havia sofrido poucas perdas, entrou em formação nova de luta, em linha de quatro cavaleiros e por esquadrão.

Se o combate continuasse, seria tão sangrento quanto da vez anterior.

Então, o rei Erik desceu do morro, rodeado de cavaleiros forsvikianos, e se dirigiu ao centro do campo de batalha. Ao chegar, declarou em voz alta que estariam perdoados todos os que no momento desistissem da luta.

Demorou apenas algumas horas para se chegar a um acordo. Alguns dos parentes de Sverker, encontrados com ele, junto do seu estandarte e ainda vivos, receberiam salvo-conduto real para carregar o seu cadáver e enterrá-lo no cemitério da igreja do mosteiro de Alvastra, pertencente à sua família. O exército dinamarquês recebeu autorização para ficar e enterrar os seus mortos antes de voltar para casa. Estava-se no final do mês de julho, fazia muito calor, e todas essas providências tinham de ser tomadas o mais rápido possível.

A vitória foi grande, mas custou caro. Entre os folkeanos que não puderam evitar de se lançar ao ataque antes da hora certa, quase todos tinham morrido, e dos que morreram, pelo menos a metade morreu pelas flechas disparadas por seus próprios companheiros. Muitos folkeanos morreram em Gestilren, entre eles Magnus Månesköld e Folke, o conde. Apenas metade dos sveas que vieram participar da luta pôde voltar para casa.

Mas o reino do rei Erik estava salvo para todo o sempre e ele decidiu que o símbolo heráldico do novo reino agora e para toda a eternidade seria formado pelas coroas erikianas e o leão folkeano.

O convento de Vreta fora construído no cume de um morro no meio da planície da Götaland Oriental com vista livre para todos os lados. Todas as mulheres no convento, a abadessa Cecília, que era irmã de Sverker, as freiras, as noviças, as *familiares*, e os vinte escudeiros sverkerianos, mandados para defender a instituição, sabiam que a guerra iria ser decidida em algum desses dias. Vários dos habitantes do convento procuraram por razões que justificassem a subida à torre da igreja ou para qualquer dos muros, a fim de olhar pelos amplos campos em volta onde os grãos maduros que em breve seriam ceifados balançavam até onde a vista alcançava. Helena Sverkersdotter era a mais ansiosa de todas e foi ela que viu primeiro.

Ao longe, se aproximava um grupo de cavaleiros com mantos azuis esvoaçando para trás como se fosse uma vela. Eram dezesseis homens que cavalgavam, com uma velocidade maior do que o habitual, apesar de virem de longe. Isso porque Vreta não era, certamente, uma construção folkeana.

Os vinte escudeiros sverkerianos fizeram aquilo que tinham jurado fazer. Saíram armados contra os dezesseis folkeanos e foram mortos de imediato. Não sobrou ninguém.

Quando a luta terminou, os folkeanos avançaram lentamente na direção do convento, onde todas as portas se fecharam e de cujos muros muitos olhos amedrontados os observavam.

De uma pequena porta lateral saiu então a jovem Helena, correndo para o primeiro dos folkeanos cujo cavalo estava alguns passos na frente dos outros. O cavaleiro sangrava de várias feridas, pois vinha direto de Gestilren. Mas dores ele não sentia.

Quando a jovem Helena, arfando e tropeçando, chegou até ele, o cavaleiro Sune deu a ela um grande manto azul e convidou-a a colocá-lo sobre os ombros.

Então, ele levantou-a do chão e a colocou na sua frente na sela e com isso partiram todos os folkeanos sem muita pressa. O caminho era longo até a fortaleza de Älgarås, pertencente ao cavaleiro Sune.

Foi ali que ela lhe deu quatro filhas. E a história-canção de Sune e Helena e do seqüestro de Vreta ficou para sempre.

A ferida de Arn Magnusson, causada por uma lança que ninguém sabia de onde viera, representava a morte lenta. Se os seus amigos curandeiros Ibrahim e Yussuf ainda estivessem em Forsvik, para onde foi conduzido, talvez ele tivesse uma chance de sobreviver.

Mas ele morreu lentamente e Cecília ficou ao seu lado os dias e as noites que levou para chegar o fim. O mesmo fez Alde.

O que o fazia sofrer na morte não era a dor, porque muito mais dor ele sentira antes com outros ferimentos. Mas lastimava todos os dias de paz e de quietude que estavam por vir, em que ele poderia ficar sentado embaixo de alguma macieira de Cecília e entre suas rosas, vermelhas e brancas, com as mãos dela nas suas. E vendo Alde encontrar a felicidade, do jeito que ela quisesse.

Ela não aceitaria a possibilidade de outra pessoa ou autoridade indicar alguém que ela própria não quisesse como marido.

Nisso, o seu pai e a sua mãe estavam de acordo, até mesmo sem ser necessário falarem sobre o assunto, já que os dois eram pessoas excepcionais que acreditavam fortemente no amor.

Quando o jovem Birger Magnusson chegou para se despedir do seu avô e mestre em tudo, desde a guerra até o poder, chorando por perder em tão pouco tempo o pai e o avô, a conversa girou mais a respeito do futuro do que de lamentações. Arn conseguiu a promessa de Birger de jamais dirigir o país de um lugar tão distante quanto Näs e de construir uma nova cidade no lugar em que o lago Mälaren deságua no mar Báltico. Para isso, era preciso acima de tudo o apoio dos sveas se fosse o caso de ninguém mais ajudar, o novo reino devia chamar-se *Svea rige*.

Como Arn continuava falando o nórdico mais como um dinamarquês do que como um göta, aquele nome soou aos ouvidos de Birger Magnusson como se ele tivesse dito *Sverige*, Suécia.

Birger jurou que em tudo tentaria fazer como o seu avô queria e, no leito de morte, Arn entregou a ele a sua espada, contando-lhe todos os segredos daquela arma e o que os sinais estranhos significavam.

Mil homens acompanharam o respeitado marechal até a sua sepultura em Varnhem. Apenas um deles tinha o direito de entrar com a espada na igreja para a missa de corpo presente, e esse homem era o jovem Birger Magnusson. Isso porque a sua espada era abençoada e era a espada de um templário.

Na igreja de Varnhem, Birger jurou diante de Deus que viveria como fora ensinado a viver pelo seu amado avô, que iria construir uma nova cidade e chamar o novo reino, integrando três províncias, de *Sverige*, Suécia.

E a História o conhece pelo nome de *Birger jarl*, o fundador de Estocolmo.